儒林外史

清・吳敬梓 著

五南圖書出版公司 印行

作者小傳

先生姓吳氏，諱敬梓，字敏軒，一字文木，全椒人。世望族，科第仕宦多顯著。先生生而穎異，讀書才過目，輒能背誦。稍長，補學官弟子員。襲父祖業，有二萬餘金。素不習治生，性復豪上，遇貧即施。偕文士輩往還，傾酒呼歌，窮日夜，不數年而產盡矣。安徽巡撫趙公國麟聞其名，招之試；才之，以博學鴻詞荐。竟不赴廷試，亦自此不應鄉舉，而家益以貧。……生平見才士，汲引如不及。獨嫉時文士如讐；其尤工者，則尤嫉之。……先生晚年亦好治經，曰：「此人生立命處也。」歲甲戌，與余遇於揚州，知余益貧，執余手以泣曰：「子亦到我地位，此境不易處也，奈何！」余返淮，將解纜，先生登船言別，指新月謂余曰：「與子別後，會不可期。即景悢悢，欲構句相贈，而澀於思，當俟異日耳。」時十月七日也。又七日而先生歿矣。……蓋享年五十有四。所著有文木山房集、詩說若干卷。又倣唐人小說為儒林外史五十卷，窮極文士情態，人爭傳寫之。（清程晉芳《勉行堂文集》）

目錄

第一回　說楔子敷陳大義　借名流隱括全文

人生南北多歧路，將相神仙，也要凡人做。百代興亡朝復暮，江風吹倒前朝樹。
功名富貴無憑據，費盡心情，總把流光誤。濁酒三杯沈醉去，水流花謝知何處。

這一首詞，也是個老生常談。不過說人生富貴功名，是身外之物；但世人一見了功名，便捨著性命去求他。及至到手之後，味同嚼蠟。自古及今，那一個是看得破的！

雖然如此說，元朝末年，也曾出了一個嶔崎磊落的人。這人姓王名冕，在諸暨縣鄉村裏住；七歲時死了父親，他母親做些針黹，供給他到村學堂裏去讀書。看看三個年頭，王冕已是十歲了。母親喚他到面前來，說道：「兒啊！不是我有心要耽誤你，只因你父親亡後，我一個寡婦人家，只有出去的，沒有進來的；年歲不好，柴米又貴，這幾件舊衣服和些舊傢伙，當的當了，賣的賣了；只靠著我替人家做些針黹生活賺來的錢，如何供得你讀書？如今沒奈何，把你僱在隔壁人家放牛，每月可以得他幾錢銀子，你又有現成飯吃，只在明日就要去了。」王冕道：「娘說的是。我在學堂裏坐著，心裏也悶；不如往他家放牛，倒快活些。假如我要讀書，依舊可以帶幾本去讀。」當夜商議定了。

第二日，母親同他到隔壁秦老家。秦老留著他母子兩個吃了早飯，牽出一條水牛來交給王冕，指著門外道：「就在我這大門過去兩箭之地，便是七泖湖，湖邊一帶綠草，各家的牛都在那裏打睡。又有幾十棵合抱的垂楊樹，十分陰涼。牛要渴了，就在湖邊上飲水。小哥，你只在這一帶玩耍，不必遠去。我老漢每日兩餐小菜飯是不少的；每日早上，還折兩個錢與你買點心吃。只是百事勤謹些，休嫌怠慢。」他母親謝了擾要回家去，王冕送出門來，母親替他理理衣服，口裏說道：「你在此須要小心，休惹人說不是；早出晚歸，免我懸望。」王冕應諾，母親含著兩眼眼淚去了。

王冕自此只在秦家放牛，每到黃昏，回家跟著母親歇宿。或遇秦家煮些醃魚、臘肉給他吃，他便拿塊荷葉包了來家，遞與母親。每日點心錢，他也不買了吃，聚到一兩個月，便偷個空，走到村學堂裏，見那闖學堂的書客，就買幾本舊書，日逐把牛栓了，坐在柳蔭樹下看。

彈指又過了三四年。王冕看書，心下也著實明白了。那日，正是黃梅時候，天氣煩躁。王冕放牛倦了，在綠草地上坐著。須臾，濃雲密布，一陣大雨過了。那黑雲邊上鑲著白雲，漸漸散去，透出一派日光來，照耀得滿湖通紅。湖邊山上，青一塊，紫一塊。樹枝上都像水洗過一番的，尤其綠得可愛。湖裏有十來枝荷花，苞子上清水滴滴，荷葉上水珠滾來滾去。王冕看了一回，心裏想道：「古人說：『人在畫圖中』，其實不錯。可惜我這裏沒有一個畫工，把這荷花畫他幾枝，也覺有趣！」又心裏想道：「天下那有個學不會的事？我何不自畫他幾枝？」

正存想間，只見遠遠的一個夯漢，挑了一擔食盒來，手裏提著一瓶酒，食盒上掛著一塊氈條，來到柳樹下。將氈鋪了，食盒打開。那邊走過三個人來，頭帶方巾，一個穿寶藍夾紗直裰，兩人穿元色直裰，都是四五十歲光景，手搖白紙扇，緩步而來。那穿寶藍直裰的是個胖子，來到樹下，尊那穿元色的一個鬍子坐在上面，那一個瘦子坐在對席；他想是主人了，坐在下面把酒來斟。

吃了一回，那胖子開口道：「危老先生回來了。新買了住宅，比京裏鐘樓街的房子還大些，值得二千兩銀子。因老先生要買，房主人讓了幾十兩銀賣了，圖個名望體面。前月初十搬家，太尊、縣父母都親自到門來賀，留著吃酒到二三更天。街上的人，那一個不敬。」那瘦子道：「縣尊是壬午舉人，乃危老先生門生，這是該來賀的。」那胖子道：「敝親家也是危老先生門生，而今在河南做知縣。前日小婿來家，帶二斤乾鹿肉來見惠，這一盤就是了。這一回小婿再去，託敝親家寫一封字來，去晉謁晉謁危老先生；他若肯下鄉回拜，也免得這些鄉戶人家，放了驢和豬在你我田裏吃糧食。」那瘦子道：「危老先生要算一個學者了。」那鬍子說道：「聽見前日出京時，皇上親自送出城外，攜著手走了十幾步，危老先生再三打躬辭了，方才上轎回去。看這光景，莫不是就要做官？」三人你一句，我一句，說個不了。

王冕見天色晚了，牽了牛回去。自此，聚的錢不買書了，託人向城裏買些胭脂鉛粉之類，學畫荷花。初時畫得不好，畫到三個月之後，那荷花精神、顏色無一不像，只多著一張紙，就像是湖裏長的；又像才從湖裏摘下來，貼在紙上的。鄉間人見畫得好，也有拿錢來買的。王冕得了錢，買些好東西孝敬母親。一傳兩，兩傳三，諸暨一縣都曉得是一個畫沒骨花卉的名筆，爭著來買。到了十七八歲，不在秦家了，每日畫幾筆畫，讀古人的詩文，漸漸不愁衣食，母親心裏歡喜。

這王冕天性聰明，年紀不滿二十歲，就把那天文、地理、經史上的大學問，無一不貫通。但他性情不同：既不求官爵，又不交納朋友，終日閉戶讀書。又在楚辭圖上看見畫的屈原衣冠，他便自造一頂極高的帽子，一件極闊的衣服。遇著花明柳媚的時節，把一乘牛車載了母親，他便戴了高帽，穿了闊衣，執著鞭子，口裏唱著歌曲，在鄉村鎮上，以及湖邊，到處玩耍，惹得鄉下孩子們三五成群跟著他笑，他也不放在意下。只有隔壁秦老，雖然務農，卻是個有意思的人；因自小看見他長大，如此不俗，所以敬他，愛他，時常和他親熱，邀在草堂裏坐著說話兒。

一日，正和秦老坐著，只見外邊走進一個人來，頭帶瓦楞帽，身穿青布衣服。秦老迎接，敘禮坐下。這人姓翟，是諸暨縣一個頭役，又是買辦。因秦老的兒子秦大漢拜在他名下，叫他乾爺，所以時常下鄉來看親家。秦老慌忙叫兒子烹茶，殺雞、煮肉款留他，並要王冕相陪。彼此道過姓名，那翟買辦道：「這位王相公，可就是會畫沒骨花的麼？」秦老道：「便是了。親家，你怎得知道？」翟買辦道：「縣裏人那個不曉得。因前日本縣老爺吩咐：要畫二十四副花卉冊頁送上司，此事交在我身上。我聞有王相公的大名，故此一徑來尋親家。今日有緣，遇著王相公，是必費心大筆畫一畫。在下半個月後，下鄉來取。老爺少不得還有幾兩潤筆的銀子，一併送來。」

秦老在旁，著實攛掇。王冕屈不過秦老的情，只得應諾了。回家用心用意，畫了二十四副花卉，都題了詩在上面。翟頭役稟過了本官，那知縣時仁，發出二十四兩銀子來。翟買辦扣剋了十二兩，只拿十二兩銀子送與王冕，將冊頁取去。時知縣又辦了幾樣禮物，送與危素，作候問之禮。危素受了禮物，只把這本冊頁看了又看，愛玩不忍釋手。次日，備了一席酒，請時知縣來家致謝。當下寒暄已畢，酒過數巡，危素道：「前日承老父臺所惠冊頁花卉，還是古人的呢，還是現在人畫的？」時知縣不敢隱瞞，便道：「這就是門生治下一個鄉下農民，叫做王冕，年紀也不甚大。想是才學畫幾筆，難入老師的法眼。」危素嘆道：「我學生出門久了，故鄉有如此賢士，竟坐不知，可為慚愧。此兄不但才高，胸中見識，大是不同，將來名位不在你我之下。不知老父臺可以約他來此相會一會麼？」時知縣道：「這個何難，門生出去，即遣人相約。他聽見老師相愛，自然喜出望外了。」說罷，辭了危素，回到衙門，差翟買辦持個侍生帖子去約王冕。

翟買辦飛奔下鄉，到秦老家，邀王冕過來，一五一十向他說了。王冕笑道：「卻是起動頭翁，上覆縣主老爺，說王冕乃一介農夫，不敢求見；這尊帖也不敢領。」翟買辦變了臉道：「老爺將帖請人，誰敢不去！況這件事原是我照顧你的；不然，老爺如何得知你會畫花？論理，見過老爺，還該重重的謝我一謝才是！如何走到這裏，茶也不見你一杯，卻是推三阻四，不肯去見，是何道理？叫我如何去回覆得老爺！難道老爺一縣之主，叫不動一個百姓麼？」王冕道：「頭翁，你有所不知。假如我為了事，老爺拿票子傳我，我怎敢不去！如今將帖來請，原是不逼迫我的意思了，我不願去，老爺也可以相諒。」

翟買辦道：「你這都說的是什麼話！票子傳著倒要去，帖子請著倒不去？這下是不識擡舉了！」秦老勸道：「王相公，也罷；老爺拿帖子請你，自然是好意，你同親家去走一回罷。自古道：『滅門的知縣』，你和他拗些什麼？」王冕道：「秦老爺！頭翁不知，你是聽見我說過的。不見那段干木、泄柳的故事麼？我是不願去的。」翟買辦道：「你這是難題目與我做，叫拿什麼話去回老爺？」秦老道：「這個果然也是兩難。若要去時，王相公又不肯；若要不去，親家又難回話。我如今倒有一法：親家回縣裏，不要說王相公不肯，只說他抱病在家，不能就來，一兩日間好了就到。」翟買辦道：「害病，就要取四鄰的甘結！」

彼此爭論一番，秦老整治晚飯與他吃了；又暗叫了王冕出去問母親稱了三錢二分銀子，送與翟買辦做差錢，方才應諾去了，回覆知縣。知縣心裏想道：「這小廝那裏害什麼病！想是翟家這奴才，走下鄉狐假虎威，著實恐嚇了他一場。他從來不曾見過官府的人，害怕不敢來了。老師既把這個人託我，我若不把他就叫了來見老師，也惹得老師笑我做事疲軟。我不如竟自己下鄉去拜他。他看見賞他臉面，斷不是難為他的意思，自然大著膽見我；我就便帶了他來見老師，卻不是辦事勤敏？」又想道：「一個堂堂縣令，屈尊去拜一個鄉民，惹得衙役們笑話。」又想到：「老師前日口氣，甚是敬他；老師敬他十分，我就該敬他一百分。況且屈尊敬賢，將來志書上少不得稱贊一篇。這是萬古千年不朽的勾當，有什麼做不得。」當下定了主意。

次早，傳齊轎夫，不用全副執事，只帶八個紅黑帽夜役軍牢，翟買辦扶著轎子，一直下鄉來。鄉里人聽見鑼聲，一個個扶老攜幼，挨擠了看。轎子來到王冕門首，只見七八間草屋，一扇白板門緊緊關著。翟買辦搶上幾步，忙去敲門。敲了一會，裏面一個婆婆，拄著拐杖，出來說道：「不在家了。從清早裏牽牛出去飲水，尚未回來。」翟買辦道：「老爺親自在這裏傳你家兒子說話，怎的慢條斯理，快快說在那裏，我好去傳！」那婆婆道：「其實不在家了，不知在那裏。」說畢，關著門進去了。

說話之間，知縣轎子已到。翟買辦跪在轎前稟道：「小的傳王冕，不在家裏，請老爺龍駕到公館裏略坐一坐，小的再去傳。」扶著轎子，過王冕屋後來。屋後橫七豎八，幾稜窄田埂，遠遠的一面大塘，塘邊都栽滿了榆樹、桑樹。塘邊那一望無際的幾頃田地，又有一座山，雖不甚大，卻青蔥樹木，堆滿山上。約有一里多路，彼此叫呼，還聽得見。

知縣正走著，遠遠的有個牧童，倒騎水牯牛，從山嘴邊轉了過來。翟買辦趕將上去，問道：「秦小二漢，你看見你隔壁的王老大牽了牛在那裏飲水哩？」小二道：「王大叔麼？他在二十里路外王家集親家那裏吃酒去了。這牛就是他的，央及我替他趕了來家。」翟買辦如此這般稟了知縣。知縣變著臉道：「既然如此，不必進公館了！即回衙門去罷！」時知縣此時心中十分惱怒，本要立即差人拿了王冕來責懲一番；又想恐怕危老師說他暴躁，且忍口氣回去，慢慢向老師說明此人不中擡舉，再處置他也不遲。知縣去了。

王冕並不曾遠行，即時走了來家。秦老過來抱怨他道：「你方才也太執意了。他是一縣之主，你怎的這樣怠慢他？」王冕道：「老爹請坐，我告訴你。時知縣倚著危素的勢，要在這裏酷虐小民，無所不為。這樣的人，我為什麼要相與他？但他這一番回去，必定向危素說；危素老羞變怒，恐要和我計較起來。我如今辭別老爹，收拾行李，到別處去躲避幾時。只是母親在家，放心不下。」母親道：「我兒！你歷年賣詩賣畫，我也積聚下三五十兩銀子，柴米不愁沒有。我雖年老，又無疾病，你自放心出去躲避些時不妨。你又不曾犯罪，難道官府來拿你的母親去不成？」秦老道：「這也說得有理。況你埋沒在這鄉村鎮上，雖有才學，誰人是識得你的；此番到大邦去處，或者走出些遇合來也不可知。你尊堂家下大小事故，一切都在我老漢身上，替你扶持便了。」王冕拜謝了秦老。秦老又走回家去，取了些酒餚來替王冕送行，吃了半夜酒回去。

次日五更，王冕起來收拾行李，吃了早飯，恰好秦老也到。王冕拜辭了母親，又拜了秦老兩拜，母子灑淚分手。王冕穿上麻鞋，背上行李。秦老手提一個小白燈籠，直送出村口，灑淚而別。秦老手拿燈籠，站著看著他走，走得望不著了，方才回去。

王冕一路風餐露宿，九十里大站，七十里小站，一徑來到山東濟南府地方。這山東雖是近北省分，這會城卻也人物富庶，房舍稠密。王冕到了此處，盤費用盡了，只得租個小菴門面屋，賣卜測字，也畫兩張沒骨的花卉貼在那裏，賣與過往的人。每日問卜賣畫，倒也擠個不開。彈指間，過了半年光景。濟南府裏有幾個俗財主，也愛王冕的畫，時常要買；又自己不來，遣幾個粗夯小廝，動不動大呼小叫，鬧的王冕不得安穩。王冕不耐煩，就畫了一條大牛貼在那裏；又題幾句詩在上，含著譏刺。也怕從此有口舌，正思量搬移一個地方。

那日清早，才坐在那裏，只見許多男女，啼啼哭哭，在街上過。也有挑著鍋的，也有籮擔內挑著孩子的，一個個面黃肌瘦，衣裳襤褸。過去一陣，又是一陣，把街上都塞滿了。也有坐在地上就化錢的。問其所以，都是黃河沿上的州縣，被河水決了，田廬房舍，盡行漂沒。這是些逃荒的百姓，官府又不管，只得四散覓食。王冕見此光景，過意不去，嘆了一口氣道：「河水北流，天下自此將大亂了。我還在這裏做什麼！」將些散碎銀子，收拾好了，栓束行李，仍舊回家。入了浙江境，才打聽得危素已還朝了，時知縣也升任去了。因此放心回家，拜見母親。看見母親健康如常，心中歡喜。母親又向他說秦老許多好處。他慌忙打開行李，取出一匹繭綢，一包耿餅，拿過去拜謝了秦老。秦老又備酒與他洗塵。自此，王冕依舊吟詩作畫，奉養母親。

又過了六年，母親老病臥床，王冕百方延醫調治，總不見效。一日，母親吩咐王冕道：「我眼見得不濟事了。但這幾年來，人都在我耳根前說你的學問有了，該勸你出去作官。作官怕不是榮宗耀祖的事！我看見這些作官的都不得有甚好收場！況你的性情高傲，倘若弄出禍來，反為不美。我兒可聽我的遺言，將來娶妻生子，守著我的墳墓，不要出去作官。我死了，口眼也閉！」王冕哭著應諾。他母親奄奄一息，歸天去了。王冕擗踊哀號，哭得那鄰舍之人，無不落淚。又虧秦老一力幫襯，製備衣衾棺槨。王冕負土成墳，三年苫塊，不必細說。

到了服闋之後，不過一年有餘，天下就大亂了。方國珍據了浙江，張士誠據了蘇州，陳友諒據了湖廣，都是些草竊的英雄。只有太祖皇帝起兵滁陽，得了金陵，立為吳王，乃是王者之師；提兵破了方國珍，號令全浙，鄉村鎮市，並無騷擾。

一日，日中時分，王冕正從母親墳上拜掃回來，只見十幾騎馬竟投他村裏來。為頭一人，頭戴武巾，身穿團花戰袍，白淨面皮，三綹髭鬚，真有龍鳳之表。那人到門首下了馬，向王冕施禮道：「動問一聲，那裏是王冕先生家？」王冕道：「小人王冕，這裏便是寒舍。」那人喜道：「如此甚妙，特來晉謁。」吩咐從人都下了馬，屯在外邊，把馬都繫在湖邊柳樹上。那人獨和王冕攜手進到屋裏，分賓主施禮坐下。

王冕道：「不敢拜問尊官尊姓大名？因甚降臨這鄉僻所在？」那人道：「我姓朱，先在江南起兵，號滁陽王；而今據有金陵，稱為吳王的便是。因平方國珍到此，特來拜訪先生。」王冕道：「鄉民肉眼不識，原來就是王爺。但鄉民一介愚人，怎敢勞王爺貴步？」吳王道：「孤是一個粗魯漢子，今得見先生儒者氣象，不覺功利之見頓消。孤在江南，即慕大名，今來拜訪，要先生指示：浙人久反之後，何以能服其心？」王冕道：「大王是高明遠見的，不消鄉民多說。若以仁義服人，何人不服，豈但浙江？若以兵力服人，浙人雖弱，恐亦義不受辱。不見方國珍麼？」

吳王嘆息，點頭稱善。兩人促膝談到日暮。那些從者都帶有乾糧。王冕自到廚下烙了一斤麵餅，炒了一盤韭菜，自捧出來，陪著。吳王吃了，稱謝教誨，上馬去了。這日，秦老進城回來，問及此事。王冕也不曾說就是吳王，只說是軍中一個將官，向年在山東相識的，故此來看我一看。說著就罷了。

不數年間，吳王削平禍亂，定鼎應天，天下一統，建國號大明，年號洪武。鄉村人，各各安居樂業。到了洪武四年，秦老又進城裏，回來向王冕道：「危老爺已自問了罪，發在和州去了。我帶了一本邸抄來與你看。」王冕接過來看，才曉得危素歸降之後，妄自尊大，在太祖面前自稱老臣。太祖大怒，發往和州守余闕墓去了。此一條之後，便是禮部議定取士之法：三年一科，用五經、四書、八股文。王冕指與秦老看，道：「這個法卻定的不好！將來讀書人既有此一條榮身之路，把那文行出處都看得輕了。」說著，天色晚了下來。此時正是初夏，天時乍熱。秦老在打麥場上放下一張桌子，兩人小飲。

須臾，東方月上，照耀得如同萬頃玻璃一般。那些眠鷗宿鷺，闃然無聲。王冕左手持杯，右手指著天上的星，向秦老道：「你看貫索犯文昌，一代文人有厄！」話猶未了，忽然起一陣怪風，刮得樹木都颼颼的響。水面上的禽鳥，格格驚起了許多。王冕同秦老嚇的將衣袖蒙了臉。少頃，風聲略定，睜眼看時，只見天上紛紛有百十個小星，都墜向東南角上去了。王冕道：「天可憐見，降下這一夥星君去維持文運，我們是不及見了！」當夜收拾傢伙，各自歇息。自此以後，時常有人傳說，朝廷行文到浙江布政司，要徵聘王冕出來作官。初時不在意裏，後來漸漸說的多了，王冕並不通知秦老，私自收拾，連夜逃往會稽山中。

半年之後，朝廷果然遣一員官，捧著詔書，帶領許多人，將著綵緞表裏，來到秦老門首，見秦老八十多歲，鬚鬢皓然，手扶拄杖。那官與他施禮。秦老讓到草堂坐下。那官問道：「王冕先生就在這莊上麼?而今皇恩授他咨議參軍之職，下官特地捧詔而來。」秦老道:「他雖是這裏人，只是久矣不知去向了。」秦老獻過了茶，領那官員走到王冕家，推開了門，見蠨蛸滿室，蓬蒿滿徑，知是果然去得久了。那官咨嗟嘆息了一回，仍舊捧詔回旨去了。

王冕隱居在會稽山中，並不自言姓名;後來得病去世，山鄰斂些錢財，葬于會稽山下。是年，秦老亦壽終于家。可笑近來文人學士，說著王冕，都稱他做王參軍!究竟王冕何曾做過一日官?所以表白一番。這不過是個楔子，下面還有正文。

第二回　王孝廉村學識同科　周蒙師暮年登上第

話說山東兗州府汶上縣有個鄉村，叫做薛家集。這集上有百十來人家，都是務農為業。村口一個觀音菴，殿宇三間之外，另還有十幾間空房子，後門臨著水次。這菴是十方的香火，只得一個和尚住。集上人家，凡有公事，就在這菴裏來同議。

那時成化末年，正是天下繁富的時候。新年正月初八日，集上人約齊了，都到菴裏來議鬧龍燈之事。到了早飯時候，為頭的申祥甫帶了七八個人走了進來，在殿上拜了佛。和尚走來與諸位見節，都還過了禮。申祥甫發作和尚道：「和尚！你新年新歲，也該把菩薩面前香燭點勤些！阿彌陀佛！受了十方的錢鈔，也要消受。」又叫：「諸位都來看看：這琉璃燈內，只得半琉璃油。」指著內中一個穿齊整些的老翁，說道：「不論別人，只這一位荀老爹，三十晚裏還送了五十斤油與你。白白給你炒菜吃，全不敬佛！」和尚陪著小心。等他發作過了，拿一把鉛壺，撮了一把苦丁茶葉，倒滿了水，在火上燎得滾熱，送與眾位吃。

荀老爹先開口道：「今年龍燈上廟，我們戶下各家，須出多少銀子？」申祥甫道：「且住，等我親家來一同商議。」正說著，外邊走進一個人，兩隻紅眼邊，一副鍋鐵臉，幾根黃鬍子，歪戴著瓦楞帽，身上青布衣服就如油簍一般；手裏拿著一根趕驢的鞭子，走進門來，和眾人拱一拱手，一屁股就坐在上席。這人姓夏，乃薛家集上舊年新參的總甲。

夏總甲坐在上席，先吩咐和尚道：「和尚，把我的驢牽在後園槽上，卸了鞍子，將些草喂得飽飽的。我議完了事，還要到縣門口黃老爹家吃年酒去哩。」吩咐過了和尚，把腿蹺起一隻來，自己拿拳頭在腰上只管捶，捶著說道：「俺如今到不如你們務農的快活了！想這新年大節，老爺衙門裏，三班六房，那一位不送帖子來。我怎好不去賀節。每日騎著這個驢，上縣下鄉，跑得昏頭暈腦。打緊又被這瞎眼的王八在路上打個前失，把我跌了下來，跌得腰胯生疼。」

申祥甫道：「新年初三，我備了個豆腐飯邀請親家，想是有事不得來了？」夏總甲道：「你還說哩。從新年這七八日，何曾得一個閒？恨不得長出兩張嘴來，還吃不退。就像今日請我的黃老爹，他就是老爺面前站得起來的班頭。他擡舉我，我若不到，不惹他怪？」申祥甫道：「西班黃老爹，我聽見說，他從年裏頭就是老爺差出去了。他家又無兄弟、兒子，卻是誰做主人？」夏總甲道：「你又不知道了。今日的酒，是快班李老爹請。李老爹家房子褊窄，所以把席擺在黃老爹家大廳上。」

說了半日，才講到龍燈上。夏總甲道：「這樣事，俺如今也有些不耐煩管了。從前年年是我做頭，眾人寫了功德，賴著不拿出來，不知累俺賠了多少。況今年老爺衙門裏，頭班、二班、西班、快班，家家都興龍燈，我料想看個不了，那得功夫來看鄉裏這條把燈。但你們說了一場，我也少不得搭個分子，任憑你們那一位做頭。像這荀老爹田地廣，糧食又多，叫他多出些；你們各家照分子派，這事就舞起來了。」眾人不敢違拗，當下捺著姓荀的出了一半，其餘眾戶也派了，共二三兩銀子，寫在紙上。和尚捧出茶盤——雲片糕、紅棗，和些瓜子、豆腐乾、栗子、雜色糖，擺了兩桌，尊夏老爹坐在首席，斟上茶來。

申祥甫又說：「孩子大了，今年要請一個先生。就在這觀音菴裏做個學堂。」眾人道：「俺們也有好幾家孩子要上學。只這申老爹的令郎，就是夏老爹的令婿；夏老爹時刻有縣主老爺的牌票，也要人認得字。只是這個先生，須是要城裏去請才好。」夏總甲道：「先生倒有一個。你道是誰？就是咱衙門裏戶總科提控顧老相公家請的一位先生，姓周，官名叫做周進，年紀六十多歲。前任老爺取過他個頭名，卻還不曾中過學。顧老相公請他在家裏三個年頭，他家顧小舍人去年就中了學，和咱鎮上梅三相一齊中的。那日從學裏師爺家迎了回來，小舍人頭上戴著方巾，身上披著大紅綢，騎著老爺棚子裏的馬，大吹大打，來到家門口。俺合衙門的人都攔著街遞酒。落後請將周先生來，顧老相公親自奉他三杯，尊在首席。點了一本戲，是梁灝八十歲中狀元的故事。顧老相公為這戲，心裏還不大喜歡，落後戲文內唱到梁灝的學生卻是十七八歲就中了狀元，顧老相公知道是替他兒子發兆，方才喜了。你們若要先生，俺替你把周先生請來。」眾人都說是好。吃完了茶，和尚又下了一箸牛肉麵吃了，各自散訖。

次日，夏總甲果然替周先生說了，每年館金十二兩銀子，每日二分銀子在和尚家代飯，約定燈節後下鄉，正月二十開館。

到了十六日，眾人將分子送到申祥甫家備酒飯，請了集上新進學的梅三相做陪客。那梅玖戴著新方巾，老早到了。直到巳牌時候，周先生才來。聽得門外狗叫，申祥甫走出去迎了進來。眾人看周進時，頭戴一頂舊氈帽，身穿元色綢舊直裰，那右邊袖子同後邊坐處都破了，腳下一雙舊大紅綢鞋，黑瘦面皮，花白鬍子。申祥甫拱進堂屋，梅玖方才慢慢的立起來和他相見。周進就問：「此位相公是誰？」眾人道：「這是我們集上在庠的梅相公。」周進聽了，謙讓不肯僭梅玖作揖。梅玖道：「今日之事不同。」周進再三不肯。

眾人道：「論年紀也是周先生長，先生請老實些罷。」梅玖回顧頭來向眾人道：「你眾位是不知道我們學校規矩，老友是從來不同小友序齒的。只是今日不同，還是周長兄請上。」原來明朝士大夫稱儒學生員叫做「朋友」，稱童生是「小友」。比如童生進了學，不怕十幾歲，也稱為「老友」；若是不進學，就到八十歲，也還稱「小友」。就如女兒嫁人的：嫁時稱為「新娘」，後來稱呼「奶奶」、「太太」，就不叫「新娘」了；若是嫁與人家做妾，就到頭髮白了，還要喚做「新娘」。

閒話休題。周進因他說這樣話，倒不同他讓了，竟僭著他作了揖。眾人都作過揖坐下。只有周、梅二位的茶杯裏有兩枚生紅棗，其餘都是清茶。吃過了茶，擺兩張桌子杯箸，尊周先生首席，梅相公二席，眾人序齒坐下，斟上酒來。周進接酒在手，向眾人謝了擾，一飲而盡。隨即每桌擺上八九個碗，乃是豬頭肉、公雞、鯉魚、肚、肺、肝、腸之類。叫一聲：「請！」一齊舉箸，卻如風捲殘雲一般，早去了一半。看那周先生時，一箸也不曾下。

申祥甫道：「今日先生為什麼不用餚饌？卻不是上門怪人？」揀好的遞了過來。周進攔住道：

「實不相瞞，我學生是長齋。」眾人道：「這個倒失于打點。卻不知先生因甚吃齋。」周進道：「只因當年先母病中，在觀音菩薩位下許的，如今也吃過十幾年了。」梅玖道：「我因先生吃齋，倒想起一個笑話，是前日在城裏我那案伯顧老相公家聽見他說的。有個做先生的一字至七字詩，……」眾人都停了箸聽他念詩。他便念道：「呆！秀才，吃長齋，鬍鬚滿腮，經書不揭開，紙筆自己安排，明年不請我自來！」念罷，說道：「像我這周長兄如此大才，呆是不呆的了。」又掩著口道：「秀才，指日就是；那『吃長齋鬍鬚滿腮』，竟被他說一個著！」說罷，哈哈大笑，眾人一齊笑起來。

周進不好意思，申祥甫連忙斟了一杯酒道：「梅三相該敬一杯。顧老相公家西席就是周先生了。」梅玖道：「我不知道，該罰該罰！但這個笑話不是為周長兄，他說明了是個秀才。但這吃齋也是好事。先年俺有一個母舅，一口長齋，後來進了學，老師送了丁祭的胙肉來。外祖母道：『丁祭肉若是不吃，聖人就要計較了：大則降災，小則害病。』只得就開了齋。俺這周長兄，只到今年秋季，少不得有胙肉送來，不怕你不開哩。」眾人說他發的利市好，同斟一杯，送與周先生預賀，把周先生臉上羞的紅一塊，白一塊，只得承謝眾人，將酒接在手裏。廚下捧出湯點來，一大盤實心饅頭，一盤油煎的扛子火燒。眾人道：「這點心是素的，先生用幾個！」周進怕湯不潔淨，討了茶來吃點心。

內中一人問申祥甫道：「你親家今日在那裏？何不來陪先生坐坐？」申祥甫道：「他到快班李老爹家吃酒去了。」又一個人道：「李老爹這幾年在新任老爺手裏，著實跑起來了，怕不一年要尋千把銀子。只是他老人家好賭，不如西班黃老爹，當初也在這些事裏玩耍，這幾年成了正果，家裏房子蓋的像天宮一般，好不熱鬧。」荀老爹向申祥甫道：「你親家自從當了門戶，時運也算走順風。再過兩年，只怕也要弄到黃老爹的意思哩。」申祥甫道：「他也要算停當的了。若想到黃老爹的地步，只怕還要做幾年的夢。」

梅相公正吃著火燒，接口道：「做夢倒也有些準哩。」因問周進道：「長兄這些年考校，可曾得個什麼夢兆？」周進道：「倒也沒有。」梅玖道：「就是僥倖的這一年，正月初一日，我夢見在一個極高的山上，天上的日頭，不差不錯，端端正正掉了下來，壓在我頭上，驚出一身的汗；醒了摸一摸頭，就像還有些熱。彼時不知什麼原故，如今想來，好不有準！」于是點心吃完，又斟了一巡酒。直到上燈時候，梅相公同眾人別了回去。申祥甫拿出一副藍布被褥，送周先生到觀音菴裏歇宿；向和尚說定，館地就在後門裏這兩間屋內。

直到開館那日，申祥甫同著眾人領了學生來，七長八短幾個孩子，拜見先生。眾人各自散了。周進上位教書。晚間，學生回去，把各家贄見拆開來看：只見荀家是一錢銀子，另有八分銀子代茶；其餘也有三分的，也有四分的，也有十來個錢的，合攏了不夠一個月飯食。周進一總包了，交與和尚收著再算。那些孩子就像蠢牛一般，一時照顧不到，就溜到外邊去打瓦踢毬，每日淘氣不了。周進只得捺定性子，坐著教導。

不覺兩個多月，天氣漸暖。周進吃過午飯，開了後門出來，河沿上望望。雖是鄉村地方，河邊卻也有幾樹桃花、柳樹，紅紅綠綠，間雜好看。看了一回，只見濛濛的細雨下將起來。周進見下雨，轉入門內，望著雨下在河裏，煙籠遠樹，景致更妙。這雨越下越大。卻見上流頭一隻船冒雨而來。那船本不甚大，又是蘆蓆蓬，所以怕雨。將近河岸，看時，中艙坐著一個人，船尾坐著兩個從人，船頭上放著一擔食盒。將到岸邊，那人連呼船家泊船，帶領從人，走上岸來。

周進看那人時，頭戴方巾，身穿寶藍緞直裰，腳下粉底皂靴，三綹髭鬚，約有三十多歲光景。走到門口，與周進舉一舉手，一直進來。自己口裏說道：「原來是個學堂。」周進跟了進來作揖。那人還了個半禮道：「你想就是先生了？」周進道：「正是。」那人問從者道：「和尚怎的不見？」說著，和尚忙走了出來道：「原來是王大爺。請坐，僧人去烹茶來。」向著周進道：「這王大爺就是前科新中的，先生陪了坐著，我去拿茶。」

那王舉人也不謙讓，從人擺了一張凳子，就在上首坐了。周進下面相陪。王舉人道：「你這位先生貴姓？」周進知他是個舉人，便自稱道：「晚生姓周。」王舉人道：「去年在誰家作館？」

周進道：「在縣門口顧老相公家。」王舉人道：「足下莫不是就在我白老師手裏曾考過一個案首的？說這幾年在顧二哥家作館，不差不差。」周進道：「俺這顧東家，老先生也是相與的？」王舉人道：「顧二哥是俺戶下冊書，又是拜盟的好弟兄。」

須臾，和尚獻上茶來吃了。周進道：「老先生的硃卷是晚生熟讀過的。後面兩大股文章，尤其精妙。」王舉人道：「那兩股文章不是俺作的。」周進道：「老先生又過謙了。卻是誰作的呢？」王舉人道：「雖不是我作的，卻也不是人作的。那時頭場，初九日，天色將晚，第一篇文章還不曾做完，自己心裏疑惑，說：『我平日筆下最快，今日如何遲了？』正想不出來，不覺瞌睡上來，伏著號板打一個盹。只見五個青臉的人跳進號來，中間一人，手裏拿著一枝大筆，把俺頭上點了一點，就跳出去了。隨即一個戴紗帽、紅袍金帶的人，揭簾子進來，把俺拍了一下，說道：『王公請起。』那時弟嚇了一跳，通身冷汗，醒轉來，拿筆在手，不知不覺寫了出來。可見貢院裏鬼神是有的。弟也曾把這話回稟過大主考座師，座師就道弟該有鼎元之分。」

正說得熱鬧，一個小學生送倣來批，周進叫他擱著。王舉人道：「不妨，你只管去批倣，俺還有別的事。」周進只得上位批倣。王舉人吩咐家人道：「天已黑了，雨又不住，你們把船上的食盒挑了上來，叫和尚拿升米做飯。船家叫他伺候著，明日早走。」向周進道：「我方才上墳回來，不想遇著雨，耽擱一夜。」說著，就猛然回頭，一眼看見那小學生的倣紙上的名字是荀玫，不覺就吃了一驚。一會兒咂嘴弄唇的，臉上做出許多怪物像。

周進又不好問他，批完了倣，依舊陪他坐著。他就問道：「方才這小學生幾歲了？」周進道：「他才七歲。」王舉人道：「是今年才開蒙？這名字是你替他起的？」周進道：「這名字不是晚生起的。開蒙的時候，他父親央及集上新進梅朋友替他起名。梅朋友說自己的名字叫做『玖』，也替他起個『王』旁的名字發發兆，將來好同他一樣的意思。」

王舉人笑道：「說起來，竟是一場笑話。弟今年正月初一日夢見看會試榜，弟中在上面是不消說了，那第三名也是汶上人，叫做荀玫。弟正疑惑我縣裏沒有這一個姓荀的孝廉，誰知竟同著這個小學生的名字，難道和他同榜不成！」說罷，就哈哈大笑起來道：「可見夢作不得準！況且功名大事，總以文章為主，那裏有什麼鬼神！」周進道：「老先生，夢也竟有準的，前日晚生初來，會著集上梅朋友，他說也是正月初一日，夢見一個大紅日頭落在他頭上，他這年就飛黃騰達的。」王舉人道：「這話更作不得準了。比如他進過學，就有日頭落在他頭上；像我這發過的，不該連天都掉下來，是俺頂著的了？」彼此說著閒話，掌上燈燭，管家捧上酒飯，雞、魚、鴨、肉，堆滿春臺。王舉人也不讓周進，自己坐著吃了，收下碗去。落後和尚送出周進的飯來，一碟老菜葉、一壺熱水，周進也吃了。叫了安置，各自歇宿。

次早，天色已晴，王舉人起來洗了臉，穿好衣服，拱一拱手，上船去了。撒了一地的雞骨頭、鴨翅膀、魚刺、瓜子殼，周進昏頭昏腦，掃了一早晨。

自這一番之後，一薛家集的人都曉得荀家孩子是縣裏王舉人的進士同年，傳為笑話。這些同學的孩子趕著他就不叫荀玫了，都叫他「荀進士」。各家父兄聽見這話，都各不平，偏要在荀老翁跟前恭喜，說他是個封翁太老爺，把個荀老爹氣得有口難分。申祥甫背地裏又向眾人道：「那裏是王舉人親口說這番話！這就是周先生看見我這一集上只有荀家有幾個錢，捏造出這話來奉承他，圖他個逢時遇節，他家多送兩個盒子。俺前日聽見說，荀家炒了些麵筋、豆腐乾，送在菴裏，又送了幾回饅頭、火燒。就是這些原故了。」眾人都不歡喜，以此周進安身不牢，因是礙著夏總甲的面皮，不好辭他，將就混了一年。後來夏總甲也嫌他呆頭呆腦，不知道常來承謝，由著眾人把周進辭了來家

那年卻失了館，在家日食艱難。一日，他姊丈金有餘來看他，勸道：「老舅，莫怪我說你。這讀書求功名的事，料想也是難了。人生世上，難得的是這碗現成飯，只管『稂不稂莠不莠』的到幾時？我如今同了幾個大本錢的人到省城去買賣，差一個記帳的人，你不如同我們去走走。你又孤身一人，在客夥內，還是少了你吃的、穿的？」周進聽了這話，自己想：「『癱子掉在井裏，撈起也是坐。』有甚虧負我？」隨即應允了。

金有餘擇個吉日，同一夥客人起身，來到省城雜貨行裏住下。周進無事閒著，街上走走，看見紛紛的工匠都說是修理貢院。周進跟到貢院門口，想挨進去看，被看門的大鞭子打了出來。晚間向姊夫說，要去看看。金有餘只得用了幾個小錢，一夥客人都也同了去看；又央及行主人領著。行主人走進頭門，用了錢的並無攔阻。到了龍門下，行主人指道：「周客人，這是相公們進的門了。」進去兩邊號房門，行主人指道：「這是天字號了，你自進去看看，」周進一進了號，見兩號塊板擺得齊齊整整，不覺眼睛裏一陣酸酸的，長嘆一聲，一頭撞在號板上，直殭殭的不醒人事。只因這一死，有分教：累年蹭蹬，忽然際會風雲；終歲淒涼，竟得高懸月旦。未知周進性命如何？且聽下回分解。

第三回　周學道校士拔真才　胡屠戶行兇鬧捷報

話說周進在省城要看貢院，金有餘見他真切，只得用幾個小錢同他去看。不想才到天字號，就撞死在地下。眾人多慌了，只道一時中了惡。行主人道：「想是這貢院裏久沒有人到，陰氣重了，故此周客人中了惡。」金有餘道：「賢東！我扶著他，你且去到做工的那裏借口開水來灌他一灌。」行主人應諾，取了水來，三四個客人一齊扶著，灌了下去，喉嚨裏咯咯的響了一聲，吐出一口稠涎來。眾人道：「好了。」扶著立了起來。

周進看著號板，又是一頭撞將去，這回不死了，放聲大哭起來。眾人勸著不住。金有餘道：「你看，這不是瘋了麼？好好到貢院來耍，你家又不死了人，為什麼這『號淘痛』也是的？」周進也不聽見，只管伏著號板哭個不住；一號哭過，又哭到二號、三號；滿地打滾，哭了又哭，哭的眾人心裏都淒慘起來。金有餘見不是事，同行主人，一左一右，架著他的膀子。他那裏肯起來，哭了一陣，又是一陣，直哭到口裏吐出鮮血來。

眾人七手八腳將他扛擡了出來，貢院前一個茶棚子裏坐下，勸他吃了一碗茶，猶自索鼻涕，彈眼淚，傷心不止。內中一個客人道：「周客人有甚心事？為甚到了這裏，這等大哭起來？卻是哭得利害。」金有餘道：「列位老客有所不知。我這舍舅，本來原不是生意人。因他苦讀了幾十年的書，秀才也不曾做得一個，今日看見貢院，就不覺傷心起來。」自因這一句話道著周進的真心事，于是不顧眾人，又放聲大哭起來。

又一個客人道：「論這事，只該怪我們金老客。周相公既是斯文人，為什麼帶他出來做這樣的事？」金有餘道：「也只為赤貧之士，又無館做，沒奈何上了這一條路。」又一個客人道：「看令舅這個光景，畢竟胸中才學是好的；因沒有人識得他，所以受屈到此田地。」金有餘道：「他才學是有的，怎奈時運不濟！」那客人道：「監生也可以進場。周相公既有才學，何不捐他一個監進場？中了，也不枉了今日這一番心事。」金有餘道：「我也是這般想，只是那裏有這一注銀子？」

此時周進哭的住了。那客人道：「這也不難，現放著我這幾個弟兄在此，每人拿出幾十兩銀子借與周相公納監進場。若中了官，那在我們這幾兩銀子？就是周相公不還，我們走江湖的人，那裏不破掉了幾兩銀子！何況這是好事，你眾位意下如何？」眾人一齊道：「『君子成人之美。』」又道：「『見義不為，是為無勇。』俺們有什麼不肯？只不知周相公可肯俯就？」周進道：「若得如此，便是重生父母，我周進變驢變馬，也要報效！」爬到地下，就磕了幾個頭。眾人還下禮去。金有餘也稱謝了眾人。又吃了幾碗茶。周進再不哭了，同眾人說說笑笑，回到行裏。

次日，四位客人果然備了二百兩銀子，交與金有餘。一切多的使費，都是金有餘包辦。周進又謝了眾人和金有餘。行主人替周進備一席酒，請了眾位。金有餘將著銀子，上了藩庫，討出庫收來。正值宗師來省錄遺，周進就錄了個貢監首卷。到了八月初八日進頭場，見了自己哭的所在，不覺喜出望外。自古道：「人逢喜事精神爽」，那七篇文字，做的花團錦簇一般。出了場，仍舊住在行裏。金有餘同那幾個客人還不曾買完了貨，直到放榜那日，巍然中了。眾人各各歡喜，一齊回到汶上縣。拜縣父母、學師、典史。那晚生帖子上門來賀，汶上縣的人，不是親的也來認親，不相與的也來認相與。忙了個把月。申祥甫聽見這事，在薛家集斂了分子，買了四隻雞、五十個蛋和些炒米、飯團之類，親自上縣來賀喜。周進留他吃了酒飯去。荀老爹賀禮是不消說了。看看上京會試，盤費、衣服，都是金有餘替他設處。到京會試，又中了進士，殿在三甲，授了部屬。荏苒三年，升了御史，欽點廣東學道。

這周學道雖也請了幾個看文章的相公，卻自心裏想道：「我在這裏面吃苦久了，如今自己當權，須要把卷子都細細看過，不可聽著幕客，屈了真才。」主意定了，到廣州上了任。次日，行香掛牌，先考了兩場生員。第三場是南海、番禺兩縣童生。周學道坐在堂上，見那些童生紛紛進來：也有小的，也有老的，儀表端正的，獐頭鼠目的，衣冠齊楚的，襤褸破爛的。落後點進一個童生來，面黃肌瘦，花白鬍鬚，頭上戴一頂破氈帽。廣東雖是氣候溫暖，這時已是十二月上旬，那童生還穿著麻布直裰，凍得乞乞縮縮，接了卷子，下去歸號。

周學道看在心裏，封門進去。出來放頭牌的時節，坐在上面，只見那穿麻布的童生上來交卷，那衣服因是朽爛了，在號裏又扯破了幾塊。周學道看看自己身上，緋袍金帶，何等輝煌。因翻一翻點名冊，問那童生道：「你就是范進？」范進跪下道：「童生就是。」。學道道：「你今年多少年紀了？」范進道：「童生冊上寫的是三十歲，童生實年五十四歲。」學道道：「你考過多少回數了？」范進道：「童生二十歲應考，到今考過二十餘次。」學道道：「如何總不進學？」范進道：「總因童生文字荒謬，所以各位大老爺不曾賞取。」周學道道：「這也未必盡然。你且出去，卷子待本道細細看。」范進磕頭下去了。

那時天色尚早，並無童生交卷，周學道將范進卷子用心用意看了一遍，心裏不喜道：「這樣的文字，都說的是些什麼話！怪不得不進學。」丟過一邊不看了。又坐了一會，還不見一個人來交卷，心裏又想道：「何不把范進的卷子再看一遍？倘有一線之明，也可憐他苦志。」從頭至尾，又看了一遍，覺得有些意思。正要再看看，卻有一個童生來交卷。

那童生跪下道：「求大老爺面試。」學道和顏道：「你的文字已在這裏了，又面試些什麼？」那童生道：「童生詩、詞、歌、賦都會，求大老爺出題面試。」學道變了臉道：「當今天子重文章，足下何須講漢唐！像你做童生的人，只該用心做文章，那些雜覽，學他做什麼！況且本道奉旨到此衡文，難道是來此同你談雜學的麼？看你這樣務名而不務實，那正務自然荒廢，都是些粗心浮氣的說話，看不得了！左右的！趕了出去！」一聲吩咐過了，兩旁走過幾個如狼似虎的公人，把那童生叉著膊子，一路跟頭，叉到大門外。

周學道雖然趕他出去，卻也把卷子取來看看。那童生叫做魏好古，文字也還清通。學道道：「把他低低的進了學罷。」因取過筆來，在卷子尾上點了一點，做個記認。又取過范進卷子來看。看罷，不覺嘆息道：「這樣文字，連我看一兩遍也不能解，直到三遍之後，才曉得是天地間之至文！真乃一字一珠！可見世上糊塗試官，不知屈煞了多少英才！」忙取筆細細圈點，卷面上加了三圈，即填了第一名；又把魏好古的卷子取過來，填了第二十名。將各卷彙齊，帶了進去。發出案來，范進是第一。謁見那日，著實贊揚了一回。點到二十名，魏好古上去，又勉勵了幾句「用心舉業，休學雜覽」的話，鼓吹送了出去。

次日起馬，范進獨自送在三十里之外，轎前打恭。周學道又叫到跟前，說道：「『龍頭屬老成。』本道看你的文字，火候到了，即在此科，一定發達。我復命之後，在京專候。」范進又磕頭謝了，起來立著。學道轎子，一擁而去。范進立著，直望見門鎗影子抹過前山，看不見了，方才回到下處，謝了房主人。他家離城還有四十五里路，連夜回來，拜見母親。家裏住著一間草屋，一廈披子。門外是個茅草棚。正屋是母親住著，妻子住在披房裏。他妻子乃是集上胡屠戶的女兒。

范進進學回家，母親、妻子，俱各歡喜。正待燒鍋做飯，只見他丈人胡屠戶，手裏拿著一副大腸和一瓶酒，走了進來。范進向他作揖，坐下。胡屠戶道：「我自倒運，把個女兒嫁與你這現世寶、窮鬼，歷年以來，不知累了我多少。如今不知因我積了什麼德，帶挈你中了個相公，我所以帶個酒來賀你。」范進唯唯連聲，叫渾家把腸子煮了，燙起酒來，在茅草棚下坐著。母親自和媳婦在廚下造飯。

胡屠戶又吩咐女婿道：「你如今既中了相公，凡事要立起個體統來。比如我這行事裏都是些正經有臉面的人，又是你的長親，你怎敢在我們跟前裝大？若是家門口這些種田的、扒糞的，不過是平頭百姓，你若同他拱手作揖，平起平坐，這就是壞了學校規矩，連我臉上都無光了。你是個爛忠厚沒用的人，所以這些話我不得不教導你，免得惹人笑話。」范進道：「岳父見教的是。」胡屠戶又道：「親家母也來這裏坐著吃飯。老人家每日小菜飯，想也難過。我女孩兒也吃些，自從進了你家門，這十幾年，不知猪油可曾吃過兩三回哩？可憐！可憐！」說罷，婆媳兩個，都來坐著吃了飯。吃到日西時分，胡屠戶吃的醺醺的。這裏母子兩個，千恩萬謝。屠戶橫披了衣服，腆著肚子去了。

次日，范進少不得拜拜鄉鄰。魏好古又約了一班同案的朋友，彼此來往。因是鄉試年，做了幾個文會。不覺到了六月盡間，這些同案的人約范進去鄉試。范進因沒有盤費，走去同丈人商議，被胡屠戶一口啐在臉上，罵了一個狗血噴頭：「不要失了你的時了！你自己只覺得中了一個相公，就『癩蝦蟆想吃起天鵝肉』來！我聽見人說，就是中相公時，也不是你的文章，還是宗師看見你老，不過意，捨與你的，如今癡心就想中起老爺來！這些中老爺的都是天上的『文曲星』；你不看見城裏張府上那些老爺，都有萬貫家私，一個個方面大耳。像你這尖嘴猴腮，也該撒泡尿自己照照！不三不四，就想天鵝屁吃！趁早收了這心，明年在我們行事裏替你尋一個館，每年尋幾兩銀子，養活你那老不死的老娘和你老婆是正經！你問我借盤纏，我一天殺一個猪還賺不得錢把銀子，都把與你去丟在水裏，叫我一家老小嗑西北風？」

一頓夾七夾八，罵得范進摸門不著。辭了丈人回來，自心裏想：「宗師說我火候已到，自古無場外的舉人，如不進去考他一考，如何甘心？」因向幾個同案商議，瞞著丈人，到城裏鄉試。出了場，即便回家。家裏已是餓了兩三天。被胡屠戶知道，又罵了一頓。

到出榜那日，家裏沒有早飯米，母親吩咐范進道：「我有一隻生蛋的母雞，你快拿集上去賣了，買幾升米來煮餐粥吃。我已是餓的兩眼都看不見了！」范進慌忙抱了雞，走出門去。才去不到兩個時辰，只聽得一片聲的鑼響，三匹馬闖將來。那三個人下了馬，把馬栓在茅草棚上，一片聲叫道：「快請范老爺出來，恭喜高中了！」母親不知是甚事，嚇得躲在屋裏；聽見中了，方敢伸出頭來說道：「諸位請坐，小兒方才出去了。」那些報錄人道：「原來是老太太。」大家簇擁著要喜錢。正在吵鬧，又是幾匹馬，二報、三報到了，擠了一屋的人，茅草棚地下都坐滿了。鄰居都來了，擠著看。老太太沒奈何，只得央及一個鄰居去尋他兒子。

那鄰居飛奔到集上，一地裏尋不見；直尋到集東頭，見范進抱著雞，手裏插個草標，一步一踱的，東張西望，在那裏尋人買。鄰居道：「范相公，快些回去！你恭喜中了舉人，報喜人擠了一屋裏。」范進道是哄他，只裝不聽見，低著頭，往前走。鄰居見他不理，走上來，就要奪他手裏的雞。范進道：「你奪我的雞怎的？你又不買。」鄰居道：「你中了舉人，叫你家去打發報子哩。」范進道：「高鄰，你曉得我今日沒有米，要賣這雞去救命，為什麼拿這話來混我？我又不同你玩，你自己回去罷，莫誤了我賣雞。」

鄰居見他不信，劈手把雞奪了，摜在地下，一把拉了回來。報錄人見了道：「好了，新貴人回來了！」正要擁著他說話，范進三兩步走進屋裏來，見中間報帖已經升掛起來，上寫道：「捷報貴府老爺范諱進高中廣東鄉試第七名『亞元』，京報連登黃甲。」

范進不看便罷，看了一遍，又念了一遍，自己把兩手拍了一下，笑了一聲道：「噫！好了！我中了！」說著，往後一跤跌倒，牙關咬緊，不醒人事。老太太慌了，忙將幾口開水灌了過來。他爬將起來，又怕著手大笑道：「噫！好！我中了！」笑著，不由分說，就往門外飛跑，把報錄人和鄰居都嚇了一跳。走出大門不多路，一腳踹在池塘裏，掙起來，頭髮都跌散了，兩手黃泥，淋淋漓漓一身的水，眾人拉他不住，拍著笑著，一直走到集上去了。

眾人大眼望小眼，一齊道：「原來新貴人歡喜瘋了。」老太太哭道：「怎生這樣苦命的事！中了一個什麼舉人，就得了這個拙病！這一瘋了，幾時才得好？」娘子胡氏道：「早上好好出去，怎的就得了這樣的病！卻是如何是好？」眾鄰居勸道：「老太太不要心慌，我們而今且派兩個人跟定了范老爺。這裏眾人家裏拿些雞、蛋、酒、米，且管待了報子上的老爹們，再為商酌。」

當下眾鄰居有拿雞蛋來的，有拿白酒來的，也有背了斗米來的，也有捉兩隻雞來的。娘子哭哭啼啼，在廚下收拾齊了，拿在草棚下。鄰居又搬些桌凳，請報錄的坐著吃酒，商議：「他這瘋了，如何是好？」報錄的內中有一個人道：「在下倒有一個主意，不知可以行得行不得？」眾人問：「如何主意？」那人道：「范老爺平日可有最怕的人？他只因歡喜狠了，痰湧上來，迷了心竅。如今只消他怕的這個人來打他一個嘴巴，說：『這報錄的話都是哄你，你並不曾中。』他吃這一嚇，把痰吐了出來，就明白了。」眾鄰都拍手道：「這個主意好得緊！妙得緊！范老爺怕的，莫過于肉案上胡老爹。好了！快尋胡老爹來。他想是還不知道，在集上賣肉哩。」又一個人道：

「在集上賣肉，他倒好知道了；他從五更鼓就往東頭集上迎豬，還不曾回來，快些迎著去尋他。」一個人飛奔去迎，走到半路，遇著胡屠戶來，後面跟著一個燒湯的二漢，提著七八斤肉，四五千錢，正來賀喜。進門見了老太太，老太太哭著告訴了一番。胡屠戶詫異道：「難道這等沒福！」外邊人一片聲請胡老爹說話。

胡屠戶把肉和錢交與女兒，走了出來，眾人如此這般，同他商議。胡屠戶作難道：「雖然是我女婿，如今卻做了老爺，就是天上的星宿。天上的星宿是打不得的！我聽得齋公們說：打了天上的星宿，閻王就要拿去打一百鐵棍，發在十八層地獄，永不得翻身。我卻是不敢做這樣的事。」鄰居內一個尖酸人說道：「罷了！胡老爹！你每日殺豬的營生，白刀子進去，紅刀子出來，閻王也不知叫判官在簿子上記了你幾千條鐵棍，就是添上這一百棍，也打什麼要緊？只恐把鐵棍子打完了，也算不到這筆帳上來！或者你救好了女婿的病，閻王敘功，從地獄裏把你提上第十七層來，也不可知！」報錄的人道：「不要只管講笑話。胡老爹，這個事須是這般。你沒奈何，權變一權變。」

屠戶被眾人局不過，只得連斟兩碗酒喝了，壯一壯膽，把方才這些小心收起，將平日的兇惡樣子拿出來，捲一捲那油晃晃的衣袖，走上集去。眾鄰居五六個都跟著走。老太太趕出來叫道：「親家，你這可嚇他一嚇，卻不要把他打傷了！」眾鄰居道：「這自然，何消吩咐！」說著，一直去了。來到集上，見范進正在一個廟門口站著，散著頭髮，滿臉汙泥，鞋都跑掉了一隻，兀自拍著掌，口裏叫道：「中了！中了！」

胡屠戶凶神走到跟前，說道：「該死的畜生！你中了什麼？」一個嘴巴打將去。眾人和鄰居見這模樣，忍不住的笑。不想胡屠戶雖然大著膽子打了一下，心裏到底還是怕的，那手早顫起來，不敢打到第二下。范進因這一個嘴巴，卻也打暈了，昏倒于地。眾鄰一居齊上前，替他抹胸口，捶背心，舞了半日，漸漸喘息過來，眼睛明亮，不瘋了。眾人扶起，借廟門口一個外科郎中「姚駝子」板凳上坐著。胡屠戶站在一邊，不覺那隻手隱隱的疼將起來。自己看時，把個巴掌仰著，再也彎不過來。自己心裏懊惱道：「果然天上『文曲星』是打不得的，而今菩薩計較起來了。」想一想，更疼的狠了，連忙問郎中討了個膏藥貼著。

范進看了眾人，說道：「我怎麼坐在這裏？」又道：「我這半日，昏昏沈沈，如在夢裏一般。」眾鄰居道：「老爺，恭喜高中了！適才歡喜的有些引動了痰，方才吐出幾口痰來，好了。快請回家去打發報錄人。」范進說道：「是了。我也記得是中的第七名。」范進一面自綰了頭髮，一面問郎中借了一盆水洗洗臉。一個鄰居早把那一隻鞋尋了來，替他穿上。見丈人在跟前，恐怕又要來罵。胡屠戶上前道：「賢婿老爺，方才不是我敢大膽，是你老太太的主意，央我來勸你的。」鄰居內一個人道：「胡老爹方才這個嘴巴打的親切，少頃范老爺洗臉，還要洗下半盆猪油來！」又一個道：「老爹，你這手明日殺不得猪了。」

胡屠戶道：「我那裏還殺猪！有我這賢婿，還怕後半世靠不著也怎的？我每常說：我的這個賢婿，才學又高，品貌又好，就是城裏頭那張府、周府這些老爺，也沒有我女婿這樣一個體面的相貌。你們不知道，得罪你們說，我小老這一雙眼睛，卻是認得人的！想著先年我小女在家裏長到三十多歲，多少有錢的富戶要和我結親，我自己覺得女兒像有些福氣的，畢竟要嫁與個老爺，今日果然不錯！」說罷，哈哈大笑。眾人都笑起來。看看范進洗了臉，郎中又拿茶來吃了，一同回家。范舉人先走，屠戶和鄰居跟在後面。

屠戶見女婿衣裳後襟滾皺了許多，一路低著頭替他扯了幾十回。到了家門，屠戶高聲叫道：「老爺回府了！」老太太迎著出來，見兒子不瘋，喜從天降。眾人問報錄的，已是家裏把屠戶送來的幾千錢，打發他們去了。范進拜了母親，也拜謝丈人。胡屠戶再三不安道：「些須幾個錢，不夠你賞人！」范進又謝了鄰居，正待坐下，早看見一個體面的管家，手裏拿著一個大紅全帖，飛跑了進來：「張老爺來拜新中的范老爺。」說畢，轎子已是到了門口。胡屠戶忙躲進女兒房裏，不敢出來，鄰居各自散了。

范進迎了出去。只見那張鄉紳下了轎進來，頭戴紗帽，身穿葵花色員領，金帶、皂靴。他是舉人出身，做過一任知縣的，別號靜齋。同范進讓了進來，到堂屋內平磕了頭，分賓主坐下。張鄉紳先攀談道：「世先生同在桑梓，一向有失親近。」范進道：「晚生久仰老先生，只是無緣，不曾拜會。」張鄉紳道：「適才看見題名錄，貴房師高要縣湯公，就是先祖的門生。我和你是親切的世弟兄。」范進道：「晚生僥倖，實是有愧。卻幸得出老先生門下，可為欣喜。」

張鄉紳四面將眼睛望了一望，說道：「世先生果是清貧。」隨在跟的家人手裏拿過一封銀子來，說道：「弟卻也無以為敬，謹具賀儀五十兩，世先生權且收看。這華居，其實住不得，將來當事拜往，俱不甚便。弟有空房一所，就在東門大街上，三進三間，雖不軒敞，也還乾淨，就送與世先生，搬到那裏去住，早晚也好請教些。」范進再三推辭，張鄉紳急了，道：「你我年誼世好，就如至親骨肉一般；若要如此，就是見外了！」范進方才把銀子收下，作揖謝了。又說了一會，打躬作別。胡屠戶直等他上了轎，才敢走出堂屋來。

范進即將這銀子交與渾家打開看，一封一封雪白的細絲錠子，即便包了兩錠，叫胡屠戶進來，遞與他道：「方才費老爹的心，拿了五千錢來。這六兩多銀子，老爹拿了去。」屠戶把銀子攥在手裏緊緊的，把拳頭舒過來道：「這個，你且收著。我原是賀你的，怎好又拿了回去？」范進道：「眼見得我這裏還有這幾兩銀子；若用完了，再來問老爹討來用。」屠戶連忙把拳頭縮了回去，往腰裏揣，口裏說道：「也罷，你而今相與了這個張老爺，何愁沒有銀子用？他家裏的銀子，說起來比皇帝家還多些哩！他家就是我賣肉的主顧，一年就是無事，肉也要用四五千斤，銀子何足為奇！」又轉回頭來望著女兒說道：「我早上拿了錢來，你那該死行瘟的兄弟還不肯。我說：『姑老爺今非昔比，少不得有人把銀子送上門來給他用，只怕姑老爺還不希罕。』今日果不其然！如今拿了銀子家去，罵這死砍頭短命的奴才！」說了一會，千恩萬謝，低著頭，笑眯眯的去了。

自此以後，果然有許多人來奉承他：有送田產的，有人送店房的，還有那些破落戶，兩口子來投身為僕，圖蔭庇的。到兩三個月，范進家奴僕、丫鬟都有了，錢、米是不消說了。張鄉紳家又來催著搬家。搬到新房子裏，唱戲、擺酒、請客，一連三日。

到第四日上，老太太起來吃過點心，走到第三進房子內，見范進的娘子胡氏，家常戴著銀絲鬏髻；此時是十月中旬，天氣尚暖，穿著天青緞套，官綠的緞裙；督率著家人、媳婦、丫鬟，洗碗盞杯箸。老太太看了，說道：「你們嫂嫂、姑娘們要仔細些，這都是別人家的東西，不要弄壞了。」家人媳婦道：「老太太，那裏是別人的，都是你老人家的。」老太太笑道：「我家怎的有這些東西？」丫鬟和媳婦一齊都說道：「怎麼不是？豈但這個東西是，連我們這些人和這房子都是你老太太家的！」

老太太聽了，把細磁碗盞和銀鑲的杯盤逐件看了一遍，哈哈大笑道：「這都是我的了！」大笑一聲，往後便跌倒。忽然痰湧上來，不醒人事。只因這一番，有分教：會試舉人，變作秋風之客；多事貢生，長為興訟之人。不知老太太性命如何？且聽下回分解。

第四回　薦亡齋和尚吃官司　打秋風鄉紳遭橫事

話說老太太見這些傢伙什物都是自己的，不覺歡喜，痰迷心竅，昏絕于地。家人、媳婦和丫鬟、娘子都慌了，快請老爺進來。范舉人三步作一步走來看時，連叫母親不應，忙將老太太擡放床上，請了醫生來。醫生說：「老太太這病是中了臟，不可治了！」連請了幾個醫生，都是如此說。范舉人越發慌了，夫妻兩個，守著哭泣，一面製備後事。挨到黃昏時分，老太太奄奄一息，歸天去了。合家忙了一夜。

次日，請將陰陽徐先生來寫了七單，老太太是犯三七，到期該請僧人追薦。大門上掛了白布球，新貼的廳聯都用白紙糊了。合城紳衿都來弔唁。請了同案的魏好古，穿著衣巾，在前廳陪客。胡老爹上不得臺盤，只好在廚房裏，或女兒房裏，幫著量白布、秤肉，亂竄。

到得二七過了，范舉人念舊，拿了幾兩銀子，交與胡屠戶，託他仍舊到集上菴裏請平日相與的和尚做攬頭，請大寺八眾僧人來念經，拜「梁皇懺」，放焰口，追薦老太太升天。屠戶拿著銀子，一直走到集上菴裏滕和尚家。恰好大寺裏僧官慧敏也在那裏坐著。僧官因有田在左近，所以常在這菴裏起坐。滕和尚請屠戶坐下，言及：「前日新中的范老爺得病在小菴裏，那日貧僧不在家，不曾候得，多虧門口賣藥的陳先生燒了些茶水，替我做個主人。」胡屠戶道：「正是，我也多謝他的膏藥。今日不在這裏？」滕和尚道：「今日不曾來。」又問道：「范老爺那病隨即就好了，卻不想又有老太太這一變。胡老爹這幾十天想總是在那裏忙？不見來集上做生意。」

胡屠戶道：「可不是麼！自從親家母不幸去世，合城鄉紳，那一個不到他家來；就是我的主顧張老爺、周老爺，在那裏司賓。大長日子，坐著無聊，只拉著我說閒話，陪著吃酒吃飯。見了客來，又要打躬作揖，累個不了。我是個閒散慣了的人，不耐煩做這些事！欲待躲著些——難道是怕小婿怪！惹紳衿老爺們看喬了，說道：『要至親做什麼呢？』」說罷，又如此這般把請僧人做齋的話說了。和尚聽了，屁滾尿流，慌忙燒茶，下麵。就在胡老爹面前轉託僧官去約僧眾，並備香、燭、紙馬、寫法等事。胡屠戶吃過麵去。

僧官接了銀子，才待進城，走不到一里多路，只聽得後邊一個人叫道：「慧老爺，為什麼這些時不到莊上來走走？」僧官忙回過頭來看時，是佃戶何美之。何美之道：「你老人家這些時這等財忙！因甚事總不來走走？」僧官道：「不是，我也要來，只因城裏張大房裏想我屋後那一塊田，又不肯出價錢，我幾次回斷了他。若到莊上來，他家那佃戶又走過來嘴嘴舌舌，纏個不清。我在寺裏，他有人來尋我，只回他出門去了。」何美之道：「這也不妨。想不想由他，肯不肯由你。今日無事，且到莊上去坐坐。況且老爺前日煮過的那半隻火腿，吊在竈上，已經走油了；做的酒，也熟了；不如消繳了他罷。今日就在莊上歇了去，怕怎的？」和尚被他說的口裏流涎，那腳由不得自己，跟著他走到莊上。何美之叫渾家煮了一隻母雞，把火腿切了，酒舀出來燙著。和尚走熱了，坐在天井內，把衣服脫了一件，敞著懷，腆著個肚子，走出黑津津一頭一臉的肥油。

須臾，整理停當，何美之捧出盤子，渾家拎著酒，放在桌子上擺下。和尚上坐，渾家下陪，何美之打橫，把酒來斟。吃著，說起三五日內要往范府替老太太做齋。何美之渾家說道：「范家老奶奶，我們自小看見他的，是個和氣不過的老人家。只有她媳婦兒，是莊南頭胡屠戶的女兒，一雙紅鑲邊的眼睛，一窩子黃頭髮。那時在這裏住，鞋也沒有一雙，夏天靸著個蒲窩子，歪腿爛腳的。而今弄兩件『尸皮子』穿起來，聽見說做了夫人，好不體面。你說那裏看人去！」

正吃得興頭，聽得外面敲門甚兇，何美之道：「是誰？」和尚道：「美之，你去看一看。」何美之才開了門，七八個人一齊擁了進來，看見女人、和尚一桌子坐著，齊說道：「好快活！和尚、婦人，大青天白日調情！好僧官老爺！知法犯法！」何美之喝道：「休胡說！這是我田主人。」眾人一頓罵道：「田主人！連你婆子都有主兒了！」不由分說，拿條草繩，把和尚精赤條條，同婦人一繩綑了，將個槓子，穿心擡著，連何美之也帶了。來到南海縣前一個關帝廟前戲臺底下，和尚同婦人拴做一處。候知縣出堂報狀。眾人押著何美之出去，和尚悄悄叫他報與范府。

范舉人因母親做佛事，和尚被人拴了，忍耐不得，隨即拿帖子向知縣說了。知縣差班頭將和尚解放，女人著交美之領了家去；一班光棍帶著，明日早堂發落。眾人慌了，求張鄉紳帖子在知縣處說情。知縣准了，早堂帶進，罵了幾句，扯一個淡，趕了出去。和尚同眾人，倒在衙門口用了幾十兩銀子。僧官先去范府謝了。次日方帶領僧眾來鋪結壇場，掛佛像；兩邊十殿閻君。吃了開經麵，打動鐃鈸、叮噹，念了一卷經，擺上早齋來。八眾僧人，連司賓的魏相公共九位，坐了兩席。才吃著，長班報：「有客到！」魏相公丟了碗出去迎接進來，便是張、周兩位鄉紳，烏紗帽，淺色員領，粉底皂靴。魏相公陪著，一直拱到靈前去了。

內中一個和尚向僧官道：「方才進去的，就是張大房裏靜齋老爺。他和你是田鄰，你也該過去問訊一聲才是。」僧官道：「也罷了！張家是什麼有意思的人？想起我前日這一番是非，那裏是什麼光棍？就是他的佃戶。商議定了，做鬼做神，來弄送我。不過要簸掉我幾兩銀子，好把屋後那一塊田賣與他！使心用心，反害了自身！落後縣裏老爺要打他莊戶，一般也慌了，腆著臉，拿帖子去說，惹得縣主不喜歡。」又道：「他沒脊骨的事多哩！就像周三房裏，做過巢縣家的大姑娘，是他的外甥女兒。三房裏曾託我說媒，我替他講西鄉裏封大戶家，好不有錢。張家硬主張著許與方才這窮不了的小魏相公，因他進個學，又說他會作個什麼詩詞。前日替這裏作了一個薦亡的疏，我拿了給人看，說是倒別了三個字。像這都是作孽！眼見得二姑娘也要許人家了，又不知撮弄與個什麼人！」說著，聽見靴底響，眾和尚擠擠眼，僧官就不言語了。兩位鄉紳出來，同和尚拱一拱手，魏相公送了出去。眾和尚吃完了齋，洗了臉和手，吹打拜懺，行香放燈，施食散花，跑五方。整整鬧了三晝夜，方才散了。

光陰彈指，七七之期已過，范舉人出門謝了孝。一日，張靜齋來候問，還有話說，范舉人叫請在靈前一個小書房裏坐下，穿著衰絰，出來相見，先謝了喪事裏諸凡相助的話。張靜齋道：「老伯母的大事，我們做子姪的理應效勞。想老伯母這樣大壽歸天，也罷了。只是誤了世先生此番會試。看來，想是祖塋安葬了？可曾定有日期？」范舉人道：「今年山向不利，只好來秋舉行，但費用尚在不敷。」張靜齋屈指一算：「銘旌是用周學臺的銜。墓誌託魏朋友將就做一篇，卻是用誰的名？其餘殯儀、桌席、執事、吹打，以及雜用、飯食、破土、謝風水之類，須三百多銀子。」

正算著，捧出飯來吃了。張靜齋又道：「三載居廬，自是正理；但世先生為安葬大事，也要到外邊設法使用，似乎不必拘泥。現今高發之後，並不曾到貴老師處一候。高要地方肥美，或可秋風一二。弟意也要去候敝世叔，何不相約同行？一路上舟車之費，弟自當措辦，不須世先生費心。」范舉人道：「極承老先生厚愛，只不知大禮上可行得？」張靜齋道：「禮有經，亦有權，想沒有什麼行不得處。」范舉人又謝了。

張靜齋約定日期，雇齊夫馬，帶了從人，取路往高要縣進發。于路上商量說：「此來，一者見老師；二來，老太夫人墓誌，就要借湯公的官銜名字。」不一日，進了高要城。那日知縣下鄉相驗去了，二位不好進衙門，只得在一個關帝廟裏坐下。那廟正修大殿，有縣裏工房在內監工。工房聽見縣主的相與到了，慌忙迎到裏面客位內坐著，擺上九個茶盤來，工房坐在下席，執壺斟茶。

吃了一回，外面走進一個人來，方巾闊服，粉底皂靴，蜜蜂眼，高鼻梁，落腮鬍子。那人一進了門，就把茶盤子撤了，然後與二位敘禮坐下，動問那一位是張老先生，那一位是范老先生，二人各自道了姓名。那人道：「賤姓嚴，舍下就在咫尺。去歲宗師案臨，倖叨歲薦，與我這湯父母是極好的相與。二位老先生，想都是年家故舊？」二位各道了年誼師生，嚴貢生不勝欽敬。工房告過失陪，那邊去了。

嚴家家人掇了一個食盒來，又提了一瓶酒，桌上放下，揭開盒蓋，九個盤子，都是雞、鴨、糟魚、火腿之類。嚴貢生請二位先生上席，斟酒奉過來，說道：「本該請二位老先生降臨寒舍，一來蝸居恐怕褻尊；二來就要進衙門去，恐怕關防有礙。故此備個粗碟，就在此處談談，休嫌輕慢。」二位接了酒道：「尚未奉謁，倒先取擾。」嚴貢生道：「不敢，不敢。」立著要候乾一杯。二位恐怕臉紅，不敢多用，吃了半杯放下。嚴貢生道：「湯父母為人廉靜慈祥，真乃一縣之福。」

張靜齋道：「是，敝世叔也還有些善政麼？」嚴貢生道：「老先生，人生萬世，都是個緣法，真個勉強不來的。湯父母到任的那日，敝處闔縣紳衿，公搭了一個綵棚，在十里牌迎接，弟站在綵棚門口。須臾，鑼、旗、傘、扇、吹手，夜役，一隊一隊，都過去了。轎子將近，遠遠望見老父母兩朵高眉毛，一個大鼻梁，方面大耳，我心裏就曉得是一位豈弟君子。卻又出奇，幾十人在那裏同接，老父母轎子裏兩隻眼睛只看著小弟一個人。那時有個朋友，同小弟並站著，他把眼望一望老父母，又把眼望一望小弟，悄悄問我：『先生可曾認得這位父母？』小弟從實說：『不曾認得。』他就癡心，只道父母看的是他，忙搶上幾步，意思要老父母問他什麼。不想老父母下了轎，同眾人打躬，倒把眼望了別處，才曉得從前不是看他，把他羞的要不的。次日，小弟到衙門去謁見，老父母方才下學回來，諸事忙作一團，卻連忙丟了，叫請小弟進去，換了兩遍茶，就像相與過幾十年的一般。」

張鄉紳道：「總因你先生為人有品望，所以敝世叔相敬。近來自然時時請教。」嚴貢生道：「後來倒也不常進去。實不相瞞，小弟只是一個為人率真，在鄉里之間，從不曉得占人寸絲半粟的便宜，所以歷來的父母官，都蒙相愛。湯父母容易不大喜會客，卻也凡事心照。就如前月縣考，把二小兒取在第十名，叫了進去，細細問他從的先生是那個，又問他可曾定過親事，著實關切！」范舉人道：「我這老師看文章是法眼；既然賞鑑令郎，一定是英才。可賀！」嚴貢生道：「豈敢，豈敢。」又道：「我這高要，是廣東出名縣分。一歲之中，錢糧、耗羨、花、布、牛、驢、漁船、田房稅，不下萬金。」又自拿手在桌上畫著，低聲說道：「像湯父母這個做法，不過八千金；前任潘父母做的時節，實有萬金。他還有些枝葉，還用著我們幾個要緊的人。」說著，恐怕有人聽見，把頭別轉來望著門外。

一個蓬頭赤足的小使走了進來，望著他道：「老爺，家裏請你回去。」嚴貢生道：「回去做什麼？」小廝道：「早上關的那口猪，那人來討了，在家裏吵哩。」嚴貢生道：「他要猪，拿錢來。」小廝道：「他說猪是他的。」嚴貢生道：「我知道了，你先去罷，我就來。」那小廝又不肯去。張、范二位道：「既然府上有事，老先生竟請回罷。」嚴貢生道：「二位老先生有所不知，這口猪原是舍下的……」才說得一句，聽見鑼響，一齊立起身來說道：「回衙了。」

二位整一整衣帽，叫管家拿著帖子，向貢生謝了擾。一直來到宅門口，投進帖子去。知縣湯奉接了帖子，一個寫「世姪張師陸」，一個寫「門生范進」。自心裏沈吟道：「張世兄屢次來打秋風，甚是可厭；但這回同我新中的門生來見，不好回他。」吩咐快請。兩人進來，先是靜齋見過，范進上來敘師生之禮。湯知縣再三謙讓，奉坐吃茶，同靜齋敘了些闊別的話，又把范進的文章稱贊了一番，問道：「因何不去會試？」范進方才說道：「先母見背，遵制丁憂。」湯知縣大驚，忙叫換去了吉服，拱進後堂，擺上酒來。席上燕窩、雞、鴨，此外就是廣東出的柔魚、苦瓜，也做兩碗。知縣安了席坐下，用的都是銀鑲杯箸。范進退前縮後的不舉杯箸，知縣不解其故。

靜齋笑說：「世先生因遵制，想是不用這個杯箸。」知縣忙叫換去，換了一個磁杯，一雙象箸來，范進又不肯舉動。靜齋道：「這個箸也不用。」隨即換了一雙白顏色竹子的來，方才罷了。知縣疑惑他居喪如此盡禮，倘或不用葷酒，卻是不曾備辦。落後看見他在燕窩碗裏揀了一個大蝦元子送在嘴裏，方才放心。因說道：「卻是得罪的緊。我這敝教，酒席沒有什麼吃的，只這幾樣小菜，權且用個便飯。敝教只是個牛羊肉，又恐貴教老爺們不用，所以不敢上席。現今奉旨禁宰耕牛，上司行來牌票甚緊，衙門裏也都莫得吃。」掌上燭來，將牌拿出來看著。

一個貼身的小廝在知縣耳跟前悄悄說了幾句話，知縣起身向二位道：「外邊有個書辦回話，弟去一去就來。」去了一時，只聽得吩咐道：「且放在那裏。」回來又入席坐下，說了失陪，向張靜齋道：「張世兄，你是做過官的，這件事正該商之于你，就是斷牛肉的話。方才有幾個教親，共備了五十斤牛肉，請出一位老師夫來求我，說是要斷盡了，他們就沒有飯吃，求我略鬆寬些，叫做『瞞上不瞞下』，送五十斤牛肉在這裏與我。卻是受得受不得？」張靜齋道：「老世叔，這話斷斷使不得了。你我做官的人，只知有皇上，那知有教親？想起洪武年間，劉老先生……」湯知縣道：「那個劉老先生？」靜齋道：「諱基的了。他是洪武三年開科的進士，『天下有道』三句中的第五名。」

范進插口道：「想是第三名？」靜齋道：「是第五名，那墨卷是弟讀過的。後來入了翰林，洪武私行到他家，就如『雪夜訪普』的一般。恰好江南張王送了他一罈小菜，當面打開看，都是些瓜子金。洪武聖上惱了，說道：『他以為天下事都靠著你們書生！』到第二日，把劉老先生貶為青田縣知縣，又用毒藥擺死了。這個如何了得！」知縣見他說的口若懸河，又是本朝確切典故，不由得不信。問道：「這事如何處置？」張靜齋道：「依小姪愚見，世叔就在這事上出個大名。今晚叫他伺候，明日早堂，將這老師夫拿進，打他幾十個板子，取一面大枷枷了，把牛肉堆在枷上，出一張告示在傍，申明他大膽之處。上司訪知，見世叔一絲不苟，升遷就在指日。」知縣點頭道：「十分有理！」當下席終，留二位在書房住了。

次日早堂，頭一起帶進來是一個偷雞的積賊。知縣怒道：「你這奴才，在我手裏犯過幾次，總不改業；打也不怕，今日如何是好？」因取過硃筆來，在他臉上寫了「偷雞賊」三個字，取一面枷枷了，把他偷的雞，頭向後，尾向前，捆在他頭上，枷了出去。才出得縣門，那雞屁股裏啯喇的一聲，痾出一泡稀屎來，從頭顱上淌到鼻子上，鬍子沾成一片，滴到枷上。兩邊看的人多笑。第二起叫教將老師夫上來，大罵一頓：「大膽狗奴」，重責三十板，取一面大枷，把那五十斤牛肉都堆在枷上，臉和頸子箍的緊緊的，只剩得兩個眼睛，在縣前示眾。天氣又熱，枷到第二日，牛肉生蛆，第三日，嗚呼死了。

眾回子心裏不伏，一時聚眾數百人，鳴鑼罷市，鬧到縣前來，說道：「我們就是不該送牛肉來，也不該有死罪！這都是南海縣的光棍張師陸的主意。我們鬧進衙門去，揪他出來，一頓打死，派出一個人來償命！」不因這一鬧，有分教：貢生興訟，潛踪來到省城；鄉紳結親，謁貴竟遊京國。未知眾回子吵鬧如何，且聽下回分解。

第五回　王秀才議立偏房　嚴監生疾終正寢

話說眾回子因湯知縣枷死了老師夫，鬧將起來，將縣衙門圍的水泄不通，口口聲聲只要揪出張靜齋來打死。知縣大驚，細細在衙門裏追問，才曉得是門子透風。知縣道：「我至不濟，到底是一縣之主，他敢怎的我？設或鬧了進來，看見張世兄，就有些開交不得了。如今須是設法先把張世兄弄出去，離了這個地方上才好。」忙喚了幾個心腹的衙役進來商議。幸得衙門後身緊靠著北城，幾個衙役，先溜到城外，用繩子把張、范二位繫了出去。換了藍布衣服、草帽、草鞋，尋一條小路，忙忙如喪家之狗，急急如漏網之魚，連夜找路回省城去了。

這裏學師、典史，俱出來安民，說了許多好話，眾回子漸漸的散了。湯知縣把這情由細細寫了個稟帖，稟知按察司。按察司行文書檄了知縣去。湯奉見了按察司，摘去紗帽，只管磕頭。按察司道：「論起來，這件事你湯老爺也忒孟浪了些。不過枷責就罷了，何必將牛肉堆在枷上？這成何刑法？但此刁風也不可長，我這裏少不得拿幾個為頭的來盡法處置。你且回衙門去辦事，凡事須要斟酌些，不可任性。」湯知縣又磕頭說道：「這事是卑職不是。蒙大老爺保全，真乃天地父母之恩，此後知過必改。但大老爺審斷明白了，這幾個為頭的人，還求大老爺發下卑縣發落，賞卑職一個臉面。」按察司也應承了。知縣叩謝出來，回到高要。過了些時，果然把五個為頭的回子問成奸民挾制官府，依律枷責，發來本縣發落。知縣看了來文，掛出牌去。次日早晨，大搖大擺出堂，將回子發落了。

正要退堂，見兩個人進來喊冤，知縣叫帶上來問。一個叫做王小二，是貢生嚴大位的緊鄰。去年三月內，嚴貢生家一口才過下來的小猪，走到他家去，他慌忙送回嚴家。嚴家說：猪到人家，再尋回來，最不利市，押著出了八錢銀子，把小猪就賣與他。這一口猪在王家已養到一百多斤，不想錯走到嚴家去，嚴家把猪關了。小二的哥子王大走到嚴家討猪，嚴貢生說：猪本來是他的，

「你要討猪，照時值估價，拿幾兩銀子來，領了猪去。」王大是個窮人，那有銀子，就同嚴家爭吵了幾句，被嚴貢生幾個兒子，拿拴門的閂，趕麵的杖，打了一個臭死，腿都打折了，睡在家裏，所以小二來喊冤。

知縣喝過一邊，帶那一個上來問道：「你叫做什麼名字？」那人是個五六十歲的老者，稟道：「小人叫做黃夢統，在鄉下住。因去年九月上縣來交錢糧，一時短少，央中向嚴鄉紳借二十兩銀子，每月三分錢，寫立借約，送在嚴府。小的卻不曾拿他的銀子。走上街來，遇著個鄉裏的親眷，說他有幾兩銀子借與小的，交個幾分數，再下鄉去設法，勸小的不要借嚴家的銀子。小的交完錢糧，就同親戚回家去了。至今已是大半年，想起這事來，問嚴府取回借約，嚴鄉紳問小的要這幾個月的利錢。小的說：『並不曾借本，何得有利？』嚴鄉紳說小的當時拿回借約，好讓他把銀子借與別人生利；因不曾取約，他將二十兩銀子也不能動，誤了大半年的利錢，該是小的出。小的自知不是，向中人說，情願買個蹄、酒上門去取約。嚴鄉紳執意不肯，把小的驢和米同稍袋，都叫人短了家去，還不發出紙來。這樣含冤負屈的事，求大老爺做主！」

知縣聽了，說道：「一個做貢生的人，忝列衣冠，不在鄉里間做些好事，只管如此騙人，其實可惡！」便將兩張狀子都批准，原告在外伺候。早有人把這話報知嚴貢生，嚴貢生慌了，自心裏想：「這兩件事都是實的，倘若審斷起來，體面上須不好看。『三十六計走為上策』。」捲捲行李，一溜煙走急到省城去了。

知縣准了狀子，發房出了差，來到嚴家。嚴貢生已是不在家了，只得去會嚴二老官。二老官叫做嚴大育，字致和，他哥字致中，兩人是同胞弟兄，卻在兩個宅裏住。這嚴致和是個監生，家有十多萬銀子。嚴致和見差人來說了此事，他是個膽小有錢的人，見哥子又不在家，不敢輕慢，隨即留差人吃了酒飯，拿兩千錢打發去了。忙著小廝去請兩位舅爺來商議。

他兩個阿舅姓王，一個叫王德，是府學廩膳生員；一個叫王仁，是縣學廩膳生員。都做著極興頭的館，錚錚有名。聽見妹丈請，一齊走來。嚴致和忙把這件事從頭告訴一遍：「現今出了差票在此，怎樣料理？」王仁笑道：「你令兄平日常說同湯公相與的，怎的這一點事就嚇走了？」嚴致和道：「這話也說不盡了；只是家兄而今兩腳站開，差人卻在我這裏吵鬧要人，我怎能丟了家裏的事，出外去尋他？他也不肯回來。」王仁道：「各家門戶，這事究竟也不與你相干。」王德道：「你有所不知，衙門裏的差人，因妹丈有碗飯吃，他們做事，只揀有頭髮的抓，若說不管他，就更要的人緊了。如今有個道理，是『釜底抽薪』之法。只消央個人去把告狀的安撫住了，眾人遞個攔詞，便歇了。諒這也沒有多大的事。」

王仁道：「不必又去央人，就是我們愚兄弟兩個去尋了王小二、黃夢統，到家替他分說開；把豬也還與王家，再折些須銀子，給他養那打壞了的腿；黃家那借約，查了還他。一天的事，都沒有了。」嚴致和道；「老舅怕不說的是，只是我家嫂也是個糊塗人，幾個舍姪，就像生狼一般，一總也不聽教訓。他怎肯把這豬和借約拿出來？」王德道：「妹丈，這話也說不得了。假如你令嫂、令姪拗著，你認晦氣，再拿出幾兩銀子，折個豬價，給了王姓的；黃家的借約，我們中間人立個紙筆與他，說尋出作廢紙無用。這事才得落臺，才得個耳根清淨。」

當下商議已定，一切辦得停妥。嚴二老官連在衙門使費，共用去了十幾兩銀子，官司已了。過了幾日，整治一席酒，請二位舅爺來致謝。兩個秀才，拿班作勢，在館裏又不肯來。嚴致和吩咐小廝去說；「奶奶這些時心裏有些不好。今日一者請吃酒；二者奶奶要同舅爺們談談。」二位聽見這話，方才來。嚴致和即迎進廳上。吃過茶，叫小廝進去說了。丫鬟出來請二位舅爺。進到房內，擡頭看見他妹子王氏，面黃肌瘦，怯生生的，路也走不全，還在那裏自己裝瓜子、剝栗子、辦圍碟。見他哥哥進來，丟了過來拜見。奶媽抱著妾出的小兒子，年方三歲，帶著銀項圈，穿著紅衣服，來叫舅舅。二位吃了茶，一個丫鬟來說：「趙新娘進來拜舅爺。」二位連忙道：「不勞罷！」坐下說了些家常話，又問妹子的病，總是虛弱，該多用補藥。說罷，前廳擺下酒席，讓了出去上席。

敘些閒話，又提起嚴致中的話來。王仁笑著問王德道：「大哥！我倒不解，他家老大那宗筆下，怎得會補起廩來的？」王德道：「這是三十年前的話。那時宗師都是御史出來，本是個吏員出身，知道什麼文章！」王仁道：「老大而今越發離奇了，我們至親，一年中也要請他幾次，卻從不曾見他家一杯酒。想起還是前年出貢豎旗杆，在他家擾過一席。」王德愁著眉道：「那時我不曾去！他為出了一個貢，拉人出賀禮，把總甲、地方都派分子，縣裏狗腿差是不消說，弄了有一二百吊錢，還欠下廚子錢，屠戶肉案子上的錢，至今也不肯還。過兩個月在家吵一回，成什麼模樣。」

嚴致和道：「便是我也不好說。不瞞二位老舅，像我家還有幾畝薄田，日逐夫妻四口在家度日，豬肉也捨不得買一斤，每常小兒子要吃時，在熟切店內買四個錢的哄他就是了。家兄寸土也無，人口又多，過不得三天，一買就是五斤，還要白煮的稀爛。上頓吃完了，下頓又在門口賒魚。當初分家，也是一樣田地，白白都吃窮了。而今端了家裏花梨椅子，悄悄開了後門，換肉心包子吃。你說這事如何是好！」二位哈哈大笑，笑罷，說：「只管講這些混話，誤了我們吃酒。快取骰盆來。」當下取骰子送與大舅爺：「我們行狀元令。」兩位舅爺，一個人行一個狀元令，每人中一回狀元吃一大杯。兩位就中了幾回狀元，吃了幾十杯。卻又古怪，那骰子竟像知人事的，嚴監生一回狀元也不曾中。二位拍手大笑。吃到四更盡鼓，跌跌撞撞，扶了回去。

自此以後，王氏的病，漸漸重將起來。每日四五個醫生用藥，都是人參、附子，並不見效。看看臥床不起。生兒子的妾在旁侍奉湯藥，極其殷勤；看他病勢不好，夜晚時，抱了孩子在床腳頭坐著哭泣，哭了幾回。那一夜道：「我而今只求菩薩把我帶了去，保佑大娘好了罷。」王氏道：「你又癡了！各人的壽數，那個是替得的？」趙氏道：「不是這樣說。我死了值得什麼。大娘若有些長短，他爺少不得又娶個大娘。他爺四十多歲，只得這點骨血，再娶個大娘來，各養的各疼。自古說：『晚娘的拳頭，雲裏的日頭。』這孩子料想不能長大，我也是個死數，不如早些替了大娘去，還保得這孩子一命。」王氏聽了，也不答應。趙氏含著眼淚，逐日煨藥煨粥，寸步不離。一晚，趙氏出去了一會，不見進來；王氏問丫鬟道：「趙家的那去了？」丫鬟道：「新娘每夜擺個香桌在天井裏哭求天地，他仍要替奶奶，保佑奶奶就好。今夜看見奶奶病重，所以早些出去拜求。」王氏聽了，似信不信。次日晚間，趙氏又哭著講這些話。王氏道：「何不向你爺說，明日我若死了，就把你扶正做個填房？」趙氏忙叫請爺進來，把奶奶的話說了。嚴致和聽不得這一聲，連三說道：「既然如此，明日清早就要請二位舅爺說定此事，才有憑據。」王氏搖手道：「這個也隨你們怎樣做去。」

嚴致和就叫人極早去請了舅爺來，看了藥方，商議再請名醫。說罷，讓進房內坐著，嚴致和把王氏如此這般意思說了，又道：「老舅可親自問聲令妹。」兩人走到床前，王氏已是不能言語了，把手指著孩子，點了一點頭。兩位舅爺看了，把臉本喪著，不則一聲。須臾，讓到書房裏用飯，彼此不提這話。吃罷，又請到一間密屋裏。嚴致和說起王氏病重，掉下淚來道：「你令妹自到舍下二十年，真是弟的內助！如今丟了我，怎生是好！前日還向我說，岳父岳母的墳，也要修理。他自己積的一點東西，留與二位老舅作個遺念。」因把小廝都叫出去，開了一張櫥，拿出兩封銀子來，每位一百兩，遞與二位老舅：「休嫌輕意。」二位雙手來接。嚴致和又道：「卻是不可多心。將來要備祭桌，破費錢財，都是我這裏備齊，請老舅來行禮。明日還拿轎子接兩位舅奶奶來，令妹還有些首飾，留為遺念。」交畢，仍舊出來坐著。外邊有人來候，嚴致和去陪客去了。回來見二位舅爺哭得眼紅紅的。

王仁道：「方才同家兄在這裏說，舍妹真是女中丈夫，可謂王門有幸。方才這一番話，恐怕老妹丈胸中也沒有這樣道理，還要恍恍惚惚，疑惑不清，枉為男子。」王德道：「你不知道，你這一位如夫人關係你家三代；舍妹歿了，你若另娶一人，磨害死了我的外甥，老伯老伯母在天不安，就是先父母也不安了。」王仁拍著桌子道：「我們念書的人，全在綱常上做工夫。就是做文章，代孔子說話，也不過是這個理。你若不依，我們就不上門了。」嚴致和道：「恐怕寒族多話。」兩位道：「有我兩人作主。但這事須要大做；妹丈，你再出幾兩銀子，明日只做我兩人出的，備十幾席，將三黨親都請到了，趁舍妹眼見，你兩口子同拜天地祖宗，立為正室。誰人再敢放屁！」嚴致和又拿出五十兩銀子來，二位義形于色去了。

過了三日，王德、王仁，果然到嚴家來，寫了幾十副帖子，遍請諸親六眷。擇個吉期。親眷都到齊了，只有隔壁大老爹家五個親姪子一個也不到。眾人吃過早飯，先到王氏床面前寫立王氏遺囑。兩位舅爺王于據、王于依都畫了字。嚴監生戴著方巾，穿著青衫，被了紅綢；趙氏穿著大紅，戴了赤金冠子。兩人雙拜了天地，又拜了祖宗。王于依廣有才學，又替他做了一篇告祖先的文，甚是懇切。告過祖宗，轉了下來。兩位舅爺叫丫鬟在房裏請出兩位舅奶奶來。夫妻四個，齊鋪鋪請妹丈、妹妹轉在大邊，磕下頭去，以敘姊妹之禮。眾親眷都分了大小，便是管事的管家、家人、媳婦、丫鬟、使女，黑壓壓的幾十個人，都來磕了主人、主母的頭。趙氏又獨自走進房內拜王氏做姊姊，那時王氏已發昏去了。

行禮已畢，大廳、二廳、書房、內堂屋，官客並堂客，共擺了二十多桌酒席。吃到三更時分，嚴監生正在大廳陪著客，奶媽慌忙走了出來說道：「奶奶斷了氣了！」嚴監生哭著走了進去；只見趙氏扶著床沿，一頭撞去，已經哭死了。眾人且扶著趙氏灌開水，撬開牙齒，灌了下去。灌醒了時，披頭散髮，滿地打滾，哭得天昏地暗，連嚴監生也無可奈何。管家都在廳上，堂客都在堂屋候殮，只有兩個舅奶奶在房裏，乘著人亂，將些衣服，金珠、首飾，一擄精空。連趙氏方才戴的赤金冠子，滾在地下，也拾起來藏在懷裏。嚴監生慌忙叫奶媽抱起哥子來。拿一搭麻替他披著。

那時衣衾棺槨，都是現成的；入過了殮，天才亮了。靈柩停在第二層中堂內，眾人進來參了靈，各自散了。次日送孝布，每家兩個。第三日成服，趙氏定要披麻戴孝，兩位舅爺斷然不肯道：「『名不正則言不順』你此刻是姊妹了，妹子替姊姊只帶一年孝，穿細布孝衫，用白布孝箍。」議禮已定。報出喪去。自此修齋、理七、開喪、出殯，用了四五千兩銀子，鬧了半年，不必細說。趙氏感激兩位舅爺入于骨髓；田上收了新米，每家兩石；醃冬菜，每家也是兩石；火腿，每家四隻，雞、鴨、小菜不算。

不覺到了除夕，嚴監生拜過了天地祖宗，收拾一席家宴。嚴監生同趙氏對坐，奶媽帶著哥子坐在底下。吃了幾杯酒，嚴監生掉下淚來，指著一張櫥裏，向趙氏說道：「昨日典舖內送來三百兩利錢，是你王氏姊姊的私房。每年臘月二十七八日送來，我就交與他，我也不管他在那裏用。今年又送這銀子來，可憐就沒人接了！」趙氏道：「你也莫要說大娘的銀子沒用處，我是看見的；想起一年到頭，逢時遇節，庵裏師姑送盒子，賣花婆換珠翠，彈三弦琵琶的女瞎子不離門，那一個不受他的恩惠？況他又心慈，見那些窮親戚，自己吃不成，也要把人吃；穿不成的，也要把人穿。這些銀子，夠做什麼！再有些也完了。倒是兩位舅爺從來不沾他分毫。依我的意思，這銀子也不費用掉了，到開年替奶奶大大的做幾回好事。剩來的銀子，料想也不多，明年是科舉年，就是送與兩位舅爺做盤程，也是該的。」

嚴監生聽著他說。桌子底下一個貓就扒在他腿上。嚴監生一靴頭子踢開了，那貓嚇的跑到裏房內去，跑上床頭。只聽得一聲大響，床頭上掉下一個東西來，把地板上的酒罈子都打碎了。拿燭去看，原來那瘟貓把床頂上的板跳蹋一塊，上面掉下一個大篾簍子來。近前看時，只見一地黑棗子拌在酒裏，篾簍橫睡著。兩個人才扳過來，棗子底下，一封一封，桑皮紙包著。打開看時，共五百兩銀子。

嚴監生嘆道：「我說他的銀子那裏就肯用完了！像這都是歷年聚積的，恐怕我有急事，好拿出來用的；而今他往那裏去了！」一回哭著，叫人掃了地。把那個乾棗子裝了一盤，同趙氏放在靈前桌上，伏著靈床子，又哭了一場。因此，新年不出去拜節，在家哽哽咽咽，不時哭泣；精神顛倒，恍惚不寧。過了燈節後，就叫心口疼痛。初時撐著，每晚算帳，直算到三更鼓。後來就漸漸飲食不進，骨瘦如柴，又捨不得銀子吃人參。趙氏勸他道：「你心裏不自在，這家務事就丟開了罷。」他說道：「我兒子又小，你叫我託那個？我在一日，少不得料理一日！」不想春氣漸深，肝木剋了脾土，每日只吃兩碗米湯，臥床不起。及到天氣和暖，又勉強進些飲食，掙起來家前屋後走走。挨過長夏，立秋以後，病又重了，睡在床上。想著田上要收早稻，打發了管莊的僕人下鄉去，又不放心，心裏只是急躁。

那一日，早上吃過藥，聽著蕭蕭落葉打得窗子響，自覺得心裏虛怯，長嘆了一口氣，把臉朝床裏面睡下。趙氏從房外同兩位舅爺進來問病，就辭別了到省城裏鄉試去。嚴監生叫丫鬟扶起來勉強坐著。王德、王仁道：「好幾日不曾看妹丈，原來又瘦了些——喜得精神還好。」嚴監生請他坐下，說了些恭喜的話，留在房裏吃點心。就講到除夕晚裏這一番話，叫趙氏拿出幾封銀子來，指著趙氏說道：「這倒是他的意思，說姊姊留下來的一點東西，送給二位老舅添著做恭喜的盤費。我這病勢沈重，將來二位回府，不知可會得著了？我死之後，二位老舅照顧你外甥長大，教他讀讀書，掙著進個學，免得像我一生，終日受大房裏的氣！」二位接了銀子，每位懷裏帶著兩封，謝了又謝，又說了許多安慰的話，作別去了。

自此，嚴監生的病，一日重似一日，再不回頭。諸親六眷都來問候。五個姪子穿梭的過來陪郎中弄藥。到中秋以後，醫家都不下藥了。把管莊的家人都從鄉裏叫了上來，病重得一連三天不能說話。晚間擠了一屋的人，桌上點著一盞燈。嚴監生喉嚨裏痰響得一進一出，一聲不倒一聲的，總不得斷氣。還把手從被單裏拿出來，伸著兩個指頭。大姪子上前來問道：「二叔！你莫不是還有兩個親人不曾見面？」他就把頭搖了兩三搖。二姪子走上前來問道：「二叔！莫不是還有兩筆銀子在那裏，不曾吩咐明白？」他把兩眼睜的溜圓，把頭又狠狠的搖了幾搖，越發指得緊了。

奶媽抱著哥子插口道：「老爺想是因兩位舅爺不在跟前，故此記念？」他聽了這話，把眼閉著搖頭，那手只是指著不動。趙氏慌忙揩揩眼淚，走近上前道：「爺，別人都說的不相干，只有我曉得你的意思！」只因這一句話，有分教：爭田奪產，又從骨肉起戈矛；繼嗣延宗，齊向官司進詞訟。不知趙氏說出什麼話來，且聽下回分解。

第六回　鄉紳發病鬧船家　寡婦含冤控大伯

話說嚴監生臨死之時，伸著兩個指頭，總不肯斷氣，幾個姪兒和些家人都來訌亂著問，有說為兩個人的，有說為兩件事的，有說為兩處田地的，紛紛不一，卻只管搖頭不是。趙氏分開眾人，走上前道：「爺！只有我能知道你的心事。你是為那燈盞裏點的是兩莖燈草，不放心，恐費了油。我如今挑掉一莖就是了。」說罷，忙走去挑掉一莖。眾人看嚴監生時，點一點頭，把手垂下，登時就沒了氣。合家大小號哭起來，準備入殮，將靈柩停在第三層中堂內。

次早打發幾個家人小廝滿城去報喪。族長嚴振先，領著合族一班人來弔孝，都留著吃酒飯，領了孝布回去。趙氏有個兄弟趙老二在米店裏做生意，姪子趙老漢在銀匠店扯銀爐，這時也公備個祭禮來上門。僧道掛起長旛，念經追薦。趙氏領著小兒子，早晚在柩前舉哀。夥計、僕從，丫鬟、養娘，人人掛孝，門口一片都是白。

看看鬧過頭七，王德、王仁科舉回來了，齊來弔孝，留著過了一日去。又過了三四日，嚴大老官也從省裏科舉了回來。幾個兒子都在這邊喪堂裏。大老爹卸了行李，正和渾家坐著，打點拿水來洗臉。早見二房裏一個奶媽，領著一個小廝，手裏捧著端盒和一個氈包，走進來道：「二奶奶頂上大老爹，知道大老爹來家了，熱孝在身，不好過來拜見。這兩套衣服和這銀子，是二爺臨終時說下的，送與大老爹作個遺念。就請大老爹過去。」

嚴貢生打開看了，簇新的兩套緞子衣服，齊臻臻的二百兩銀子，滿心歡喜。隨向渾家封了八分銀子賞封，遞與奶媽，說道：「上覆二奶奶，多謝。我即刻就過來。」打發奶媽和小廝去了，將衣裳和銀子收好，又細問渾家，知道和兒子們都得了他些別敬，這是單留與大老官的。問畢，換了孝巾，繫了一條白布腰絰。走過那邊來。到柩前叫聲「老二」，乾號了幾聲，下了兩拜。趙氏穿著重孝，出來拜謝；又叫兒子磕伯伯的頭，哭著說道：「我們苦命！他爺半路裏丟了去了，全靠大爺替我們做主！」嚴貢生道：「二奶奶，人生各稟的壽數。我老二已是歸天去了，你現今有恁個好兒子，慢慢的帶著他過活，焦怎的？」趙氏又謝了，請在書房，擺飯請兩位舅爺來陪。

須臾，舅爺到了，作揖坐下。王德道：「令弟平日身體壯盛，怎麼忽然一病就不能起？我們至親的也不曾當面別一別，甚是慘然。」嚴貢生道：「豈但二位親翁，就是我們弟兄一場，臨危也不得見一面。但自古道：『公而忘私，國而忘家。』我們科場是朝廷大典，你我為朝廷辦事，就是不顧私親，也還覺得于心無愧。」王德道：「大先生在省，將有大半年了？」嚴貢生道：「正是。因前任學臺周老師舉了弟的優行，又替弟考出了貢。他有個本家在這省裏住，是做過應天巢縣的，所以到省去會會他。不想一見如故，就留著住了幾個月，又要同我結親，再三把他第二個令嬡許與二小兒了。」王仁道：「在省就住在他家的麼？」嚴貢生道：「住在張靜齋家。他也是做過縣令，是湯父母的世姪；因在湯父母衙門裏同席吃酒認得，相與起來。周親家家，就是靜齋先生執柯作伐。」王仁道：「可是那年同一位姓范的孝廉同來的？」嚴貢生道：「正是。」王仁遞個眼色與乃兄道：「大哥，可記得就是惹出回子那一番事來的了。」王德冷笑了一聲。

一會擺上酒來，吃著又談。王德道：「今歲湯父母不曾入簾？」王仁道：「大哥，你不知道麼？因湯父母前次入簾，都取中了些陳貓古老鼠的文章，不入時目，所以這次不曾來聘。今科十幾位簾官，都是少年進士，專取有才氣的文章。」嚴貢生道：「這倒不然，才氣也須是有法則。假若不照題位，亂寫些熱鬧話，難道也算有才氣不成？就如我這周老師，極是法眼，取在一等前列，都是有法則的老手。今科少不得還在這幾個人內中。」嚴貢生說此話，因他弟兄兩個在周老師手裏都考的是二等。兩人聽這話，心裏明白，不講考校的事了。

酒席將闌，又談到前日這一場官事：「湯父母著實動怒，多虧令弟看的破，息下來了。」嚴貢生道：「這是亡弟不濟。若是我在家，和湯父母說了，把王小二、黃夢統這兩個奴才，腿也砍折了。一個鄉紳人家，由得百姓如此放肆！」王仁道：「凡事只是厚道些好。」嚴貢生把臉紅了一陣，又彼此勸了幾杯酒。奶媽抱著哥子出來道：「奶奶叫問大老爹，二爺幾時開喪？又不知今年山向可利？祖塋裏可以葬得，還是要尋地？費大老爹的心，同二位舅爺商議。」嚴貢生道：「你向奶奶說，我在家不多時耽擱，就要同二相公到省裏去周府招親。你爺的事，託在二位舅爺就是。祖塋葬不得，要另尋地，等我回來斟酌。」說罷，叫了擾，起身過去。二位也散了。

過了幾日，大老爹果然帶著第二個兒子往省裏去了。趙氏在家掌管家務，真個是錢過北斗，米爛成倉，奴僕成群，牛馬成行，享福度日。不想皇天無眼，不佑善人。那小孩子出起天花來，發了一天熱，醫生來看，說是個險症。藥裏用了犀角、黃連、人牙，不能灌漿，把趙氏急得到處求神許願，都是無益。到七日上，把個白白胖胖的孩子跑掉了。趙氏此番的哭泣，不但比不得哭大娘，並且比不得哭二爺，直哭得眼淚都哭不出來。整整的哭了三日三夜。打發孩子出去，叫家人請了兩位舅爺來商量，要立大房裏第五個姪子承嗣。

二位舅爺躊躇道：「這件事，我們做不得主。況且大先生又不在家，兒子是他的，須是要他自己情願，我們如何硬做主？」趙氏道：「哥哥！你妹夫有這幾兩銀子的家私，如今把個正經主兒去了，這些家人小廝都沒個投奔，這立嗣的事是緩不得的。知道他伯伯幾時回來？間壁第五個姪子才十二歲，立過來，還怕我不會疼熱他，教導他？他伯娘聽見這個話，恨不得雙手送過來。就是他伯伯回來，也沒得說。你做舅舅的人，怎麼做不得主？」王德道：「也罷，我們過去替他說一說罷。」王仁道：「大哥，這是那裏話？宗嗣大事，我們外姓如何做得主？如今姑奶奶若是急的很，只好我弟兄兩人公寫一字，他這裏叫一個家人連夜到省裏請了大先生回來商議。」王德道：「這話最好，料理大先生回來也沒得說。」王仁搖著頭笑道：「大哥，這話也且再看。但是不得不如此做。」趙氏聽了這話，摸頭不著，只得依著言語，寫了一封字，遣家人來富連夜赴省接大老爹。

來富來到省城，問著大老爹的下處在高底街。到了寓處門口，只見四個戴紅黑帽子的，手裏拿著鞭子，站在門口，嚇了一跳，不敢進去。站了一會，看見跟大老爹的四斗子出來，才叫他領了他進去。看見敞廳上，中間擺著一乘綵轎，綵轎旁邊豎著一把遮陽，遮陽上帖著：「即補縣正堂。」四斗子進去請了大老爹出來，頭戴紗帽，身穿員領補服，腳下粉底皂靴。來富上前磕了頭，遞上書信。大老爹接著看了，道：「我知道了。我家二相公恭喜，你且在這裏伺候。」

來富下來，到廚房裏，看見廚子在那裏辦席。新人房在樓上，張見擺得紅紅綠綠的，來富不敢上去。直到日頭平西，不見一個吹手來。二相公戴著新方巾，披著紅，簪著花，前前後後走著急，問吹手怎的不來？大老爹在廳上嚷成一片聲，叫四斗子快傳吹打的。四斗子道：「今日是個好日子，八錢銀子一班叫吹手還叫不動。老爹給了他二錢四分低銀子，又還扣他二分戥頭，又叫張府裏押著他來，他不知今日應承了幾家。他這個時候怎得來？」大老爹發怒道：「放狗屁！快替我去！來遲了，連你一頓嘴巴！」四斗子骨都著嘴，一路絮聒了出去，說道：「從早上到此刻，一碗飯也不給人吃，偏生有這些臭排場！」說罷，去了。

直到上燈時候，連四斗子也不見回來，擡新人的轎夫和那些戴紅黑帽子的又催得狠。廳上的客說道：「也不必等吹手，吉時已到，且去迎親罷。」將掌扇掮起來，四個戴紅黑帽子的開道，來富跟著轎，一直來到周家。那周家敞廳甚大，雖然點著幾盞燈燭，天井裏卻是不亮。這裏又沒有個吹打的，只得四個戴紅黑帽子的，一遞一聲，在黑天井裏喝道，喝個不了。來富看見，不好意思，叫他不要喝了。周家裏面有人吩咐道：「拜上嚴老爺，有吹打的就發轎，沒吹打的不發轎。」正吵鬧著，四斗子領了兩個吹手趕來，一個吹簫，一個打鼓，在廳上滴滴打打的，總不成個腔調。兩邊聽的人笑個不住。周家鬧了一回，沒奈何，只得把新人轎子發來了。新人進門，不必細說。

過了十朝，叫來富和四斗子去寫了兩隻高要船，那船家就是高要縣的人。兩隻大船，銀十二兩，立契到高要付銀。一隻裝的新郎、新娘，一隻嚴貢生自坐。擇了吉日，辭別親家。借了一副「巢縣正堂」的金字牌，一副「肅靜」、「迴避」的白粉牌，四根門鎗，插在船上。又叫了一班吹手，開鑼掌傘，吹打上船。船家十分畏懼，小心伏侍，一路無話。

那日，將到了高要縣，不過二三十里路了，嚴貢生坐在船上，忽然一時頭暈上來，兩眼昏花，口裏作噁心，噦出許多清痰來。來富同四斗子，一邊一個，架著膊子，只是要跌。嚴貢生口裏叫道：「不好！不好。」叫四斗子快丟了去燒起一壺開水來。四斗子把他放了睡下，一聲不倒一聲的哼。四斗子慌忙和船家燒了開水，拿進艙來。嚴貢生將鑰匙開了箱子，取出一方雲片糕來，約有十多片，一片一片，剝著吃了幾片，將肚子揉著，放了兩個大屁，登時好了。剩下幾片雲片糕，擱在後鵝口板上，半日也不來查點。那掌舵駕長害饞癆，左手扶著舵，右手拈來，一片片的送在嘴裏了，嚴貢生只作不看見。

少刻，船靠了碼頭，嚴貢生叫來富著速叫他兩乘轎子來，擺齊執事，將二相公同新娘先送了家裏去；又叫些碼頭上人來把箱籠都搬了上岸，把自己的行李也搬上了岸。船家、水手，都來討喜錢。嚴貢生轉身走進艙來，眼張失落的，四面看了一遭，問四斗子道：「我的藥往那裏去了？」四斗子道：「何曾有甚藥？」嚴貢生道：「方才我吃的不是藥？分明放在船板上的！」那掌舵的道：「想是剛才船板上幾片雲片糕，那是老爺剩下不要的，小的大膽就吃了。」嚴貢生道：「吃了好賤的雲片糕！你曉得我這裏頭是些什麼東西？」掌舵的道：「雲片糕無過是些瓜仁、核桃、洋糖、麵粉做成的了，有什麼東西？」

嚴貢生發怒道：「放你的狗屁！我因素日有個暈病，費了幾百兩銀子合了這一料藥；是省裏張老爺在上黨做官帶了來的人參，周老爺在四川做官帶了來的黃連。你這奴才！『猪八戒吃人參果，全不知滋味』！說的好容易！是雲片糕！方才這幾片，不要說值幾十兩銀子，『半夜裏不見了鎗頭子，攮到賊肚裏』！只是我將來再發了暈病，卻拿什麼藥來醫？你這奴才，害我不淺！」叫四斗子開拜匣，寫帖子：「送這奴才到湯老爺衙裏去，先打他幾十板子再講！」掌舵的嚇了，陪著笑臉道：「小的剛才吃的甜甜的，不知道是藥，只說是是雲片糕。」嚴貢生道：「還說是雲片糕！再說雲片糕，先打你幾個嘴巴！」

說著，已把帖子寫了，遞給四斗子。四斗子慌忙走上岸去。那些搬行李的人幫船家攔著。兩隻船上船家都慌了，一齊道：「嚴老爺，而今是他不是，不該錯吃了嚴老爺的藥；但他是個窮人，就是連船都賣了，也不能賠老爺這幾十兩銀子。若是送到縣裏，他那裏耽得住？如今只是求嚴老爺開恩，高擡貴手，恕過他罷！」嚴貢生越發惱得暴躁如雷。搬行李的腳子走過幾個到船上來道：「這事原是你船上人不是。方才若不如是著緊的問嚴老爺要喜錢、酒錢，嚴老爺已經上轎去了。都是你們攔住那嚴老爺，才查到這個藥。如今自知理虧，還不過來向嚴老爺跟前磕頭討饒！難道你們不賠嚴老爺的藥，嚴老爺還有些貼與你不成？」眾人一齊捺著掌舵的磕了幾個頭，嚴貢生轉彎道：「既然你眾人說，我又喜事忽忽，且放著這奴才，再和他慢慢算帳！不怕他飛上天去！」罵畢，揚長上了轎。行李和小廝跟著，一哄去了。船家眼睜睜看著他走了。

嚴貢生回家，忙領了兒子和媳婦拜家堂，又忙的請奶奶來一同受拜。他渾家正在房裏擡東擡西，鬧的亂哄哄的。嚴貢生走來道：「你忙什麼？」他渾家道：「你難道不知道家裏房子窄鱉鱉的？統共只得這一間上房，媳婦新新的，又是大家子姑娘，你不挪與他住？」嚴貢生道：「呸！我早已打算定了，要你瞎忙！二房裏高房大廈的，不好住？」他渾家道：「他有房子，為甚與你的兒子住？」嚴貢生道：「他二房無子，不要立嗣的？」渾家道：「這不成，他要繼我們第五個哩！」嚴貢生道：「這都由他麼？他算是個什麼東西！我替二房立嗣，與他什麼相干？」他渾家聽了這話，正摸不著頭腦。

只見趙氏著人來說：「二奶奶聽見大老爺回家，叫請大老爺說話，我們二位舅老爺也在那邊。」嚴貢生便走過來，見了王德、王仁，之乎也者了一頓，便叫過幾個管事家人來吩咐：「將正宅打掃出來，明日二相公同二娘來住。」趙氏聽得，還認他把第二個兒子來過繼，便請舅爺說道：「哥哥，大爺方才怎樣說？媳婦過來，自然在後一層；我照常住在前面，才好早晚照顧，怎倒叫我搬到那邊去？媳婦住著正屋，婆婆倒住著廂房，天地世間，也沒有這個道理！」王仁道：「你且不要慌，隨他說著，自然有個商議。」說罷，走出去了。彼此談了兩句淡話，又吃了一杯茶。王家小廝走來說：「同學朋友候著作文會。」二位作別去了。

嚴貢生送了回來，拉一把椅子坐下，將十幾個管事的家人都叫了來吩咐道：「我家二相公，明日過來承繼了，是你們的新主人，須要小心伺候。趙新娘是沒有兒女的，二相公只認得他是父妾，他也沒有還占著正屋的。吩咐你們媳婦子把群屋打掃兩間，替他搬過東西去，騰出正屋來，好讓二相公歇宿。彼此也要避個嫌疑：二相公稱呼他『新娘』，他叫二相公、二娘是『二爺』、『二奶奶』。再過幾日，二娘來了，是趙新娘先過來拜見，然後二相公過去作揖。我們鄉紳人家，這些大禮，都是差錯不得的！你們各人管的田房、利息帳目，都連夜攢造清完，先送與我逐細看過，好交與二相公查點。比不得二老爹在日，小老婆當家，憑著你們這些奴才朦朧作弊！此後若有一點欺隱，我把你這些奴才，三十板一個，還要送到湯老爺衙門裏追工本飯米哩！」眾人應諾下去，大老爹過那邊去了。

這些家人、媳婦，領了大老爹的言語，來催趙氏搬房，被趙氏一頓臭罵，又不敢就搬。平日嫌趙氏裝尊作威作福，這時偏要領了一班人來房裏說：「大老爹吩咐的話，我們怎敢違拗？他到底是個正經主子，他若認真動了氣，我們怎樣了得？」趙氏號天大哭，哭了又罵，罵了又哭，足足鬧了一夜。

次日，一乘轎子，擡到縣門口，正值湯知縣坐早堂，就喊了冤。知縣叫補進詞來，次日發出：「仰族親處覆。」趙氏備了幾席酒，請來家裏。族長嚴振先，乃城中十二都的鄉約，平日最怕的是嚴大老官，今雖坐在這裏，只說道：「我雖是族長，但這事以親房為主。老爺批處，我也只好拿這話回老爺。」那兩位舅爺王德、王仁，坐著就像泥塑木雕的一般，總不置一個可否。那開米店的趙老二、扯銀鑪的趙老漢，本來上不得臺盤，才要開口說話，被嚴貢生睜開眼睛，喝了一聲，又不敢言語了。兩個人自心裏也裁劃道：「姑奶奶平日只敬重的王家哥兒兩個，把我們不偢不倸，我們沒來由，今日為他得罪嚴老大，『老虎頭上撲蒼蠅』怎的？落得做好好先生。」把個趙氏在屏風後急得像熱鍋螞蟻一般。見眾人都不說話，自己隔著屏風請教大爺，數說這些從前已往的話。數了又哭，哭了又數；捶胸跌腳，號做一片。

嚴貢生聽著，不耐煩道：「像這潑婦，真是小家子出身！我們鄉紳人家，那有這樣規矩？不要惱犯了我的性子，揪著頭髮，臭打一頓，登時叫媒人來領出發嫁！」趙氏越發哭喊起來，喊得半天雲裏都聽見，要奔出來揪他、撕他，是幾個家人媳婦勸住了。眾人見不是事，也把嚴貢生扯了回去。當下各自散了。

次日，商議寫覆呈。王德、王仁說：「身在黌宮，片紙不入公門。」不肯列名。嚴振先只得混帳覆了幾句話，說：「趙氏本是妾扶正，也是有的。據嚴貢生說與律例不合，不肯叫兒子認做母親，也是有的。總候大老爺天斷。」那湯知縣也是妾生的兒子，見了覆呈道：「『律設大法，理順人情』，這貢生也忒多事了！」就批了個極長的批語，說：「趙氏既扶過正，不應只管說是妾。如嚴貢生不願將兒子承繼，聽趙氏自行揀擇，立賢立愛可也。」

嚴貢生看了這批，那頭上的火直冒了有十幾丈，隨即寫呈到府裏去告。府尊也是有妾的，看著覺得多事，「仰高要縣查案。」知縣查上案去，批了個「知詳繳」。嚴貢生更急了，到省赴按察司一狀。司批：「細故赴府縣控理。」嚴貢生沒法了，回不得頭，想道：「周學道是親家一族，趕到京裏，求了周學道在部裏告下狀來，務必要正名分！」只因這一去，有分教：多年名宿，今番又掇高科；英俊少年，一舉便登上第。不知嚴貢生告狀得准否，且聽下回分解。

第七回　范學道視學報師恩　王員外立朝敦友誼

話說嚴貢生因立嗣興訟，府、縣都告輸了，司裏又不理，只得飛奔到京，想冒認周學臺的親戚，到部裏告狀。一直來到京師，周學道已升做國子監司業了。大著膽，竟寫一個「眷姻晚生」的帖，門上去投。長班傳進帖，周司業心裏疑惑，並沒有這個親戚。正在沈吟，長班又送進一個手本，光頭名字，沒有稱呼，上面寫著「范進」，周司業知道是廣東拔取的，如今中了，來京會試，便叫快請進來。范進進來，口稱恩師，叩謝不已。

周司業雙手扶起，讓他坐下，開口就問：「賢契同鄉，有個什麼姓嚴的貢生麼?他方才拿姻家帖子來拜學生，長班問他，說是廣東人，學生卻不曾有這門親戚。」范進道：「方才門人見過，他是高要縣人，同敝處周老先生是親戚，只不知老師可是一家？」周司業道：「雖是同姓，卻不曾序過，這等看起來，不相干了。」即傳長班進來吩咐道：「你去向那嚴貢生說，衙門有公事，不便請見，尊帖也帶了回去罷。」長班應諾回去了。

周司業然後與范舉人話舊道：「學生前科看廣東榜，知道賢契高發，滿望來京相晤，不想何以遲至今科？」范進把丁母憂的事說了一遍。周司業不勝嘆息，說道：「賢契績學有素，雖然耽遲幾年，這次南宮一定入選。況學生已把你的大名常在當道大老面前薦揚，人人都欲致之門下。你只在寓靜坐，揣摩精熟。若有些須缺少費用，學生這裏還可相幫。」范進道：「門生終身皆頂戴老師高厚栽培。」又說了許多話，留著吃了飯，相別去了。

會試已畢，范進果然中了進士。授職部屬，考選御史。數年之後，欽點山東學道，命下之日，范學道即來叩見周司業。周司業道：「山東雖是我故鄉，我卻也沒有甚事相煩。只心裏記得訓蒙的時候，鄉下有個學生叫荀玫，那時才得七歲，這又過了十多年，想也長成人了。他是個務農的人家，不知可讀得成書。若是還在應考，賢契留意看看，果有一線之明，推情拔了他，也了我一番心願。」

范進聽了，專記在心，去往山東到任。考事行了大半年，才按臨兗州府，生童共是三棚，就把這件事忘斷了。直到第二日要發童生案，頭一晚才想起來，說道：「你看我辦的是什麼事！老師託我汶上縣荀玫，我怎麼並不照應？大意極了！」慌忙先在生員等第卷子內一查，全然沒有。隨即在各幕客房裏把童生落卷取來，對著名字、坐號，一個一個的細查，查遍了六百多卷子，並不見有個荀玫的卷子。學道心裏煩悶道：「難道他不曾考？」又慮著：「若是有在裏面，我查不到，將來怎樣見老師？還要細查，就是明日不出案也罷。」一會同幕客們吃酒，心裏只將這件事委決不下。眾幕賓也替疑猜不定。

內中一個少年幕客蘧景玉說道：「老先生，這件事倒合了一件故事。數年前，有一位老先生點了四川學差，在何景明先生寓處吃酒，景明先生醉後大聲道：『四川如蘇軾的文章，是該考六等的了。』這位老先生記在心裏，到後典了三年學差回來，再會見何老先生，說：『學生在四川三年，到處細查，並不見蘇軾來考，想是臨場規避了。』」說罷，將袖子掩了口笑。又道：「不知這荀玫是貴老師怎麼樣向老先生說的？」

范學道是個老實人，也不曉得他說的是笑話，只愁著眉道：「蘇軾既文章不好，查不著也罷了，這荀玫是老師要提拔的人，查不著，不好意思的。」一個年老的幕客牛布衣道：「是汶上縣？何不在已取中入學的十幾卷內查一查？或者文字好，前日已取了也不可知。」學道道：「有理，有理。」忙把已取的十幾卷取了，對一對號簿，頭一卷就是荀玫。學道看罷，不覺喜逐顏開，一天愁都沒有了。

次早發出案來，傳齊生童發落。先是生員。一等、二等、三等都發落過了，傳進四等來。汶上縣學四等第一名上來是梅玖，跪著閱過卷，學道作色道：「做秀才的人，文章是本業，怎麼荒謬到這樣地步！平日不守本分，多事可知！本該考居極等，姑且從寬，取過戒飭來，照例責罰！」梅玖告道：「生員那一日有病，故此文字糊塗，求大老爺格外開恩！」學道道：「朝廷功令，本道也做不得主。左右，將他扯上凳去，照例責罰！」說著，學裏面一個門斗已將他拖在凳上。梅玖急了，哀告道：「大老爺！看生員的先生面上開恩罷！」學道道：「你先生是那一個？」梅玖道：「現任國子監司業周蕢軒先生，諱進的，便是生員的業師。」范學道道：「你原來是我周老師的門生。也罷，權且免打。」門斗把他放起來，上來跪下。學道吩咐道：「你既出周老師門下，更該用心讀書。像你做出這樣文章，豈不有玷門牆桃李！此後須要洗心改過。本道來科考時，訪知你若再如此，斷不能恕了！」喝道：「趕將出去！」

傳進新進儒童來。到汶上縣，頭一名點著荀玫，人叢裏一個清秀少年上來接卷。學道問道：「你知方才這梅玖是同門麼？」荀玫不懂這句話，答應不出來。學道又道：「你可是周蕢軒老師的門生？」荀玫道：「這是童生開蒙的師父。」學道道：「是了，本道也在周老師門下。因出京之時，老師吩咐來查你卷子，不想暗中摸索，你已經取在第一。似這少年才俊，不枉了老師一番栽培，此後用心讀書，頗可上進。」荀玫跪下謝了。候眾人閱過卷，鼓吹送了出去，學道退堂掩門。

荀玫才走出來，恰好遇著梅玖還站在轅門外。荀玫忍不住問道：「梅先生，你幾時從過我們周先生讀書？」梅玖道：「你後生家那裏知道？想著我從先生時，你還不曾出世！先生那日在城裏教書，教的都是縣門口房科家的館，後來下鄉來，你們上學，我已是進過了，所以你不曉得。先生最喜歡我的，說是我的文章有才氣，就是有些不合規矩。方才學臺批我的卷子上也是這話，可見會看文章的都是這個講究，一絲也不得差。你可知道，學臺何難把俺考在三等中間：只是不得發落，不能見面了；特地把我考在這名次，以便當堂發落，說出周先生的話，明賣個情。所以把你進個案首，也是為此。俺們做文章的人，凡事要看出人的細心，不可忽略過了。」兩人說著閒話，到了下處。次日送過宗師，僱牲口，一同回汶上縣薛家集。

此時荀老爹已經沒了，只有母親在堂。荀玫拜見母親，母親歡喜道：「自你爹去世，年歲不好，家裏田地漸漸也花費了，而今得你進個學，將來可以教書過日子。」申祥甫也老了，拄著拐杖來賀喜，就同梅三相商議，集上約會分子，替荀玫賀學，湊了二三十吊錢。荀家管待眾人，就借這觀音菴裏擺酒。

那日早晨，梅玖、荀玫先到，和尚接著。兩人先拜了佛，同和尚施禮。和尚道：「恭喜荀小相公，而今掙了這一頂頭巾，不枉了荀老爹一生忠厚，做多少佛面上的事，廣積陰功。那咱你在這裏上學時還小哩，頭上扎著抓角兒。」又指與二位道：「這裏不是周大老爺的長生牌？」二人看時，一張供桌，香爐、燭臺，供著個金字牌位，上寫道：「賜進士出身，廣東提學御史，今升國子監司業周大老爺長生祿位」。左邊一行小字寫著：「公諱進，字蕢軒，邑人」，右邊一行小字：「薛家集里人、觀音菴僧人，同供奉」。

兩人見是老師的位，恭恭敬敬同拜了幾拜。又同和尚走到後邊屋裏，周先生當年設帳的所在，見兩扇門開著，臨了水次，那對過河灘塌了幾尺，這邊長出些來。看那三間屋，用蘆席隔著，而今不做學堂了。左邊一間，住著一個江西先生，門上貼著「江右陳和甫仙乩神數」。那江西先生不在家，房門關著。只有堂屋中間牆上還是周先生寫的聯對，紅紙都久已貼白了，上面十個字是：「正身以俟時，守己而律物。」梅玖指著向和尚道：「還是周大老爺的親筆，你不該貼在這裏，拿些水噴了，揭下來裱一裱，收著才是。」和尚應諾，連忙用水揭下。弄了一會，申祥甫領著眾人到齊了。吃了一日酒才散。

荀家把這幾十吊錢贖了幾票當，買了幾石米，剩下的，留與荀玫做鄉試盤費。次年錄科，又取了第一。果然英雄出于少年，到省試，高高中了。忙到布政司衙門裏領了杯、盤、衣帽、旗匾、盤程，匆匆進京會試，又中了第三名進士。明朝的體統：舉人報中了進士，即刻在下處擺起公座來升座，長班參堂磕頭。這日正磕著頭，外邊傳呼接帖，說：「同年同鄉王老爺來拜。」荀進士叫長班擡開公座，自己迎了出去。只見王惠鬚髮皓白，走進門，一把拉著手說道：「年長兄，我同你是『天作之合』，不比尋常同年弟兄。」兩人平磕了頭，坐著，就說起昔年這一夢，「可見你我都是天榜有名。將來同寅協恭，多少事業都要同做。」

荀玫自小也依稀記得聽見過這句話，只是記不清了，今日聽他說來，方才明白，因講道：「小弟年幼，叨幸年老先生榜末，又是同鄉，諸事全望指教。」王進士道：「這下處是年長兄自己賃的？」荀進士道：「正是。」王進士道：「這甚窄，況且離朝綱又遠，這裏住著不便。不瞞年長兄說，弟還有一碗飯吃，京裏房子也是我自己買的。年長兄竟搬到我那裏去住，將來殿試，一切事都便宜些。」說罷，又坐了一會，去了。次日，竟叫人來把荀進士的行李搬在江米巷自己下處同住。傳臚那日，荀玫殿在二甲，王惠殿在三甲，都授了工部主事。俸滿，一齊轉了員外。

一日，兩位正在寓處閒坐，只見長班傳進一個紅全帖來，上寫「晚生陳禮頓首拜」。全帖裏面夾著一個單帖，上寫著：「江西南昌縣陳禮，字和甫，素善乩仙神數，曾在汶上縣薛家集觀音菴內行道」。王員外道：「長兄，這人你認得麼？」荀員外道：「是有這個人。他請仙判的最妙，何不喚他進來請仙，問問功名的事？」忙叫：「請。」只見那陳和甫走了進來，頭戴瓦楞帽，身穿繭紬直裰，腰繫絲縧，花白鬍鬚，約有五十多歲光景。見了二位，躬身唱諾，說：「請二位老先生臺座，好讓山人拜見。」二人再三謙讓，同他行了禮，讓他首位坐下。

荀員外道：「向日道兄在敝鄉觀音菴時，弟卻無緣，不曾會見。」陳禮躬身道：「那日晚生曉得老先生到菴；因前三日，純陽老祖師降壇，乩上寫著這日午時三刻有一位貴人來到。那時老先生尚不曾高發，天機不可洩漏，所以晚生就預先迴避了。」王員外道：「道兄請仙之法，是何人傳授？還是耑請純陽祖師，還是各位仙人都可啓請？」陳禮道：「各位仙人都可請，就是帝王、師相、聖賢、豪傑，都可啓請。不瞞二位老先生說，晚生數十年以來，並不在江湖上行道，總在王爺府裏和諸部院大老爺衙門交往。切記先帝弘治十三年，晚生在工部大堂劉大老爺家扶乩。劉大老爺因李夢陽老爺參張國舅的事下獄，請仙問其吉凶。那知乩上就降下周公老祖來，批了『七日來復』四個大字。到七日上，李老爺果然奉旨出獄，只罰了三個月的俸。後來李老爺又約晚生去扶乩，那乩半日也不得動。後來忽然大動起來，寫了一首詩，後來兩句說道：『夢到江南省宗廟，不知誰是舊京人？』那些看的老爺都不知道是誰，只有李老爺懂得詩詞，連忙焚了香，伏在地下，敬問是那一位君王。那乩又如飛的寫了幾個字道：『朕乃建文皇帝是也。』眾位都嚇的跪在地下朝拜了。所以晚生說是帝王、聖賢都是請得來的。」

王員外道：「道兄如此高明，不知我們終身官爵的事可斷得出來？」陳禮道：「怎麼斷不出來？凡人富貴、窮通、貧賤、壽夭，都從乩上判下來，無不奇驗。」兩位見他說得熱鬧，便道：「我兩人要請教，問一問升遷的事。」那陳禮道：「老爺請焚起香來。」二位道：「且慢，侯吃過便飯。」

當下留著吃了飯，叫長班到他下處把沙盤、乩筆都取了來擺下。陳禮道：「二位老爺自己默祝。」二位祝罷，將乩筆安好。陳禮又自己拜了，燒了一道降壇的符，便請二位老爺兩邊扶著乩筆，又念了一遍咒語，燒了一道啓請的符，只見那乩漸漸動起來了。那陳禮叫長班斟了一杯茶，雙手捧著，跪獻上去。那乩筆先畫了幾個圈子，便不動了。陳禮又焚了一道符，叫眾人都息靜。長班、家人站在外邊去了。又過了一頓飯時，那乩扶得動了，寫出四個大字：「王公聽判。」王員外慌忙丟了乩筆，下來拜了四拜，問道：「不知大仙尊姓大名？」問罷，又去扶乩。那乩旋轉如飛，寫下一行道：「吾乃伏魔大帝關聖帝君是也。」

陳禮嚇得在下面磕頭如搗蒜，說道：「今日二位老爺心誠，請得夫子降壇，這是輕易不得的事！總是二位老爺大福。須要十分誠敬，若有些須怠慢，山人就擔代不起！」二位也覺悚然，毛髮皆豎，丟著乩筆，下來又拜了四拜，再上去扶。陳禮道：「且住。沙盤小，恐怕夫子指示言語多，寫不下，且拿一副紙筆來，待山人在旁記下同看。」于是拿了一副紙筆，遞與陳禮在傍抄寫，兩位仍舊扶著。那乩運筆如飛，寫道：

羨爾功名夏后，一枝高折鮮紅。大江煙浪杳無踪，兩日黃堂坐擁。

只道驊騮開道，原來天府夔龍。琴瑟琵琶路上逢，一盞醇醪心痛！

寫畢，又判出五個大字：「調寄《西江月》」。三個人都不解其意。王員外道：「只有頭一句明白。『功名夏后』是『夏后氏五十而貢』，我恰是五十歲登科的，這句驗了。此下的話全然不解。」陳禮道：「夫子是從不誤人的，老爺收著，後日必有神驗。況這詩上說：『天府夔龍』，想是老爺升任直到宰相之職。」王員外被他說破，也覺得心裏歡喜。說罷，荀員外下來拜了，求夫子判斷。那乩筆半日不動，求的急了，運筆判下一個「服」字。陳禮把沙攤平了求判，又判了一個「服」字。一連平了三回沙，判了三個「服」字，再不動了。陳禮道：「想是夫子龍駕已經回天，不可再褻瀆了。」又焚了一道退送的符，將乩筆、香爐、沙盤撤去，重新坐下。二位官府封了五錢銀子，又寫了一封薦書，薦在那新升通政司范大人家。陳山人拜謝去了。

到晚，長班進來說：「荀老爺家有人到。」只見荀家家人掛著一身的孝，飛跑進來磕了頭，跪著稟道：「家裏老太太已于前月二十一日歸天。」荀員外聽了這話，哭倒在地。王員外扶了半日，救醒轉來，就要到堂上遞呈丁憂。王員外道：「年長兄，這事且再商議。現今考選科道在即，你我的資格，都是有指望的。若是報明了丁憂家去，再遲三年，如何了得？不如且將這事瞞下，候考選過了再處。」荀員外道：「年老先生極是相愛之意，但這件事恐瞞不下。」王員外道：「快吩咐來的家人把孝服作速換了，這事不許通知外面人知道，明早我自有道理。」一宿無話。

次日清早，請了吏部掌案的金東崖來商議。金東崖道：「做官的人，匿喪的事是行不得的，只可說是能員，要留部在任守制，這個不妨。但須是大人們保舉，我們無從用力。若是發來部議，我自然效勞，是不消說了。」兩位重託了金東崖去。到晚，荀員外自換了青衣小帽，悄悄去求周司業、范通政兩位老師，求個保舉，兩位都說：「可以酌量而行。」

又過了兩三日，都回覆了來說：「官小，與奪情之例不合。這奪情，須是宰輔或九卿班上的官，倒是外官在邊疆重地的亦可。若工部員外是個閒曹，不便保舉奪情。」荀員外只得遞呈丁憂。王員外道：「年長兄，你此番喪葬需費。你又是個寒士，如何支持得來？況我看見你不喜理這煩劇的事，怎生是好？如今也罷，我也告一個假，同你回去，喪葬之費數百金，也在我家裏替你應用，這事才好。」荀員外道：「我是該的了，為何因我又誤了年老先生的考選？」王員外道：「考選還在明年，你要等除服，所以擔誤，我這告假，多則半年，少只三個月，還趕的著。」

當下荀員外拗不過，只得聽他告了假，一同來家，替太夫人治喪。一連開了七日弔，司、道、府、縣，都來弔紙。此時哄動薛家集。百十里路外的人，男男女女、都來看荀老爺家的喪事。集上申祥甫已是死了，他兒子申文卿襲了丈人夏總甲的缺，拿手本來磕頭，看門效力。整正鬧了兩個月，喪事已畢。王員外共借了上千兩的銀子與荀家，作辭回京。荀員外送出境外，謝了又謝。王員外一路無話，到京才開了假，早見長班領著一個報錄的人進來叩喜。不因這一報，有分教：貞臣良佐，忽為悖逆之人；郡守部曹，竟作逋逃之客。未知所報王員外是何喜事，且聽下回分解。

第八回 王觀察窮途逢世好 婁公子故里遇貧交

話說王員外才到京開假，早見長班領報錄人進來叩喜。王員外問是何喜事。報錄人叩過頭，呈上報單，上寫道：

「江撫王一本。為要地需才事：南昌知府員缺，此乃沿江重地，需才能幹濟之員；特本請旨，于部屬內揀選一員。奉旨：南昌府知府員缺，著工部員外王惠補授。欽此！」

王員外賞了報喜人酒飯，謝過恩，整理行裝，去江西到任。非止一日，到了江西省城。南昌府前任蘧太守，浙江嘉興府人，由進士出來，年老告病，已經出了衙門，印務是通判署著。王太守到任，升了公座，各屬都稟見過了，便是蘧太守來拜。王惠也回拜過了。為這交盤的事，彼此參差著，王太守不肯就接。

一日，蘧太守差人來稟說：「太爺年老多病，耳朵聽話又不甚明白。交盤的事，本該自己來領王太爺的教；因是如此，明日打發少爺過來，當面相懇，一切事都要仗託王太爺擔代。」王惠應諾了，衙門裏整治酒飯，候蘧公子。直到早飯過後，一乘小轎，一副紅全帖，上寫「眷晚生蘧景玉拜」。王太守開了宅門，叫請少爺進來。王太守看那蘧公子，翩然俊雅，舉動不群。彼此施了禮，讓位坐下。

王太守道：「前晤尊公大人，幸瞻丰采。今日卻聞得略有些貴恙？」蘧公子道：「家君年老，常患肺病，不耐勞煩，兼之兩耳重聽，多承老先生記念。」王太守道：「不敢。老世臺今年多少尊庚了？」蘧公子道：「晚生三十七歲。」王太守道：「一向總隨尊大人任所的？」蘧公子道：「家君做縣令時，晚生尚幼。相隨敝門伯范老先生，在山東督學幕中讀書，也幫他看看卷子。直到升任南昌，署內無人辦事，這數年總在這裏的。」王太守道：「尊大人精神正旺，何以就這般急流勇退了？」蘧公子道：「家君常說：『宦海風波，實難久戀。』況做秀才的時候，原有幾畝薄產，可供饘粥；先人敝廬，可蔽風雨；就是琴、樽、罏、几，藥欄、花榭，都也有幾處，可以消遣。所以在風塵勞攘的時候，每懷長林豐草之思；而今卻可賦『遂初』了！」

王太守道：「自古道：『休官莫問子』看老世臺這等襟懷高曠，尊大人所以得暢然掛冠。」笑著說道：「將來，不日高科鼎甲，老先生正好做封翁享福了。」蘧公子道：「老先生，人生賢不肖，倒也不在科名。晚生只願家君早歸田里，得以菽水承歡，這是人生至樂之事。」王太守道：「如此，更加可敬了。」

說著，換了三遍茶，寬去大衣服，坐下。說到交代一事，王太守著實作難。蘧公子道：「老先生不必過費清心。家君在此數年，布衣蔬食，不過仍舊是儒生行徑，歷年所積俸餘，約有二千餘金。如此地倉穀、馬匹、雜項之類，有什麼缺少不敷處，悉將此項送與老先生任意填補。家君知道老先生數任京官，宦囊清苦，決不有累。」王太守見他說得大方爽快，滿心歡喜。

須臾，擺上酒來，奉席坐下。王太守慢慢問道：「地方人情，可還有什麼出產？詞訟裏可也略有些什麼通融？」蘧公子道：「南昌人情，鄙野有餘，巧詐不足。若說地方出產及詞訟之事，家君在此，准的詞訟甚少；若非綱常倫紀大事，其餘戶婚田土，都批到縣裏去，務在安輯，與民休息。至于處處利藪，也絕不耐煩去搜剔他，或者有，也不可知。但只問著晚生，便是『問道于盲』了。」王太守笑道：「可見『三年清知府，十萬雪花銀』的話，而今也不甚確了！」

當下酒過數巡，蘧公子見他問的都是些鄙陋不過的話，因又說起：「家君在這裏無他好處，只落得個訟簡刑清；所以這些幕賓先生，在衙門裏，都也吟嘯自若。還記得前任臬司向家君說道：『聞得貴府衙門裏有三樣聲息。』」王太守道：「是那三樣？」蘧公子道：「是吟詩聲，下棋聲，唱曲聲。」王太守大笑道：「這三樣聲息，卻也有趣的緊。」蘧公子道：「將來老先生一番振作，只怕要換三樣聲息！」王太守道：「是那三樣？」蘧公子道：「是戥子聲，算盤聲，板子聲。」

王太守並不知這話是譏誚他，正容答道：「而今你我替朝廷辦事，只怕也不得不如此認真。」蘧公子十分大酒量，王太守也最好飲，彼此傳杯換盞，直吃到日西時分，將交接的事當面言明，王太守許定出結，作別去了。過了幾日，蘧太守果然送了一項銀子，王太守替他出了結。蘧太守帶著公子家眷，裝著半船書畫，回嘉興去了。

王太守送到城外回來，果然聽了蘧公子的話，釘了一把頭號的庫戥，把六房書辦都傳進來，問明了各項內的餘利，不許欺隱，都派入官，三日五日一比。用的是頭號板子，把兩根板子拿到內衙上秤，較了一輕一重，都寫了暗號在上面。出來坐堂之時，吩咐叫用大板，皂隸若取那輕的，就知他得了錢了，就取那重板子打皂隸。這些衙役百姓，一個個被他打得魂飛魄散。合城的人，無一個不知道太守的利害，睡夢裏也是怕的。因此，各上司訪聞，都道是江西第一個能員。做到兩年多些，各處薦了。適值江西寧王反亂，各路戒嚴，朝廷就把他推升了南贛道，催趲軍需。

王太守接了羽檄文書，星夜赴南贛到任；到任未久，出門查看臺站，大車駟馬，在路曉行夜宿。那日到了一個地方，落在公館，公館是個舊人家一所大房子。走進去舉頭一看，正廳上懸著一塊匾，匾上貼著紅紙，上面四個大字是「驊騮開道」。王道臺看見，吃了一驚。到廳升座，屬員衙役參見過了，掩門用飯。忽見一陣大風，把那片紅紙吹在地下，裏面現出綠底金字，四個大字是「天府夔龍」。王道臺心裏不勝駭異，才曉得關聖帝君判斷的話，直到今日才驗。那所判「兩日黃堂」，便就是南昌府的個「昌」字。可見萬事分定。一宿無話，查畢公事回衙。

次年，寧王統兵破了南贛官軍，百姓開了城門，抱頭鼠竄，四散亂走。王道臺也抵擋不住，叫了一隻小船，黑夜逃走。走到大江中，遇著寧王百十隻艨艟戰船。明盔亮甲。船上有千萬火把，照見小船，叫一聲：「拿！」幾十個兵卒跳上船來，進走中艙，把王道臺反剪了手，捉上大船。那些從人、船家，殺的殺了，還有怕殺的，跳在水裏死了。王道臺嚇得擻抖抖的顫，燈燭影裏，望見寧王坐在上面，不敢擡頭。寧王見了，慌走下來，親手替他解了縛，叫取衣裳穿了，說道：「孤家是奉太后密旨，起兵誅君側之奸。你既是江西的能員，降順了孤家，少不得升授你的官爵。」

王道臺顫抖抖的叩頭道：「情願降順。」寧王道：「既然願降，待孤家親賜一杯酒。」此時王道臺被縛得心口十分疼痛，跪著接酒在手，一飲而盡，心便不疼了，又磕頭謝了。王爺即賞與江西按察司之職，自此隨在寧王軍中。聽見左右的人說，寧王在玉牒中是第八個王子，方才悟了關聖帝君所判「琴瑟琵琶」，頭上是八個「王」字，到此無一句不驗了。

寧王鬧了兩年，不想被新建伯王守仁一陣殺敗，束手就擒。那些偽官，殺的殺了，逃的逃了。王道臺在衙門並不曾收拾得一件東西，只取了一個枕箱，裏面幾本書和幾兩銀子，換了青衣小帽，黑夜逃走，真乃是慌不擇路，趕了幾日旱路，又搭船走。昏天黑地，一直走到了浙江烏鎮地方。

那日住了船，客人都上去吃點心，王惠也拿了幾個錢上岸。那點心店裏都坐滿了，只有一個少年獨自據了一桌。王惠見那少年彷彿有些認得，卻想不起。開店的道：「客人，你來同這位客人一席坐罷。」王惠便去坐在對席，少年立起身來，同他坐下。

王惠忍不住問道：「請教客人貴處？」那少年道：「嘉興。」王惠道：「尊姓？」那少年道：「姓蘧。」王惠道：「向日有位蘧老先生，曾做過南昌太守，可與足下一家？」那少年驚道：「便是家祖，老客何以見問？」王惠道：「原來是蘧老先生的令公孫，失敬了！」那少年道：「卻是不曾拜問貴姓仙鄉。」王惠道：「這裏不是說話處，寶舟在那裏？」蘧公孫道：「就在岸邊。」當下會了帳，兩人相攜著下了船坐下。王惠道：「當日在南昌相會的少爺，臺諱是景玉，想是令叔？」蘧公孫道：「這便是先君。」王惠驚道：「原來便是尊翁，怪道面貌相似。卻如何這般稱呼？難道已仙遊了麼？」蘧公孫道：「家祖那年南昌解組，次年即不幸先君見背。」

王惠聽罷，流下淚來說道：「昔年在南昌，蒙尊公骨肉之誼，今不想已作故人。世兄今年貴庚多少了？」蘧公孫道：「虛度十七歲。到底不曾請教貴姓仙鄉。」王惠道：「盛從同船家都不在此麼？」蘧公孫道：「他們都上岸去了。」王惠附耳低言道：「便是後任的南昌知府王惠。」蘧公孫大驚道：「聞得老先生已榮升南贛道，如何改裝獨自到此？」王惠道：「只為寧王反叛，弟便掛印而逃；卻為圍城之中，不曾取出盤費。」蘧公孫道：「如今卻將何往？」王惠道：「窮途流落，那有定所？」就不曾把降順寧王的話說了出來。蘧公孫道：「老先生既邊疆不守，今日卻不便出來自呈。只是茫茫四海，盤費缺少，如何使得？晚學生此番卻是奉家祖之命，在杭州舍親處討取一樁銀子，現在舟中，今且贈與老先生以為路費，去尋一個僻靜所在安身為妙。」

說罷，即取出四封銀子，遞與王惠，共二百兩。王惠極其稱謝，因說道：「兩邊船上都要趕路，不可久延，只得告別。周濟之情，不死當以厚報！」雙膝跪了下去，蘧公孫慌忙跪下同拜了幾拜。王惠又道：「我除了行李被褥之外，一無所有，只有一個枕箱，內有殘書幾本。此時潛蹤在外，雖這一點物件，也恐被人識認，惹起是非。如今也將來交與世兄，我輕身便好逃竄了。」蘧公孫應諾。他即刻過船取來交代，彼此灑淚分手。王惠道：「敬問令祖老先生，今世不能再見。來生犬馬相報便了。」分別去後，王惠另覓了船入到太湖，自此更姓改名，削髮披緇去了。

蘧公孫回到嘉興，見了祖父，說起路上遇見王太守的話，蘧太守大驚道：「他是降順了寧王的！」公孫道：「這卻不曾說明，只說是掛印逃走，並不曾帶得一點盤纏。」蘧太守道：「他雖犯罪朝廷，卻與我是個故交，何不就將你討來的銀子送他盤費？」公孫道：「已送他了。」蘧太守道：「共是多少？」公孫道：「只取得二百兩銀子，盡數送與他了。」蘧太守不勝歡喜道：「你真可謂汝父之肖子！」就將當日公子交代的事又告訴了一遍。公孫見過乃祖，進房去見母親劉氏，母親問了些路上的話，慰勞了一番，進房歇息。

次日，在乃祖跟前又說道：「王太守枕箱內還有幾本書。」取出來送與乃祖看。蘧太守看了，都是鈔本；其他也還沒緊，只內有一本，是《高青邱集詩話》有一百多紙，就是青邱親筆繕寫，甚是精工。蘧太守道：「這本書多年藏之大內，數十年來，多少才人求見一面不能，天下並沒有第二本。你今無心得了此書，真乃天幸。須是收藏好了，不可輕易被人看見。」

蘧公孫聽了，心裏想道：「此書既是天下沒有第二本，何不竟將他繕寫成帙，添了我的名字，刊刻起來，做這一番大名？」主意已定，竟去刻了起來，把高季迪名字寫在上面，下面寫「嘉興蘧來旬駪夫氏補輯」。刻畢，刷印了幾百部，遍送親戚朋友。人人見了，賞玩不忍釋手。自此，浙西各郡都仰慕蘧太守公孫是個少年名士。蘧太守知道了，成事不說，也就此常教他做些詩詞，寫斗方，同諸名士贈答。

一日，門上人進來稟道：「婁府兩位少老爺到了。」蘧太守叫公孫：「你婁家表叔到了，快去迎請進來。」公孫領命，慌出去迎。這二位乃是婁中堂的公子。中堂在朝二十餘年，薨逝之後，賜了祭葬，諡為文恪，乃是湖州人氏。長子現任通政司大堂。這位三公子，諱琫，字玉亭，是個孝廉；四公子諱瓚，字瑟亭，在監讀書。是蘧太守的親內姪。公孫隨著兩位進來，蘧太守歡喜，親自接出廳外檐下。兩人進來，請姑丈轉上，拜了下去。蘧太守親手扶起，叫公孫過來拜見了表叔，請坐奉茶。

二位婁公子道：「自拜別姑丈大人屈指已十二載。小姪們在京，聞知姑丈掛冠歸里，無人不拜服高見。今日得拜姑丈，早已鬚鬢皓然，可見有司官是勞苦的。」蘧太守道：「我本無宦情。南昌待罪數年，也不曾做得一些事業，虛糜朝廷爵祿，不如退休了好。不想到家一載，小兒亡化了，越覺得胸懷冰冷。細想來，只怕還是做官的報應。」婁三公子道：「表兄天才，磊落英多，誰想享年不久。幸得表姪已長成人，侍奉姑丈膝下，還可借此自寬。」婁四公子道：「便是小姪們聞了表兄訃音，思量總角交好，不想中路分離，臨終也不能一別，同三兄悲痛過深，幾乎發了狂疾。大家兄念著，也終日流涕不止。」蘧太守道：「今兄宦況，也還覺得高興麼？」二位道：「通政使是個清淡衙門，家兄在那裏浮沈著，絕不曾有什麼建白，卻是事也不多。所以小姪們在京師轉覺無聊，商議不如返舍為是。」

坐了一會，換去衣服。二位又進去拜見了表嫂。公孫陪奉出來，請在書房裏。面前一個小花圃，琴、樽、鑪、几，竹、石、禽、魚，蕭然可愛。蘧太守也換了葛巾野服，拄著天臺藤杖，出來陪坐。擺出飯來，用過飯，烹茗清談，說起江西寧王反叛的話：「多虧新建伯神明獨運，建了這件大功，除了這番大難。」婁三公子道：「新建伯此番有功不居，尤為難得！」四公子道：「據小姪看來，寧王此番舉動，也與成祖差不多。只是成祖運氣好，到而今稱聖，稱神；寧王運氣低，就落得個為賊，為虜，也要算一件不平的事。」蘧太守道：「以成敗論人，固然是庸人之見；但本朝大事，你我做臣子的，說話須要謹慎。」四公子不敢再說了。那知這兩位公子，因科名蹭蹬，不得早年中鼎甲，入翰林。激成了一肚子牢騷不平，每常只說：「自從永樂篡位之後，明朝就不成個天下！」每到酒酣耳熱，更要發這一種議論；婁通政也是聽不過，恐怕惹出事來，所以勸他回浙江。

當下又談了一會閒話，兩位問道：「表姪學業，近年造就如何？卻還不曾恭喜畢過姻事？」蘧太守道：「不瞞二位賢姪說，我只得這一個孫子，自小嬌養慣了。我每常見這些教書的先生，也不見有什麼學問，一味裝模作樣，動不動就是打罵。人家請先生的，開口就說要嚴；老夫姑息的緊，所以不曾著他去從時下先生。你表兄在日，自己教他讀些經史；自你表兄去後，我心裏更加憐惜他，已替他捐了個監生，舉業也不曾十分講究。近年我在林下，倒常教他做幾首詩，吟詠性情，要他知道樂天知命的道理，在我膝下承歡便了。」二位公子道：「這個更是姑丈高見。俗語說得好：『與其出一個斲削元氣的進士，不如出一個培養陰隲的通儒。』這個是得緊！」

蘧太守便叫公孫把平日做的詩取幾首來與二位表叔看。二位看了，稱贊不已。一連留住盤桓了四五日，二位辭別要行。蘧太守治酒餞別，席間說起公孫姻事：「這裏大戶人家，也有央著來說的；我是個窮官，怕他們爭行財下禮，所以耽遲著。賢姪在湖州，若是老親舊戚人家，為我留意，貧窮些也不妨。」二位應諾了，當日席終。

次早，叫了船隻，先發上行李去。蘧太守叫公孫親送上船，自己出來廳事上作別，說到：「老夫因至親，在此數日，家常相待，休怪怠慢。二位賢姪回府，到令先太保公及尊公文恪公墓上，提著我的名字，說我蘧佑年邁龍鍾，不能親自來拜謁墓道了！」兩公子聽了，悚然起敬，拜別了姑丈。蘧太守執手送出大門。公孫先在船上，候二位到時，拜別了表叔，看著開了船，方才回來。

兩公子坐著一隻小船，蕭然行李，仍是寒素。看見兩岸桑蔭稠密，禽鳥飛鳴，不到半里多路，便是小港，裏邊撐出船來，賣些菱、藕。兩弟兄在船內道：「我們幾年京華塵土中，那得見這樣幽雅景致？宋人詞說得好：『算計只有歸來是。』果然！果然！」

看看天色晚了，到了一鎮人家，桑蔭裏射出燈光來，直到河裏。兩公子道：「叫船家泊下船。此處有人家，上面沽些酒來消此良夜，就在這裏宿了罷。」船家應諾，泊了船。兩弟兄憑舷痛飲，談說古今的事。次早，船家在船中做飯，兩兄弟上岸閒步，只見屋角頭走過一個人來，見了二位，納頭便拜下去，說道：「婁少老爺，認得小人麼？」只因遇著這個人，有分教：公子好客，結多少碩彥名儒；相府開筵，常聚些布衣葦帶。畢竟此人是誰？且聽下回分解。

第九回　婁公子捐金贖朋友　劉守備冒姓打船家

話說兩位公子在岸上閒步，忽見屋角頭走過一個人來，納頭便拜。兩公子慌忙扶起，說道：「足下是誰？我不認得。」那人道：「兩位少老爺認不得小人了麼？」兩公子道：「正是面善，一會兒想不起。」那人道：「小人便是先太保老爺墳上看墳的鄒吉甫的兒子鄒三。」兩公子大驚道：「你卻如何在此處？」鄒三道：「自少老爺們都進京之後，小的老子看著墳山，著實興旺，門口又置了幾塊田地。那舊房子就不夠住了。我家就另買了房子搬到東村，那房子讓與小的叔子住。後來小的家弟兄幾個又娶了親，東村房子，只夠大哥、大嫂子、二哥、二嫂子住。小的有個姊姊，嫁在新市鎮。姊夫沒了，姊姊就把小的老子和娘，都接了這裏來住，小的就跟了來的。」

兩公子道：「原來如此。我家墳山，沒有人來作踐麼？」鄒三道：「這是那個敢？府縣老爺們大凡往那裏過，都要進來磕頭，一莖草也沒人動。」兩公子道：「你父親、母親而今在那裏？」鄒三道：「就在市梢盡頭姊姊家住著，不多幾步。小的老子時常想念二位少老爺的恩情，不能見面。」三公子向四公子道：「鄒吉甫這老人家，我們也甚是想他。既在此不遠，何不去到他家裏看看？」四公子道：「最好。」帶了鄒三回到岸上，叫跟隨的吩咐過了船家。鄒三引著路，一徑走到市梢頭。只見七八間矮小房子，兩扇籬笆門，半開半掩。鄒三走去叫道：「阿爺！三少老爺、四少老爺在此！」鄒吉甫裏面應道：「是那個？」拄著拐杖出來，望見兩位公子，不覺喜從天降，讓兩公子走進堂屋，丟了拐杖，便要倒身下拜。

兩公子慌忙扶住道：「你老人家何消行這個禮。」兩公子扯他同坐下。鄒三捧出茶來，鄒吉甫親自接了，送與兩公子吃著。三公子道：「我們從京裏出來，一到家就要到先太保墳上掃墓，算計著會你老人家。卻因繞道在嘉興看蘧姑老爺，無意中走這條路，不想撞見你兒子，說你老人家在這裏，得以會著。相別十幾年，你老人家越發健康了。方才聽見說，你那兩個令郎都娶了媳婦，曾添了幾個孫子了麼？你的老伴也同在這裏？」說著，那老婆婆白髮齊眉，出來向兩公子道了萬福。兩公子也還了禮。鄒吉甫道：「你快進去向女孩兒說，整治起飯來，留兩位少老爺坐坐。」婆婆進去了。

鄒吉甫道：「我夫妻兩個，感激太老爺、少老爺的恩典，一時也不能忘。我這老婆子，每日在這房檐下燒一炷香，保祝少老爺們仍舊官居一品。而今大少老爺想也是大轎子？」四公子道：「我們弟兄們都不在家，有甚好處到你老人家？卻說這樣的話，越說得我們心裏不安。」三公子道：「況且墳上累你老人家看守多年，我們方且知感不盡，怎說這話？」鄒吉甫道：「蘧姑老爺已是告老回鄉了，他少爺可惜去世！小公子想也長成人了麼？」三公子道：「他今年十七歲，資性倒也還聰明的。」鄒三捧出飯來，雞、魚、肉、鴨，齊齊整整，還有幾樣蔬菜，擺在桌上，請兩位公子坐下。鄒吉甫不敢來陪，兩公子再三扯他同坐。

斟上酒來，鄒吉甫道：「鄉下的水酒，少老爺們恐吃不慣。」四公子道：「這酒也還有些身分。」鄒吉甫道：「再不要說起！而今人情薄了，這米做出來的酒汁都是薄的！小老還是聽見我死鬼父親說：『在洪武爺手裏過日子，各樣都好；二斗米做酒，足有二十斤酒娘子。後來永樂爺掌了江山，不知怎樣的，事事都改變了，二斗米只做得出十五六斤酒來。』像我這酒是扣著水下的，還是這般淡薄無味。」三公子道：「我們酒量也不大，只這個酒十分好了。」鄒吉甫吃著酒，說道：「不瞞老爺說，我是老了，不中用了。怎得天可憐見，讓他們孩子們再過幾年洪武爺的日子就好了！」四公子聽了，望著三公子笑。

鄒吉甫又道：「我聽見人說：『本朝的天下，要同孔夫子的周朝一樣好的，就為出了個永樂爺就弄壞了。』這事可是有的麼？」三公子笑道：「你鄉下一個老實人，那裏得知這些話？這話畢竟是誰向你說的？」鄒吉甫道：「我本來果然不曉得這些話；因我這鎮上有個鹽店，鹽店一位管事先生，閒常無事，就來到我們這稻場上，或是柳蔭樹下坐著，說的這些話，所以我常聽見他。」兩公子驚道：「這先生姓什麼？」鄒吉甫道：「他姓楊，為人忠直不過；又好看的是個書，要便袖口內藏了一卷，隨處坐著，拿出來看。往常他在這裏飯後沒事，也好步出來了，而今要見這先生，卻是再不能得！」

兩公子道：「這先生往那裏去了？」鄒吉甫道：「再不要說起！楊先生雖是生意出身，一切帳目，卻不肯用心料理；除了出外閒遊，在店裏時，也只是垂簾看書，憑著這夥計胡三，所以一店裏人都稱呼他是個『老阿呆』。先年東家因他為人正氣，所以託他管總；後來聽見這些呆事，本東自己下店，把帳一盤，卻虧空了七百多銀子。問著又沒處開銷，還在東家面前咬文嚼字，指手畫腳的不服。東家惱了，一張呈子送在德清縣裏。縣主老爺見是鹽務的事，點到奉承，把這楊先生拿到監裏坐著追比，而今已在監裏將有一年半了。」三公子道：「他家可有什麼產業可以賠償？」吉甫道：「有倒好了。他家就住在這村口外四里多路，兩個兒子都是蠢人，既不做生意，又不讀書，還靠著老官養活，卻將什麼賠償？」

四公子向三公子道：「窮鄉僻壤，有這樣讀書君子，卻被守錢奴如此淩虐，足令人怒髮衝冠！我們可以商量個道理救得此人麼？」三公子道：「他不過是欠債，並非犯法；如今只消到城裏問明底細，替他把這幾兩債負弄清了就是。這有何難！」四公子道：「這最有理。我兩人明日到家，就去辦這件事。」鄒吉甫道：「阿彌陀佛！二位少老爺是肯做好事的。想著從前已往，不知拔濟了多少人。如今若救出楊先生來，這一鎮的人，誰不敬仰！」三公子道：「吉甫，這句話，你在鎮上且不要說出來，待我們去相機而動。」四公子道：「正是；未知事體做的來與做不來，說出來就沒趣了。」于是不用酒了，取飯來吃過，匆匆回船。鄒吉甫拄著拐杖，送到船上說：「少老爺們恭喜回府，小老遲日再來城裏府內候安。」又叫鄒三捧著一瓶酒和些小菜，送在船上，與二位少老爺消夜。看著開船，方才回去了。

兩公子到家，清理了些家務，應酬了幾天客事，即便喚了一個辦事家人晉爵，叫他去到縣裏，查新市鎮鹽店裏送來監禁這人是何名字？虧空何項銀兩，共計多少，本人有功名沒功名，都查明白了來報告。晉爵領命，來到縣衙。戶房書辦是晉爵拜盟的弟兄，見他來查，連忙將案尋出，用紙謄寫一通，遞與他，拿了回來回覆兩公子。只見上面寫著：

> 「新市鎮公裕旗鹽店呈首：商人楊執中（即楊允），累年在店不守本分，嫖賭穿吃，侵用成本七百餘兩，有誤國課，懇恩追此云云。但查本人係廩生挨貢，不便追比，合詳情褫革，以便嚴比。今將本犯權時寄監收禁，候上憲批示，然後勒限等情。」

四公子道：「這也可笑的緊，廩生挨貢，也是衣冠中人物，今不過侵用鹽商這幾兩銀子，就要將他褫革、追究，是何道理？」三公子道：「你問明了他並無別情麼？」晉爵道：「小的問明了，並無別情。」三公子道：「既然如此，你去把我們前日黃家圩那人來贖田的一宗銀子，兌七百五十兩替他上庫，再寫我兩人的名帖，向德請縣說：『這楊貢生是家老爺們相好』，叫他就放出監來。你再拿你的名字添上一個保狀，你作速去辦理。」四公子道：「晉爵，這事你就去辦，不可怠慢！那楊貢生出監來，你也不必同他說什麼，他自然到我這裏來相會。」晉爵應諾去了。晉爵只帶二十兩銀子，一直到書辦家，把這銀子送與書辦，說道：「楊貢生的事，我和你商議個主意。」書辦道：「既是太師老爺府裏發的有帖子，這事何難？」隨即打個稟帖說：

> 「這楊貢生是婁府的人。兩位老爺發了帖，現在婁府家人具的保狀。況且婁府說：這項銀子，非贓非帑，何以便行監禁？此事乞老爺上裁。」

知縣聽了婁府這番話，心下著慌，卻又回不得鹽商。傳進書辦去細細商酌，只得把幾項鹽規銀子湊齊，補了這一項。准了晉爵保狀，即刻把楊貢生放出監來，也不用發落，釋放去了。那七百多兩銀子，都是晉爵笑納，把放出來的話都回覆了公子。公子知道他出了監，自然就要來謝。那知楊執中並不曉得是什麼緣故。縣前問人，說是一個姓晉的晉爵保了他去。他自心裏想，生平並不認得這姓晉的。疑惑一番，不必管他，落得身子乾淨，且下鄉家去照舊看書。到家，老妻接著，喜從天降。兩個蠢兒子，日日在鎮上賭錢，半夜也不歸家。只有一個老嫗，又癡又聾，在家燒火做飯，聽候門戶。楊執中次日在鎮上各家相熟處走走。鄒吉甫因是第二個兒子養了孫子，接在東莊去住，不曾會著。所以婁公子這一番義舉，做夢也不得知道。

婁公子過了月餘，弟兄在家，不勝詫異，想到越石甫故事，心裏覺得楊執中想是高絕的學問，更加可敬。一日，三公子向四公子道：「楊執中至今並不來謝，此人品行不同。」四公子道：「論理，我弟兄既仰慕他，就該先到他家相見結交。定要望他來報謝，這不是俗情了麼？」三公子道：「我也是這樣想。但豈不聞『公子有德于人，願公子忘之。』之說。我們若先到他家，可不像要特地表明這件事了？」四公子道：「相見之時，原不要提起。朋友聞聲相思，命駕相訪，也是常事。難道因有了這些緣故，倒反隔絕了，相與不得的？」三公子道：「這話極是有理。」當下商議已定，又道：「我們須先一日上船，次日早到他家，以便作盡日之談。」

于是叫了一隻小船，不帶從者，下午下船，走了幾十里。此時正值秋末冬初，晝短夜長，河裏有些朦朧的月色。這小船乘著月色，搖著櫓走。那河裏各家運租米船，挨擠不開；這船卻小，只在船旁邊擦過去。看看二更多天氣，兩公子將次睡下，忽聽一片聲，打得河路響，這小船卻沒有燈，艙門又關著。四公子在板縫裏張一張，見上流頭一隻大船，明晃晃點著兩對大高燈；一對燈上字是『相府』，一對是『通政司大堂』，船上站著幾個如狼似虎的人，手拿鞭子，打那擠河路的船。四公子嚇了一跳，低低叫：「三哥！你過來看，這是那個？」三公子來看了一看：「這僕人卻不是我家的。」說著，那船已到了跟前，拿鞭子打這小船的船家。

船家道：「好好的一條河路，你走就走罷了，行兇打怎的？」船上那些人道：「狗攮的奴才！你睜開驢眼看看燈籠上的字！船是那家的船！」船家道：「你燈上掛著相府，我知道你是那個宰相家！」那些人道：「瞎眼的死囚！湖州除了婁府，還有第二個宰相！」船家道：「婁府！罷了，是那一位老爺？」那船上道：「我們是婁三老爺裝租米的船，誰人不曉得！這狗攮的，再回嘴，拿繩子來把他拴在船頭上；明日回過三老爺，拿帖子送到縣裏，且打幾十板子再講！」船家道：「婁三老爺現在我船上，你那裏又有個婁三老爺出來了？」

兩公子聽著暗笑。船家開了艙板，請三老爺出來給他們認一認。三公子走在船頭上。此時月尚未落，映著那邊的燈光，照得亮。三公子問道：「你們是我家那一房的家人？」那些人卻認得三公子，一齊都慌了，齊跪下道：「小人們的主人卻不是老爺一家，小人們的主人劉老爺曾做過守府。因從莊上運些租米，怕河路裏擠，大膽借了老爺府裏官銜，不想就衝撞了三老爺的船，小的們該死了！」三公子道：「你主人雖不是我本家，卻也同在鄉里，借個官銜燈籠何妨？但你們在河道裏行兇打人，卻使不得。你們說是我家，豈不要壞了我家的聲名？況你們也是知道的，我家從沒有人敢做這樣事。你們起來。就回去見了你們主人，也不必說在河裏遇著我的這一番話。只是下次也不必如此。難道我還計較你們不成？」眾人應諾，謝了三老爺的恩典，磕頭起來，忙把兩副高燈登時吹熄，將船溜到河邊上歇息去了。

三公子進艙來，同四公子笑了一回。四公子道：「船家，你究竟也不該說出我家三老爺在船上，又請出與他看。把他們掃這一場大興，是何意思？」船家道：「不說，他把我船板都要打通了！好不兇惡！這一會才現出原身來了。」說罷，兩公子解衣就寢。

小船搖櫓行了一夜，清晨已到新市鎮泊岸。兩公子取水洗了面，吃了些茶水點心，吩咐船家：「好好的看船，在此伺候。」兩人走上岸，來到市稍盡頭鄒吉甫女兒家，見關著門，敲門問了一問，才知道老鄒夫婦兩人，都接到東莊去了。女兒留兩位老爺吃茶，也不曾坐。兩人出了鎮市，沿著大路去走有四里多路，遇著一個挑柴的樵夫，問他：「這裏有個楊執中老爺家住在那裏？」樵夫用手指著：「遠望著一片紅的，便是他家屋後，你們打從這小路穿過去。」兩位公子謝了樵夫，披榛覓路，到了一個村子，不過四五家人家，幾間茅屋。屋後有兩棵大楓樹，經霜後楓葉通紅，知道這是楊家屋後了。又一條小路，轉到前門，門前一條澗溝，上面小小板橋。兩公子過得橋來，看見楊家兩扇板門關著。見人走到，那狗便吠起來。

三公子自來叩門。叩了半日，裏面走出一個老嫗來，身上衣服甚是破爛。兩公子近前問道：「你這裏是楊執中老爺家麼？」問了兩遍，方才點頭道：「便是。你是那裏來的？」兩公子道：「我弟兄兩個姓婁，在城裏住。特來拜訪楊執中老爺的。」那老嫗又聽不明白，說道：「是姓劉麼？」兩公子道：「姓婁。你只向老爺說是大學士婁家便知道了。」老嫗道：「老爺不在家裏。從昨日出門看他們打魚，並不曾回來。你們有什麼說話，改日再來罷。」說罷，也不曉得請進去請坐吃茶，竟自關了門回去了。兩公子不勝悵悵，立了一會，只得仍舊過橋，依著原路，回到船上，進城去了。

楊執中這老呆直到晚裏才回家來。老嫗告訴他道：「早上城裏有兩個什麼姓『柳』的來尋老爹，說他在什麼『大覺寺』裏住。」楊執中道：「你怎麼回他去的？」老嫗道：「我說老爹不在家，叫他改日來罷。」楊執中自心裏想：「那個什麼姓柳的？……」忽然想起當初鹽商告他，打官司，縣裏出的原差姓柳。一定是這差人要來找錢。因把老嫗罵了幾句道：「你這老不死，老蠢蟲！這樣人來尋我，你只回我不在家罷了，又叫他改日來怎的，你就這樣沒用！」老嫗又不服，回他的嘴。楊執中惱了，把老嫗打了幾個嘴巴，踢了幾腳。自此之後，恐怕差人又來尋他，從清早就出門閒混，直到晚才歸家。

不想婁府兩公子放心不下，過了四五日，又叫船家到鎮上，仍舊步到門首敲門。老嫗開門，看見還是這兩個人，惹起一肚子氣，發作道：「老爹不在家裏，你們只管來尋怎的？」兩公子道：「前日你可曾說我們是大學士婁府？」老嫗道：「還說什麼！為你這兩個人，連累我一頓拳打腳踢。今日又來做什麼?老爹不在家，還有些日子不來家哩!我不得工夫，要去燒鍋做飯！」說著，不由兩人再問，把門關上，就進去了，再也敲不應。兩公子不知是何緣故，心裏又好惱，又好笑。立了一會，料想叫不應了，只得再回船來。

船家搖著行了有幾里路，一個賣菱的船，船上一個小孩子搖近船來。那孩子手扶著船窗，口裏說道：「買菱哪！買菱哪！」船家把繩子拴了船，且秤菱角。兩公子在船窗內伏著，問那小孩子道：「你在那村裏住？」那小孩子道：「我就在這新市鎮上。」四公子道：「你這裏有個楊執中老爹，你認得他麼？」那小孩道：「怎麼不認得？這位老先生是位和氣不過的人。前日乘了我船去前村看戲；袖子裏還丟下一張紙卷子，寫了些字在上面。」三公子道：「在那裏？」那小孩子道：「在艙底下不是？」三公子道：「取過來我們看看。」那小孩子取了遞過來，接了船家買菱的錢，搖著去了。兩公子打開看，是一幅素紙，上面寫著一首七言絕句詩道：

「不敢妄為些子事，只因曾讀數行書。嚴霜烈日皆經過，次第春風到草廬。」

後面一行寫「楓林拙叟楊允草。」兩公子看罷，不勝嘆息。說道：「這先生襟懷沖淡，其實可敬！只是我兩人怎麼這般難會?……」

　　這日，雖霜楓淒緊，卻喜得天氣晴明。四公子在船頭上看見山光水色，徘徊盼望，只見後面一隻大船，趕將上來。船頭上有一個叫道：「婁老爺！請攏了船，家老爺在此。」船家忙把船攏過去，那人跳過船來，磕了頭，看見艙裏道：「原來三老爺也在此。」只因遇著這隻船，有分教：少年名士，豪門喜結絲蘿；相府儒生，勝地廣招俊傑。畢竟這船是那一位貴人，且聽下回分解。

第十回 魯翰林憐才擇婿 蘧公孫富室招親

話說婁家兩位公子在船上，後面一隻大官船趕來，叫攏了船，一個人上船來請。兩公子認得是同鄉魯編修家裏的管家，問道：「你老爺是幾時來家的？」管家道：「告假回家，尚未曾到。」三公子道，「如今在那裏？」管家道：「現在大船上，請二位老爺過去。」兩公子走過船來，看見貼著「翰林院」的封條，編修公已是方巾便服，出來站在艙門口。編修原是太保的門生，當下見了，笑道：「我方才遠遠看見船頭上站的是四世兄，我心裏正疑惑你們怎得在這小船上，不想三世兄也在這裏，有趣的緊。請進艙裏去。」讓進艙內，彼此拜見過了坐下。

三公子道：「京師拜別，不覺又是半載。世老先生因何告假回府？」魯編修道：「老世兄，做窮翰林的人，只望著幾回差事。現今肥美的差都被別人鑽謀去了，白白坐在京裏，賠錢度日。況且弟年將五十，又無子息，只有一個小女，還不曾許字人家，思量不如告假返舍，料理些家務，再作道理。二位世兄，為何駕著一隻小船在河裏？從人也不帶一個，卻做什麼事？」四公子道：「小弟總是閒著無事的人，因見天氣晴暖，同家兄出來閒遊，也沒什麼事。」魯編修道：「弟今早在那邊鎮上去看一個故人，他要留我一飯，我因匆匆要返舍，就苦辭了他，他卻將一席酒餚送在我船上。今喜遇著二位世兄，正好把酒話舊，」因問從人道：「二號船可曾到？」船家答應道：「不曾到，還離的遠哩。」魯編修道：「這也罷了。」叫家人：「把二位老爺行李搬上大船來，那船叫他回去罷。」吩咐擺了酒席，斟上酒來同飲，說了些京師裏各衙門的細話。

魯編修又問問故鄉的年歲，又問近來可有幾個有名望的人。三公子因他問這一句話，就說出楊執中這一個人，可以算得極高的品行，就把這一張詩拿出來送與魯編修看，魯編修看罷，愁著眉道：「老世兄，似你這等所為，怕不是自古及今的賢公子，就是信陵君、春申君，也不過如此。但這樣的人，盜虛聲者多，有實學者少。我老實說：他若果有學問，為什麼不中了去？只做這兩句詩，當得什麼？就如老世兄這樣屈尊好士，也算這位楊兄一生第一個好遭際了，兩回躲著不敢見面，其中就可想而知。依愚見，這樣人不必十分周旋他，也罷了。」兩公子聽了這話，默然不語。又吃了半日酒，講了些閒話，已到城裏，魯編修定要送兩位公子回家，然後自己回去。

兩公子進了家門，看門的稟道：「蘧小少爺來了，在太太房裏坐著哩。」兩公子走進內堂，見蘧公孫在那裏，三太太陪著，公孫見了表叔來，慌忙見禮。兩公子扶住，邀到書房。蘧公孫呈上乃祖的書箚並帶了來的禮物，所刻的詩話每位一本。兩公子將此書略翻了幾頁，稱贊道：「賢姪少年如此大才，我等俱要退避三舍矣。」蘧公孫道：「小子無知妄作，要求表叔指點。」兩公子歡喜不已，當夜設席接風，留在書房歇息。

次早起來，會過蘧公孫，就換了衣服，叫家人持帖，坐轎子去拜魯編修。拜罷回家，即吩咐廚役備席，發帖請編修公，明日接風。走到書房內，向公孫笑著說道：「我們明日請一位客，勞賢姪陪一陪。」蘧公孫問：「是那一位？」三公子道：「就是我這同鄉魯編修。也是先太保做會試總裁取中的。」四公子道：「究竟也是個俗氣不過的人，卻因我們和他世兄弟，又前日船上遇著就先擾他一席酒，所以明日邀他來坐坐。」說著，看門的人進來稟說：「紹興姓牛的牛相公，叫做牛布衣，在外候二位老爺。」三公子道：「快請廳上坐。」蘧公孫道：「這牛布衣先生，可是曾在山東范學臺幕中的？」三公子道：「正是。你怎得知？」蘧公孫道：「曾和先父同事，小姪所以知道。」四公子道：「我們倒忘了尊公是在那裏的。」隨即出去會了牛布衣，談之良久，便同牛布衣走進書房。

蘧公孫上前拜見，牛布衣說道：「適才會見令表叔，才知尊大人已謝賓客，使我不勝傷感。今幸見世兄如此英英玉立，可稱嗣續有人，又要破涕為笑。」因問：「令祖老先生康健麼？」蘧公孫答道：「託庇粗安。家祖每常也時時想念老伯。」牛布衣又說起：「范學臺幕中查一個童生卷子，尊公說出何景明的一段話，真乃『談言微中，名士風流』。」因將那一席話又述了一遍，兩公子同蘧公孫都笑了。三公子道：「牛先生，你我數十年故交，凡事忘形，今又喜得舍表姪得接大教，竟在此坐到晚去。」少頃，擺出酒席，四位樽酒論文。直吃到日暮，牛布衣告別，兩公子問明寓處，送了出去。

次早，遣家人去邀請魯編修，直到日中才來，頭戴紗帽，身穿蟒衣，進了廳事，就要進去拜老師神主。兩公子再三辭過，然後寬衣坐下，獻茶。茶罷，蘧公孫出來拜見。三公子道：「這是舍表姪，南昌太守家姑丈之孫。」魯編修道：「久慕，久慕。」彼此謙讓坐下，寒暄已畢，擺上兩席酒來。魯編修道：「老世兄，這個就不是了。你我世交，知己間何必做這些客套！依弟愚見，這廳事也太闊落，意欲借尊齋，只須一席酒，我四人促膝談心，方才暢快。」兩公子見這般說，竟不違命，當下讓到書房裏。魯編修見瓶花罏几，位置得宜，不覺怡悅。奉席坐了，公子吩咐一聲叫：「焚香。」只見一個頭髮齊眉的童子，在几上捧了一個古銅香爐出去，隨即兩個管家進來放下暖簾，就出去了。足有一個時辰，酒斟三巡，那兩個管家又進來把暖簾捲上。

但見書房兩邊牆壁上、板縫裏，都噴出香氣來，滿座異香襲人，魯編修覺飄飄有凌雲之思。三公子向魯編修道：「香必要如此燒，方不覺得有煙氣。」編修讚嘆了一回，同蘧公子談及江西的事，問道：「令祖老先生南昌接任便是王諱惠的了？」蘧公孫道：「正是。」魯編修道：「這位王道尊卻是了不得，而今朝廷捕獲得他甚緊。」三公子道：「他是降了寧王的。」魯編修道：「他是江西保薦第一能員，及期就是他先降順了。」四公子道：「他這降，到底也不是。」魯編修道：「古語道得好：『無兵無糧，因甚不降？』只是各偽官也逃脫了許多，只有他領著南贛數郡一齊歸降，所以朝廷尤把他罪狀的狠，懸賞捕拿。」公孫聽了這話，那從前的事一字也不敢提。

魯編修又說起他請仙這一段故事，兩公子不知。魯編修細說這件事，把《西江月》念了一遍，後來的事逐句講解出來，又道：「仙乩也古怪，只說道他歸降，此後再不判了，還是吉凶未定。」四公子道：「『幾者，動之微，吉之先見。』這就是那扶乩的人一時動乎其機。說是有神仙，又說有靈鬼的，都不相干。」換過了席，兩公子把蘧公孫的詩和他刻的詩話請教，極誇少年美才。魯編修嘆賞了許久，便向兩公子問道：「令表姪貴庚？」三公子道：「十七。」魯編修道：「懸弧之慶，在于何日？」三公子轉問蘧公孫。公孫道：「小姪是三月十六亥時生的。」魯編修點了一點頭，記在心裏。到晚席散，兩公子送了客，各自安歇。

又過了數日，蘧公孫辭別回嘉興去，兩公子又留了一日。這日，三公子在內書房寫回覆蘧太守的書。才寫著，書僮進來道：「看門的稟事。」三公子道：「著他進來。」看門的道：「外面有一位先生，要求見二位老爺。」三公子道：「你回他我們不在家，留下了帖罷。」看門的道：「他沒有帖子，問著他名姓，也不肯說，只說要面會二位老爺談談。」三公子道：「那先生是怎樣一個人？」看門的道：「他有五六十歲，頭上也戴的是方巾，穿的件繭袖直裰，像個斯文人。」三公子驚道：「想是楊執中來了。」忙丟了書子，請出四公子來，告訴他如此這般，似乎楊執中的行徑，因叫門上的：「去請在廳上坐，我們就出來會。」

看門的應諾去了，請了那人到廳上坐下。兩公子出來相見，禮畢，奉坐。那人道：「久仰大名，如雷灌耳，只是無緣，不曾拜識。」三公子道：「先生貴姓，臺甫？」那人道：「晚生姓陳，草字和甫，一向在京師行道。昨同翰苑魯老先生來遊貴鄉，今得瞻二位老爺丰采。三老爺耳白于面，名滿天下；四老爺土星明亮，不日該有加官晉爵之喜。」

兩公子聽罷，才曉得不是楊執中，問道：「先生精于風鑑？」陳和甫道：「卜易、談星、看相、算命，內科、外科，內丹、外丹，以及請仙判事，扶乩筆籙，晚生都略知道一二。向在京師，蒙各部院大人及四衙門的老先生請個不歇，經晚生許過他升遷的，無不神驗。不瞞二位老爺說，晚生只是個直言，並不肯阿諛趨奉，所以這些當道大人，俱蒙相愛。前日正同魯老先生笑說，自離江西，今年到貴省，屈指二十年來。，已是走過九省了！」說罷，哈哈大笑。左右捧上茶來吃了。四公子問道：「今番是和魯老先生同船來的？愚弟兄那日在路遇見魯老先生，在船上盤桓了一日，卻不曾會見。」陳和甫道：「那日晚生在二號船上，到晚才知道二位老爺在彼。這是晚生無緣，遲這幾日，才得拜見。」三公子道：「先生言論軒爽，愚兄弟也覺得恨相見之晚。」陳和甫道：「魯老先生有句話託晚生來面致二位老爺，可借尊齋一話。」兩公子道：「最好。」

當下讓到書房裏，陳和甫舉眼四面一看，見院宇深沈，琴書瀟灑，說道：「真是『天上神仙府，人間宰相家』！」說畢，將椅子移近跟前道：「魯老先生有一個令嬡，年方及笄。晚生在他府上是知道的，這位小姐，德性溫良，才貌出眾，魯老先生和夫人因無子息，愛如掌上之珠，許多人家求親，只是不允。昨在尊府會見南昌蘧太爺的公孫，著實愛他才華，所以託晚生來問，可曾畢過姻事？」三公子道：「這便是舍表姪，卻還不曾畢姻。極承魯老先生相愛，只不知他這位小姐貴庚多少？年命可相妨礙？」

陳和甫笑道：「這個倒不消慮。令表姪八字，魯老先生在尊府席上已經問明在心裏了，到家就是晚生查算，替他兩人合婚。小姐少公孫一歲，今年十六歲了，天生一對好夫妻，年、月、日、時，無一不相合。將來福壽綿長，子孫眾多，一些也沒有破綻的。」四公子向三公子道：「怪道他前日在席間諄諄問表姪生的年月，我道是因什麼，原來那時已有意在那裏。」三公子道：「如此極好。魯老先生錯愛，又蒙陳先生你來作伐，我們即刻寫書與家姑丈，擇吉央媒到府奉求。」陳和甫作別道：「容日再來請教，今暫告別，回魯老先生話去。」兩公子送過陳和甫，回來將這話說與蘧公孫道：「賢姪，既有此事，卻且休要就回嘉興，我們寫書與太爺，打發盛從回去取了回音來，再作道理，」蘧公孫依命住下。

家人去了十餘日，領著蘧太守的回書來見兩公子道：「太老爺聽了這話，甚是歡喜，向小人吩咐說：自己不能遠來，這事總央煩二位老爺做主。央媒拜允，一是二位老爺揀擇；或娶過去，或招在這裏，也是二位老爺斟酌。呈上回書並白銀五百兩，以為聘禮之用。大相公也不必回家，住在這裏辦這喜事。太老爺身體是康強的，一切放心。」兩公子收了回書、銀子，擇個吉日，央請陳和甫為媒，這邊添上一位媒人，就是牛布衣。當日兩位月老齊到婁府。鄉設席款待過。二位坐上轎子，管家持帖，去魯編修家求親。魯編修那裏也設席相留，回了允帖，並帶了庚帖過來。到第三日，婁府辦齊金銀珠翠首飾，裝蟒刻絲綢緞綾羅衣服，羊酒、果品，共是幾十擡，行過禮去，又備了謝媒之禮，陳、牛二位，每位代衣帽銀十二兩，代果酒銀四兩，俱各歡喜。兩公子就託陳和甫選定花燭之期。陳和甫選在十二月初八日不將大吉，送過吉期去。魯編修說，只得一個女兒，捨不得嫁出門，要蘧公孫入贅。婁府也應允了。

到十二月初八，婁府張燈結綵，先請兩位月老吃了一日。黃昏時分，大吹大擂起來。婁府一門官銜燈籠就有八十多對，添上蘧太守家燈籠，足擺了三四條街，還擺不了。全副執事，又是一班細樂，八對紗燈。——這時天氣初晴，浮雲尚不曾退盡，燈上都用綠綢雨帷罩著，——引著四人大轎，蘧公孫端坐在內。後面四乘轎子，便是婁府兩公子、陳和甫、牛布衣，同送公孫入贅。

到了魯宅門口，開門錢送了幾封，只見重門洞開，裏面一派樂聲，迎了出來，四位先下轎進去。兩公子穿著公服，兩山人也穿著吉服。魯編修紗帽蟒袍，緞靴金帶，迎了出來，揖讓升堦。才是一班細樂，八對絳紗燈，引著蘧公孫，紗帽官袍，簪花披紅，低頭進來，到了廳事，先奠了雁，然後拜見魯編修。編修公奉新婿正面一席坐下，兩公子、兩山人和魯編修兩列相陪。獻過三遍茶，擺上酒席，每人一席，共是六席，魯編修先奉了公孫的席，公孫也回奉了。下面奏著細樂。魯編修去奉眾位的席。蘧公孫偷眼看時，是個舊舊的三間廳古老房子，此時點幾十枝大蠟燭，卻極其輝煌。

須臾，送定了席，樂聲止了。蘧公孫下來告過丈人同二位表叔的席，又和兩山人平行了禮，入席坐了。戲子上來參了堂，磕頭下去，打動鑼鼓，跳了一齣「加官」，演了一齣「張仙送子」，一齣「封贈」。這時下了兩天雨才住，地下還不甚乾。戲子穿著新靴，都從廊下板上大寬轉走了上來。唱完三齣頭，副末執著戲單上來點戲，才走到蘧公孫席前跪下，恰好侍席的管家，捧上頭一碗膾燕窩來上在桌上。管家叫一聲「免」，副末立起，呈上戲單。忽然乒乓一聲響，屋梁上掉下一件東西來，不左不右，不上不下，端端正正掉在燕窩碗裏，將碗打翻。那熱湯濺了副末一臉，碗裏的菜潑了一桌子。定睛看時，原來是一個老鼠從梁上走滑了腳，掉將下來。那老鼠掉在滾熱的湯裏，嚇了一驚，把碗跳翻，爬起就從新郎官身上跳了下去，把簇新的大紅緞補服都弄油了。眾人都失了色，忙將這碗撤去，桌子打抹乾淨，又取一件員領與公孫換了。公孫再三謙讓，不肯點戲。商議了半日，點了「三代榮」，副末領單下去。

須臾，酒過數巡，食供兩套，廚下捧上湯來。那廚役僱的是個鄉下小使，他靸了一雙釘鞋，捧著六碗粉湯，站在丹墀裏尖著眼睛看戲。管家才掇了四碗上去，還有兩碗不曾端，他捧著看戲，看到戲場上小旦裝出一個妓者，扭扭捏捏的唱，他就看昏了，忘其所以然，只道粉湯碗已是端完了，把盤子向地下一掀，要倒那盤子裏的湯腳，卻叮噹一聲響，把兩個碗和粉湯都打碎在地下。他一時慌了，彎下腰去抓那粉湯，又被兩個狗爭著，咂嘴弄舌的來搶那地下的粉湯吃。他怒從心上起，使盡平生氣力，蹺起一隻腳來踢去，不想那狗倒不曾踢著，力太用猛了，把一隻釘鞋踢脫了，踢起有丈把高。陳和甫坐在左邊的第一席。席上上了兩盤點心——一盤猪肉心的燒賣，一盤鵝油白糖蒸的餃兒——熱烘烘擺在面前，又是一大深碗索粉八寶攢湯，正待舉起箸來到嘴，忽然席口一個烏黑的東西的溜溜的滾了下來，乒乓一聲，把兩盤點心打的稀爛。

陳和甫嚇了一驚，慌立起來，衣袖又把粉湯碗招翻，潑了一桌。滿坐上都覺得詫異。魯編修自覺得此事不甚吉利，懊惱了一回，又不好說。隨即悄悄叫管家到跟前罵了幾句，說：「你們都做什麼？卻叫這樣人捧盤，可惡之極！過了喜事，一個個都要重責！」亂著，戲子正本做完，眾家人掌了花燭，把蘧公孫送進新房。廳上眾客換席看戲，直到天明才散。

次日，蘧公孫上廳謝親，設席飲酒。席終，歸到新房裏，重新擺酒，夫妻舉案齊眉。此時魯小姐卸了濃妝，換幾件雅淡衣服。蘧公孫舉眼細音，真有沈魚落雁之容，閉月羞花之貌。三四個丫鬟養娘，輪流侍奉，又有兩個貼身侍女——一個叫做采蘋，一個叫做雙紅，都是裊娜輕盈，十分顏色。此時蘧公孫恍如身遊閬苑蓬萊，巫山洛浦。只因這一番，有分教：閨閣繼家聲，有若名師之教；草茅隱賢士，又招好客之踪。畢竟後事如何，且聽下回分解。

第十一回　魯小姐制義難新郎　楊司訓相府薦賢士

話說蘧公孫招贅魯府，見小姐十分美貌，已是醉心，還不知小姐又是個才女。且他這個才女，又比尋常的才女不同。魯編修因無公子，就把女兒當作兒子，五六歲上請先生開蒙，就讀的是《四書》、《五經》；十一二歲就講書、讀文章，先把一部王守溪的稿子讀的滾瓜爛熟。教他做「破題」、「破承」、「起講」、「題比」、「中比」成篇。送先生的束脩，那先生督課，同男子一樣。這小姐資性又高，記心又好，到此時，王、唐、瞿、薛，以及諸大家之文，歷科程墨，各省宗師考卷，肚裏記得三千餘篇。自己作出來的文章又理真法老，花團錦簇。魯編修每常嘆道：「假若是個兒子，幾十個進士、狀元都中來了！」閒居無事，便和女兒談說：「八股文章若做的好，隨你做什麼東西，要詩就詩，要賦就賦，都是一鞭一條痕，一摑一掌血。若是八股文章欠講究，任你做什麼來，都是野狐禪、邪魔外道！」小姐聽了父親的教訓，曉妝臺畔，刺繡床前，擺滿了一部一部的文章，每日丹黃爛然，蠅頭細批。人家送來的詩詞歌賦，正眼兒也不看他。家裏雖有幾本什麼《千家詩》、《解學士詩》，《東坡小妹》詩話之類，倒把與伴讀的侍女采蘋、雙紅們看；閒暇也教他謅幾句詩，以為笑話。

此番招贅進蘧公孫來，門戶又相稱，才貌又相當，真個是「才子佳人，一雙兩好」。料想公孫舉業已成，不日就是個少年進士。但贅進門來十多日，香房裏滿架都是文章，公孫卻全不在意。小姐心裏道：「這些自然都是他爛熟于胸中的了。」又疑道：「他因新婚燕爾，正貪歡笑，還理論不到這事上。」又過了幾日，見公孫赴宴回房，袖裏籠了一本詩來燈下吟哦，也拉著小姐並坐同看。小姐此時還害羞，不好問他，只得勉強看了一個時辰，彼此睡下。到次日，小姐忍不住了，知道公孫坐在前邊書房裏，即取紅紙一條，寫下一行題目，是「身修而後家齊」，——叫采蘋過來，說到：「你去送與姑爺，說是老爺要請教一篇文字的。」公孫接了，付之一笑，回說道：「我于此事不甚在行。況到尊府未經滿月，要做兩件雅事，這樣俗事，還不耐煩做哩！」公孫心裏只道說，向才女說這樣話，是極雅的了，不想正犯著忌諱。

當晚，養娘走進房來看小姐，只見愁眉淚眼，長吁短嘆。養娘道：「小姐，你才恭喜，招贅了這樣好姑爺，有何心事，做出這等模樣？」小姐把日裏的事告訴了一遍，說道：「我只道他舉業已成，不日就是舉人、進士；誰想如此光景，豈不誤我終身！」養娘勸了一回。公孫進來，待他詞色就有些不善。公孫自知慚愧，彼此也不便明言。從此啾啾唧唧，小姐心裏納悶。但說到舉業上，公孫總不招攬。勸的緊了，反說小姐俗氣。小姐越發悶上加悶，整日眉頭不展。夫人知道，走來勸女兒道：「我兒，你不要恁般呆氣，我看新姑爺人物已是十分了，況你爹原愛他是個少年名士。」小姐道：「母親，自古及今，幾曾看見不會中進士的人可以叫做個名士的？」說著，越要惱怒起來。

夫人和養娘道：「這個是你終身大事，不要如此。況且現放著兩家鼎盛，就算姑爺不中進士、做官，難道這一生還少了你用的？」小姐道：「『好男不吃分家飯，好女不穿嫁時衣。』依孩兒的意見，總是自掙的功名好，靠著祖父，只算做不成器！」夫人道：「就是如此，也只好慢慢勸他。這是急不得的。」養娘道：「當真姑爺不得中，你將來生出小公子來，自小依你的教訓，不要學他父親。家裏放著你恁個好先生，怕教不出個狀元來？就替你爭口氣。你這封誥是穩的。」說著，和夫人一齊笑起來。小姐嘆了一口氣，也就罷了。落後魯編修聽見這些話，也出了兩個題請教公孫。公孫勉強成篇。編修公看了，都是些詩詞上的話，又有兩句像《離騷》，又有兩句「子書」，不是正經文字；因此，心裏也悶，說不出來。卻全虧夫人疼愛這女婿，如同心頭一塊肉。

看看過了殘冬。新年正月，公孫回家拜祖父、母親的年回來。正月十二日，婁府兩公子請吃春酒。公孫到了。兩公子接在書房裏坐，問了蘧太守在家的安，說道：「今日也並無外客，因是令節，約賢姪到來，家宴三杯。」剛才坐下，看門人進來稟：「看墳的鄒吉甫來了。」

兩公子自從歲內為蘧公孫畢姻之事，忙了月餘，又亂著度歲，把那楊執中的話已丟在九霄雲外；今見鄒吉甫來，又忽然想起，叫請進來。兩公子同蘧公孫都走出廳上，見頭上戴著新氈帽，身穿一件青布厚棉道袍，腳下踏著暖鞋。他兒子小二，手裏拿著個布口袋，裝了許多炒米、豆腐乾，進來放下。兩公子和他施禮，說道：「吉甫，你自恁空身來走走罷了，為什麼帶將禮來？我們又不好不收你的。」鄒吉甫道：「二位少老爺說這笑話，可不把我羞死了。鄉下物件，帶來與老爺賞人。」兩公子吩咐將禮收進去，鄒二哥請在外邊坐，將鄒吉甫讓進書房來。吉甫問了，知道是蘧小公子，又問蘧姑老爺的安，因說道：「還是那年我家太老爺下葬，會著姑老爺的。整整二十七年了，叫我們怎的不老！姑老爺鬍子也全白了麼？」公孫道：「全白了三四年了。」鄒吉甫不肯僭公孫的坐，三公子道：「他是我們表姪，你老人家年尊，老實坐罷。」

吉甫遵命坐下，先吃過飯，重新擺下碟子，斟上酒來。兩公子說起兩番訪楊執中的話，從頭至尾，說了一遍。鄒吉甫道：「他自然不曉得。這個卻因我這幾個月住在東莊，不曾去到新市鎮，所以這些話沒人向楊先生說。楊先生是個忠厚不過的人，難道會裝身分，故意躲著不見？他又是個極肯相與人的；聽得二位少老爺訪他，他巴不得連夜來會哩！明日我回去向他說了，同他來見二位少老爺。」四公子道：「你且住過了燈節，到十五日那日，同我這表姪往街坊上去看看燈，索性到十七八間，我們叫一隻船，同你到楊先生家。還是先去拜他才是。」吉甫道：「這更好了。」

當夜吃完了酒，送蘧公孫回魯宅去，就留鄒吉甫在書房歇宿。次日乃試燈之期，婁府正廳上懸掛一對大珠燈，乃是武英殿之物，憲宗皇帝御賜的。那燈是內府製造，十分精巧。鄒吉甫叫他的兒子鄒二來看，也給他見見廣大，到十四日，先打發他下鄉去，說道：「我過了燈節，要同老爺們到新市鎮，順便到你姐姐家，要到二十外才家裏去。你先去罷。」鄒二應諾去了。

到十五晚上，蘧公孫正在魯宅同夫人、小姐家宴。宴罷，婁府請來吃酒，同在街上遊玩。湖州府太守衙前紮著一座鰲山燈。其餘各廟，社火扮會，鑼鼓喧天，人家士女都出來看燈踏月。真乃金吾不禁，鬧了半夜。次早，鄒吉甫向兩公子說，要先到新市鎮女兒家去，約定兩公子十八日下鄉，同到楊家。兩公子依了，送他出門。搭了個便船到新市鎮。女兒接著，新年磕了老子的頭，收拾酒飯吃了。

到十八日，鄒吉甫要先到楊家去候兩公子。自心裏想：「楊先生是個窮極的人，公子們到，卻將什麼管待？」因問女兒要了一隻雞，數錢去鎮上打了三斤一方肉，又沽了一瓶酒，和些蔬菜之類，向鄰居家借了一隻小船，把這酒和雞、肉都放在船艙裏，自己棹著，來到楊家門口，將船泊在岸旁，上去敲開了門。楊執中出來，手裏捧著一個爐，拿一方帕子在那裏用力的擦；見是鄒吉甫，丟下爐唱喏。彼此見過節，鄒吉甫把那些東西搬了進來。楊執中看見，嚇了一跳道：「哎喲！鄒老爹，你為什麼帶這些酒肉來？我從前破費你的還少哩！你怎的又這樣多情！」鄒吉甫道：「老先生，你且收了進去，我今日雖是這些須村俗東西，卻不是為你；要在你這裏等兩位貴人。你且把這雞和肉向你太太說，整治好了，我好同你說這兩個人。」

楊執中把兩手袖著，笑道：「鄒老爹，卻是告訴不得你。我自從去年在縣裏出來，家下一無所有，常日只好吃一餐粥。直到除夕那晚，我這鎮上開小押的汪家店裏，想著我這座心愛的爐，出二十四兩銀子，分明是算定我節下沒有些柴米，要來討這巧。我說：『要我這個爐，須是三百兩現銀子，少一釐也成不的。就是當在那裏，過半年，也要一百兩。像你這幾兩銀子，還不夠我燒爐買炭的錢哩！』那人將銀子拿了回去。這一晚到底沒有柴米，我和老妻兩個，點了一枝蠟燭，把這爐摩弄了一夜，就過了年。」因將爐取在手內，指與鄒吉甫看，道：「你看這上面包漿，好顏色！今日又恰好沒有早飯米，所以方才在此摩弄這爐，消遣日子，不想遇著你來。這些酒和菜都有了，只是不得有飯。」鄒吉甫道：「原來如此，這便怎麼樣？」在腰間打開鈔袋一尋，尋出二錢多銀子，遞與楊執中道：「先生，你且快叫人去買幾升米來，才好坐了說話。」楊執中將這銀子，喚出老嫗，拿個傢伙到鎮上糴米。不多時，老嫗糴米回來，往廚下燒飯去了。

楊執中關了門來，坐下問道：「你說是今日那兩個什麼貴人來？」鄒吉甫道：「老先生，你為鹽店裏的事累在縣裏，卻是怎樣得出來的？」楊執中道：「正是，我也不知。那日縣父母忽然把我放了出來，我在縣門口問，說是個姓晉的具保狀保我出來。我自己細想，不曾認得這位姓晉的老爹。你到底在那裏知道些影子的？」鄒吉甫道：「那裏是什麼姓晉的！這人叫做晉爵，就是婁太師府裏三少老爺的管家。少老爺弟兄兩位因在我這裏聽見你老先生的大名，回家就將自己銀子兌出七百兩上了庫，叫家人晉爵具保狀。這些事，——先生回家之後，兩位少老爺親自到府上訪了兩次，——先生難道不知道麼？」

楊執中恍然醒悟道：「是了！是了！這事被我這個老嫗所誤！我頭一次看打魚回來，老嫗向我說：『城裏有一個姓柳的。』我疑惑是前日那個姓柳的原差，就有些怕會他。後一次又是晚上回家，他說：『那姓柳的今日又來，是我回他去了。』說著，也就罷了。如今想來，柳者，婁也。我那裏猜的到是婁府，只疑惑是縣裏原差。」鄒吉甫道：「你老人家因打這年把官司，常言道得好：『三年被毒蛇咬了，如今夢見一條繩子也是害怕。』只是心中疑惑是差人。這也罷了，因前日十二我在婁府叩節，兩位少老爺說到這話，約我今日同到尊府。我恐怕先生一時沒有備辦，所以帶這點東西來替你做個主人。好麼？」楊執中道：「既是兩公錯愛，我便該先到城裏去會他，何以又勞他來？」鄒吉甫道：「既已說來，不消先去，候他來會便了。」

坐了一會，楊執中烹出茶來吃了。聽得叩門聲，鄒吉甫道：「是少老爺來了，快去開門。」才開了門，只是一個稀醉的醉漢闖將進來，進門就跌了一跤，扒起來，摸一摸頭，向內裏直跑。楊執中定睛看時，便是他第二個兒子楊老六，在鎮上賭輸了，又噇了幾杯燒酒，噇的爛醉，想著來家問母親要錢再去賭，一直往裏跑。楊執中道：「畜生！那裏去？還不過來見了鄒老爹的禮！」那老六跌跌撞撞，作了個揖，就到廚下去了。看見鍋裏煮的雞和肉噴鼻香，又悶著一鍋好飯，房裏又放著一瓶酒，不知是那裏來的；不由分說，揭開鍋就要撈了吃。他娘劈手把鍋蓋蓋了。楊執中罵道：「你又不害饞勞病！這是別人拿來的東西，還要等著請客！」他那裏肯依，醉的東倒西歪，只是搶了吃。楊執中罵他，他還睜著醉眼混回嘴。楊執中急了，拿火叉趕著一直打了出來。鄒老爹且扯勸了一回，說道：「酒菜是候婁府兩位少爺的。」那楊老六雖是蠢，又是酒後，但聽見妻府，也就不敢胡鬧了。他娘見他酒略醒些，撕了一隻雞腿，盛了一大碗飯，泡上些湯，瞞著老子遞與他吃。吃罷，扒上床，挺覺去了。

兩公子直至日暮方到，蘧公孫也同了來。鄒吉甫、楊執中迎了出去。兩公子同蘧公孫進來，見是一間客座，兩邊放著六張舊竹椅子，中間一張書案；壁上懸的畫是楷書《朱子治家格言》；兩邊一副箋紙的聯，上寫著：「三間東倒西歪屋，一個南腔北調人」；上面貼了一個報帖，上寫：「捷報貴府老爺楊諱允，欽選應天淮安府沭陽縣儒學正堂。京報……」不曾看完，楊執中上來行禮奉坐，自己進去取盤子捧出茶來，獻與各位。茶罷，彼此說了些聞聲相思的話。

三公子指著報帖，問道：「這榮選是近來的信麼？」楊執中道：「是三年前小弟不曾被禍的時候有此事。只為當初無意中補得一個廩，鄉試過十六七次，並不能掛名榜末；垂老得這一個教官，又要去遞手本，行庭參，自覺得腰胯硬了，做不來這樣的事。當初力辭了患病不去，又要經地方官驗病出結，費了許多周折！那知辭官未久，被了這一場橫禍，受小人駔儈之欺！那時懊惱不如竟到沭陽，也免得與獄吏為伍。若非三先生、四先生相賞于風塵之外，以大力垂手相援，則小弟這幾根老骨頭，只好瘐死囹圄之中矣！此恩此德，何日得報！」三公子道：「些須小事，何必掛懷！今聽先生辭官一節，更足仰品高德重。」四公子道：「朋友原有通財之義，何足掛齒。小弟們還恨得知此事已遲，未能早為先生洗脫，心切不安，」楊執中聽了這番話，更加欽敬，又和蘧公孫寒暄了幾句。鄒吉甫道：「二位少老爺和蘧少爺來路遠，想是餓了。」楊執中道：「腐飯已經停當，請到後面坐。」

當下請在一間草屋內，是楊執中修葺的一個小小的書屋，面著一方小天井，有幾樹梅花，這幾日天暖，開了兩三枝。書房內滿壁詩畫，中間一副箋紙聯，上寫道：「嗅窗前寒梅數點，且任我俯仰以嬉；攀月中仙桂一枝，久讓人婆娑而舞。」兩公子看了，不勝嘆息，此身飄飄如遊仙境。楊執中捧出雞肉酒飯，當下吃了幾杯酒，用過飯，不吃了，撤了過去，烹茗清談。談到兩次相訪，被聾老嫗誤傳的話，彼此大笑。兩公子要邀楊執中到家盤桓幾日，楊執中說：「新年略有俗務，三四日後，自當敬造高齋，為平原十日之飲。」談到起更時候，一庭月色，照滿書窗，梅花一枝枝如畫在上面相似，兩公子留連不忍相別。楊執中道：「本該留三先生、四先生草榻，奈鄉下蝸居，二位先生恐不甚便。」于是執手踏著月影，把兩公子同蘧公孫送到船上，自同鄒吉甫回去了。

兩公子同蘧公孫才到家，看門的稟道：「魯大老爺有要緊事，請蘧少爺回去，來過三次人了。」蘧公孫慌回去，見了魯夫人。夫人告訴說，編修公因女婿不肯做舉業，心裏著氣，商量要娶一個如君，早養出一個兒子來教他讀書，接進士的書香。夫人說年紀大了，勸他不必，他就著了重氣。昨晚跌了一跤，半身痲木，口眼有些歪斜。小姐在旁淚眼汪汪，只是嘆氣。公孫也無奈何，忙走到書房去問候。

陳和甫正在那裏切脈。切了脈，陳和甫道：「老先生這脈息，右寸略見弦滑，肺為氣之主，滑乃痰之徵。總是老先生身在江湖，心懸魏闕，故爾憂愁抑鬱，現出此症。治法當先以順氣祛痰為主。晚生每見近日醫家嫌半夏燥，一遇痰症，就改用貝母，不知用貝母療濕痰，反為不美。老先生此症，當用四君子，加入二陳，飯前溫服。只消兩三劑，使其腎氣常和，虛火不致妄動，這病就退了。」于是寫立藥方。一連吃了四五劑，口不歪了，只是舌根還有些強。陳和甫又看過了脈，改用一個丸劑的方子，加入幾味祛風的藥，漸漸見效。

蘧公孫一連陪伴了十多日，並不得閒。那日值編修公午睡，偷空走到婁府。進了書房門，聽見楊執中在內咶咶而談，知道是他已來了，進去作揖，同坐下。楊執中接著說道：「我方才說的，二位先生這樣禮賢好士，如小弟何足道，我有個朋友，在蕭山縣山裏住，這人真有經天緯地之才，空古絕今之學，真乃『處則不失為真儒，出則可以為王佐』，——三先生、四先生如何不要結識他？」兩公子驚問：「那裏有這樣一位高人？」楊執中疊著指頭，說出這個人來。只因這一番，有分教：相府延賓，又聚幾多英傑；名邦勝會，能消無限壯心。不知楊執中說出什麼人來，且聽下回分解。

第十二回 名士大宴鶯脰湖 俠客虛設人頭會

話說楊執中向兩公子說：「三先生、四先生如此好士，似小弟的車載斗量，何足為重！我有一個朋友，姓權，名勿用，字潛齋，是蕭山縣人，住在山裏。此人若招致而來，與二位先生一談，才見出他管、樂的經綸，程、朱的學問。此乃是當世第一等人。」三公子大驚道：「既有這等高賢，我們為何不去拜訪？」四公子道：「何不約定楊先生，明日就買舟同去？」說著，只見看門人拿著紅帖，飛跑進來說道：「新任街道廳魏老爺上門請二位老爺的安！在京帶有大老爺的家書，說要見二位老爺，有話面稟。」兩公子向蘧公孫道：「賢姪陪楊先生坐著，我們去會一會就來。」便進去換了衣服，走出廳上。那街道廳冠帶著進來，行過了禮，分賓主坐下。

兩公子問道：「老父臺幾時出京？榮任還不曾奉賀，倒勞先施。」魏廳官道：「不敢。晚生是前月初三日在京領憑，當面叩見大老爺，帶有府報在此。敬來請三老爺、四老爺臺安。」便將家書雙手呈送過來。三公子接過來，拆開看了，將書遞與四公子，向廳官道：「原來是為丈量的事。老父臺初到任就要辦這丈量公事麼？」廳官道：「正是。晚生今早接到上憲諭票，催促星宿丈量。晚生所以今日先來面稟二位老爺，求將先太保大人墓道地基開示明白。晚生不日到那裏叩過了頭，便要傳齊地保細細查看。恐有無知小民在左近樵采作踐，晚生還要出示曉諭。」四公子道：「父臺就去的麼？」廳官道：「晚生便在三四日內稟明上憲，各處丈量。」三公子道：「既如此，明日屈老父臺舍下一飯，丈量到荒山時，弟輩自然到山中奉陪。」說著，換過三遍茶，那廳官打了躬又打躬，作別去了。

兩公子送了回來，脫去衣服，到書房裏躊躇道：「偏有這許多不巧的事！我們正要去訪權先生，卻遇著這廳官來講丈量。明日要待他一飯，丈量到先太保墓道，愚弟兄卻要自走一遭；須有幾時耽擱，不得到蕭山去，為之奈何？」楊執中道：「二位先生可謂求賢若渴了。若是急于要會權先生，或者也不必定須親往。二位先生竟寫一書，小弟也附一札，差一位盛使到山中面致潛齋，邀他來府一晤，他自當忻然命駕。」四公子道：「惟恐權先生見怪弟等傲慢。」楊執中道：「若不如此，府上公事是有的，過了此一事又有事來，何日才得分身？豈不常懸此一段想思，終不能遂其願？」蘧公孫道：「也罷，表叔要會權先生，得閒之日，卻未可必。如今寫書差的當人去，況又有楊先生的手書，那權先生也未必見外。」當下商議定了，備幾色禮物，差家人晉爵的兒子宦成，收拾行李，帶了書札、禮物往蕭山。

這宦成奉著主命，上了杭州的船。船家見他行李齊整，人物雅致，請在中艙裏坐。中艙先有兩個戴方巾的坐著。他拱一拱手，同著坐下。當晚吃了飯，各鋪行李睡下。次日，行船無事，彼此閒談。宦成聽見那兩個戴方巾的說的都是些蕭山縣的話。——下路船上不論什麼人，彼此都稱為「客人」。——因開口問道：「客人，貴處是蕭山？」那一個鬍子客人道：「是蕭山。」宦成道：「蕭山有位權老爺，客人可認得？」那一個少年客人道：「我那裏不聽見有個什麼權老爺。」宦成道：「聽見說號叫做潛齋的。」那少年道：「那個什麼潛齋？我們學裏不見這個人。」

那鬍子道：「是他麼？可笑的緊！」向那少年道：「你不知道他的故事，我說與你聽。他在山裏住，祖代都是務農的人，到他父親手裏，掙起幾個錢來，把他送在村學裏讀書。讀到十七八歲，那鄉裏先生沒良心，就作成他出來應考。落後他父親死了，他是個不中用的貨，又不會種田，又不會作生意，坐吃山崩，把些田地都弄的精光。足足考了三十多年，一回縣考的覆試也不曾取。他從來肚裏也莫有通過，借在個土地廟裏訓了幾個蒙童。每年應考，混著過也罷了；不想他又倒運，那年遇著湖州新市鎮上鹽店裏一個夥計，姓楊的楊老頭子來討帳，住在廟裏，呆頭呆腦，口裏說什麼天文地理、經綸匡濟的混話。他聽見就像神附著的發了瘋，從此不應考了，要做個高人。自從高人一做，這幾個學生也不來了，在家窮的要不的，只在村坊上騙人過日子。口裏動不動說：『我和你至交相愛，分什麼彼此？你的就是我的，我的就是你的。』這幾句話，便是他的歌訣。」

那少年的道：「只管騙人，那有這許多人騙？」那鬍子道：「他那一件不是騙來的！同在鄉里之間，我也不便細說。」因向宦成道：「你這位客人，卻問這個人怎的？」宦成道：「不怎的，我問一聲兒。」口裏答應，心裏自忖說：「我家二位老爺也可笑。多少大官大府來拜往，還怕不夠相與，沒來由，老遠的路來尋這樣混帳人家去做什麼？」正思忖著，只見對面來了一隻船，船上坐著兩個姑娘，好像魯老爺家采蘋姊妹兩個，嚇了一跳，連忙伸出頭來看，原來不相干。那兩人也就不同他談了。

不多幾日，換船來到蕭山，招尋了半日，招到一個山凹裏，幾間壞草屋，門上貼著白，敲門進去。權勿用穿著一身白，頭上戴著高白夏布孝帽，問了來意，留宦成在後面一間屋裏，開個稻草鋪，晚間拿些牛肉、白酒與他吃了。次早寫了一封回書，向宦成道：「多謝你家老爺厚愛。但我熱孝在身，不便出門。你回去，多多拜上你家二位老爺和楊老爺，厚禮權且收下。再過二十多天，我家老太太百日滿過，我定到老爺們府上來會。管家，實是多慢了你，這兩分銀子，權且為酒資，」將一個小紙包遞與宦成，宦成接了道：「多謝權老爺。到那日，權老爺是必到府裏來，免得小的主人盼望。」權勿用道：「這個自然。」送了宦成出門。宦成依舊搭船，帶了書子，回湖州回覆兩公子。兩公子不勝悵悵，因把書房後一個大軒敞不過的亭子上換了一匾，匾上寫作「潛亭」，以示等權潛齋來住的意思，就把楊執中留在亭後一間房裏住。楊執中老年痰火疾，夜裏要人作伴，把第二個蠢兒子老六叫了來同住，每晚一醉，是不消說。

將及一月，楊執中又寫了一個字去催權勿用，權勿用見了這字，收拾搭船來湖州。在城外上了岸，衣服也不換一件，左手掮著個被套，右手把個大布袖子晃蕩晃蕩，在街上腳高步低的撞。撞過了城門外的吊橋，那路上卻擠。他也不知道出城該走左手，進城該走右手，方不礙路。他一味橫著膀子亂搖，恰好有個鄉裏人在城裏賣完了柴出來，肩頭上橫掮著一根尖扁擔，對面一頭撞將去，將他的個高孝帽子橫挑在扁擔尖上。鄉裏人低著頭走，也不知道，掮著去了。他吃了一驚，摸摸頭上，不見了孝帽子。望見在那人扁擔上，他就把手亂招，口裏喊道：「那是我的帽子！」

鄉裏人走的快，又聽不見。他本來不會走城裏的路，這時著了急，七手八腳的亂跑，眼睛又不看著前面，跑了一箭多路，一頭撞到一頂轎子上，把那轎子裏的官幾乎撞了跌下來。那官大怒，問是什麼人，叫前面兩個夜役一條鏈子鎖起來。他又不服氣，向著官指手畫腳的亂吵。那官落下轎子，要將他審問，夜役喝著叫他跪，他睜著眼不肯跪。

這時街上圍了六七十人，齊鋪鋪的看。內中走出一個人來，頭戴一頂武士巾，身穿一件青絹箭衣，幾根黃鬍子，兩隻大眼睛，走近前向那官說道：「老爺，且請息怒。這個人是婁府請來的上客。雖然衝撞了老爺，若是處了他，恐婁府知道不好看相。」那官便是街道廳老魏，聽見這話，將就蓋個喧，擡起轎子去了。權勿用看那人時，便是他舊相識俠客張鐵臂。張鐵臂讓他到一個茶室裏坐下，叫他喘息定了，吃過茶，向他說道：「我前日到你家作弔，你家人說道，已是婁府中請了去了。今日為什麼獨自一個在城門口閒撞？」權勿用道：「婁公子請我久了，我卻是今日才要到他家去，不想撞著這官，鬧了一場，虧你解了這結。我今便同你一齊到婁府去。」

當下兩人一同來到婁府門上，看門的看見他穿著一身的白，頭上又不戴帽子，後面領著一個雄赳赳的人，口口聲聲要會三老爺、四老爺。門上人問他姓名，他死不肯說，只說：「你家老爺已知道久了。」看門的不肯傳，他就在門上大嚷大叫。鬧了一會，說：「你把楊執中老爹請出來罷！」看門的沒奈何，請出楊執中來。楊執中看見他這模樣，嚇了一跳，愁著眉道：「你怎的連帽子都弄不見了？」叫他權且坐在大門板凳上，慌忙走進去，取出一頂舊方巾來與他戴了，便問：「此位壯士是誰？」權勿用道：「他便是我時常和你說的有名的張鐵臂。」楊執中道：「久仰，久仰。」三個人一路進來，就告訴方才城門口這一番相鬧的話。楊執中搖手道：「少停見了公子，這話不必提起了。」這日兩公子都不在家，兩人跟著楊執中竟到書房裏，洗臉吃飯，自有家人管待。

晚間，兩公子赴宴回家，來書房相會，彼此恨相見之晚，指著潛亭與他看了，道出欽慕之意。又見他帶了一個俠客來，更覺舉動不同于眾，又重新擺出酒來。權勿用首席，楊執中、張鐵臂對席，兩公子主位。席間問起這號「鐵臂」的緣故，張鐵臂道：「晚生小時，有幾斤力氣。那些朋友們和我賭賽，叫我睡在街心裏，把膀子伸著，等那車來，有心不起來讓他。那牛車走行了，來的力猛，足有四五千斤，車轂恰好打從膀子上過，壓著膀子了，那時晚生把膀子一掙，吉丁的一聲，那車就過去了幾十步遠。看看膀子上，白跡也沒有一個，所以眾人就加了我這一個綽號。」

三公子鼓掌道：「聽了這快事，足可消酒一斗，各位都斟上大杯來！」權勿用辭說：「居喪不飲酒。」楊執中道：「古人云：『老不拘禮，病不拘禮。』我方才看見餚饌也還用些，或者酒略飲兩杯，不致沈醉，也還不妨。」權勿用道：「先生，你這話又欠考核了。古人所謂五葷者，蔥、韭、蒝荽之類，怎麼不戒？酒是斷不可飲的。」四公子道：「這自然不敢相強。」忙叫取茶來斟上。張鐵臂道：「晚主的武藝盡多，馬上十八，馬下十八，鞭、鐧、鎚、錘、刀、槍、劍、戟，都還略有些講究。只是一生性氣不好，慣會路見不平，拔刀相助，最喜打天下有本事的好漢。銀錢到手，又最喜幫助窮人。所以落得四海無家，而今流落在貴地。」四公子道：「這才是英雄本色。」權勿用道：「張兄方才所說武藝，他舞劍的身段尤其可觀，諸先生何不當面請教？」

兩公子大喜，即刻叫人家裏取出一柄松文古劍來，遞與鐵臂。鐵臂燈下拔開，光芒閃爍，即便脫了上蓋的箭衣，束一束腰，手持寶劍，走出天井，眾客都一擁出來。兩公子叫：「且住！快吩咐點起燭來。」一聲說罷，十幾個管家小廝，每人手裏執著一個燭奴，明晃晃點著蠟燭，擺列天井兩邊。張鐵臂一上一下，一左一右，舞出許多身分來。舞到那酣暢的時候，只見冷森森一片寒光，如萬道銀蛇亂掣，並不見個人在那裏，但覺陰風襲人，令看者毛髮皆豎。權勿用又在几上取了一個銅盤，叫管家滿貯了水，用手蘸著灑，一點也不得入。須臾，大叫一聲，寒光陡散，還是一柄劍執在手裏。看鐵臂時，面上不紅，心頭不跳。眾人稱贊一番，直飲到四更方散，都留在書房裏歇。自此，權勿用、張鐵臂，都是相府的上客。

一日，三公子來向諸位道：「不日要設一個大會，遍請賓客遊鶯脰湖。」此時天氣漸暖，權勿用身上那一件大粗白布衣服太厚，穿著熱了，思量當幾錢銀子去買些藍布，縫一件單直裰，好穿了做遊鶯脰湖的上客。自心裏算計已定，瞞著公子，託張鐵臂去當了五百文錢來，放在床上枕頭邊。日間在瀟亭上眺望，晚裏歸房宿歇，摸一摸，床頭間五百文一個也不見了。思量房裏沒有別人，只是楊執中的蠢兒子在那裏混，因一直尋到大門門房裏。

見他正坐在那裏說呆話，便叫道：「老六，和你說話。」老六已是喧得爛醉了，問道：「老叔，叫我做什麼？」權勿用道：「我枕頭邊的五百錢，你可曾看見？」老六道：「看見的。」權勿用道：「那裏去了？」老六道：「是下午時候，我拿出去賭錢輸了。還剩有十來個在鈔袋裏，留著少刻買燒酒吃。」權勿用道：「老六，這也奇了，我的錢，你怎麼拿去賭輸了？」老六道，「老叔，你我原是一個人，你的就是我的，我的就是你的，分什麼彼此？」說罷，把頭一掉，就幾步跨出去了。把個權勿用氣的眼睜睜，敢怒而不敢言，真是說不出來的苦。自此，權勿用與楊執中彼此不合：權勿用說楊執中是個呆子，楊執中說權勿用是個瘋子。三公子見他沒有衣服，卻又取出一件淺藍綢直裰送他。

兩公子請遍了各位賓客，叫下兩隻大船，廚役備辦酒席，和司茶酒的人另在一個船上；一班唱清曲打粗細十番的，又在一船。此時正值四月中旬，天氣清和，各人都換了單夾衣服，手執紈扇。這一次雖算不得大會，卻也聚了許多人。在會的是：婁玉亭三公子、婁瑟亭四公子、蘧公孫駪夫、牛高士布衣、楊司訓執中、權高士瀟齋、張俠客鐵臂、陳山人和甫，魯編修請了不曾到。席間八位名士，帶挈楊執中的蠢兒子楊老六也在船上，共合九人之數。當下牛布衣吟詩，張鐵臂擊劍，陳和甫打哄說笑，伴著兩公子的雍容爾雅，蘧公孫的俊俏風流，楊執中古貌古心，權勿用怪模怪樣：真乃一時勝會。兩邊船窗四啓，小船上奏著細樂，慢慢遊到鶯脰湖。酒席齊備，十幾個闊衣高帽的管家，在船頭上更番斟酒上菜。那食品之精潔，茶酒之清香，不消細說。

飲到月上時分，兩隻船上點起五六十盞羊角燈，映著月色湖光，照耀如同白日。一派樂聲大作，在空闊處更覺得響亮，聲聞十餘里。兩邊岸上的人，望若神仙，誰人不羨？遊了一整夜。次早回來，蘧公孫去見魯編修。編修公道：「令表叔在家只該閉戶做些舉業，以繼家聲，怎麼只管結交這樣一班人？如此招搖豪橫，恐怕亦非所宜。」

次日，蘧公孫向兩表叔略述一二。三公子大笑道：「我亦不解你令外舅就俗到這個地位！」不曾說完，門上人進來稟說：「魯大老爺開坊，升了侍讀，朝命已下，京報適才到了，老爺們須要去道喜。」蘧公孫聽了這話，慌忙先去道喜。到了晚間，公孫打發家人飛跑來說：「不好了！魯大老爺接著朝命，正在合家歡喜，打點擺酒慶賀，不想痰病大發，登時中了臟，已不省人事了。快請二位老爺過去！」兩公子聽了，轎也等不得，忙走去看。到了魯宅，進門聽得一片哭聲，知是已不在了。眾親戚已到，商量在本族親房立了一個兒子過來，然後大殮治喪。蘧公孫哀毀骨立，極盡半子之誼。

又忙了幾日，婁通政有家信到，兩公子同在內書房商議寫信到京。此乃二十四、五，月色未上，兩公子秉了一枝燭，對坐商議。到了二更半後，忽聽房上瓦一片聲的響，一個人從屋檐上掉下來，滿身血污，手裏提了一個革囊，兩公子燭下一看，便是張鐵臂。兩公子大驚道：「張兄，你怎麼半夜裏走進我的內室，是何緣故？這革囊裏是什麼物件？」張鐵臂道：「二位老爺請坐，容我細稟：我生平一個恩人，一個仇人。這仇人已銜恨十年，無從下手；今日得便，已被我取了他首級在此，這革囊裏面是血淋淋的一顆人頭。但我那恩人已在這十里之外，須五百兩銀子去報了他的大恩。自今以後，我的心事已了，便可以捨身為知己者用了。我想可以措辦此事，只有二位老爺。外此，那能有此等胸襟！所以冒昧黑夜來求，如不蒙相救，即從此遠遁，不能再相見矣。」遂提了革囊要走。

兩公子此時已嚇得心膽皆碎，忙攔住道：「張兄且休慌，五百金小事，何足介意！但此物作何處置？」張鐵臂笑道：「這有何難！我略施劍術，即滅其跡。但倉卒不能施行，候將五百金付去之後，我不過兩個時辰，即便回來，取出囊中之物，加上我的藥末，頃刻化為水，毛髮不存矣。二位老爺可備了筵席，廣招賓客，看我施為此事。」兩公子聽罷，大是駭然。弟兄忙到內裏取出五百兩銀子付與張鐵臂。鐵臂將革囊放在堦下，銀子拴束在身，叫一聲多謝，騰身而起，上了房檐，行步如飛，只聽得一片瓦響，無影無踪去了。當夜萬籟俱寂，月色初上，照著堦下革裏裏血淋淋的人頭。只因這一番，有分教：豪華公子，閉門休問世情；名士文人，改行訪求舉業。不知這人頭畢竟如何，且聽下回分解。

第十三回　蘧駪夫求賢問業　馬純上仗義疏財

話說婁府兩公子將五百兩銀子送了俠客，與他報謝恩人，把革囊人頭放在家裏。兩公子雖係相府，不怕有意外之事，但血淋淋一個人頭丟在內房堦下，未免有些焦心。四公子向三公子道：「張鐵臂他做俠客的人，斷不肯失信于我。我們卻不可做俗人。我們竟辦幾席酒，把幾位知己朋友都請到了，等他來時開了革囊，果然用藥化為水，也是不容易看見之事。我們就同諸友做一個『人頭會』，有何不可？」三公子聽了，到天明，吩咐辦下酒席，把牛布衣、陳和甫、蘧公孫都請到，家裏住的三個客是不消說。只說小飲，且不必言其所以然，直待張鐵臂來時，施行出來，好讓眾位都吃一驚。

眾客到齊，彼此說些閒話。等了三四個時辰，不見來，直等到日中，還不見來。三公子悄悄向四公子道：「這事就有些古怪了。」四公子道：「想他在別處又有耽擱了。他革囊現在我家，斷無不來之理。」看看等到下晚，總不來了。廚下酒席已齊，只得請眾客上坐。這日天氣甚暖，兩公子心裏焦躁：「此人若竟不來，這人頭卻往何處發放？」直到天晚，革囊臭了出來。家裏渾家聞見，不放心，打發人出來請兩位老爺去看。二位老爺沒奈何，才硬著膽開了革囊，一看，那裏是什麼人頭，只有六七斤一個豬頭在裏面！兩公子面面相覷，不則一聲，立刻叫把豬頭拿到廚下賞與家人們去吃。兩公子悄悄相商，這事不必使一人知道，仍舊出來陪客飲酒。心裏正在納悶，看門的人進來稟道：「烏程縣有個差人，持了縣裏老爺的帖，同蕭山縣來的兩個差人叩見老爺，有話面稟。」三公子道：「這又奇了，有什麼話說？」留四公子陪著客，自己走到廳上，傳他們進來。那差人進來磕了頭，說道：「本官老爺請安。」隨呈上一張票子和一角關文。三公子叫取燭來看，見那關文上寫著：

「蕭山縣正堂吳。為地棍奸拐事：案據蘭若菴僧慧遠，具控伊徒尼僧心遠，被地棍權勿用奸拐霸佔在家一案。查本犯未曾發覺之先，自潛跡逃往貴治。為此移關，煩貴縣查點來文事理，遣役協同來差訪該犯潛踪何處，擒獲解還敝縣，以便審理究治。望速！望速！」

看過，差人稟道：「小的本官上覆三老爺，知道這人在府內，因老爺這裏不知他這些事，所以留他。而今求老爺把他交與小的，他本縣的差人現在外伺候，交與他帶去，休使他知覺逃走了，不好回文。」三公子道：「我知道了，你在外面候著。」差人應諾出去了，在門房裏坐著。

三公子滿心慚愧，叫請了四老爺和楊老爺出來。二位一齊來到，看了關文和本縣拿人的票子。四公子也覺不好意思。楊執中道：「三先生、四先生，自古道：『蜂蠆入懷，解衣去趕。』他既弄出這樣事來，先生們庇護他不得了。如今我去向他說，把他交與差人，等他自己料理去。」兩公子沒奈何。楊執中走進書房席上，一五一十說了。權勿用紅著臉道：「真是真，假是假！我就同他去，怕什麼！」兩公子走進來，不肯改常，說了些不平的話，又奉了兩杯別酒，取出兩封銀子送作盤程。兩公子送出大門，叫僕人替他拿了行李，打躬而別。那兩個差人見他出了婁府，兩公子已經進府，就把他一條鏈子鎖去了。

兩公子因這兩番事後，覺得意興稍減，吩咐看門的：「但有生人相訪，且回他到京去了。」自此，閉門整理家務。不多幾日，蘧公孫來辭，說蘧太守有病，要回嘉興去侍疾。兩位公子聽見，便同公孫去候姑丈。及到嘉興，蘧太守已是病得重了，看來是個不起之病。公孫傳著太守之命，託兩公子替他接了魯小姐回家。兩公子寫信來家，打發婢子去說，魯夫人不肯。小姐明于大義，和母親說了，要去侍疾。此時采蘋已嫁人去了，只有雙紅一個丫頭做了贈嫁。叫兩隻大船，全副妝奩都搬在船上。來嘉興，太守已去世了。公孫承重。魯小姐上侍孀姑，下理家政，井井有條，親戚無不稱羨。婁府兩公子候治喪已過，也回湖州去了。

公孫居喪三載。因看見兩個表叔半世豪舉，落得一場掃興，因把這做名的心也看淡了，詩話也不刷印送人了。服闋之後，魯小姐頭胎生的個小兒子，已有四歲了。小姐每日拘著他在房裏講《四書》，讀文章。公孫也在旁指點。卻也心裏想在學校中相與幾個考高等的朋友談談舉業，無奈嘉興的朋友都知道公孫是個做詩的名士，不來親近他，公孫覺得沒趣。那日打從街上走過，見一個新書店裏貼著一張整紅紙的報帖，上寫道：

「本坊敦請處州馬純上先生精選三科鄉會墨程。凡有同門錄及硃卷賜顧者，幸認嘉興府大街文海樓書坊不誤。」

公孫心裏想道：「這原來是個選家。何不來拜他一拜？……」急到家換了衣服，寫個「同學教弟」的帖子，來到書坊，問道：「這裏是馬先生下處？」店裏人道：「馬先生在樓上。」因喊一聲道：「馬二先生，有客來拜。」樓上應道：「來了。」于是走下樓來。公孫看那馬二先生時，身長八尺，形容甚偉，頭戴方巾，身穿藍直裰，腳下粉底皂靴，面皮深黑，不多幾根鬍子。相見作揖讓坐。馬二先生看了帖子，說道：「尊名向在詩上見過，久仰，久仰！」公孫道：「先生來操選政，乃文章山斗，小弟仰慕，晉謁已遲。」店裏捧出茶來吃了。公孫又道：「先生便是處州學，想是高補過的？」馬二先生道：「小弟補廩二十四年，蒙歷任宗師的青目，共考過六七個案首，只是科場不利，不勝慚愧！」公孫道：「遇合有時，下科一定是掄元無疑的了。」說了一會，公孫告別。馬二先生問明了住處，明日就來回拜。公孫回家向魯小姐說：「馬二先生明日來拜，他是個舉業當行，要備個飯留他。」小姐欣然備下。

次早，馬二先生換了大衣服，寫了回帖，來到蘧府。公孫迎接進來，說道：「我兩人神交已久，不比泛常。今蒙賜顧，寬坐一坐，小弟備個家常飯，休嫌輕慢。」馬二先生聽罷欣然。公孫問道：「尊選程墨，是那一種文章為主？」馬二先生道：「文章總以理法為主，任他風氣變，理法總是不變。所以本朝洪、永是一變，成、弘又是一變，細看來，理法總是一般。大約文章既不可帶注疏氣，尤不可帶詞賦氣。帶注疏氣不過失之于少文采，帶詞賦氣便有礙于聖賢口氣，所以詞賦氣尤在所忌。」

公孫道：「這是做文章了，請問批文章是怎樣個道理？」馬二先生道：「也全是不可帶詞賦氣。小弟每常見前輩批語，有些風花雪月的字樣，被那些後生們看見，便要想到詩詞歌賦那條路上去，便要壞了心術。古人說得好，『作文之心如人目。』凡人目中，塵土屑固不可有，即金玉屑又是著得的麼？所以小弟批文章，總是採取《語類》、《或問》上的精語。時常一個批語要做半夜，不肯苟且下筆，要那讀文章的讀了這一篇，就悟想出十幾篇的道理，才為有益。將來拙選告成，送來細細請教。」說著，裏面捧出飯來，果是家常餚饌：一碗燉鴨，一碗煮雞，一尾魚，一大碗煨的稀爛的猪肉。馬二先生食量頗高，舉起箸來向公孫道：「你我知己相逢，不做客套，這魚且不必動，倒是肉好。」當下吃了四碗飯，將一大碗爛肉吃得乾乾淨淨。裏面聽見，又添出一碗來，連湯都吃完了。擡開桌子，啜茗清談。

馬二先生問道：「先生名門，又這般大才，久已該高發了，因甚困守在此？」公孫道：「小弟因先君見背的早，在先祖膝下料理些家務，所以不曾致力于舉業。」馬二先生道：「你這就差了。舉業二字，是從古及今人人必要做的。就如孔子生在春秋時候，那時用『言揚行舉』做官，故孔子只講得個『言寡尤，行寡悔，祿在其中』，這便是孔子的舉業。講到戰國時，以遊說做官，所以孟子歷說齊梁，這便是孟子的舉業。到漢朝用『賢良方正』開科，所以公孫弘、董仲舒舉賢良方正，這便是漢人的舉業。到唐朝用詩賦取士，他們若講孔孟的話，就沒有官做了，所以唐人都會做幾句詩，這便是唐人的舉業。到宋朝又好了，都用的是些理學的人做官，所以程、朱就講理學，這便是宋人的舉業。到本朝用文章取士，這是極好的法則，就是夫子在而今，也要念文章、做舉業，斷不講那『言寡尤，行寡悔』的話。何也？就日日講究『言寡尤，行寡悔』，那個給你官做？孔子的道也就不行了。」一席話，說得蘧公孫如夢方醒。又留他吃了晚飯，結為性命之交，相別而去。自此，日日往來。

那日在文海樓，彼此會著，看見刻的墨卷上目錄擺在桌上，上寫著「歷科墨卷持運」，下面一行刻著「處州馬靜純上氏評選」。蘧公孫笑著向他說道：「請教先生，不知尊選上面可好添上小弟一個名字，與先生同選，以附驥尾？」馬二先生正色道：「這個是有個道理的。站封面亦非容易之事。就是小弟，全虧幾十年考校的高，有些虛名，所以他們來請。難道先生這樣大名還站不得封面？只是你我兩個，只可獨站，不可合站，其中有個緣故。」

蘧公孫道：「是何緣故？」馬二先生道：「這事不過是名利二者。小弟一不肯自己壞了名，自認做趨利。假若把你先生寫在第二名，那些世俗人就疑惑刻資出自先生，小弟豈不是個利徒了？若把先生寫在第一名，小弟這數十年虛名，豈不都是假的了？還有個反面文章是如此算計。先生自想，也是這樣算計。」說著，坊裏捧出先生的飯來，一碗熝青菜，兩個小菜碟。馬二先生道：「這沒菜的飯，不好留先生用，奈何？」蘧公孫道：「這個何妨？但我曉得長兄先生也是吃不慣素飯的，我這裏帶的有銀子。」忙取出一塊來，叫店主人家的二漢買了一碗熟肉來。

兩人同吃了，公孫別去。在家裏，每晚同魯小姐課子到三四更鼓，或一天遇著那小兒子書背不熟，小姐就要督責他念到天亮，倒先打發公孫到書房裏去睡。雙紅這小丫頭在旁遞茶遞水，極其小心。他會念詩，常拿些詩來求講。公孫也略替他講講，因心裏喜他殷勤，就把收的王觀察的個舊枕箱，把與他盛花兒針線，又無意中把遇見王觀察這一件事向他說了。不想宦成這奴才小時同他有約，竟大膽走到嘉興，把這丫頭拐了去。公孫知道，大怒，報了秀水縣，出批文拿了回來。兩口子看守在差人家，央人來求公孫，情願出幾十兩銀子與公孫做丫頭的身價，求賞與他做老婆。公孫斷然不依。差人要帶著宦成回官，少不得打一頓板子，把丫頭斷了回來，一回兩回詐他的銀子。宦成的銀子使完，衣服都當盡了。

那晚在差人家，兩口子商議，要把這個舊枕箱拿出去賣幾十個錢來買飯吃。雙紅是個丫頭家，不知人事，向宦成說道：「這箱子是一位做大官的老爺的，想是值的銀子多。幾十個錢賣了，豈不可惜？」宦成問：「是蘧老爺的？是魯老爺的？」丫頭道：「都不是。說這官比蘧太爺的官大多著哩。我也是聽見姑爺說，這是一位王太爺，就接蘧太爺南昌的任。後來這位王太爺做了不知多大的官，就和寧王相與，寧王日夜要想殺皇帝，皇帝先把寧王殺了，又要殺這王太爺。王太爺走到浙江來，不知怎的，又說皇帝要他這個箱子，王大爺不敢帶在身邊走，恐怕搜出來，就交與姑爺。姑爺放在家裏閒著，借與我盛些花，不曉的我帶了出來。我想皇帝都想要的東西，不知是值多少錢？你不見箱子裏還有王太爺寫的字在上？」宦成道：「皇帝也未必是要他這個箱子，必有別的緣故。這箱子能值幾文！」

那差人一腳把門踢開，走進來罵道：「你這倒運鬼！放著這樣大財不發，還在這裏受瘟罪！」宦成道：「老爺，我有什麼財發？」差人道：「你這癡孩子！我要傳授了，便宜你的狠哩！老婆白白送你，還可以發得幾百銀子財，你須要大大的請我，將來銀子同我平分，我才和你說。」宦成道：「只要有銀子，平分是罷了，請是請不起的，除非明日賣了枕箱子請老爺。」差人道：「賣箱子？還了得！就沒戲唱了！你沒有錢我借錢與你。不但今日晚裏的酒錢，從明日起，要用同我商量。——我替你設法了來，總要加倍還我。」又道：「我竟在裏面扣除，怕你拗到那裏去？」差人即時拿出二百文，買酒買肉，同宦成兩口子吃，算是借與宦成的，記一筆帳在那裏。吃著，宦成問道：「老爹說我有什麼財發？」差人道：「今日且吃酒，明日再說。」當夜猜三划五，吃了半夜，把二百文都吃完了。

宦成這奴才吃了個盡醉，兩口子睡到日中還不起來。差人已是清晨出門去了，尋了一個老練的差人商議，告訴他如此這般：「事還是竟弄破了好，還是『開弓不放箭』，大家弄幾個錢有益？」被老差人一口大啐道：「這個事都講破！破了還有個大風？如今只是悶著同他講，不怕他不拿出錢來。還虧你當了這幾十年的門戶，利害也不曉得！遇著這樣事還要講破，破你娘的頭！」罵的這差人又羞又喜，慌跑回來，見宦成還不曾起來，說道：「好快活！這一會像兩個狗戀著。快起來和你說話！」宦成慌忙起來，出了房門。

差人道：「和你到外邊去說話。」兩人拉著手，到街上一個僻靜茶室裏坐下。差人道：「你這呆孩子，只曉得吃酒吃飯，要同女人睡覺！放著這樣一主大財不會發，豈不是『如入寶山空手回』？」宦成道：「老爹指教便是。」差人道：「我指點你，你卻不要『過了廟不下雨』。」說著，一個人在門首過，叫了差人一聲「老爹」，走過去了。差人見那人出神，叫宦成坐著，自己悄悄尾了那人去。只聽得那人口裏抱怨道：「白白給他打了一頓，卻是沒有傷，喊不得冤。待要自己做出傷來，官府又會驗的出。」差人悄悄的拾了一塊磚頭，凶神的走上去把頭一打，打了一個大洞，那鮮血直流出來。那人嚇了一跳，問差人道：「這是怎的？」差人道：「你方才說沒有傷，這不是傷麼？又不是自己弄出來的，不怕老爺會驗，還不快去喊冤哩！」那人倒著實感激，謝了他，把那血用手一抹。塗成一個血臉，往縣前喊冤去了。

宦成站在茶室門口望，聽見這些話，又學了一個乖。差人回來坐下，說道：「我昨晚聽見你當家的說，枕箱是那王太爺的。王太爺降了寧王，又逃走了，是個欽犯，這箱子便是個欽贓。他家裏交結欽犯，藏著欽贓，若還首出來，就是殺頭充軍的罪，他還敢怎樣你！」宦成聽了他這一席話，如夢方醒，說道：「老爹，我而今就寫呈去首。」差人道：「呆兄弟，這又沒主意了。你首了，就把他一家殺個精光，與你也無益，弄不著他一個錢；況你又同他無仇。如今只消串出個人來嚇他一嚇，嚇出幾百兩銀子來，把丫頭白白送你做老婆，不要身價，這事就罷了。」宦成道：「多謝老爹費心。如今只求老爹替我做主。」差人道：「你且莫慌。」當下還了茶錢，同走出來。差人囑咐道：「這話到家，在丫頭跟前不可露出一字。」宦成應諾了。從此，差人借了銀子，宦成大酒大肉，且落得快活。

蘧公孫催著回官，差人只騰挪著混他，今日就說明日，明日就說後日，後日又說再遲三五日。公孫急了，要寫呈子告差人。差人向宦成道：「這事卻要動手了！」因問：「蘧小相平日可有一個相厚的人？」宦成道：「這卻不知道。」回去問丫頭。丫頭道：「他在湖州相與的人多，這裏卻不曾見。我只聽得有個書店裏姓馬的來往了幾次。」宦成將這話告訴差人。

差人道：「這就容易了。」便去尋代書，寫下一張出首叛逆的呈子，帶在身邊，到大街上一路書店問去。問到文海樓，一直進去請馬先生說話。馬二先生見是縣裏人，不知何事，只得邀他上樓坐下，差人道：「先生一向可同做南昌府的蘧家蘧小相兒相與？」馬二先生道：「這是我極好的弟兄。頭翁，你問他怎的？」差人兩邊一望道：「這裏沒有外人麼？」馬二先生道：「沒有。」把座子移近跟前，拿出這張呈子來與馬二先生看，道：「他家竟有這件事。我們公門裏好修行，所以通個信給他，早為料理，怎肯壞這個良心？」

馬二先生看完，面如土色，又問了備細，向差人道：「這事斷斷破不得。既承頭翁好心，千萬將呈子捺下。他卻不在家，到墳上修理去了，等他來時商議。」差人道：「他今日就要遞。這是犯關節的事，誰人敢捺？」馬二先生慌了道：「這個如何了得？」差人道：「先生，你一個『子曰行』的人，怎這樣沒主意？自古『錢到公事辦，火到猪頭爛』。只要破些銀子，把這枕箱買了回來，這事便罷了。」馬二先生拍手道：「好主意！」當下鎖了樓門，同差人到酒店裏，馬二先生做東，大盤大碗請差人吃著，商議此事。只因這一番，有分教：通都大邑，來了幾位選家；僻壤窮鄉，出了一尊名士。畢竟差人要多少銀子贖這枕箱，且聽下回分解。

第十四回　蘧公孫書坊送良友　馬秀才山洞遇神仙

話說馬二先生在酒店裏同差人商議要替蘧公孫贖枕箱。差人道：「這奴才手裏拿著一張首呈，就像拾到了有利的票子，銀子少了，他怎肯就把這欽贓放出來？極少也要三二百銀子。還要我去拿話嚇他：『這事弄破了，一來，與你無益；二來，欽案官司，過司由院，一路衙門，你都要跟著走。你自己算計，可有這些閒錢陪著打這樣的惡官司？』是這樣嚇他，他又見了幾個衝心的錢，這事才得了。我是一片本心，特地來報信。我也只願得無事，落得『河水不洗船』。但做事也要『打蛇打七寸』才妙，你先生請上裁！」

馬二先生搖頭道：「二三百兩是不能。不要說他現今不在家，是我替他設法，就是他在家裏，雖然他家太爺做了幾任官，而今也家道中落，那裏一時拿的許多銀子出來？」差人道：「既然沒有銀子，他本人又不見面，我們不要耽誤他的事，把呈子丟還他，隨他去鬧罷了。」馬二先生道：「不是這樣說。你同他是個淡交，我同他是深交，眼睜睜看他有事，不能替他掩下來，這就不成個朋友了。但是要做的來。」差人道：「可又來！你要做的來，我也要做的來！」馬二先生道：「頭翁，我和你從長商議，實不相瞞，在此選書，東家包我幾個月，有幾兩銀子束脩，我還要留著些用。他這一件事，勞你去和宦成說，我這裏將就墊二三十兩銀子把與他，他也只當是拾到的，解了這個冤家罷。」

差人惱了道：「這個正合著古語：『瞞天討價，就地還錢』！我說二三百銀子，你就說二三十兩！『戴著斗笠親嘴，差著一帽子』！怪不得人說你們『詩云子曰』的人難講話！這樣看來，你好像『老鼠尾巴上害癤子，出膿也不多』！倒是我多事，不該來惹這婆子口舌！」說罷，站起身來謝了擾，辭別就往外走。

馬二先生拉住道：「請坐再說。急怎的？我方才這些話，你道我不出本心麼？他其實不在家，我又不是先知了風聲，把他藏起，和你講價錢。況且你們一塊土的人，彼此是知道的，蘧公孫是什麼慷慨腳色，這宗銀子知道他認不認，幾時還我。只是由著他弄出事來，後日懊悔遲了。總之，這件事，我也是個旁人，你也是個旁人。我如今認些晦氣，你也要極力幫些，一個出力，一個出錢，也算積下一個莫大的陰功。若是我兩人先參差著，就不是共事的道理了。」差人道：「馬老先生，而今這銀子，我也不問是你出，是他出，你們原是『氈襪裹腳靴』。但須要我效勞的來。老實一句，『打開板壁講亮話』，這事一些半些，幾十兩銀子的話，橫豎做不來，沒有三百，也要二百兩銀子，才有商議。我又不要你十兩五兩，沒來由把難題目把你做怎的？」

馬二先生見他這話說頂了真，心裏著急道：「頭翁，我的束脩其實只得一百兩銀子，這些時用掉了幾兩，還要留兩把作盤費到杭州去。擠的乾乾淨淨，抖了包，只擠的出九十二兩銀子來，一釐也不得多，你若不信，我同你到下處去拿與你看。此外行李箱子內，聽憑你搜。若搜出一錢銀子來，你把我不當人。就是這個意思，你替我維持去，如斷然不能，我也就沒法了，他也只好怨他的命。」差人道：「先生，像你這樣血心為朋友，難道我們當差的心不是肉做的？自古山水尚有相逢之日，豈可人不留個相與？只是這行瘟的奴才頭高，不知可說的下去？」又想一想道：「我還有個主意，又合著古語說，『秀才人情紙半張』。現今丫頭已是他拐到手了，又有這些事，料想要不回來，不如趁此就寫一張婚書，上寫收了他身價銀一百兩，合著你這九十多，不將有二百之數？這分明是有名無實的，卻塞得住這小廝的嘴。這個計較何如？」馬二先生道：「這也罷了，只要你做的來，這一張紙何難，我就可以做主。」

當下說定了，店裏會了帳，馬二先生回到下處候著。差人假作去會宦成，去了半日，回到文海樓。馬二先生接到樓上。差人道：「為這件事，不知費了多少唇舌，那小奴才就像我求他的，定要一千八百的亂說，說他家值多少就該給他多少，落後我急了，要帶他回官，說：『先問了你這奸拐的罪，回過老爺，把你納在監裏，看你到那裏去出首！』他才慌了，依著我說。我把他枕箱先賺了來，現放在樓下店裏。先生快寫起婚書來，把銀子兌清，我再打一個稟帖，銷了案，打發這奴才走清秋大路，免得又生出枝葉來。」馬二先生道：「你這賺法甚好，婚書已經寫下了。」隨即同銀子交與差人。

差人打開看，足足九十二兩，把箱子拿上樓來交與馬二先生，拿著婚書、銀子去了。回到家中，把婚書藏起，另外開了一篇細帳，借貸吃用，衙門使費，共開出七十多兩，只剩了十幾兩銀子遞與宦成。宦成嫌少，被他一頓罵道：「你奸拐了人家使女，犯著官法，若不是我替你遮蓋，怕老爺不會打折你的狗腿！我倒替你白白的騙一個老婆，又騙了許多銀子，不討你一聲知感，反問我找銀子！——來！我如今帶你去回老爺，先把你這奸情事打幾十板子，丫頭便傳蘧家領去，叫你吃不了的苦，兜著走！」宦成被他罵得閉口無言，忙收了銀子，千恩萬謝，領著雙紅，往他州外府尋生意去了。

蘧公孫從墳上回來，正要去問差人，催著回官，只見馬二先生來候，請在書房坐下，問了些墳上的事務，慢慢說到這件事上來。蘧公孫初時還含糊，馬二先生道：「長兄，你這事還要瞞我麼？你的枕箱現在我下處樓上。」公孫聽見枕箱，臉便飛紅了。馬二先生遂把差人怎樣來說，我怎樣商議，後來怎樣怎樣，「我把選書的九十幾兩銀子給了他，才買回這個東西來，而今幸得平安無事。就是我這一項銀子，也是為朋友上一時激于意氣，難道就要你還？但不得不告訴你一遍。明日叫人到我那裏把箱子拿來，或是劈開了，或是竟燒化了，不可再留著惹事！」

公孫聽罷，大驚，忙取一把椅子放在中間，把馬二先生捺了坐下，倒身拜了四拜。請他坐在書房裏，自走進去，如此這般，把方才這些話說與乃眷魯小姐，又道：「像這樣的才是斯文骨肉朋友，有意氣！有肝膽！相與了這樣正人君子，也不枉了！像我婁家表叔結交了多少人，一個個出乖露醜，若聽見這樣話，豈不羞死！」魯小姐也著實感激，備飯留馬二先生吃過，叫人跟去將箱子取來毀了。

次日，馬二先生來辭別，要往杭州。公孫道：「長兄先生，才得相聚，為什麼便要去？」馬二先生道：「我原在杭州選書，因這文海樓請我來選這一部書，今已選完，在此就沒事了。」公孫道：「選書已完，何不搬來我小齋住著，早晚請教。」馬二先生道：「你此時還不是養客的時候。況且杭州各書店裏等著我選考卷，還有些未了的事，沒奈何，只得要去。倒是先生得閒來西湖上走走，那西湖山光水色，頗可以添文思。」公孫不能相強，要留他辦酒席餞行。馬二先生道：「還要到別的朋友家告別。」說罷，去了，公孫送了出來。到次日，公孫封了二兩銀子，備了些薰肉小菜，親自到文海樓來送行，要了兩部新選的墨卷回去。

馬二先生上船，一直來到斷河頭，問文瀚樓的書坊，——乃是文海樓一家——到那裏去住。住了幾日，沒有什麼文章選，腰裏帶了幾個錢，要到西湖上走走。這西湖乃是天下第一個真山真水的景致！且不說那靈隱的幽深，天竺的清雅，只這出了錢塘門，過聖因寺，上了蘇堤，中間是金沙港，轉過去就望見雷峰塔，到了淨慈寺，有十多里路，真乃五步一樓，十步一閣，一處是金粉樓臺，一處是竹籬茅舍，一處是桃柳爭妍，一處是桑麻遍野。那些賣酒的青簾高颺，賣茶的紅炭滿爐，士女遊人，絡繹不絕，真不數「三十六家花酒店，七十二座管絃樓」。

馬二先生獨自一個，帶了幾個錢，步出錢塘門，在茶亭裏吃了幾碗茶，到西湖沿上牌樓跟前坐下。見那一船一船鄉下婦女來燒香的，都梳著挑鬢頭，也有穿藍的，也有穿青綠衣裳的，年紀小的都穿些紅綢單裙子。也有模樣生的好些的，都是一個大團白臉，兩個大高顴骨；也有許多疤、麻、疥、癩的。一頓飯時，就來了有五六船。那些女人後面都跟著自己的漢子，掮著一把傘，手裏拿著一個衣包，上了岸，散往各廟裏去了。馬二先生看了一遍，不在意裏，起來又走了里把多路。望著湖沿上接連著幾個酒店，掛著透肥的羊肉，櫃檯上盤子裏盛著滾熱的蹄子、海參、糟鴨、鮮魚，鍋裏煮著餛飩，蒸籠上蒸著極大的饅頭。

馬二先生沒有錢買了吃，喉嚨裏嚥唾沫，只得走進一個麵店，十六個錢吃了一碗麵。肚裏不飽，又走到間壁一個茶室吃了一碗茶，買了兩個錢處片嚼嚼，倒覺得有些滋味。吃完了出來，看見西湖沿上柳陰下繫著兩隻船，那船上女客在那裏換衣裳：一個脫去元色外套，換了一件水田披風；一個脫去天青外套，換了一件玉色繡的八團衣服；一個中年的脫去寶藍緞衫，換了一件天青緞二色金的繡衫。那些跟從的女客，十幾個人也都換了衣裳。這三位女客，一位跟前一個丫鬟，手持黑紗團香扇替他遮著日頭，緩步上岸，那頭上珍珠的白光，直射多遠，裙上環珮，叮叮噹噹的響。馬二先生低著頭走了過去，不曾仰視。往前走過了六橋，轉個彎，便像些村鄉地方，又有人家的棺材厝基，中間走了一二里多路，走也走不清，甚是可厭。馬二先生欲待回家，遇著一走路的，問道：「前面可還有好玩的所在？」那人道：「轉過去便是淨慈、雷峰，怎麼不好玩？」

馬二先生又往前走。走到半里路，見一座樓臺蓋在水中間，隔著一道板橋，馬二先生從橋上走過去，門口也是個茶室，吃了一碗茶。裏面的門鎖著，馬二先生要進去看，管門的問他要了一個錢，開了門，放進去。裏面是三間大樓，樓上供的是仁宗皇帝的御書，馬二先生嚇了一跳，慌忙整一整頭巾，理一理寶藍直裰，在靴桶內拿出一把扇子來當了笏板，恭恭敬敬朝著樓上揚塵舞蹈，拜了五拜。拜畢起來，定一定神，照舊在茶桌子上坐下。旁邊有個花園，賣茶的人說是布政司房裏的人在此請客，不好進去。那廚房卻在外面，那熱湯湯的燕窩、海參，一碗碗在跟前捧過去，馬二先生又羨慕了一番。出來過了雷峰，遠遠望見高高下下許多房子，蓋著琉璃瓦，曲曲折折無數的朱紅欄杆。

馬二先生走到跟前，看見一個極高的山門，一個直匾，金字，上寫著：「敕賜淨慈禪寺」。山門旁邊一個小門，馬二先生走了進去，一個大寬展的院落，地下都是水磨的磚，才進二道山門，兩邊廊上都是幾十層極高的堦級。那些富貴人家的女客，成群逐隊，裏裏外外，來往不絕，都穿的是錦繡衣服，風吹起來，身上的香一陣陣的撲人鼻子。馬二先生身子又長，戴一頂高方巾，一幅烏黑的臉，捵著個肚子，穿著一雙厚底破靴，橫著身子亂跑，只管在人窩子裏撞。女人也不看他，他也不看女人。前前後後跑了一交，又出來坐在那茶亭內——上面一個橫匾，金書「南屏」兩字，——吃了一碗茶。櫃上擺著許多碟子：橘餅、芝麻糖、粽子、燒餅、處片、黑棗、煮栗子。馬二先生每樣買了幾個錢的，不論好歹，吃了一飽。馬二先生也倦了，直著腳，跑進清波門，到了下處，關門睡了。因為走多了路，在下處睡了一天。

第三日起來，要到城隍山走走。城隍山就是吳山，就在城中。馬二先生走不多遠，已到了山腳下。望著幾十層堦級，走了上去，橫過來又是幾十層堦級。馬二先生一氣走上，不覺氣喘。看見一個大廟門前賣茶，吃了一碗。進去見是吳相國伍公之廟，馬二先生作了個揖，逐細的把匾聯看了一遍。又走上去，就像沒有路的一般。左邊一個門，門上釘著一個匾，匾上「片石居」三個字，裏面也想是個花園，有些樓閣。

馬二先生步了進去，看見窗櫺關著。馬二先生在門外望裏張了一張，見幾個人圍著一張桌子，擺著一座香爐，眾人圍著，像是請仙的意思。馬二先生想道：「這是他們請仙判斷功名大事，我也進去問一問。」站了一會，望見那人磕頭起來，旁邊人道：「請了一個才女來了。」馬二先生聽了暗笑。又一會，一個問道：「可是李清照？」又一個問道：「可是蘇若蘭？」又一個拍手道：「原來是朱淑貞！」馬二先生道：「這些什麼人？料想不是管功名的了，我不如去罷。」又轉過兩個彎，上了幾層堦級，只見平坦的一條大街。左邊靠著山，一路有幾個廟宇。右邊一路，一間一間的房子，都有兩進。屋後一進，窗子大開著，空空闊闊，一眼隱隱望得見錢塘江。那房子：也有賣酒的，也有賣耍貨的，也有賣餃兒的，也有賣麵的，也有賣茶的，也有測字算命的。廟門口都擺的是茶桌子。這一條街，單是賣茶就有三十多處，十分熱鬧。

馬二先生正走著，見茶鋪子裏一個油頭粉面的女人招呼他吃茶。馬二先生別轉頭來就走，到間壁一個茶室泡了一碗茶。看見有賣的蓑衣餅，叫打了十二個錢的餅吃了，略覺有些意思。走上去，一個大廟，甚是巍峨，便是城隍廟。他便一直走進去，瞻仰了一番。過了城隍廟，又是一個彎，又是一條小街。街上酒樓、麵店都有，還有幾個簇新的書店。店裏帖著報單，上寫：「處州馬純上先生精選《三科程墨持運》于此發賣」。馬二先生見了歡喜，走進書店坐坐，取過一本來看，問個價錢，又問：「這書可還行？」書店人道：「墨卷只行得一時，那裏比得古書。」馬二先生起身出來，因略歇了一歇腳，就又往上走。過這一條街，上面無房子了，是極高的個山岡。一步步走去，走到山岡上，左邊望著錢塘江，明明白白。那日江上無風，水平如鏡，過江的船，船上有轎子，都看得明白。再走上些，右邊又看得見西湖、雷峰一帶，湖心亭都望見。那西湖裏打魚船，一個一個如小鴨子浮在水面。

馬二先生心曠神怡，只管走了上去，又看見一個大廟門前擺著茶桌子賣茶，馬二先生兩腳酸了，且坐吃茶。吃著，兩邊一望，一邊是江，一邊是湖，又有那山色一轉圍著，又遙見隔江的山，高高低低，忽隱忽現。馬二先生嘆道：「真乃『載華嶽而不重，振河海而不洩，萬物載焉』！」吃了兩碗茶，肚裏正餓，思量要回去路上吃飯，恰好一個鄉裏人捧著許多燙麵薄餅來賣，又有一籃子煮熟的牛肉，馬二先生大喜，買了幾十文餅和牛肉，就在茶桌子上盡興一吃。吃得飽了，自思趁著飽再上去。

走上一箭多路，只見左邊一條小徑，莽榛蔓草，兩邊擁塞。馬二先生照著這條路走去，見那玲瓏怪石，千奇萬狀。鑽進一個石罅，見石壁上多少名人題詠，馬二先生也不看他。過了一個小石橋，照著那極窄的石磴走上去，又是一座大廟。又有一座石橋，甚不好走，馬二先生攀藤附葛，走過橋去。見是個小小的祠宇，上有匾額，寫著「丁仙之祠」。馬二先生走進去，見中間塑一個仙人，左邊一個仙鶴，右邊豎著一座二十個字的碑。馬二先生見有籤筒，思量：「我困在此處，何不求個籤問問吉凶？」正要上前展拜，只聽得背後一人道：「若要發財，何不問我？」馬二先生回頭一看，見祠門口立著一個人，身長八尺，頭戴方巾，身穿繭綢直裰，左手自理著腰裏絲縧，右手拄著龍頭拐杖，一部大白鬚，直垂過臍，飄飄有神仙之表。只因遇著這個人，有分教：慷慨仗義，銀錢去而復來；廣結交遊，人物久而愈盛。畢竟此人是誰，且聽下回分解。

第十五回　葬神仙馬秀才送喪　思父母匡童生盡孝

話說馬二先生在丁仙祠正要跪下求籤，後面一人叫一聲馬二先生。馬二先生回頭一看，那人像個神仙，慌忙上前施禮道：「學生不知先生到此，有失迎接。但與先生素昧平生，何以便知學生姓馬？」那人道：「天下何人不識君？先生既遇著老夫，不必求籤了，且同到敝寓談談。」馬二先生道：「尊寓在那裏？」那人指道：「就在此處，不遠。」當下攜了馬二先生的手，走出丁仙祠，卻是一條平坦大路，一塊石頭也沒有。未及一刻功夫，已到了伍相國廟門口。馬二先生心裏疑惑：「原來有這近路！我方才走錯了。」又疑惑：「恐是神仙縮地騰雲之法也不可知。……」來到廟門口，那人道：「這便是敝寓，請進去坐。」

那知這伍相國殿後有極大的地方，又有花園。園裏有五間大樓，四面窗子望江望湖。那人就住在這樓上，邀馬二先生上樓，施禮坐下。那人四個長隨，齊齊整整，都穿著細緞衣服，每人腳下一雙新靴，上來小心獻茶。那人吩咐備飯，一齊應諾下去了。馬二先生舉眼一看，樓中間掛著一張匹紙，上寫水盤大的二十八個大字，一首絕句詩道：

「南渡年來此地遊，而今不比舊風流。
湖光山色渾無賴，揮手清吟過十洲。」

後面一行寫「天臺洪憨仙題」。馬二先生看過綱鑒，知道「南渡」是宋高宗的事，屈指一算，已是三百多年，而今還在，一定是個神仙無疑。因問道：「這佳作是老先生的？」那仙人道：「憨仙便是賤號。偶爾遣興之作，頗不足觀。先生若愛看詩句，前時在此，有同撫臺、藩臺及諸位當事在湖上唱和的一卷詩，取來請教。」便拿出一個手卷來。馬二先生放開一看，都是各當事的親筆，一遞一首，都是七言律詩，詠的西湖上的景，圖書新鮮，著實贊了一回，收遞過去。捧上飯來，一大盤稀爛的羊肉，一盤糟鴨，一大碗火腿蝦圓雜膾，又是一碗清湯，雖是便飯，卻也這般熱鬧。馬二先生腹中尚飽，不好辜負了仙人的意思，又儘力的吃了一餐，撤下傢伙去。

洪憨仙道：「先生久享大名，書坊敦請不歇，今日因甚閒暇到這祠裏來求籤？」馬二先生道，「不瞞老先生說，晚學今年在嘉興選了一部文章，送了幾十金，卻為一個朋友的事墊用去了。如今來到此處，雖住在書坊裏，卻沒有什麼文章選。寓處盤費已盡，心裏納悶，出來閒走走。要在這仙祠裏求個籤，問問可有發財機會。誰想遇著老先生，已經說破晚生心事，這籤也不必求了。」洪憨仙道：「發財也不難，但大財須緩一步。自今權且發個小財，好麼？」馬二先生道：「只要發財，那論大小！只不知老先生是什麼道理？」洪憨仙沈吟了一會，說道：「也罷，我如今將些須物件送與先生。你拿到下處去試一試，如果有效驗，再來問我取討；如不相干，別作商議。」因走進房內，床頭邊摸出一個包子來打開，裏面有幾塊黑煤，遞與馬二先生道：「你將這東西拿到下處，燒起一爐火來，取個罐子把他頓在上面，看成些什麼東西，再來和我說。」

馬二先生接著，別了憨仙，回到下處。晚間果然燒起一爐火來，把罐子頓上。那火支支的響了一陣，取罐傾了出來，竟是一錠細絲紋銀。馬二先生喜出望外，一連傾了六七罐，倒出六七錠大紋銀。馬二先生疑惑不知可用得，當夜睡了。次日清早，上街到錢店裏去看，錢店都說是十足紋銀，隨即換了幾千錢，拿回下處來。馬二先生把錢收了，趕到洪憨仙下處來謝。憨仙已迎出門來道：「昨晚之事如何？」馬二先生道：「果是仙家妙用！」如此這般，告訴憨仙傾出多少紋銀。憨仙道：「早哩！我這裏還有些，先生再拿去試試。」又取出一個包子來，比前有三四倍，送與馬二先生。又留著吃過飯，別了回來。馬二先生一連在下處住了六七日，每日燒爐傾銀子，把那些黑煤都傾完了，上戥子一秤，足有八九十兩重。馬二先生歡喜無限，一包一包收在那裏。

一日，憨仙來請說話。馬二先生走來。憨仙道：「先生，你是處州，我是臺州，相近原要算桑里。今日有個客來拜我，我和你要認作中表弟兄，將來自有一番交際，斷不可誤。」馬二先生道：「請問這位尊客是誰？」憨仙道：「便是這城裏胡尚書家三公子，名縝，字密之。尚書公遺下宦囊不少，這位公子卻有錢癖，思量多多益善，要學我這『燒銀』之法；眼下可以拿出萬金來，以為爐火藥物之費。但此事須一居間之人。先生大名，他是知道的。況在書坊操選，是有踪跡可尋的人，他更可以放心。如今相會過，訂了此事，到七七四十九日之後，成了『銀母』，凡一切銅錫之物，點著即成黃金，豈止數十百萬。我是用他不著，那時告別還山，先生得這『銀母』，家道自此也可小康了。」馬二先生見他這般神術，有什麼不信，坐在下處，等了胡三公子來。三公子同憨仙施禮，便請問馬二先生：「貴鄉貴姓？」憨仙道：「這是舍弟，各書坊所貼處州馬純上先生選《三科墨程》的便是。」胡三公子改容相接，施禮坐下。三公子舉眼一看，見憨仙人物軒昂，行李華麗，四個長隨輪流獻茶，又有選家馬先生是至戚，歡喜放心之極。坐了一會，去了。

次日，憨仙同馬二先生坐轎子回拜胡府，馬二先生又送了一部新選的墨卷，三公子留著談了半日，回到下處。頃刻，胡家管家來下請帖，兩副：一副寫洪太爺，一副寫馬老爺。帖子上是：「明日湖亭一卮小集，候教！胡縝拜訂。」持帖人說道：「家老爺拜上太爺，席設在西湖花港御書樓旁園子裏，請太爺和馬老爺明日早些。」憨仙收下帖子。次日，兩人坐轎來到花港，園門大開，胡三公子先在那裏等候。兩席酒，一本戲，吃了一日。馬二先生坐在席上，想起前日獨自一個看著別人吃酒席，今日恰好人請我也在這裏。當下極豐盛的酒饌點心，馬二先生用了一飽，胡三公子約定三五日再請到家寫立合同，央馬二先生居間，然後打掃家裏花園，以為丹室；先兌出一萬銀子，託憨仙修製藥物，請到丹室內住下。三人說定，到晚席散，馬二先生坐轎竟回文瀚樓。

一連四天，不見憨仙有人來請，便走去看他。一進了門，見那幾個長隨不勝慌張。問其所以，憨仙病倒了，症候甚重，醫生說脈息不好，已是不肯下藥。馬二先生大驚，急上樓進房內去看。已是奄奄一息，頭也擡不起來。馬二先生心好，就在這裏相伴，晚間也不回去。挨過兩日多，那憨仙壽數已盡，斷氣身亡。那四個人慌了手腳，寓處擄一擄，只得四五件綢緞衣服還當得幾兩銀子，其餘一無所有，幾個箱子都是空的。這幾個人也並非長隨，是一個兒子，兩個姪兒，一個女婿，這時都說出來。馬二先生聽在肚裏，替他著急。此時棺材也不夠買。馬二先生有良心，趕著下處去取了十兩銀子來與他們料理。兒子守著哭泣，姪子上街買棺材，女婿無事，同馬二先生到間壁茶館裏談談。

馬二先生道：「你令岳是個活神仙，今年活了三百多歲，怎麼忽然又死起來？」女婿道：「笑話！他老人家今年只得六十六歲，那裏有什麼三百歲！想著他老人家，也就是個不守本分，慣弄玄虛。尋了錢又混用掉了，而今落得這一個收場。不瞞老先生說，我們都是買賣人，丟著生意，同他做這虛頭事，他而今直腳去了，累我們討飯回鄉，那裏說起！」馬二先生道：「他老人家床頭間有那一包一包的『黑煤』，燒起爐來，一傾就是紋銀，」女婿道：「那裏是什麼『黑煤』！那就是銀子，用煤煤黑了的！一下了爐，銀子本色就現出來了。那原是個做出來哄人的。用完了那些，就沒的用了。」馬二先生道：「還有一說：他若不是神仙，怎的在丁仙祠初見我的時候，並不曾認得我，就知我姓馬？」女婿道：「你又差了，他那日在片石居扶乩出來，看見你坐在書店看書，書店問你尊姓，你說，我就是書面上馬什麼，他聽了知道的。世間那裏來的神仙！」

馬二先生恍然大悟：「他原來結交我是要借我騙胡三公子！幸得胡家時運高，不得上算。」又想道：「他虧負了我什麼？我到底該感激他。」當下回來，候著他裝殮，算還廟裏房錢，叫腳子擡到清波門外厝著。馬二先生備個牲醴紙錢，送到厝所，看著用磚砌好了。剩的銀子，那四個人做盤程，謝別去了。

馬二先生送殯回來，依舊到城隍山吃茶。忽見茶室旁邊添了一張小桌子，一個少年坐著拆字。那少年雖則瘦小，卻還有些精神。卻又古怪，面前擺著字盤筆硯，手裏卻拿著一本書看。馬二先生心裏詫異，假作要拆字，走近前一看，原來就是他新選的三科程墨持運。馬二先生竟走到桌旁板凳上坐下。那少年丟下文章，問道：「是要拆字的？」馬二先生道：「我走倒了，借此坐坐。」那少年道：「請坐，我去取茶來。」即向茶室裏開了一碗茶，送在馬二先生跟前，陪著坐下。馬二先生見他乖覺，問道：「長兄，你貴姓？可就是這本城人？」那少年又看見他戴著方巾，知道是學裏朋友，便道：「晚生姓匡，不是本城人。晚生在溫州府樂清縣住。」

馬二先生見他戴頂破帽，身穿一件單布衣服，甚是襤褸，因說道：「長兄，你離家數百里，來省做這件道路？這事是尋不出大錢來的，連糊口也不足。你今年多少尊庚？家下可有父母妻子？我看你這般勤學，想也是個讀書人？」那少年道：「晚生今年二十二歲，還不曾娶過妻子，家裏父母俱存。自小也上過幾年學，因是家寒無力，讀不成了。去年跟著一個賣柴的客人來省城，在柴行裏記帳。不想客人消折了本錢，不得回家，我就流落在此。前日一個家鄉人來，說我父親在家有病，于今不知個存亡，是這般苦楚。」說著，那眼淚如豆子大掉了下來。

馬二先生著實惻然，說道：「你且不要傷心。你尊諱尊字是什麼？」那少年收淚道：「晚生叫匡迥，號超人。還不曾請問先生仙鄉貴姓。」馬二先生道：「這不必問，你方才看的文章，封面上馬純上就是我了。」匡超人聽了這話，慌忙作揖，磕下頭去，說道：「晚生真乃有眼不識泰山！」馬二先生忙還了禮，說道：「快不要如此，我和你萍水相逢，斯文骨肉。這拆字到晚也有限了，長兄何不收了，同我到下處談談？」匡超人道：「這個最好。先生請坐，等我把東西收了。」當下將筆硯紙盤收了，做一包背著，同桌凳寄在對門廟裏，跟馬二先生到文瀚樓。

馬二先生到文瀚樓開了房門坐下。馬二先生問道：「長兄，你此時心裏可還想著讀書上進？還想著家去看看尊公麼？」匡超人見問這話，又落下淚來，道：「先生，我現今衣食缺少，還拿什麼本錢想讀書上進？這是不能的了。只是父親在家患病，我為人子的，不能回去奉侍，禽獸也不如。所以幾回自心裏恨極，不如早尋一個死處！」馬二先生勸道：「決不要如此。只你一點孝思，就是天地也感格的動了。你且坐下，我收拾飯與你吃。」當下留他吃了晚飯，又問道：「比如長兄你如今要回家去，須得多少盤程？」匡超人道：「先生，我那裏還講多少？只這幾天水路搭船，到了旱路上，我難道還想坐山轎不成？背了行李走，就是飯食少兩餐，也罷，我只要到父親跟前，死也瞑目！」馬二先生道：「這也使得。你今晚且在我這裏住一夜，慢慢商量。」

到晚，馬二先生又問道：「你當時讀過幾年書？文章可曾成過篇？」匡超人道：「成過篇的。」馬二先生笑著向他說：「我如今大膽出個題目，你做一篇，我看看你筆下可望得進學。這個使得麼？」匡超人道：「正要請教先生，只是不通，先生休笑。」馬二先生道：「說那裏話？我出一題，你明日做。」說罷，出了題，送他在那邊睡。次日，馬二先生才起來，他文章已是停停當當，送了過來。馬二先生喜道：「又勤學，又敏捷，可敬！可敬！」把那文章看了一遍，道：「文章才氣是有，只是理法欠些。」將文章按在桌上，拿筆點著，從頭至尾，講了許多虛實反正，吞吐含蓄之法與他。他作揖謝了要去。

馬二先生道：「休慌。你在此終不是個長策，我送你盤費回去。」匡超人道：「若蒙資助，只借出一兩銀子就好了。」馬二先生道：「不然，你這一到家，也要些須有個本錢奉養父母，才得有功夫讀書。我這裏竟拿十兩銀子與你，你回去做些生意，請醫生看你尊翁的病。」當下開箱子取出十兩一封銀子，又尋了一件舊棉襖、一雙鞋，都遞與他，道：「這銀子，你拿家去；這鞋和衣服，恐怕路上冷，早晚穿穿。」匡超人接了衣裳、銀子，兩淚交流道：「蒙先生這般相愛，我匡迥何以為報！意欲拜為盟兄，將來諸事還要照顧。只是大膽，不知長兄可肯容納？」

馬二先生大喜，當下受了他兩拜，又同他拜了兩拜，結為兄弟。留他在樓上，收拾菜蔬，替他餞行。吃著，向他說道：「賢弟，你聽我說。你如今回去，奉事父母，總以文章舉業為主。人生世上，除了這事，就沒有第二件可以出頭。不要說算命、拆字是下等，就是教館、作幕，都不是個了局。只是有本事進了學，中了舉人、進士，即刻就榮宗耀祖。這就是《孝經》上所說的『顯親揚名』，才是大孝，自身也不得受苦。古語道得好：『書中自有黃金屋，書中自有千鍾粟，書中自有顏如玉。』而今什麼是書？就是我們的文章選本了。賢弟，你回去奉養父母，總以做舉業為主。就是生意不好，奉養不周，也不必介意，總以做文章為主。那害病的父親，睡在床上，沒有東西吃，果然聽見你念文章的聲氣，他心花開了，分明難過也好過，分明那裏疼也不疼了。這便是曾子的『養志』。假如時運不好，終身不得中舉，一個廩生是掙的來的。到後來，做任教官，也替父母請一道封誥，我是百無一能，年紀又大了。賢弟，你少年英敏，可細聽愚兄之言，圖個日後宦途相見。」說罷，又到自己書架上，細細檢了幾部文章，塞在他棉襖裏捲著，說道：「這都是好的，你拿去讀下。」匡超人依依不捨，又急于要家去看父親，只得灑淚告辭。馬二先生攜著手，同他到城隍山舊下處取了鋪蓋，又送他出清波門，一直送到江船上。看著上了船，馬二先生辭別，進城去了。

匡超人過了錢塘江，要搭溫州的船。看見一隻船正走著，他就問：「可帶人？」船家道：「我們是撫院大人差上鄭老爹的船，不帶人的。」匡超人背著行李正待走，船窗裏一個白鬚老者道：「駕長，單身客人帶著也罷了，添著你買酒吃。」船家道：「既然老爹吩咐，客人你上來罷。」把船撐到岸邊，讓他下了船。

匡超人放下行李，向老爹作了揖，看見艙裏三個人：中間鄭老爹坐著，他兒子坐在旁邊，這邊坐著一外府的客人。鄭老爹還了禮，叫他坐下。匡超人為人乖巧，在船上不拿強拿，不動強動，一口一聲，只叫「老爹」。那鄭老爹甚是歡喜，有飯叫他同吃。飯後行船無事，鄭老爹說起：「而今人情澆薄，讀書的人，都不孝父母。這溫州姓張的弟兄三個都是秀才。兩個疑惑老子把家私偏了小兒子，在家打吵，吵的父親急了，出首到官。他兩弟兄在府、縣都用了錢，倒替他父親做了假哀憐的呈子，把這事銷了案。虧得學裏一位老師爺持正不依，詳了我們大人衙門，大人准了，差了我到溫州提這一干人犯去。」那客人道：「這一提了來審實，府、縣的老爺不都有礙？」鄭老爹道：「審出真情，一總都是要參的！」

匡超人聽見這話，自心裏嘆息：「有錢的不孝父母，像我這窮人，要孝父母又不能，真乃不平之事！」過了兩日，上岸起旱，謝了鄭老爹。鄭老爹飯錢一個也不問他要，他又謝了。一路曉行夜宿，來到自己村莊，望見家門。只因這一番，有分教：敦倫修行，終受當事之知；實至名歸，反作終身之玷。不知後事如何，且聽下回分解。

第十六回　大柳莊孝子事親　樂清縣賢宰愛士

話說匡超人望見自己家門，心裏歡喜，兩步做一步，急急走來敲門。母親聽見是他的聲音，開門迎了出來。看見道：「小二！你回來了！」匡超人道：「娘！我回來了！」放下行李，整一整衣服，替娘作揖磕頭。他娘捏一捏他身上，見他穿著極厚的棉襖，方才放下。向他說道：「自從你跟了客人去後，這一年多，我的肉身時刻不安！一夜夢見你掉在水裏，我哭醒來。一夜又夢見你把腿跌折了。一夜又夢見你臉上生了一個大疙瘩，指與我看，我替你拿手拈，總拈不掉。一夜又夢見你來家望著我哭，把我也哭醒了。一夜又夢見你頭戴紗帽，說做了官。我笑著說：『我一個莊農人家，那有官做？』旁一個人道：『這官不是你兒子，你兒子卻也做了官，卻是今生再也不到你跟前來了。』我又哭起來說：『若做了官就不得見面，這官就不做他也罷！』就把這句話哭著，吆喝醒了。把你爹也嚇醒了。你爹問我，我一五一十把這夢告訴你爹，你爹說我心想癡了。不想就在這半夜你爹就得了病，半邊身子動不得，而今睡在房裏。」

外邊說著話，他父親匡太公在房裏已聽見兒子回來了，登時那病就輕鬆些，覺得有些精神。匡超人走到跟前，叫一聲：「爹！兒子回來了！」上前磕了頭。太公叫他坐在床沿上，細細告訴他這得病的緣故，說道：「自你去後，你三房裏叔子就想著我這個屋。我心裏算計，也要賣給他，除另尋屋，再剩幾兩房價，等你回來做個小本生意。旁人向我說：『你這屋是他屋邊屋，他謀買你的，須要他多出幾兩銀子。』那知他有錢的人，只想便宜，豈但不肯多出錢，照時值估價，還要少幾兩！分明知道我等米下鍋，要殺我的巧。我賭氣不賣給他，他就下一個毒，串出上手業主拿原價來贖我的。業主，你曉得的，還是我的叔輩，他倚恃尊長，開口就說：『本家的產業是賣不斷的。』我說：『就是賣不斷，這數年的修理也是要認我的。』他一個錢不認，可要原價回贖。那日在祠堂裏彼此爭論，他竟把我打起來。族間這些有錢的，受了三房裏囑託，都偏為著他，倒說我不看祖宗面上。你哥又沒中用，說了幾句『道三不著兩』的話。我著了這口氣，回來就病倒了！自從我病倒，日用益發艱難。你哥聽著人說，受了原價，寫過吐退與他。那銀子零星收來，都花費了。你哥看見不是事，同你嫂子商量，而今和我分了另吃。我想又沒有家私給他，自掙自吃，也只得由他。他而今每早挑著擔子在各處趕集，尋的錢，兩口子還養不來。我又睡在這裏，終日只有出的氣，沒有進的氣，間壁又要房子翻蓋，不顧死活，三五天一回人來催，口裏不知多少閒話。你又去得不知下落。你娘想著，一場兩場的哭！」匡超人道：「爹，這些事都不要焦心，且靜靜的養好了病。我在杭州，虧遇著一個先生，他送了我十兩銀子，我明日做起個小生意，尋些柴米過日子。三房裏來催，怕怎的！等我回他。」

母親走進來叫他吃飯，他跟了走進廚房，替嫂子作揖。嫂子倒茶與他吃。吃罷，又吃了飯；忙走到集上把剩的盤程錢買了一隻豬蹄來家煨著，晚上與太公吃。買了回來，恰好他哥子挑著擔子進門。他向哥作揖下跪，哥扶住了他，同坐在堂屋，告訴了些家裏的苦楚。他哥子愁著眉道：「老爹而今有些害發了，說的話『道三不著兩』的。現今人家催房子，挨著總不肯出，帶累我受氣。他疼的是你，你來家早晚說著他些。」說罷，把擔子挑到房裏去。匡超人等菜爛了，和飯拿到父親面前。扶起來坐著。太公因兒子回家，心裏歡喜，又有些葷菜，當晚那菜和飯也吃了許多。剩下的，請了母親同哥進來，在太公面前，放桌子吃了晚飯。太公看著歡喜，直坐到更把天氣，才扶了睡下。匡超人將被單拿來，在太公腳跟頭睡。

次日清早起來，拿銀子到集上買了幾口猪，養在圈裏，又買了斗把豆子。先把猪肩出一個來殺了，燙洗乾淨，分肌劈理的賣了一早晨；又把豆子磨了一廂豆腐，也都賣了錢，拿來放在太公床底下，就在太公跟前坐著。見太公煩悶，便搜出些西湖上景致，以及賣的各樣的吃食東西，又聽得各處的笑話，曲曲折折，細說與太公聽。太公聽了也笑。

太公過了一會，向他道：「我要出恭，快喊你娘進來。」母親忙走進來，正要替太公墊布，匡超人道：「爹要出恭，不要這樣出了。像這布墊在被窩裏，出的也不自在。況每日要洗這布，娘也怕薰的慌，不要薰傷了胃氣。」太公道：「我站的起來出恭倒好了，這也是沒奈何！」匡超人道：「不要站起來，我有道理。」連忙走到廚下端了一個瓦盆，盛上一瓦盆的灰，拿進去放在床面前；就端了一條板凳，放在瓦盆外邊，自己扒上床，把太公扶了橫過來，兩隻腳放在板凳上，屁股緊對著瓦盆的灰。他自己鑽在中間，雙膝跪下，把太公兩條腿捧著肩上，讓太公睡的安安穩穩，自在出過恭；把太公兩腿扶上床，仍舊直過來。又出的暢快，被窩裏又沒有臭氣。他把板凳端開，瓦盆拿出去倒了，依舊進來坐著。

到晚，又扶太公坐起來吃了晚飯。坐一會，伏侍太公睡下，蓋好了被。他便把省裏帶來的一個大鐵燈盞，裝滿了油，坐在太公旁邊，拿出文章來念。太公睡不著，夜裏要吐痰、吃茶，一直到四更鼓，他就讀到四更鼓。太公叫一聲，就在跟前。太公夜裏要出恭，從前沒人服侍，就要忍到天亮；今番有兒子在旁伺侯，夜裏要出就出。晚飯也放心多吃幾口。匡超人每夜四鼓才睡，只睡一個更頭，便要起來殺猪，磨豆腐。

過了四五日，他哥在集上回家的早，集上帶了一個小雞子在嫂子房裏煮著，又買了一壺酒，要替兄弟接風，說道：「這事不必告訴老爹罷。」匡超人不肯，把雞先盛了一碗送與父母；剩下的，兄弟兩人在堂裏吃著。恰好三房的阿叔過來催房子，匡超人丟下酒，向阿叔作揖下跪。阿叔道：「好呀！老二回來了，穿的恁厚厚敦敦的棉襖！又在外邊學得恁知禮，會打躬作揖。」匡超人道：「我到家幾日，事忙，還不曾來看得阿叔，就請坐下吃杯便酒罷。」阿叔坐下吃了幾杯酒，便提到出房子的話。

匡超人道：「阿叔莫要性急。放著弟兄兩人在此，怎敢白賴阿叔的房子住?就是沒錢典房子，租也租兩間出去住了，把房子讓阿叔。只是而今我父親病著，人家說，病人移了床，不得就好。如今我弟兄著急請先生替父親醫，若是父親好了，作速的讓房子與阿叔；就算父親是長病，不得就好，我們也說不得料理尋房子搬去。只管占著阿叔的，不但阿叔要催，就是我父母兩個老人家住的也不安。」阿叔見他這番話說的中聽，又婉委，又爽快，倒也沒的說了，只說道：「一個自家人，不是我只管要來催，因為要一總折了修理。既是你恁說，再耽待些日子罷。」匡超人道：「多謝阿叔！阿叔但請放心，這事也不得過遲。」那阿叔應諾了要去。他哥道：「阿叔再吃一杯酒。」阿叔道：「我不吃了。」便辭了過去。

自此以後，匡超人的肉和豆腐都賣的生意又燥，不到日中就賣完了，把錢拿來家伴著父親。算計那日賺的錢多，便在集上買個雞、鴨，或是魚，來家與父親吃飯。因太公是個痰症，不十分宜吃大葷，所以要買這些東西。或是猪腰子，或是猪肚子，倒也不斷；醫藥是不消說。太公日子過得稱心，每日每夜出恭小解都是兒子照顧定了，出恭一定是匡超人跪在跟前，把腿捧在肩頭上。太公的病漸漸好了許多，也和兩個兒子商議要尋房子搬家，倒是匡超人說：「父親的病才好些，索性等再好幾分，扶著起來走得，再搬家也不遲。」那邊人來催，都是匡超人支吾過去。

這匡超人精神最足：早半日做生意，夜晚伴父親，念文章，辛苦已極；中上得閒，還溜到門首同鄰居們下象棋。那日正是早飯過後，他看著太公吃了飯；出門無事，正和一個本家放牛的，在打稻場上，將一個稻籮翻過來做了桌子，放著一個象棋盤對著。只見一個白鬍老者，背剪著手來看，看了半日，在旁邊說道：「嗳！老兄這一盤輸了！」匡超人擡頭一看，認得便是木材大柳莊保正潘老爹；因立起身來叫了他一聲，作了個揖。

潘保正道：「我道是誰，方才幾乎不認得了，你是匡太公家匡二相公。你從前年出門，是幾時回來了的？你老爹病在家裏？」匡超人道：「不瞞老爹說，我來家已是有半年了，因為無事，不敢來上門上戶，驚動老爹。我家父病在床上，近來也略覺好些，多謝老爹記念。請老爹到舍下奉茶。」潘保正道：「不消取擾。」因走近前，替他把帽子升一升，又拿他的手來細細看了，說道：「二相公，不是我奉承你。我自小學得些麻衣神相法，你這骨格是個貴相，將來只到二十七八歲，就交上好的運氣。妻、財、子、祿，都是有的，現今印堂顏色有些發黃，不日就有個貴人星照命。」又把耳朵邊揹著看看，道：「卻也還有個虛驚，不大礙事。此後運氣一年好似一年哩。」匡超人道：「老爹，我做這小生意，只望著不折了本，每日尋得幾個錢養活父母，便謝天地菩薩了，那裏想什麼富貴輪到我身上。」潘保正搖手道：「不相干。這樣事那裏是你做的？」說罷，各自散了。

三房裏催出房子，一日緊似一日，匡超人支吾不過，只得同他硬撐了幾句。那裏急了，發狠說：「過三日再不出，叫人來摘門下瓦！」匡超人心裏著急，又不肯向父親說出。過了三日，天色晚了，正伏侍太公出了恭起來，太公睡下，他把那鐵燈盞點在旁邊念文章。忽然聽得門外一聲響亮，有幾十人聲一齊吆喝起來。他心裏疑惑是三房裏叫多少人來下瓦摘門。頃刻，幾百人聲，一起喊起，一派紅光，把窗紙照得通紅。他叫一聲：「不好了！」忙開出去看。原來是本村失火。一家人一齊跑出來說道：「不好了！快些搬！」他哥睡的夢夢銃銃，扒了出來，只顧得他一副上集的擔子。擔子裏面的東西又零碎：芝麻糖、豆腐乾、腐皮、泥人，小孩子吹的簫，打的叮噹，女人戴的錫簪子，撾著了這一件，掉了那一件。那糖和泥人，斷的斷了，碎的碎了，弄了一身臭汗，才一總棒起來朝外跑。那火頭已是望見有丈把高，一個一個的火團子往天井裏滾。

嫂子搶了一包被褥、衣裳、鞋腳，抱著哭哭啼啼，反往後走。老奶奶嚇得兩腳軟了，一步也挪不動。那火光照耀得四處通紅，兩邊喊聲大震。匡超人想，別的都不打緊，忙進房去搶了一床被在手內，從床上把太公扶起，背在身上，把兩隻手摟得緊緊的，且不顧母親，把太公背在門外空處坐著；又飛跑進來，一把拉了嫂子，指與他門外走；又把母親扶了，背在身上。才得出門，那時火已到門口，幾乎沒有出路。匡超人道：「好了！父母都救出來了！」且在空地下把太公放了睡下，用被蓋好。母親和嫂子坐在跟前。再尋他哥時，已不知嚇的躲在那裏去了。那火轟轟烈烈，燁燁烞烞，一派紅光，如金龍亂舞。鄉間失火，又不知救法，水次又遠，足足燒了半夜，方才漸漸熄了。稻場上都是煙煤，兀自有焰騰騰的火氣。一村人家房子都燒成空地。

匡超人沒奈何，無處存身；望見莊南頭大路上一個和尚菴，且把太公背到菴裏，叫嫂子扶著母親，一步一挨，挨到菴門口。和尚出來問了，不肯收留，說道：「本村失了火，凡被燒的都沒有房子住。一個個搬到我這菴裏時，再蓋兩進屋也住不下，況且你又有個病人，那裏方便呢？」

只見菴內走出一個老翁來，定睛看時，不是別人，就是潘保正。匡超人上前作了揖，如此這般，被了回祿。潘保正道：「匡二相公，原來昨晚的火，你家也在內，可憐！」匡超人又把要借和尚菴住，和尚不肯，說了一遍。

潘保正道：「師父，你不知道，匡太公是我們村上有名的忠厚人。況且這小二相公好個相貌，將來一定發達。你出家人與人方便，自己方便。權一間屋與他住兩天，他自然就搬了去。香錢我送與你。」和尚聽見保正老爹吩咐，不敢違拗，才請他一家進去，讓出一間房子來。匡超人把太公背進菴裏去睡下。潘保正進來問候太公，太公謝了保正。和尚燒了一壺茶來與眾位吃。保正回家去了，一會又送了些飯和菜來與他壓驚。直到下午，他哥才尋了來，反怪兄弟不幫他搶東西。

匡超人見不是事，託保正就在菴旁大路口替他租了間半屋，搬去住下。幸得那晚原不曾睡下，本錢還帶在身邊，依舊殺猪、磨豆腐過日子，晚間點燈念文章。太公卻因著了這一嚇，病更添得重了。匡超人雖是憂愁，讀書還不歇。那日讀到二更多天，正讀得高興，忽聽窗外鑼響，許多火把簇擁著一乘官轎過去，後面馬蹄一片聲音，自然是本縣知縣過，他也不曾住聲，由著他過去了。

不想這知縣這一晚就在莊上住下了公館，心中嘆息：「這樣鄉村地面，夜深時分，還有人苦功讀書，實為可敬！只不知這人是秀才是童生？何不傳保正來問一問？」當下傳了潘保正來，問道：「莊南頭廟門旁那一家，夜裏念文章的是個什麼人？」保正知道就是匡家，悉把如此這般：「被火燒了。租在這裏住。這念文章的是他第二個兒子匡迥，每日念到三四更鼓。不是個秀才，也不是個童生，只是個小本生意人。」知縣聽罷慘然，吩咐道：「我這裏發一個帖子，你明日拿出去致意這匡迥，說我此時也不便約他來會，現今考試在即，叫他報名來應考；如果文章會做，我提拔他。」保正領命下來。

次日清早，知縣進城回衙去了。保正叩送了回來，飛跑走到匡家，敲開了門，說道：「恭喜！」匡超人問道：「何事？」保正帽子裏取出一個單帖來遞與他。上寫：「侍生李本瑛拜」。匡超人看見是本縣縣主的帖子，嚇了一跳，忙問：「老爹，這帖是拜那個的？」保正悉把如此這般：「老爺在你這裏過，聽見你念文章，傳我去問；我就說你如此窮苦，如何行孝，都稟明了老爺。老爺發這帖子與你，說不日考校，叫你去應考，是要擡舉你的意思。我前日說你氣色好，主有個貴人星照命，今日何如？」匡超人喜從天降，捧了這個帖子去向父親說了，太公也歡喜。到晚，他哥回來，看見帖子，又把這話向他哥說了，他哥不肯信。

過了幾天時，縣裏果然出告示考童生。匡超人買卷子去應考。考過了，發出團案來，取了。覆試，匡超人又買卷伺候。知縣坐了堂，頭一個點名就是他。知縣叫住道：「你今年多少年紀了？」匡超人道：「童生今年二十二歲。」知縣道：「你文字是會做的。這回覆試，更要用心，我少不得照顧你。」匡超人磕頭謝了，領卷下去。覆試過兩次，出了長案，竟取了第一名案首。報到鄉裏去，匡超人拿手本上來謝，知縣傳進宅門去見了，問其家裏這些苦楚，便封出二兩銀子來送他：「這是我分俸些須，你拿去奉養父母。到家並發奮加意用功。府考、院考的時候，你再來見我，我還資助你的盤費。」匡超人謝了出來，回家把銀子拿與父親，把官說的這些話告訴了一遍。太公著實感激，捧著銀子在枕上望空磕頭，謝了本縣老爺。到此時，他哥才信了。鄉下眼界淺，見匡超人取了案首，縣裏老爺又傳進去見過，也就在莊上，大家約著送過賀分到他家來。太公吩咐借間壁菴裏請了一天酒。

這時殘冬已過，開印後，宗師按臨溫州。匡超人叩辭別知縣，知縣又送了二兩銀子。他到府，府考過，接著院考。考了出來，恰好知縣上轅門見學道，在學道前下了一跪，說：「卑職這取的案首匡迥，是孤寒之士，且是孝子。」就把他行孝的事細細說了。學道道：「士先器識而後辭章。果然內行克敦，文辭都是末藝。但昨看匡迥的文字，理法雖略有未清，才氣是極好的。貴縣請回，領教便了。」只因這一番，有分教：婚姻締就，孝便衰于二親；科第取來，心只繫乎兩榜。未知匡超人這一考得進學否，且聽下回分解。

第十七回　匡秀才重遊舊地　趙醫生高踞詩壇

話說匡太公自從兒子上府去考，尿屎仍舊在床上。他去了二十多日，就如去了兩年的一般；每日眼淚汪汪，望著門外。那日向他老奶奶說道：「第二個去了這些時總不回來，不知他可有福氣掙著進一個學。這早晚我若死了，就不能看見他在跟前送終！」說著，又哭了。老奶奶勸了一回。忽聽門外一片聲打的響，一個凶神的人，趕著他大兒子打了來，說在集上趕集，占了他擺攤子的窩子。匡大又不服氣，紅著眼，向那人亂叫。那人把匡大擔子奪了下來，那些零零碎碎東西，撒了一地，筐子都踢壞了。

匡大要拉他見官，口裏說道：「縣主老爺現同我家老二相與，我怕你麼！我同你回老爺去！」太公聽得，忙叫他進來，吩咐道：「快不要如此！我是個良善人家，從不曾同人口舌，經官動府。況且占了他攤子，原是你不是，央人替他好好說，不要吵鬧，帶累我不安！」他那裏肯聽，氣狠狠的，又出去吵鬧，吵的鄰居都來圍著看，也有拉的，也有勸的。正鬧著，潘保正走來了，把那人說了幾聲，那人嘴才軟了，保正又道：「匡大哥，你還不把你的東西拾在擔子裏，拿回家去哩。」匡大一頭罵著，一頭拾東西。

只見大路上兩個人，手裏拿著紅紙帖子，走來問道：「這裏有一個姓匡的麼？」保正認得是學裏門斗，說道：「好了。匡二相公恭喜進了學了。」便道：「匡大哥，快領二位去同你老爹說。」匡大東西才拾完在擔子裏，挑起擔子，領兩個門斗來家。那人也是保正勸回去了。門斗進了門，見匡太公睡在床上，道了恭喜，把報帖升貼起來。上寫道：「捷報貴府相公匡諱迥，蒙提學御史學道大老爺取中樂清縣第一名入泮。聯科及第。本學公報。」太公歡喜，叫老奶奶燒起茶來，把匡大擔子裏的糖和豆腐乾裝了兩盤，又煮了十來個雞子，請門斗吃著。潘保正又拿了十來個雞子來賀喜，一總煮了出來，留著潘老爹陪門斗吃飯。飯罷，太公拿出二百文來做報錢，門斗嫌少，太公道：「我乃赤貧之人，又遭了回祿。小兒的事，勞二位來，這些須當什麼，權為一茶之敬。」潘老爹又說了一番，添了一百文，門斗去了。

直到四五日後，匡超人送過宗師，才回家來，穿著衣巾，拜見父母。嫂子是因回祿後就住在娘家去了，此時只拜了哥哥。他哥見他中了個相公，比從前更加親熱些。潘保正替他約齊了分子，擇個日子賀學，又借在菴裏擺酒。此番不同，共收了二十多吊錢，宰了兩個豬和些雞鴨之類，吃了兩三日酒，和尚也來奉承。

匡超人同太公商議，不磨豆腐了，把這剩下來的十幾吊錢把與他哥；又租了兩間屋開個小雜貨店，嫂子也接了回來，也不分在兩處吃了，每日尋的錢家裏盤纏。忙過幾日，匡超人又進城去謝知縣。知縣此番便和他分庭抗禮，留著吃了酒飯，叫他拜做老師。事畢回家，學裏那兩個門斗又下來到他家說話。他請了潘老爹來陪。門斗說：「學裏老爺要傳匡相公去見，還要進見之禮。」匡超人惱了，道：「我只認得我的老師！他這教官，我去見他做什麼？有什麼進見之禮！」潘老爹道：「二相公，你不可這樣說了，我們縣裏老爺雖是老師，——是你拜的老師，這是私情。這學裏老師是朝廷制下的，專管秀才，你就中了狀元，這老師也要認的。怎麼不去見？你是個寒士，進見禮也不好爭，每位封兩錢銀子去就是了。」當下約定日子，先打發門斗回去。到那日，封了進見禮去見了學師回來，太公又吩咐買個牲醴到祖墳上去拜奠。

那日上墳回來，太公覺得身體不大爽利，從此病一日重似一日，吃了藥也再不得見效，飲食也漸漸少的不能吃了。匡超人到處求神問卜，凶多吉少，同哥商議，把自己向日那幾兩本錢，替太公備後事，店裏照舊不動。當下買了一具棺木，做了許多布衣，合著太公的頭做了一頂方巾，預備停當。太公奄奄在床，一日昏憒的狠，一日又覺得明白些。

那日，太公自知不濟，叫兩個兒子都到跟前，吩咐道：「我這病犯得拙了！眼見得望天的日子遠，入地的日子近！我一生是個無用的人，一塊土也不曾丟給你們，兩間房子都沒有了。第二的僥倖進了一個學，將來讀讀書，會上進一層也不可知；但功名到底是身外之物，德行是要緊的。

我看你在孝弟上用心，極是難得。卻又不可因後來日子略過的順利些，就添出一肚子裏的勢利見識來，改變了小時的心事。我死之後，你一滿了服，就急急的要尋一頭親事。總要窮人家的兒女，萬不可貪圖富貴，攀高結貴。你哥是個混帳人，你要到底敬重他，和奉事我的一樣才是！」兄弟兩個哭著聽了，太公瞑目而逝，合家大哭起來。匡超人呼天搶地，一面安排裝殮。因房屋偪窄，停放過了頭七，將靈柩送在祖塋安葬。滿莊的人都來弔孝送喪。兩弟兄謝過了客。匡大照常開店。匡超人逢七便去墳上哭奠。

那一日，正從墳上奠了回來，天色已黑。剛才到家，潘保正走來向他說道：「二相公，你可知道縣裏老爺壞了？今日委了溫州府二太爺來摘了印去了。他是你老師，你也該進城去看看。」匡超人次日換了素服，進城去看。才走進城，那曉得百姓要留這官，鳴鑼罷市，圍住了摘印的官，要奪回印信，把城門大白日關了，鬧成一片。匡超人不得進去，只得回來再聽消息。第三日，聽得省裏委下安民的官來了，要拿為首的人。

又過了三四日，匡超人從墳上回來，潘保正迎著道：「不好了，禍事到了！」匡超人道：「什麼禍事？」潘保正道：「到家去和你說。」當下到了匡家，坐下道：「昨日安民的官下來，百姓散了，上司叫這官密訪為頭的人，已經拿了幾個。衙門裏有兩個沒良心的差人，就把你也密報了，說老爺待你甚好，你一定在內為頭要保留，是那裏冤枉的事！如今上面還要密訪。但這事那裏定得？他若訪出是實，恐怕就有人下來拿。依我的意思，你不如在外府去躲避些時，沒有官事就罷；若有，我替你維持。」

匡超人驚得手慌腳忙，說道：「這是那裏晦氣！多承老爹相愛，說信與我，只是我而今那裏去好？」潘保正道：「你自心裏想，那處熟就往那處去。」匡超人道：「我只有杭州熟，卻不曾有甚相與的。」潘保正道：「你要往杭州，我寫一個字與你帶去。我有個房分兄弟，行三，人都叫他潘三爺，現在布政司裏充吏。家裏就在司門前山上住。你去尋著了他，凡事叫他照應。他是個極慷慨的人，不得錯的。」匡超人道：「既是如此，費老爹的心寫下書子，我今晚就走才好。」

當下潘老爹一頭寫書，他一面囑咐哥嫂家裏事務，灑淚拜別母親，拴束行李，藏了書子出門。潘老爹送上大路回去。

匡超人背著行李，走了幾天旱路，到溫州搭船。那日沒有便船，只得到飯店權宿。走進飯店，見裏面點著燈，先有一個客人坐在一張桌子上，面前擺了一本書，在那裏靜靜的看。匡超人看那人時，黃瘦面皮，稀稀的幾根鬍子。那人看書出神，又是個近視眼，不曾見有人進來。匡超人走到跟前，請教了一聲「老客」，拱一拱手。那人才立起身來為禮，青絹直身，瓦楞帽子，像個生意人模樣。兩人敘禮坐下，匡超人問道：「客人貴鄉尊姓？」那人道：「在下姓景，寒舍就在這五十里外，因有個小店在省城，如今往店裏去，因無便船，權在此住一夜。」看見匡超人戴著方巾，知道他是秀才，便道：「先生貴處那裏？尊姓臺甫？」匡超人道：「小弟賤姓匡，字超人，敝處樂清。也是要住省城，沒有便船。」那景客人道：「如此甚好，我們明日一同上船。」各自睡下。

次日早去上船，兩人同包了一個頭艙。上船放下行李，那景客人就拿出一本書來看。匡超人初時不好問他，偷眼望那書上圈的花花綠綠，是些什麼詩詞之類。到上午同吃了飯，又拿出書來看看，一會又閒坐著吃茶。匡超人問道：「昨晚請教老客，說有店在省城，卻開的是什麼寶店？」景客人道：「是頭巾店。」匡超人道：「老客既開寶店，卻看這書做什麼？」景客人笑道：「你道這書單是戴頭巾做秀才的會看麼？我杭城多少名士都是不講八股的。不瞞匡先生你說，小弟賤號叫做景蘭江，各處詩選上都刻過我的詩，今已二十餘年。這些發過的老先生，但到杭城，就要同我們唱和。」因在艙內開了一個箱子，取出幾十個斗方子來遞與匡超人，道：「這就是拙刻，正要請教。」匡超人自覺失言，心裏慚愧；接過詩來，雖然不懂，假做看完了，瞎贊一回。

景蘭江又問：「恭喜入泮是那一位學臺？」匡超人道：「就是現在新任宗師。」景蘭江道：「新學臺是湖州魯老先生同年。魯老先生就是小弟的詩友。小弟當時聯句的詩會，楊執中先生、權勿用先生、嘉興蘧太守公孫駪夫，還有婁中堂兩位公子——三先生、四先生，都是弟們文字至交。可惜有位牛布衣先生，只是神交，不曾會面。」匡超人見他說這些人，便問道：「杭城文瀚樓選書的馬二先生，諱叫做靜的，先生想也相與？」景蘭江道：「那是做時文的朋友，雖也認得，不算相與。不瞞先生說，我們杭城名壇中，倒也沒有他們這一派。卻是有幾個同調的人，將來到省，可以同先生相會。」

匡超人聽罷，不勝駭然。同他一路來到斷河頭，船近了岸，正要搬行李。景蘭江站在船頭上，只見一乘轎子歇在岸邊，轎裏走出一個人來，頭戴方巾，身穿寶藍直裰，手裏接著一把白紙詩扇，扇柄上拴著一個方象牙圖書；後面跟著一個人，背了一個藥箱。那先生下了轎，正要進那人家去。景蘭江喊道：「趙雪兄，久違了！那裏去？」那趙先生回過頭來，叫一聲：「哎呀！原來是老弟！幾時來的？」蘭江道：「才到這裏，行李還不曾上岸。」因回頭朝著艙裏道：「匡先生，請出來。這是我最相好的趙雪齋先生，請過來會會。」匡超人出來，同他上了岸。景蘭江吩咐船家把行李且搬到茶室裏來。當下三人同作了揖，同進茶室。趙先生問道：「此位長兄尊姓？」景蘭江道：「這位是樂清匡先生，同我一船來的。」彼此謙遜了一回坐下，泡了三碗茶來。

趙先生道：「老弟，你為什麼就去了這些時？叫我終日盼望。」景蘭江道：「正是為些俗事纏著。這些時可有詩會麼？」趙先生道：「怎麼沒有。前月中翰顧老先生來天竺進香，邀我們同到天竺做了一天的詩。通政范大人告假省墓，船隻在這裏住了一日，還約我們到船上拈題分韻，著實擾了他一天。御史荀老先生來打撫臺的秋風，丟著秋風不打，日日邀我們到下處做詩。這些人都問你。現今胡三公子替湖州魯老先生徵輓詩，送了十幾個斗方在我那裏，我打發不清，你來得正好，分兩張去做。」說著，吃了茶，問：「這位匡先生想也在庠？是那位學臺手裏恭喜的？」景蘭江道：「就是現任學臺。」趙先生微笑道：「是大小兒同案。」吃完了茶，趙先生先別，看病去了。景蘭江問道：「匡先生，你而今行李發到那裏去？」匡超人道：「如今且攏文瀚樓。」景蘭江道：「也罷，你攏那裏去，我且到店裏。我的店在豆腐橋大街上金剛寺前，先生閒著，到我店裏來談。」說罷，叫人挑了行李去了。

匡超人背著行李，走到文瀚樓問馬二先生，已是回處州去了。文瀚樓主人認的他，留在樓上住。次日，拿了書子到司前去找潘三爺。進了門，家人回道：「三爺不在家，前幾日奉差到臺州學道衙門辦公事去了。」匡超人道：「幾時回家？」家人道：「才去，怕不也還要三四十天功夫。」匡超人只得回來，尋到豆腐橋大街景家方巾店裏，景蘭江不在店內。問左右店鄰，店鄰說道：「景大先生麼？這樣好天氣，他先生正好到六橋探春光，尋花問柳，做西湖上的詩。絕好的詩題，他怎肯在店裏坐著？」匡超人見問不著，只得轉身又走。走過兩條街，遠遠望見景先生同著兩個戴方巾的走，匡超人相見作揖。

景蘭江指著那一個麻子道：「這位是支劍峰先生。」指著那一個鬍子道：「這位是浦墨卿先生。都是我們詩會中領袖。」那二人問：「此位先生？」景蘭江道：「這是樂清匡超人先生。」匡超人道：「小弟方才在寶店奉拜先生，恰值公出。此時往那裏去？」景先生道：「無事閒遊。」又道：「良朋相遇，豈可分途？何不到旗亭小飲三杯？」那兩位道：「最好。」當下拉了匡超人同進一個酒店，揀一副坐頭坐下。酒保來問要什麼菜，景蘭江叫了一賣一錢二分銀子的雜膾，兩碟小吃。那小吃，一樣是炒肉皮，一樣就是黃豆芽。拿上酒來。支劍峰問道：「今日何以不去訪雪兄？」浦墨卿道：「他家今日宴一位出奇的客。」支劍峰道：「客罷了，有什麼出奇？」浦墨卿道：「出奇的緊哩！你滿飲一杯，我把這段公案告訴你。」

當下支劍峰斟上酒，二位也陪著吃了。浦墨卿道：「這位客姓黃，是戊辰的進士，而今選了我這寧波府鄞縣知縣。他先年在京裏同楊執中先生相與。楊執中卻和趙爺相好，因他來浙，就寫一封書子來會趙爺。趙爺那日不在家，不曾會。」景蘭江道：「趙爺官府來拜的也多，會不著他也是常事。」浦墨卿道：「那日真正不在家。次日，趙爺去回拜，會著，彼此敘說起來。你道奇也不奇？」眾人道：「有什麼奇處？」浦墨卿道：「那黃公竟與趙爺生的同年、同月、同日、同時！」眾人一齊道：「這果然奇了！」浦墨卿道：「還有奇處。趙爺今年五十九歲，兩個兒子，四個孫子，老兩個夫妻齊眉，只卻是個布衣；黃公中了一個進士，做任知縣，卻是三十歲上就斷了弦，夫人沒了。而今兒花女花也無！」支劍峰道：「這果然奇！同一個年、月、日、時，一個是這般境界，一個是那般境界，判然不合。可見『五星』、『子平』都是不相干的！」說著，又吃了許多的酒。

浦墨卿道：「三位先生，小弟有個疑難在此，諸公大家參一參。比如黃公同趙爺一般的年、月、日、時生的，一個中了進士，卻是孤身一人；一個卻是子孫滿堂，不中進士。這兩個人，還是那一個好？我們還是願做那一個？」三位不曾言語。浦墨卿道：「這話讓匡先生先說。匡先生，你且說一說。」匡超人道：「二者不可得兼。依小弟愚見，還是做趙先生的好。」眾人一齊拍手道：「有理！有理！」浦墨卿道：「讀書畢竟中進士是個了局。趙爺各樣好了，到底差一個進士。不但我們說，就是他自己心裏也不快活的是差著一個進士。而今又想中進士，又想像趙爺的全福，天也不肯！雖然世間也有這樣人，但我們如今既設疑難，若只管說要合做兩個人，就沒的難了。如今依我的主意，只中進士，不要全福；只做黃公，不做趙爺！可是麼？」支劍峰道：「不是這樣說。趙爺雖差著一個進士，而今他大公郎已經高進了，將來名登兩榜，少不得封誥乃尊。難道兒子的進士，當不得自己的進士不成？」

浦墨卿笑道：「這又不然。先年有一位老先生，兒子已做了大位，他還要科舉。後來點名，監臨不肯收他。他把卷子摜在地下，恨道：『為這個小畜生，累我戴個假紗帽！』這樣看來，兒子的到底當不得自己的！」景蘭江道：「你們都說的是隔壁帳。都斟起酒來，滿滿的吃三杯，聽我說。」支劍峰道：「說的不是怎樣？」景蘭江道：「說的不是，倒罰三杯。」眾人道：「這沒的說。」當下斟上酒吃著。景蘭江道：「眾位先生所講中進士，是為名？是為利？」眾人道：「是為名。」景蘭江道：「可知道趙爺雖不曾中進士，外邊詩選上刻著他的詩幾十處，行遍天下，那個不曉得有個趙雪齋先生？只怕比進士享名多著哩！」說罷，哈哈大笑。眾人都一齊道：「這果然說的快暢！」一齊乾了酒。

匡超人聽得，才知道天下還有這一種道理。景蘭江道：「今日我等雅集，即拈『樓』字為韻，回去都做了詩，寫在一個紙上，送在匡先生下處請教。」當下同出店來，分路而別。只因這一番，有分教：交遊添氣色，又結婚姻；文字發光芒，更將進取。不知後事如何，且聽下回分解。

第十八回 約詩會名士攜匡二 訪朋友書店會潘三

話說匡超人那晚吃了酒，回來寓處睡下。次日清晨，文瀚樓店主人走上樓來，坐下道：「先生，而今有一件事相商。」匡超人問是何事。主人道：「目今我和一個朋友合本要刻一部考卷賣，要費先生的心替我批一批，又要批的好，又要批的快。合共三百多篇文章，不知要多少日子就可以批得出來？我如今扣著日子，好發與山東、河南客人帶去賣。若出的遲，山東、河南客人起了身，就誤了一覺睡。這書刻出來，封面上就刻先生的名號，還多寡有幾兩選金和幾十本樣書送與先生。不知先生可趕的來？」匡超人道：「大約是幾多日子批出來方不誤事？」主人道：「須是半個月內有的出來，覺得日子寬些；不然，就是二十天也罷了。」

匡超人心裏算計，半個月料想還做的來，當面應承了。主人隨即搬了許多的考卷文章上樓來，午間又備了四樣菜，請先生坐坐，說：「發樣的時候再請一回，出書的時候又請一回。平常每日就是小菜飯。初二、十六，跟著店裏吃『牙祭肉』。茶水、燈油，都是店裏供給。」匡超人大喜，當晚點起燈來，替他不住手的批，就批出五十篇，聽聽那樵樓上，才交四鼓。匡超人喜道：「像這樣那裏要半個月！」吹燈睡下，次早起來又批，一日搭半夜，總批得七八十篇。

到第四日，正在樓上批文章，忽聽得樓下叫一聲道：「匡先生在家麼？」匡超人道：「是那一位？」忙走下樓來，見是景蘭江，手裏拿著一個斗方捲著，見了作揖道：「候遲有罪。」匡超人把他讓上樓去，他把斗方放開在桌上，說道：「這就是前日宴集限『樓』字韻的。同人已經寫起斗方來；趙雪兄看見，因未得與，不勝悵悵，因照韻也做了一首。我們要讓他寫在前面，只得又各人寫了一回，所以今日才得送來請教。」

匡超人見題上寫著「暮春旗亭小集，同限『樓』字」，每人一首詩，後面排著四個名字是：「趙潔雪齋手稿」、「景本蕙蘭江手稿」、「支鍔劍峰手稿」、「浦玉方墨卿手稿」。看見紙張白亮，圖書鮮紅，真覺可愛，就拿來貼在樓上壁間，然後坐下。匡超人道：「那日多擾大醉，回來晚了。」景蘭江道：「這幾日不曾出門？」匡超人道：「因主人家託著選幾篇文章，要替他趕出來發刻，所以有失問候。」景蘭江道：「這選文章的事也好。今日我同你去會一個人。」匡超人道：「是那一位？」景蘭江道：「你不要管。快換了衣服，我同你去便知。」

當下換了衣服，鎖了樓門，同下來走到街上。匡超人道：「如今往那裏去？」景蘭江道：「是我們這裏做過冢宰的胡老先生的公子胡三先生。他今朝小生日，同人都在那裏聚會。我也要去祝壽，故來拉了你去。到那裏可以會得好些人，方才斗方上幾位都在那裏。」匡超人道：「我還不曾拜過胡三先生，可要帶個帖子去？」景蘭江道：「這是要的。」一同走到香蠟店，買了個帖子，在櫃檯上借筆寫：「眷晚生匡迥拜」。寫完，籠著又走。

景蘭江走著告訴匡超人道：「這位胡三先生雖然好客，卻是個膽小不過的人。先年冢宰公去世之後，他關著門總不敢見一個人，動不動就被人騙一頭，說也沒處說。落後這幾年，全虧結交了我們，相與起來，替他幫門戶，才熱鬧起來，沒有人敢欺他。」匡超人道：「他一個冢宰公子，怎的有人敢欺？」景蘭江道：「冢宰麼？是過去的事了！他眼下又沒人在朝，自己不過是個諸生。俗語說得好：『死知府不如一個活老鼠。』那個理他？而今人情是勢利的！倒是我這雪齋先生詩名大，府、司、院、道，現任的官員，那一個不來拜他。人只看見他大門口，今日是一把黃傘的轎子來，明日又是七八個紅黑帽子吆喝了來，那藍傘的官不算，就不由的不怕。所以近來人看見他的轎子不過三日兩日就到胡三公子家去，就疑猜三公子也有些勢力。就是三公子那門首住房子的，房錢也給得爽利些。胡三公子也還知感。」

正說得熱鬧，街上又遇著兩個方巾闊服的人。景蘭江迎著道：「二位也是到胡三先生家拜壽去的？卻還要約那位，向那頭走？」那兩人道：「就是來約長兄。既遇著，一同行罷。」因問：「此位是誰？」景蘭江指著那兩人向匡超人道：「這位是金東崖先生，這位是嚴致中先生。」指著匡超人向二位道：「這是匡超人先生。」四人齊作了一個揖，一齊同走。走到一個極大的門樓，知道是冢宰第了，把帖子交與看門的。看門的說：「請在廳上坐。」匡超人舉眼看見中間御書匾額「中朝柱石」四個字，兩邊楠木椅子。四人坐下。

少頃，胡三公子出來，頭戴方巾，身穿醬色緞直裰，粉底皂靴，三綹髭鬚，約有四十多歲光景。三公子著實謙光，當下同諸位作了揖。諸位祝壽，三公子斷不敢當，又謝了諸位，奉坐。金東崖首座，嚴致中二座，匡超人三座，景蘭江是本地人，同三公子坐在主位。金東崖向三公子謝了前日的擾。三公子向嚴致中道：「一向駕在京師，幾時到的？」嚴致中道：「前日才到。一向在都門敝親家國子司業周老先生家做居亭，因與通政范公日日相聚。今通政公告假省墓，約弟同行，順便返舍走走。」胡三公子道：「通政公寓在那裏？」嚴貢生道：「通政公在船上，不曾進城。不過三四日即行，弟因前日進城，會見雪兄，說道三哥今日壽日，所以來奉祝，敘敘闊懷。」

三公子道：「匡先生幾時到省？貴處那裏？寓在何處？」景蘭江代答道：「貴處樂清，到省也不久，是和小弟一船來的。現今寓在文瀚樓，選歷科考卷。」三公子道：「久仰，久仰。」說著，家人捧茶上來吃了。三公子立起身來讓諸位到書房裏坐。四位走進書房，見上面席間先坐著兩個人，方巾白鬚，大模大樣，見四位進來，慢慢立起身。嚴貢生認得，便上前道：「衛先生、隨先生都在這裏，我們公揖。」當下作過了揖，請諸位坐。那衛先生、隨先生也不謙讓，仍舊上席坐了。家人來稟三公子又有客到，三公子出去了。

這裏坐下，景蘭江請教二位先生貴鄉。嚴貢生代答道：「此位是建德衛體善先生，乃建德鄉榜；此位是石門隨岑菴先生，是老明經。二位先生是浙江二十年的老選家，選的文章，衣被海內的。」景蘭江著實打躬，道其仰慕之意。那兩個先生也不問諸人的姓名。隨岑菴卻認得金東崖，是那年出貢到京，到監時相會的。因和他攀話道：「東翁，在京一別，又是數年，因甚回府來走走？想是年滿授職？也該榮選了。」金東崖道：「不是。近來部裏來投充的人也甚雜，又因司官王惠出去做官，降了寧王，後來朝裏又拿問了劉太監，常到部裏搜剔卷案，我怕在那裏久惹是非，所以就告假出了京來。」說著，捧出麵來吃了。吃過，那衛先生、隨先生閒坐著，談起文來。

衛先生道：「近來的選事益發壞了！」隨先生道：「正是。前科我兩人該選一部，振作一番。」衛先生估著眼道：「前科沒有文章！」匡超人忍不住，上前問道：「請教先生，前科墨卷到處都有刻本的，怎的沒有文章？」衛先生道：「此位長兄尊姓？」景蘭江道：「這是樂清匡先生。」衛先生道：「所以說沒有文章者，是沒有文章的法則！」匡超人道：「文章既是中了，就是有法則了。難道中式之外，又另有個法則？」衛先生道：「長兄，你原來不知。文章是代聖賢立言，有的一定的規矩，比不得那些雜覽，可以隨手亂做個。所以一篇文章，不但看出這本人的富貴福澤，並看出國運的盛衰。洪、永有洪、永的法則，成、弘有成、弘的法則，都是一脈流傳，有個元燈。比如主考中出一榜人來，也有合法的，也有僥倖的，必定要經我們選家批了出來，這篇就是傳文了。若是這一科無可入選，只叫做沒有文章！」

隨先生道：「長兄，所以我們不怕不中，只是中了出來，這三篇文章要見得人不醜；不然，只算做僥倖，一生抱愧。」又問衛先生道：「近來那馬靜選的三科程墨，可曾看見？」衛先生道：「正是他把個選事壞了！他在嘉興蘧坦菴太守家走動，終日講的是些雜學。聽見他雜覽倒是好的，于文章的理法，他全然不知，一味亂鬧，好墨卷也被他批壞了！所以我看見他的選本，叫子弟把他的批語塗掉了讀。」說著，胡三公子同了支劍峰、浦墨卿進來，擺桌子，同吃了飯。一直到晚，不得上席，要等著趙雪齋。等到一更天，趙先生擡著一乘轎子，又兩個轎夫跟著，前後打著四枝火把，飛跑了來；下了轎，同眾人作揖，道及：「得罪，有累諸位先生久候。」胡府又來了許多親戚、本家，將兩席改作三席，大家圍著坐了。席散，各自歸家。

匡超人到寓所還批了些文章才睡。屈指六日之內，把三百多篇文章都批完了。就把在胡家聽的這一席話敷衍起來，做了個序文在上。又還偷著功夫去拜了同席吃酒的這幾位朋友。選本已成，書店裏拿去看了。回來說道：「向日馬二先生在家兄文海樓，三百篇文章要批兩個月，催著還要發怒。不想先生批的恁快！我拿給人看，說又快又細。這是極好的了！先生住著，將來各書坊裏都要來請先生，生意多哩！」因封出二兩選金，送來說道：「刻完的時候，還送先生五十個樣書。」又備了酒在樓上吃。吃著，外邊一個小廝送將一個傳單來。匡超人接著開看，是一張松江箋，摺做一個全帖的樣式，上寫道：

「謹擇本月十五日，西湖宴集，分韻賦詩。每位各出杖頭資二星。今將在會諸位先生臺銜開列于後：衛體善先生、隨岑菴先生、趙雪齋先生、嚴致中先生、浦墨卿先生、支劍峰先生、匡超人先生、胡密之先生、景蘭江先生。」

共九位。下寫「同人公具」。又一行寫道：「尊分約齊，送至御書堂胡三老爺收。」匡超人看見各位名下都畫了「知」字，他也畫了，隨即將選金內稱了二錢銀子，連傳單交與那小使拿去了。到晚無事，因想起明日西湖上須要做詩，我若不會，不好看相，便在書店裏拿了一本《詩法入門》，點起燈來看。他是絕頂的聰明，看了一夜，早已會了。次日又看了一日一夜，拿起筆來就做。做了出來，覺得比壁上貼的還好些。當日又看，要已精而益求其精。

到十五日早上，打選衣帽，正要出門，早見景蘭江同支劍峰來約。三人同出了清波門。只見諸位都坐在一隻小船上候。上船一看，趙雪齋還不曾到。內中卻不見嚴貢生。因問胡三公子道：「嚴先生怎的不見？」三公子道：「他因范通政昨日要開船，他把分子送來，已經回廣東去了。」當下一上了船，在西湖裏搖著。浦墨卿問三公子道：「嚴大先生我聽見他家為立嗣有什麼家難官事，所以到處亂跑；而今不知怎樣了？」三公子道：「我昨日問他的。那事已經平復，仍舊立的是他二令郎。將家私三七分開，他令弟的妾自分了三股家私過日子。這個倒也罷了。」

一刻到了花港。眾人都倚著胡公子，走上去借花園吃酒。胡三公子走去借，那裏竟關著門不肯。胡三公子發了急，那人也不理。景先生拉那人到背地裏問，那人道：「胡三爺是出名的慳吝！他一年有幾席酒照顧我？我奉承他！況且他去年借了這裏擺了兩席酒，一個錢也沒有！去的時候，他也不叫人掃掃，還說煮飯的米剩下兩升，叫小廝背了回去。這樣大老官鄉紳，我不奉承他！」

一席話，說的沒法，眾人只得一齊走到于公祠一個和尚家坐著。和尚烹出茶來。

分子都在胡三公子身上，三公子便拉了景蘭江出去買東西。匡超人道：「我也跟去玩玩。」當下走到街上，先到一個鴨子店。三公子恐怕鴨子不肥，拔下耳挖來戳戳脯子上肉厚，方才叫景蘭江講價錢買了。因人多，多買了幾斤肉，又買了兩隻雞、一尾魚，和些蔬菜，叫跟的小廝先拿了去。還要買些肉饅頭，中上當點心。于是走進一個饅頭店，看了三十個饅頭。那饅頭三個錢一個，三公子只給他兩個錢一個，就同那饅頭店裏吵起來。景蘭江在旁勸鬧。勸了一回，不買饅頭了，買了些索麵去下了吃，就是景蘭江拿著。又去買了些筍乾、鹽蛋、熟栗子、瓜子之類，以為下酒之物，匡超人也幫著拿些。來到廟裏，交與和尚收拾。支劍峰道：「三老爺，你何不叫個廚役伺候？為什麼自己忙？」三公子吐舌道：「廚役就費了！」又稱了一塊銀，叫小廝去買米。

忙到下午，趙雪齋轎子才到了。下轎就叫取箱來，轎夫把箱子捧到，他開箱取出一個藥封來，二錢四分，遞與三公子收了。廚下酒菜已齊，捧上來眾位吃了。吃過飯，拿上酒來。趙雪齋道：「吾輩今日雅集，不可無詩。」當下拈鬮分韻，趙先生拈的是「四支」。衛先生拈的是「八齊」。浦先生拈的是「一東」。胡先生拈的是「二冬」。景先生拈的是「十四寒」。隨先生拈的是「五微」。匡先生拈的是「十五刪」。支先生拈的是「三江」。分韻已定，又吃了幾杯酒，各散進城。胡三公子叫家人取了食盒，把剩下來的骨頭骨腦和些果子裝在裏面，果然又問和尚查剩下的米共幾升，也裝起來，——送了和尚五分銀子的香資，——押家人挑著，也進城去。

匡超人與支劍峰、浦墨卿、景蘭江同路。四人高興，一路說笑，勾留玩耍，進城遲了，已經昏黑。景蘭江道：「天已黑了，我們快些走！」支劍峰已是大醉，口發狂言道：「何妨！誰不知道我們西湖詩會的名士！況且李太白穿著宮錦袍，夜裏還走，何況才晚？放心走！誰敢來！」

正在手舞足蹈高興，忽然前面一對高燈，又是一對提燈，上面寫的字是「鹽捕分府」。那分府坐在轎裏，一眼看見，認得是支鍔，叫人採過他來，問道：「支鍔！你是本分府鹽務裏的巡商，怎麼黑夜吃得大醉，在街上胡鬧？」支劍峰醉了，把腳不穩，前跌後撞，口裏還說：「李太白宮錦夜行。」那分府看見他戴了方巾，說道：「衙門巡商，從來沒有生、監充當的，你怎麼戴這個帽子！左右的！撾去了！一條鏈子鎖起來！」浦墨卿走上去幫了幾句。分府怒道：「你既是生員，如何黑夜酗酒！帶著送在儒學去！」景蘭江見不是事，悄悄在黑影裏把匡超人拉了一把，往小巷內，兩人溜了。轉到下處，打開了門，上樓去睡。次日出去訪訪，兩人也不曾大受累，依舊把分韻的詩都做了來。

匡超人也做了。及看那衛先生、隨先生的詩，「且夫」、「嘗謂」都寫在內，其餘也就是文章批語上採下來的幾個字眼。拿自己的詩比比，也不見得不如他。眾人把這詩寫在一個紙上，共寫了七八張。匡超人也貼在壁上。又過了半個多月，書店考卷刻成，請先生，那晚吃得大醉。次早睡在床上，只聽下面喊道：「匡先生，有客來拜。」只因會著這個人，有分教：婚姻就處，知為夙世之因；名譽降時，不比時流之輩。畢竟此人是誰，且聽下回分解。

第十九回 匡超人幸得良朋 潘自業橫遭禍事

話說匡超人睡在樓上，聽見有客來拜，慌忙穿衣起來下樓，見一個人坐在樓下，頭戴吏巾，身穿元緞直裰，腳下蝦蟆頭厚底皂靴，黃鬍子，高顴骨，黃黑面皮，一雙直眼。那人見匡超人下來，便問道：「此位是匡二相公麼？」匡超人道：「賤姓匡。請問尊客貴姓？」那人道：「在下姓潘，前日看見家兄書子，說你二相公來省。」匡超人道：「原來就是潘三哥。」慌忙作揖行禮，請到樓上坐下。潘三道：「那日二相公賜顧，我不在家。前日返舍，看見家兄的書信，極贊二相公為人聰明，又行過多少好事，著實可敬。」匡超人道：「小弟來省，特地投奔三哥，不想公出。今日會見，歡喜之極。」說罷，自己下去拿茶，又託書店買了兩盤點心，拿上樓來。

潘三正在那裏看斗方，看見點心到了，說道：「哎呀！這做什麼？」接茶在手，指著壁上道：「二相公，你到省裏來，和這些人相與做什麼？」匡超人問是怎的。潘三道：「這一班人是有名的呆子。這姓景的開頭巾店，本來有兩千銀子的本錢，一頓詩做的精光。他每日在店裏，手裏拿著一個刷子刷頭巾，口裏還哼的是『清明時節雨紛紛』，把那買頭巾的和店鄰看了都笑，而今折了本錢，只借這做詩為由，遇著人就借銀子，人聽見他都怕。那一個姓支的是鹽務裏一個巡商，我來家在衙門裏聽見說，不多幾日，他吃醉了，在街上吟詩，被府裏二太爺一條鏈子鎖去，把巡商都革了，將來只好窮的淌屎！二相公，你在客邊要做些有想頭的事，這樣人同他混纏做什麼？」

當下吃了兩個點心，便丟下，說道：「這點心吃他做什麼，我和你到街上去吃飯。」叫匡超人鎖了門，同到街上司門口一個飯店裏。潘三叫切一隻整鴨，膾一賣海參雜膾，又是一大盤白肉，都拿上來。飯店裏見是潘三爺，屁滾尿流，鴨和肉都撿上好的極肥的切來；海參雜膾，加味用作料。兩人先斟兩壺酒。酒罷用飯，剩下的就給了店裏人。出來也不算帳，只吩咐得一聲：「是我的。」那店主人忙拱手道：「三爺請便，小店知道。」

走出店門，潘三道：「二相公，你而今往那去？」匡超人道：「正要到三哥府上。」潘三道：「也罷，到我家去坐坐。」同著一直走到一個巷內，一帶青牆，兩扇半截板門，又是兩扇重門。進到廳上，一夥人在那裏圍著一張桌子賭錢。潘三罵道：「你這一班狗才！無事便在我這裏胡鬧！」眾人道：「知道三老爹到家幾日了，送幾個頭錢來與老爹接風。」潘三道：「我那裏要你們什麼頭錢接風！」又道：「也罷，我有個朋友在此，你們弄幾個錢來熱鬧熱鬧。」匡超人要同他施禮。他攔住道：「方才見過罷了，又作揖怎的？你且坐著。」當下走了進去，拿出兩千錢來，向眾人說道：「兄弟們，這個是匡二相公的兩千錢，放與你們，今日打的頭錢都是他的。」向匡超人道：「二相公，你在這裏坐著，看著這一個管子。這管子滿了，你就倒出來收了，讓他們再丟。」便拉一把椅子，叫匡超人坐著，他也在旁邊看。

看了一會，外邊走進一個人來請潘三爺說話。潘三出去看時，原來是開賭場的王老六。潘三道：「老六，久不見你，尋我怎的？」老六道：「請三爺在外邊說話。」潘三同他走了出來，一個僻靜茶室裏坐下。王老六道：「如今有一件事，可以發個小財，一徑來和三爺商議。」潘三問是何事。老六道：「昨日錢塘縣衙門裏快手拿著一班光棍在茅家鋪輪姦，姦的是樂清縣大戶人家逃出來的一個使女，叫做荷花。這班光棍正姦得好，被快手拾著了，來報了官。縣裏王太爺把光棍每人打幾十板子放了，出了差，將這荷花解回樂清去。我這鄉下有個財主，姓胡，他看上了這個丫頭，商量若想個方法瞞的下這個丫頭來，情願出幾百銀子買他。這事可有個主意？」潘三道：「差人是那個？」王老六道：「是黃球。」潘三道：「黃球可曾自己解去？」王老六道：「不曾去，是兩個副差去的。」潘三道：「幾時去的？」王老六道：「去了一日了。」潘三道：「黃球可知道胡家這件事？」王老六道：「怎麼不知道，他也想在這裏面發幾個錢的財，只是沒有方法。」潘三道：「這也不難，你去約黃球來當面商議。」那人應諾去了。

潘三獨自坐著吃茶，只見又是一個人，慌慌張張的走了進來，說道：「三老爹！我那裏不尋你，原來獨自坐在這裏吃茶！」潘三道：「你尋我做什麼？」那人道：「這離城四十里外，有個鄉裏人施美卿，賣弟媳婦與黃祥甫，銀子都兌了，弟媳婦要守節，不肯嫁。施美卿同媒人商議著要搶。媒人說：『我不認得你家弟媳婦，你須是說出個記認。』施美卿說：『每日清早上是我弟媳婦出來屋後抱柴。你明日眾人伏在那裏，遇著就搶罷了。』眾人依計而行，到第二日搶了家去。不想那一日早，弟媳婦不曾出來，是他乃眷抱柴，眾人就搶了去。隔著三四十里路，已是睡了一晚。施美卿來要討他的老婆，這裏不肯。施美卿告了狀。如今那邊要訴，卻因講親的時節不曾寫個婚書，沒有憑據；而今要寫一個，鄉裏人不在行，來同老爹商議。還有這衙門裏事，都託老爹料理，有幾兩銀子送作使費。」潘三道：「這是什麼要緊的事，也這般大驚小怪！你且坐著，我等黃頭說話哩。」

須臾，王老六同黃球來到。黃球見了那人道：「原來郝老二也在這裏。」潘三道：「不相干，他是說別的話。」因同黃球另在一張桌子上坐下。王老六同郝老二又在一桌。黃球道：「方才這件事，三老爹是怎個施為？」潘三道：「他出多少銀子？」黃球道：「胡家說，只要得這丫頭荷花，他連使費一總乾淨，出二百兩銀子。」潘三道：「你想賺他多少？」黃球道：「只要三老爹把這事辦的妥當，我是好處多寡分幾兩銀子罷了，難道我還同你老人家爭？」

潘三道：「既如此，罷了。我家現住著一位樂清縣的相公。他和樂清縣的太爺最好，我託他去人情上弄一張回批來，只說荷花已經解到，交與本人領去了。我這裏再託人向本縣弄出一個硃籤來，到路上將荷花趕回，把與胡家。這個方法如何？」黃球道：「這好的很了。只是事不宜遲，老爹就要去辦。」潘三道：「今日就有硃籤，你叫他把銀子作速取來。」黃球應諾，同王老六去了。潘三叫郝老二：「跟我家去。」

當下兩人來家，賭錢的還不曾散。潘三看著賭完了，送了眾人出去，留下匡超人來道：「二相公，你住在此，我和你說話。」當下留在後面樓上，起了一個婚書稿，叫匡超人寫了，把與郝老二看，叫他明日拿銀子來取。打發郝二去了。吃了晚飯，點起燈來，念著回批，叫匡超人寫了。家裏有的是豆腐乾刻的假印，取來用上，又取出硃筆，叫匡超人寫了一個趕回文書的硃籤。辦畢，拿出酒來對飲，向匡超人道：「像這都是有些想頭的事，也不枉費一番精神，和那些呆瘟纏什麼？」是夜，留他睡下。次早，兩處都送了銀子來。潘三收進去，隨即拿二十兩銀子遞與匡超人，叫他帶在寓處做盤費。匡超人歡喜接了，遇便人也帶些家去與哥添本錢。書坊各店也有些文章請他選。潘三一切事都帶著他分幾兩銀子，身上漸漸光鮮。果然聽了潘三的話，和那邊的名士來往稀少。

不覺住了將及兩年。一日，潘三走來道：「二相公，好幾日不會，同你往街上吃三杯。」匡超人鎖了樓門，同走上街。才走得幾步，只見潘家一個小廝尋來了說：「有客在家裏等三爺說話。」潘三道：「二相公，你就同我家去。」當下同他到家，請匡超人在裏間小客座裏坐下。潘三同那人在外邊。潘三道：「李四哥，許久不見。一向在那裏？」李四道：「我一向在學道衙前。今有一件事，回來商議，怕三爺不在家，而今會著三爺，這事不愁不妥了。」潘三道：「你又什麼事搗鬼話？同你共事，你是『馬蹄刀瓢裏切菜，滴水也不漏』，總不肯放出錢來。」李四道：「這事是有錢的。」

潘三道：「你且說是什麼事。」李四道：「目今宗師按臨紹興了，有個金東崖在部裏做了幾年衙門，掙起幾個錢來，而今想兒子進學。他兒子叫做金躍，卻是一字不通的。考期在即，要尋一個替身。這位學道的關防又嚴，須是想出一個新法子來，這事所以要和三爺商議。」潘三道：「他願出多少銀子？」李四道：「紹興的秀才，足足值一千兩一個。他如今走小路，一半也要他五百兩。只是眼下且難得這一個替考的人。又必定是怎樣裝一個何等樣的人進去？那替考的筆資多少？衙門裏使費共是多少？剩下的你我怎樣一個分法？」潘三道：「通共五百兩銀子，你還想在這裏頭分一個分子，這事就不必講了。你只好在他那邊得些謝禮，這裏你不必想。」李四道：「三爺，就依你說也罷了。到底是怎個做法？」潘三道：「你總不要管，替考的人也在我。衙門裏打點也在我。你只叫他把五百兩銀子兌出來，封在當鋪裏，另外拿三十兩銀子給我做盤費，我總包他一個秀才。若不得進學，五百兩一絲也不動。可妥當麼？」李四道：「這沒的說了。」

當下說定，約著日子來封銀子。潘三送了李四出去，回來向匡超人說道：「二相公，這個事用的著你了。」匡超人道：「我方才聽見的。用著我，只好替考。但是我還是坐在外面做了文章傳遞，還是竟進去替他考？若要進去替他考，我竟沒有這樣的膽子。」潘三道：「不妨，有我哩！我怎肯害你？且等他封了銀子來，我少不得同你往紹興去。」當晚別了回寓。

過了幾日，潘三果然來搬了行李同行。過了錢塘江，一直來到紹興府，在學道門口尋了一個僻靜巷子寓所住下。次日，李四帶了那童生來會一會。潘三打聽得宗師掛牌考會稽了。三更時分，帶了匡超人，悄悄同到班房門口。拿出一頂高黑帽、一件青布衣服、一條紅搭包來；叫他除了方巾，脫了衣裳，就將這一套行頭穿上。附耳低言：「如此如此，不可有誤。」把他送在班房，潘三拿著衣帽去了。交過五鼓，學道三炮升堂，超人手執水火棍，跟了一班軍牢夜役，吆喝了進去，排班站在二門口。學道出來點名，點到童生金躍，匡超人遞個眼色與他，那童生是照會定了的，便不歸號，悄悄站在黑影裏。匡超人就退下幾步，到那童生跟前，躲在人背後，把帽子除下來與童生戴著，衣服也彼此換過來。那童生執了水火棍，站在那裏。匡超人捧卷歸號，做了文章，放到三四牌才交卷出去，回到下處，神鬼也不知覺。發案時候，這金躍高高進了。

潘三同他回家，拿二百兩銀子以為筆資。潘三道：「二相公，你如今得了這一注橫財，這就不要花費了，做些正經事。」匡超人道：「什麼正經事？」潘三道：「你現今服也滿了，還不曾娶個親事。我有一個朋友，姓鄭，在撫院大人衙門裏。這鄭老爹是個忠厚不過的人，父子都當衙門。他有第三個女兒，託我替他做個媒。我一向也想著你，年貌也相當。一向因你沒錢，我就不曾認真的替你說。如今只要你情願，我一說就是妥的。你且落得招在他家，一切行財下禮的費用，我還另外幫你些。」匡超人道：「這是三哥極相愛的事，我有什麼不情願？只是現有這銀子在此，為甚又要你費錢？」潘三道：「你不曉得。你這丈人家淺房窄屋的，招進去，料想也不久；要留些銀子自己尋兩間房子，將來添一個人吃飯，又要生男育女，卻比不得在客邊了。我和你是一個人，再幫你幾兩銀子，分什麼彼此？你將來發達了，愁為不著我的情也怎的？」匡超人著實感激。

潘三果然去和鄭老爹說，取了庚帖來，只問匡超人要了十二兩銀子去換幾件首飾，做四件衣服。過了禮去，擇定十月十五日入贅。

到了那日，潘三備了幾碗菜，請他來吃早飯。吃著，向他說道：「二相公，我是媒人，我今日送你過去。這一席子酒就算你請媒的了。」匡超人聽了也笑。吃過，叫匡超人洗了澡，裏裏外外都換了一身新衣服，頭上新方巾，腳下新靴，潘三又拿出一件新寶藍緞直裰與他穿上。吉時已到，叫兩乘轎子，兩人坐了。轎前一對燈籠，竟來入贅。鄭老爹家住在巡撫衙門旁一個小巷內，一間門面，到底三間。那日新郎到門，那裏把門關了。潘三拿出二百錢來做開門錢，然後開了門。鄭老爹迎了出來，翁婿一見，才曉得就是那年回去同船之人，這一番結親，真是夙因。當下匡超人拜了丈人，又進去拜了丈母。阿舅都平磕了頭。鄭家設席管待，潘三吃了一會，辭別去了。鄭家把匡超人請進新房，見新娘端端正正，好個相貌，滿心歡喜。合巹成親，不必細說。次早，潘三又送了一席酒來與他謝親。鄭家請了潘三來陪，吃了一日。

荏苒滿月，鄭家屋小，不便居住。潘三替他在書店左近典了四間屋，價銀四十兩；又買了些桌椅傢伙之類，搬了進去。請請鄰居，買兩石米，所存的這項銀子，已是一空。還虧事事都是潘三幫襯，辦的便宜；又還虧書店尋著選了兩部文章，有幾兩選金，又有樣書，賣了些將就度日。到得一年有餘，生了一個女兒，夫妻相得。

一日，正在門首閒站，忽見一個青衣大帽的人一路問來，問到眼前，說道：「這裏可是樂清匡相公家？」匡超人道：「正是。臺駕那裏來的？」那人道：「我是給事中李老爺差往浙江，有書帶與匡相公。」匡超人聽見這話，忙請那人進到客位坐下。取書出來看了，才知就是他老師因被參發審，審的參款都是虛情，依舊復任。未及數月，行取進京，授了給事中。這番寄書來約這門生進京，要照看他。匡超人留來人酒飯，寫了稟啓，說：「蒙老師呼喚，不日整理行裝，即來趨教。」打發去了。隨即接了他哥匡大的書子，說宗師按臨溫州，齊集的牌已到，叫他回來應考。

匡超人不敢怠慢，向渾家說了，一面接丈母來做伴。他便收拾行裝，去應歲考。考過，宗師著實稱贊，取在一等第一；又把他題了優行，貢入太學肄業，他歡喜謝了宗師。宗師起馬，送過，依舊回省。和潘三商議，要回樂清鄉裏去掛匾，豎旗杆。到織錦店裏織了三件補服：自己一件，母親一件，妻子一件。製備停當，正在各書店裏約了一個會。每店三兩，各家又另外送了賀禮。

正要擇日回家，那日景蘭江走來問候，就邀在酒店裏吃酒。吃酒中間，匡超人告訴他這些話，景蘭江著實羨了一回。落後講到潘三身上來，景蘭江道：「你不曉得麼？」匡超人道：「什麼事？我不曉得。」景蘭江道：「潘三昨晚拿了，已是下在監裏。」匡超人大驚道：「那有此事！我昨日午間才會著他，怎麼就拿了？」景蘭江道：「千真萬確的事。不然，我也不知道。我有一個舍親在縣裏當刑房，今早是舍親小生日，我在那裏祝壽，滿座的人都講這話，我所以聽見。竟是撫臺訪牌下來，縣尊刻不敢緩，三更天出差去拿，還恐怕他走了，將前後門都圍起來，登時拿到。縣尊也不曾問什麼，只把訪的款單摜了下來，把與他看。他看了也沒的辯，只朝上磕了幾個頭，就送在監裏去了。才走得幾步，到了堂口，縣尊叫差人回來，吩咐寄內號，同大盜在一處。這人此後苦了。你若不信，我同你到舍親家去看看款單。」匡超人道：「這個好極。費先生的心，引我去看一看訪的是些什麼事。」當下兩人會了帳，出酒店，一直走到刑房家。

那刑房姓蔣，家裏還有些客坐著，見兩人來，請在書房坐下，問其來意。景蘭江說：「這敝友要借縣裏昨日拿的潘三那人款單看看。」刑房拿出款單來，這單就粘在訪牌上。那訪牌上寫道：

「訪得潘自業（即潘三）本市井奸棍，借藩司衙門隱占身體，把持官府，包攬詞訟，廣放私債，毒害良民，無所不為。如此惡棍，豈可一刻容留于光天化日之下！為此，牌仰該縣，即將本犯拿獲，嚴審究報，以便按律治罪。毋違。火速！火速！」

那款單上開著十幾款：一、包攬欺隱錢糧若干兩；一、私和人命幾案；一、短截本縣印文及私動硃筆一案；一、假雕印信若干顆；一、拐帶人口幾案；一、重利剝民，威逼平人身死幾案，一、勾串提學衙門，買囑槍手代考幾案；……不能細述。匡超人不看便罷，看了這款單，不覺颼的一聲，魂從頂門出去了。只因這一番，有分教：師生有情意，再締絲蘿；朋友各分張，難言蘭臭。畢竟後事如何，且聽下回分解。

第二十回　匡超人高興長安道　牛布衣客死蕪湖關

話說匡超人看了款單，登時面如土色，真是「分開兩扇頂門骨，無數涼冰澆下來」。口裏說不出，自心下想道：「這些事，也有兩件是我在裏面的；倘若審了，根究起來，如何了得！」當下同景蘭江別了刑房，回到街上，景蘭江作別去了。

匡超人到家，躊躇了一夜，不曾睡覺。娘子問他怎的，他不好真說，只說：「我如今貢了，要到京裏去做官。你獨自在這裏住著不便，只好把你送到樂清家裏去。你在我母親眼前，我便往京裏去做官。做的興頭，再來接你上任。」娘子道：「你去做官罷了，我自在這裏，接了我媽來做伴。你叫我到鄉裏去，我那裏住得慣？這是不能的！」匡超人道：「你有所不知，我在家裏，日逐有幾個活錢。我去之後，你日食從何而來？老爹那邊也是艱難日子，他那有閒錢養活女兒？待要把你送在娘家住，那裏房子窄，我而今是要做官的，你就是誥命夫人，住在那地方不成體面，不如還是家去好。現今這房子轉的出四十兩銀子，我拿幾兩添著進京，剩下的，你帶去放在我哥店裏，你每日支用。我家那裏東西又賤，雞、魚、肉、鴨，日日有的，有什麼不快活？」

娘子再三再四不肯下鄉，他終日來逼，逼的急了，哭喊吵鬧了幾次。他不管娘子肯與不肯，竟託書店裏人把房子轉了，拿了銀子回來。娘子到底不肯去，他請了丈人、丈母來勸。丈母也不肯。那丈人鄭老爹見女婿就要做官，責備女兒不知好歹，著實教訓了一頓。女兒拗不過，方才允了。叫一隻船，把些傢伙什物都搬在上。匡超人託阿舅送妹子到家，寫字與他哥，說將本錢添在店裏，逐日支銷。擇個日子動身。娘子哭哭啼啼，拜別父母，上船去了。

匡超人也收拾行李來到京師見李給諫，給諫大喜。問著他又補了廩，以優行貢入太學，益發喜極。向他說道：「賢契，目今朝廷考取教習，學生料理，包管賢契可以取中。你且將行李搬在我寓處來盤桓幾日。」匡超人應諾，搬了行李來。又過了幾時，給諫問匡超人可曾婚娶。匡超人暗想，老師是位大人，在他面前說出丈人是撫院的差，恐惹他看輕了笑，只得答道：「還不曾。」給諫道：「恁大年紀，尚不曾娶，也是男子漢摽梅之候了。但這事也在我身上。」

次晚，遣一個老成管家來到書房裏向匡超人說道：「家老爺拜上匡爺。因昨日談及匡爺還不曾恭喜娶過夫人，家老爺有一外甥女，是家老爺夫人自小撫養大的，今年十九歲，才貌出眾，現在署中，家老爺意欲招匡爺為甥婿。一切恭喜費用俱是家老爺備辦，不消匡爺費心。所以著小的來向匡爺叩喜。」匡超人聽見這話，嚇了一跳，思量要回他說：已經娶過的，前日卻說過不曾；但要允他，又恐理上有礙。又轉一念道：「戲文上說的蔡狀元招贅牛相府，傳為佳話，這有何妨！」即便應允了。

給諫大喜，進去和夫人說下，擇了吉日，張燈結綵，倒賠數百金妝奩，把外甥女嫁與匡超人。到那一日，大吹大擂，匡超人紗帽員領，金帶皂靴，先拜了給諫公夫婦。一派細樂，引進洞房。揭去方巾，見那新娘子辛小姐，真有沈魚落雁之容，閉月羞花之貌，人物又標致，嫁裝又齊整。匡超人此時恍若親見瑤宮仙子、月下嫦娥，那魂靈都飄在九霄雲外去了。自此，珠圍翠繞，燕爾新婚，享了幾個月的天福。

不想教習考取，要回本省地方取結。匡超人沒奈何，含著一包眼淚，只得別過了辛小姐，回浙江來，一進杭州城，先到他原舊丈人鄭老爹家來。進了鄭家門，這一驚非同小可：只見鄭老爹兩眼哭得通紅，對面客位上一人便是他令兄匡大，裏邊丈母嚎天喊地的哭。匡超人嚇癡了，向丈人作了揖，便問：「哥幾時來的？老爹家為甚事這樣哭？」匡大道：「你且搬進行李來，洗臉吃茶，慢慢和你說。」匡超人洗了臉，走進去見丈母，被丈母敲桌子，打板凳，哭著一場數說：「總是你這天災人禍的，把我一個嬌滴滴的女兒生生的送死了！」

匡超人此時才曉得鄭氏娘子已是死了，忙走出來問他哥。匡大道：「自你去後，弟婦到了家裏，為人最好，母親也甚歡喜。那想他省裏人，過不慣我們鄉下的日子。況且你嫂子們在鄉下做的事，弟婦是一樣也做不來；又沒有個白白坐著，反叫婆婆和嫂子伏侍他的道理，因此心裏著急，吐起血來。靠大娘的身子還好，倒反照顧他，他更不過意。一日兩，兩日三，鄉裏又沒個好醫生，病了不到一百天，就不在了。我也是才到，所以鄭老爹、鄭太太聽見了哭。」

匡超人聽見了這些話，止不住落下幾點淚來，便問：「後事是怎樣辦的？」匡大道：「弟婦一倒了頭，家裏一個錢也沒有，我店裏是騰不出來，就算騰出些須來，也不濟事。無計奈何，只得把預備著娘的衣衾棺木都把與他用了。」匡超人道：「這也罷了。」匡大道：「裝殮了，家裏又沒處停，只得權厝在廟後，等你回來下土。你如今來得正好，作速收拾收拾，同我回去。」

匡超人道：「還不是下土的事哩。我想如今我還有幾兩銀子，大哥拿回去，在你弟婦厝基上替他多添兩層厚磚，砌的堅固些，也還過得幾年。方才老爹說的，他是個誥命夫人。到家請會畫的替他追個像，把鳳冠補服畫起來，逢時遇節，供在家裏，叫小女兒燒香，他的魂靈也歡喜。就是那年我做了家去與娘的那件補服，若本家親戚們家請酒，叫娘也穿起來，顯得與眾人不同。哥將來在家，也要叫人稱呼『老爺』，凡事立起體統來，不可自己倒了架子。我將來有了地方，少不得連哥嫂都接到任上同享榮華的。」匡大被他這一番話說得眼花繚亂，渾身都酥了，一總都依他說。晚間，鄭家備了個酒。吃過，同在鄭家住下。次日上街買些東西。匡超人將幾十兩銀子遞與他哥。

又過了三四日，景蘭江同著刑房的蔣書辦找了來說話，見鄭家房子淺。要邀到茶室裏去坐。匡超人近日口氣不同，雖不說，意思不肯到茶室，景蘭江揣知其意，說道：「匡先生在此取結赴任，恐不便到茶室裏去坐，小弟而今正要替先生接風，我們而今竟到酒樓上去坐罷，還冠冕些。」

當下邀二人上了酒樓，斟上酒來。景蘭江問道：「先生，你這教習的官，可是就有得選的麼？」匡超人道：「怎麼不選？像我們這正途出身，考的是內廷教習，每日教的多是勳戚人家子弟。」景蘭江道：「也和平常教書一般的麼？」匡超人道：「不然！不然！我們在裏面也和衙門一般：公座、硃墨、筆、硯，擺的停當。我早上進去，升了公座，那學生們送書上來，我只把那日子用硃筆一點，他就下去了。學生都是廕襲的三品以上的大人，出來就是督、撫、提、鎮，都在我跟前磕頭。像這國子監的祭酒，是我的老師，他就是現任中堂的兒子，中堂是太老師。前日太老師有病，滿朝問安的官都不見，單只請我進去，坐在床沿上，談了一會出來。」

蔣刑房等他說完了，慢慢提起來，說：「潘三哥在監裏，前日再三和我說，聽見尊駕回來了，意思要會一會，敘敘苦情。不知先生你意下何如？」匡超人道：「潘三哥是個豪傑。他不曾遇事時，會著我們，到酒店裏坐坐，鴨子是一定兩隻，還有許多羊肉、猪肉、雞、魚，像這店裏錢數一賣的菜，他都是不吃的。可惜而今受了累！本該竟到監裏去看他一看，只是小弟而今比不得做諸生的時候。既替朝廷辦事，就要照依著朝廷的賞罰。若到這樣地方去看人，便是賞罰不明了。」

蔣刑房道：「這本城的官，並不是你先生做著。你只算去看看朋友，有什麼賞罰不明？」匡超人道：「二位先生，這話我不該說，因是知己面前不妨。潘三哥所做的這些事，便是我做地方官，我也是要訪拿他的。如今倒反走進監去看他，難道說朝廷處分的他不是？這就不是做臣子的道理了。況且我在這裏取結，院裏、司裏都知道的。如今設若走一走，傳的上邊知道，就是小弟一生官場之玷。這個如何行得！可好費你蔣先生的心，多拜上潘三哥，凡事心照。若小弟僥倖，這回去就得個肥美地方，到任一年半載，那時帶幾百銀子來幫襯他，倒不值什麼。」兩人見他說得如此，大約沒得辯他，吃完酒，各自散訖。蔣刑房自到監裏回覆潘三去了。

匡超人取定了結，也便收拾行李上船。那時先包了一隻淌板船的頭艙，包到揚州，在斷河頭上船。上得船來，中艙先坐著兩個人：一個老年的，繭綢直裰，絲縧朱履；一個中年的，寶藍直裰，粉底皂靴，都戴著方巾。匡超人見是衣冠人物，便同他拱手坐下，問起姓名。那老年的道：「賤姓牛，草字布衣。」匡超人聽見景蘭江說過的，便道：「久仰。」又問那一位，牛布衣代答道：「此位馮先生，尊字琢菴，乃此科新貴，往京師會試去的。」匡超人道：「牛先生也進京麼？」牛布衣道：「小弟不去，要到江上邊蕪湖縣地方尋訪幾個朋友，因與馮先生相好，偶爾同船，只到揚州，弟就告別，另上南京船，走長江去了。先生仙鄉貴姓？今在那裏去的？」匡超人說了姓名。

馮琢菴道：「先生是浙江選家。尊選有好幾部弟都是見過的。」匡超人道：「我的文名也夠了。自從那年到杭州，至今五六年，考卷、墨卷、房書、行書、名家的稿子，還有《四書講書》、《五經講書》、《古文選本》——家裏有個帳，共是九十五本。弟選的文章，每一回出，書店定要賣掉一萬部。山東、山西、河南、陝西、北直的客人，都爭著買，只愁買不到手；還有個拙稿是前年刻的，而今已經翻刻過三副板。不瞞二位先生說，此五省讀書的人，家家隆重的是小弟，都在書案上，香火蠟燭，供著『先儒匡子之神位』。」

牛布衣笑道：「先生，你此言誤矣！所謂『先儒』者，乃已經去世之儒者；今先生尚在，何得如此稱呼？」匡超人紅著臉道：「不然！所謂『先儒』者，乃先生之謂也！」牛布衣見他如此說，也不和他辯。馮琢菴又問道：「操選政的還有一位馬純上，選手何如？」匡超人道：「這也是弟的好友。這馬純兄理法有餘，才氣不足；所以他的選本也不甚行。選本總以行為主，若是不行，書店就要賠本。惟有小弟的選本，外國都有的！」彼此談著。過了數日，不覺已到揚州。馮琢菴、匡超人換了淮安船到王家營起旱，進京去了。

牛布衣獨自搭江船過了南京，來到蕪湖，尋在浮橋口一個小菴內作寓。這菴叫做甘露菴，門面三間：中間供著一尊韋馱菩薩；左邊一間鎖著，堆些柴草；右邊一間做走路。進去一個大院落，大殿三間，殿後兩間房，一間是本菴一個老和尚自己住著，一間便是牛布衣住的客房。牛布衣日間出去尋訪朋友，晚間點了一盞燈，吟哦些什麼詩詞之類。老和尚見他孤踪，時常煨了茶送在他房裏，陪著說話到一二更天。若遇清風明月的時節，便同他在前面天井裏談說古今的事務，甚是相得。

不想一日，牛布衣病倒了，請醫生來，一連吃了幾十帖藥，總不見效。那日，牛布衣請老和尚進房來坐在床沿上，說道：「我離家一千餘里，客居在此，多蒙老師父照顧，不想而今得了這個拙病，眼見得不濟事了。家中並無兒女，只有一個妻子，年紀還不上四十歲。前日和我同來的一個朋友，又進京會試去了。而今老師父就是至親骨肉一般。我這床頭箱內，有六兩銀子。我若死去，即煩老師父替我買具棺木，還有幾件粗布衣服，拿去變賣了，請幾眾師父替我念一卷經，超度我升天。棺柩便尋那裏一塊空地把我寄放著。材頭上寫：『大明布衣牛先生之柩』，不要把我燒化了，倘得遇著個故鄉親戚，把我的喪帶回去，我在九泉之下，也是感激老師父的！」

老和尚聽了這話，那眼淚止不住紛紛的落了下來，說道：「居士，你但放心。說凶得吉，你若果有些山高水低，這事都在我老僧身上。」牛布衣又掙起來，朝著床裏面席子下拿出兩本書來遞與老和尚，道：「這兩本是我生平所做的詩，雖沒有什麼好，卻是一生相與的人都在上面。我捨不得湮沒了，也交與老師父。又幸遇著個後來的才人替我流傳了，我死也瞑目！」老和尚雙手接了，見他一絲兩氣，甚不過意，連忙到自己房裏，煎了些龍眼蓮子湯，拿到床前，扶起來與他吃，已是不能吃了，勉強呷了兩口湯，仍舊面朝床裏睡下。挨到晚上，痰響了一陣，喘息一回，嗚呼哀哉，斷氣身亡。老和尚大哭了一場。

此時乃嘉靖九年八月初三日，天氣尚熱。老和尚忙取銀子去買了一具棺木來，拿衣服替他換上，央了幾個菴鄰，七手八腳，在房裏入殮。百忙裏，老和尚還走到自己房裏，披了袈裟，拿了手擊子，到他柩前來念「往生咒」。裝殮停當，老和尚想：「那裏去尋空地？不如就把這間堆柴的屋騰出來與他停柩。」和鄰居說了。脫去袈裟，同鄰居把柴搬到大天井裏堆著，將這屋安放了靈柩。取一張桌子，供奉香爐、燭臺、魂旛；俱各停當。老和尚伏著靈桌又哭了一場。將眾人安在大天井裏坐著，烹起幾壺茶來吃著。老和尚煮了一頓粥，打了一二十斤酒，買些麵筋、豆腐乾、青菜之類到菴，央及一個鄰居燒鍋。

老和尚自己安排停當，先捧到牛布衣柩前奠了酒，拜了幾拜，便拿到後邊與眾人打散。老和尚道：「牛先生是個異鄉人，今日回首在這裏，一些什麼也沒有，貧僧一個人，支持不來。阿彌陀佛，卻是起動眾位施主來忙了恁一天。出家人又不能備個什麼餚饌，只得一杯水酒，和些素菜，與列位坐坐。列位只當是做好事罷了，休嫌怠慢。」眾人道：「我們都是煙火鄰居，遇著這樣大事，理該效勞。卻又還破費老師父，不當人子。我們眾人心裏都不安，老師父怎的反說這話？」

當下眾人把那酒菜和粥都吃完了，各自散訖。過了幾日，老和尚果然請了吉祥寺八眾僧人來替牛布衣拜了一天的「梁皇懺」。自此之後，老和尚每日早晚課誦，開門關門，一定到牛布衣柩前添些香，灑幾點眼淚。

那日定更時分，老和尚晚課已畢，正要關門，只見一個十七八歲的小廝，右手拿著一本經摺，左手拿著一本書，進門來坐在韋馱腳下，映著琉璃燈便念。老和尚不好問他，由他念到二更多天，去了。老和尚關門睡下。次日這時候，他又來念。一連念了四五日。老和尚忍不住了，見他進了門，上前問道：「小檀越，你是誰家子弟？因甚每晚到貧僧這菴裏來讀書？這是什麼緣故？」那小廝作了一個揖，叫聲「老師父」，叉手不離方寸，說出姓名來。只因這一番，有分教：立心做名士，有志者事竟成；無意整家園，創業者成難守。畢竟這個廝姓甚名誰，且聽下回分解。

第二十一回 冒姓字小子求名 念親戚老夫臥病

話說牛浦郎在甘露菴裏讀書，老和尚問他姓名，他上前作了一個揖，說道：「老師父，我姓牛，舍下就在這前街上住。因當初在浦口外婆家長的，所以小名就叫做浦郎。不幸父母都去世了，只有個家祖，年紀七十多歲，開個小香蠟店，胡亂度日，每日叫我拿這經摺去討些賒帳。我打從學堂門口進，聽見念書的聲音好聽，因在店裏偷了錢買這本書來念。卻是吵鬧老師父了。」老和尚道：「我方才不是說的，人家拿大錢請先生教子弟，還不肯讀；像你小檀越偷錢買書念，這是極上進的事。但這裏地下冷，又琉璃燈不甚明亮，我這殿上有張桌子，又有個燈掛兒，你何不就著那裏去念，也覺得爽快些。」浦郎謝了老和尚，跟了進來，果然一張方桌，上面一個油燈掛，甚是幽靜。浦郎在這邊廂讀書，老和尚在那邊打坐，每晚要到三更天。

一日，老和尚聽見他念書，走過來問道：「小檀越，我只道你是想應考，要上進的念頭，故買這本文章來念；而今聽見你念的是詩，這個卻念他則甚？」浦郎道：「我們經紀人家，那裏還想什麼應考上進？只是念兩句詩破破俗罷了。」老和尚見他出語不俗，便問道：「你看這詩，講的來麼？」浦郎道：「講不來的也多，若有一兩句講的來，不由的心裏覺得歡喜。」老和尚道：「你既然歡喜，再念幾時我把兩本詩與你看，包你更歡喜哩。」浦郎道：「老師父有什麼詩？何不與我看？」老和尚笑道：「且慢，等你再想幾時看。」

又過了些時，老和尚下鄉到人家去念經，有幾日不回來，把房門鎖了，殿上託了浦郎。浦郎自心裏疑猜：「老師父有什麼詩，卻不肯就與我看，哄我想的慌。」仔細算來，「三討不如一偷。」趁老和尚不在家，到晚，把房門撥開，走了進去。見桌上擺著一座香爐，一個燈盞，一串念珠，桌上放著些廢殘的經典，翻了一交，那有個什麼詩？浦郎疑惑道：「難道老師父哄我？」又尋到床上，尋著一個枕箱，一把銅鎖鎖著，浦郎把鎖捵開，見裏面重重包裹，兩本錦面線裝的書，上寫：「牛布衣詩稿」。

浦郎喜道：「這個是了！」慌忙拿了出來，把枕箱鎖好，走出房來，房門依舊關上。將這兩本書拿到燈下一看，不覺眉花眼笑，手舞足蹈的起來。是何緣故？他平日讀的詩是唐詩，文理深奧，他不甚懂；這個是時人的詩，他看著就有五六分解的來，故此歡喜。又見那題目上都寫著：「呈相國某大人」，「懷督學周大人」，「婁公子偕遊鶯脰湖分韻，兼呈令兄通政」，「與魯太史話別」，「寄懷王觀察」，其餘某太守、某司馬、某明府、某少尹，不一而足。浦郎自想：「這相國、督學、太史、通政以及太守、司馬、明府，都是而今的現任老爺們的稱呼。可見只要會做兩句詩，並不要進學、中舉，就可以同這些老爺們往來，何等榮耀！」因想：「他這人姓牛，我也姓牛。他詩上只寫了牛布衣，並不曾有個名字，何不把我的名字，合著他的號，刻起兩方圖書來印在上面，這兩本詩可不算了我的了？我從今就號做牛布衣！」當晚回家盤算，喜了一夜。

次日，又在店裏偷了幾十個錢，走到吉祥寺門口一個刻圖書的郭鐵筆店裏櫃外，和郭鐵筆拱一拱手，坐下說道：「要費先生的心，刻兩方圖書。」郭鐵筆遞過一張紙來道：「請寫尊銜。」浦郎把自己小名去了一個「郎」字，寫道：「一方陰文圖書，刻『牛浦之印』；一方陽文，刻『布衣』二字。」郭鐵筆接在手內，將眼上下把浦郎一看，說道：「先生便是牛布衣麼？」浦郎答道：「布衣是賤字。」郭鐵筆慌忙爬出櫃檯來重新作揖，請坐，奉過茶來，說道：「久已聞得有位牛布衣住在甘露菴，容易不肯會人，相交的都是貴官長者，失敬！失敬！尊章即鐫上獻醜，筆資也不敢領。此處也有幾位朋友仰慕先生，改日同到貴寓拜訪。」

浦郎恐他走到菴裏，看出爻象，只得順口答道：「極承先生見愛。但目今也因鄰郡一位當事約去做詩，還有幾時耽擱，只在明早就行。先生且不必枉駕，索性回來相聚罷。圖書也是小弟明早來領。」郭鐵筆應諾了。浦郎次日討了圖書，印在上面，藏的好好的。每晚仍在菴裏念詩。

他祖父牛老兒坐在店裏。那日午後，沒有生意，間壁開米店的一位卜老爹走了過來，坐著說閒話。牛老爹店裏賣的有現成的百益酒，燙了一壺，撥出兩塊豆腐乳和些筍乾、大頭菜，擺在櫃檯上，兩人吃著。卜老爹道：「你老人家而今也罷了。生意這幾年也還興，你令孫長成人了，著實伶俐去得。你老人家有了接代，將來就是福人了。」牛老道：「老哥，告訴你不得！我老年不幸，把兒子、媳婦都亡化了，丟下這個孽障種子，還不曾娶得一個孫媳婦，今年已十八歲了。每日叫他出門討賒帳，討到三更半夜不來家，說著也不信，不是一日了。恐怕這廝知識開了，在外沒脊骨鑽狗洞，淘淥壞了身子，將來我這幾根老骨頭，卻是叫何人送終？」說著，不覺悽惶起來。

卜老道：「這也不甚難擺劃的事。假如你焦他沒有房屋，何不替他娶上一個孫媳婦，一家一計過日子？這也前後免不得要做的事。」牛老道，「老哥！我這小生意，日用還糊不過來，那得這一項銀子做這一件事？」卜老沈吟道：「如今倒有一頭親事，不知你可情願？若情願時，一個錢也不消費得。」牛老道：「卻是那裏有這一頭親事？」卜老道：「我先前有一個小女嫁在運漕賈家，不幸我小女病故了，女婿又出外經商，遺下一個外甥女，是我領來養在家裏，倒大令孫一歲，今年十九歲了。你若不棄嫌，就把與你做個孫媳婦。你我愛親做親，我不爭你的財禮，你也不爭我的妝奩，只要做幾件布草衣服。況且一牆之隔，打開一個門就攙了過來，行人錢都可以省得的。」

牛老聽罷，大喜道：「極承老哥相愛，明日就央媒到府上來求。」卜老道，「這個又不是了。又不是我的孫女兒，我和你這些客套做什麼？如今主親也是我，媒人也是我，只費得你兩個帖子。我那裏把庚帖送過來，你請先生擇一個好日子，就把這事完成了。」牛老聽罷，忙斟了一杯酒送過來，出席作了一個揖。當下說定了，卜老過去。

到晚，牛浦回來，祖父把卜老爹這些好意告訴了一番。牛浦不敢違拗，次早寫了兩副紅全帖：一副拜卜老為媒，一副拜姓賈的小親家。那邊收了，發過庚帖來。牛老請陰陽徐先生擇定十月二十七日吉期過門。牛老把囤下來的幾石糧食變賣了，做了一件綠布棉襖、紅布棉裙子、青布上蓋、紫布褲子，共是四件暖衣，又換了四樣首飾，三日前送了過去。

到了二十七日，牛老清晨起來，把自己的被褥搬到櫃臺上去睡。他家只得一間半房子：半間安著櫃臺，一間做客座，客座後半間就是新房。當日牛老讓出床來，就同牛浦把新做的帳子、被褥鋪疊起來。又勻出一張小桌子，端了進來，放在後簷下有天窗的所在，好趁著亮放鏡子梳頭。房裏停當，把後面天井內搭了個蘆蓆的廈子做廚房。忙了一早晨。交了錢與牛浦出去買東西。只見那邊卜老爹已是料理了些鏡子、燈臺、茶壺，和一套盆桶，兩個枕頭，叫他大兒子卜誠做一擔挑了來。挑進門放下，和牛老作了揖。牛老心裏著實不安，請他坐下，忙走到櫃裏面，一個罐內倒出兩塊橘餅和些蜜餞天茄，斟了一杯茶，雙手遞與卜誠，說道：「卻是有勞的緊了，使我老漢坐立不安。」卜誠道：「老伯快不要如此，這是我們自己的事。」說罷，坐下吃茶。

只見牛浦戴了新瓦楞帽，身穿青布新直裰，新鞋淨襪，從外面走了進來，後邊跟著一個人，手裏提著幾大塊肉，兩個雞，一大尾魚，和些閩筍、芹菜之類。他自己手裏捧著油鹽作料，走了進來。牛老道：「這是你舅丈人，快過來見禮。」牛浦丟下手裏東西，向卜誠作揖下跪，起來數錢打發那拿東西的人，自捧著作料，送到廚下去了。隨後卜家第二個兒子卜信，端了一個箱子，內裏盛的是新娘子的針線鞋面；又一個大捧盤，十杯高果子茶，送了過來，以為明早拜堂之用。牛老留著吃茶，牛浦也拜見過了。卜家弟兄兩個坐了一回，拜辭去了。牛老自到廚下收拾酒席，足忙了一天。

到晚上，店裏拿了一對長枝的紅蠟燭點在房裏，每枝上插了一朵通草花，央請了鄰居家兩位奶奶把新娘子攙了過來，在房裏拜了花燭。牛老安排一席酒菜在新人房裏，與新人和攙新人的奶奶坐；自己在客座內擺了一張桌子，點起蠟燭來，杯箸安排停當，請得卜家父子三位來到。牛老先斟了一杯酒，奠了天地，再滿滿斟上一杯，捧在手裏，請卜老轉上，說道：「這一門親，蒙老哥親家相愛，我做兄弟的知感不盡！卻是窮人家，不能備個好席面，只得這一杯水酒，又還要屈了二位舅爺的坐。凡事總是海涵了罷。」說著，深深作下揖去。卜老還了禮。牛老又要奉卜誠、卜信的席。兩人再三辭了，作揖坐下。

牛老道：「實是不成個酒饌。至親面上，休要笑話。只是還有一說，我家別的沒有，茶葉和炭還有些須。如今煨一壺好茶，留親家坐著談談，到五更天，讓兩口兒出來磕個頭，也盡我兄弟一點窮心。」卜老道：「親家，外甥女年紀幼，不知個禮體，他父親又不在跟前，一些陪嫁的東西也沒有，把我羞的要不的。若說坐到天亮，我自恁要和你老人家談談哩，為什麼要去？」當下卜誠、卜信吃了酒先回家去，卜老坐到五更天。兩口兒打扮出來，先請牛老在上，磕下頭去。

牛老道：「孫兒，我不容易看養你到而今。而今多虧了你這外公公替你成就了親事，你已是有了房屋了。我從今日起，就把店裏的事，即交付與你。一切買賣、賒欠、存留，都是你自己主張。我也老了，累不起了，只好坐在店裏幫你照顧，你只當尋個老夥計罷了。孫媳婦是好的。只願你們夫妻百年偕老，多子多孫！」磕了頭，起請卜老爹轉上受禮，兩人磕下頭去。卜老道：「我外孫女兒有甚不到處，姑爺，你指點他。敬重上人，不要違拗夫主的言；家下沒有多人，凡事勤慎些，休惹老人家著急。兩禮罷。」說著，扶了起來。牛老又要留親家吃早飯，卜老不肯，辭別去了。自此，牛家嫡親三口兒度日。

牛浦自從娶親，好些時不曾到菴裏去。那日出討賒帳，順路往菴裏走走。才到浮橋口，看見菴門外拴著五六匹馬，馬上都有行李，馬牌子跟著。走近前去，看韋馱殿西邊凳上坐著三四個人，頭戴大氈帽，身穿綢絹衣服，左手拿著馬鞭子，右手撚著鬍子，腳下尖頭粉底皂靴，蹺得高高的坐在那裏。牛浦不敢進去。老和尚在裏面一眼張見，慌忙招手道：「小檀越，你怎麼這些時不來？我正要等你說話哩，快些進來！」

牛浦見他叫，大著膽走了進去，見和尚已經將行李收拾停當，恰待起身。因吃了一驚道：「老師父，你收拾了行李，要往那裏去？」老和尚道：「這外面坐的幾個人，是京裏九門提督齊大人那裏差來的。齊大人當時在京，曾拜在我名下。而今他升做大官，特地打發人來請我到京裏報國寺去做方丈。我本不願去；因前日有個朋友死在我這裏，他卻有個朋友到京會試去了，我今借這個便，到京尋著他這個朋友，把他的喪奔了回去，也了我這一番心願。我前日說有兩本詩要與你看，就是他的。在我枕箱內。我此時也不得功夫了，你自開箱拿了去看。還有一床褥子不好帶去，還有些零碎器用，都把與小檀越，你替我照應著，等我回來。」

牛浦正要問話，那幾個人走進來說道：「今日天色甚早，還趕得幾十里路。請老師父快上馬，休誤了我們走道兒。」說著，將行李搬出，把老和尚簇擁上馬。那幾個人都上了牲口。牛浦送了出來，只向老和尚說得一聲：「前途保重！」那一群馬，潑剌剌的，如飛一般也似去了。牛浦望不見老和尚，方才回來，自己查點一查點東西，把老和尚鎖房門的鎖開了，取了下來，出門反鎖了菴門，回家歇宿。次日，又到菴裏走走，自想：「老和尚已去，無人對證，何不就認做牛布衣？」因取了一張白紙，寫下五個大字道：「牛布衣寓內」。自此，每日來走走。

又過了一個月，他祖父牛老兒坐在店裏閒著，把帳盤一盤，見欠帳上人欠的也有限了。每日賣不上幾十文錢，又都是柴米上支銷去了。合共算起，本錢已是十去其七。這店漸漸的撐不住了，氣的眼睜睜說不出話來。到晚，牛浦回家，問著他，總歸不出一個清帳，口裏只管「之乎者也」，胡支扯葉。牛老氣成一病，七十歲的人，元氣衰了，又沒有藥物補養，病不過十日，壽數已盡，歸天去了。牛浦夫妻兩口，放聲大哭起來。

卜老聽了，慌忙走過來，見屍首停在門上，叫著：「老哥！」眼淚如雨的哭了一場。哭罷，見牛浦在旁哭的言不得，語不得。說道：「這時節，不是你哭的事。吩咐外甥女兒看好了老爹，你同我出去料理棺衾。」牛浦揩淚，謝了卜老。當下同到卜老相熟的店裏賒了一具棺材，又拿了許多的布，叫裁縫趕著做起衣裳來，當晚入殮。次早，雇了八個腳子，擡往祖墳安葬。卜老又還替他請了陰陽徐先生，自己騎驢子同陰陽下去點了穴。看著親家入土，又哭了一場，同陰陽生回來；留著牛浦在墳上過了三日。

卜老一到家，就有各項的人來要錢。卜老都許著。直到牛浦回家，歸一歸店裏本錢，只抵得棺材店五兩銀子，其餘布店、裁縫、腳子的錢，都沒處出。無計奈何，只得把自己住的間半房子，典與浮橋上抽閘板的閘牌子，得典價十五兩。除還清了帳，還剩四兩多銀子。卜老叫他留著些，到開年清明，替老爹成墳。牛浦兩口子沒處住，卜老把自己家裏出了一間房子，叫他兩口兒搬來住下，把那房子交與閘牌子去了。那日搬來，卜老還辦了幾碗菜替他暖房。卜老也到他房裏坐了一會，只是想著死的親家，就要哽哽咽咽的哭。

不覺已是除夕。卜老一家過年，兒子媳婦房中都有酒席、炭火。卜老先送了幾斤炭，叫牛浦在房裏生起火來；又送了一桌酒菜，叫他除夕在房裏立起牌位來祭奠老爹。新年初一日，叫他到墳上燒紙錢去，又說道：「你到墳上去，向老爹說：我年紀老了，這大氣冷，我不能親自來替親家拜年。」說著，又哭了。牛浦應諾了去。

卜老直到初三才出來賀節。在人家吃了幾杯酒和些菜，打從浮橋口過，見那閘牌子家換了新春聯，貼的花花綠綠的，不由的一陣心酸，流出了許多眼淚來。要家去，忽然遇著姪女婿一把拉了家去。姪女兒打扮著出來拜年。拜過了，留在房裏吃酒，捧上糯米做的年團子來，吃了兩個，已經不吃了，姪女兒苦勸著，又吃了兩個。回來一路迎著風，就覺得有些不好。到晚頭疼發熱，就睡倒了。請了醫生來看，有說是著了氣，氣裏了痰的；也有說該發散的；也有說該用溫中的；也有說老年人該用補藥的；紛紛不一。卜誠、卜信慌了，終日看著。牛浦一早一晚的進房來問安。

那日天色晚了，卜老爹睡在床上，見窗眼裏鑽進兩個人來走到床前，手裏拿了一張紙，遞與他看。問別人，都說不曾看見有什麼人。卜老爹接紙在手，看見一張花邊批文，上寫著許多人的名字，都用硃筆點了，一單共有三十四五個人。頭一名牛相，他知道是他親家的名字，末了一名，便是他自己名字——卜崇禮。再要問那人時，把眼一眨，人和票子都不見了。只因這一番，有分教：結交官府，致令親戚難依；遨遊仕途，幸遇宗誼可靠。不知卜老性命如何，且聽下回分解。

第二十二回 認祖孫玉圃聯宗 愛交遊雪齋留客

話說卜老爹睡在床上，親自看見地府勾牌，知道要去世了。即把兩個兒子、媳婦叫到跟前，都吩咐了幾句遺言；又把方才看見勾批的話說了，道：「快替我穿了送老的衣服，我立刻就要去了！」兩個兒子哭哭啼啼，忙取衣服來穿上。穿著衣服，他口裏自言自語道：「且喜我和我親家是一票！他是頭一個，我是末一個，他已是去得遠了，我要趕上他去。」說著，把身子一掙，一頭倒在枕頭上，兩個兒子都扯不住。忙看時，已沒了氣了。後事都是現成的，少不得修齋理七，報喪開弔，都是牛浦陪客。

這牛浦也就有幾個念書的人和他相與，乘著人亂，也夾七夾八的來往。初時卜家也還覺得新色，後來見來的回數多了，一個生意人家，只見這些「之乎者也」的人來講呆話，覺得可厭，非止一日。

那日，牛浦走到菴裏，菴門鎖著，開了門，只見一張帖子掉在地下，上面許多字，是從門縫裏送進來的。拾起一看，上面寫道：

「小弟董瑛，在京師會試，于馮琢菴年兄處，得讀大作，渴欲一晤，以得識荊。奉訪尊寓不值，不勝悵悵！明早幸駕少留片刻，以便趨教。至禱！至禱！」

看畢，知道是訪那個牛布衣的。但見帖子上有「渴欲識荊」的話，是不曾會過；「何不就認作牛布衣和他相會？」又想道：「他說在京會試，定然是一位老爺。且叫他竟到卜家來會我，嚇他一嚇卜家弟兄兩個，有何不可？」主意已定，即在菴裏取紙筆寫了一個帖子，說道：

「牛布衣近日館于舍親卜宅。尊客過問，可至浮橋南首大街卜家米店便是。」

寫畢，帶了出來，鎖好了門，貼在門上。回家向卜誠、卜信說道：「明日有一位董老爺來拜。他就是要做官的人，我們不好輕慢。如今要借重大爺，明日早晨把客座裏收拾乾淨了；還要借重二爺，捧出兩杯茶來。這都是大家臉上有光輝的事，須幫襯一幫襯。」卜家弟兄兩個，聽見有官來拜，也覺得喜出望外，一齊應諾了。

第二日清早，卜誠起來，掃了客堂裏的地，把囤米的摺子搬在窗外廊檐下；取六張椅子，對面放著；叫渾家生起炭爐子，煨出一壺茶來；尋了一個捧盤、兩個茶杯、兩張茶匙，又剝了四個圓眼，一杯裏放兩個，伺候停當。直到早飯時候，一個青衣人，手持紅帖，一路問了來，道：「這裏可有一位牛相公？董老爺來拜。」卜誠道：「在這裏。」接了帖，飛跑進來說。牛浦迎了出去，見轎子已落在門首。董孝廉下轎進來，頭戴紗帽，身穿淺藍色緞員領，腳下粉底皂靴，三綹鬚，白淨面皮，約有三十多歲光景。進來行了禮，分賓主坐下。

董孝廉先開口道：「久仰大名，又讀佳作，想慕之極！只疑先生老師宿學，原來還這般青年，更加可敬！」牛浦道：「晚生山鄙之人，胡亂筆墨，蒙老先生同馮琢翁過獎，抱愧實多。」董孝廉道：「不敢。」卜信捧出兩杯茶，從上面走下來，送與董孝廉。董孝廉接了茶，牛浦也接了。卜信直挺挺站在堂屋中間。牛浦打了躬，向董孝廉道：「小价村野之人，不知禮體，老先生休要見笑。」董孝廉笑道：「先生世外高人，何必如此計論？」

卜信聽見這話，頭膊子都飛紅了，接了茶盤，骨都著嘴進去。牛浦又問道：「老先生此番駕往何處？」董孝廉道：「弟已授職縣令，今發來應天候缺，行李尚在舟中。因渴欲一晤，故此兩次奉訪。今既已接教過，今晚即要開船赴蘇州去矣。」牛浦道：「晚生得蒙青目，一日地主之誼也不曾盡得，如何便要去？」董孝廉道：「先生，我們文章氣誼，何必拘這些俗情！弟此去若早得一地方，便可奉迎先生到署，早晚請教。」說罷，起身要去。牛浦攀留不住，說道：「晚生即刻就來船上奉送。」董孝廉道：「這倒也不敢勞了；只怕弟一出去，船就要開，不得奉候。」當下打躬作別，牛浦送到門外，上轎去了。

牛浦送了回來，卜信氣得臉通紅，迎著他一頓數說道：「牛姑爺，我至不濟，也是你的舅丈人，長親！你叫我捧茶去，這是沒奈何，也罷了。怎麼當著董老爺嗓我！這是那裏來的話！」牛浦道：「但凡官府來拜，規矩是該換三遍茶。你只送了一遍，就不見了。我不說你也罷了，你還來問我這些話！這也可笑！」卜誠道：「姑爺，不是這樣說！雖則我家老二捧茶，不該從上頭往下走，你也不該就在董老爺眼前灑出來。不惹的董老爺笑！」牛浦道：「董老爺看見了你這兩個灰撲撲的人，也就夠笑的了！何必要等你捧茶走錯了才笑？」卜信道：「我們生意人家，也不要這老爺們來走動！沒有借了多光，反惹他笑了去！」

牛浦道：「不是我說一個大膽的話，若不是我在你家，你家就一二百年也不得有個老爺走進這屋裏來！」卜誠道：「沒的扯淡！就算你相與老爺，你到底不是個老爺！」牛浦道：「憑你向那個說去！還是坐著同老爺打躬作揖的好，還是捧茶給老爺吃，走錯路，惹老爺笑的好？」卜信道：「不要噁心！我家也不希罕這樣老爺！」牛浦道：「不希罕麼？明日向董老爺說，拿帖子送到蕪湖縣，先打一頓板子！」兩個人一齊叫道：「反了！反了！外甥女婿要送舅丈人去打板子？是我家養活你這年把的不是了！就和你到縣裏去講講，看是打那個的板子！」牛浦道：「那個怕你！就和你去！」

當下兩人把牛浦扯著，扯到縣門口。知縣才發二梆，不曾坐堂。三人站在影壁前，恰好遇著郭鐵筆走來，問其所以。卜誠道：「郭先生，自古『一斗米養個恩人，一石米養個仇人』！這是我們養他的不是了！」郭鐵筆也著實說牛浦的不是，道：「尊卑長幼，自然之理。這話卻行不得！但至親間見官，也不雅相。」當下扯到茶館裏，叫牛浦斟了杯茶坐下。卜誠道：「牛姑爺，倒也不是這樣說，如今我家老爹去世，家裏人口多，我弟兄兩個，招攬不來。難得當著郭先生在此，我們把這話說一說。外甥女少不的是我們養著，牛姑爺也該自己做出一個主意來。只管不尷不尬住著，也不是事。」牛浦道：「你為這話麼？這話倒容易。我從今日就搬了行李出來，自己過日，不纏擾你們就是了。」當下吃完茶。勸開這一場鬧，三人又謝郭鐵筆。郭鐵筆別過去了。

卜誠、卜信回家。牛浦賭氣，來家拿了一床被，搬在菴裏來住。沒的吃用，把老和尚的鐃、鈸、叮噹都當了。閒著無事，去望望郭鐵筆。鐵筆不在店裏，櫃上有人家寄的一部「新縉紳」賣。牛浦揭開一看，看見淮安府安東縣新補的知縣董瑛，字彥芳，浙江仁和人。說道：「是了！我何不尋他去？」忙走到菴裏，捲了被褥，又把和尚的一座香爐、一架磬，拿去當了二兩多銀子；也不到卜家告說，竟搭了江船。恰好遇順風，一日一夜就到了南京燕子磯，要搭揚州船，來到一個飯店裏，店主人說道：「今日頭船已經開了，沒有船，只好住一夜，明日午後上船。」

牛浦放下行李，走出店門，見江沿上繫著一隻大船，問店主人道：「這隻船可開的？」店主人笑道：「這隻船你怎上的起？要等個大老官來包了才走哩！」說罷，走了進來。走堂的拿了一雙筷子，兩個小菜碟，又是一碟臘猪頭肉，一碟子蘆蒿炒豆腐乾，一碗湯，一大碗飯，一齊搬上來。牛浦問：「這菜和飯是怎算？」走堂的道：「飯是二釐一碗，葷菜一分，素的一半。」牛浦把這菜和飯都吃了，又走出店門，只見江沿上歇著一乘轎，三擔行李，四個長隨。那轎裏走出一個人來，頭戴方巾，身穿沈香色夾綢直裰，粉底皂靴，手拿白紙扇，花白鬍鬚，約有五十多歲光景，一雙刺蝟眼，兩個顴骨腮。那人走出轎來，吩咐船家道：「我是要到揚州鹽院太老爺那裏去說話的。你們小心伺候，我到揚州，另外賞你。若有一些怠慢，就拿帖子送在江都縣重處！」船家唯唯連聲，搭扶手，請上了船。船家都幫著搬行李。

正搬得熱鬧，店主人向牛浦道：「你快些搭去！」牛浦掮著行李，走到船尾上，船家一把把他拉了上船，搖手叫他不要則聲，把他安在煙篷底下坐。牛浦見他們眾人把行李搬上了船，長隨在艙裏拿出「兩淮公務」的燈籠來掛在艙口；叫船家把爐銚拿出來，在船頭上生起火來，煨了一壺茶，送進艙去。天色已黑，點起燈籠來，四個長隨都到後船來辦盤子，爐子上頓酒。料理停當，都捧到中艙裏，點起一枝紅蠟燭來。牛浦偷眼在板縫裏張那人時，對了蠟燭，桌上擺著四盤菜，左手拿著酒杯，右手按著一本書在那裏點頭細看。看了一回，拿進飯去吃了。少頃，吹燈睡了。牛浦也悄悄睡下。是夜東北風緊，三更時分，瀟瀟颯颯的下起細雨，那煙篷蘆蓆上，漏下水來。牛浦翻身打滾的睡不著。到五更天，只聽得艙裏叫道：「船家，為什麼不開船？」船家道：「這大呆的頂頭風，前頭就是黃天蕩，昨晚一號幾十隻船都灣在這裏，那一個敢開？」

少停，天色大亮。船家燒起臉水，送進艙去，長隨們都到後艙來洗臉。候著他們洗完，也遞過一盆水與牛浦洗了。只見兩個長隨，打傘上岸去了；一個長隨，取了一隻金華火腿，在船邊上向著港裏洗。洗了一會，那兩個長隨買了一尾時魚、一隻燒鴨、一方肉，和些鮮筍、芹菜，一齊拿上船來。船家量米煮飯，幾個長隨過來收拾這幾樣餚饌。整治停當，裝做四大盤，又燙了一壺酒，捧進艙去與那人吃早飯。吃過，剩下的，四個長隨拿到船後板上，齊坐著吃了一會。吃畢，打抹船板乾淨，才是船家在煙篷底下取出一碟蘿蔔乾和一碗飯與牛浦吃。牛浦也吃了。

那雨雖略止了些，風卻不曾住。到晌午時分，那人把艙後開了一扇板，一眼看見牛浦，問道：「這是什麼人？」船家陪著笑臉說道：「這是小的們帶的一分酒資。」那人道：「你這位少年何不進艙來坐坐？」牛浦得不得這一聲，連忙從後面鑽進艙來，便向那人作揖、下跪。那人舉手道：「船艙裏窄，不必行這個禮。你且坐下。」牛浦道：「不敢，拜問老先尊姓？」那人道：「我麼？姓牛，名瑤，草字叫做玉圃。我本是徽川人。你姓什麼？」牛浦道：「晚生也姓牛。祖籍本來也是新安。」牛玉圃不等他說完，便接著道：「你既然姓牛，五百年前是一家，我和你祖孫相稱罷。我們徽川人稱叔祖是叔公，你從今只叫我叔公罷了。」

牛浦聽了這話，也覺愕然；因見他如此體面，不敢違拗，因問道：「叔公此番到揚有什麼公事？」牛玉圃道：「我不瞞你說，我八轎的官也不知相與過多少。那個不要我到他衙門裏去？我是懶出門。而今在這東家萬雪齋家。也不是什麼要緊的人，他圖我相與的官府多，有些聲勢，每年請我在這裏，送我幾百兩銀，留我代筆。代筆也只是個名色。我也不奈煩住在他家那個俗地方，我自在子午宮住。你如今既認了我，我自有用的著你處。」當下向船家說：「把他的行李拿進艙來，船錢也在我這裏算。」船家道：「老爺又認著了一個本家，要多賞小的們幾個酒錢哩。」

這日晚飯就在艙裏陪著牛玉圃吃。到夜風住，天已暗了。五更鼓已到儀徵。進了黃泥灘，牛玉圃起來洗了臉，攜著牛浦上岸走走；走上岸，向牛浦道：「他們在船上收拾飯費事，這裏有個大觀樓，素菜甚好，我和你去吃素飯罷。」回頭吩咐船上道：「你們自料理吃早飯，我們往大觀樓吃飯就來。不要人跟隨了。」說著，到了大觀樓。上得樓梯，只見樓上先坐著一個戴方巾的人。

那人見牛玉圃，嚇了一跳，說道：「原來是老弟！」牛玉圃道：「原來是老哥！」兩個平磕了頭。那人問：「此位是誰？」牛玉圃道：「這是舍姪孫。」向牛浦道：「你快過來叩見。這是我二十年拜盟的老弟兄，常在大衙門裏共事的王義安老先生。快來叩見。」牛浦行過了禮，分賓主坐下。牛浦坐在橫頭。走堂的搬上飯來，一碗炒麵筋，一碗膾腐皮，三人吃著。牛玉圃道：「我和你還是那年在齊大老爺衙門裏相別，直到而今。」王義安道：「那個齊大老爺？」牛玉圃道：「便是做九門提督的了。」王義安道：「齊大老爺待我兩個人是沒的說的了！」

正說得稠密，忽見樓梯上又走上兩個戴方巾的秀才來：前面一個穿一件繭綢直裰，胸前油了一塊；後面一個穿一件元色直裰，兩個袖子破的晃晃蕩蕩的，走了上來。兩個秀才一眼看見王義安，那穿繭綢的道：「這不是我們這裏豐家巷婊子家掌櫃的烏龜王義安？」那穿元色的道：「怎麼不是他？他怎麼敢戴了方巾在這裏胡鬧！」不由分說，走上去，一把扯掉了他的方巾，劈臉就是一個大嘴巴，打的烏龜跪在地下磕頭如搗蒜，兩個秀才越發威風。牛玉圃走上去扯勸，被兩個秀才啐了一口，說道：「你一個衣冠中人，同這烏龜坐著一桌子吃飯！你不知道罷了；既知道，還要來替他勸鬧，連你也該死了！還不快走，在這裏討沒臉！」牛玉圃見這事不好，悄悄拉了牛浦，走下樓來，會了帳，急急走回去了。

這裏兩個秀才把烏龜打了個臭死。店裏人做好做歹，叫他認不是。兩個秀才總不肯住，要送他到官。落後打的烏龜急了，在腰間摸出三兩七錢碎銀子來送與兩位相公做好看錢。才罷了，放他下去。

牛玉圃同牛浦上了船，開到揚州，一直攏了子午宮下處，道士出來接著，安放行李，當晚睡下。次日早晨，拿出一頂舊方巾和一件藍綢直裰來，遞與牛浦，道：「今日要同往東家萬雪齋先生家，你穿了這個衣帽去。」當下叫了兩乘轎子，兩人坐了，兩個長隨跟著，一個抱著氈包，一直來到河下，見一個大高門樓，有七八個朝奉坐在板凳上，中間夾著一個奶媽，坐著說閒話。轎子到了門首，兩人下轎，走了進去，那朝奉都是認得的，說道：「牛老爺回來了，請在書房坐。」

當下走進了一個虎座的門樓，過了磨磚的天井，到了廳上。舉頭一看，中間懸著一個大匾，金字是「慎思堂」三字；旁邊一行「兩淮鹽運使司鹽運使荀玫書」。兩邊金箋對聯，寫：「讀書好，耕田好，學好便好；創業難，守成難，知難不難。」中間掛著一軸倪雲林的畫，書案上擺著一大塊不曾琢過的璞，十二張花梨椅子，左邊放著六尺高的一座穿衣鏡。從鏡子後邊走進去，兩扇門開了，鵝卵石砌成的地。循著塘沿走，一路的朱紅欄杆。走了進去，三間花廳。隔子中間，懸著斑竹簾。有兩個小么兒在那裏伺候，見兩個走來，揭開簾子，讓了進去。舉眼一看，裏而擺的都是水磨楠木桌椅，中間懸著一個白紙墨字小匾，是「課花摘句」四個字。

兩人坐下吃了茶，那主人萬雪齋方從裏面走了出來，頭戴方中，手搖金扇，身穿澄鄉繭綢直裰，腳下朱履，出來同牛玉圃作揖。牛玉圃叫過牛浦來見，說道：「這是舍姪孫。見過了老先生！」三人分賓主坐下。牛浦坐在下面。又捧出一道茶來吃了。萬雪齋道：「玉翁為什麼在京耽擱這許多時？」牛玉圃道：「只為我的名聲太大了，一到京，住在承恩寺，就有許多人來求。也有送斗方來的，也有送扇子來的，也有送冊頁來的，都要我寫字、做詩，還有那分了題、限了韻來要求教的。晝日晝夜，打發不清。才打發清了，國公府裏徐二公子，不知怎樣就知道小弟到了，一回兩回打發管家來請。他那管家都是錦衣衛指揮五品的前程，到我下處來了幾次，我只得到他家盤桓了幾天。臨行再三不肯放，我說是雪翁有要緊事等著，才勉強辭了來。二公子也仰慕雪翁，尊作詩稿是他親筆看的。」因在袖口裏拿出兩本詩來遞與萬雪齋。

萬雪齋接詩在手，便問：「這一位令姪孫一向不曾會過。多少尊庚了？大號是什麼？」牛浦答應不出來。牛玉圃道：「他今年才二十歲，年幼還不曾有號。」萬雪齋正要揭開詩本來看，只見一個小廝飛跑進來稟道：「宋爺請到了。」萬雪齋起身道：「玉翁，本該奉陪，因第七個小妾有病，請醫家宋仁老來看，弟要去同他斟酌，暫且告過。你竟請在我這裏寬坐，用了飯，坐到晚去。」說罷，去了。

管家捧出四個小菜碟，兩雙碗筷來，擡桌子，擺飯。牛玉圃向牛浦道：「他們擺飯還有一會功夫，我和你且在那邊走走，那邊還有許多齊整房子好看。」當下領著牛浦走過了一個小橋，循著塘沿走，望見那邊高高低低許多樓閣。那塘沿略窄，一路栽著十幾棵柳樹。牛玉圃走著，回頭過來向他說道：「方才主人問著你話，你怎麼不答應？」牛浦眼瞪瞪的望著牛玉圃的臉說，不覺一腳蹉了個空，半截身子掉下塘去。牛玉圃慌忙來扶，虧有柳樹攔著，拉了起來，鞋襪都濕透了，衣服上淋淋漓漓的半截水。牛玉圃惱了，沈著臉道：「你原來是上不的臺盤的人！」忙叫小廝氈包裏拿出一件衣裳來與他換了，先送他回下處。只因這一番，有分教：旁人閒話，說破財主行蹤；小子無良，弄得老生掃興。不知後事如何，且聽下回分解。

第二十三回　發陰私詩人被打　嘆老景寡婦尋夫

話說牛玉圃看見牛浦跌在水裏，不成模樣，叫小廝叫轎子先送他回去。牛浦到了下處，惹了一肚子的氣，把嘴骨都著坐在那裏。坐了一會，尋了一雙乾鞋襪換了。道士來問可曾吃飯，又不好說是沒有，只得說吃了，足足的餓了半天。牛玉圃在萬家吃酒，直到更把天才回來，上樓又把牛浦數說了一頓，牛浦不敢回言，彼此住下。

次日，一天無事。第三日，萬家又有人來請，牛玉圃吩咐牛浦看著下處，自己坐轎子去了。牛浦同道士吃了早飯，道士道：「我要到舊城裏木蘭院一個師兄家走走，牛相公，你在家裏坐著罷。」牛浦道：「我在家有甚事，不如也同你去玩玩。」當下鎖了門，同道士一直進了舊城，一個茶館內坐下。茶館裏送上一壺乾烘茶，一碟透糖，一碟梅豆上來。

吃著，道士問道：「牛相公，你這位令叔祖可是親房的？一向他老人家在這裏，不見你相公來。」牛浦道：「也是路上遇著，敘起來聯宗的。我一向在安東縣董老爺衙門裏，那董老爺好不好客！記得我初到他那裏時候，才送了帖子進去，他就連忙叫兩個差人出來請我的轎。我不曾坐轎，卻騎的是個驢。我要下驢，差人不肯，兩個人牽了我的驢頭，一路走上去。走到暖閣上，走的地板格登格登的一路響。董老爺已是開了宅門，自己迎了出來，同我手攙著手，走了進去，留我住了二十多天。我要辭他回來，他送我十七兩四錢五分細絲銀子，送我出到大堂上，看著我騎上了驢，口裏說道：『你別處若是得意，就罷了；若不得意，再來尋我。』這樣人真是難得，我如今還要到他那裏去。」

道士道：「這位老爺，果然就難得了！」牛浦道：「我這東家萬雪齋老爺，他是什麼前程？將來幾時有官做？」道士鼻子裏笑了一聲，道：「萬家！只好你令叔祖敬重他罷了！若說做官，只怕紗帽滿天飛，飛到他頭上，還有人摭了他的去哩！」牛浦道：「這又奇了！他又不是倡優隸卒，為甚那紗帽飛到他頭上還有人搶了去？」道士道：「你不知道他的出身麼？我說與你，你卻不可說出來。萬家他自小是我們這河下萬有旗程家的書僮，自小跟在書房伴讀。他主子程明卿見他聰明，到十八九歲上就叫他做小司客。」

牛浦道：「怎麼樣叫做小司客？」道士道：「我們這裏鹽商人家，比如託一個朋友在司上行走，替他會官、拜客，每年幾百銀子薪俸：這叫做『大司客』；若是司上有些零碎事情，打發一個家人去打聽料理：這就叫做『小司客』了。他做小司客的時侯，極其停當，每年聚幾兩銀子，先帶小貨，後來就弄窩子。不想他時運好，那幾年窩價陡長，他就尋了四五萬銀子，便贖了身出來，買了這所房子，自己行鹽；生意又好，就發起十幾萬來。萬有旗程家已經折了本錢，回徽州去了，所以沒人說他這件事。去年萬家娶媳婦，他媳婦也是個翰林的女兒，萬家費了幾千兩銀子娶進來。那日大吹大打，執事燈籠就擺了半街，好不熱鬧！到第三日，親家要上門做朝，家裏就唱戲，擺酒。不想他主子程明卿清早上就一乘轎子擡了來，坐在他那廳房裏。萬家走了出來，就由不的自己跪著，作了幾個揖，當時兌了一萬兩銀子出來，才糊的去了，不曾破相。」正說著，木蘭院裏走出兩個道士來，把這道士約了去吃齋，道士告別去了。

牛浦自己吃了幾杯茶，走回下處來。進了子午宮，只見牛玉圃已經回來，坐在樓底下。桌上擺著幾封大銀子，樓門還鎖著。牛玉圃見牛浦進來，叫他快開了樓門，把銀子搬上樓去，抱怨牛浦道：「適才我叫看著下處，你為什麼街上去胡撞！」牛浦道：「適才我站在門口，遇見敝縣的二公在門口過，他見我就下了轎子，說道：『許久不見』，要拉到船上談談，故此去了一會。」牛玉圃見他會官，就不說他不是了。因問道：「你這位二公姓什麼？」牛浦道：「他姓李，是北直人。——便是這李二公，也知道叔公。」牛玉圃道：「他們在官場中，自然是聞我的名的。」牛浦道：「他說也認得萬雪齋先生。」牛玉圃道：「雪齋也是交滿天下的。」因指著這個銀子道：「這就是雪齋家拿來的。因他第七位如夫人有病，醫生說是寒症，藥裏要用一個『雪蝦蟆』。在揚州出了幾百銀子也沒處買，聽見說蘇州還尋的出來，他拿三百兩銀了託我去買。我沒的功夫，已在他跟前舉薦了你。你如今去走一走罷，還可以賺的幾兩銀子。」牛浦不敢違拗。

當夜牛玉圃買了一隻雞和些酒，替他餞行，在樓上吃著。牛浦道：「方才有一句話正要向叔公說，是敝縣李二公說的。」牛玉圃道：「什麼話？」牛浦道：「萬雪齋先生算同叔公是極好的了，但只是筆墨相與，他家銀錢大事，還不肯相託。李二公說，他生平有一個心腹的朋友，叔公如今只要說同這個人相好，他就諸事放心，一切都託叔公。不但叔公發財，連我做姪孫的將來都有日子過。」牛玉圃道：「他心腹朋友是那一個？」牛浦道：「是徽州程明卿先生。」牛玉圃笑道：「這是我二十年拜盟的朋友，我怎麼不認的？我知道了。」吃完了酒，各自睡下。次日，牛浦帶著銀子，告辭叔公，上船往蘇州去了。

次日，萬家又來請酒，牛玉圃坐轎子去。到了萬家，先有兩位鹽商坐在那裏：一個姓顧，一個姓汪。相見作過了揖，那兩個鹽商說都是親戚，不肯僭牛玉圃的坐，讓牛玉圃坐在首席。吃過了茶，先講了些窩子長跌的話，擡上席來，兩位一桌。奉過酒，頭一碗上的「冬蟲夏草」。萬雪齋請諸位吃著，說道：「像這樣東西，也是外方來的。我們揚州城裏偏生多，一個『雪蝦蟆』就偏生尋不出來！」顧鹽商道：「還不曾尋著麼？」萬雪齋道：「正是。揚州沒有，昨日才託玉翁令姪孫到蘇州尋去了。」汪鹽商道：「這樣稀奇東西，蘇川也未必有，只怕還要到我們徽州舊家人家尋去，或者尋出來。」萬雪齋道：「這話不錯，一切的東西，是我們徽州出的好。」顧鹽商道：「不但東西出的好，就是人物也出在我們徽州。」

牛玉圃忽然想起，問道：「雪翁，徽州有一位程明卿先生是相好的麼？」萬雪齋聽了，臉就緋紅，一句也答不出來。牛玉圃道：「這是我拜盟的好弟兄。前日還有書子與我，說不日就要到揚州，少不的要與雪翁敘一敘。」萬雪齋氣的兩手冰冷，總是一句話也說不出來。顧鹽商道：「玉翁，自古『相交滿天下，知心能幾人』！我們今日且吃酒，那些舊話不必談他罷了。」當晚勉強終席，各自散去。牛玉圃回到下處，幾天不見萬家來請。那日在樓上睡中覺，一覺醒來，長隨拿封書子上來，說道：「這是河下萬老爺家送來的，不等回書去了。」牛玉圃拆開來看：

「刻下儀徵王漢策舍親令堂太親母七十大壽，欲求先生做壽文一篇，並求大筆書寫。望即命駕往伊處。至囑！至囑！」

牛玉圃看了這話，便叫長隨叫了一隻草上飛，往儀徵去。當晚上船。次早到丑壩上岸，在米店內問王漢策老爺家。米店人說道：「是做埠頭的王漢家？他在法雲街朝東的一個新門樓子裏面住。」牛玉圃走到王家，一直進去，見三間敞廳；廳中間椅子上亮著一幅一幅的金字壽文；左邊窗子口一張長桌，一個秀才低著頭在那裏寫，見牛玉圃進廳，丟下筆，走了過來。牛玉圃見他穿著繭綢直裰，胸前油一塊，就吃了一驚。那秀才認得牛玉圃，說道：「你就是大觀樓同烏龜一桌吃飯的，今日又來這裏做什麼？」牛玉圃上前同他吵鬧。王漢策從裏面走出來，向那秀才道：「先生請坐，這個不與你相干。」那秀才自在那邊坐了。

王漢策同牛玉圃拱一拱手，也不作揖，彼此坐下，問道：「尊駕就是號玉圃的麼？」牛玉圃道：「正是。」王漢策道：「我這裏就是萬府下店。雪翁昨日有書子來，說尊駕為人不甚端方，又好結交匪類，自今以後，不敢勞尊了。」因向帳房裏稱出一兩銀子來遞與他，說道：「我也不留了，你請尊便罷！」牛玉圃大怒，說道：「我那希罕這一兩銀子！我自去和萬雪齋說！」把銀子摜在椅子上。王漢策道：「你既不要，我也不強。我倒勸你不要到雪齋家去，雪齋也不能會！」牛玉圃氣忿忿的走了出去。王漢策道：「恕不送了。」把手一拱，走了進去。

牛玉圃只得帶著長隨在丑壩尋一個飯店住下，口口聲聲只念著：「萬雪齋這狗頭，如此可惡！」走堂的笑道：「萬雪齋老爺是極肯相與人的，除非你說出他程家那話頭來，才不尷尬。」說罷，走過去了。牛玉圃聽在耳朵裏，忙叫長隨去問那走堂的。走堂的方如此這般說出：「他是程明卿家管家，最怕人揭挑他這個事。你必定說出來，他才惱的。」長隨把這個話回覆了牛玉圃。牛玉圃才省悟道：「罷了！我上了這小畜生的當了！」當下住了一夜。次日，叫船到蘇州去尋牛浦。上船之後，盤纏不足，長隨又辭去了兩個，只剩兩個粗夯漢子跟著，一直來到蘇川，找在虎邱藥材行內。

牛浦正坐在那裏，見牛玉圃到，迎了出來，說道：「叔公來了。」牛玉圃道：「『雪蝦蟆』可曾有？」牛浦道：「還不曾有。」牛玉圃道：「近日鎮江有一個人家有了，快把銀子拿來同著買去。我的船就在閶門外。」當下押著他拿了銀子同上了船，一路不說出；走了幾天，到了龍袍洲地方，是個沒人煙的所在。是日，吃了早飯，牛玉圃圓睜兩眼，大怒道：「你可曉的我要打你哩！」牛浦嚇慌了道：「做孫子的又不曾得罪叔公，為什麼要打我呢？」牛玉浦道：「放你的狗屁！你弄的好乾坤哩！」當下不由分說，叫兩個夯漢把牛浦衣裳剝盡了，帽子鞋襪都不留，拿繩子綑起來，臭打了一頓，擡著往岸上一攢，他那一隻船就扯起篷來去了。

牛浦被他攢的發昏，又攢倒在一個糞窖子眼前，滾一滾就要滾到糞窖子裏面去；只得忍氣吞聲，動也不敢動。過了半日，只見江裏又來了一隻船，那船到岸就住了，一個客人走上來糞窖子裏面出恭，牛浦喊他救命。那客人道：「你是何等樣人？被甚人剝了衣裳綑倒在此？」牛浦道：「老爹，我是蕪湖縣的一個秀才。因安東縣董老爺請我去做館，路上遇見強盜，把我的衣裳行李都打劫去了，只饒的一命在此。我是落難的人，求老爹救我一救！」那客人驚道：「你果然是安東縣董老爺衙門裏去的麼？我就是安東縣人，我如今替你解了繩子。」看見他精赤條條，不像模樣，因說道：「相公且站著；我到船上取個衣帽鞋襪來與你穿著，好上船去。」

當下果然到船上取了一件布衣服，一雙鞋，一頂瓦楞帽，與他穿戴起來。說道：「這帽子不是你相公戴的，如今且權戴著；到前熱鬧所在，再買方巾罷。」牛浦穿了衣服，下跪謝那客人。扶了起來，同到船裏，滿船客人聽了這話，都吃一驚，問：「這位相公尊姓？」牛浦道：「我姓牛。」因拜問：「這位恩人尊姓？」那客人道：「在下姓黃，就是安東縣人，家裏做個小生意，是戲子行頭經紀。前日因往南京去替他們班裏人買些添的行頭，從這裏過，不想無意中救了這一位相公。你既是董老爺衙門裏去的，且同我到安東，在舍下住著，整理些衣服，再往衙門裏去。」牛浦深謝了。從這日就吃這客人的飯。

此時天氣甚熱，牛浦被剝了衣服，在日頭下綑了半日，又受了糞窖子裏薰蒸的熱氣，一到船上，就害起痢疾來。那痢疾又是禁口痢，裏急後重，一天到晚都痢不清，只得坐在船尾上，兩手抓著船板由他痢。痢到三四天，就像一個活鬼。身上打的又發疼，大腿在船沿坐成兩條溝。只聽得艙內客人悄悄商議道：「這個人料想是不好了。如今還是趁他有口氣，送上去；若死了，就費力了。」那位黃客人不肯。他拉到第五天上，忽然鼻子裏聞見一陣綠豆香。向船家道：「我想口綠豆湯吃。」滿船人都不肯。他說道：「我自家要吃，我死了也無怨。」眾人沒奈何，只得攏了岸，買些綠豆來煮了一碗湯，與他吃過。肚裏響了一陣，拉出一抛大屎，登時就好了，扒進艙來謝了眾人，睡下安息。養了兩天，漸漸復元。

到了安東，先住在黃客人家。黃客人替他買了一頂方巾，添了件把衣服，一雙靴，穿著去拜董知縣。董知縣果然歡喜，當下留了酒飯，要留在衙門裏面住。牛浦道：「晚生有個親戚在貴治，還是住在他那裏便意些。」董知縣道：「這也罷了。先生住在令親家，早晚常進來走走，我好請教。」牛浦辭了出來，黃客人見他果然同老爺相與，十分敬重。牛浦三日兩日進衙門去走走，借著講詩為名，順便撞兩處木鐘，弄起幾個錢來。黃家又把第四個女兒招他做個女婿，在安東快活過日子。

不想董知縣就升任去了，接任的是個姓向的知縣，也是浙江人。交代時候，向知縣問董知縣可有什麼事託他。董知縣道：「倒沒什麼事，只有個做詩的朋友住在貴治，叫做牛布衣，老寅臺青目一二，足感盛情。」向知縣應諾了。董知縣上京去，牛浦送在一百里外，到第三日才回家。渾家告訴他道：「昨日有個人來，說是你蕪湖長房舅舅，路過在這裏看你。我留他吃了個飯去了。他說下半年回來，再來看你。」牛浦心裏疑惑：「並沒有這個舅舅，不知是那一個？且等他下半年來再處。」

董知縣一路到了京師，在吏部投了文，次日過堂掣籤。這時馮琢菴已中了進士，散了部屬，寓處就在吏部門口不遠。董知縣先到他寓處來拜，馮主事迎著坐下，敘了寒溫。董知縣只說得一句：「貴友牛布衣在蕪湖甘露菴裏，……」不曾說這一番交情，也不曾說到安東縣曾會著的一番話，只見長班進來跪著稟道：「部裏大人升堂了。」董知縣連忙辭別了去，到部就掣了一個貴州知州的籤，匆匆束裝赴任去了，不曾再會馮主事。

馮主事過了幾時，打發一個家人寄家書回去，又拿出十兩銀子來，問那家人道：「你可認得那牛布衣牛相公家？」家人道：「小的認得。」馮主事道：「這是十兩銀子，你帶回去送與牛相公的夫人牛奶奶，說他的丈夫現在蕪湖甘露菴裏，寄個的信與他，不可有誤。這銀子說是我帶與牛奶奶盤纏的。」管家領了主命，回家見了主母，辦理家務事畢，便走到一個僻巷內，——一扇籬笆門關著。管家走到門口，只見一個小兒開門出來，手裏拿了一個筲箕出去買米。管家向他說是京裏馮老爺差來的，小兒領他進去站在客座內，小兒就走進去了。又走了出來問道：「你有甚說話？」管家問那小兒道：「牛奶奶是你什麼人？」那小兒道：「是大姑娘。」

管家把這十兩銀子遞在他手裏，說道：「這銀子是我家老爺帶與牛奶奶盤纏的。說你家牛相公現在蕪湖甘露菴內，寄個的信與你，免得懸望。」小兒請他坐著，把銀子接了進去。管家看見中間懸著一軸稀破的古畫，兩邊貼了許多的斗方，六張破丟不落的竹椅；天井裏一個土臺子，臺子上一架藤花，藤花旁邊就是籬笆門。坐了一會，只見那小兒捧出一杯茶來，手裏又拿了一個包子，包了二錢銀子，遞與他道：「我家大姑說：『有勞你，這個送給你買茶吃。到家拜上太太，到京拜上老爺，多謝，說的話我知道了。』」管家承謝過，去了。

牛奶奶接著這個銀子，心裏悽惶起來，說：「他恁大年紀，只管在外頭，又沒個兒女，怎生是好？我不如趁著這幾兩銀子，走到蕪湖去尋他回來，也是一場事。」主意已定，把這兩間破房子鎖了，交與鄰居看守，自己帶了姪子，搭船一路來到蕪湖。找到浮橋口甘露菴，兩扇門掩著，推開進去，韋馱菩薩面前，香爐、燭臺都沒有了。又走進去，大殿上槅子倒的七橫八豎，天井裏一個老道人坐著縫衣裳，問著他，只打手勢，原來又啞又聾。問他這裏面可有一個牛布衣，他拿手指著前頭一間屋裏。牛奶奶帶著姪子復身走出來，見韋馱菩薩旁邊一間屋，又沒有門，走了進去，屋裏停著一具大棺材，面前放著一張三隻腿的桌子，歪在半邊。棺村上頭的魂旛也不見了，只剩了一根棍。棺材貼頭上有字，又被那屋上沒有瓦，雨淋下來，把字跡都剝落了，只有「大明」兩字，第三字只得一橫。

牛奶奶走到這裏，不覺心驚肉顫，那寒毛根根都豎起來。又走進去問那道人道：「牛布衣莫不是死了？」道人把手搖兩搖，指著門外。他姪子道：「他說姑爺不曾死，又到別處去了。」牛奶奶又走到菴外，沿街細問，人都說不聽見他死，一直問到吉祥寺郭鐵筆店裏。郭鐵筆道：「他麼？而今到安東董老爺任上去了。」牛奶奶此番得著實信，立意往安東去尋。只因這一番，有分教：錯中有錯，無端更起波瀾；人外求人，有意做成交結。不知牛奶奶曾到安東去否，且聽下回分解。

第二十四回　牛浦郎牽連多訟事　鮑文卿整理舊生涯

話說牛浦招贅在安東黃姓人家，黃家把門面一帶三四間屋都與他住，他就把門口貼了一個帖，上寫道：「牛布衣代做詩文」。那日早上，正在家裏閒坐，只聽得有人敲門，開門讓了進來，原來是蕪湖縣的一個舊鄰居。這人叫做石老鼠，是個有名的無賴，而今卻也老了。牛浦見是他來，嚇了一跳，只得同他作揖坐下，自己走進去取茶。渾家在屏風後張見，迎著他告訴道：「這就是去年來的你長房舅舅，今日又來了。」牛浦道：「他那裏是我什麼舅舅！」接了茶出來，遞與石老鼠吃。

石老鼠道：「相公，我聽見你恭喜，又招了親在這裏，甚是得意。」牛浦道：「好幾年不曾會見老爹，而今在那裏發財？」石老鼠道：「我也只在淮北、山東各處走走。而今打從你這裏過，路上盤纏用完了，特來拜望你，借幾兩銀子用用。你千萬幫我一個襯！」牛浦道：「我雖則同老爹是個舊鄰居，卻從來不曾通過財帛。況且我又是客邊，借這親家住著，那裏來的幾兩銀子與老爹？」石老鼠冷笑道：「你這小孩子就沒良心了！想著我當初揮金如土的時節，你用了我不知多少；而今看見你在人家招了親，留你個臉面，不好就說，你倒回出這樣話來！」

牛浦發了急道：「這是那裏來的話！你就揮金如土，我幾時看見你金子，幾時看見你的土！你一個尊年人，不想做些好事，只要『在光水頭上鑽眼騙人』！」石老鼠道：「牛浦郎！你不要說嘴！想著你小時做的些醜事，瞞的別人，可瞞的過我？況且你停妻娶妻，在那裏騙了卜家女兒，在這裏又騙了黃家女兒，該當何罪？你不乖乖的拿出幾兩銀子來，我就同你到安東縣去講！」牛浦跳起來道：「那個怕你！就同你到安東縣去！」

當下兩人揪扭出了黃家門，一直來到縣門口，遇著縣裏兩個頭役，認得牛浦，慌忙上前勸住，問是什麼事。石老鼠就把他小時不成人的事說：騙了卜家女兒，到這裏又騙了黃家女兒；又冒名頂替，多少混帳事。牛浦道：「他是我們那裏有名的光棍，叫做石老鼠。而今越發老而無恥！去年走到我家，我不在家裏，他冒認是我舅舅，騙飯吃；今年又憑空走來問我要銀子！那有這樣無情無理的事！」幾個頭役道：「也罷，牛相公。他這人年紀老了，雖不是親戚，到底是你的一個舊鄰居。想是真正沒有盤費了。自古道：『家貧不是貧，路貧貧殺人。』你此時有錢也不服氣拿出來給他，我們眾人替你墊幾百文，送他去罷。」石老鼠還要爭。眾頭役道：「這裏不是你撒野的地方！牛相公就同我老爺相與最好！你一個尊年人，不要討沒臉面，吃了苦去！」石老鼠聽見這話，方才不敢多言了，接著幾百錢，謝了眾人自去。

牛浦也謝了眾人回家。才走得幾步，只見家門口一個鄰居迎著來道：「牛相公，你到這裏說話。」當下拉到一個僻淨巷內，告訴他道：「你家娘子在家同人吵哩！」牛浦道：「同誰吵？」鄰居道：「你剛才出門，隨即一乘轎子，一擔行李，一個堂客來到，你家娘子接了進去。這堂客說他就是你的前妻，要你見面，在那裏同你家黃氏娘子吵的狠！娘子託我帶信，叫你快些家去。」牛浦聽了這話，就像提在冷水盆裏一般，自心裏明白：「自然是石老鼠這老奴才，把卜家的前頭娘子賈氏撮弄的來鬧了！」也沒奈何，只得硬著膽走了來家。到家門口，站住腳聽一聽，裏面吵鬧的不是賈氏娘子聲音，是個浙江人，便敲門進去。和那婦人對了面，彼此不認得。

黃氏道：「這便是我家的了，你看看可是你的丈夫？」牛奶奶問道：「你這位怎叫做牛布衣？」牛浦道：「我怎不是牛布衣？但是我認不得你這位奶奶。」牛奶奶道：「我便是牛布衣的妻子。你這廝冒了我丈夫的名字在此掛招牌，分明是你把我丈夫謀害死了！我怎肯同你開交！」牛浦道：「天下同名同姓也最多，怎見得便是我謀害你丈夫？這又出奇了！」牛奶奶道：「怎麼不是！我從蕪湖縣問到甘露菴，一路問來，說在安東。你既是冒我丈夫名字，須要還我丈夫！」當下哭喊起來，叫跟來的姪子將牛浦扭著，牛奶奶上了轎，一直喊到縣前去，正值向知縣出門，就喊了冤。知縣叫補詞來。當下補了詞，出差拘齊了人，掛牌，第三日午堂聽審。

這一天，知縣坐堂，審的是三件。第一件，「為活殺父命事」，告狀的是個和尚。這和尚因在山中拾柴，看見人家放的許多牛，內中有一條牛見這和尚，把兩眼睜睜的只望著他，和尚覺得心動，走到那牛跟前，那牛就兩眼抛梭的淌下淚來。和尚慌到牛跟前跪下，牛伸出舌頭來舐他的頭。舐著，那眼淚越發多了。和尚方才知道是他的父親轉世，因向那人家哭著求告，施捨在菴裏供養著。不想被菴裏鄰居牽去殺了，所以來告狀，就帶施牛的這個人做干證。向知縣取了和尚口供，叫上那鄰居來問。

鄰居道：「小的三四日前，是這和尚牽了這個牛來賣與小的，小的買到手，就殺了。和尚昨日又來向小的說，這牛是他父親變的，要多賣幾兩銀子，前日銀子賣少了，要來找價。小的不肯，他就同小的吵起來。小的聽見人說：『這牛並不是他父親變的。這和尚積年剃了光頭，把鹽搽在頭上，走到放牛所在，見那極肥的牛，他就跪在牛跟前，哄出牛舌頭來舐他的頭。牛但凡舐著鹽，就要淌出眼水來。他就說是他父親，到那人家哭著求施捨。施捨了來，就賣錢用，不是一遭了。』這回又拿這事告小的，求老爺做主！」向知縣叫那施牛的人問道：「這牛果然是你施與他家的，不曾要錢？」施牛的道：「小的白送與他，不曾要一個錢。」向知縣道：「輪迴之事，本屬渺茫，那有這個道理？況既說父親轉世，不該又賣錢用。這禿奴可惡極了！」即丟下籤來，重責二十，趕了出去。

第二件，「為毒殺兄命事」，告狀人叫做胡賴，告的是醫生陳安。向知縣叫上原告來問道：「他怎樣毒殺你哥子？」胡賴道：「小的哥子害病，請了醫生陳安來看。他用了一劑藥，小的哥子次日就發了跑躁，跳在水裏淹死了。這分明是他毒死的！」向知縣道：「平日有仇無仇？」胡賴道：「沒有仇。」向知縣叫上陳安來問道：「你替胡賴的哥子治病，用的是什麼湯頭？」陳安道：「他本來是個寒症，小的用的是荊防發散藥，藥內放了八分細辛。當時他家就有個親戚——是個團臉矮子——在旁多嘴，說是細辛用到三分，就要吃死了人。《本草》上那有這句話？落後他哥過了三四日才跳在水裏死了，與小的什麼相干？青天老爺在上，就是把四百味藥藥性都查遍了，也沒見那味藥是吃了該跳河的！這是那裏說起？醫生行著道，怎當得他這樣誣陷！求老爺做主！」向知縣道：「這果然也胡說極了！醫家有割股之心；況且你家有病人，原該看守好了，為什麼放他出去跳河？與醫生何干？這樣事也來告狀！」一齊趕了出去。

第三件便是牛奶奶告的狀，「為謀殺夫命事」。向知縣叫上牛奶奶去問。牛奶奶悉把如此這般，從浙江尋到蕪湖，從蕪湖尋到安東：「他現掛著我丈夫招牌，我丈夫不問他要，問誰要？」向知縣道：「這也怎麼見得？」向知縣問牛浦道：「牛生員，你一向可認得這個人？」牛浦道：「生員豈但認不得這婦人，並認不得他丈夫。他忽然走到生員家要起丈夫來，真是天上飛下來的一件大冤枉事！」向知縣向牛奶奶道：「眼見得這牛生員叫做牛布衣，你丈夫也叫做牛布衣。天下同名同姓的多，他自然不知道你丈夫踪跡。你到別處去尋訪你丈夫去罷。」牛奶奶在堂上哭哭啼啼，定要求向知縣替他伸冤。纏的向知縣急了，說道：「也罷，我這裏差兩個衙役把這婦人解回紹興。你到本地告狀去！我那裏管這樣無頭官事！牛生員，你也請回去罷。」說罷，便退了堂。兩個解役把牛奶奶解往紹興去了。

自因這一件事，傳的上司知道，說向知縣相與做詩文的人，放著人命大事都不問；要把向知縣訪聞參處。按察司具揭到院。這按察司姓崔，是太監的姪兒，蔭襲出身，做到按察司。這日叫幕客敘了揭帖稿，取來燈下自己細看：「為特參昏庸不職之縣令以肅官方事……」內開安東縣知縣向鼎許多事故。自己看了又念，念了又看，燈燭影裏，只見一個人雙膝跪下。崔按察舉眼一看，原來是他門下的一個戲子，叫做鮑文卿。

按察司道：「你有什麼話，起來說。」鮑文卿道：「方才小的看見大老爺要參處的這位是安東縣向老爺。這位老爺小的也不曾認得。但自從七八歲學戲，在師父手裏就念的是他做的曲子。這老爺是個大才子，大名士。如今二十多年了，才做得一個知縣，好不可憐！如今又要因這事參處了。況他這件事也還是敬重斯文的意思，不知可以求得大老爺免了他的參處罷？」按察司道：「不想你這一個人倒有愛惜才人的念頭。你倒有這個意思，難道我倒不肯？只是如今免了他這一個革職，他卻不知道是你救他。我如今將這些緣故寫一個書子，把你送到他衙門裏去，叫他謝你幾百兩銀子，回家做個本錢。」鮑文卿磕頭謝了。按察司吩咐書房小廝去向幕賓說：「這安東縣不要參了。」

過了幾日，果然差一個衙役，拿著書子，把鮑文卿送到安東縣。向知縣把書子拆開一看，大驚，忙叫快開宅門，請這位鮑相公進來。向知縣便迎了出去。鮑文卿青衣小帽，走進宅門，雙膝跪下，便叩老爺的頭，跪在地下請老爺的安。向知縣雙手來扶，要同他敘禮。他道：「小的何等人，敢與老爺施禮！」向知縣道：「你是上司衙門裏的人，況且與我有恩，怎麼拘這個禮？快請起來，好讓我拜謝！」他再三不肯。向知縣拉他坐，他斷然不敢坐。向知縣急了，說：「崔大老爺送了你來，我若這般待你，崔大老爺知道不便。」鮑文卿道：「雖是老爺要格外擡舉小的，但這個關係朝廷體統，小的斷然不敢。」立著垂手回了幾句話，退到廊下去了。向知縣託家裏親戚出來陪他，也斷不敢當；落後叫管家出來陪他，才歡喜了，坐在管家房裏有說有笑。

次日，向知縣備了席，擺在書房裏，自己出來陪，斟酒來奉。他跪在地下，斷不敢接酒；叫他坐，也到底不坐。向知縣沒奈何，只得把酒席發了下去，叫管家陪他吃了。他還上來謝賞。向知縣寫了謝按察司的稟帖，封了五百兩銀子謝他。他一釐也不敢受，說道：「這是朝廷頒與老爺們的俸銀，小的乃是賤人，怎敢用朝廷的銀子？小的若領了這項銀子去養家口，一定折死小的。大老爺天恩，留小的一條狗命。」向知縣見他說道這田地，不好強他，因把他這些話又寫了一個稟帖，稟按察司；又留他住了幾天，差人送他回京。按察司聽見這些話，說他是個呆子，也就罷了。又過了幾時，按察司升了京堂，把他帶進京去。不想一進了京，按察司就病故了。鮑文卿在京沒有靠山，他本是南京人，只得收拾行李，回南京來。

這南京乃是太祖皇帝建都的所在，裏城門十三，外城門十八，穿城四十里，沿城一轉足有一百二十多里。城裏幾十條大街，幾百條小巷，都是人煙湊集，金粉樓臺。城裏一道河，東水關到西水關，足有十里，便是秦淮河。水滿的時候，畫船蕭鼓，晝夜不絕。城裏城外，琳宮梵宇，碧瓦朱甍，在六朝時，是四百八十寺；到如今，何止四千八百寺！大街小巷，合共起來，大小酒樓有六七百座，茶社有一千餘處。不論你走到一個僻巷裏面，總有一個地方懸著燈籠賣茶，插著時鮮花朵，烹著上好的雨水。茶社裏坐滿了吃茶的人。到晚來，兩邊酒樓上明角燈，每條街上足有數千盞，照耀如同白日，走路人並不帶燈籠。那秦淮到了有月色的時候，越是夜色已深，更有那細吹細唱的船來，淒清委婉，動人心魄。兩邊河房裏住家的女郎，穿了輕紗衣服，頭上簪了茉莉花，一齊捲起湘簾，憑欄靜聽。所以燈船鼓聲一響，兩邊簾捲窗開，河房裏焚的龍涎沈速，香霧一齊噴出來，和河裏的月色煙光合成一片，望著如閬苑仙人，瑤宮仙女。還有那十六樓官妓，新妝袨服，招接四方遊客。真乃「朝朝寒食，夜夜元宵」！

這鮑文卿住在水西門。水西門與聚寶門相近。這聚寶門，當年說，每日進來有百牛千猪萬擔糧；到這時候，何止一千個牛，一萬個猪，糧食更無其數。鮑文卿進了水西門，到家和妻子見了。他家本是幾代的戲行，如今仍舊做這戲行營業。他這戲行裏，淮清橋是三個總寓，一個老郎菴；水西門是一個總寓，一個老郎菴。總寓內都掛著一班一班的戲子牌。凡要定戲，先幾日要在牌上寫一個日子。鮑文卿卻是水西門總寓掛牌。他戲行規矩最大：但凡本行中有不公不法的事，一齊上了菴，燒過香，坐在總寓那裏品出不是來，要打就打，要罰就罰，一個字也不敢拗的。還有洪武年間起首的班子，一班十幾個人，每班立一座石碑在老郎菴裏，十幾個人共刻在一座碑上。比如有祖宗的名字在這碑上的，子孫出來學戲，就是「世家子弟」，略有幾歲年紀，就稱為「老道長」。凡遇本行公事，都向老道長說了，方才敢行。鮑文卿的祖父的名字卻在那第一座碑上。

他到家料理了些柴米，就把家裏笙蕭管笛、三弦琵琶，都查點了出來；也有斷了弦，也有壞了皮的，一總塵灰寸壅。他查出來放在那裏，到總寓旁邊茶館內去會會同行。才走進茶館，只見一個人坐在那裏，頭戴高帽，身穿寶藍緞直裰，腳下粉底皂靴，獨自坐在那裏吃茶。鮑文卿近前一看，原是他同班唱老生的錢麻子。錢麻子見了他來，說道：「文卿，你從幾時回來的？請坐吃茶。」鮑文卿道：「我方才遠遠看見你，只疑惑是那一位翰林科道老爺錯走到我這裏來吃茶，原來就是你這老屁精！」當下坐了吃茶。

錢麻子道：「文卿，你在京裏走了一回，見過幾個做官的，回家就拿翰林科道來嚇我了！」鮑文卿道：「兄弟，不是這樣說。像這衣服、靴子，不是我們行事的人可以穿得的。你穿這樣衣裳，叫那讀書的人穿什麼？」錢麻子道：「而今事！那是二十年前的講究了！南京這些鄉紳人家，壽誕或是喜事，我們只拿一副蠟燭去，他就要留我們坐著一桌吃飯。憑他什麼大官，他也只坐在下面。若遇同席有幾個學裏酸子，我眼角裏還不曾看見他哩！」鮑文卿道：「兄弟！你說這樣不安本分的話，豈但來生還做戲子，連變驢變馬都是該的！」錢麻子笑著打了他一下。茶館裏拿上點心來吃。

吃著，只見外面又走進一個人來，頭戴浩然巾，身穿醬色綢直裰，腳下粉底皂靴，手執龍頭拐杖，走了進來。錢麻子道：「黃老爹，到這裏來吃茶。」黃老爹道：「我道是誰，原來是你們二位！到跟前才認得。怪不得，我今年已八十二歲了，眼睛該花了！文卿，你幾時來的？」鮑文卿道：「到家不多幾日，還不曾來看老爹。日子好過的快，相別已十四年。記得我出門那日，還在國公府徐老爺裏面，看著老爹妝了一齣『茶博士』才走的。老爹而今可在班裏了？」

黃老爹搖手道：「我久已不做戲子了。」坐下添點心來吃，向錢麻子道：「前日南門外張舉人家請我同你去下棋，你怎麼不到？」錢麻子道：「那日我班裏有生意。明日是鼓樓外薛鄉紳小生日，定了我徒弟的戲，我和你明日要去拜壽。」鮑文卿道：「那個薛鄉紳？」黃老爹道：「他是做過福建汀州知府，和我同年，今年八十二歲，朝廷請他做鄉飲大賓了。」鮑文卿道：「像老爹拄著拐杖，緩步細搖，依我說，這『鄉飲大賓』就該是老爹做！」又道：「錢兄弟，你看老爹這個體統，豈止像知府告老回家，就是尚書、侍郎回來，也不過像老爹這個排場罷了！」

那老畜主不曉的這話是笑他，反忻忻得意。當下吃完了茶，各自散了。鮑文卿雖則因這些事看不上眼，自己卻還要尋幾個孩子起個小班子，因在城裏到處尋人說話。那日走到鼓樓坡上，遇著一個人，有分教：邂逅相逢，舊交更添氣色；婚姻有分，子弟亦被恩光。畢竟不知鮑文卿遇的是個什麼人，且聽下回分解。

第二十五回　鮑文卿南京遇舊　倪廷璽安慶招親

話說鮑文卿到城北去尋人，覓孩子學戲。走到鼓樓坡上，他才上坡，遇著一個人下坡。鮑文卿看那人時，頭戴破氈帽，身穿一件破黑綢直裰，腳下一雙爛紅鞋，花白鬍鬚，約有六十多歲光景；手裏拿著一張破琴，琴上貼著一條白紙，紙上寫著四個字道：「修補樂器」。鮑文卿趕上幾步，向他拱手道：「老爹是會修補樂器的麼？」那人道：「正是。」鮑文卿道：「如此，屈老爹在茶館坐坐。」當下兩人進了茶館坐下，拿了一壺茶來吃著。

鮑文卿道：「老爹尊姓？」那人道：「賤姓倪。」鮑文卿道：「尊府在那裏？」那人道，「遠哩！舍下在三牌樓。」鮑文卿道：「倪老爹，你這修補樂器，三弦、琵琶都可以修得麼？」倪老爹道：「都可以修得的。」鮑文卿道：「在下姓鮑，舍下住在水西門，原是梨園行業。因家裏有幾件樂器壞了，要借重老爹修一修。如今不知是屈老爹到舍下去修好，還是送到老爹府上去修？」倪老爹道：「長兄，你共有幾件樂器？」鮑文卿道：「只怕也有七八件。」倪老爹道：「有七八件就不好拿來，還是我到你府上來修罷。也不過一兩日功夫，我只擾你一頓早飯，晚裏還回來家。」鮑文卿道：「這就好了。只是茶水不周，老爹休要見怪。」又道：「幾時可以屈老爹去？」倪老爹道：「明日不得閒，後日來罷。」當下說定了。門口挑了一擔茯苓糕來，鮑文卿買了半斤，同倪老爹吃了，彼此告別。鮑文卿道：「後日清晨，專候老爹。」倪老爹應諾去了。鮑文卿回來和渾家說下，把樂器都揩抹淨了，搬出來擺在客座裏。

到那日清晨，倪老爹來了，吃過茶、點心，拿這樂器修補。修了一回，家裏兩個學戲的孩子捧出一頓素飯來，鮑文卿陪著倪老爹吃了。到下午時候，鮑文卿出門回來，向倪老爹道：「卻是怠慢老爹的緊，家裏沒個好菜蔬，不恭；我而今約老爹去酒樓上坐坐，這樂器丟著，明日再補罷。」倪老爹道：「為什麼又要取擾？」當下兩人走出來，到一個酒樓上，揀了一個僻淨座頭坐下。堂官過來問：「可曾有客？」倪老爹道：「沒有客了。你這裏有些什麼菜？」走堂的疊著指頭數道：「肘子、鴨子、黃悶魚、醉白魚、雜膾、單雞、白切肚子、生熇肉、京熇肉、熇肉片、煎肉圓、悶青魚、煮鰱頭，還有便碟白切肉。」倪老爹道：「長兄，我們自己人，吃個便碟罷。」鮑文卿道：「便碟不恭。」因叫堂官先拿賣鴨子來吃酒，再熇肉片帶飯來。堂官應下去了。

須臾，捧著一賣鴨子，兩壺酒上來。鮑文卿起身斟倪老爹一杯，坐下吃酒，因問倪老爹道：「我看老爹像個斯文人，因甚做這修補樂器的事？」那倪老爹嘆一口氣道：「長兄，告訴不得你！我從二十歲上進學，到而今做了三十七年的秀才。就壞在讀了這幾句死書，拿不得輕，負不的重，一日窮似一日，兒女又多，只得借這手藝餬口，原是沒奈何的事！」鮑文卿驚道：「原來老爹是學校中人，我大膽的狠了。請問老爹幾位相公？老太太可是齊眉？」倪老爹道：「老妻還在。從前倒有六個小兒，而今說不得了。」鮑文卿道：「這是什麼原故？」

倪老爹說到此處，不覺淒然垂下淚來。鮑文卿又斟一杯酒，遞與倪老爹，說道：「老爹，你有甚心事，不妨和在下說，我或者可以替你分憂。」倪老爹道：「這話不說罷，說了反要惹你長兄笑。」鮑文卿道：「我是何等之人，敢笑老爹？老爹只管說。」倪老爹道：「不瞞你說，我是六個兒子，死了一個，而今只得第六個小兒子在家裏，那四個……」說著，又忍著不說了。鮑文卿道：「那四個怎的？」倪老爹被他問急了，說道：「長兄，你不是外人，料想也不笑我。我不瞞你說，那四個兒子，我都因沒有的吃用，把他們賣在他州外府去了！」

鮑文卿聽見這句話，忍不住的眼裏流下淚來，說道：「這四個可憐了！」倪老爹垂淚道：「豈但那四個賣了，這一個小的，將來也留不住，也要賣與人去！」鮑文卿道：「老爹，你和你家老太太怎的捨得？」倪老爹道：「只因衣食欠缺，留他在家，跟著餓死，不如放他一條生路！」鮑文卿著實傷感了一會，說道：「這件事，我倒有個商議，只是不好在老爹跟前說。」倪老爹道：「長兄，你有什麼話，只管說有何妨？」鮑文卿正待要說，又忍住道：「不說罷，這話說了，恐怕惹老爹怪。」倪老爹道：「豈有此理。任憑你說什麼，我怎肯怪你？」鮑文卿道：「我大膽說了罷。」倪老爹道：「你說，你說。」

鮑文卿道：「老爹，比如你要把這小相公賣與人，若是賣到他州別府，就和那幾個相公一樣不見面了。如今我在下四十多歲，生平只得一個女兒，並不曾有兒子。你老人家若肯不棄賤行，把這小令郎過繼與我，我照樣送過二十兩銀子與老爹，我撫養他成人。平日逢時遇節，可以到老爹家裏來；後來老爹事體好了，依舊把他送還老爹。這可以使得的麼？」倪老爹道：「若得如此，就是我的小兒子恩星照命。我有什麼不肯？但是既過繼與你，累你撫養，我那裏還收得你的銀子？」鮑文卿道：「說那裏話，我一定送過二十兩銀子來。」說罷，彼此又吃了一回，會了帳。出得店門，趁天色未黑，倪老爹回家去了。鮑文卿回來把這話向乃眷說了一遍，乃眷也歡喜。次日，倪老爹清早來補樂器，會著鮑文卿，說：「昨日商議的話，我回去和老妻說，老妻也甚是感激。如今一言為定，擇個好日，就帶小兒來過繼便了。」鮑文卿大喜。自此，兩人呼為親家。

過了幾日，鮑家備一席酒請倪老爹，倪老爹帶了兒子來寫立過繼文書，憑著左鄰開絨線店張國重，右鄰開香蠟店王羽秋。兩個鄰居都到了。那文書上寫道：

「立過繼文書倪霜峰，今將第六子倪廷璽，年方一十六歲，因日食無措，夫妻商議，情願出繼與鮑文卿名下為義子，改名鮑廷璽。此後成人婚娶，俱係鮑文卿撫養。立嗣承祧，兩無異說。如有天年不測，各聽天命。今欲有憑，立此過繼文書，永遠存照。嘉靖十六年十月初一日。立過繼文書：倪霜峰。憑中鄰：張國重、王羽秋。」

都畫了押。鮑文卿拿出二十兩銀子來付與倪老爹去了。鮑文卿又謝了眾人。自此，兩家來往不絕。

這倪廷璽改名鮑廷璽，甚是聰明伶俐。鮑文卿因他是正經人家兒子，不肯叫他學戲，送他讀了兩年書，幫著當家管班。到十八歲上，倪老爹去世了，鮑文卿又拿出幾十兩銀子來替他料理後事，自己去一連哭了幾場，依舊叫兒子去披麻戴孝，送倪老爹入土。自此以後，鮑廷璽著實得力。

他娘說他是螟蛉之子，不疼他，只疼的是女兒、女婿。鮑文卿說他是正經人家兒女，比親生的還疼些。每日吃茶吃酒，都帶著他。在外攬生意，都同著他，讓他賺幾個錢，添衣帽鞋襪。又心裏算計，要替他娶個媳婦。

那日早上，正要帶著鮑廷璽出門，只見門口一個人，騎了一匹騾子，到門口下了騾子進來。鮑文卿認得是天長縣杜老爺的管家姓邵的，便道：「邵大爺，你幾時過江來的？」邵管家道：「特過江來尋鮑師父。」鮑文卿同他作了揖，叫兒子也作了揖，請他坐下。拿水來洗臉，拿茶來吃。吃著，問道：「我記得你家老太太該在這年把正七十歲。想是過來定戲的？你家大老爺在府安？」邵管家笑道：「正是為此。老爺吩咐要定二十本戲。鮑師父，你家可有班子？若有，就接了你的班子過去。」鮑文卿道：「我家現有一個小班，自然該去伺候。只不知要幾時動身？」邵管家道：「就在出月動身。」說罷，邵管家叫跟騾的人把行李搬了進來，騾子打發回去。

邵管家在被套內取出一封銀子來遞與鮑文卿道：「這是五十兩定銀。鮑師父，你且收了。其餘的，領班子過去再付。」文卿收了銀子，當晚整治酒席，大盤大碗，留邵管家吃了半夜。次日，邵管家上街去買東西，買了四五天，僱頭口，先過江去了。鮑文卿也就收拾，帶著鮑廷璽領了班子，到天長杜府去做戲。做了四十多天回來，足足賺了一百幾十兩銀子。父子兩個，一路感杜府的恩德不盡。那一班十幾個小戲子，也是杜府老太太每人另外賞他一件棉襖，一雙鞋襪。各家父母知道，也著實感恩，又來謝了鮑文卿。鮑文卿仍舊領了班子在南京城裏做戲。

那一日，在上河去做夜戲，五更天散了戲，戲子和箱都先進城來了，他父子兩個在上河澡堂子裏洗了一個澡，吃了些茶、點心，慢慢走回來。到了家門口，鮑文卿道：「我們不必攏家了。內橋有個人家，定了明日的戲，我和你趁早去把他的銀子秤來。」當下鮑廷璽跟著，兩個人走到坊口，只見對面來了一把黃傘，兩對紅黑帽，一柄遮陽，一頂大轎。知道是外府官過，父子兩個站在房簷下看，讓那傘和紅黑帽過去了。遮陽到了跟前，上寫著「安慶府正堂」。鮑文卿正仰臉看著遮陽，轎子已到。那轎子裏面的官看見鮑文卿，吃了一驚。鮑文卿回過臉來看那官時，原來便是安東縣向老爺，他原來升了。轎子才過去，那官叫跟轎的青衣人到轎前說了幾句話，那青衣人飛跑到鮑文卿眼前問道：「太老爺問你可是鮑師父麼？」鮑文卿道：「我便是。太老爺可是做過安東縣升了來的？」那人道：「是。太爺公館在貢院門口張家河房裏，請鮑師父在那裏去相會。」說罷，飛跑趕著轎子去了。

鮑文卿領著兒子走到貢院前香蠟店裏買了一個手本，上寫：「門下鮑文卿叩」，走到張家河房門口，知道向太爺已經回寓了，把手本遞與管門的，說道：「有勞大爺稟聲，我是鮑文卿，來叩見太老爺。」門上人接了手本，說道：「你且伺候著。」鮑文卿同兒子坐在板凳上。坐了一會，裏面打發小廝出來問道：「門上的，太爺問有個鮑文卿可曾來？」門上人道：「來了，有手本在這裏。」慌忙傳進手本去。只聽得裏面道：「快請。」

鮑文卿叫兒子在外面候著，自己跟了管門的進去。進到河房來，向知府已是紗帽便服，迎了出來，笑著說道：「我的老友到了！」鮑文卿跪下磕頭請安。向知府雙手挾住，說道：「老友，你若只管這樣拘禮，我們就難相與了。」再三再四拉他坐，他又跪下告了坐，方敢在底下一個凳子上坐了。向知府坐下，說道：「文卿，自同你別後，不覺已是十餘年。我如今老了，你的鬍子卻也白了許多。」鮑文卿立起來道：「太老爺高升，小的多不知道，不曾叩得大喜。」向知府道：「請坐下，我告訴你。我在安東做了兩年，又到四川做了一任知州，轉了個二府，今年才升到這裏。你自從崔大人死後，回家來做些什麼事？」鮑文卿道：「小的本是戲子出身，回家沒有甚事，依舊教一小班子過日。」向知府道：「你方才同走的那少年是誰？」鮑文卿道：「那就是小的兒子，帶在公館門口，不敢進來。」向知府道：「為什麼不進來？叫人快出去請鮑相公進來！」

當下一個小廝，領了鮑廷璽進來。他父親叫他磕太老爺的頭。向知府親手扶起，問：「你今年十幾歲了？」鮑廷璽道：「小的今年十七歲了。」向知府道：「好個氣質，像正經人家的兒女！」叫他坐在他父親旁邊。向知府道：「文卿，你這令郎也學戲行的營業麼？」鮑文卿道：「小的不曾教他學戲。他念了兩年書，而今跟在班裏記帳。」向知府道：「這個也好。我如今還要到各上司衙門走走。你不要去，同令郎在我這裏吃了飯，我回來還有話替你說。」說罷，換了衣服，起身上轎去了。鮑文卿同兒子走到管家們房裏，管宅門的王老爹本來認得，彼此作了揖，叫兒子也作了揖。看見王老爹的兒子小王已經長到三十多歲，滿嘴有鬍子了。王老爹極其歡喜鮑廷璽，拿出一個大紅緞子釘金線的鈔袋來，裏頭裝著一錠銀子，送與他。鮑廷璽作揖謝了，坐著說些閒話，吃過了飯。

向知府直到下午才回來，換去了大衣服，仍舊坐在河房裏，請鮑文卿父子兩個進來坐下，說道：「我明日就要回衙門去，不得和你細談。」因叫小廝在房裏取出一封銀子來遞與他，道：「這是二十兩銀子，你且收著。我去之後，你在家收拾收拾，把班子託與人領著，你在半個月內，同令郎到我衙門裏來，我還有話和你說。」鮑文卿接著銀子，謝了太老爺的賞，說道：「小的總在半個月內，領了兒子到太老爺衙門裏來請安。」當下又留他吃了酒。鮑文卿同兒子回家歇息。次早又到公館裏去送了向太爺的行，回家同渾家商議，把班子暫託與他女婿歸姑爺同教師金次福領著。他自己收拾行李衣服，又買了幾件南京的人事，——頭繩、肥皂之類，——帶與衙門裏各位管家。

又過了幾日，在水西門搭船。到了池口，只見又有兩個人搭船，艙內坐著。彼此談及，鮑文卿說要到向太爺衙門裏去的。那兩人就是安慶府裏的書辦，一路就奉承鮑家父子兩個，買酒買肉請他吃著。晚上候別的客人睡著了，便悄悄向鮑文卿說：「有一件事，只求太爺批一個『准』字，就可以送你二百兩銀子。又有一件事，縣裏詳上來，只求太爺駁下去，這件事竟可以送三百兩。你鮑太爺在我們太老爺眼前懇個情罷。」鮑文卿道：「不瞞二位老爹說，我是個老戲子，乃下賤之人。蒙太爺擡舉，叫到衙門裏來，我是何等之人，敢在太老爺跟前說情？」那兩個書辦道：「鮑太爺，你疑惑我這話是說謊麼？只要你肯說這情，上岸先兌五百兩銀子與你。」

鮑文卿笑道：「我若是歡喜銀子，當年在安東縣曾賞過我五百兩銀子，我不敢受。自己知道是個窮命，須是骨頭裏掙出來的錢才做得肉，我怎肯瞞著太老爺拿這項錢？況且他若有理，斷不肯拿出幾百兩銀子來尋人情。若是准了這一邊的情，就要叫那邊受屈，豈不喪了陰德？依我的意思，不但我不敢管，連二位老爹也不必管他。自古道：『公門裏好修行』，你們伏侍太老爺，凡事不可壞了太老爺清名，也要各人保著自己的身家性命。」幾句說的兩個書辦毛骨悚然，一場沒趣，扯了一個淡，罷了。次日早晨，到了安慶，宅門上投進手本去。向知府叫將他父子兩人行李搬在書房裏面住，每日同自己親戚一桌吃飯；又拿出許多綢和布來，替他父子兩個裏裏外外做衣裳。

一日，向知府走來書房坐著，問道：「文卿，你令郎可曾做過親事麼？」鮑文卿道：「小的是窮人，這件事還做不起。」向知府道：「我倒有一句話，若說出來，恐怕得罪你。這事你若肯相就，倒了我一個心願。」鮑文卿道：「太老爺有什麼話吩咐，小的怎敢不依？」向知府道：「就是我家總管姓王的，他有一個小女兒，生得甚是乖巧，老妻著實疼愛他，帶在房裏，梳頭、裹腳都是老妻親手打扮。今年十七歲了，和你令郎是同年。這姓王的在我家已經三代，我把投身紙都查了賞他，已不算我家的管家了。他兒子小王，我又替他買了一個部裏書辦名字，五年考滿，便選一個典史雜職。你若不棄嫌，便把你令郎招給他做個女婿。將來這做官的便是你令郎的阿舅了。這個你可肯麼？」鮑文卿道：「太老爺莫大之恩，小的知感不盡！只是小的兒子不知人事，不知王老爹可肯要他做女婿？」向知府道：「我替他說了，他極歡喜你令郎的。這事不要你費一個錢。你只明日拿一個帖子同姓王的拜一拜。一切床帳、被褥、衣服、首飾、酒席之費，都是我備辦齊了，替他兩口子完成好事，你只做個現成公公罷了。」鮑文卿跪下謝太老爺。向知府雙手扶起來，說道：「這是什麼要緊的事？將來我還要為你的情哩。」

次日，鮑文卿拿了帖子拜王老爹，王老爹也回拜了。到晚上三更時分，忽然撫院一個差官，一匹馬，同了一位二府，擡了轎子，一直走上堂來，叫請向太爺出來。滿衙門的人都慌了，說道：「不好了，來摘印了！」只因這一番，有分教：榮華富貴，享受不過片時；潦倒摧頹，波瀾又興多少。不知這來的官果然摘印與否，且聽下回分解。

第二十六回　向觀察升官哭友　鮑廷璽喪父娶妻

話說向知府聽見摘印官來，忙將刑名、錢穀相公都請到眼前，說道：「諸位先生將房裏各樣稿案查點查點，務必要查細些，不可遺漏了事。」說罷，開了宅門，匆匆出去了。出去會見那二府，拿出一張牌票來看了，附耳低言了幾句，二府上轎去了，差官還在外侯著。向太守進來，親戚和鮑文卿一齊都迎著問。向知府道：「沒甚事，不相干。是寧國府知府壞了，委我去摘印。」當下料理馬夫，連夜同差官往寧國去了。

衙門裏打首飾，縫衣服，做床帳、被褥，糊房，打點王家女兒招女婿。忙了幾日，向知府回來了，擇定十月十三大吉之期。衙門外傳了一班鼓手、兩個儐相進來。鮑廷璽插著花，披著紅，身穿綢緞衣服，腳下粉底皂靴，先拜了父親，吹打著，迎過那邊去，拜了丈人、丈母。小王穿著補服，出來陪妹婿。吃過三遍茶，請進洞房裏和新娘交拜合巹，不必細說。次日清早，出來拜見老爺、夫人。夫人另外賞了八件首飾，兩套衣服。衙裏擺了三天喜酒，無一個人不吃到。滿月之後，小王又要進京去選官。鮑文卿備酒替小親家餞行。鮑廷璽親自送阿舅上船，送了一天路才回來。自此以後，鮑廷璽在衙門裏，只如在雲端裏過日子。

看看過了新年，開了印，各縣送童生來府考。向知府要下察院考童生，向鮑文卿父子兩個道：「我要下察院去考童生，這些小廝們若帶去巡視，他們就要作弊。你父子兩個是我心腹人，替我去照顧幾天。」鮑文卿領了命，父子兩個在察院裏巡場查號。安慶七學共考三場。見那些童生，也有代筆的，也有傳遞的，大家丟紙團，掠磚頭，擠眉弄眼，無所不為。到了搶粉湯包子的時候，大家推成一團，跌成一塊，鮑廷璽看不上眼。有一個童生，推著出恭，走到察院土牆跟前，把土牆挖個洞，伸手要到外頭去接文章，被鮑廷璽看見，要採他過來見太爺。鮑文卿攔住道：「這是我小兒不知世事。相公，你一個正經讀書人，快歸號裏去做文章。倘若太爺看見了，就不便了。」

忙拾起些土來，把那洞補好，把那個童生送進號去。

考事已畢，發出案來，懷寧縣的案首叫做季萑。他父親是個武兩榜，同向知府是文武同年，在家候選守備。發案過了幾日，季守備進來拜謝，向知府設席相留，席擺在書房裏，叫鮑文卿同著出來坐坐。當下季守備首席，向知府主位，鮑文卿坐在橫頭。季守備道：「老公祖這一番考試，至公至明，臺府無人不服。」向知府道：「年先生，這看文字的事，我也荒疏了，倒是前日考場裏，虧我這鮑朋友在彼巡場，還不曾有什麼弊竇。」

此時季守備才曉得這人姓鮑。後來漸漸說到他是一個老梨園腳色，季守備臉上不覺就有些怪物相。向知府道：「而今的人，可謂江河日下。這些中進士、做翰林的，和他說到傳道窮經，他便說迂而無當，和他說到通今博古，他便說雜而不精。究竟事君交友的所在，全然看不得！不如我這鮑朋友，他雖生意是賤業，倒頗頗多君子之行。」因將他生平的好處說了一番，季守備也就肅然起敬。酒罷，辭了出來。過三四日，倒把鮑文卿請到他家裏吃了一餐酒，考案首的兒子季萑也出來陪坐。鮑文卿見他是一個美貌少年，便問：「少爺尊號？」季守備道：「他號叫做葦蕭。」當下吃完了酒，鮑文卿辭了回來，向向知府著實稱贊這季少爺好個相貌，將來不可限量。

又過了幾個月，那王家女兒懷著身子，要分娩，不想養不下來，死了。鮑文卿父子兩個慟哭。向太守倒反勸道：「也罷，這是他各人的壽數，你們不必悲傷了。你小小年紀，我將來少不的再替你娶個媳婦。你們若只管哭時，惹得夫人心裏越發不好過了。」鮑文卿也吩咐兒子，叫不要只管哭。但他自己也添了個痰火疾，不時舉動，動不動就要咳嗽半夜，意思要辭了向太爺回家去，又不敢說出來。恰好向太爺升了福建汀漳道，鮑文卿向向太守道：「太老爺又恭喜高升，小的本該跟隨大老爺去，怎奈小的老了，又得了病在身上。小的而今叩辭了太老爺回南京去，丟下兒子跟著太老爺伏侍罷。」向太守道：「老友，這樣遠路，路上又不好走，你年紀老了，我也不肯拉你去。你的兒子，你留在身邊奉侍你，我帶他去做什麼！我如今就要進京陛見，我先送你回南京去，我自有道理。」

次日，封出一千兩銀子，叫小廝捧著，拿到書房裏來，說道：「文卿，你在我這裏一年多，並不曾見你說過半個字的人情。我替你娶個媳婦，又沒命死了。我心裏著實過意不去。而今這一千兩銀子送與你，你拿回家去置些產業，娶一房媳婦，養老送終。我若做官再到南京來，再接你相會。」鮑文卿又不肯受。向道臺道：「而今不比當初了。我做府道的人，不窮在這一千兩銀子，你若不受，把我當做什麼人？」鮑文卿不敢違拗，方才磕頭謝了。向道臺吩咐叫了一隻大船，備酒替他餞行，自己送出宅門。鮑文卿同兒子跪在地下，灑淚告辭，向道臺也揮淚和他分手。

鮑文卿父子兩個，帶著銀子，一路來到南京，到家告訴渾家向太老爺這些恩德，舉家感激。鮑文卿扶著病出去尋人，把這銀子買了一所房子，兩副行頭，租與兩個戲班子穿著；剩下的，家裏盤纏。又過了幾個月，鮑文卿的病漸漸重了，臥床不起。自己知道不好了，那日把渾家、兒子、女兒、女婿都叫在跟前，吩咐他們：「同心同意，好好過日子，不必等我滿服，就娶一房媳婦進來要緊。」說罷，瞑目而逝。合家慟哭，料理後事，把棺材就停在房子中間，開了幾日喪。四個總寓的戲子都來弔孝。鮑廷璽又尋陰陽先生尋了一塊地，擇個日子出殯，只是沒人題銘旌。

正在躊躇，只見一個青衣人飛跑來了，問道：「這裏可是鮑老爹家？」鮑廷璽道：「便是。你是那裏來的？」那人道：「福建汀漳道向太老爺來了，轎子已到了門前。」鮑廷璽慌忙換了孝服，穿上青衣，到大門外去跪接。向道臺下了轎，看見門上貼著白，問道：「你父親已是死了？」鮑廷璽哭著應道：「小的父親死了。」向道臺道：「沒了幾時了？」鮑廷璽道：「明日就是四七。」向道臺道：「我陞見回來，從這裏過，正要會會你父親，不想已做故人。你引我到柩前去。」

鮑廷璽哭著跪辭，向道臺不肯，一直走到柩前，叫著：「老友文卿！」慟哭了一場，上了一炷香，作了四個揖。鮑廷璽的母親也出來拜謝了。向道臺出到廳上，問道：「你父親幾時出殯？」鮑廷璽道：「擇在出月初八日。」向道臺道：「誰人題的銘旌？」鮑廷璽道：「小的和人商議，說銘旌上不好寫。」向道臺道：「有什麼不好寫！取紙筆過來。」當下鮑廷璽送上紙筆。向道臺取筆在手，寫道：

「皇明義民鮑文卿享年五十有九之柩。賜進士出身中憲大夫福建汀漳道老友向鼎頓首拜題。」

寫完，遞與他道：「你就照著這個送到亭綵店內去做。」又說道：「我明早就要開船了，還有些少助喪之費，今晚送來與你。」說罷，吃了一杯茶，上轎去了。鮑廷璽隨即跟到船上，叩謝過了太老爺回來。晚上，向道臺又打發一個管家，拿著一百兩銀子，送到鮑家。那管家茶也不曾吃，匆匆回船去了。

這裏到出月初八日，做了銘旌。吹手、亭綵、和尚、道士、歌郎，替鮑老爹出殯，一直出到南門外。同行的人，都出來送殯，在南門外酒樓上擺了幾十桌齋。喪事已畢。

過了半年有餘，一日，金次福走來請鮑老太說話。鮑廷璽就請了在堂屋裏坐著，進去和母親說了。鮑老太走了出來，說道：「金師父，許久不見。今日什麼風吹到此？」金次福道：「正是。好久不曾來看老太，老太在家享福。你那行頭而今換了班子穿著了？」老太道：「因為班子在城裏做戲，生意行得細，如今換了一個文元班，內中一半也是我家的徒弟，在盱眙、天長這一帶走。他那裏鄉紳財主多，還賺的幾個大錢。」金次福道：「這樣，你老人家更要發財了。」

當下吃了一杯茶，金次福道：「我今日有一頭親事來作成你家廷璽，娶過來倒又可以發個大財。」鮑老太道：「是那一家的女兒？」金次福道：「這人是內橋胡家的女兒。胡家是布政使司的衙門，起初把他嫁了安豐典管當的王三胖，不到一年光景，王三胖就死了。這堂客才得二十一歲，出奇的人才，就上畫也是畫不就的。因他年紀小，又沒兒女，所以娘家主張著嫁人。這王三胖丟給他足有上千的東西：大床一張，涼床一張，四箱、四櫥，箱子裏的衣裳盛的滿滿的，手也插不下去。金手鐲有兩三副，赤金冠子兩頂，真珠、寶石不計其數。還有兩個丫頭，一個叫做荷花，一個叫做採蓮，都跟著嫁了來。你若娶了他與廷璽，他兩人年貌也還相合，這是極好的事。」

一番話說得老太滿心歡喜，向他說道：「金師父，費你的心！我還要託我家姑爺出去訪訪，訪的確了，來尋你老人家做媒。」金次福道：「這是不要訪的，——也罷，訪訪也好。我再來討回信。」說罷，去了。鮑廷璽送他出去。到晚，他家姓歸的姑爺走來，老太一五一十把這些話告訴他，託他出去訪。歸姑爺又問老人要了幾十個錢帶著，明日早上去吃茶。

次日，走到一個做媒的沈天孚家。沈天孚的老婆也是一個媒婆，有名的沈大腳。歸姑爺到沈天孚家，拉出沈天孚來，在茶館裏吃茶，就問起這頭親事。沈天孚道：「哦！你問的是胡七喇子麼？他的故事長著哩！你買幾個燒餅來，等我吃飽了和你說。」歸姑爺走到隔壁買了八個燒餅，拿進茶館來，同他吃著，說道：「你說這故事罷。」沈天孚道：「慢些，待我吃完了說。」當下把燒餅吃完了，說道：「你問這個人怎的？莫不是那家要娶他？這個堂客是娶不得的！若娶進門，就要一把天火！」

歸姑爺道：「這是怎的？」沈天孚道：「他原是跟布政使司胡偏頭的女兒。偏頭死了，他跟著哥們過日子。他哥不成人，賭錢吃酒，把布政使的缺都賣掉了。因他有幾分顏色，從十七歲上就賣與北門橋來家做小。他做小不安本分，人叫他『新娘』，他就要罵，要人稱呼他是『太太』。被大娘子知道，一頓嘴巴子，趕了出來。復後嫁了王三胖。王三胖是一個侯選州同，他真正是太太了，他做太太又做的過了：把大呆的兒子、媳婦，一天要罵三場；家人、婆娘，兩天要打八頓。這些人都恨如頭醋。不想不到一年，三胖死了。兒子疑惑三胖的東西都在他手裏，那日進房來搜；家人、婆娘又幫著，圖出氣。這堂客有見識，預先把一匣子金珠首飾，一總倒在馬桶裏。那些人在房裏搜了一遍，搜不出來；又搜太太身上，也搜不出銀錢來。他借此就大哭大喊，喊到上元縣堂上去了，出首兒子。上元縣傳齊了審，把兒子責罰了一頓，又勸他道：『你也是嫁過了兩個丈夫的了，還守什麼節？看這光景，兒子也不能和你一處同住，不如叫他分個產業給你，另在一處。你守著，也由你；你再嫁，也由你。』當下處斷出來，他另分幾間房子，在胭脂巷住。就為這胡七喇子的名聲，沒有人敢惹他。這事有七八年了，他怕不也有二十五六歲，他對人只說二十一歲。」

歸姑爺道：「他手頭有千把銀子的話，可是有的？」沈天孚道：「大約這幾年也花費了。他的金珠首飾、錦緞衣服，也還值五六百銀子，這是有的。」歸姑爺心裏想道：「果然有五六百銀子，我丈母心裏也歡喜了。若說女人會撒潑，我那怕磨死倪家這小孩子！」因向沈天孚道：「天老，這要娶他的人，就是我丈人抱養這個小孩子。這親事是他家教師金次福來說的。你如今不管他喇子不喇子，替他撮合成了，自然重重的得他幾個媒錢，你為什麼不做？」沈天孚道：「這有何難！我到家叫我家堂客同他一說，管包成就，只是謝媒錢在你。」歸姑爺道：「這個自然。我且去罷，再來討你的回信。」當下付了茶錢。出門來，彼此散了。

沈天孚回家來和沈大腳說，沈大腳搖著頭道：「天老爺！這位奶奶可是好惹的！他又要是個官，又要有錢，又要人物齊整，又要上無公婆，下無小叔、姑子。他每日睡到日中才起來，橫草不拿，豎草不拈，每日要吃八分銀子藥。他又不吃大葷，頭一日要鴨子，第二日要魚，第三日要茭兒菜鮮筍做湯。閒著沒事，還要橘餅、圓眼、蓮米搭嘴。酒量又大，每晚要炸麻雀、鹽水蝦，吃三斤百花酒。上床睡下，兩個丫頭輪流著搥腿，搥到四更鼓盡才歇。我方才聽見你說的是個戲子家，──戲子家有多大湯水弄這位奶奶家去？」沈天孚道：「你替他架些空罷了。」沈大腳商議道：「我如今把這做戲子的話藏起不要說，也並不必說他家弄行頭。只說他是個舉人，不日就要做官；家裏又開著字號店，廣有田地。這個說法好麼？」沈天孚道：「最好，最好！你就這麼說去。」

當下沈大腳吃了飯，一直走到胭脂巷，敲開了門。丫頭荷花迎著出來問：「你是那裏來的？」沈大腳道：「這裏可是王太太家？」荷花道：「便是。你有什麼話說？」沈大腳道：「我是替王太太講喜事的。」荷花道：「請在堂屋裏坐。太太才起來，還不曾停當。」沈大腳說道：「我在堂屋裏坐怎的？我就進房裏去見太太。」當下揭開門簾進房，只見王太太坐在床沿上裹腳，採蓮在旁邊捧著礬盒子。王太太見他進來，曉得他為媒婆，就叫他坐下，叫拿茶與他吃。看著太太兩隻腳足足裏了有三頓飯時才裏完了，又慢慢梳頭、洗臉、穿衣服，直弄到日頭趖西才清白。因問道：「你貴姓？有什麼話來說？」沈大腳道：「我姓沈。因有一頭親事來效勞，將來好吃太太喜酒。」王太太道：「是個什麼人家？」沈大腳道：「是我們這水西門大街上鮑府上，人都叫他鮑舉人家。家裏廣有田地，又開著字號店，足足有千萬貫家私。本人二十三歲，上無父母，下無兄弟兒女，要娶一個賢慧太太當家，久已說在我肚裏了。我想這個人家，除非是你這位太太才去得，所以大膽來說。」王太太道：「這舉人是他家什麼人？」沈大腳道：「就是這要娶親的老爺了，他家那還有第二個！」王太太道：「是文舉，武舉？」沈大腳道：「他是個武舉。扯的動十個力氣的弓，端的起三百斤的制子，好不有力氣！」

王太太道：「沈媽，你料想也知道我是見過大事的，不比別人。想著一初到王府上，才滿了月，就替大女兒送親，送到孫鄉紳家。那孫鄉紳家三間大敞廳，點了百十枝大蠟燭，擺著糖斗、糖仙，吃一看二眼觀三的席，戲子細吹細打，把我迎了進去。孫家老太太戴著鳳冠，穿著霞帔，把我奉在上席正中間，臉朝下坐了。我頭上戴著黃豆大珍珠的拖掛，把臉都遮滿了，一邊一個丫頭拿手替我分開了，才露出嘴來吃他的蜜餞茶。唱了一夜戲，吃了一夜酒。第二日回家，跟了去的四個家人婆娘，把我白綾織金裙子上弄了一點灰，我要把他一個個都處死了。他四個一齊走進來跪在房裏，把頭在地板上磕的撲通撲通的響，我還不開恩饒他哩。沈媽，你替我說這事，須要十分的實。若有半些差池，我手裏不能輕輕的放過了你。」沈大腳道：「這個何消說？我從來是『一點水一個泡』的人，比不得媒人嘴。若扯了一字謊，明日太太訪出來，我自己把這兩個臉巴子送來給太太掌嘴。」王太太道：「果然如此？好了，你到那人家說去，我等你回信。」當下包了幾十個錢，又包了些黑棗、青餅之類，叫他帶回去與娃娃吃。只因這一番，有分教：忠厚子弟，成就了惡姻緣；骨肉分張，又遇著親兄弟。不知這親事說成否，且聽下回分解。

第二十七回　王太太夫妻反目　倪廷珠兄弟相逢

話說沈大腳問定了王太太的話，回家向丈夫說了。次日，歸姑爺來討信，沈天孚如此這般告訴他說：「我家堂客過去，著實講了一番，這堂客已是千肯萬肯。但我說明了他家是沒有公婆的，不要叫鮑老太自己來下插定。到明日，拿四樣首飾來，仍舊叫我家堂客送與他，擇個日子就擡人便了。」歸姑爺聽了這話，回家去告訴丈母說：「這堂客手裏有幾百兩銀子的話是真的，只是性子不好些，會欺負丈夫。這是他兩口子的事，我們管他怎的！」鮑老太道：「這管他怎的！現今這小廝傲頭傲腦，也要娶個辣燥些的媳婦來制著他才好！」老太主張著要娶這堂客，隨即叫了鮑廷璽來，叫他去請沈天孚、金次福兩個人來為媒。

鮑廷璽道：「我們小戶人家，只是娶個窮人家女兒做媳婦好。這樣堂客，要了家來，恐怕淘氣。」被他媽一頓臭罵道：「倒運的奴才！沒福氣的奴才！你到底是那窮人家的根子，開口就說要窮，將來少不的要窮斷你的筋！像他有許多箱籠，娶進來擺擺房也是熱鬧的。你這奴才，知道什麼！」罵的鮑廷璽不敢回言，只得央及歸姑爺同著去拜媒人。歸姑爺道：「像娘這樣費心，還不討他說個是，只要揀精揀肥，我也犯不著要效他這個勞。」老太又把姑爺說了一番，道：「他不知道好歹，姐夫不必計較他。」姑爺方才肯同他去拜了兩個媒人。

次日，備了一席酒請媒。鮑廷璽有生意，領著班子出去做戲了，就是姑爺作陪客。老太家裏拿出四樣金首飾、四樣銀首飾來，——還是他前頭王氏娘子的，——交與沈天孚去下插定。沈天孚又賺了他四樣。只拿四樣首飾，叫沈大腳去下插定。那裏接了，擇定十月十三日過門。到十二日，把那四箱、四櫥和盆桶、錫器、兩張大床先搬了來。兩個丫頭坐轎子跟著，到了鮑家，看見老太，也不曉得是他家什麼人，又不好問，只得在房裏鋪設齊整，就在房裏坐著。明早，歸家大姑娘坐轎子來。這裏請了金次福的老婆和錢麻子的老婆兩個攙親。到晚，一乘轎子，四對燈籠火把，娶進門來。進房撒帳，說四言八句，拜花燭，吃交杯盞，不必細說。

五更鼓出來拜堂，聽見說有婆婆，就惹了一肚氣，出來使性摜氣磕了幾個頭，也沒有茶，也沒有鞋。拜畢，就往房裏去了。丫頭一會出來要雨水煨茶與太太嗑，一會出來叫拿炭燒著了進去與太太添著燒速香；一會出來到廚下叫廚子蒸點心、做湯拿進房來與太太吃。兩個丫頭，川流不息的在家前屋後的走，叫的太太一片聲響。鮑老太聽見道：「在我這裏叫什麼太太！連奶奶也叫不的，只好叫個相公娘罷了！」丫頭走進房去把這話對太太說了，太太就氣了個發昏。

到第三日，鮑家請了許多的戲子的老婆來做朝，南京的風俗：但凡新媳婦進門，三天就要到廚下去收拾一樣菜，發個利市。這菜一定是魚，取「富貴有餘」的意思。當下鮑家買了一尾魚，燒起鍋，請相公娘上鍋。王太太不采，坐著不動。錢麻子的老婆走進房來道：「這使不得。你而今到他家做媳婦，這些規矩是要還他的。」太太忍氣吞聲，脫了錦緞衣服，繫上圍裙，走到廚下，把魚接在手內，拿刀刮了三四刮，拎著尾巴，望滾湯鍋裏一摜。錢麻子老婆正站在鍋檯旁邊看他收拾魚，被他這一摜，便濺了一臉的熱水，連一件二色金的緞衫子都弄濕了，嚇了一跳，走過來道：「這是怎說！」忙取出一塊汗巾子來揩臉。王太太丟了刀，骨都著嘴，往房裏去了。當晚堂客上席，他也不曾出來坐。

到第四日，鮑廷璽領班子出去做夜戲，進房來穿衣服。王太太看見他這幾日都戴的是瓦楞帽子，並無紗帽，心裏疑惑他不像個舉人。這日見他戴帽子出去，問道：「這晚間你往那裏去？」鮑廷璽道：「我做生意去。」說著，就去了。太太心裏越發疑惑：「他做什麼生意？」又想道：「想是在字號店裏算帳。」一直等到五更鼓天亮，他才回來，太太問道：「你在字號店裏算帳，為什麼算了這一夜？」鮑廷璽道：「什麼字號店？我是戲班子裏管班的，領著戲子去做夜戲才回來。」太太不聽見這一句話罷了；聽了這一句話，怒氣攻心，大叫一聲，望後便倒，牙關咬緊，不省人事。

鮑廷璽慌了，忙叫兩個丫頭拿薑湯灌了半日。灌醒過來，大哭大喊，滿地亂滾，滾散頭髮；

一會又要扒到床頂上去，大聲哭著，唱起曲子來。原來氣成了一個失心瘋。嚇的鮑老太同大姑娘都跑進來看；看了這般模樣，又好惱，又好笑。正鬧著，沈大腳手裏拿著兩包點心，走到房裏來賀喜。才走進房，太太一眼看見，上前就一把揪住，把他揪到馬子跟前，揭開馬子，抓了一把尿屎，抹了他一臉一嘴。沈大腳滿鼻子都塞滿了臭氣。眾人來扯開了。沈大腳走出堂屋裏，又被鮑老太指著臉罵了一頓。沈大腳沒情沒趣，只得討些水洗了臉，悄悄的出了門，回去了。

這裏請了醫生來。醫生說：「這是一肚子的痰，正氣又虛，要用人參、琥珀。」每劑藥要五錢銀子。自此以後，一連害了兩年，把些衣服、首飾都花費完了，兩個丫頭也賣了。歸姑爺同大姑娘和老太商議道：「他本是螟蛉之子，又沒中用。而今又弄了這個瘋女人來，在家鬧到這個田地，將來我們這房子和本錢，還不夠他吃人參、琥珀！吃光了，這個如何來得？不如趁此時將他趕出去，離門離戶，我們才得乾淨，一家一計過日子。」鮑老太聽信了女兒、女婿的話，要把他兩口子趕出去。鮑廷璽慌了，去求鄰居王羽秋、張國重來說。

張國重、王羽秋走過來說道：「老太，這使不得。他是你老爹在時抱養他的。況且又幫著老爹做了這些年生意，如何趕得他出去？」老太把他怎樣不孝，媳婦怎樣不賢，著實數說了一遍，說道：「我是斷斷不能要他的了！他若要在這裏，我只好帶著女兒、女婿搬出去讓他！」當下兩人講不過老太，只得說道：「就是老太要趕他出去，也分些本錢與他做生意。叫他兩口子光光的怎樣出去過日子？」老太道：「他當日來的時候，只得頭上幾莖黃毛，身上還是光光的。而今我養活的他恁大，又替他娶過兩回親。況且他那死鬼老子也不知是累了我家多少。他不能補報我罷了，我還有什麼貼他！」那兩人道：「雖如此說，『恩從上流』，還是你老人家照顧他些。」說來說去，說得老太轉了口，許給他二十兩銀子，自己去住。鮑廷璽接了銀子，哭哭啼啼，不日搬了出來，在王羽秋店後借一間屋居住。只得這二十兩銀子，要團班子弄行頭，是弄不起；要想做個別的小生意，又不在行；只好坐吃山空。把這二十兩銀子吃的將光，太太的人參、琥珀藥也沒得吃了，病也不大發了，只是在家坐著哭泣咒罵，非止一日。

那一日鮑廷璽街上走走回來，王羽秋迎著問道：「你當初有個令兄在蘇州麼？」鮑廷璽道：「我老爹只得我一個兒子，並沒有哥哥。」王羽秋道：「不是鮑家的，是你那三牌樓倪家的。」鮑廷璽道：「倪家雖有幾個哥哥，聽見說，都是我老爹自小賣出去了，後來一總都不知個下落，卻也不曾聽見是在蘇州。」王羽秋道：「方才有個人，一路找來，找在隔壁鮑老太家，說：『倪大太爺找倪六太爺的。』鮑老太不招應，那人就問在我這裏。我就想到你身上。你當初在倪家可是第六？」鮑廷璽道：「我正是第六。」王羽秋道：「那人找不到，又到那邊找去了。他少不得還找了回來，你在我店裏坐了候著。」

少頃，只見那人又來找問。王羽秋道：「這便是倪六爺，你找他怎的？」鮑廷璽道：「你是那裏來的，是那個要找我？」那人在腰裏拿出一個紅紙帖子來，遞與鮑廷璽看。鮑廷璽接著，只見上寫道：

「水西門鮑文卿老爹家過繼的兒子鮑廷璽，本名倪廷璽，乃父親倪霜峰第六子，是我的同胞的兄弟。我叫作倪廷珠，找著是我的兄弟，就同他到公館裏來相會。要緊！要緊！」

鮑廷璽道：「這是了！一點也不錯！你是什麼人？」那人道：「我是跟大太爺的，叫作阿三。」鮑廷璽道：「大太爺在那裏？」阿三道：「大太爺現在蘇州撫院衙門裏做相公，每年一千兩銀子。而今現在大老爺公館裏。既是六太爺，就請同小的到公館裏和大太爺相會。」鮑廷璽喜從天降，就同阿三一直走到淮清橋撫院公館前。阿三道：「六太爺請到河底下茶館裏坐著。我去請大太爺來會。」一直去了。

鮑廷璽自己坐著，坐了一會，只見阿三跟了一個人進來，頭戴方巾，身穿醬色緞直裰，腳下粉底皂靴，三綹髭鬚，有五十歲光景。那人走進茶館，阿三指道：「便是六大爺了。」鮑廷璽忙走上前，那人一把拉住道：「你便是我六兄弟了！」鮑廷龍道：「你便是我大哥哥！」兩人抱頭大哭，哭了一場坐下。倪廷珠道：「兄弟，自從你過繼在鮑老爹家，我在京裏，全然不知道。我自從二十多歲的時候就學會了這個幕道，在各衙裏做館。在各省找尋那幾個弟兄，都不曾找的著。五年前，我同一位知縣到廣東赴任去，在三牌樓找著一個舊時老鄰居問，才曉得你過繼在鮑家了，父母俱已去世了！」說著，又哭起來。

鮑廷璽道：「我而今鮑門的事……」倪廷珠道：「兄弟，你且等我說完了。我這幾年，虧遭際了這位姬大人，賓主相得，每年送我束脩一千兩銀子。那幾年在山東，今年調在蘇州來做巡撫。這是故鄉了，我所以著緊來找賢弟。找著賢弟時，我把歷年節省的幾兩銀子，拿出來弄一所房子，將來把你嫂子也從京裏接到南京來，和兄弟一家一計的過日子。兄弟，你自然是娶過弟媳的了。」鮑廷璽道：「大哥在上……」便悉把怎樣過繼到鮑家，怎樣蒙鮑老爹恩養，怎樣在向太爺衙門裏招親，怎樣前妻王氏死了，又娶了這個女人，而今怎樣怎樣被鮑老太趕出來了，都說了一遍。倪廷珠道：「這個不妨。而今弟婦現在那裏？」鮑廷璽道：「現在鮑老爹隔壁一個人家借著住。」倪廷珠道：「我且和你同到家裏去看看，我再作道理。」

當下會了茶錢，一同走到王羽秋店裏。王羽秋也見了禮。鮑廷璽請他在後面。王太太拜見大伯，此時衣服首飾都沒有了，只穿著家常打扮。倪廷珠荷包裏拿出四兩銀子來，送與弟婦做拜見禮。王太太看見有這一個體面大伯，不覺憂愁減了一半，自己捧茶上來。鮑廷璽接著，送與大哥。倪廷珠吃了一杯茶，說道：「兄弟，我且暫回公館裏去。我就回來和你說話，你在家等著我。」說罷，去了。鮑廷璽在家和太太商議：「少刻大哥來，我們須備個酒飯候著。如今買一隻板鴨和幾斤肉，再買一尾魚來，託王羽秋老爹來收拾，做個四樣才好。」王太太說：「呸！你這死不見識面的貨！他一個撫院衙門裏住著的人，他沒有見過板鴨和肉？他自然是吃了飯才來，他希罕你這樣東西吃？如今快秤三錢六分銀子，到果子店裏裝十六個細巧圍碟子來，打幾斤陳百花酒候著他，才是個道理！」鮑廷璽道：「太太說的是。」當下稱了銀子，把酒和碟子都備齊，捧了來家。

到晚，果然一乘轎子，兩個「巡撫部院」的燈籠，阿三跟著，他哥來了。倪廷珠下了轎，進來說道：「兄弟，我這寓處沒有什麼，只帶的七十多兩銀子。」叫阿三在轎櫃裏拿出來，一包一包，交與鮑廷璽，道：「這個你且收著。我明日就要同姬大人往蘇州去。你作速看下一所房子，價銀或是二百兩、三百兩，都可以，你同弟婦搬進去住著。你就收拾到蘇州衙門裏來。我和姬大人說，把今年束脩一千兩銀子都支了與你，拿到南京來做個本錢，或是買些房產過日。」當下鮑廷璽收了銀子，留著他哥吃酒。吃著，說一家父母兄弟分離苦楚的話。說著又哭，哭著又說。直吃到二更多天，方才去了。

鮑廷璽次日同王羽秋商議，叫了房牙子來，要當房子。自此，家門口人都曉的倪大老爺來找兄弟，現在撫院大老爺衙門裏；都稱呼鮑廷璽是倪六老爺，太太是不消說。又過了半個月，房牙子看定了一所房子，在下浮橋施家巷，三間門面，一路四進，是施御史家的。施御史不在家，著典與人住，價銀二百二十兩。成了議約，付押議銀二十兩，擇了日子搬進去，再兌銀子。搬家那日，兩邊鄰居都送看盒。歸姑爺也來行人情，出分子。鮑廷璽請了兩日酒，又替太太贖了些頭面、衣服。太太身子裏又有些啾啾唧唧的起來，隔幾日要請個醫生，要吃八分銀子的藥。那幾十兩銀子，漸漸要完了。

鮑廷璽收拾要到蘇州尋他大哥去，上了蘇州船。那日風不順，船家蕩在江北。走了一夜，到了儀徵，船住在黃泥灘，風更大，過不得江。鮑廷璽走上岸要買個茶點心吃。忽然遇見一個少年人，頭戴方巾，身穿玉色紬直裰，腳下大紅鞋。那少年把鮑廷璽上上下下看了一遍，問道：「你不是鮑姑老爺麼？」鮑廷璽驚道：「在下姓鮑。相公尊姓大名？怎樣這樣稱呼？」那少年道：「你可是安慶府向太爺衙門裏王老爹的女婿？」鮑廷璽道：「我便是。相公怎的知道？」那少年道：「我便是王老爹的孫女婿，你老人家可不是我的姑丈人麼？」鮑廷璽笑道：「這是怎麼說？且請相公到茶館坐坐。」當下兩人走進茶館，拿上茶來。儀徵有的是肉包子，裝上一盤來吃著。

鮑廷璽問道：「相公尊姓？」那少年道：「我姓季。姑老爹，你認不得我？我在府裏考童生，看見你巡場，我就認得了。後來你家老爹還在我家吃過了酒。這些事，你難道都記不得了？」鮑廷璽道：「你原來是季老太爺府裏的季少爺。你卻因什麼做了這門親？」季葦蕭道：「自從向太爺升任去後，王老爹不曾跟了去，就在安慶住著。後來我家岳選了典史，安慶的鄉紳人家，因他老人家為人盛德，所以同他來往起來，我家就結了這門親。」鮑廷璽道：「這也極好。你們太老爺在家好麼？」季葦蕭道：「先君見背，已三年多了。」

鮑廷璽道：「姑爺，你卻為什麼在這裏？」季葦蕭道：「我因鹽運司荀大人是先君文武同年，我故此來看看年伯。姑老爺，你卻往那裏去？」鮑廷璽說：「我到蘇州去看一個親戚。」季葦蕭道：「幾時才得回來？」鮑廷璽道：「大約也得二十多日。」季葦蕭道：「若回來無事，到揚州來玩玩。若到揚州，只在道門口門簿上一查，便知道我的下處。我那時做東請姑老爺。」鮑廷璽道：「這個一定來奉侯。」說罷，彼此分別走了。

鮑廷璽上了船，一直來到蘇州，才到閶門上岸，劈面撞著跟他哥的小廝阿三。只因這一番，有分教：榮華富貴，依然一旦成空；奔走道途，又得無端聚會。畢竟阿三說出什麼話來，且聽下回分解。

第二十八回　季葦蕭揚州入贅　蕭金鉉白下選書

話說鮑廷璽走到閶門，遇見跟他哥的小廝阿三。阿三前走，後面跟了一個閒漢，挑了一擔東西，是些三牲和些銀錠、紙馬之類。鮑廷璽道：「阿三，倪大太爺在衙門裏麼？你這些東西叫人挑了同他到那裏去？」阿三道：「六太爺來了！大太爺自從南京回來，進了大老爺衙門，打發人上京接太太去，去的人回說，太太已于前月去世。大太爺著了這一急，得了重病，不多幾日，就歸天了。大太爺的靈柩現在城外厝著，小的便搬在飯店裏住。今日是大太爺頭七，小的送這三牲紙馬到墳上燒紙去。」

鮑廷璽聽了這話，兩眼大睜著，話也說不出來，慌問道：「怎麼說？大太爺死了？」阿三道：「是，大太爺去世了。」鮑廷璽哭倒在地，阿三扶了起來。當下不進城了，就同阿三到他哥哥厝基的所在，擺下牲醴，澆奠了酒，焚起紙錢。哭道：「哥哥陰魂不遠，你兄弟來遲一步，就不能再見大哥一面！」說罷，又慟哭了一場。阿三勸了回來，在飯店裏住下。

次日，鮑廷璽將自己盤纏又買了一副牲醴、紙錢去上了哥哥墳，回來，連連在飯店裏住了幾天，盤纏也用盡了，阿三也辭了他往別處去了。思量沒有主意，只得把新做來的一件見撫院的綢直裰當了兩把銀子，且到揚州尋尋季姑爺再處。

當下搭船，一直來到揚州，往道門口去問季葦蕭的下處。門簿上寫著「寓在興教寺」，忙找到興教寺。和尚道：「季相公麼？他今日在五城巷引行公店隔壁尤家招親，你到那裏去尋。」鮑廷璽一直找到尤家，見那家門口掛著綵子。三間敞廳，坐了一敞廳的客。正中書案上，點著兩枝通紅的蠟燭；中間懸著一軸百子圖的畫；兩邊貼著硃箋紙的對聯，上寫道：「清風明月常如此，才子佳人信有之。」季葦蕭戴著新方巾，穿著銀紅綢直裰，在那裏陪客；見了鮑廷璽進來，嚇了一跳，同他作了揖，請他坐下，說道：「姑老爺從蘇州回來的？」鮑廷璽道：「正是。恰又遇著姑爺恭喜，我來吃喜酒。」座上的客問：「此位尊姓？」季葦蕭代答道：「這舍親姓鮑，是我的賤內的姑爺，是小弟的姑丈人。」眾人道：「原來是姑太爺。失敬！失敬！」鮑廷璽問：「各位太爺尊姓？」季葦蕭指著上首席坐的兩位道：「這位是辛東之先生，這位是金寓劉先生，二位是揚州大名士。作詩的從古也沒有這好的。又且書法絕妙，天下沒有第二個。」

說罷，擺上飯來。二位先生首席，鮑廷璽三席，還有幾個人，都是尤家親戚，坐了一桌子。吃過了飯，這些親戚們同季葦蕭裏面料理事去了。鮑廷璽坐著，同那兩位先生攀談。辛先生道：「揚州這些有錢的鹽呆子，其實可惡！就如河下興盛旂馮家，他有十幾萬銀子。他從徽州請了我出來，住了半年，我說：『你要為我的情，就一總送我二三千銀子。』他竟一毛不拔！我後來向人說：『馮家他這銀子該給我的。他將來死的時候，這十幾萬銀子一個錢也帶不去，到陰司裏是個窮鬼。閻王要蓋「森羅寶殿」，這四個字的匾，少不的是請我寫，至少也得送我一萬銀子！我那時就把幾千與他用用，也不可知。何必如此計較！』」說罷，笑了。

金先生道：「這話一絲也不錯！前日不多時，河下方家來請我寫一副對聯，共是二十二個字。他叫小廝送了八十兩銀子來謝我。我叫他小廝到跟前，吩咐他道：『你拜上你家老爺，說：金老爺的字，是在京師王爺府裏品過價錢的：小字是一兩一個，大字十兩一個。我這二十二個字，平買平賣，時價值二百二十兩銀子。你若是二百一十九兩九錢，也不必來取對聯。』那小廝回家去說了。方家這畜生賣弄有錢，竟坐了轎子到我下處來，把二百二十兩銀子與我。我把對聯遞與他。他，他，兩把把對聯扯碎了。我登時大怒，把這銀子打開，一總都攢在街上，給那些挑鹽的、拾糞的去了！列位，你說這樣小人，豈不可惡！」

正說著，季葦蕭走了出來，笑說道：「你們在這裏講鹽呆子的故事？我近日聽見說，揚州是『六精』。」辛東之道：「是『五精』罷了，那裏『六精』？」季葦蕭道：「是『六精』的很！我說與你聽！他轎裏是坐的債精，擡轎的是牛精，跟轎的是屁精，看門的是謊精，家裏藏著的是妖精，這是『五精』了。而今時作，這些鹽商頭上戴的是方巾，中間定是一個水晶結子，合起來是『六精』。」說罷，一齊笑了。捧上麵來吃。四人吃著，鮑廷璽問道：「我聽見說，鹽務裏這些有錢的，到麵店裏，八分一碗的麵，只呷一口湯，就拿下去賞與轎夫吃。這話可是有的麼？」辛先生道：「怎麼不是有的！」金先生道：「他那裏當真吃不下？他本是在家裏泡了一碗鍋巴吃了，才到麵店去的。」

當下說著笑話，天色晚了下來。裏面吹打著，引季葦蕭進了洞房。眾人上席吃酒，吃罷各散。鮑廷璽仍舊到鈔關飯店裏住了一夜。次日來賀喜，看新人。看罷出來，坐在廳上。鮑廷璽悄悄問季葦蕭道：「姑爺，你前面的姑奶奶不曾聽見怎的，你怎麼又做這件事？」季葦蕭指著對聯與他看道：「你不見『才子佳人信有之』？我們風流人物，只要才子佳人會合，一房兩房，何足為奇！」鮑廷璽道：「這也罷了。你這些費用是那裏來的？」季葦蕭道：「我一到揚州，荀年伯就送了我一百二十兩銀子，又把我在瓜洲管關稅。只怕還要在這裏過幾年，所以又娶一個親。姑老爺，你幾時回南京去？」鮑廷璽道：「姑爺，不瞞你說，我在蘇州去投奔一個親戚投不著，來到這裏，而今並沒有盤纏回南京。」季葦蕭道：「這個容易。我如今送幾錢銀子與姑老爺做盤費，還要託姑老爺帶一個書子到南京去。」

正說著，只見那辛先生、金先生和一個道士，又有一個人，一齊來吵房。季葦蕭讓了進去，新房裏吵了一會，出來坐下。辛先生指著這兩位向季葦蕭道：「這位道友尊姓來，號霞士，也是我們揚州詩人。這位是蕪湖郭鐵筆先生，鐫的圖書最妙。今日也趁著喜事來奉訪。」季葦蕭問了二位的下處，說道：「即日來答拜。」辛先生和金先生道：「這位今親鮑老爹，前日聽說尊府是南京的，卻幾時回南京去？」季葦蕭道：「也就在這一兩日間。」那兩位先生道：「這等，我們不能同行了。我們同在這個俗地方，人不知道敬重，將來也要到南京去。」說了一會話，四人作別去了。

鮑廷璽問道：「姑爺，你帶書子到南京與那一位朋友？」季葦蕭道：「他也是我們安慶人，也姓季，叫作季恬逸，和我同姓不宗。前日同我一路出來的。我如今在這裏不得回去，他是沒用的人，寄個字叫他回家。」鮑廷璽道：「姑爺，你這字可曾寫下？」季葦蕭道：「不曾寫下。我今晚寫了，姑老爺明日來取這字和盤纏，後日起身去罷。」鮑廷璽應諾去了。當晚季葦蕭寫了字，封下五錢銀子，等鮑廷璽次日來拿。

次日早晨，一個人坐了轎子來拜，傳進帖子，上寫「年家眷同學弟宗姬頓首拜」。季葦蕭迎了出去，見那人方巾闊服，古貌古心。進來坐下，季葦蕭動問：「仙鄉尊字？」那人道：「賤字穆菴，敝處湖廣。一向在京，同謝茂秦先生館于趙王家裏。因返舍走走，在這裏路過，聞知大名，特來進謁。有一個小照行樂，求大筆一題。將來還要帶到南京去，遍請諸名公題詠。」季葦蕭道：「先生大名，如雷灌耳。小弟獻醜，真是弄斧班門了。」說罷，吃了茶，打恭上轎而去。恰好鮑廷璽走來，取了書子和盤纏，謝了季葦蕭。季葦蕭向他說：「姑老爺到南京，千萬尋到狀元境，勸我那朋友季恬逸回去。南京這地方是可以餓的死人的，萬不可久住！」說畢，送了出來。

鮑廷璽拿著這幾錢銀子，搭了船，回到南京。進了家門，把這些苦處告訴太太一遍，又被太太臭罵了一頓。施御史又來催他兌房價，他沒銀子兌，只得把房子退還施家，這二十兩押議的銀子做了干罰。沒處存身，太太只得在內橋娘家胡姓借了一間房子，搬進去住著。住了幾日，鮑廷璽拿著書子尋到狀元境，尋著了季恬逸。季恬逸接書看了，請他吃了一壺茶，說道：「有勞鮑老爹。這些話我都知道了。」鮑廷璽別過自去了。

這季恬逸因缺少盤纏，沒處尋寓所住，每日裏拿著八個錢買四個「吊桶底」作兩頓吃，晚裏在刻字店一個案板上睡覓。這日見了書子，知道季葦蕭不來，越發慌了；又沒有盤纏回安慶去，終日吃了餅，坐在刻字店裏出神。那一日早上，連餅也沒的吃；只見外面走進一個人來，頭戴方巾，身穿元色直裰，走了進來，和他拱一拱手。季恬逸拉他在板凳上坐下。那人道：「先生尊姓？」季恬逸道：「賤姓季。」那人道：「請問先生，這裏可有選文章的名士麼？」季恬逸道：「多的很！衛體善、隨岑菴、馬純上、蘧駪夫、匡超人，我都認的；還有前日同我在這裏的季葦蕭。這都是大名士。你要那一個？」那人道：「不拘那一位。我小弟有二三百銀子，要選一部文章。煩先生替我尋一位來，我同他好合選。」季恬逸道：「你先生尊姓貫處？也說與我，我好去尋人。」那人道：「我複姓諸葛，盱眙縣人。說起來，人也還知道的。先生竟去尋一位來便了。」

季恬逸請他坐在那裏，自己走上街來，心裏想道：「這些人雖常來在這裏，卻是散在各處，這一會沒頭沒腦，往那裏去捉？可惜季葦蕭又不在這裏。」又想道：「不必管他，我如今只望著水西門一路大街走，遇著那個就捉了來，且混他些東西吃吃再處！」主意已定，一直走到水西門口，只見一個人，押著一擔行李進城。他舉眼看時，認得是安慶的蕭金鉉。他喜出望外道：「好了！」上前一把拉著，說道：「金兄！你幾時來的？」蕭金鉉道：「原來是恬兄！你可同葦蕭在一處？」季恬逸道：「葦蕭久已到揚州去了。我如今在一個地方。你來的恰好。如今有一樁大生意作成你——你卻不可忘了我！」蕭金鉉道：「什麼大生意？」季恬逸道：「你不要管，你只同著我走，包你有幾天快活日子過！」蕭金鉉聽了，同他一齊來到狀元境刻字店。

只見那姓諸葛的正在那裏探頭探腦的望，季恬逸高聲道：「諸葛先生，我替你約了一位大名士來！」那人走了出來，迎進刻字店裏，作了揖，把蕭金鉉的行李寄放在刻字店內。三人同到茶館裏，敘禮坐下，彼此各道姓名。那人道：「小弟複姓諸葛，名佑，字天申。」蕭金鉉道：「小弟姓蕭，名鼎，字金鉉。」季恬逸就把方才諸葛天申有幾百銀子要選文章的話說了。諸葛天申道：「這選事，小弟自己也略知一二；因到大邦，必要請一位大名下的先生，以附驥尾。今得見蕭先生，如魚之得水了！」蕭金鉉道：「只恐小弟菲材，不堪勝任。」季恬逸道：「兩位都不必謙，彼此久仰，今日一見如故。諸葛先生且做個東，請蕭先生吃個下馬飯，把這話細細商議。」諸葛天申道：「這話有理，客邊只好假館坐坐。」

當下三人會了茶錢，一同出來，到三山街一個大酒樓上。蕭金鉉首席，季恬逸對坐，諸葛天申主位。堂官上來問菜。季恬逸點了一賣肘子，一賣板鴨，一賣醉白魚。先把魚和板鴨拿來吃酒，留著肘子，再做三分銀子湯，帶飯上來。堂官送上酒來，斟了吃酒。季恬逸道：「先生，這件事，我們先要尋一個僻靜些的去處，又要寬大些；選定了文章，好把刻字匠叫齊在寓處來看著他刻。」蕭金鉉道：「要僻地方，只有南門外報恩寺裏好，又不吵鬧，房子又寬，房錢又不十分貴。我們而今吃了飯，竟到那裏尋寓所。」當下吃完幾壺酒，堂官拿上肘子、湯和飯來，季恬逸盡力吃了一飽。下樓會帳，又走到刻字店託他看了行李，三人一路走出了南門。那南門熱鬧轟轟，真是車如游龍，馬如流水！三人擠了半日，才擠了出來，望著報恩寺，走了進去。季恬逸道：「我們就在這門口尋下處罷。」蕭金鉉道：「不好，還要再向裏面些去，方才僻靜。」

當下又走了許多路，走過老退居，到一個和尚家，敲門進去。小和尚開了門，問做什麼事；說是來尋下處的，小和尚引了進去。當家的老和尚出來見，頭戴玄色緞僧帽，身穿繭綢僧衣，手裏拿著數珠，鋪眉蒙眼的走了出來，打個問訊，請諸位坐下，問了姓名、地方。三人說要尋一個寓所。和尚道：「小房甚多，都是各位現任老爺常來做寓的。三位施主請自看，聽憑揀那一處。」三人走進裏面，看了三間房子，又出來同和尚坐著，請教每月房錢多少。和尚一口價，定要三兩一月。講了半天，一釐也不肯讓。諸葛天申已是出二兩四了，和尚只是不點頭，一會又罵小和尚：「不掃地！明日下浮橋施御史老爺來這裏擺酒，看見成什麼模樣！」

蕭金鉉見他可厭，向季恬逸說道：「下處是好，只是買東西遠些。」老和尚呆著臉道：「在小房住的客，若是買辦和廚子是一個人做，就住不的了。須要廚子是一個人，在廚下收拾著；買辦又是一個人，伺候著買東西：才趕的來。」蕭金鉉笑道：「將來我們在這裏住，豈但買辦廚子是用兩個人，還要牽一頭禿驢與那買東西的人騎著來往，更走的快！」把那和尚罵的白瞪著眼，三人便起身道：「我們且告辭，再來商議罷。」和尚送出來。

又走了二里路，到一個僧官家敲門。僧官迎了出來，一臉都是笑，請三位廳上坐，便煨出新鮮茶來，擺上九個茶盤，——上好的蜜橙糕、核桃酥，——奉過來與三位吃。三位講到租寓處的話，僧官笑道：「這個何妨，聽憑三位老爺，喜歡那裏，就請了行李來。」三人請問房錢。僧官說：「這個何必計較？三位老爺來住，請也請不至。隨便見惠些須香資，僧人那裏好爭論？」蕭金鉉見他出語不俗，便道：「在老師父這裏打攪，每月送銀二金，休嫌輕意。」僧官連忙應承了。當下兩位就坐在僧官家，季恬逸進城去發行李。僧官叫道人打掃房間，鋪設床鋪桌椅傢伙，又換了茶來，陪二位談。

到晚，行李發了來，僧官告別進去了。蕭金鉉叫諸葛天申先稱出二兩銀子來，用封袋封了，貼了簽子，送與僧官，僧官又出來謝過。三人點起燈來，打點夜消。諸葛天申稱出錢把銀子，託季恬逸出去買酒菜。季恬逸出去了一會，帶著一個走堂的，捧著四壺酒，四個碟子來：一碟香腸，一碟鹽水蝦，一碟水雞腿，一碟海蜇，擺在桌上。諸葛天申是鄉裏人，認不的香腸，說道：「這是什麼東西？好像猪鳥。」蕭金鉉道：「你只吃罷了，不要問他。」諸葛天申吃著，說道：「這就是臘肉！」蕭金鉉道：「你又來了！臘肉有個皮長在一轉的？這是猪肚內的小腸！」諸葛天申又不認的海蟄，說道：「這迸脆的是什麼東西？倒好吃。再買些迸脆的來吃吃。」蕭、季二位又吃了一回，當晚吃完了酒，打點各自歇息。季恬逸沒有行李，蕭金鉉勻出一條褥子來，給他在腳頭蓋著睡。

次日清早，僧官走進來說道：「昨日三位老爺駕到，貧僧今日備個腐飯，屈三位坐坐，就在我們這寺裏各處玩玩。」三人說了：「不當。」。僧官邀請到那邊樓底下坐著，辦出四大盤來吃早飯。吃過，同三位出來閒步，說道：「我們就到三藏禪林裏玩玩罷。」當下走進三藏禪林。頭一進是極高的大殿，殿上金字匾額：「天下第一祖庭」。一直走過兩間房子，又曲曲折折的堦級欄杆，走上一個樓去，只道是沒有地方了，僧官又把樓背後開了兩扇門，叫三人進去看，那知還有一片平地，在極高的所在，四處都望著。內中又有參天的大木，幾萬竿竹子，那風吹的到處颼颼的響。中間便是唐玄奘法師的衣缽塔。玩了一會，僧官又邀到家裏。晚上九個盤子吃酒。吃酒中間，僧官說道：「貧僧到了僧官任，還不曾請客。後日家裏擺酒唱戲，請三位老爺看戲，不要出分子。」三位道：「我們一定奉賀。」當夜吃完了酒。

到第三日，僧官家請的客，從應天府尹的衙門人到縣衙門的人，約有五六十。客還未到，廚子、看茶的老早的來了，戲子也發了箱來了。僧官正在三人房裏閒談，忽見道人走來說：「師公，那人又來了！」只因這一番，有分教：平地風波，天女下維摩之室；空堂宴集，雞群來皎鶴之翔。不知後事如何，且聽下回分解。

第二十九回　諸葛佑僧寮遇友　杜愼卿江郡納姬

話說僧官正在蕭金鉉三人房裏閒坐，道人慌忙來報：「那個人又來了。」僧官就別了三位，同道人出去，問道人：「可又是龍三那奴才？」道人道：「怎麼不是？他這一回來的把戲更出奇！老爺，你自去看。」僧官走到樓底下，看茶的正在門口煽著爐子。僧官走進去，只見椅子上坐著一個人，一副烏黑的臉，兩隻黃眼睛珠，一嘴鬍子，頭戴一頂紙剪的鳳冠，身穿藍布女褂，白布單裙，腳底下大腳花鞋，坐在那裏。兩個轎夫站在天井裏要錢。

那人見了僧官，笑容可掬，說道：「老爺，你今日喜事，我所以絕早就來替你當家。你且把轎錢替我打發去著。」僧官愁著眉道：「龍老三，你又來做什麼？這是個什麼樣子！」慌忙把轎錢打發了去，又道：「龍老三，你還不把那些衣服脫了！人看著怪模怪樣！」龍三道：「老爺，你好沒良心！你做官到任，除了不打金鳳冠與我戴，不做大紅補服與我穿，我做太太的人，自己戴了一個紙鳳冠，不怕人笑也罷了，你還叫我去掉了是怎的？」僧官道：「龍老三，玩是玩，笑是笑。雖則我今日不曾請你，你要上門怪我，也只該好好走來。為什麼裝這個樣子？」龍三道：「老爺，你又說錯了。『夫妻無隔宿之仇』，我怪你怎的？」僧官道：「我如今自己認不是罷了。是我不曾請你，得罪了你。你好好脫了這些衣服，坐著吃酒，不要裝瘋做癡，惹人家笑話！」龍三道：「這果然是我不是。我做太太的人，只該坐在房裏，替你裝圍碟、剝果子，當家料理，那有個坐在廳上的？惹的人說你家沒內外。」說著，就往房裏走。

僧官拉不住，竟走到房裏去了。僧官跟到房裏說道：「龍老三！這喇夥的事，而今行不得。惹得上面官府知道了，大家都不便！」龍三道：「老爺，你放心。自古道：『清官難斷家務事』。」僧官急得亂跳。他在房裏坐的安安穩穩的，吩咐小和尚：「叫茶上拿茶來與太太吃。」僧官急得走進走出。恰走出房門，遇著蕭金鉉三位走來，僧官攔不住。三人走進房。季恬逸道：

「噫！那裏來的這位太太？」那太太站起來說道：「三位老爺請坐。」僧官急得話都說不出來。三個人忍不住的笑。

道人飛跑進來說道：「府裏尤太爺到了。」僧官只得出去陪客。那姓尤、姓郭的兩個書辦進來作揖，坐下吃茶，聽見隔壁房裏有人說話，就要走進去，僧官又攔不住。二人走進房，見了這個人，嚇了一跳道：「這是怎的！」止不住就要笑。當下四五個人一齊笑起來。僧官急得沒法，說道：「諸位太爺，他是個喇子，他屢次來騙我。」尤書辦笑道：「他姓什麼？」僧官道：「他叫做龍老三。」郭書辦道：「龍老三，今日是僧官老爺的喜事，你怎麼到這裏胡鬧？快些把這衣服都脫了，到別處去！」龍三道：「大爺，這是我們私情事，不要你管。」尤書辦道：「這又胡說了！你不過是想騙他，也不是這個騙法！」蕭金鉉道：「我們大家拿出幾錢銀子來捨了這畜生去罷！免得在這裏鬧的不成模樣。」那龍三那裏肯去。

大家正講著，道人又走進來說道：「司裏董太爺同一位金太爺已經進來了。」說著，董書辦同金東崖走進房來。東崖認得龍三，一見就問道：「你是龍三？你這狗頭，在京裏拐了我幾十兩銀子走了，怎麼今日又在這裏裝這個模樣？分明是騙人！其實可惡！」叫跟的小子，「把他的鳳冠抓掉了，衣服扯掉了，趕了出去！」龍三見是金東崖，方才慌了，自己去了鳳冠，脫了衣服，說道：「小的在這裏伺候。」金東崖道：「那個要你伺候！你不過是騙這裏老爺！改日我勸他賞你些銀子，作個小本錢，倒可以。你若是這樣胡鬧，我即刻送到縣裏處你！」龍三見了這一番，才不敢鬧，謝了金東崖，出去了。僧官才把眾位拉到樓底下，從新作揖奉坐，向金東崖謝了又謝。

看茶的捧上茶來吃了。郭書辦道：「金太爺一向在府上，幾時到江南來的？」金東崖道：「我因近來賠累的事不成話說，所以決意返舍。到家，小兒僥倖進了一個學，不想反惹上一場是非。雖然『真的假不得』，卻也丟了幾兩銀子。在家無聊，因運司荀老先生是京師舊交，特到揚州來望他一望。承他情，薦在匣上，送了幾百兩銀子。」董書辦道：「金太爺，你可知道荀大人的事？」金東崖道：「不知道。荀大人怎的？」董書辦道：「荀大人因貪贓拿問了。就是這三四日的事。」金東崖道：「原來如此。可見『旦夕禍福』！」郭書辦道：「尊寓而今在那裏？」董書辦道：「太爺已是買了房子，在利涉橋河房。」眾人道：「改日再來拜訪。」金東崖又問了三位先生姓名，三位俱各說了。金東崖道：「都是名下先生。小弟也注有些經書，容日請教。」

當下陸陸續續到了幾十位客。落後來了三個戴方巾的和一個道士，走了進來，眾人都不認得。內中一個戴方巾的道：「那位是季恬逸先生？」季恬逸道：「小弟便是。先生有何事見教？」那人袖子裏拿出一封書子來，說道：「季葦兄多致意。」季恬逸接著，拆開同蕭金鉉、諸葛天申看了，才曉得是辛東之、金寓劉、郭鐵筆、來霞士，便道：「請坐。」四人見這裏有事，就要告辭。僧宮拉著他道：「四位遠來，請也請不至，便桌坐坐。」斷然不放了去，四人只得坐下。金東崖就問起荀大人的事來：「可是真的？」郭鐵筆道：「是我們下船那日拿問的。」當下唱戲，吃酒。吃到天色將晚，辛東之同金寓劉趕進城，在東花園菴裏歇去。這坐客都散了，郭鐵筆同來道士在諸葛天申下處住了一夜。次日，來道士到神樂觀尋他的師兄去了，郭鐵筆在報恩寺門口租了一間房，開圖書店。

季恬逸這三個人在寺門口聚昇樓起了一個經摺，每日賒米買菜和酒吃，一日要吃四五錢銀子。文章已經選定，叫了七八個刻字匠來刻，又賒了百十桶紙來，準備刷印。到四五個月後，諸葛天申那二百多兩銀子所剩也有限了，每日仍舊在店裏賒著吃。

那日，季恬逸和蕭金鉉在寺裏閒走，季恬逸道：「諸葛先生的錢也有限了，倒欠下這些債，將來這個書不知行與不行，這事怎處？」蕭金鉉道：「這原是他情願的事，又沒有那個強他。他用完了銀子，他自然家去再討，管他怎的？」正說著，諸葛天申也走來了，兩人不言語了。三個同步了一會，一齊回寓，卻迎著一乘轎子，兩擔行李。三個人跟著進寺裏來。那轎揭開簾子，轎裏坐著一個戴方巾的少年，諸葛天申依稀有些認得。那轎來的快，如飛的就過去了。諸葛天申道：「這轎子裏的人，我有些認得他。」因趕上幾步，扯著他跟的人，問道：「你們是那裏來的？」那人道：「是天長杜十七老爺。」諸葛天申回來，同兩人睃著那轎和行李一直進到老退居隔壁那和尚家去了。諸葛天申向兩人道：「方才這進去的是天長杜宗伯的令孫，我認得他。是我們那邊的名士，不知他來做什麼？我明日去會他。」

次日，諸葛天申去拜，那裏回不在家。一直到三日，才見那杜公孫來回拜。三人迎了出去。那正是春暮夏初，天氣漸暖。杜公孫穿著是鶯背色的夾紗直裰，手搖詩扇，腳踏絲履，走了進來。三人近前一看，面如傅粉，眼若點漆，溫恭爾雅，飄然有神仙之概。這人是有子建之才，潘安之貌，江南數一數二的才子。進來與三人相見，作揖讓坐。杜公孫問了兩位的姓名、籍貫，自己又說道：「小弟賤名倩，賤字慎卿。」說過，又向諸葛天申道：「天申兄，還是去年考較時相會，又早半載有餘了。」諸葛天申向二位道：「去歲申學臺在敝府合考二十七州縣詩賦，是杜十七先生的首卷。」杜慎卿笑道：「這是一時應酬之作，何足掛齒！況且那日小弟小恙進場，以藥物自隨，草草塞責而已。」蕭金鉉道：「先生尊府，江南王謝風流，各郡無不欽仰。先生大才，又是尊府『白眉』，今日幸會，一切要求指教。」杜慎卿道：「各位先生一時名宿，小弟正要請教，何得如此倒說？」

當下坐著，吃了一杯茶，一同進到房裏。見滿桌堆著都是選的刻本文章，紅筆對的樣，花藜胡哨的。杜慎卿看了，放在一邊。忽然翻出一首詩來，便是蕭金鉉前日在烏龍潭春遊之作。杜慎卿看了，點一點頭道：「詩句是清新的。」便問道：「這是蕭先生大筆？」蕭金鉉道：「是小弟拙作，要求先生指教。」杜慎卿道：「如不見怪，小弟也有一句盲瞽之言，詩以氣體為主，如尊作這兩句：『桃花何苦紅如此？楊柳忽然青可憐。』豈非加意做出來的？但上一句詩，只要添一個字，『問』桃花何苦紅如此，便是《賀新涼》中間一句好詞。如今先生把他做了詩，下面又強對了一句，便覺索然了。」幾句話把蕭金鉉說的透身冰冷。季恬逸道：「先生如此談詩，若與我家葦蕭相見，一定相合。」杜慎卿道：「葦蕭是同宗麼？我也曾見過他的詩，才情是有些的。」坐了一會，杜慎卿辭別了去。

次日，杜慎卿寫個說帖來道：「小寓牡丹盛開，薄治杯茗，屈三兄到寓一談。」三人忙換了衣裳，到那裏去。只見寓處先坐著一個人。三人進來，同那人作揖讓坐。杜慎卿道：「這位鮑朋友是我們自己人，他不僭諸位先生的坐。」季恬逸方才想起是前日帶信來的鮑老爹，因向二位先生道：「這位老爹就是葦蕭的姑岳。」因問：「老爹在這裏為什麼？」鮑廷璽大笑道：「季相公，你原來不曉得。我是杜府太老爺累代的門下，我父子兩個受太老爺多少恩惠，如今十七老爺到了，我怎敢不來問安？」杜慎卿道：「不必說這閒話，且叫人拿上酒來。」

當下鮑廷璽同小子擡桌子。杜慎卿道：「我今日把這些俗品都捐了，只是江南時魚、櫻、筍下酒之物，與先生們揮麈清談。」當下擺上來，果然是清清疏疏的幾個盤子。買的是永寧坊上好的橘酒，斟上酒來。杜慎卿極大的酒量，不甚吃菜；當下舉箸讓眾人吃菜，他只揀了幾片筍和幾個櫻桃下酒。傳杯換盞，吃到午後，杜慎卿叫取點心來，便是豬油餃餌，鴨子肉包的燒賣，鵝油酥，軟香糕，每樣一盤拿上來。眾人吃了，又是雨水煨的六安毛尖茶，每人一碗。杜慎卿自己只吃了一片軟香糕和一碗茶，便叫收下去了，再斟上酒來。

蕭金鉉道：「今日對名花，聚良朋，不可無詩。我們即席分韻，何如？」杜慎卿笑道：「先生，這是而今詩社裏的故套。小弟看來，覺得雅的這樣俗，還是清談為妙。」說著，把眼看了鮑廷璽一眼。鮑廷璽笑道：「還是門下效勞。」便走進房去，拿出一支笛子來，去了錦套，坐在席上，嗚嗚咽咽，將笛子吹著；一個小小子走到鮑廷璽身邊站著，拍著手，唱李太白《清平調》。真乃穿雲裂石之聲，引商刻羽之奏。三人停杯細聽。杜慎卿又自飲了幾杯。

吃到月上時分，照耀得牡丹花色越發精神；又有一樹大繡球，好像一堆白雪。三個人不覺的手舞足蹈起來。杜慎卿也頹然醉了。只見老和尚慢慢走進來，手裏拿著一個錦盒子，打開來，裏面拿出一串祁門小炮煒，口裏說道：「貧僧來替老爺醒酒。」就在席上點著，燁燁烞烞響起來。杜慎卿坐在椅子上大笑。和尚去了，那硝黃的煙氣還繚繞酒席左右。三人也醉了，站起來，把腳不住，告辭要去。杜慎卿笑道：「小弟醉了，恕不能奉送。鮑師父，你替我送三位老爺出去，你回來在我這裏住。」鮑廷璽拿著燭臺，送了三位出來，關門進去。三人回到下處，恍惚如在夢中。

了兩把銀子給他收著再算。三人商議要回杜慎卿的席，算計寓處不能備辦，只得拉他到聚昇樓坐坐。

次日，賣紙的客人來要錢，這裏沒有，吵鬧了一回。隨即就是聚昇樓來討酒帳，諸葛天申稱

又過了一兩日，天氣甚好，三人在寓處吃了早點心，走到杜慎卿那裏去。走進門，只見一個大腳婆娘同他家一個大小子坐在一個板凳上說話。那小子見是三位，便站起來。季恬逸拉著他問道：「這是什麼人？」那小子道：「做媒的沈大腳。」季恬逸道：「他來做什麼？」那小子道：「有些別的事。」三人心裏就明白，想是他要娶小，就不再問。走進去，只見杜慎卿正在廊下閒步，見三人來，請進坐下，小小子拿茶來吃了。諸葛天申道：「今日天氣甚好，我們來約先生寺外玩玩。」杜慎卿帶著這小小子同三人步出來，被他三人拉到聚昇樓酒館裏。杜慎卿不能推辭，只得坐下。季恬逸見他不吃大葷，點了一賣板鴨、一賣魚、一賣猪肚、一賣雜膾，拿上酒來。吃了兩杯酒，眾人奉他吃菜。杜慎卿勉強吃了一塊板鴨，登時就嘔吐起來。眾人不好意思。因天氣尚早，不大用酒，搬上飯來。杜慎卿拿茶來泡了一碗飯，吃了一會，還吃不完，遞與那小小子拿下去吃了。當下三人把那酒和飯都吃完了，下樓會帳。

蕭金鉉道：「慎卿兄，我們還到雨花臺崗兒上走走。」杜慎卿道：「這最有趣。」一同步上崗子，在各廟宇裏見方、景諸公的祠甚是巍峨。又走到山頂上，望著城內萬家煙火，那長江如一條白練，琉璃塔金碧輝煌，照人眼目。杜慎卿到了亭子跟前，太陽地裏看見自己的影子，徘徊了大半日。大家藉草就坐在地下。諸葛天申見遠遠的一座小碑，跑去看，看了回來，坐下說道：「那碑上刻的是『夷十族處』。」杜慎卿道：「列位先生，這『夷十族』的話是沒有的。漢法最重，『夷三族』是父黨、母黨、妻黨。這方正學所說的九族，乃是高、曾、祖、考、子、孫、曾、元，只是一族，母黨、妻黨還不曾及，那裏誅的到門生上？況且永樂皇帝也不如此慘毒。本朝若不是永樂振作一番，信著建文軟弱，久已弄成個齊梁世界了！」蕭金鉉道：「先生，據你說，方先生何如？」杜慎卿道：「方先生迂而無當。天下多少大事，講那臯門、雉門怎麼？這人朝服斬于市，

不為冤枉的。」

坐了半日，日色已經西斜，只見兩個挑糞桶的，挑了兩擔空桶，歇在山上。這一個拍那一個肩頭道：「兄弟，今日的貨已經賣完了！我和你到永寧泉吃一壺水，回來再到雨花臺看看落照。」杜慎卿笑道：「真乃菜傭酒保，都有六朝煙水氣。一點也不差！」當下下了崗子回來。進了寺門，諸葛天申道：「且到我們下處坐坐。」杜慎卿道：「也好。」一同來到下處。才進了門，只見季葦蕭坐在裏面。季恬逸一見了，歡喜道：「葦兄，你來了！」季葦蕭道：「恬逸兄，我在刻字店裏找問，知道你搬在這裏。」便問：「此三位先生尊姓？」季恬逸道：「此位是盱眙諸葛天申先生。此位就是我們同鄉蕭金鉉先生，你難道不認得？」季葦蕭道：「先生是住在北門的？」蕭金鉉道：「正是。」季葦蕭道：「此位先生？」季恬逸道：「這位先生，說出來你更歡喜哩！他是天長杜宗伯公公孫杜十七先生諱倩，字慎卿的，你可知道他麼？」季葦蕭驚道：「就是去歲宗師考取貴府二十七州縣的詩賦首卷杜先生？小弟渴想久了，今日才得見面！」倒身拜下去。

杜慎卿陪他磕了頭起來。眾位多見過了禮。正待坐下，只聽得一個人笑著吆喝了進來，說道：「各位老爺今日吃酒過夜！」季葦蕭舉眼一看，原來就是他姑丈人，忙問道：「姑老爺，你怎麼也來在這裏？」鮑廷璽道：「這是我家十七老爺，我是他門下人，怎麼不來？姑爺，你原來也是好相與？」蕭金鉉道：「真是『眼前一笑皆知己，不是區區陌路人』。」一齊坐下。季葦蕭道：「小弟雖年少，浪遊江湖，閱人多矣，從不曾見先生珠輝玉映。真乃天上仙班！今對著先生，小弟亦是神仙中人了。」杜慎卿道：「小弟得會先生，也如成連先生刺船海上，令我移情，」只因這一番，有分教：風流高會，江南又見奇蹤；卓犖英姿，海內都傳雅韻。不知後事如何，且聽下回分解。

第三十回　愛少俊訪友神樂觀　逞風流高會莫愁湖

話說杜慎卿同季葦蕭相交起來，極其投合。當晚季葦蕭因在城裏承恩寺作寓，看天黑，趕進城去了。鮑廷璽跟著杜慎卿回寓。杜慎卿買酒與他吃，就問他：「這季葦兄為人何如？」鮑廷璽悉把他小時在向太爺手裏考案首；後來就娶了向太爺家王總管的孫女，便是小的內姪女兒；今年又是鹽運司荀大老爺照顧了他幾百銀子，他又在揚州尤家招了女婿。從頭至尾，說了一遍。杜慎卿聽了，笑了一笑，記在肚裏，就留他在寓處歇。夜裏又告訴向太爺待他家這一番恩情，杜慎卿不勝嘆息。又說到他娶了王太太的這些疙瘩事，杜慎卿大笑了一番。歇過了一夜。

次早，季葦蕭同著王府裏那一位宗先生來拜。進來作揖坐下，宗先生說起在京師趙王府裏同王、李七子唱和。杜慎卿道：「鳳洲、于鱗，都是敝世叔。」又說到宗子相，杜慎卿道：「宗考功便是先君的同年。」那宗先生便說同宗考功是一家，還是弟兄輩。杜慎卿不答應，小廝捧出茶來吃了，宗先生別了去，留季葦蕭在寓處談談。杜慎卿道：「葦兄，小弟最厭的人，開口就是紗帽！方才這一位宗先生說到敝年伯，他便說同他是弟兄！這怕而今敝年伯也不要這一個潦倒的兄弟！」說著，就捧上飯來。

正待吃飯，小廝來稟道：「沈媒婆在外回老爺話。」慎卿道：「你叫他進來，何妨！」小廝出去領了沈大腳進來。杜慎卿叫端一張凳子與他在底下坐著。沈大腳問：「這位老爺？」杜慎卿道：「這是安慶季老爺。」因問道：「我託你的怎樣了？」沈大腳道：「正是。十七老爺把這件事託了我，我把一個南京城走了大半個，因老爺人物生得太齊整了，料想那將就些的姑娘配不上，不敢來說。如今虧我留神打聽，打聽得這位姑娘，在花牌樓住，家裏開著機房，姓王。姑娘十二分的人才，還多著半分。今年十七歲。不要說姑娘標致，這姑娘有個兄弟，小他一歲，若是裝扮起來，准清橋有十班的小旦，也沒有一個賽的過他！也會唱支把曲子，也會串個戲。這姑娘再沒有說的，就請老爺去看。」

杜慎卿道：「既然如此，也罷。你叫他收拾，我明日去看。」沈大腳應諾去了。季葦蕭道：「恭喜納寵。」杜慎卿愁著眉道：「先生，這也為嗣續大計，無可奈何。不然，我做這樣事怎的？」季葦蕭道：「才子佳人，正宜及時行樂。先生怎反如此說？」杜慎卿道：「葦兄，這話可謂不知我了。我太祖高皇帝云：『我若不是婦人生，天下婦人都殺盡！』婦人那有一個好的？小弟性情，是和婦人隔著三間屋就聞見他的臭氣！」

季葦蕭又要問，只見小廝手裏拿著一個帖子，走了進來，說道：「外面有個姓郭的蕪湖人來拜。」杜慎卿道：「我那裏認得這個姓郭的？」季葦蕭接過帖子來看了，道：「這就是寺門口圖書店的郭鐵筆。想他是刻了兩方圖書來拜先生，叫他進來坐坐。」杜慎卿叫大小廝請他進來。郭鐵筆走進來作揖，道了許多仰慕的話，說道：「尊府是一門三鼎甲，四代六尚書。門生故吏，天下都散滿了。督、撫、司、道，在外頭做，不計其數。管家們出去，做的是九品雜職官。季先生，我們自小聽見說的：天長杜府老太太生這位太老爺，是天下第一個才子，轉眼就是一個狀元。」說罷，袖子裏拿出一個錦盒子，裏面盛著兩方圖書，上寫著「臺印」，雙手遞將過來。杜慎卿接了，又說了些閒話，起身送了出去。

杜慎卿回來，向季葦蕭道：「他一見我偏生有這些惡談，卻虧他訪得的確。」季葦蕭道：「尊府之事，何人不知？」當下收拾酒，留季葦蕭坐。擺上酒來，兩人談心。季葦蕭道：「先生生平有山水之好麼？」杜慎卿道：「小弟無濟勝之具，就登山臨水，也是勉強。」季葦蕭道：「絲竹之好有的？」杜慎卿道：「偶一聽之，可也；聽久了，也覺嘈嘈雜雜，聒耳得緊。」又吃了幾杯酒，杜慎卿微醉上來，不覺長嘆了一口氣道：「葦兄！自古及今，人都打不破的是個『情』字！」季葦蕭道：「人情無過男女，方才吾兄說非是所好。」

杜慎卿笑道：「長兄，難道人情只有男女麼？朋友之情，更勝于男女！你不看別的，只有鄂君繡被的故事。據小弟看來，千古只有一個漢哀帝要禪天下與董賢，這個獨得情之正；便堯舜揖讓，也不過如此，可惜無人能解！」季葦蕭道：「是了，吾兄生平可曾遇著一個知心情人麼？」杜慎卿道：「假使天下有這樣一個人，又與我同生同死，小弟也不得這樣多愁善病！只為緣慳分淺，遇不著一個知己，所以對月傷懷，臨風灑淚！」季葦蕭道：「要這一個，還當梨園中求之。」杜慎卿道：「葦兄，你這話更外行了。比如要在梨園中求，便是愛女色的要于青樓中求一個情種，豈不大錯？這事要相遇于心腹之間，相感于形骸之外，方是天下第一等人！」又拍膝嗟嘆道：「天下終無此一人，老天就肯辜負我杜慎卿萬斛愁腸，一身俠骨！」說著，掉下淚來。

季葦蕭暗道：「他已經著了魔了，待我且耍他一耍。」因說道：「先生，你也不要說天下沒有這個人。小弟曾遇見一個少年，不是梨園，也不是我輩，是一個黃冠。這人生得飄逸風流，確又是個男美，不是像個婦人。我最惱人稱贊美男子，動不動說像個女人，這最可笑！如果要像女人，不如去看女人了！天下原另有一種男美，只是人不知道！」杜慎卿拍著案道：「只一句話該圈了！你且說這人怎的？」季葦蕭道：「他如此妙品，有多少人想物色他的，他卻輕易不肯同人一笑，卻又愛才的緊。小弟因多了幾歲年紀，在他面前自覺形穢，所以不敢癡心想著相與他。長兄，你會會這個人，看是如何？」杜慎卿道：「你幾時去同他來？」季葦蕭道：「我若叫得他來，又不作為奇了。須是長兄自己去訪著他。」

杜慎卿道：「他住在那裏？」季葦蕭道：「他在神樂觀。」杜慎卿道：「他姓什麼？」季葦蕭道：「姓名此時還說不得：若洩漏了機關，傳的他知道，躲開了，你還是會不著。如今我把他的姓名寫了，包在一個紙包子裏，外面封好，交與你：你到了神樂觀門口，才許拆開來看；看過就進去找，一找就找著的。」杜慎卿笑道：「這也罷了。」當下季葦蕭走進房裏，把房門關上了，寫了半日，封得結結實實，封面上草個「敕令」二字，拿出來遞與他，說道：「我且別過罷。俟明日會過了妙人，我再來賀你。」說罷，去了。

杜慎卿送了回來，向大小廝道：「你明日早去回一聲沈大腳，明日不得閒到花牌樓去看那家女兒，要到後日才去。明早叫轎夫，我要到神樂觀去看朋友。」吩咐已畢，當晚無事。次早起來，洗臉，擦肥皂，換了一套新衣服，遍身多薰了香，將季葦蕭寫的紙包子放在袖裏，坐轎子，一直來到神樂觀，將轎子落在門口。自己步進山門，袖裏取出紙包來，拆開一看，上寫道：

「至北廊盡頭一家桂花道院，問揚州新來道友來霞士便是。」

杜慎卿叫轎夫伺候著，自己曲曲折折走到裏面，聽得裏面一派鼓樂之聲，就在前面一個斗姆閣。那閣門大開，裏面三間敞廳。中間坐著一個看陵的太監，穿著蟒袍；左邊一路板凳上坐著十幾個唱生旦的戲子；右邊一路板凳上坐著七八個少年的小道士，正在那裏吹唱取樂。杜慎卿心裏疑惑：「莫不是來霞士也在這裏面？」因把小道士一個個的都看過來，不見一個出色的。又回頭來看看這些戲子，也平常，又自心裏想道：「來霞士他既是自己愛惜，他斷不肯同了這般人在此。我還到桂花院裏去問。」來到桂花道院，敲開了門，道人請在樓下坐著。

杜慎卿道：「我是來拜揚州新到來老爺的。」道人道：「來爺在樓上。老爺請坐，我去請他下來。」道人去了一會，只見樓上走下一個肥胖的道士來，頭戴道冠，身穿沈香色直裰，一副油晃晃的黑臉，兩道重眉，一個大鼻子，滿腮鬍鬚，約有五十多歲的光景。那道士下來作揖奉坐，請問：「老爺尊姓貴處？」杜慎卿道：「敝處天長，賤姓杜。」那道士道：「我們桃源旂領的天長杜府的本錢，就是老爺尊府？」杜慎卿道：「便是。」道士滿臉堆下笑來，連忙足恭道：「小道不知老爺到省，就該先來拜謁，如何反勞老爺降臨？」忙叫道人快煨新鮮茶來，捧出果碟來。

杜慎卿心裏想：「這自然是來霞士的師父。」因問道：「有位來霞士，是令徒？令孫？」那道士道：「小道就是來霞士。」杜慎卿吃了一驚，說道：「哦！你就是來霞士！」自己心裏忍不住，拿衣袖掩著口笑。道士不知道什麼意思，擺上果碟來，殷勤奉茶，又在袖裏摸出一卷詩來請教。慎卿沒奈何，只得勉強看了一看，吃了兩杯茶，起身辭別。道士定要拉著手送出大門，問明了：「老爺下處在報恩寺，小道明日要到尊寓著實盤桓幾日！」送到門外，看著上了轎子，方才進去了。杜慎卿上了轎，一路忍笑不住，心裏想：「季葦蕭這狗頭，如此胡說！」

回到下處，只見下處小廝說：「有幾位客在裏面。」杜慎卿走進去，卻是蕭金鉉同辛東之、金寓劉、金東崖來拜。辛東之送了一幅大字，金寓劉送了一副對子，金東崖把自己纂的《四書講章》送來請教。作揖坐下，各人敘了來歷。吃過茶，告別去了。杜慎卿鼻子裏冷笑了一聲，向大小廝說道：「一個當書辦的人都跑了回來講究《四書》，聖賢可是這樣人講的！」正說著，宗老爺家一個小廝，拿著一封書子，送一副行樂圖來求題。杜慎卿只覺得可厭，也只得收下，寫回書打發那小廝去了。次日便去看定了妾，下了插定，擇三日內過門，便忙著搬河房裏娶妾去了。

次日，季葦蕭來賀，杜慎卿出來會。他說道：「昨晚如夫人進門，小弟不曾來鬧房，今日賀遲有罪！」杜慎卿道：「昨晚我也不曾備席，不曾奉請。」季葦蕭笑道：「前日你得見妙人麼？」杜慎卿道：「你這狗頭，該記著一頓肥打！但是你的事還做的不俗，所以饒你。」季葦蕭道：「怎的該打？我原說是美男，原不是像個女人。你難道看的不是？」杜慎卿道：「這就真正打了！」正笑著，只見來道士同鮑廷璽一齊走進來賀喜，兩人越發忍不住笑。杜慎卿搖手叫季葦蕭不要笑了。四人作揖坐下，杜慎卿留著吃飯。吃過了飯，杜慎卿說起那日在神樂觀看見斗姆閣一個太監，左邊坐著戲子，右邊坐著道士，在那裏吹唱作樂。季葦蕭道：「這樣快活的事，偏與這樣人受用，好不可恨！」杜慎卿道：「葦蕭兄，我倒要做一件希奇的事，和你商議。」季葦蕭道：「什麼希奇事？」杜慎卿問鮑廷璽道：「你這門上和橋上共有多少戲班子？」鮑廷璽道：「一百三十多班。」

杜慎卿道：「我心裏想做一個勝會，擇一個日子，撿一個極大的地方，把這一百幾十班做旦腳的都叫了來，一個人做一齣戲。我和葦兄在旁邊看著，記清了他們身段、模樣，做個暗號，過幾日評他個高下，出一個榜，把那色藝雙絕的取在前列，貼在通衢。但這些人不好白傳他，每人酬他五錢銀子，荷包一對，詩扇一把。這玩法好麼？」季葦蕭跳起來道：「有這樣妙事，何不早說！可不要把我樂死了！」鮑廷璽笑道：「這些人，讓門下去傳。他每人又得五錢銀子，將來老爺們替他取了出來，寫在榜上，他又出了名。門下不好說，那取在前面的，就是相與大老官，也多相與出幾個錢來。他們聽見這話，那一個不滾來做戲！」

來道士拍著手道：「妙！妙！道士也好見個識面。不知老爺們那日可許道士來看？」杜慎卿道：「怎麼不許？但凡朋友相知，都要請了到席。」季葦蕭道：「我們而今先商議是個什麼地方？」鮑廷璽道：「門下在水西門住，水西門外最熟。門下去借莫愁湖的湖亭，那裏又寬敞，又凉快。」葦蕭道：「這些人是鮑姑老爺去傳，不消說了，我們也要出一個知單。定在甚日子？」道士道：「而今是四月二十頭，鮑老爹去傳幾日，及到傳齊了，也得十來天功夫，──竟是五月初三罷。」杜慎卿道：「葦兄，取過一個紅全帖來，我念著，你寫。」季葦蕭取過帖來，拿筆在手。慎卿念道：

「安慶季葦蕭、天長杜慎卿，擇于五月初三日，莫愁湖湖亭大會。通省梨園子弟各班願與者，書名畫知，屆期齊集湖亭，各演雜劇。每位代轎馬五星，荷包、詩扇、汗巾三件。如果色藝雙絕，另有表禮獎賞，風雨無阻。特此預傳。」

寫畢，交與鮑廷璽收了。又叫小廝到店裏取了百十把扇子來，季葦蕭、杜慎卿、來道士，每人分了幾十把去寫，便商量請這些客。季葦蕭拿一張紅紙鋪在面前，開道：宗先生、辛先生、金東崖先生、金寓劉先生、蕭金鉉先生、諸葛先生、季先生、郭鐵筆、僧官老爺、來道士老爺、鮑老爺，連兩位主人，共十三位。就用這兩位名字，寫起十一幅帖子來，料理了半日。只見娘子的兄弟王留歌帶了一個人，挑著一擔東西──兩隻鴨、兩隻雞、一隻鵝、一方肉、八色點心、一瓶酒──來看姐姐。杜慎卿道：「來的正好！」他向杜慎卿見禮。

杜慎卿拉住了細看他時，果然標致，他姐姐著實不如他；叫他進去見了姐姐就出來坐。吩咐把方才送來的雞鴨收拾出來吃酒。他見過姐姐，出來坐著。杜慎卿就把湖亭做會的話告訴了他。王留歌道：「有趣！那日我也串一齣！」季葦蕭道：「豈但，今日就要請教一支曲子，我們聽聽。」王留歌笑了一笑。到晚，捧上酒來，吃了一會。鮑廷璽吹笛子，來道士打板，王留歌唱了一支

「『碧雲天』——長亭餞別」。音韻悠揚，足唱了三頓飯時候才完。眾人吃得大醉，然後散了。

到初三那日，發了兩班戲箱在莫愁湖。季、杜二位主人先到，眾客也漸漸的來了。鮑廷璽領了六七十個唱旦的戲子，都是單上畫了「知」字的，來叩見杜少爺。杜慎卿叫他們先吃了飯，都裝扮起來，一個個都在亭子前走過，細看一番，然後登場做戲。眾戲子應諾去了。諸名士看這湖亭時，軒窗四起，一轉都是湖水圍繞，微微有點薰風，吹得波紋如縠。亭子外一條板橋，戲子裝扮了進來，都從這橋上過。杜慎卿叫掩上了中門，讓戲子走過橋來，一路從回廊內轉去，進東邊的格子，一直從亭子中間走出西邊的格子去，好細細看他們裊娜形容。

當下戲子吃了飯，一個個裝扮起來，都是簇新的包頭，極新鮮的褶子，一個個過了橋來，打從亭子中間走去。杜慎卿同季葦蕭二人，手內暗藏紙筆，做了記認。少刻，擺上酒席，打動鑼鼓，一個人上來做一齣戲。也有做「請宴」的，也有做「窺醉」的，也有做「借茶」的，也有做「刺虎」的，紛紛不一。後來王留歌做了一齣「思凡」。到晚上，點起幾百盞明角燈來，高高下下，照耀如同白日。歌聲縹緲，直入雲霄。城裏那些做衙門的、開行的、開字號店的有錢的人，聽見莫愁湖大會，都來雇了湖中打魚的船，搭了涼篷，掛了燈，都撐到湖中左右來看。看到高興的時候，一個個齊聲喝采，直鬧到天明才散。那時城門已開，各自進城去了。

過了一日，水西門口掛出一張榜來，上寫：第一名，芳林班小旦鄭魁官；第二名，靈和班小旦葛來官；第三名，王留歌。其餘共合六十多人，都取在上面。鮑廷璽拉了鄭魁官到杜慎卿寓處來見，當面叩謝。杜慎卿又稱了二兩金子，託鮑廷璽到銀匠店裏打造一只金杯，上刻「豔奪櫻桃」四個字，特為獎賞鄭魁官。別的都把荷包、銀子、汗巾、詩扇，領了去。

那些小旦，取在十名前的，他相與的大老官來看了榜，都忻忻得意，也有拉了家去吃酒的，也有買了酒在酒店裏吃酒慶賀的；這個吃了酒，那個又來吃，足吃了三四天的賀酒。自此，傳遍了水西門，鬧動了淮清橋。這位杜十七老爺，名震江南。只因這一番，有分教：風流才子之外，更有奇人；花酒陶情之餘，復多韻事。不知後事如何，且聽下回分解。

第三十一回 天長縣同訪豪傑 賜書樓大醉高朋

話說杜慎卿做了這個大會，鮑廷璽看見他用了許多的銀子，心裏驚了一驚，暗想：「他這人慷慨，我何不取個便，問他借幾百兩銀子，仍舊團起一個班子來做生意過日子？」主意已定，每日在河房裏效勞，杜慎卿著實不過意。他那日晚間談到密處，夜已深了，小廝們多不在眼前。杜慎卿問道：「鮑師父，你畢竟家裏日子怎麼樣過？還該尋個生意才好。」

鮑廷璽見他問到這一句話，就雙膝跪在地下。杜慎卿就嚇了一跳，扶他起來，說道：「這是怎的？」鮑廷璽道：「我在老爺門下，蒙老爺問到這一句話，真乃天高地厚之恩；但門下原是教班子弄行頭出身，除了這事，不會做第二樣。如今老爺照看門下，除非懇恩借出幾百兩銀子，仍舊與門下做這戲行。門下尋了錢，少不得報效老爺。」杜慎卿道：「這也容易，你請坐下，我同你商議。這教班子弄行頭，不是數百金做得來的，至少也得千金。這裏也無外人，我不瞞你說，我家雖有幾千現銀子，我卻收著不敢動。為什麼不敢動？我就在這一兩年內要中，中了那裏沒有使喚處？我卻要留著做這一件事。而今你弄班子的話，我轉說出一個人來與你，也只當是我幫你一般，你卻不可說是我說的。」

鮑廷璽道：「除了老爺，那裏還有這一個人？」杜慎卿隨：「莫慌，你聽我說。我家共是七大房，這做禮部尚書的太老爺是我五房的，七房的太老爺是中過狀元的。後來一位太老爺，做江西贛州府知府，這是我的伯父。贛州府的兒子是我第二十五個兄弟，他名叫做儀，號叫做少卿，只小得我兩歲，也是一個秀才。我那伯父是個清官，家裏還是祖宗丟下的些田地。伯父去世之後，他不上一萬銀子家私，他是個呆子，自己就像十幾萬的。紋銀九七他都認不得，又最好做大老官，聽見人向他說些苦，他就大捧出來給人家用。而今你在這裏幫我些時，到秋涼些，我送你些盤纏，投奔他去，包你這千把銀子手到拿來。」鮑廷璽道：「到那時候，求老爺寫個書子與門下去。」

杜慎卿道：「不相干。這書斷然寫不得。他做大老官是要獨做，自照顧人，並不要人幫著照顧。我若寫了書子，他說我已經照顧了你，他就賭氣不照顧你了。如今去先投奔一個人。」

鮑廷璽道：「卻又投那一個？」杜慎卿道：「他家當初有個奶公老管家，姓邵的，這人你也該認得。」鮑廷璽想起來道：「是那年門下父親在日，他家接過我的戲去與老太太做生日。贛州府太老爺，門下也曾見過。」杜慎卿道：「這就是得狠了。如今這邵奶公已死。他家有個管家王鬍子，是個壞不過的奴才，他偏生聽信他。我這兄弟有個毛病：但凡說是見過他家太老爺的，就是一條狗也是敬重的。你將來先去會了王鬍子，這奴才好酒，你買些酒與他吃，叫他在主子眼前說你是太老爺極歡喜的人，他就連三的給你銀子用了。他不歡喜人叫他老爺，你只叫他少爺。他又有個毛病：不喜歡人在他跟前說人做官，說人有錢。像你受向太老爺的恩惠這些話，總不要在他跟前說。總說天下只有他一個人是大老官，肯照顧人。他若是問你可認得我，你也說不認得。」一番話，說得鮑廷璽滿心歡喜。在這裏又效了兩個月勞，到七月盡間，天氣涼爽起來，鮑廷璽問十七老爺借了幾兩銀子，收拾衣服行李，過江往天長進發。

第一日過江，歇了六合縣。第二日起早走了幾十里路，到了一個地方，叫作四號墩。鮑廷璽進去坐下，正待要水洗臉，只見門口落下一乘轎子來。轎子裏走出一個老者來，頭戴方巾，身穿白紗直裰，腳下大紅綢鞋，一個通紅的酒糟鼻，一部大白鬍鬚，就如銀絲一般。那老者走進店門，店主人慌忙接了行李，說道：「韋四太爺來了！請裏面坐。」那韋四太爺走進堂屋，鮑廷璽立起身來施禮，那韋四太爺還了禮。

鮑廷璽讓韋四太爺上面坐，他坐在下面，問道：「老太爺上姓是韋，不敢拜問貴處是那裏？」韋四太爺道：「賤姓韋，敝處滁州烏衣鎮。長兄尊姓貴處？今往那裏去的？」鮑廷璽道：「在下姓鮑，是南京人，今往天長杜狀元府裏去的，看杜少爺。」韋四太爺道：「是那一位？是慎卿？是少卿？」鮑廷璽道：「是少卿。」韋四太爺道：「他家兄弟雖有六七十個，只有這兩個人招接四方賓客；其餘的都閉了門在家，守著田園做舉業。我所以一見就問這兩個人，兩個都是大江南北有名的。慎卿雖是雅人，我還嫌他有帶著些姑娘氣。少卿是個豪傑，我也是到他家去的，和你長兄吃了飯一同走。」鮑廷璽道：「太爺和杜府是親戚？」韋四太爺道：「我同他家做贛州府太老爺自小同學拜盟的，極相好的。」鮑廷璽聽了，更加敬重。

當時同吃了飯。韋四太爺上轎，鮑廷璽又雇了一個驢子，騎上同行。到了天長縣城門口，韋四太爺落下轎說道：「鮑兄，我和你一同走進府裏去罷。」鮑廷璽道：「請太爺上轎先行。在下還要會過他管家，再去見少爺。」韋四太爺道：「也罷。」上了轎子，一直來到杜府，門上人傳了進去。杜少卿慌忙迎出來，請到廳上拜見，說道：「老伯，相別半載，不曾到得鎮上來請老伯和老伯母的安。老伯一向好？」韋四太爺道：「託庇粗安。新秋在家無事，想著尊府的花園，桂花一定盛開了，所以特來看看世兄，要杯酒吃。」杜少卿道：「奉過茶，請老伯到書房裏去坐。」

小廝捧過茶來，杜少卿吩咐：「把韋四太爺行李請進來，送到書房裏去。轎錢付與他，轎子打發回去罷。」請韋四太爺從廳後一個走巷內，曲曲折折走進去，才到一個花園。那花園一進朝東的三間。左邊一個樓，便是殿元公的賜書樓。樓前一個大院落，一座牡丹臺，一座芍藥臺。兩樹極大的桂花，正開的好。合面又是三間敞榭，橫頭朝南三間書房後，一個大荷花池。池上搭了一條橋。過去又是三間密屋，乃杜少卿自己讀書之處。

當下請韋四太爺坐在朝南的書房裏，這兩樹桂花就在窗隔外。韋四太爺坐下，問道：「婁翁尚在尊府？」杜少卿道：「婁老伯近來多病，請在內書房住，方才吃藥睡下，不能出來會老伯。」韋四太爺道：「老人家既是有恙，世兄何不送他回去？」杜少卿道：「小姪已經把他令郎、令孫都接在此侍奉湯藥，小姪也好早晚問候。」韋四太爺道：「老人家在尊府三十多年，可也還有些蓄積，家裏置些產業？」杜少卿道：「自先君赴任贛州，把舍下田地房產的帳目，都交付與婁老伯。每銀錢出入，俱是婁老伯做主，先君並不曾問。婁老伯除每年修金四十兩，其餘並不沾一文。每收租時候，親自到鄉裏佃戶家，佃戶備兩樣菜與老伯吃，老人家退去一樣，才吃一樣。凡他令郎、令孫來看，只許住得兩天，就打發回去，盤纏之外，不許多有一文錢，臨行還要搜他身上，恐怕管家們私自送他銀子。只是收來的租稻利息，遇著舍下困窮的親戚朋友，婁老伯便極力相助。先君知道也不問。有人欠先君銀錢的，婁老伯見他還不起，婁老伯把借券盡行燒去了。到而今，他老人家兩個兒子，四個孫子，家裏仍然赤貧如洗，小姪所以過意不去。」韋四太爺嘆道：「真可謂古之君子了！」又問道：「慎卿兄在家好麼？」杜少卿道：「家兄自別後，就往南京去了。」

正說著，家人王鬍子手裏拿著一個紅手本，站在窗子外，不敢進來。杜少卿看見他，說道：「王鬍子，你有什麼話說？手裏拿的什麼東西？」王鬍子走進書房，把手本遞上來，稟道：「南京一個姓鮑的，他是領戲班出身。他這幾年是在外路生意，才回來家。他過江來叩見少爺。」杜少卿道：「他既是領班子的，你說我家裏有客，不得見他。手本收下，叫他去罷。」王鬍子說道：「他說受過先太老爺多少恩德，定要當面叩謝少爺。」杜少卿道：「這人是先太老爺擡舉過的麼？」王鬍子道：「是。當年邵奶公傳了他的班子過江來，太老爺著實喜歡這鮑廷璽，曾許著要照顧他的。」杜少卿道：「既如此說，你帶了他進來。」韋四太爺道：「是南京來的這位鮑兄，我才在路上遇見的。」

王鬍子出去，領著鮑廷璽捏手捏腳一路走進來。看見花園寬闊，一望無際。走到書房門口一望，見杜少卿陪著客坐在那裏，頭戴方巾，身穿玉色夾紗直裰，腳下珠履，面皮微黃，兩眉劍豎，好似畫上關夫子眉毛。王鬍子道：「這便是我家少爺，你過來見。」鮑廷璽進來跪下叩頭。杜少爺扶住道：「你我故人，何必如此行禮？」起來作揖，作揖過了，又見了韋四太爺，杜少卿叫他坐在底下。鮑廷璽道：「門下蒙先老太爺的恩典，粉身碎骨難報。又因這幾年窮忙，在外做小生意，不得來叩見少爺。今日才來請少爺的安，求少爺恕門下的罪。」杜少卿道：「方才我家人王鬍子說，我家太老爺極其喜歡你，要照顧你。你既到這裏，且住下了，我自有道理。」王鬍子道：「席已齊了，稟少爺，在那裏坐？」韋四太爺道：「就在這裏好。」杜少卿躊躕道：「還要請一個客來。」因叫那跟書房的小廝加爵：「去後門外請張相公來罷。」加爵應諾去了。

少刻，請了一個大眼睛黃鬍子的人來，頭戴瓦楞帽，身穿大闊布衣服，扭扭捏捏做些假斯文像，進來作揖坐下，問了韋四太爺姓名，韋四太爺說了，便問：「長兄貴姓？」那人道：「晚生姓張，賤字俊民，久在杜少爺門下，晚生略知醫道，連日蒙少爺相約在府裏看婁太爺。」因問：「婁太爺今日吃藥如何？」杜少卿便叫加爵去問。問了回來道：「婁太爺吃了藥，睡了一覺，醒了，這會覺的清爽些。」張俊民又問：「此位上姓？」杜少卿道：「是南京一位鮑朋友。」

說罷，擺上席來，奉席坐下。韋四太爺首席，張俊民對坐，杜少卿主位，鮑廷璽坐在底下。斟上酒來，吃了一會。那餚饌都是自己家裏整治的，極其精潔。內中有陳過三年的火腿；半斤一個的竹蟹，都剝出來膾了蟹羹。眾人吃著。韋四太爺問張俊民道：「你這道誼，自然著實高明的。」張俊民道：「『熟讀王叔和，不如臨症多』。不瞞太爺說，晚生在江湖上胡鬧，不曾讀過什麼醫書，卻是看的症不少。近來蒙少爺的教訓，才曉得書是該念的。所以我有一個小兒，而今且不教他學醫，從先生讀著書，做了文章，就拿來給杜少爺看。少爺往常賞個批語，晚生也拿了家去讀熟了，學些文理。將來再過兩年，叫小兒出去考個府縣考，騙兩回粉湯包子吃，將來掛招牌，就可似稱儒醫。」韋四太爺聽他說這話，哈哈大笑了。

王鬍子又拿一個帖子進來，稟道：「北門汪鹽商家明日酧生日，請縣主老爺，請少爺去做陪客。說定要求少爺到席的。」杜少卿道：「你回他我家裏有客，不得到席。這人也可笑得緊！你要做這熱鬧事，不會請縣裏暴發的舉人進士陪？我那得工夫替人家陪官！」王鬍子應諾去了。

杜少卿向韋四太爺說：「老伯酒量極高的，當日同先君吃半夜，今日也要盡醉才好。」韋四太爺道：「正是。世兄，我有一句話，不好說。你這餚饌是精極的了，只是這酒是市買來的，身分有限。府上有一罈酒，今年該有八九年了，想是收著還在。」杜少卿道：「小姪竟不知道。」韋四太爺道：「你不知道。是你令先大人在江西到任的那一年，我送到船上，尊大人說：『我家裏埋下一罈酒，等我做了官回來，同你老痛飲。』我所以記得。你家裏去問。」張俊民笑說道：「這話，少爺真正該不知道。」杜少卿走了進去。韋四太爺道：「杜公子雖則年少，實算在我們這邊的豪傑。」張俊民道：「少爺為人好極，只是手太鬆些，不管什麼人求著他，大捧的銀與人用。」鮑廷璽道：「便是門下，從不曾見過像杜少爺這大方舉動的人。」

杜少卿走進去，問娘子可曉得這罈酒，娘子說不知道；遍問這些家人、婆娘，都說不知道。後來問到邵老丫，邵老丫想起來道：「是有的。是老爺上任那年，做了一罈酒埋在那邊第七進房子後一間小屋裏，說是留著韋四太爺同吃的，這酒是二斗糯米做出來的，二十斤釀；又對了二十斤燒酒，一點水也不攙。而今埋在地下足足有九年零七月了。這酒醉得死人的，弄出來，爺不要吃！」杜少爺道：「我知道了。」就叫邵老丫拿鑰匙開了酒房門，帶了兩個小廝進去，從地下取了出來，連罈擡到書房裏，叫道：「老伯，這酒尋出來了！」

韋四太爺和那兩個人都起身來看，說道：「是了。」打開罈頭，舀出一杯來，那酒和曲餬一般，堆在杯子裏，聞著噴鼻香。韋四太爺道：「有趣！這個不是別樣吃法。世兄，你再叫人在街上買十斤酒來攙一攙，方可吃得。今日已是吃不成了，就放在這裏，明日吃他一天。還是二位同享。」張俊民道：「自然來奉陪。」鮑廷璽道：「門下何等的人，也來吃太老爺遺下的好酒，這是門下的造化。」說罷，教加爵拿燈籠送張俊民回家去。鮑廷璽就在書房裏陪著韋四太爺歇宿，杜少卿候著韋四太爺睡下，方才進去了。

次日，鮑廷璽清晨起來，走到王鬍子房裏去。加爵又和一個小廝在那裏坐著。王鬍子問加爵道：「韋四太爺可曾起來？」加爵道：「起來了，洗臉哩。」王鬍子又問那小廝道：「少爺可曾起來？」那小廝道：「少爺起來多時了，在婁太爺房裏看著弄藥。」王鬍子道：「我家這位少爺也出奇！一個婁老爹，不過是太老爺的門客罷了，他既害了病，不過送他幾兩銀子，打發他回去。為什麼養在家裏當做祖宗看待，還要一早一晚自己伏侍。」那小廝道：「王叔，你還說這話哩！婁太爺吃的粥和菜，我們煨了，他兒子、孫子看過還不算，少爺還要自己看過了才送與婁太爺吃！人參銚子自放在奶奶房裏，奶奶自己煨人參，藥是不消說。一早一晚，少爺不得親自送人參，就是奶奶親自送人參與他吃。你要說這樣話，只好惹少爺一頓罵！」說著，門上人走進來道：「王叔，快進去說聲，臧三爺來了，坐在廳上要會少爺，」王鬍子叫那小廝道：「你婁老爹房裏去請少爺，我是不去問安！」鮑廷璽道：「這也是少爺的厚道處。」

那小廝進去請了少卿出來會臧三爺，作揖坐下。杜少卿道：「三哥，好幾日不見。你文會做的熱鬧？」臧三爺道：「正是。我聽見你門上說到遠客：……慎卿在南京，樂而忘返了。」杜少卿道：「是烏衣韋老伯在這裏。我今日請他，你就在這裏坐坐，我和你到書房裏去罷。」臧三爺道：「且坐著，我和你說話。縣裏王父母是我的老師，他在我跟前說了幾次，仰慕你的大才，我幾時同你去會會他。」杜少卿道：「像這拜知縣做老師的事，只好讓三哥你們做。不要說先曾祖、先祖，就先君在日，這樣知縣不知見過多少！他果然仰慕我，他為什麼不先來拜我，倒叫我拜他？況且倒運做秀才，見了本處知縣就要稱他老師，王家這一宗灰堆裏的進士，他拜我做老師我還不要，我會他怎的？所以北門汪家今日請我去陪他，我也不去。」臧三爺道：「正是為此。昨日汪家已向王老師說明是請你做陪客，王老師才肯到他家來，特為要會你。你若不去，王老師也掃興。況且你的客住在家裏，今日不陪，明日也可陪。不然，我就替你陪著客，你就到汪家走走。」

杜少卿道：「三哥，不要倒熟話。你這位貴老師總不是什麼尊賢愛才，不過想人拜門生受些禮物。他想著我！叫他把夢做醒些！況我家今日請客，煨的有七斤重的老鴨，尋出來的有九年半的陳酒。汪家沒有這樣好東西吃！不許多話！同我到書房裏去玩。」拉著就走。臧三爺道：「站著！你亂怎的？這韋老先生不曾會過，也要寫個帖子。」杜少卿道：「這倒使得。」叫小廝拿筆硯帖子出來。臧三爺拿帖子寫了：「年家眷同學晚生臧荼」，先叫小廝拿帖子到書房裏，隨即同杜少卿進來。韋四太爺迎著房門，作揖坐下。那兩人先在那裏，一同坐下。韋四太爺問臧三爺：「尊字？」杜少卿道：「臧三哥尊字蓼齋，是小姪這學裏翹楚，同慎卿家兄也是同會的好友。」韋四太爺道：「久仰，久仰！」臧三爺道：「久仰老先生，幸遇！」張俊民是彼此認得的。臧蓼齋又問：「這位尊姓？」鮑廷璽道：「在下姓鮑，方才從南京回來的。」臧三爺道：「從南京來，可曾認得府上的慎卿先生？」鮑廷璽道：「十七老爺也是見過的。」

當下吃了早飯，韋四太爺就叫把這罈酒拿出來，兌上十斤新酒，就叫燒許多紅炭，堆在桂花樹邊，把酒罎頓在炭上。過一頓飯時，漸漸熱了。張俊民領著小廝，自己動手把六扇窗格盡行下了，把桌子擡到簷內。大家坐下。又備的一席新鮮菜。杜少卿叫小廝拿出一個金杯子來，又是四個玉杯，罎子裏舀出酒來吃。韋四太爺捧著金杯，吃一杯，贊一杯，說道：「好酒！」吃了半日。王鬍子領著四個小廝，擡到一個箱子來。杜少卿問是什麼。

王鬍子道：「這是少爺與奶奶、大相公新做的秋衣一箱子。才做完了，送進來與少爺查件數。裁縫工錢已打發去了。」杜少卿道：「放在這裏，等我吃完了酒查。」才把箱子放下，只見那裁縫進來。王鬍子道：「楊裁縫回少爺的話。」杜少卿道：「他又說什麼？」站起身來，只見那裁縫走到天井裏，雙膝跪下，磕下頭去，放聲大哭。杜少卿大驚道：「楊司務！這是怎的？」楊裁縫道：「小的這些時在少爺家做工，今早領了工錢去，不想才過了一會，小的母親得個暴病死了。小的拿了工錢家去，不想到有這一變，把錢都還了柴米店裏，而今母親的棺材衣服，一件也沒有。沒奈何，只得再來求少爺借幾兩銀子與小的，小的慢慢做著工算。」杜少卿道：「你要多少銀子？」裁縫道：「小戶人家，怎敢望多，少爺若肯，多則六兩，少則四兩罷了。小的也要算著除工錢夠還。」

杜少卿慘然道：「我那裏要你還。你雖是小本生意，這父母身上大事，你也不可草草；將來就是終身之恨。幾兩銀子如何使得？至少也要買口十六兩銀子的棺材。衣服、雜貨共須二十金。我這幾日一個錢也沒有。——也罷，我這一箱衣服也可當得二十多兩銀子。王鬍子，你就拿去同楊司務當了，一總把與楊司務去用。」又道：「楊司務，這事你卻不可記在心裏，只當忘記了的。你不是拿了我的銀去吃酒、賭錢。這母親身上大事。人孰無母？這是我該幫你的。」楊裁縫同王鬍子擡著箱子，哭哭啼啼去了。杜少卿入席坐下。韋四太爺道：「世兄，這事真是難得！」鮑廷璽吐著舌道：「阿彌陀佛！天下那有這樣好人！」當下吃了一天酒。臧三爺酒量小，吃到下午就吐了，扶了回去。韋四太爺這幾個直吃到三更，把一罎酒都吃完了，方才散。只因這一番，有分教：輕財好士，一鄉多濟友朋；月地花天，四海又聞豪傑。不知後事如何，且聽下回分解。

第三十二回　杜少卿平居豪舉　婁煥文臨去遺言

話說眾人吃酒散了，韋四太爺直睡到次日上午才起來，向杜少卿辭別要去，說道：「我還打算到你令叔、令兄各家走走。昨日擾了世兄這一席酒，我心裏快活極了！別人家料想也沒這樣有趣。我要去了。連這臧朋友也不能回拜，世兄，替我致意他罷。」杜少卿又留住了一日。次日，雇了轎夫，拿了一只玉杯和贛州公的兩件衣服，親自送在韋四太爺房裏，說道：「先君拜盟的兄弟，只有老伯一位了，此後要求老伯常來走走。小姪也常到鎮上請老伯安。這一個玉杯，送老伯帶去吃酒。這是先君的兩件衣服，送與老伯穿著，如看見先君的一般。」韋四太爺歡喜受了。鮑廷璽陪著又吃了一壺酒，吃了飯。杜少卿拉著鮑廷璽，陪著送到城外，在轎前作了揖。韋四太爺去了。兩人回來，杜少卿就到婁太爺房裏去問候。婁太爺說，身子好些，要打發他孫子回去，只留著兒子在這裏伏侍。

杜少卿應了，心裏想著沒有錢用，叫王鬍子來商議道：「我圩裏那一宗田，你替我賣給那人罷了。」王鬍子道：「那鄉人他想要便宜，少爺要一千五百兩銀子，他只出一千三百兩銀子，所以小的不敢管。」杜少卿道：「就是一千三百兩銀子也罷。」王鬍子道：「小的要稟明少爺才敢去；賣的賤了，又惹少爺罵小的。」杜少卿道：「那個罵你？你快些去賣。我等著要銀子用。」王鬍子道：「小的還有一句話要稟少爺：賣了銀子，少爺要做兩件正經事；若是幾千幾百的白白的給人用，這產業賣了也可惜。」杜少卿道：「你看見我白把銀子給那個用的？你要賺錢罷了，說這許多鬼話！快些替我去！」王鬍子道：「小的稟過就是了。」出來悄悄向鮑廷璽道：「好了，你的事有指望了。而今我到圩裏去賣田；賣了田回來，替你定主意。」

王鬍子就去了幾天，賣了一千幾百兩銀子，拿稍袋裝了來家，稟少爺道：「他這銀子是九五兌九七色的，又是市平，比錢平小一錢三分半。他內裏又扣了他那邊中用二十三兩四錢銀子，畫字去了二三十兩：這都是我們本家要去的。而今這銀子在這裏，拿天平來請少爺當面兌。」杜少卿道：「那個耐煩你算這些疙瘩帳！既拿來，又兌什麼，收了進去就是了！」王鬍子道：「小的也要稟明。」杜少卿收了這銀子，隨即叫了婁太爺的孫子到書房裏，說道：「你明日要回去？」他答應道：「是。老爹叫我回去。」杜少卿道：「我這裏有一百兩銀子給你，你瞞著不要向你老爹說。你是寡婦母親，你拿著銀子回家去做小生意，養活著。你老爹若是好了，你二叔回家去，我也送他一百兩銀子。」

婁太爺的孫子歡喜，接著把銀子藏在身邊，謝了少爺。次日辭回家去，婁太爺叫只稱三錢銀子與他做盤纏，打發去了。杜少卿送了回來，一個鄉裏人在敞廳上站著，見他進來，跪下就與少爺磕頭。杜少卿道：「你是我們公祠堂裏看祠堂的黃大？你來做什麼？」黃大道：「小的住的祠堂旁邊一所屋，原是太老爺買與我的。而今年代多，房子倒了。小的該死，把墳山的死樹搬了幾棵回來添補梁柱，不想被本家這幾位老爺知道，就說小的偷了樹，把小的打了一個臭死，叫十幾個管家到小的家來搬樹，連不倒的房子多拉倒了。小的沒處存身，如今來求少爺向本家老爺說聲，公中弄出些銀子來，把這房子收拾收拾，賞小的住。」杜少卿道：「本家！向那個說？你這房子既是我家太老爺買與你的，自然該是我修理。如今一總倒了，要多少銀子重蓋？」黃大道：「要蓋須得百兩銀子；如今只好修補，將就些住，也要四五十兩銀子。」杜少卿道：「也罷，我沒銀子，且拿五十兩銀子與你去。你用完了再來與我說。」拿出五十兩銀子遞與黃大，黃大接著去了。

門上拿了兩副帖子走進來，稟道：「臧三爺明日請少爺吃酒，這一副帖子，說也請鮑師父去坐坐。」杜少卿道：「你說，拜上三爺，我明日必來。」次日，同鮑廷璽到臧家。臧蓼齋辦了一桌齊整菜，恭恭敬敬，奉坐請酒。席間說了些閒話。到席將終的時候，臧三爺斟了一杯酒，高高奉著，走過席來，作了一個揖，把酒遞與杜少卿，便跪了下去，說道：「老哥，我有一句話奉求。」杜少卿嚇了一跳，慌忙把酒丟在桌上，跪下去拉著他，說道：「三哥，你瘋了？這是怎說？」臧蓼齋道：「你吃我這杯酒，應允我的話，我才起來。」杜少卿道：「我也不知道你說的是什麼話，你起來說。」鮑廷璽也來幫著拉他起來。臧蓼齋道：「你應允了？」杜少卿道：「我有什麼不應允？」臧蓼齋道：「你吃了這杯酒。」杜少卿道：「我就吃了這杯酒。」臧蓼齋道：「候你乾了。」站起來坐下。

杜少卿道：「你有甚話，說罷。」臧蓼齋道：「目今宗師考廬州，下一棚就是我們。我前日替人管著買了一個秀才，宗師有人在這裏攬這個事，我已把三百兩銀子兌與了他，後來他又說出來：『上面嚴緊，秀才不敢賣，倒是把考等第的開個名字來補了廩罷。』我就把我的名字開了去。今年這廩是我補。但是這買秀才的人家要來退這三百兩銀子，我若沒有還他，這件事就要破！身家性命關係，我所以和老哥商議，把你前日的田價借三百與我打發了這件，我將來慢慢的還你。你方才已是依了。」杜少卿道：「呸！我當你說什麼話，原來是這個事！也要大驚小怪，磕頭禮拜的，什麼要緊？我明日就把銀子送來與你。」鮑廷璽拍著手道：「好爽快！好爽快！拿大杯來再吃幾杯！」

當下拿大杯來吃酒。杜少卿醉了，問道：「臧三哥，我且問你，你定要這廩生做什麼？」臧蓼齋道：「你那裏知道！廩生，一來中的多，中了就做官。就是不中，十幾年貢了，朝廷試過，就是去做知縣、推官，穿螺螄結底的靴、坐堂、灑籤、打人。像你這樣大老官來打秋風，把你關在一間房裏，給你一個月豆腐吃，蒸死了你！」杜少卿笑道：「你這匪類，下流無恥極矣！」鮑廷璽又笑道：「笑談！笑談！二位老爺都該罰一杯。」當夜席散。

次早，叫王鬍子送了這一箱銀子去。王鬍子又討了六兩銀子賞錢，回來在鮮魚麵店裏吃麵，遇著張俊民在那裏吃，叫道：「鬍子老官，你過來，請這裏坐。」王鬍子過來坐下，拿上麵來吃。張俊民道：「我有一件事託你。」王鬍子道：「什麼事？醫好了婁老爹，要謝禮？」張俊民道：「不相干，婁老爹的病是不得好的了。」王鬍子道：「還有多少時候？」張俊民道：「大約不過一百天。——這話也不必講他，我有一件事託你。」王鬍子道：「你說罷了。」張俊民道：「而今宗師將到，我家小兒要出來應考，怕學裏人說是我冒籍，託你家少爺向學裏相公們講講。」

王鬍子搖手道：「這事共總沒中用。我家少爺從不曾替學裏相公講一句話。他又不歡喜人家說要出來考。你去求他，他就勸你不考！」張俊民道：「這是怎樣？」王鬍子道：「而今倒有個方法。等我替你回少爺說，說你家的確是冒考不得的，但鳳陽府的考棚是我家先太老爺出錢蓋的，少爺要送一個人去考，誰敢不依？這樣激著他，他就替你用力，連貼錢都是肯的。」張俊民道：「鬍子老官，這事在你作法便了。做成了，少不得『言身寸』。」王鬍子道：「我那個要你謝！你的兒子，就是我的小姪。人家將來進了學，穿戴著簇新的方巾、藍衫，替我老叔子多磕幾個頭就是了。」說罷，張俊民還了麵錢，一齊出來。

王鬍子回家，問小子們道：「少爺在那裏？」小子們道：「少爺在書房裏。」他一直走進書房，見了杜少卿，稟道：「銀子已是小的送與臧三爺收了，著實感激少爺，說又替他免了一場是非，成全了功名，其實這樣事別人也不肯做的。」杜少卿道：「這是什麼要緊的事，只管跑了來倒熟了！」鬍子道：「小的還有話稟少爺。像臧三爺的廩是少爺替他補，公中看祠堂的房子是少爺蓋，眼見得學院不日來考，又要尋少爺修理考棚。我家太老爺拿幾千銀子蓋了考棚，白白便益眾人，少爺就送一個人去考，眾人誰敢不依？」杜少卿道：「童生自會去考的，要我送怎的？」王鬍子道：「假使小的有兒子，少爺送去考，也沒有人敢說？」杜少卿道：「這也何消說。這學裏秀才，未見得好似奴才！」王鬍子道：「後門口張二爺，他那兒子讀書，少爺何不叫他考一考？」杜少卿道：「他可要考？」鬍子道：「他是個冒籍，不敢考。」杜少卿道：「你和他說，叫他去考。若有廩生多話，你就向那廩生說，是我叫他去考的。」王鬍子道：「是了。」應諾了去。

這幾日，婁太爺的病漸漸有些重起來了，杜少卿又換了醫生來看，在家心裏憂愁。忽一日，臧三爺走來，立著說道：「你曉得有個新聞？縣裏王公壞了。昨晚摘了印，新官押著他就要出衙門，縣裏人都說他是個混帳官，不肯借房子給他住，在那裏急的要死。」杜少卿道：「而今怎樣了？」臧蓼齋道：「他昨晚還賴在衙門裏。明日再不出，就要討沒臉面！那個借屋與他住？只好搬在孤老院！」杜少卿道：「這話果然麼？」叫小廝叫王鬍子來，向王鬍子道：「你快到縣前向工房說，叫他進去稟王老爺，說王老爺沒有住處，請來我家花園裏住。他要房子甚急，你去！」王鬍子連忙去了。

臧蓼齋道：「你從前會也不肯會他，今日為什麼自己借房子與他住？況且他這事有拖累，將來百姓要鬧他，不要把你花園都拆了！」杜少卿道：「先君有大功德在于鄉里，人人知道。就是我家藏了強盜，也是沒有人家來動我家的房子。這個老哥放心。至于這王公，他既知道仰慕我，就是一點造化了。我前日若去拜他，便是奉承本縣知縣；而今他官已壞了，又沒有房子住，我就該照應他。他聽見這話，一定就來。你在我這裏候他來，同他談談。」

說著，門上人進來稟道：「張二爺來了。」只見張俊民走進來，跪下磕頭。杜少卿道：「你又怎的？」張俊民道：「就是小兒要考的事，蒙少爺的恩典！」杜少卿道：「我已說過了。」張俊民道：「各位廩主先生聽見少爺吩咐，都沒的說，只要門下捐一百二十兩銀子修學。門下那裏捐的起？故此，又來求少爺商議。」杜少卿道：「只要一百二十兩，此外可還再要？」張俊民道：「不要了。」杜少卿道：「這容易，我替你出。你就寫一個願捐修學宮求入籍的呈子來。臧三哥，你替他送到學裏去，銀子在我這裏來取。」臧三爺道：「今日有事，明日我和你去罷。」張俊民謝過，去了。

正迎著王鬍子飛跑來道：「王老爺來拜，已到門下轎了。」杜少卿和臧蓼齋迎了出去。那王知縣紗帽便服，進來作揖再拜，說道：「久仰先生，不得一面。今弟在困厄之中，蒙先生慨然以尊齋相借，令弟感愧無地，所以先來謝過，再細細請教。恰好臧年兄也在此。」杜少卿道：「老父臺，些小之事，不足介意。荒齋原是空閒，竟請搬過來便了。」臧蓼齋道：「門生正要同敝友來候老師，不想反勞老師先施。」王知縣道：「不敢，不敢。」打恭上轎而去。

杜少卿留下臧蓼齋，取出一百二十兩銀子來遞與他，叫他明日去做張家這件事。臧蓼齋帶著銀子去了。次日，王知縣搬進來住。又次日，張俊民備了一席酒送往杜府，請臧三爺同鮑師父陪。

王鬍子私向鮑廷璽道：「你的話也該發動了。我在這裏算著，那話已有個完的意思；若再遇個人來求些去，你就沒帳了。你今晚開口。」

當下客到齊了，把席擺到廳旁書房裏，四人上席。張俊民先捧著一杯酒謝過了杜少卿，又斟酒作揖謝了臧三爺，入席坐下。席間談這許多事故。鮑廷璽道：「門下在這裏大半年了，看見少爺用銀子像淌水，連裁縫都是大捧拿了去；只有門下是七八個月的養在府裏白渾些酒肉吃吃，一個大錢也不見面。我想這樣乾篾片也做不來，不如揩揩眼淚，別處去哭罷。門下明日告辭。」杜少卿道：「鮑師父，你也不曾向我說過，我曉得你什麼心事？你有話說不是？」鮑廷璽忙斟一杯酒遞過來，說道：「門下父子兩個都是教戲班子過日，不幸父親死了。門下消折了本錢，不能替父親爭口氣；家裏有個老母親，又不能養活。門下是該死的人，除非少爺賞我個本錢，才可以回家養活母親。」杜少卿道：「你一個梨園中的人，卻有思念父親、孝敬母親的念，這就可敬的狠了。我怎麼不幫你！」

鮑廷璽站起來道：「難得少爺的恩典。」杜少卿道：「坐著，你要多少銀子？」鮑廷璽看見王鬍子站在底下，把眼望著王鬍子。王鬍子走上來道：「鮑師父，你這銀子要用的多哩，連叫班子，買行頭，怕不要五六百兩。少爺這裏沒有，只好將就弄幾十兩銀子給你過江，舞起幾個猴子來，你再跳。」杜少卿道：「幾十兩銀子不濟事。我竟給你一百兩銀子，你拿過去教班子。用完了，你再來和我說話。」鮑廷璽跪下來謝。杜少卿拉住道：「不然我還要多給你些銀子，——因我這婁太爺病重，要料理他的光景——我好打發你回去。」當晚臧、張二人都贊杜少卿的慷慨。吃罷散了。

自此之後，婁太爺的病，一日重一日。那日，杜少卿坐在他跟前，婁太爺說道：「大相公，我從前挨著，只望病好，而今看這光景，病是不得好了，你要送我回家去！」杜少卿道：「我一日不曾盡得老伯的情，怎麼說要回家？」婁太爺道：「你又呆了！我是有子有孫的人，一生出門在外，今日自然要死在家裏。難道說你不留我？」杜少卿垂淚道：「這樣話，我就不留了。老伯的壽器是我備下的，如今用不著，是不好帶去了，另拿幾十兩銀子合具壽器。衣服、被褥是做停當的，與老伯帶去。」

婁太爺道：「這棺木、衣服，我受你的。你不要又拿銀子給我家兒子、孫子。我這在三日內就要回去，坐不起來了，只好用床擡了去。你明日早上到令先尊太老爺神主前祝告，說婁太爺告辭回去了。我在你家三十年，是你令先尊一個知心的朋友。令先尊去後，大相公如此奉事我，我還有什麼話？你的品行、文章，是當今第一人。你生的個小兒子，尤其不同，將來好好教訓他成個正經人物。但是你不會當家，不會相與朋友，這家業是斷然保不住的了！像你做這樣慷慨仗義的事，我心裏喜歡；只是也要看來說話的是個什麼樣人。像你這樣做法，都是被人騙了去，沒人報答你的。雖說施恩不望報，卻也不可這般賢否不明。你相與這臧三爺、張俊民，都是沒良心的人。近來又添一個鮑廷璽。他做戲的，有什麼好人？你也要照顧他。若管家王鬍子，就更壞了！銀錢也是小事，我死之後，你父子兩人事事學你令先尊的德行。德行若好，就沒有飯吃也不妨。你平生最相好的是你家慎卿相公；慎卿雖有才情，也不是什麼厚道人。你只學你令先尊，將來斷不吃苦。你眼裏又沒有官長，又沒有本家，這本地方也難住。南京是個大邦，你的才情到那裏去，或者還遇著個知己，做出些事業來。這剩下的家私是靠不住的了！大相公，你聽信我言，我死也瞑目！」

杜少卿流淚道：「老伯的好話，我都知道了。」忙出來吩咐雇了兩班腳子，擡婁太爺過南京到陶紅鎮。又拿出百十兩銀子來，付與婁太爺的兒子回去辦後事。第三日，送婁太爺起身。只因這一番，有分教：京師池館，又看俊傑來遊；江北家鄉，不見英賢豪舉。畢竟後事如何，且聽下回分解。

第三十三回　杜少卿夫婦遊山　遲衡山朋友議禮

話說杜少卿自從送了婁太爺回家之後，自此就沒有人勸他，越發放著膽子用銀子。前項已完，叫王鬍子又去賣了一分田來，二千多銀子，隨手亂用。又將一百銀子把鮑廷璽打發過江去了。王知縣事體已清，退還了房子，告辭回去。杜少卿在家又住了半年多，銀子用的差不多了，思量把自己住的房子併與本家，要到南京去住，和娘子商議，娘子依了。人勸著他，總不肯聽。足足鬧了半年，房子歸併妥了。除還債贖當，還落了有千把多銀子，和娘子說道：「我先到南京會過盧家表姪，尋定了房子，再來接你。」

當下收拾了行李，帶著王鬍子，同小廝加爵過江。王鬍子在路見不是事，拐了二十兩銀子走了。杜少卿付之一笑，只帶了加爵過江。到了倉巷裏外祖盧家，表姪盧華士出來迎請表叔進去，到廳上見禮。杜少卿又到樓上拜了外祖、外祖母的神主。見了盧華士的母親，叫小廝拿出火腿、茶葉土儀來送過。盧華士請在書房裏擺飯，請出一位先生來，是華士今年請的業師。那先生出來見禮，杜少卿讓先生首席坐下。杜少卿請問先生：「貴姓？」那先生道：「賤姓遲，名均，字衡山。請問先生貴姓？」盧華士道：「這是學生天長杜家表叔。」遲先生道：「是少卿先生？是海內英豪，千秋快士！只道聞名不能見面，何圖今日邂逅高賢！」站起來，重新見禮。

杜少卿看那先生細瘦，通眉長爪，雙眸炯炯，知他不是庸流，便也一見如故。吃過了飯，說起要尋房子來住的話。遲衡山喜出望外，說道：「先生何不竟尋幾間河房住？」杜少卿道：「這也極好。我和你借此先去看看秦淮。」遲先生叫華士在家好好坐著，便同少卿步了出來。走到狀元境，只見書店裏貼了多少新封面，內有一個寫道：「《歷科程墨持運》。處州馬純上、嘉興蘧駪夫同選。」杜少卿道：「這蘧駪夫是南昌蘧太守之孫，是我敝世兄。既在此，我何不進去會會他？」便同遲先生進去。蘧駪夫出來敘了世誼，彼此道了些相慕的話。

馬純上出來敘禮，問：「先生貴姓？」蘧駪夫道：「此乃天長殿元公孫杜少卿先生，這位是句容遲衡山先生。皆江南名壇領袖。小弟輩恨相見之晚。」吃過了茶，遲衡山道：「少卿兄要尋居停，此時不能久談，要相別了。」同走出來，只見櫃檯上伏著一個人在那裏看詩，指著書上道：「這一首詩就是我的。」四個人走過來，看見他旁邊放著一把白紙詩扇。蘧駪夫打開一看，款上寫著「蘭江先生」。蘧駪夫笑道：「是景蘭江。」景蘭江擡起頭來看見二人，作揖問姓名。杜少卿拉著遲衡山道：「我每且去尋房子，再來會這些人。」

當下走過淮清橋，遲衡山路熟，找著房牙子，一路看了幾處河房，多不中意，一直看到東水關。這年是鄉試年，河房最貴，這房子每月要八兩銀子的租錢。杜少卿道：「這也罷了，先租了住著，再買他的。」南京的風俗是要付一個進房，一個押月。當下房牙子同房主人跟到倉巷盧家寫定租約，付了十六兩銀子。盧家擺酒留遲衡山同杜少卿坐坐，到夜深，遲衡山也在這裏宿了。

次早，才洗臉，只聽得一人在門外喊了進來：「杜少卿先生在那裏？」杜少卿正要出去看，那人已走進來，說道：「且不要通姓名，且等我猜一猜著！」定了一會神，走上前，一把拉著少卿道：「你便是杜少卿。」杜少卿笑道：「我便是杜少卿。這位是遲衡山先生，這是舍表姪。先生，你貴姓？」那人道：「少卿天下豪士，英氣逼人，小弟一見喪膽，不似遲先生老成尊重，所以我認得不錯。小弟便是季葦蕭。」遲衡山道：「是定梨園榜的季先生？久仰，久仰！」

季葦蕭坐下，向杜少卿道：「令兄已是北行了。」杜少卿驚道：「幾時去的？」季葦蕭道：「才去了三四日。小弟送到龍江關。他加了貢，進京鄉試去了。少卿兄揮金如土，為什麼躲在家裏用，不拿來這裏我們大家玩玩？」杜少卿道：「我如今來了。現看定了河房，到這裏來居住。」季葦蕭拍手道：「妙！妙！我也尋兩間河房同你做鄰居，把賤內也接來同老嫂作伴。這買河房的錢，就出在你！」杜少卿道：「這個自然。」

須臾，盧家擺出飯來，留季葦蕭同吃。吃飯中間，談及哄慎卿看道士的這一件事，眾人大笑，把飯都噴了出來。才吃完了飯，便是馬純上、蘧駪夫、景蘭江來拜。會著談了一會，送出去。才進來，又是蕭金鉉、諸葛天申、季恬逸來拜。季葦蕭也出來同坐。談了一會，季葦蕭同三人一路去了。杜少卿寫家書，打發人到天長接家眷去了。

次日清晨，正要回拜季葦蕭這幾個人，又是郭鐵筆同來道士來拜。杜少卿迎了進來，看見道士的模樣，想起昨日的話，又忍不住笑。道士足恭了一回，拿出一卷詩來。郭鐵筆也送了兩方圖書。杜少卿都收了。吃過茶，告別去了。杜少卿方才出去回拜這些人。一連在盧家住了七八天，同遲衡山談些禮樂之事，甚是相合，家眷到了，共是四隻船，攏了河房。杜少卿辭別盧家，搬了行李去。

次日，眾人來賀。這時三月初旬，河房漸好，也有簫管之聲。杜少卿備酒請這些人，共是四席。那日，季葦蕭、馬純上、蘧駪夫、季恬逸、遲衡山、盧華士、景蘭江、諸葛天申、蕭金鉉、郭鐵筆、來霞士都在席。金東崖是河房鄰居，拜往過了，也請了來。本日茶廚先到，鮑廷璽打發新教的三元班小戲子來磕頭，見了杜少爺、杜娘子，賞了許多果子去了。隨即房主人家薦了一個賣花堂客叫做姚奶奶來見，杜娘子留他坐著。到上晝時分，客已到齊，將河房窗子打開了。眾客散坐，或憑欄看水，或啜茗閒談，或據案觀書，或箕踞自適，各隨其便。只見門外一頂轎子，鮑廷璽跟著，是送了他家王太太來問安。王太太下轎進去了，姚奶奶看見他，就忍笑不住，向杜娘子道：「這是我們南京有名的王太太，他怎肯也到這裏來！」王太太見杜娘子，著實小心，不敢抗禮。杜娘子也留他坐下。杜少卿進來，姚奶奶、王太太又叩見了少爺。鮑廷璽在河房見了眾客，口內打諢說笑。鬧了一會，席面已齊，杜少卿出來奉席坐下，吃了半夜酒，各自散訖。鮑廷璽自己打著燈籠，照王太太坐了轎子，也回去了。

又過了幾日，娘子因初到南京，要到外面去看看景致。杜少卿道：「這個使得。」當下叫了幾乘轎子，約姚奶奶做陪客，兩三個家人、婆娘都坐了轎子跟著。廚子挑了酒席，借清涼山一個姚園。這姚園是個極大的園子，進去一座籬門。籬門內是鵝卵石砌成的路，一路朱紅欄杆，兩邊綠柳掩映。過去三間廳，便是他賣酒的所在，那日把酒桌子都搬了。過廳便是一路山徑，上到山頂，便是一個八角亭子。席擺在亭子上。娘子和姚奶奶一班人上了亭子，觀看景致。一邊是清涼山，高高下下的竹樹；一邊是靈隱觀，綠樹叢中，露出紅牆來，十分好看。坐了一會，杜少卿也坐轎子來了。轎裏帶了一只赤金杯子，擺在桌上，斟起酒來，拿在手內，趁著這春光融融，和氣習習，憑在欄杆上，留連痛飲。這日杜少卿大醉了，竟攜著娘子的手，出了園門，一手拿著金杯，大笑著，在清涼山岡子上走了一里多路。背後三四個婦女，嘻嘻笑笑跟著，兩邊看的人目眩神搖，不敢仰視。杜少卿夫婦兩個上了轎子去了。姚奶奶和這幾個婦女採了許多桃花插在轎子上，也跟上去了。

杜少卿回到河房，天色已晚。只見盧華士還在那裏坐著，說道：「北門橋莊表伯聽見表叔來了，急于要會。明日請表叔在家坐一時，不要出門，莊表伯來拜。」杜少卿道：「紹光先生是我所師事之人。我因他不耐同這一班詞客相聚，所以前日不曾約他。我正要去看他，怎反勞他到來看我？賢姪，你作速回去，打發人致意，我明日先到他家去。」華士應諾去了。杜少卿送了出去。才關了門，又聽得打的門響。小廝開門出去，同了一人進來，稟道：「婁大相公來了。」杜少卿舉眼一看，見婁煥文的孫子穿著一身孝，哭拜在地，說道：「我家老爹去世了，特來報知。」杜少卿道：「幾時去世的？」婁大相公道：「前月二十六日。」杜少卿大哭了一場，吩咐連夜製備祭禮。次日清晨，坐了轎子，往陶紅鎮去了。季葦蕭打聽得姚園的事，絕早走來訪問，知道已往陶紅，悵悵而返。

杜少卿到了陶紅，在婁太爺柩前大哭了幾次，拿銀子做了幾天佛事，超度婁太爺升天。婁家把許多親戚請來陪。杜少卿一連住了四五日，哭了又哭。陶紅一鎮上的人，人人嘆息，說：「天長杜府厚道。」又有人說：「這老人家為人必定十分好，所以杜府才如此尊重報答他。為人須像這個老人家，方為不愧。」杜少卿又拿了幾十兩銀子交與他兒子、孫子，買地安葬婁太爺。婁家一門，男男女女都出來拜謝。杜少卿又在柩前慟哭了一場，方才回來。

到家，娘子向他說道：「自你去的第二日，巡撫一個差官，同天長縣的一個門斗，拿了一角文書來尋，我回他不在家。他住在飯店裏，日日來問，不知為甚事。」杜少卿道：「這又奇了！」

正疑惑間，小廝來說道：「那差官和門斗在河房裏要見。」杜少卿走出去，同那差官見禮坐下。差官道了恭喜，門斗送上一角文書來。那文書是折開過的，杜少卿拿出來看，只見上寫道：

「巡撫部院李，為舉薦賢才事：欽奉聖旨，採訪天下儒修。本部院訪得天長縣儒學生員杜儀，品行端醇，文章典雅。為此飭知該縣儒學教官，即敦請該生即日束裝赴院，以便考驗，申奏朝廷，引見擢用。毋違！速速！」

杜少卿看了道：「李大人是先祖的門生，原是我的世叔，所以薦舉我。我怎麼敢當？但大人如此厚意，我即刻料理起身，到轅門去謝。」留差官吃了酒飯，送他幾兩銀子作盤程，門斗也給了他二兩銀子，打發先去了。

在家收拾，沒有盤纏，把那一只金杯當了三十兩銀子，帶一個小廝，上船往安慶去了。到了安慶，不想李大人因事公出，過了幾日才回來。杜少卿投了手本，那裏開門請進去，請到書房裏。李大人出來，杜少卿拜見，請過大人的安。李大人請他坐下。李大人道：「自老師去世之後，我常念諸位世兄。久聞世兄才品過人，所以朝廷仿古徵辟大典，我學生要借光，萬勿推辭。」杜少卿道：「小姪菲才寡學，大人誤採虛名，恐其有玷薦牘。」李大人道：「不必太謙，我便向府縣取結。」杜少卿道：「大人垂愛，小姪豈不知？但小姪麋鹿之性，草野慣了，近又多病，還求大人另訪。」李大人道：「世家子弟，怎說得不肯做官？我訪的不差，是要薦的！」杜少卿就不敢再說了，李大人留著住了一夜，拿出許多詩文來請教。

次日辭別出來。他這番盤程帶少了，又多住了幾天，在轅門上又被人要了多少喜錢去，叫了一隻船回南京，船錢三兩銀子也欠著。一路又遇了逆風，走了四五天，才走到蕪湖。到了蕪湖，那船真走不動了，船家要錢買米煮飯。杜少卿叫小廝尋一尋，只剩了五個錢。杜少卿算計要拿衣服去當。心裏悶，且到岸上去走走，見是吉祥寺，因在茶桌上坐著，吃了一開茶。又肚裏餓了，吃了三個燒餅，倒要六個錢，還走不出茶館門。只見一個道士在面前走過去，杜少卿不曾認得清。那道士回頭一看，忙走近前道：「杜少爺，你怎麼在這裏？」杜少卿笑道：「原來是來霞兄！你且坐下吃茶。」來霞士道：「少老爺，你為什麼獨自在此？」杜少卿道：「你幾時來的？」來霞士道：「我自叨擾之後，因這蕪湖縣張老父臺寫書子接我來做詩，所以在這裏。我就寓在識舟亭，甚有景致，可以望江。少老爺到我下處去坐坐。」杜少卿道：「我也是安慶去看一個朋友，回來從這裏過，阻了風。而今和你到尊寓玩玩去。」來霞士會了茶錢，兩人同進識舟亭。廟裏道士走了出來，問那裏來的尊客。來道士道：「是天長杜狀元府裏杜少老爺，」道士聽了，著實恭敬，請坐拜茶。

杜少卿看見牆上貼著一個斗方，一首識舟亭懷古的詩，上寫：「霞士道兄教正」，下寫：「燕裏韋闡思玄稿」。杜少卿道：「這是滁州烏衣鎮韋四太爺的詩。他幾時在這裏的？」道士道：「韋四太爺現在樓上。」杜少卿向來霞士道：「這樣，我就同你上樓去。」便一同上樓來，道士先喊道：「韋四太爺，天長杜少老爺來了！」韋四太爺答應道：「是那個？」要走下樓來看。杜少卿上來道：「老伯！小姪在此。」韋四太爺兩手抹著鬍子，哈哈大笑，說道：「我當是誰，原來是少卿！你怎麼走到這荒江地面來？且請坐下，待我烹起茶來，敘敘闊懷。你到底從那裏來？」

杜少卿就把李大人的話告訴幾句，又道：「小姪這回盤程帶少了，今日只剩的五個錢，方才還吃的是來霞兄的茶，船錢、飯錢都無。」韋四太爺大笑道：「好，好！今日大老官畢了！但你是個豪傑，這樣事何必焦心？且在我下處坐著吃酒。我因有教的一個學生住在蕪湖，他前日進了學，我來賀他，他謝了我二十四兩銀子。你在我這裏吃了酒，看風轉了，我拿十兩銀子給你去。」杜少卿坐下，同韋四太爺、來霞士三人吃酒，直吃到下午，看著江裏的船在樓窗外過去，船上的定風旗漸漸轉動。韋四太爺道：「好了！風雲轉了！」大家靠著窗子看那江裏，看了一回，太陽落了下去，返照照著幾千根桅杆半截通紅。杜少卿道：「天色已晴，東北風息了，小姪告辭老伯下船去。」韋四太爺拿出十兩銀子遞與杜少卿，同來霞士送到船上。來霞士又託他致意南京的諸位朋友。說罷別過，兩人上岸去了。

杜少卿在船歇宿。是夜五鼓，果然起了微微西南風。船家扯起篷來，乘著順風，只走了半天，就到白河口。杜少卿付了船錢，搬行李上岸，坐轎來家。娘子接著，他就告訴娘子前日路上沒有盤程的這一番笑話，娘子聽了也笑。

次日，便到北門橋去拜莊紹光先生。那裏回說：「浙江巡撫徐大人請了遊西湖去了，還有些日子才得來家。」杜少卿便到倉巷盧家去會遲衡山。盧家留著吃飯。遲衡山閒話說起：「而今讀書的朋友，只不過講個舉業，若會做兩句詩賦，就算雅極的了，放著經史上禮、樂、兵、農的事，全然不問！我本朝太祖定了天下，大功不差似湯武，卻全然不曾制作禮樂。少卿兄，你此番徵辟了去，替朝廷做些正經事，方不愧我輩所學。」杜少卿道：「這徵辟的事，小弟已是辭了。正為走出去做不出什麼事業，徒惹高人一笑，所以寧可不出去的好。」

遲衡山又在房裏拿出一個手卷來，說道：「這一件事，須是與先生商量。」杜少卿道：「什麼事？」遲衡山道：「我們這南京，古今第一個賢人是吳泰伯，卻並不曾有個專祠。那文昌殿、關帝廟，到處都有。小弟意思要約些朋友，各捐幾何，蓋一所泰伯祠，春秋兩仲，用古禮古樂致祭；借此，大家習學禮樂，成就出些人才，也可以助一助政教。但建造這祠，須數千金。我表了個手卷在此，願捐的寫在上面。少卿兄，你願出多少？」杜少卿大喜道：「這是該的！」接過手卷，放開寫道：「天長杜儀捐銀三百兩。」遲衡山道：「也不少了。我把歷年做館的修金節省出來，也捐二百兩，」就寫在上面，又叫：「華士，你也勉力出五十兩。」也就寫在卷子上。遲衡山捲起收了，又坐著閒談。

只見杜家一個小廝走來稟道：「天長有個差人，在河房裏要見少爺，請少爺回去。」杜少卿辭了遲衡山回來。只因這一番，有分教：一時賢士，同辭爵祿之縻；兩省名流，重修禮樂之事。不知後事如何，且聽下回分解。

第三十四回　議禮樂名流訪友　備弓旌天子招賢

話說杜少卿別了遲衡山出來，問小廝道：「那差人他說什麼？」小廝道：「他說少爺的文書已經到了，李大老爺吩咐縣裏鄧老爺請少爺到京裏去做官。鄧老爺現住在承恩寺。差人說，請少爺在家裏，鄧老爺自己上門來請。」杜少卿道：「既如此說，我不走前門家去了，你快叫一隻船，我從河房欄杆上上去。」當下小廝在下浮橋雇了一隻涼篷，杜少卿坐了來家。忙取一件舊衣服、一頂舊帽子，穿戴起來，拿手帕包了頭，睡在床上，叫小廝：「你向那差人說，我得了暴病，請鄧老爺不用來，我病好了，慢慢來謝鄧老爺。」小廝打發差人去了。娘子笑道：「朝廷叫你去做官，你為什麼裝病不去？」杜少卿道：「你好呆！放著南京這樣好玩的所在，留著我在家，春天秋天，同你出去看花吃酒，好不快活！為什麼要送我到京裏去？假使連你也帶往京裏，京裏又冷，你身子又弱，一陣風吹得凍死了，也不好。還是不去的妥當。」小廝進來說：「鄧老爺來了，坐在河房裏，定要會少爺。」

杜少卿叫兩個小廝攙扶著，做個十分有病的模樣，路也走不全，出來拜謝知縣；拜在地下，就不得起來。知縣慌忙扶了起來，坐下就道：「朝廷大典，李大人專要借光，不想先生病得狼狽至此。不知幾時可以勉強就道？」杜少卿道：「治晚不幸大病，生死難保，這事斷不能了。總求老父臺代我懇辭。」袖子裏取出一張呈子來遞與知縣。知縣看這般光景，不好久坐，說道：「弟且別了先生，恐怕勞神。這事，弟也只得備文書詳覆上去，看大人意思何如。」杜少卿道：「極蒙臺愛，恕治晚不能躬送了。」知縣作別上轎而去，隨即備了文書，說：「杜生委係患病，不能就道。」申詳了李大人。恰好李大人也調了福建巡撫，這事就罷了。杜少卿聽見李大人已去，心裏歡喜道：「好了！我做秀才，有了這一場結局，將來鄉試也不應，科、歲也不考，逍遙自在，做些自己的事罷！」

杜少卿因託病辭了知縣，在家有許多時不曾出來。這日，鼓樓街薛鄉紳家請酒，杜少卿辭了不到，遲衡山先到了。那日在座的客是馬純上、蘧駪夫、季葦蕭。都在那裏坐定，又到了兩位客：一個是揚州蕭柏泉，名樹滋；一個是采石余夔，字和聲。是兩個少年名士。這兩人，面如傅粉，唇若塗朱；舉止風流，芳蘭竟體。這兩個名士獨有兩個綽號：一個叫「余美人」，一個叫「蕭姑娘」。兩位會了眾人，作揖坐下。薛鄉紳道：「今日奉邀諸位先生小坐，淮清橋有一個姓錢的朋友，我約他來陪諸位玩玩，他偏生的今日有事，不得到。」季葦蕭道：「老伯，可是那做正生的錢麻子？」薛鄉紳道：「是。」遲衡山道：「老先生同士大夫宴會，那梨園中人也可以許他一席同坐的麼？」薛鄉紳道：「此風也久了。弟今日請的有高老先生，那高老先生最喜此人談吐，所以約他。」遲衡山道：「是那位高老先生？」季葦蕭道：「是六合的現任翰林院侍讀。」

說著，門上人進來享道：「高大老爺到了。」薛鄉紳迎了出去。高老先生紗帽蟒衣，進來與眾人作揖，首席坐下；認得季葦蕭，說道：「季年兄，前日枉顧，有失迎迓。承惠佳作，尚不曾捧讀。」便問：「這兩位少年先生尊姓？」余美人、蕭姑娘各道了姓名。又問馬、蘧二人。馬純上道：「書坊裏選曆科程墨持運的，便是晚生兩個。」余美人道：「這位蘧先生是南昌太守公孫。先父曾在南昌做府學，蘧先生和晚生也是世弟兄。」問完了，才問到遲先生。遲衡山道：「賤姓遲，字衡山。」季葦蕭道：「遲先生有制禮作樂之才，乃是南邦名宿。」高老先生聽罷，不言語了。吃過了三遍茶，換去大衣服，請在書房裏坐。

這高老先生雖是一個前輩，卻全不做身分，最好玩耍，同眾位說說笑笑，並無顧忌；才進書房，就問道：「錢朋友怎麼不見？」薛鄉紳道：「他今日回了不得來。」高老先生道：「沒趣！沒趣！今日滿座欠雅矣！」薛鄉紳擺上兩席，奉席坐下。席間談到浙江這許多名士，以及西湖上的風景，婁氏弟兄兩個許多結交賓客的故事。余美人道：「這些事我還不愛，我只愛駪夫家的雙紅姐，說著還齒頰生香。」季葦蕭道：「怪不得，你是個美人，所以就愛美人了。」蕭柏泉道：「小弟生平最喜修補紗帽，可惜魯編修公不曾會著。聽見他那言論手采，到底是個正經人；若會著，我少不得著實請教他。可惜已去世了。」蘧駪夫道：「我婁家表叔那番豪舉，而今再不可得了！」季葦蕭道：「駪兄，這是什麼話？我們天長杜氏弟兄，只怕更勝于令表叔的豪舉！」遲衡山道：「兩位中是少卿更好。」高老先生道：「諸位才說的，可就是贛州太守的乃郎？」

遲衡山道：「正是。老先生也相與？」高老先生道：「我們天長、六合是接壤之地，我怎麼不知道？諸公莫怪學生說，這少卿是他杜家第一個敗類！他家祖上幾十代行醫，廣積陰德，家裏也掙了許多田產。到了他家殿元公，發達了去，雖做了幾十年官，卻不會尋一個錢來家。到他父親，還有本事中個進士，做一任太守，——已經是個呆子了：做官的時候，全不曉得敬重上司，只是一味希圖著百姓說好；又逐日講那些『敦孝弟，勸農桑』的呆話。這些話是教養題目文章裏的詞藻，他竟拿著當了真，惹的上司不喜歡，把個官弄掉了！他這兒子就更胡說，混穿混吃，和尚、道士、工匠、花子，都拉著相與，卻不肯相與一個正經人！不到十年內，把六七萬銀子弄的精光。天長縣站不住，搬在南京城裏，日日攜著乃眷上酒館吃酒，手裏拿著一個銅盞子，就像討飯的一般！不想他家竟出了這樣子弟！學生在家裏，往常教子姪們讀書，就以他為戒。每人讀書的桌子上寫一紙條貼著，上面寫道：『不可學天長杜儀。』」

遲衡山聽罷，紅了臉道：「近日朝廷徵辟他，他都不就。」高老先生冷笑道：「先生，你這話又錯了。他果然肚裏通，就該中了去！」又笑道：「徵辟難道算得正途出身麼？」蕭柏泉道：「老先生說的是。」向眾人道：「我們後生晚輩，都該以老先生之言為法。」當下又吃了一會酒，說了些閒話。席散，高老先生坐轎先去了。眾位一路走，遲衡山道：「方才高老先生這些話，分明是罵少卿，不想倒替少卿添了許多身分。眾位先生，少卿是自古及今難得的一個奇人！」馬二先生道：「方才這些話，也有幾句說的是。」季葦蕭道：「總不必管他。他河房裏有趣，我們幾個人，明日一齊到他家，叫他買酒給我們吃！」余和聲道：「我們兩個人也去拜他。」當下約定了。

次日，杜少卿才起來，坐在河房裏，鄰居金東崖拿了自己做的一本《四書講章》來請教，擺桌子在河房裏看。看了十幾條，落後金東崖指著一條問道：「先生，你說這『羊棗』是什麼？羊棗，即羊腎也。俗語說：『只顧羊卵子，不顧羊性命。』所以曾子不吃。」杜少卿笑道：「古人解經，也有穿鑿的，先生這話就太不倫了。」

正說著，遲衡山、馬純上、蘧駪夫、蕭柏泉、季葦蕭、余和聲，一齊走了進來，作揖坐下。杜少卿道：「小弟許久不曾出門，有疏諸位先生的教。今何幸群賢畢至！」便問：「二位先生貴姓？」余、蕭二人各道了姓名。杜少卿道：「蘭江怎的不見？」蘧駪夫道：「他又在三山街開了個頭巾店做生意。」小廝奉出茶來。季葦蕭道：「不是吃茶的事，我們今日要酒。」杜少卿道：「這個自然，且閒談著。」遲衡山道：「前日承見賜《詩說》，極其佩服；但吾兄說詩大旨，可好請教一二？」蕭柏泉道：「先生說的可單是擬題？」馬二先生道：「想是在《永樂大全》上說下來的？」遲衡山道：「我們且聽少卿說。」

杜少卿道：「朱文公解經，自立一說，也是要後人與諸儒參看。而今丟了諸儒，只依朱註，這是後人固陋，與朱子不相干。小弟遍覽諸儒之說，也有一二私見請教。即如《凱風》一篇，說七子之母想再嫁，我心裏不安。古人二十而嫁，養到第七個兒子，又長大了，那母親也該有五十多歲，那有想嫁之理！所謂『不安其室』者，不過因衣服飲食不稱心，在家吵鬧，七子所以自認不是。這話前人不曾說過。」遲衡山點頭道：「有理。」

杜少卿道：「『女曰雞鳴』一篇，先生們說他怎麼樣好？」馬二先生道：「這是《鄭風》，只是說他『不淫』，還有什麼別的說？」遲衡山道：「便是，也還不能得其深味。」杜少卿道：「非也。但凡士君子，橫了一個做官的念頭在心裏，便先要驕傲妻子。妻子想做夫人，想不到手，便事事不遂心，吵鬧起來。你看這夫婦兩個，絕無一點心想到功名富貴上去，彈琴飲酒，知命樂天。這便是三代以上修身齊家之君子。這個，前人也不曾說過。」蘧駪夫道：「這一說果然妙了！」杜少卿道：「據小弟看來，《溱洧》之詩也只是夫婦同遊，並非淫亂。」季葦蕭道：「怪道前日老哥同老嫂在姚園大樂！這就是你彈琴飲酒，采蘭贈芍的風流了。」眾人一齊大笑。遲衡山道：「少卿妙論，令我聞之如飲醍醐。」余和聲道：「那邊醍醐來了！」眾人看時，見是小廝捧出酒來。

當下擺齊酒餚，八位坐下小飲。季葦蕭多吃了幾杯，醉了，說道：「少卿兄，你真是絕世風流。據我說，鎮日同一個三十多歲的老嫂子看花飲酒，也覺得掃興。據你的才名，又住在這樣的好地方，何不娶一個標致如君，又有才情的，才子佳人，及時行樂？」杜少卿道：「葦兄，豈不聞晏子云：『今雖老而醜，我固及見其姣且好也。』況且娶妾的事，小弟覺得最傷天理。天下不過是這些人，一個人占了幾個婦人，天下必有幾個無妻之客。小弟為朝廷立法：人生須四十無子，方許娶一妾；此妾如不生子，便遣別嫁。是這等樣，天下無妻子的人或者也少幾個。也是培補元氣之一端。」蕭柏泉道：「先生說得好一篇風流經濟！」遲衡山嘆息道：「宰相若肯如此用心，天下可立致太平！」當下吃完了酒，眾人歡笑，一同辭別去了。

過了幾日，遲衡山獨自走來，杜少卿會著。遲衡山道：「那泰伯祠的事，已有個規模了。將來行的禮樂，我草了一個底稿在此，來和你商議，替我斟酌起來。」杜少卿接過底稿看了道：「這事還須尋一個人斟酌。」遲衡山道：「你說尋那個？」杜少卿道：「莊紹光先生。」遲衡山道：「他前日浙江回來了。」杜少卿道：「我正要去。我和你而今同去看他。」當下兩人坐了一隻涼篷船，到了北門橋，上了岸，見一所朝南的門面房子，遲衡山道：「這便是他家了。」兩人走進大門，門上的人進去稟了主人，那主人走了出來。這人姓莊名尚志，字紹光，是南京累代的讀書人家。這莊紹光十一二歲就會做一篇七千字的賦，天下皆聞。此時已將及四十歲，名滿一時，他卻閉戶著書，不肯妄交一人。這日聽見是這兩個人來，方才出來相會。只見頭戴方巾，身穿寶藍夾紗直裰，三綹髭鬚，黃白面皮，出來恭恭敬敬同二位作揖坐下。

莊紹光道：「少卿兄，相別數載，卻喜卜居秦淮，為三山二水生色。前日又多了皖江這一番纏繞，你卻也辭的爽快！」杜少卿道：「前番正要來相會，恰遇故友之喪，只得去了幾時；回來時，先生已浙江去了。」莊紹光道：「衡山兄常在家裏，怎麼也不常會？」遲衡山道：「小弟為泰伯祠的事，奔走了許多日子；今已略有規模，把所訂要行的禮樂送來請教。」袖裏拿出一個本子來遞了過去。莊紹光接過，從頭細細看了，說道：「這千秋大事，小弟自當贊助效勞。但今有一事，又要出門幾時，多則三月，少則兩月便回，那時我們細細考訂。」遲衡山道：「又要到那裏去？」莊紹光道：「就是浙撫徐穆軒先生，今升少宗伯，他把賤名薦了，奉旨要見，只得去走一遭。」遲衡山道：「這是不得就回來的。」莊紹光道：「先生放心，小弟就回來的，不得誤了泰伯祠的大祭。」杜少卿道：「這祭祀的事，少了先生不可，專候早回。」遲衡山叫將邸抄借出來看。小廝取了出來，兩人同看。上寫道：

「禮部侍郎徐，為薦舉賢才事：奉聖旨，莊尚志著來京引見。欽此。」

兩人看了，說道：「我們且別，候入都之日，再來奉送。」莊紹光道：「相晤不遠，不勞相送。」說罷出來，兩人去了。

莊紹光晚間置酒與娘子作別。娘子道：「你往常不肯出去，今日怎的聞命就行？」莊紹光道：「我們與山林隱逸不同，既然奉旨召我，君臣之禮是傲不得的。你但放心，我就回來，斷不為老萊子之妻所笑。」次日，應天府的地方官都到門來催迫。莊紹光悄悄叫了一乘小轎，帶了一個小廝，腳子挑了一擔行李，從後門老早就出漢西門去了。莊紹光從水路過了黃河，雇了一輛車，曉行夜宿，一路來到山東地方。過兗州府四十里，地名叫做辛家驛，住了車子吃茶。這日天色未晚，催著車夫還要趕幾十里地。店家說道：「不瞞老爺說，近來咱們地方上響馬甚多，凡過往的客人，須要遲行早住。老爺雖然不比有本錢的客商，但是也要小心些。」莊紹光聽了這話，便叫車夫：「竟住下罷。」小廝揀了一間房，把行李打開，鋪在炕上，拿茶來吃著。

只聽得門外騾鈴亂響，來了一起銀鞘，有百十個牲口。內中一個解官，武員打扮。又有同伴的一個人，五尺以上身材，六十外歲年紀，花白鬍鬚，頭戴一頂氈笠子，身穿箭衣，腰插彈弓一張，腳下黃牛皮靴。兩人下了牲口，拿著鞭子，一齊走進店來，吩咐店家道：「我們是四川解餉進京的，今日天色將晚，住一宿，明日早行。你們須要小心伺候。」店家連忙答應。那解官督率著腳夫將銀鞘搬入店內，牲口趕到槽上，掛了鞭子，同那人進來，向莊紹光施禮坐下。莊紹光道：「尊駕是四川解餉來的？此位想是貴友？不敢拜問尊姓大名？」解官道：「在下姓孫，叨任守備之職。敝友姓蕭，字昊軒，成都府人。」因問莊紹光進京貴幹。莊紹光道了姓名並赴召進京的緣故。蕭昊軒道：「久聞南京有位莊紹光先生是當今大名士，不想今日無意中相遇。」極道其傾倒之意。

莊紹光見蕭昊軒氣宇軒昂，不同流俗，也就著實親近。因說道：「國家承平日久，近來的地方官辦事，件件都是虛應故事。像這盜賊橫行，全不肯講究一個弭盜安民的良法。聽見前路響馬甚多，我們須要小心防備。」蕭昊軒笑道：「這事先生放心。小弟生平有一薄技：百步之內，用彈子擊物，百發百中。響馬來時，只消小弟一張彈弓，叫他來得去不得，人人送命，一個不留！」孫解官道：「先生若不信敝友手段，可以當面請教一二。」莊紹光道：「急要請教，不知可好驚動？」蕭昊軒道：「這有何妨！正要獻醜。」遂將彈弓拿了，走出天井來，向腰間錦袋中取出兩個彈丸，拿在手裏。莊紹光同孫解官一齊步出天井來看。只見他把彈弓舉起，向著空闊處先打一丸彈子，拋在空中；續將一丸彈子打去，恰好與那一丸彈子相遇，在半空裏打得粉碎。莊紹光看了，贊嘆不已。連那店主人看了，都嚇一跳。蕭昊軒收了彈弓，進來坐下，談了一會，各自吃了夜飯住下。

次早天色未明，孫解官便起來催促騾夫、腳子搬運銀鞘，打發房錢上路。莊紹光也起來洗了臉，叫小廝拴束行李，會了帳，一同前行。一群人眾行了有十多里路，那時天色未明，曉星猶在。只見前面林子裏黑影中有人走動。那些趕鞘的騾夫一齊叫道：「不好了！前面有賊！」把那百十個騾子都趕到道旁坡子下去。蕭昊軒聽得，疾忙把彈弓拿在手裏，孫解官也拔出腰刀，拿在馬上。只聽得一枝響箭，飛了出來。響箭過處，就有無數騎馬的從林子裏奔出來。蕭昊軒大喝一聲，扯滿弓，一彈子打去，不想刮喇一聲，那條弓弦迸為兩段。那響馬賊數十人，齊聲打了一個忽哨，飛奔前來。解官嚇得撥回馬頭便跑。那些騾夫、腳子，一個個爬伏在地，盡著響馬賊趕著百十個牲口，馱了銀鞘，往小路上去了。莊紹光坐在車裏，半日也說不出話來；也不曉得車外邊這半會做的是些什麼勾當。

蕭昊軒因弓弦斷了，使不得力量，撥馬在原路上跑，跑到一個小店門口，敲開了門。店家看見，知道是遇了賊，因問：「老爺昨晚住在那個店裏？」蕭昊軒說了。店家道：「他原是賊頭趙大一路做線的，老爺的弓弦必是他昨晚弄壞了。」蕭昊軒省悟，悔之無及。一時人急智生，把自己頭髮拔下一綹，登時把弓弦續好，飛馬回來，遇著孫解官，說賊人已投向東小路而去了。那時天色已明。蕭昊軒策馬飛奔，來了不多路，望見賊眾擁護著銀鞘慌忙的前走。他便加鞭趕上，手執彈弓，好像暴雨打荷葉的一般，打的那些賊人一個個抱頭鼠竄，丟了銀鞘，如飛的逃命去了。他依舊把銀鞘同解官慢慢的趕回大路，會著莊紹光，述其備細。莊紹光又贊嘆了一會。

同走了半天，莊紹光行李輕便，遂辭了蕭、孫二人，獨自一輛車子先走。走了幾天，將到盧溝橋，只見對面一個人騎了騾子來，遇著車子，問：「車裏這位客官尊姓？」車夫道：「姓莊。」那人跳下騾子，說道：「莫不是南京來的莊徵君麼？」莊紹光正要下車，那人拜倒在地。只因這一番，有分教：朝廷有道，修大禮以尊賢；儒者愛身，遇高官而不受。畢竟後事如何，且聽下回分解。

第三十五回　聖天子求賢問道　莊徵君辭爵還家

話說莊徵君看見那人跳下騾子，拜在地下，慌忙跳下車來跪下，扶住那人，說道：「足下是誰？我一向不曾認得。」那人拜罷起來，說道：「前面三里之遙便是一個村店，老先生請上了車，我也奉陪了回去，到店裏談一談。」莊徵君道：「最好。」上了車子。那人也上了騾子，一同來到店裏。彼此見過了禮坐下。那人道：「我在京師裏算著徵辟的旨意到南京去，這時候該是先生來的日子了，所以出了彰儀門，遇著騾轎車子，一路問來，果然問著。今幸得接大教。」莊徵君道：「先生尊姓大名？貴鄉何處？」那人道：「小弟姓盧，名德，字信侯，湖廣人氏。因小弟立了一個志向，要把本朝名人的文集都尋遍了，藏在家裏。二十年了，也尋的不差什麼的了。只是國初四大家，只有高青邱是被了禍的，文集人家是沒有，只有京師一個人家收著。小弟走到京師，用重價買到手，正要回家去，卻聽得朝廷徵辟了先生。我想前輩已去之人，小弟尚要訪他文集，況先生是當代一位名賢，豈可當面錯過。因在京候了許久，一路問的出來。」

莊徵君道：「小弟堅臥白門，原無心于仕途；但蒙皇上特恩，不得不來一走。卻喜邂逅中得見先生，真是快事！但是我兩人才得相逢，就要分手，何以為情！今夜就在這店裏權住一宵，和你連床談談。」又談到名人文集上，莊徵君向盧信侯道：「像先生如此讀書好古，豈不是個極講求學問的？但國家禁令所在，也不可不知避忌。青邱文字，雖其中並無譭謗朝廷的言語，既然太祖惡其為人，且現在又是禁書，先生就不看他的著作也罷。小弟的愚見：讀書一事，要由博而返之約，總以心得為主。先生如回貴府，便道枉駕過舍，還有些拙著慢慢的請教。」盧信侯應允了。次早分別，盧信侯先到南京等候。

莊徵君進了彰儀門，寓在護國寺。徐侍郎即刻打發家人來候，便親自來拜。莊徵君會著。徐侍郎道：「先生途路辛苦？」莊徵君道：「山野鄙性，不習車馬之勞，兼之『蒲柳之姿，望秋先零』，長途不覺委頓，所以不曾便來晉謁，反勞大人先施。」徐侍郎道：「先生速為料理，恐三五日內就要召見。」

這時是嘉靖三十五年十月初一日。過了三日，徐侍郎將內閣抄出聖旨送來。上寫道：

「十月初二日，內閣奉上諭：朕承祖宗鴻業，寤寐求賢，以資治道。朕聞師臣者王，古今通義也。今禮部侍郎徐基所薦之莊尚志，著于初六日入朝引見，以光大典。欽此。」

到了初六日五鼓，羽林衛士擺列在午門外，鹵簿全副設了，用的傳臚的儀制，各官都在午門外候著。只見百十道火把的亮光，知道宰相到了，午門大開，各官從掖門進去。過了奉天門，進到奉天殿，裏面一片天樂之聲，隱隱聽見鴻臚寺唱：「排班。」淨鞭響了三下，內官一隊隊捧出金鑪，焚了龍涎香，宮女們持了宮扇，簇擁著天子升了寶座，一個個嵩呼舞蹈。莊徵君戴了朝巾，穿了公服，跟在班末，嵩呼舞蹈，朝拜了天子。當下樂止朝散。那二十四個馱寶瓶的象，不牽自走，真是：「花迎劍佩星初落，柳拂旌旗露未乾！」各官散了。

莊徵君回到下處，脫去衣服，徜徉了一會，只見徐侍郎來拜。莊徵君便服出來會著。茶罷，徐侍郎問道：「今日皇上升殿，真乃曠典。先生要在寓靜坐，恐怕不日又要召見。」過了三日，又送了一個抄的上諭來：

「莊尚志著于十一日便殿朝見，特賜禁中乘馬。欽此。」

到了十一那日，徐侍郎送了莊徵君到了午門。徐侍郎別過，在朝房候著。莊徵君獨自走進午門去。只見兩個太監，牽著一匹御用的馬，請莊徵君上去騎著。兩個太監跪著墜蹬。候莊徵君坐穩了，兩個太監籠著轡繩，那扯手都是赭黃顏色，慢慢的走過了乾清門。到了宣政殿的門外，莊徵君下了馬。那殿門口又有兩個太監，傳旨出來，宣莊尚志進殿。

莊徵君屏息進去，天子便服坐在寶座。莊徵君上前朝拜了。天子道：「朕在位三十五年，幸託天地祖宗，海宇昇平，邊疆無事。只是百姓未盡溫飽，士大夫亦未見能行禮樂。這教養之事，何者為先？所以特將先生起自田間，望先生悉心為朕籌畫，不必有所隱諱。」莊徵君正要奏對，不想頭頂心裏一點疼痛，著實難忍，只得躬身奏道：「臣蒙皇上清問，一時不能條奏；容臣細思，再為啓奏。」天子道：「既如此，也罷。先生務須為朕加意，只要事事可行，宜于古而不戾于今罷了。」說罷，起駕回宮。莊徵君出了勤政殿，太監又籠了馬來，一直送出午門。徐侍郎接著，同出朝門。徐侍郎別過去了。

莊徵君到了下處，除下頭巾，見裏面有一個蝎子。莊徵君笑道：「臧倉小人，原來就是此物！看來我道不行了！」次日起來，焚香盥手，自己揲了一個蓍，筮得「天山遯」。莊徵君道：「是了。」便把教養的事，細細做了十策。又寫了一道「懇求恩賜還山」的本，從通政司送了進去。自此以後，九卿六部的官，無一個不來拜望請教。莊徵君會的不耐煩，只得各衙門去回拜。

大學士太保公向徐侍郎道：「南京來的莊年兄，皇上頗有大用之意，老先生何不邀他來學生這裏走走？我欲收之門牆，以為桃李。」侍郎不好唐突，把這話婉婉向莊徵君說了。莊徵君道：「世無孔子，不當在弟子之列。況太保公屢主禮闈，翰苑門生不知多少，何取晚生這一個野人？這就不敢領教了。」侍郎就把這話回了太保。太保不悅。

又過了幾天，天子坐便殿，問太保道：「莊尚志所上的十策，朕細看，學問淵深。這人可用為輔弼麼？」太保奏道：「莊尚志果係出群之才，蒙皇上曠典殊恩，朝野胥悅。但不由進士出身，驟躋卿貳，我朝祖宗，無此法度，且開天下以倖進之心。伏候聖裁。」天子嘆息了一回，隨教大學士傳旨：

「莊尚志允令還山，賜內帑銀五百兩，將南京元武湖賜與莊尚志著書立說，鼓吹休明。」

傳出聖旨來，莊徵君又到午門謝了恩，辭別徐侍郎，收拾行李回南。滿朝官員都來餞送，莊徵君都辭了，依舊叫了一輛車，出彰儀門來。

那日天氣寒冷，多走了幾里路，投不著宿頭，只得走小路，到一個人家去借宿。那人家住著一間草房，裏面點著一盞燈，一個六七十歲的老人家站在門首。莊徵君上前和他作揖道：「老爹，我是行路的，錯過了宿頭，要借老爹這裏住一夜，明早拜納房金。」那老爹道：「客官，你行路的人，誰家頂著房子走？借住不妨。只是我家只得一間屋，夫妻兩口住著。都有七十多歲；不幸今早又把個老妻死了，沒錢買棺材，現停在屋裏。客官卻在那裏住？況你又有車子，如何拿得進來？」莊徵君道：「不妨，我只須一席之地，將就過一夜，車子叫他在門外罷了。」那老爹道：「這等，只有同我一床睡。」莊徵君道：「也好。」

當下走進屋裏，見那老婦人屍首直殭殭停著，旁邊一張土炕。莊徵君鋪下行李，叫小廝同車夫睡在車上，讓那老爹睡在炕裏邊。莊徵君在炕外睡下，翻來覆去睡不著。到三更半後，只見那死屍漸漸動起來。莊徵君嚇了一跳，定睛細看，只見那手也動起來了，竟有一個坐起來的意思，莊徵君道：「這人活了！」忙去推那老爹，推了一會，總不得醒。莊徵君道：「年高人怎的這樣好睡！」便坐起來看那老爹時，見他口裏只有出的氣，沒有進的氣，已是死了。回頭看那老婦人，已站起來了，直著腿，白瞪著眼。原來不是活，是走了屍。莊徵君慌了，跑出門來，叫起車夫，把車攔了門，不放他出去。

莊徵君獨自在門外徘徊，心裏懊悔道：「『吉凶悔吝生乎動』，我若坐在家裏，不出來走這一番，今日也不得受這一場虛驚！」又想道：「生死亦是常事，我到底義理不深，故此害怕。」定了神，坐在車子上。一直等到天色大亮。那走的屍也倒了，一間屋裏，只橫著兩個屍首。莊徵君感傷道：「這兩個老人家就窮苦到這個地步！我雖則在此一宿，我不殯葬他，誰人殯葬？」因叫小廝、車夫，前去尋了一個市井，莊徵君拿幾十兩銀子來買了棺木，市上雇了些人擡到這裏，把兩人殮了。又尋了一塊地，也是左近人家的，莊徵君拿出銀子去買。買了，看著掩埋了這兩個老人家。掩埋已畢，莊徵君買了些牲醴紙錢，又做了一篇文。莊徵君灑淚祭奠了。一市上的人，都來羅拜在地下，謝莊徵君。

莊徵君別了臺兒莊，叫了一隻馬溜子船，船上頗可看書。不日來到揚州，在鈔關住了一日，要換江船回南京。次早才上了江船，只見岸上有二十多乘齊整轎子歇在岸上，都是兩淮總商來候莊徵君，投進帖子來。莊徵君因船中窄小，先請了十位上船來。內中幾位本家，也有稱叔公的，有稱尊兄的，有稱老叔的，作揖奉坐。那在坐第二位的就是蕭柏泉。眾鹽商都說是：「皇上要重用臺翁，臺翁不肯做官，真乃好品行。」蕭柏泉道：「晚生知道老先生的意思。老先生抱負大才，要從正途出身，不屑這徵辟，今日回來，留待下科掄元。皇上既然知道，將來鼎甲可望。」

莊徵君笑道：「徵辟大典，怎麼說不屑？若說掄元，來科一定是長兄。小弟堅臥煙霞，靜聽好音。」蕭柏泉道：「在此還見見院、道麼？」莊徵君道：「弟歸心甚急，就要開船。」說罷，這十位作別上去了，又做兩次會了那十幾位。莊徵君甚不耐煩。隨即是鹽院來拜，鹽道來拜，分司來拜，揚州府來拜，江都縣來拜，把莊徵君鬧的急了，送了各官上去，叫作速開船。當晚總商湊齊六百銀子到船上送盤纏，那船已是去的遠了，趕不著，銀子拿了回去。

莊徵君遇著順風，到了燕子磯，自己歡喜道：「我今日復見江山佳麗了！」叫了一隻涼篷船，載了行李一路蕩到漢西門。叫人挑著行李，步行到家，拜了祖先，與娘子相見，笑道：「我說多則三個月，少則兩個月便回來，今日如何？我不說謊麼？」娘子也笑了，當晚備酒洗塵。次早起來，才洗了臉，小廝進來稟道：「六合高大老爺來拜。」莊徵君出去會。才會了回來，又是布政司來拜，應天府來拜，驛道來拜，上、江二縣來拜，本城鄉紳來拜，哄莊徵君穿了靴又脫，脫了靴又穿。莊徵君惱了，向娘子道：「我好沒來由！朝廷既把元武湖賜了我，我為什麼住在這裏和這些人纏？我們作速搬到湖上去受用！」當下商議料理，和娘子連夜搬到元武湖去住。

這湖是極寬闊的地方，和西湖也差不多大。左邊臺城望見雞鳴寺。那湖子菱、藕、蓮、芡，每年出幾千石。湖內七十二隻打魚船，南京滿城每早賣的都是這湖魚。湖中間五座大洲：四座洲貯了圖籍；中間洲上，一所大花園，賜與莊徵君住，有幾十間房子。園裏合抱的老樹，梅花、桃、李、芭蕉、桂、菊，四時不斷的花。只有一園的竹子，有數萬竿。園內軒窗四啓，看著湖光山色，真如仙境。門口繫了一隻船，要往那邊，在湖裏渡了過去；若把這船收過，那邊飛也飛不過來。莊徵君就住在花園。

一日，同娘子憑欄看水，笑說道：「你看這些湖光山色！都是我們的了！我們日日可以遊玩，不像杜少卿要把尊壺帶了清涼山去看花！」閒著無事，又斟酌一樽酒，把杜少卿做的《詩說》，叫娘子坐在旁邊，念與他聽。念到有趣處，吃一大杯，彼此大笑。莊徵君在湖中著實自在。

忽一日，有人在那邊岸上叫船。這裏放船去渡了過來，莊徵君迎了出去。那人進來拜見，便是盧信侯。莊徵君大喜道：「途間一別，渴想到今。今日怎的到這裏？」盧信侯道：「昨日在尊府，今日我方到這裏。你原來在這裏做神仙，令我羨殺！」莊徵君道：「此間與人世絕遠，雖非武陵，亦差不多。你且在此住些時，只怕再來就要迷路了。」當下備酒同飲。

吃到三更時分，小廝走進來，慌忙說道：「中山王府裏發了幾百兵，有千把枝火把，把七十二隻魚船都拿了，渡過兵來，把花園團團圍住！」莊徵君大驚。又有一個小廝進來道：「有一位總兵大老爺進廳上來了。」莊徵君走了出去。那總兵見莊徵君施禮。莊徵君道：「不知舍下有什麼事？」那總兵道：「與尊府不相干。」便附耳低言道：「因盧信侯家藏《高青邱文集》，乃是禁書，被人告發；京裏說這人有武勇，所以發兵來拿他。今日尾著他在大老爺這裏，所以來要這個人，不要使他知覺走了。」莊徵君道：「總爺，找我罷了。我明日叫他自己投監，走了都在我。」那總兵聽見這話，道：「大老爺說了，有什麼說！我便告辭。」莊徵君送他出門，總兵號令一聲，那些兵一齊渡過河去了。

盧信侯已聽見這事，道：「我是硬漢，難道肯走了帶累先生？我明日自投監去！」莊徵君笑道：「你只去權坐幾天。不到一個月，包你出來，逍遙自在。」盧信侯投監去了。莊徵君悄悄寫了十幾封書子，打發人進京去遍託朝裏大老，從部裏發出文書來，把盧信侯放了，反把那出首的人問了罪。盧信侯謝了莊徵君，又留在花園住下。

過兩日，又有兩個人在那邊叫渡船渡過湖來。莊徵君迎出去，是遲衡山、杜少卿。莊徵君歡喜道：「有趣！『正欲清談聞客至』。」邀在湖亭上去坐。遲衡山說要所訂泰伯祠的禮樂。莊徵君留二位吃了一天的酒，將泰伯祠所行的禮樂商訂的端端正正，交與遲衡山拿去了。

轉眼過了年。到二月半間，遲衡山約同馬純上、蘧駪夫、季葦蕭、蕭金鉉、金東崖，在杜少卿河房裏商議祭泰伯祠之事。眾人道：「卻是尋那一位做個主祭？」遲衡山道：「這所祭的是個大聖人，須得是個聖賢之徒來主祭，方為不愧。如今必須尋這一個人。」眾人道：「是那一位？」遲衡山疊著指頭，說出這個人來。只因這一番，有分教：千流萬派，同歸黃河之源；玉振金聲，盡入黃鐘之管。畢竟此人是誰，且聽下回分解。

第三十六回　常熟縣真儒降生　泰伯祠名賢主祭

話說應天蘇州府常熟縣有個鄉村，叫做麟紱鎮。鎮上有二百多人家，都是務農為業。只有一位姓虞，在成化年間，讀書進了學，做了三十年的老秀才，只在這鎮上教書。這鎮離城十五里。虞秀才除應考之外，從不到城裏去走一遭，後來直活到八十多歲，就去世了。他兒子不曾進過學，也是教書為業。到了中年，尚無子嗣，夫婦兩個到文昌帝君面前去求，夢見文昌親手遞一紙條與他，上寫著《易經》一句：「君子以果行育德。」當下就有了娠。到十個月滿足，生下這位虞博士來。太翁去謝了文昌，就把這新生的兒子取名育德，字果行。

這虞博士三歲上就喪了母親，太翁在人家教書，就帶在館裏，六歲上替他開了蒙。虞博士長到十歲，鎮上有一位姓祁的祁太公包了虞太翁家去教兒子的書，賓主甚是相得。教了四年，虞太翁得病去世了，臨危把虞博士託與祁太公。此時虞博士年方十四歲。祁太公道：「虞小相公比人家一切的孩子不同，如今先生去世，我就請他做先生教兒子的書。」當下寫了自己祁連的名帖，到書房裏來拜，就帶著九歲的兒子來拜虞博士做先生。虞博士自此總在祁家教書。

常熟是極出人文的地方。此時有一位雲晴川先生，古文詩詞，天下第一。虞博士到了十七八歲，就隨著他學詩文。祁太公道：「虞相公，你是個寒士，單學這些詩文無益；須要學兩件尋飯吃的本事。我少年時也知道地理，也知道算命，也知道選擇。我而今都教了你，留著以為救急之用。」虞博士盡心聽受了。祁太公又道：「你還該去買兩本考卷來讀一讀，將來出去應考，進個學，館也好坐些。」虞博士聽信了祁太公，果然買些考卷看了，到二十四歲上出去應考，就進了學。次年，二十里外楊家村一個姓楊的包了去教書，每年三十兩銀子。正月裏到館，到十二月仍舊回祁家來過年。

又過了兩年，祁太公說：「尊翁在日，當初替你定下的黃府上的親事，而今也該娶了。」當時就把當年餘下十幾兩銀子館金，又借了明年的十幾兩銀子的館金，合起來就娶了親。夫婦兩個，仍舊借住在祁家。滿月之後，就去到館。又做了兩年，積攢了二三十兩銀子的館金，在祁家旁邊尋了四間屋，搬進去住，只雇了一個小小廝。虞博士到館去了，這小小廝每早到三里路外鎮市上買些柴米油鹽小菜之類，回家與娘子度日。娘子生兒育女，身子又多病，館錢不能買醫藥，每日只吃三頓白粥，後來身子也漸漸好起來。

虞博士到三十二歲上，這年沒有了館。娘子道：「今年怎樣？」虞博士道：「不妨。我自從出來坐館，每年大約有三十兩銀子。假使那年正月裏說定只得二十幾兩，我心裏焦不足，到了那四五月的時候，少不得又添兩個學生，或是來看文章，有幾兩銀子補足了這個數。假使那年正月多講得幾兩銀子，我心裏歡喜道：『好了，今年多些。』偏家裏遇著事情出來，把這幾兩銀子用完了。可見有個一定，不必管他。」

過了些時，果然祁太公來說，遠村上有一個姓鄭的人家請他去看葬墳。虞博士帶了羅盤，去用心用意的替他看了地。葬過了墳，那鄭家謝了他十二兩銀子。虞博士叫了一隻小船回來。那時正是三月半天氣，兩邊岸上有些桃花、柳樹，又吹著微微的順風，虞博士心裏舒暢。又走到一個僻靜的所在，一船魚鷹，在河裏捉魚。虞博士伏著船窗子看，忽見那邊岸上一個人跳下河裏來。虞博士嚇了一跳，忙叫船家把那人救了起來。救上了船，那人淋淋漓漓一身的水。幸得天氣尚暖，虞博士叫他脫了濕衣，叫船家借一件乾衣裳與他換了，請進船來坐著，問他因甚尋這短見。

那人道：「小人就是這裏莊農人家，替人家做著幾塊田，收些稻，都被田主斛的去了，父親得病死在家裏，竟不能有錢買口棺木。我想我這樣人還活在世上做什麼，不如尋個死路！」虞博士道：「這是你的孝心，但也不是尋死的事。我這裏有十二兩銀子，也是人送我的，不能一總給你，我還要留著做幾個月盤纏。我而今送你四兩銀子，你拿去和鄰居親戚們說說，自然大家相幫，你去殯葬了你父親，就罷了。」當下在行李裏拿出銀子，稱了四兩，遞與那人。那人接著銀子，拜謝道：「恩人尊姓大名？」虞博士道：「我姓虞，在麟紱村住。你作速料理你的事去，不必只管講話了。」那人拜謝去了。

虞博士回家，這年下半年又有了館。到冬底生了個兒子，因這些事都在祁太公家做的，因取名叫做感祁。一連又做了五六年的館，虞博士四十一歲這年鄉試，祁太公來送他，說道：「虞相公，你今年想是要高中。」虞博士道：「這也怎見得？」祁太公道：「你做的事有許多陰德。」虞博士道：「老伯，那裏見得我有甚陰德？」祁太公道：「就如你替人葬墳，真心實意；我又聽見人說，你在路上救了那葬父親的人。這都是陰德。」

虞博士笑道：「陰騭就像耳朵裏響，只是自己曉得，別人不曉得。而今這事老伯已是知道了，那裏還是陰德？」祁太公道：「到底是陰德，你今年要中。」當下來南京鄉試過回家，虞博士受了些風寒，就病起來。放榜那日，報錄人到了鎮上，祁太公便同了來，說道：「虞相公，你中了。」虞博士病中聽見，和娘子商議，拿幾件衣服當了，託祁太公打發報錄的人。過幾日，病好了，到京去填寫親供回來，親友東家都送些賀禮。料理去上京會試，不曾中進士。

恰好常熟有一位大老康大人放了山東巡撫，便約了虞博士一同出京，住在衙門裏，代做些詩文，甚是相得。衙門裏同事有一位姓尤，名滋，字資深；見虞博士文章品行，就願拜為弟子，和虞博士一房同住，朝夕請教。那時正值天子求賢，康大人也要想薦一個人。尤資深道：「而今朝廷大典，門生意思要求康大人薦了老師去。」虞博士笑道：「這徵辟之事，我也不敢當。況大人要薦人，但憑大人的主意；我們若去求他，這就不是品行了。」尤資深道：「老師就是不願，等他薦到皇上面前去，老師或是見皇上，或是不見皇上，辭了官爵回來，更見得老師的高處。」虞博士道：「你這話又說錯了。我又求他薦我，薦我到皇上面前，我又辭了官不做：這便求他薦不是真心，辭官又不是真心。這叫做什麼？」說罷，哈哈大笑，在山東過了兩年多，看看又進京會試，又不曾中。就上船回江南來，依舊教館。

又過了三年，虞博士五十歲了，借了楊家一個姓嚴的管家跟著，再進京去會試。這科就中了進士，殿試在二甲，朝廷要將他選做翰林。那知這些進士，也有五十歲的，也有六十歲的，履歷上多寫的不是實在年紀；只有他寫的是實在年庚，五十歲。天子看見，說道：「這虞育德年紀老了，著他去做一個閒官罷。」當下就補了南京的國子監博士。虞博士歡喜道：「南京好地方！有山有水，又和我家鄉相近。我此番去，把妻兒老小接在一處，團圞著，強如做個窮翰林。」當下就去辭別了房師、座師和同鄉這幾位大老。翰林院侍讀有位王老先生，託道：「老先生到南京去，國子監有位貴門人，姓武，名書，字正字；這人事母至孝，極有才情。老先生到彼，照顧照顧他。」

虞博士應諾了。收拾行李，來南京到任。打發門斗到常熟接家眷。此時公子虞感祁已經十八歲了，跟隨母親一同到南京。虞博士去參見了國子監祭酒李大人，回來升堂坐公座。監裏的門生紛紛來拜見。虞博士看見帖子上有一個武書，虞博士出去會著，問道：「那一位是武年兄諱書的？」只見人叢裏走出一個矮小人，走過來答道：「門生便是武書。」虞博士道：「在京師久仰年兄克敦孝行，又有大才。」從新同他見了禮，請眾位坐下。

武書道：「老師文章山斗，門生輩今日得沾化雨，實為僥倖。」虞博士道：「弟初到此間，凡事俱望指教。年兄在監幾年了？」武書道：「不瞞老師說，門生少孤，奉事母親在鄉下住。隻身一人，又無弟兄，衣服飲食，都是門生自己整理。所有先母在日，並不能讀書應考。及不幸先母見背，一切喪葬大事，都虧了天長杜少卿先生相助。門生便隨著少卿學詩。」虞博士道：「杜少卿先生向日弟曾在尤資深案頭見過他的詩集，果是奇才。少卿就在這裏麼？」武書道：「他現住在利涉橋河房裏。」虞博士道：「還有一位莊紹光先生，天子賜他元武湖的，他在湖中住著麼？」武書道：「他就住在湖裏。他卻輕易不會人。」虞博士道：「我明日就去求見他。」

武書道：「門生並不會作八股文章，因是後來窮之無奈，求個館也沒得做。沒奈何，只得尋兩篇念念，也學做兩篇，隨便去考，就進了學。後來這幾位宗師，不知怎的，看見門生這個名字，就要取做一等第一，補了廩。門生那文章，其實不好。屢次考詩賦，總是一等第一。前次一位宗師合考八學門生，又是八學的一等第一，所以送進監裏來。門生覺得自己時文到底不在行。」虞博士道：「我也不耐煩做時文。」武書道：「所以門生不拿時文來請教。平日考的詩賦，還有所作的《古文易解》，以及各樣的雜說，寫齊了來請教老師。」

虞博士道：「足見年兄才名，令人心服。若有詩賦古文更好了，容日細細捧讀。令堂可曾旌表過了麼？」武書道：「先母是合例的。門生因家寒，一切衙門來費無出，所以遲至今日。門生實是有罪。」虞博士道：「這個如何遲得？」便叫人取了筆硯來，說道：「年兄，你便寫起一張呈子節略來。」即傳書辦到面前，吩咐道：「這武相公老太太節孝的事，你作速辦妥了，以便備文申詳。上房使用，都是我這裏出。」書辦應諾下去。武書叩謝老師。眾人多替武書謝了，辭別出去。虞博士送了回來。

次日，便往元武湖去拜莊徵君，莊徵君不曾會。虞博士便到河房去拜杜少卿，杜少卿會著。說起當初杜府殿元公在常熟過，曾收虞博士的祖父為門生。殿元乃少卿曾祖，所以少卿稱虞博士為世叔。彼此談了些往事。虞博士又說起仰慕莊徵君，今日無緣，不曾會著。杜少卿道：「他不知道，小姪和他說去。」虞博士告別去了。

次日，杜少卿走到元武湖，尋著了莊徵君，問道：「昨日虞博士來拜。先生怎麼不會他？」莊徵君笑道：「我因謝絕了這些冠蓋，他雖是小官，也懶和他相見。」杜少卿道：「這人大是不同。不但無學博氣，尤其無進士氣。他襟懷沖淡，上而伯夷、柳下惠，下而陶靖節一流人物。你會見他便知。」莊徵君聽了，便去回拜，兩人一見如故。虞博士愛莊徵君的恬適，莊徵君愛虞博士的渾雅。兩人結為性命之交。

又過了半年，虞博士要替公子畢姻。這公子所聘就是祁太公的孫女，本是虞博士的弟子，後來連為親家，以報祁太公相愛之意。祁府送了女兒到署完姻，又賠了一個丫頭來。自此，孺人才得有使女聽用。喜事已畢，虞博士把這使女就配了姓嚴的管家。管家拿進十兩銀子來交使女的身價。虞博士道：「你也要備些床帳衣服。這十兩銀子，就算我與你的，你拿去備辦罷。」嚴管家磕頭謝了下去。

轉眼新春二月，虞博士去年到任後，自己親手栽的一樹紅梅花，今已開了幾枝。虞博士歡喜，叫家人備了一席酒，請了杜少卿來，在梅花下坐，說道：「少卿，春光已見幾分，不知十里江梅，如何光景？幾時我和你攜罇去探望一回。」杜少卿道：「小姪正有此意，要約老叔同莊紹光兄作竟日之遊。」說著，又走進兩個人來。這兩人就在國子監門口住，一個姓儲，叫做儲信；一個姓伊，叫做伊昭。是積年相與學博的。虞博士見二人走了進來，同他見禮讓坐。那二人不僭杜少卿的坐。坐下，擺上酒來，吃了兩杯。儲信道：「荒春頭上，老師該做個生日，收他幾分禮，過春天。」伊昭道：「稟明過老師，門生就出單去傳。」虞博士道：「我生日是八月，此時如何做得？」伊昭道：「這個不妨。二月做了，八月可以又做。」虞博士道：「豈有此理！這就是笑話了！二位且請吃酒。」杜少卿也笑了。

虞博士道：「少卿，有一句話和你商議。前日中山王府裏，說他家有個烈女，託我作一篇碑文，折了個杯緞表禮銀八十兩在此。我轉託了你，你把這銀子拿去作看花買酒之資。」杜少卿道：「這文難道老叔不會作？為甚轉託我？」虞博士笑道：「我那裏如你的才情？你拿去做做。」因在袖裏拿出一個節略來遞與杜少卿，叫家人把那兩封銀子交與杜老爺家人帶去。家人拿了銀子出來，又稟道：「湯相公來了。」虞博士道：「請到這裏來坐。」家人把銀子遞與杜家小廝去，進去了。虞博士道：「這來的是我一個表姪。我到南京的時候，把幾間房子託他住著，他所以來看看我。」

說著，湯相公走了進來，作揖坐下。說了一會閒話，便說道：「表叔那房子，我因這半年沒有錢用，是我拆賣了。」虞博士道：「怪不得你。今年沒有生意，家裏也要吃用，沒奈何賣了，又老遠的路來告訴我做嘎？」湯相公道：「我拆了房子，就沒處住，所以來同表叔商量，借些銀子去當幾間屋住。」虞博士又點頭道：「是了，你賣了就沒處住。我這裏恰好還有三四十兩銀子，明日與你拿去典幾間屋住也好。」湯相公就不言語了。杜少卿吃完了酒，告別了去。

那兩人還坐著，虞博士進來陪他。伊昭問道：「老師與杜少卿是什麼的相與？」虞博士道：

「他是我們世交，是個極有才情的。」伊昭道：「門生也不好說。南京人都知道他本來是個有錢的人，而今弄窮了，在南京躲著。專好扯謊騙錢。他最沒有品行！」虞博士道：「他有什麼沒品行？」伊昭道：「他時常同乃眷上酒館吃酒，所以人都笑他。」虞博士道：「這正是他風流文雅處，俗人怎麼得知。」儲信道：「這也罷了，倒是老師下次有什麼有錢的詩文，不要尋他做。他是個不應考的人，做出來的東西，好也有限，恐怕壞了老師的名。我們這監裏有多少考的起來的朋友，老師託他們做，又不要錢，又好。」虞博士正色道：「這倒不然。他的才名，是人人知道的。做出來的詩文，人無有不服。每常人在我這裏託他做詩，我還沾他的光。就如今日這銀子是一百兩，我還留下二十兩給我表姪。」兩人不言語了，辭別出去。

次早，應天府送下一個監生來，犯了賭博，來討收管。門斗和衙役把那監生看守在門房裏，進來稟過，問：「老爺，將他鎖在那裏？」虞博士道：「你且請他進來。」那監生姓端，是個鄉裏人；走進來，兩眼垂淚，雙膝跪下，訴說這些冤枉的事。虞博士道：「我知道了。」當下把他留在書房裏，每日同他一桌吃飯，又拿出行李與他睡覺。次日，到府尹面前替他辯明白了這些冤枉的事，將那監生釋放。那監生叩謝，說道：「門生雖粉身碎骨，也難報老師的恩。」虞博士道：「這有什麼要緊？你既然冤枉，我原該替你辯白。」那監生道：「辯白固然是老師的大恩，只是門生初來收管時，心中疑惑，不知老師怎樣處置，門斗怎樣要錢，把門生關到什麼地方受罪。怎想老師把門生待作上客。門生不是來收管，竟是來享了兩日的福！這個恩典，叫門生怎麼感激的盡！」虞博士道：「你打了這些日子的官事，作速回家看看罷，不必多講閒話。」那監生辭別去了。

又過了幾日，門上傳進一副大紅連名全帖，上寫道：「晚生遲均、馬靜、季萑、蘧來旬；門生武書、余夔；世姪杜儀同頓首拜」。虞博士看了道：「這是什麼緣故？」慌忙出去會這些人。只因這一番，有分教：先聖祠內，共觀大禮之光；國子監中，同仰斯文之主。畢竟這幾個人來做什麼，且聽下回分解。

第三十七回 祭先聖南京修禮 送孝子西蜀尋親

話說虞博士出來會了這幾個人，大家見禮坐下。遲衡山道：「晚生們今日特來，泰伯祠大祭商議主祭之人，公中說，祭的是大聖人，必要個賢者主祭，方為不愧，所以特來公請老先生。」虞博士道：「先生這個議論，我怎麼敢當？只是禮樂大事，自然也願觀光。請問定在幾時？」遲衡山道：「四月初一日。先一日就請老先生到來祠中齋戒一宿，以便行禮。」虞博士應諾了，拿茶與眾位吃。吃過，眾人辭了出來，一齊到杜少卿河房裏坐下。遲衡山道：「我們司事的人，只怕還不足。」杜少卿道：「恰好敝縣來了一個敝友。」便請出臧荼與眾位相見。一齊作了揖。遲衡山道：「將來大祭也要借先生的光。」臧蓼齋道：「願觀盛典。」說罷，作別去了。

到三月二十九日，遲衡山約齊杜儀、馬靜、季萑、金東崖、盧華十、辛東之、蘧來旬、余夔、盧德、虞感祁、諸葛佑、景本蕙、郭鐵筆、蕭鼎、儲信、伊昭、季恬逸、金寓劉、宗姬、武書、臧荼，一齊出了南門，隨即莊尚志也到了。眾人看那泰伯祠時，幾十層高坡上去，一座大門，左邊是省牲之所。大門過去，一個大天井。又幾十層高坡上去，三座門。進去一座丹墀。左右兩廊奉著從祀歷代先賢神位，中間是五間大殿。殿上泰伯神位，面前供桌、香爐、燭臺。殿後又一個丹墀，五間大樓。左右兩旁，一邊三間書房。眾人進了大門，見高懸著金字一匾：「泰伯之祠」。從二門進東角門走，循著東廊一路走過大殿，擡頭看樓上懸著金字一匾：「習禮樓」三個大字。眾人在東邊書房內坐了一會。遲衡山同馬靜、武書、蘧來旬開了樓門，同上樓去，將樂器搬下樓來；堂上的擺在堂上，堂下的擺在堂下。堂上安了祝版，香案旁樹了麾，堂下樹了庭燎，二門旁擺了盥盆、盥帨。

金次福、鮑廷璽兩人領了一班司球的、司琴的、司瑟的、司管的、司鼗鼓的、司祝的、司敔的、司笙的、司鏞的、司簫的、司編鐘的、司編磬的，和六六三十六個佾舞的孩子，進來見了眾人。遲衡山把籥、翟交與這些孩子。下午時分，虞博士到了。莊紹光、遲衡山、馬純上、杜少卿迎了進來。吃過了茶，換了公服，四位迎到省牲所去省了牲。眾人都在兩邊書房裏齋宿。

次日五鼓，把祠門大開了，眾人起來，堂上、堂下、門裏、門外、兩廊，都點了燈燭，庭燎也點起來。遲衡山先請主祭的博士虞老先生，亞獻的徵君莊老先生；請到三獻的，眾人推讓，說道：「不是遲先生，就是杜先生。」遲衡山道：「我兩人要做引贊。馬先生係浙江人，請馬純上先生三獻。」馬二先生再三不敢當。眾人扶住了馬二先生，同二位老先生一處。遲衡山、杜少卿先引這三位老先生出去，到省牲所拱立。遲衡山、杜少卿回來，請金東崖先生大贊；請武書先生司麾；請臧荼先生司祝；請季萑先生、辛東之先生、余夔先生司尊；請蘧來旬先生、盧德先生、虞感祁先生司玉；請諸葛佑先生、景本蕙先生、郭鐵筆先生司帛；請蕭鼎先生、儲信先生、伊昭先生司稷；請季恬逸先生、金寓劉先生、宗姬先生司饌。請完，命盧華士跟著大贊金東崖先生，將諸位一齊請出二門外。

當下祭鼓發了三通，金次福、鮑廷璽兩人領著一班司球的、司琴的、司瑟的、司管的、司鼗鼓的、司柷的、司敔的、司笙的、司鏞的、司簫的、司編鐘的、司編磬的，和六六三十六個佾舞的孩子，都立在堂上堂下。

金東崖先進來到堂上，盧華士跟著。金東崖站定，贊道：「執事者，各司其事！」這些司樂的都將樂器拿在手裏。金東崖贊：「排班。」司麾的武書，引著司尊的季萑、辛東之、余夔，司玉的蘧來旬、盧德、虞感祁，司帛的諸葛佑、景本蕙、郭鐵筆，入了位，立在丹墀東邊；引司祝的臧荼上殿，立在祝版跟前；引司稷的蕭鼎、儲信、伊昭，司饌的季恬逸、金寓劉、宗姬，入了位，立在丹墀西邊。武書捧了麾，也立在西邊眾人下。金東崖贊：「奏樂。」堂上堂下，樂聲俱起。金東崖贊：「迎神。」遲均、杜儀各捧馬燭，向門外躬身迎接。金東崖贊：「樂止。」堂上堂下，一齊止了。

金東崖贊：「分獻者，就位。」遲均、杜儀出去引莊徵君、馬純上，進來立在丹墀裏拜位左邊。金東崖贊：「主祭者，就位。」遲均、杜儀出去引虞博士上來立在丹墀裏拜位中間。遲均、杜儀一左一右，立在丹墀裏香案旁。遲均贊：「盥洗。」同杜儀引主祭者盥洗了上來。遲均贊：「主祭者，詣香案前。」香案上一個沈香筒，裏邊插著許多紅旗。杜儀抽一枝紅旗在手，上有「奏樂」二字。虞博士走上香案前。遲均贊道：「跪。升香。灌地。拜，興；拜，興；拜，興；拜，興。復位。」杜儀又抽出一枝旗來：「樂止。」金東崖贊：「奏樂神之樂。」金次福領著堂上的樂工，奏起樂來。奏了一會，樂止。

金東崖贊：「行初獻禮。」盧華士在殿裏抱出一個牌子來，上寫「初獻」二字。遲均、杜儀引著主祭的虞博士，武書持麾在遲均前走。三人從丹墀東邊走，引司尊的季萑、司玉的蘧來旬、司帛的諸葛佑，一路同走；引著主祭的從上面走。走過西邊，引司稷的蕭鼎、司饌的季恬逸，引著主祭的從西邊下來，在香案前轉過東邊上去。進到大殿，遲均、杜儀立于香案左右。季萑捧著尊，蘧來旬捧著玉，諸葛佑捧著帛，立在左邊；蕭鼎捧著稷，季恬逸捧著饌，立在右邊。遲均贊：「就位。跪。」虞博士跪于香案前。遲均贊：「獻酒。」季萑跪著遞與虞博士獻上去。遲均贊：「獻玉。」蘧來旬跪著遞與虞博士獻上去。遲均贊：「獻帛。」諸葛佑跪著遞與虞博士獻上去。遲均贊：「獻稷。」蕭鼎跪著遞與虞博士獻上去。遲均贊：「獻饌。」季恬逸跪著遞與虞博士獻上去。獻畢，執事者退了下來。遲均贊：「拜，興；拜，興；拜，興；拜，興。」

金東崖贊：「一奏至德之章，舞至德之容。」堂上樂細細奏了起來。那三十六個孩子，手持籥、翟，齊上來舞。樂舞已畢。金東崖贊：「堦下與祭者，皆跪。讀祝文。」臧荼跪在祝版前，將祝文讀了。金東崖贊：「退班。」遲均贊：「平身。復位。」武書、遲均、杜儀、季萑、蘧來旬、諸葛佑、蕭鼎、季恬逸，引著主祭的虞博士，從西邊一路走了下來。虞博士復歸主位，執事的都復了原位。

金東崖贊：「行亞獻禮。」盧華士又走進殿裏去抱出一個牌子來，上寫「亞獻」二字。遲均、杜儀引著亞獻的莊徵君到香案前。遲均贊：「盥洗。」同杜儀引著莊徵君盥洗了回來。武書持麾在遲均前走。三人從丹墀東邊走，引司尊的辛東之、司玉的盧德、司帛的景本蕙，一路同走；引著亞獻的從上面走。走過西邊，引司稷的儲信、司饌的金寓劉，引著亞獻的又從西邊下來，在香案前轉過東邊上去。進到大殿，遲均、杜儀立于香案左右。辛東之捧著尊，盧德捧著玉，景本蕙捧著帛，立在左邊；儲信捧著稷，金寓劉捧著饌，立在右邊。遲均贊：「就位。跪。」莊徵君跪于香案前。遲均贊：「獻酒。」辛東之跪著遞與莊徵君獻上去。遲均贊：「獻玉。」盧德跪著遞與莊徵君獻上去。遲均贊：「獻帛。」景本蕙跪著遞與莊徵君獻上去。遲均贊：「獻稷。」儲信跪著遞與莊徵君獻上去。遲均贊：「獻饌。」金寓劉跪著遞與莊徵君獻上去。各獻畢，執事者退了下來。遲均贊：「拜，興；拜，興；拜，興；拜，興。」

金東崖贊：「二奏至德之章，舞至德之容。」堂上樂細細奏了起來。那三十六個孩子，手持籥、翟，齊上來舞。樂舞已畢。金東崖贊：「退班。」遲均贊：「平身。復位。」武書、遲均、杜儀、辛東之、盧德、景本蕙、儲信、金寓劉引著亞獻的莊徵君，從西邊一路走了下來。莊徵君復歸了亞獻位，執事的都復了原位。

金東崖贊：「行終獻禮。」盧華士又走進殿裏去抱出一個牌子，上寫「終獻」二字。遲均、杜儀引著終獻的馬二先生到香案前。遲均贊：「盥洗。」同杜儀引著馬二先生盥洗了回來。武書持麾在遲均前走。三人從丹墀東邊走。引司尊的余夔、司玉的虞感祁、司帛的郭鐵筆，一路同走；引著終獻的從上面走。走過西邊，引司稷的伊昭、司饌的宗姬，引著終獻的又從西邊下來，在香案前轉過東邊上去。進到大殿，遲均、杜儀立于香案左右。余夔捧著尊，虞感祁捧著玉，郭鐵筆捧著帛，立在左邊；伊昭捧著稷，宗姬捧著饌，立在右邊。遲均贊：「就位。跪。」馬二先生跪于香案前。遲均贊：「獻酒。」余夔跪著遞與馬二先生獻上去。遲均贊：「獻玉。」虞感祁跪著遞與馬二先生獻上去。遲均贊：「獻帛。」郭鐵筆跪著遞與馬二先生獻上去。遲均贊：「獻稷。」伊昭跪著遞與馬二先生獻上去。遲均贊：「獻饌。」宗姬跪著遞與馬二先生獻上去。獻畢，執事者退了下來。遲均贊：「拜，興；拜，興；拜，興；拜，興。」

金東崖贊：「三奏至德之章，舞至德之容。」堂上樂細細奏了起來。那三十六個孩子，手持籥、翟，齊上來舞。樂舞已畢。金東崖贊：「退班。」遲均贊：「平身。復位。」武書、遲均、杜儀、余夔、虞感祁、郭鐵筆、伊昭、宗姬，引著終獻的馬二先生從西邊一路走了下來。馬二先生復歸了終獻位，執事的都復了原位。

金東崖贊：「行侑食之禮。」遲均、杜儀又從主祭位上引虞博士從東邊上來，香案前跪下。金東崖贊：「奏樂。」堂上堂下樂聲一齊大作。樂止。遲均贊：「拜，興；拜，興；拜，興；拜，興。平身。」金東崖贊：「退班。」遲均、杜儀引虞博士從西邊走下去，復了主祭的位。遲均、杜儀也復了引贊的位。金東崖贊：「撤饌。」杜儀抽出一枝紅旗來，上有「金奏」二字。當下樂聲又一齊大作起來。遲均、杜儀從主位上引了虞博士，奏著樂，從東邊走上殿去，香案前跪下。遲均贊：「拜，興；拜，興；拜，興；拜，興。平身。」

金東崖贊：「退班。」遲均、杜儀引虞博士從西邊走下去，復了主祭的位。遲均、杜儀也復了引贊的位。杜儀又抽出一枝紅旗來：「止樂。」金東崖贊：「飲福受胙。」遲均、杜儀引主祭的虞博士、亞獻的莊徵君，終獻的馬二先生，都跪在香案前，飲了福酒，受了胙肉。金東崖贊：「退班。」三人退下去了。金東崖贊：「焚帛。」司帛的諸葛佑、景本蕙、郭鐵筆，一齊焚了帛。金東崖贊：「禮畢。」眾人撤去了祭器、樂器，換去了公服，齊往後面樓下來。金次福、鮑廷璽帶著堂上堂下的樂工和佾舞的三十六個孩子，都到後面兩邊書房裏來。

這一回大祭，主祭的虞博士、亞獻的莊徵君、終獻的馬二先生，共三位。大贊的金東崖，司祝的臧荼、盧華士，共三位。引贊的遲均、杜儀，共二位。司麾的武書一位。司尊的季萑、辛東之、余夔，共三位。司玉的蘧來旬、盧德、虞感祁，共三位。司帛的諸葛佑、景本蕙、郭鐵筆，共三位。司稷的蕭鼎、儲信、伊昭，共三位。司饌的季恬逸、金寓劉、宗姬，共三位。金次福、鮑廷璽二人領著司球的一人，司琴的一人，司瑟的一人，司管的一人，司鼗鼓的一人，司祝的一人，司敔的一人，司笙的一人，司鏞的一人，司簫的一人，司編鐘的、司編磬的二人；和佾舞的孩子，共是三十六人。——通共七十六人。

當下廚役開剝了一條牛、四副羊，和祭品的餚饌菜蔬都整治起來，共備了十六席：樓底下擺了八席，二十四位同坐，兩邊書房擺了八席，款待眾人。吃了半日的酒，虞博士上轎先進城去。這裏眾位也有坐轎的，也有走的。見兩邊百姓，扶老攜幼，挨擠著來看，歡聲雷動。馬二先生笑問：「你們這是為什麼事？」眾人都道：「我們生長在南京，也有活了七八十歲的，從不曾看見這樣的禮體，聽見這樣的吹打。老年人都說這位主祭的老爺是一位神聖臨凡，所以都爭著出來看。」眾人都歡喜，一齊進城去了。

又過了幾日，季萑、蕭鼎、辛東之、金寓劉來辭了虞博士，回揚州去了。馬純上同蘧駪夫到河房裏來辭杜少卿，要回浙江。二人走進河房，見杜少卿、臧荼又和一個人坐在那裏。蘧駪夫一見，就嚇了一跳，心裏想道：「這人便是在我妻表叔家弄假人頭的張鐵臂！他如何也在此？」彼此作了揖。張鐵臂見蘧駪夫，也不好意思，臉上出神。吃了茶，說了一會辭別的話，馬純上、蘧駪夫辭了出來。杜少卿送出大門

蘧駪夫問道：「這姓張的，世兄因如何和他相與？」杜少卿道：「他叫做張俊民，他在敝縣天長住。」蘧駪夫笑著把他本來叫做張鐵臂，在浙江做的這些事，略說了幾句，說道：「這人是相與不得的，少卿須要留神。」杜少卿道：「我知道了。」兩人別過自去。杜少卿回河房來問張俊民道：「俊老，你當初曾叫做張鐵臂麼？」張鐵臂紅了臉道：「是小時有這個名字。」別的事含糊說不出來。杜少卿也不再問了。張鐵臂見人看破了相，也存身不住，過幾日，拉著臧蓼齋回天長去了。蕭金鉉三個人欠了店帳和酒飯錢，不得回去，來尋杜少卿眈帶。杜少卿替他三人賠了幾兩銀子，三人也各回家去了。宗先生要回湖廣去，拿行樂來求杜少卿題。

杜少卿當面題罷，送別了去。恰好遇著武書走了來，杜少卿道：「正字兄，許久不見，這些時在那裏？」武書道：「前日監裏六堂合考，小弟又是一等第一。」杜少卿道：「這也有趣的緊。」武書道：「倒不說有趣，內中弄出一件奇事來。」杜少卿道：「什麼奇事？」武書道：「這

一回朝廷奉旨要甄別在監讀書的人，所以六堂合考。那日上頭吩咐下來，解懷脫腳，認真搜檢，就和鄉試場一樣。考的是兩篇《四書》，一篇經文。有個習《春秋》的朋友，竟帶了一篇刻的經文進去。他帶了也罷，上去告出恭，就把這經文夾在卷子裏，送上堂去。天幸遇著虞老師值場，大人裏面也有人同虞老師巡視。虞老師揭卷子，看見這文章，忙拿了藏在靴桶裏。巡視的人問是什麼東西，虞老師說：『不相干。』等那人出恭回來，悄悄遞與他：『你拿去寫。但是你方才上堂不該夾在卷子裏拿上來。幸得是我看見，若是別人看見，怎了？』那人嚇了個臭死。發案考在二等，走來謝虞老師。虞老師推不認得，說：『並沒有這句話。你想是昨日錯認了，並不是我。』那日小弟恰好在那裏謝考，親眼看見。那人去了，我問虞老師：『這事老師怎的不肯認？難道他還是不該來謝的？』虞老師道：『讀書人全要養其廉恥。他沒奈何來謝我，我若再認這話，他就無容身之地了。』小弟卻認不的這位朋友，彼時問他姓名，虞老師也不肯說。先生，你說這一件奇事可是難得？」杜少卿道：「這也是老人家常有的事。」

武書道：「還有一件事，更可笑的緊！他家世兄賠嫁來的一個丫頭，他就配了姓嚴的管家了。那奴才看見衙門清淡，沒有錢尋，前日就辭了要去。虞老師從前並不曾要他一個錢，白白把丫頭配了他，他而今要領丫頭出去，要是別人，就要問他要丫頭身價，不知要多少。虞老師聽了這話說道：『你兩口子出去也好，只是出去，房錢、飯錢都沒有。』又給了他十兩銀子。打發出去，隨即把他薦在一個知縣衙門裏做長隨。你說好笑不好笑？」杜少卿道：「這些做奴才的有什麼良心！但老人家兩次賞他銀子，並不是有心要人說好，所以難得。」當下留武書吃飯。

武書辭了出去，才走到利涉橋，遇見一個人，頭戴方巾，身穿舊布直裰。腰繫絲絛，腳下芒鞋，身上揹著行李，花白鬍鬚，憔悴枯槁。那人丟下行李，向武書作揖。武書驚道：「郭先生，自江寧鎮一別，又是三年，一向在那裏奔走？」那人道：「一言難盡！」武書道：「請在茶館裏坐。」當下兩人到茶館裏坐下。

那人道：「我一向因尋父親，走遍天下。從前有人說是在江南，所以我到江南，這番是三次了。而今聽見人說不在江南，已到四川山裏削髮為僧去了，我如今就要到四川去。」武書道：「可憐！可憐！但先生此去萬里程途，非同容易。我想西安府裏有一個知縣，姓尤，是我們國子監虞老先生的同年。如今託虞老師寫一封書子去，是先生順路，倘若盤纏缺少，也可以幫助些須。」那人道：「我草野之人，我那裏去見那國子監的官府？」武書道：「不妨。這裏過去幾步就是杜少卿家，先生同我到少卿家坐著，我去討這一封書。」那人道：「杜少卿？可是那天長不應徵辟的豪傑麼？」武書道：「正是。」那人道：「這人我倒要會他。」便會了茶錢，同出了茶館，一齊來到杜少卿家。

杜少卿出來相見作揖，問：「這位先生尊姓？」武書道：「這位先生姓郭，名力，字鐵山。二十年走遍天下，尋訪父親，有名的郭孝子。」杜少卿聽了這話，從新見禮，奉郭孝子上坐，便問：「太老先生如何數十年不知消息？」郭孝子不好說。武書附耳低言，說：「曾在江西做官，降過寧王，所以逃竄在外。」杜少卿聽罷駭然。因見這般舉動，心裏敬他，說罷留下行李，「先生權在我家住一宿，明日再行。」郭孝子道：「少卿先生豪傑，天下共聞，我也不做客套，竟住一宵罷。」杜少卿進去和娘子說，替郭孝子漿洗衣服，治辦酒餚款待他。出來陪著郭孝子。武書說起要問虞博士要書子的話來。杜少卿道：「這個容易。郭先生在我這裏坐著，我和正字去要書子去。」只因這一番，有分教：用勞用力，不辭虎窟之中；遠水遠山，又入蠶叢之境。畢竟後事如何，且聽下回分解。

第三十八回　郭孝子深山遇虎　甘露僧狹路逢仇

話說杜少卿留郭孝子在河房裏吃酒飯，自己同武書到虞博士署內，說如此這樣一個人，求老師一封書子去到西安。虞博士細細聽了，說道：「這書我怎麼不寫？但也不是只寫書子的事。他這萬里長途，自然盤費也難，我這裏拿十兩銀子，少卿，你去送與他，不必說是我的。」慌忙寫了書子，和銀子拿出來交與杜少卿。杜少卿接了，同武書拿到河房裏。杜少卿自己尋衣服當了四兩銀子，武書也到家去當了二兩銀子來，又苦留郭孝子住了一日。莊徵君聽得有這個人，也寫了一封書子、四兩銀子送來與杜少卿。第三日，杜少卿備早飯與郭孝子吃，武書也來陪著。吃罷，替他拴束了行李，拿著這二十兩銀子和兩封書子，遞與郭孝子。郭孝子不肯受。杜少卿道：「這銀子是我們江南這幾個人的，並非盜跖之物，先生如何不受？」郭孝子方才受了，吃飽了飯，作辭出門。杜少卿同武書送到漢西門外，方才回去。

郭孝子曉行夜宿，一路來到陝西，那尤公是同官縣知縣，只得迂道往同官去會他。這尤公名扶徠，字瑞亭，也是南京的一位老名士，去年才到同官縣，一到任之時，就做了一件好事。是廣東一個人充發到陝西邊上來，帶著妻子是軍妻。不想這人半路死了，妻子在路上哭哭啼啼。人和他說話，彼此都不明白，只得把他領到縣堂上來。尤公看那婦人是要回故鄉的意思，心裏不忍，便取了俸金五十兩，差一個老年的差人，自己取一塊白綾，苦苦切切做了一篇文，親筆寫了自己的名字尤扶徠，用了一顆同官縣的印，吩咐差人：「你領了這婦人，拿我這一幅綾子，遇州遇縣，送與他地方官看，求都要用一個印信。你直到他本地方討了回信來見我。」差人應諾了。那婦人叩謝，領著去了。將近一年，差人回來說：「一路各位老爺看見老爺的文章，一個個都悲傷這婦人，也有十兩的，也有八兩的，六兩的，這婦人到家，也有二百多銀子。小的送他到廣東家裏，他家親戚、本家有百十人，都望空謝了老爺的恩典，又都磕小的的頭，叫小的是『菩薩』。這個，小的都是沾老爺的恩。」尤公歡喜，又賞了他幾兩銀子，打發差人出去了。

門上傳進帖來，便是郭孝子拿著虞博士的書子進來拜。尤公拆開書子看了這些話，著實欽敬。當下請進來行禮坐下，即刻擺出飯來。正談著，門上傳進來：「請老爺下鄉相驗。」尤公道：「先生，這公事我就要去的，後日才得回來。但要屈留先生三日，等我回來，有幾句話請教。況先生此去往成都，我有個故人在成都，也要帶封書子去。先生萬不可推辭。」郭孝子道：「老先生如此說，怎好推辭，只是賤性山野，不能在衙門裏住。貴治若有什麼菴堂，送我去住兩天罷。」尤公道：「菴雖有，也窄；我這裏有個海月禪林，那和尚是個善知識，送先生到那裏去住罷。」便吩咐衙役：「把郭老爺的行李搬著，送在海月禪林，你拜上和尚，說是我送來的。」衙役應諾伺候。郭孝子別了。尤公直送到大門外，方才進去。

郭孝子同衙役到海月禪林客堂裏，知客進去說了，老和尚出來打了問訊，請坐奉茶。那衙役自回去了。郭孝子問老和尚：「可是一向在這裏作方丈的麼？」老和尚道：「貧僧當年住在南京太平府蕪湖縣甘露菴裏的，後在京師報國寺做方丈。因厭京師熱鬧，所以到這裏居住。尊姓是郭？如今卻往成都，是做什麼事？」郭孝子見老和尚清癯面貌，顏色慈悲，說道：「這話不好對別人說，在老和尚面前不妨講的。」就把要尋父親這些話，苦說了一番。老和尚流淚嘆息，就留在方丈裏住，備出晚齋來。郭孝子將路上買的兩個梨送與老和尚，受下謝了郭孝子，便叫火工道人擡兩隻缸在丹墀裏，一口缸內放著一個梨，每缸挑上幾擔水，拿扛子把梨搗碎了，擊雲板，傳齊了二百多僧眾，一人吃一碗水。郭孝子見了，點頭嘆息。

到第三日，尤公回來，又備了一席酒請郭孝子。吃過酒，拿出五十兩銀子、一封書來，說道：「先生，我本該留你住些時，因你這尋父親人事，不敢相留。這五十兩銀子，權為盤費。先生到成都，拿我這封書子去尋蕭昊軒先生。這是一位古道人。他家離成都二十里住，地名叫做東山。先生去尋著他，凡事可以商議。」郭孝子見尤公的意思十分懇切，不好再辭了，只得謝過，收了銀子和書子，辭了出來；到海月禪林辭別老和尚要走。老和尚合掌道：「居士到成都尋著了尊大人，是必寄個信與貧僧，免的貧僧懸望。」郭孝子應諾。老和尚送出禪林，方才回去。

郭孝子自揹著行李，又走了幾天，這路多是崎嶇鳥道。郭孝子走一步，怕一步。那日走到一個地方，天色將晚，望不著一個村落。那郭孝子走了一會，遇著一個人。郭孝子作揖問道：「請問老爹，這裏到宿店所在還有多少路？」那人道：「還有十幾里。客人，你要著急些走，夜晚路上有虎，須要小心。」郭孝子聽了，急急往前奔著走。天色全黑，卻喜山凹裏推出一輪月亮來。那正是十四五的月色，升到天上，便十分明亮。郭孝子乘月色走，走進一個樹林中，只見劈面起來一陣狂風，把那樹上落葉吹得奇颼颼的響；風過處，跳出一隻老虎來。

郭孝子叫聲：「不好了！」一跤跌倒在地。老虎把孝子抓了坐在屁股底下。坐了一會，見郭孝子閉著眼，只道是已經死了，便丟了郭孝子，去地下挖了一個坑，把郭孝子提了放在坑裏，把爪子撥了許多落葉蓋住了他，那老虎便去了。郭孝子在坑裏偷眼看老虎走過幾里，到那山頂上，還把兩隻通紅的眼睛轉過身來望，看見這裏不動，方才一直去了。郭孝子從坑裏扒了上來，自心裏想道：「這業障雖然去了，必定是還要回來吃我，如何了得？」一時沒有主意。見一棵大樹在眼前，郭孝子扒上樹去。又心裏焦他再來咆哮震動：「我可不要嚇了下來。」心生一計，將裹腳解了下來，自己縛在樹上。等到三更盡後，月色分外光明，只見老虎前走，後面又帶了一個東西來。那東西渾身雪白，頭上一隻角，兩隻眼就像兩盞大紅燈籠，直著身子走來。

郭孝子認不得是個什麼東西。只見那東西走近跟前，便坐下了。老虎忙到坑裏去尋人。見沒有了人，老虎慌做一堆兒。那東西大怒，伸過爪來，一掌就把虎頭打掉了，老虎死在地下。那東西抖擻身上的毛，發起威來，回頭一望，望見月亮地下照著樹枝頭上有個人，就狠命的往樹枝上一撲。撲冒失了，跌了下來，又盡力往上一撲，離郭孝子只得一尺遠。郭孝子道：「我今番卻休了！」不想那樹上一根枯乾，恰好對著那東西的肚皮上。後來的這一撲，力太猛了，這枯乾戳進肚皮，有一尺多深淺。那東西急了，這枯乾越搖越戳的深進去。那東西使盡力氣，急了半夜，掛在樹上死了。

到天明時候，有幾個獵戶，手裏拿著鳥槍叉棍來。看見這兩個東西，嚇了一跳。郭孝子在樹上叫喊，眾獵戶接了孝子下來，問他姓名。郭孝子道：「我是過路的人，天可憐見，得保全了性命。我要趕路去了，這兩件東西，你們拿到地方去請賞罷。」眾獵戶拿出些乾糧來，和獐子、鹿肉，讓郭孝子吃了一飽。眾獵戶替郭孝子拿了行李，送了五六里路。眾獵戶辭別回去。

郭孝子自己背了行李，又走了幾天路程，在山凹裏一個小菴裏借住。那菴裏和尚問明來歷，就拿出素飯來，同郭孝子在窗子跟前坐著吃。正吃著中間，只見一片紅光，就如失了火的一般。郭孝子慌忙丟了飯碗，道：「不好！火起了！」老和尚笑道：「居士請坐，不要慌。這是我『雪道兄』到了。」吃完了飯，收過碗盞，去推開窗子，指與郭孝子道：「居士，你看麼！」郭孝子舉眼一看，只見前面山上蹲著一個異獸，頭上一隻角，只有一隻眼睛，卻生在耳後。那異獸名為「羆九」，任你堅冰凍厚幾尺，一聲響亮，叫他登時粉碎。和尚道：「這便是『雪道兄』了。」當夜紛紛揚揚，落下一場大雪來。那雪下了一夜一天，積了有三尺多厚。郭孝子走不的，又住了一日。

到第三日，雪晴。郭孝子辭別了老和尚又行，找著山路，一步一滑，兩邊都是澗溝，那冰凍的支棱著，就和刀劍一般。郭孝子走的慢，天又晚了，雪光中照著，遠遠望見樹林裏一件紅東西掛著；半里路前，只見一個人走，走到那東西面前，一跤跌下澗去。郭孝子就立住了腳，心裏疑惑道：「怎的這人看見這紅東西就跌下澗去？」定睛細看，只見那紅東西底下鑽出一個人，把那人行李拿了，又鑽了下去。郭孝子心裏猜著了幾分，便急走上前去看。只見那樹上吊的是個女人，披散了頭髮，身上穿了一件紅衫子，嘴眼前一片大紅猩猩氈做個舌頭拖著，腳底下埋著一個缸，缸裏頭坐著一個人。

那人見郭孝子走到眼前，從缸裏跳上來。因見郭孝子生的雄偉，不敢下手，便叉手向前道：「客人，你自走你的路罷了，管我怎的？」郭孝子道：「你這些做法，我已知道了。你不要惱，我可以幫襯你。這裝吊死鬼的是你什麼人？」那人道：「是小人的渾家。」郭孝子道：「你且將他解下來。你家在那裏住？我到你家去和你說。」那人把渾家腦後一個轉珠繩子解了，放了下來。那婦人把頭髮綰起來，嘴跟前拴的假舌頭去掉了，頸子上有一塊拴繩子的鐵也拿下來，把紅衫子也脫了。那人指著路旁，有兩間草屋，道：「這就是我家了。」

當下夫妻二人跟著郭孝子，走到他家請郭孝子坐著，烹出一壺茶。郭孝子道：「你不過短路營生，為什麼做這許多惡事？嚇殺了人的性命，這個卻傷天理。我雖是苦人，看見你夫妻兩人到這個田地，越發可憐的狠了。我有十兩銀子在此，把與你夫妻兩人，你做個小生意度日，下次不要做這事了。你姓什麼？」那人聽了這話，向郭孝子磕頭，說道：「謝客人的周濟。小人姓木，名耐。夫妻兩個，原也是好人家兒女，近來因是凍餓不過，所以才做這樣的事。而今多謝客人與我本錢，從此就改過了。請問恩人尊姓？」郭孝子道：「我姓郭，湖廣人，而今到成都府去的。」說著，他妻子也出來拜謝，收拾飯留郭孝子。郭孝子吃著飯，向他說道：「你既有膽子短路，你自然還有些武藝。只怕你武藝不高，將來做不得大事，我有些刀法、拳法，傳授與你。」那木耐歡喜，一連留郭孝子住了兩日。郭孝子把這刀和拳細細指教他，他就拜了郭孝子做師父。第三日郭孝子堅意要行，他備了些乾糧、燒肉，裝在行李裏，替郭孝子背著行李，直送到三十里外，方才告辭回去。

郭孝子接著行李，又走了幾天，那日天氣甚冷，迎著西北風，那山路凍得像白蠟一般，又硬又滑。郭孝子走到天晚，只聽得山洞裏大吼一聲，又跳出一隻老虎來。郭孝子道：「我今番命真絕了！」一跤跌在地下，不省人事。原來老虎吃人，要等人怕的。今見郭孝子直殭殭在地下，竟不敢吃他，把嘴合著他臉上來聞。一莖鬍子戳在郭孝子鼻孔裏去，戳出一個大噴嚏來，那老虎倒嚇了一跳，連忙轉身，幾跳跳過前面一座山頭，跌在一個澗溝裏。那澗極深，被那稜撐像刀劍的冰凌橫攔著，竟凍死了。郭孝子扒起來，老虎已是不見，說道：「慚愧！我又經了這一番！」背著行李再走。

走到成都府，找著父親在四十里外一個菴裏做和尚。訪知的了，走到菴裏去敲門。老和尚開門，見是兒子，就嚇了一跳。郭孝子見是父親，跪在地下慟哭。老和尚道：「施主請起來，我是沒有兒子的，你想是認錯了。」郭孝子道：「兒子萬里程途，尋到父親眼前來，父親怎麼不認我？」老和尚道：「我方才說過，貧僧是沒有兒子的。施主，你有父親，你自己去尋，怎的望著貧僧哭？」郭孝子道：「父親雖則幾十年不見，難道兒子就認不得了？」跪著不肯起來。

老和尚道：「我貧僧自小出家，那裏來的這個兒子？」郭孝子放聲大哭道：「父親不認兒子，兒子到底是要認父親的！」三番五次，纏的老和尚急了，說道：「你是何處光棍，敢來鬧我們？快出去！我要關山門！」郭孝子跪在地下慟哭，不肯出去。和尚道：「你再不出去，我就拿刀來殺了你！」郭孝子伏在地下哭道：「父親就殺了兒子，兒子也是不出去的！」老和尚大怒，雙手把郭孝子拉起來，提著郭孝子的領子，一路推搡出門，便關了門進去，再也叫不應。

郭孝子在門外哭了一場，又哭一場，又不敢敲門。見天色將晚，自己想道：「罷！罷！父親料想不肯認我了！」擡頭看了，這菴叫做竹山菴。只得在半里路外租了一間房屋住下。次早，在菴門口看見一個道人出來，買通了這道人，日日搬柴運米，養活父親。不到半年之上，身邊這些銀子用完了，思量要到東山去尋蕭昊軒，又恐怕尋不著，耽擱了父親的飯食。只得左近人家傭工，替人家挑土、打柴，每日尋幾分銀子，養活父親。遇著有個鄰居住陝西去，他就把這尋父親的話，細細寫了一封書，帶與海月禪林的老和尚。

老和尚看了書，又歡喜，又欽敬他。不多幾日，禪林裏來了一個掛單的和尚。那和尚便是響馬賊頭趙大，披著頭髮，兩隻怪眼，凶像未改。老和尚慈悲，容他住下。不想這惡和尚在禪林吃酒、行兇、打人，無所不為。首座領著一班和尚來稟老和尚道：「這人留在禪林裏，是必要壞了清規。」求老和尚趕他出去。老和尚教他去，他不肯去，後來首座叫知客向他說：「老和尚叫你去，你不去，老和尚說：『你若再不去，就照依禪林規矩，擡到後面院子裏，一把火就把你燒了！』」惡和尚聽了，懷恨在心，也不辭老和尚，次日，收拾衣單去了。老和尚又住了半年，思量要到峨媚山走走，順便去成都會會郭孝子。辭了眾人，挑著行李衣缽，風餐露宿，一路來到四川。

離成都有百十多里路，那日下店早，老和尚出去看看山景，走到那一個茶棚內吃茶。那棚裏先坐著一個和尚。老和尚忘記，認不得他了。那和尚卻認得老和尚，便上前打個問訊道：「和尚，這裏茶不好，前邊不多幾步就是小菴，何不請到小菴裏去吃杯茶？」老和尚歡喜道：「最好。」那和尚領著老和尚，曲曲折折，走了七八里路，才到一個菴裏。那菴一進三間，前邊一尊迦藍菩薩。後一進三間殿，並沒有菩薩，中間放著一個榻床。那和尚同老和尚走進菴門，才說道：「老和尚！你認得我麼？」老和尚方才想起是禪林裏趕出去的惡和尚，吃了一驚，說道：「是方才偶然忘記，而今認得了。」惡和尚竟自己走到床上坐下，睜開眼道：「你今日既到我這裏，不怕你飛上天去！我這裏有個葫蘆，你拿了，在半里路外山岡上一個老婦人開的酒店裏，替我打一葫蘆酒來。你快去！」

老和尚不敢違拗，捧著葫蘆出去，找到山岡子上，果然有個老婦人在那裏賣酒。老和尚把這葫蘆遞與他。那婦人接了葫蘆，上上下下把老和尚一看，止不住眼裏流下淚來，便要拿葫蘆去打酒。老和尚嚇了一跳，便打個問訊道：「老菩薩，你怎見了貧僧就這般悲慟起來？這是什麼原故？」那婦人含著淚，說道：「我方才看見老師父是個慈悲面貌，不該遭這一難！」老和尚驚道：「貧僧是遭的什麼難？」那老婦人道：「老師父，你可是在半里路外那菴裏來的？」老和尚道：「貧僧便是。你怎麼知道？」老婦人道：「我認得他這葫蘆。他但凡要吃人的腦子，就拿這葫蘆來打我店裏藥酒。老師父，你這一打了酒去，沒有活的命了！」

老和尚聽了，魂飛天外，慌了道：「這怎麼處？我如今走了罷！」老婦人道：「你怎麼走得？這四十里內，都是他舊日的響馬黨羽。他菴裏走了一人，一聲梆子響，即刻有人捆翻了你，送在菴裏去。」老和尚哭著跪在地下。「求老菩薩救命！」老婦人道：「我怎能救你？我若說破了，我的性命也難保。但看見你老師父慈悲，死的可憐，我指一條路給你去尋一個人。」老和尚道：「老菩薩，你指我去尋那個人？」老婦人慢慢說出這一個人來。只因這一番，有分教：熱心救難，又出驚天動地之人；仗劍立功，無非報國忠臣之事。畢竟這老婦人說出什麼人來，且聽下回分解。

第三十九回　蕭雲仙救難明月嶺　平少保奏凱青楓城

話說老和尚聽了老婦人這一番話，跪在地下哀告。老婦人道：「我怎能救你？只好指你一條路去尋一個人。」老和尚道：「老菩薩，卻叫貧僧去尋一個什麼人？求指點了我去。」老婦人道：「離此處有一里多路，有個小小山岡，叫做明月嶺。你從我這屋後山路過去，還可以近得幾步。你到那嶺上，有一個少年在那裏打彈子。你卻不要問他，只雙膝跪在他面前。等他問你，你再把這些話向他說。只有這一個人還可以救你。你速去求他，卻也還拿不穩。設若這個人還不能救你，我今日說破這個話，連我的性命只好休了！」

老和尚聽了，戰戰兢兢，將葫蘆裏打滿了酒，謝了老婦人，在屋後攀藤附葛上去。果然走不到一里多路，一個小小山岡，山岡上一個少年在那裏打彈子。山洞裏嵌著一塊雪白的石頭，不過銅錢大，那少年覷的較近，彈子過處，一下下都打了一個準。老和尚近前看那少年時，頭戴武巾，身穿藕色戰袍，白淨面皮，生得十分美貌。那少年彈子正打得酣邊，老和尚走來，雙膝跪在他面前。那少年正要問時，山凹裏飛起一陣麻雀。那少年道：「等我打了這個雀兒看！」手起彈子落，把麻雀打死了一個墜下去。那少年看見老和尚含著眼淚跪在跟前，說道：「老師父，你快請起來。你的來意我知道了。我在此學彈子，正為此事。但才學到九分，還有一分未到，恐怕還有意外之失，所以不敢動手。今日既遇著你來，我也說不得了，想是他畢命之期，老師父，你不必在此耽誤，你快將葫蘆酒拿到菴裏去，臉上萬不可做出慌張之像，更不可做出悲傷之像來。你到那裏，他叫你怎麼樣你就怎麼樣，一毫不可違拗他，我自來救你。」

老和尚沒奈何，只得捧著酒葫蘆，照依舊路，來到菴裏。進了第二層，只見惡和尚坐在中間床上，手裏已是拿著一把明晃晃的鋼刀，問老和尚道：「你怎麼這時才來？」老和尚道：「貧僧認不得路，走錯了，慢慢找了回來。」惡和尚道：「這也罷了，你跪下罷！」老和尚雙膝跪下。

惡和尚道：「跪上些來！」老和尚見他拿著刀，不敢上去。惡和尚道：「你不上來，我劈面就砍來！」老和尚只得膝行上去。惡和尚道：「你褪了帽子罷！」老和尚含著眼淚，自己除了帽子。

惡和尚把老和尚的光頭捏一捏，把葫蘆藥酒倒出來吃了一口，左手拿著酒，右手執著風快的刀，在老和尚頭上試一試，比個中心。老和尚此時尚未等他劈下來，那魂靈已在頂門裏冒去了。惡和尚比定中心，知道是腦子的所在，一劈出了，恰好腦漿迸出，趕熱好吃。當下比定了中心，手持鋼刀，向老和尚頭頂心裏劈將下來。不想刀口未曾落老和尚頭上，只聽得門外颼的一聲。一個彈子飛了進來，飛到惡和尚左眼上。惡和尚大驚，丟了刀，放下酒，將隻手捺著左眼，飛跑出來，到了外一層。迦藍菩薩頭上坐著一個人。

惡和尚擡起頭來，又是一個彈子，把眼打瞎。惡和尚跌倒了。那少年跳了下來，進裏面一層。老和尚已是嚇倒在地。那少年道：「老師父!快起來走！」老和尚道：「我嚇軟了，其實走不動了。」那少年道：「起來!我背著你走。」便把老和尚扯起來，馱在身上，急急出了菴門，一口氣跑了四十里。那少年把老和尚放下，說道：「好了，老師父脫了這場大難，自此前途吉慶無虞。」老和尚方才還了魂，跪在地下拜謝，問：「恩人尊姓大名？」那少年道：「我也不過要除這一害，並非有意救你。你得了命，你速去罷，問我的姓名怎的？」老和尚又問，總不肯說。老和尚只得向前膜拜了九拜，說道：「且辭別了恩人，不死當以厚報。」拜畢起來，上路去了。

那少年精力已倦，尋路旁一個店內坐下。只見店裏先坐著一個人，面前放著一個盒子。那少年看那人時，頭戴孝巾，身穿白布衣服，腳下芒鞋，形容悲戚，眼下許多淚痕，便和他拱一拱手，對面坐下。那人笑道：「清平世界，蕩蕩乾坤，把彈子打瞎人的眼睛，卻來這店裏坐的安穩！」那少年道：「老先生從那裏來?怎麼知道這件事的？」那人道：「我方才原是笑話。剪除惡人，救拔善類，這是最難得的事。你長兄尊姓大名？」那少年道：「我姓蕭，名采，字雲仙，舍下就在這成都府二十裏外東山住。」那人驚道：「成都二十里外東山有一位蕭昊軒先生，可是尊府？」

蕭雲仙驚道：「這便是家父。老先生怎麼知道？」那人道：「原來就是尊翁。」便把自己姓名說下，並因甚來四川：「在同官縣會見縣令尤公，曾有一書與尊大人。我因尋親念切，不曾繞路到尊府。長兄，你方才救的這老和尚，我卻也認得他。不想邂逅相逢。看長兄如此英雄，便是昊軒先生令郎，可敬！可敬！」蕭雲仙道：「老先生既尋著太老先生，如何不同在一處？如今獨自又往那裏去？」郭孝子見問這話，哭起來道：「不幸先君去世了。這盒子裏便是先君的骸骨。我本是湖廣人，而今把先君骸骨背到故鄉去歸葬。」蕭雲仙垂淚道：「可憐！可憐！但晚生幸遇著老先生，不知可以拜請老先生同晚生到舍下去會一會家君麼？」

郭孝子道：「本該造府恭謁，奈我背著先君的骸骨不便，且我歸葬心急。致意尊大人，將來有便，再來奉謁罷。」因在行李內取出尤公的書子來，遞與蕭雲仙。又拿出百十個錢來，叫店家買了三角酒，割了二斤肉，和些蔬菜之類，叫店主人整治起來，同蕭雲仙吃著，便向他道：「長兄，我和你一見如故，這是人生最難得的事，況我從陝西來，就有書子投奔的是尊大人，這個就更比初交的不同了。長兄，像你這樣事，是而今世上人不肯做的，真是難得。但我也有一句話要勸你，可以說得麼？」蕭雲仙道：「晚生年少，正要求老先生指教，有話怎麼不要說？」

郭孝子道：「這冒險捐軀，都是俠客的勾當，而今比不得春秋、戰國時，這樣事就可以成名。而今是四海一家的時候，任你荊軻、聶政，也只好叫做亂民。像長兄有這樣品貌材藝，又有這般義氣肝膽，正該出來替朝廷效力。將來到疆場，一刀一槍，博得個封妻蔭子，也不枉了一個青史留名。不瞞長兄說，我自幼空自學了一身武藝，遭天倫之慘，奔波辛苦，數十餘年。而今老了，眼見得不中用了。長兄年力鼎盛，萬不可蹉跎自誤。你須牢記老拙今日之言。」蕭雲仙道：「晚生得蒙老先生指教，如撥雲見日，感謝不盡。」又說了些閒話。次早，打發了店錢，直送郭孝子到二十里路外岔路口，彼此灑淚分別。

蕭雲仙回到家中，問了父親的安，將尤公書子呈上看過。蕭昊軒道：「老友與我相別二十年，不通音問，他今做官適意，可喜可喜！」又道：「郭孝子武藝精能，少年與我齊名，可惜而今和我都老了。他今求的他太翁骸骨歸葬，也算了過一生心事。」蕭雲仙在家奉事父親。過了半年，松潘衛邊外生番與內地民人互市，因買賣不公，彼此吵鬧起來。那番子性野，不知王法，就持了刀杖器械，大打一仗。弓兵前來護救，都被他殺傷了，又將青楓城一座強佔了去。巡撫將事由飛奏到京，朝廷看了本章，大怒。奉旨：「差少保平治前往督師，務必犁庭掃穴，以章天討。」平少保得了聖旨，星飛出京，到了松藩駐箚。

蕭昊軒聽了此事，喚了蕭雲仙到面前，吩咐道：「我聽得平少保出師，現駐松藩，征剿生番。少保與我有舊，你今前往投軍，說出我的名姓，少保若肯留在帳下效力，你也可以借此報效朝廷，正是男子漢發奮有為之時。」蕭雲仙道：「父親年老，兒子不敢遠離膝下。」蕭昊軒道：「你這話就不是了。我雖年老，現在並無病痛，飯也吃得，覺也睡得，何必要你追隨左右？你若是藉口不肯前去，便是貪圖安逸，在家戀著妻子，乃是不孝之子，從此你便不許再見我的面了！」幾句話讓的蕭雲仙閉口無言，只得辭了父親，拴束行李，前去投軍。一路程途，不必細說。

這一日，離松藩衛還有一站多路，因出店太早，走了十多里，天尚未亮。蕭雲仙背著行李，正走得好，忽聽得背後有腳步響。他便跳開一步，回轉頭來，只見一個人，手持短棍，正待上前來打他，早被他飛起一腳，踢倒在地。蕭雲仙奪了他手中短棍，劈頭就要打。那人在地下喊道：「看我師父面上，饒恕我罷！」蕭雲仙住了手，問道：「你師父是誰？」那時天色已明，看那人時，三十多歲光景，身穿短襖，腳下八搭麻鞋，面上微有髭鬚。那人道：「小人姓木，名耐，是郭孝子的徒弟。」

蕭雲仙一把拉起來，問其備細。木耐將曾經短路，遇郭孝子，及他收為徒弟的一番話說了一遍。蕭雲仙道：「你師父，我也認得。你今番待往那裏去？」木耐道：「我聽得平少保征番，現在松藩招軍，意思要到那裏去投軍。因途間缺少盤纏，適才得罪長兄，休怪！」蕭雲仙道：「既然如此，我也是投軍去的，便和你同行，何如？」木耐大喜，情願認做蕭雲仙的親隨伴當。一路來到松藩，在中軍處遞了投充的呈詞。少保傳令細細盤問來歷，知道是蕭浩的兒子，收在帳下，賞給千總職銜，軍前效力。木耐賞戰糧一分，聽候調遣。

過了幾日，各路糧餉俱已調齊，少保升帳，傳下將令，叫各弁在轅門聽候。蕭雲仙早到，只見先有兩位都督在轅門上。蕭雲仙請了安，立在旁邊。聽那一位都督道：「前日總鎮馬大老爺出兵，竟被青楓城的番子用計挖了陷坑，連人和馬都跌在陷坑裏。馬大老爺受了重傷，過了兩天，傷發身死。現今屍首並不曾找著。馬大老爺是司禮監老公的姪兒，現今內裏傳出信來，務必要找尋屍首。若是尋不著，將來不知是個怎麼樣的處分！這事怎了？」這一位都督道：「聽見青楓城一帶幾十里是無水草的，要等冬天積下大雪，到春融之時，那山上雪水化了，淌下來，人和牲口才有水吃。我們到那裏出兵，只消幾天沒有水吃，就活活的要渴死了，那裏還能打什麼仗！」

蕭雲仙聽了，上前稟道：「兩位太爺不必費心。這青楓城是有水草的，不但有，而且水草最為肥饒。」兩都督道：「蕭千總，你曾去過不曾？」蕭雲仙道：「卑弁不曾去過。」兩位都督道，「可又來！你不曾去過，怎麼得知道？」蕭雲仙道：「卑弁在史書上看過，說這地方水草肥饒。」兩都督變了臉道：「那書本子上的話，如何信得！」蕭雲仙不敢言語。

少刻，雲板響處，轅門鐃鼓喧鬧。少保升帳，傳下號令，教兩都督率領本部兵馬，作中軍策應；叫蕭雲仙帶領步兵五百名在前，先鋒開路。本帥督領後隊調遣。將令已下，各將分頭前去。蕭雲仙攜了木耐，帶領五百步兵，疾忙前進。望見前面一座高山，十分險峻，那山頭上隱隱有旗幟在那裏把守。這山名喚椅兒山，是青楓城的門戶。蕭雲仙吩咐木耐道：「你帶領二百人從小路扒過山去，在他總路口等著。只聽得山頭炮響，你們便喊殺回來助戰，不可有誤。」木耐應諾去了。蕭雲仙又叫一百兵丁埋伏在山凹裏，只聽山頭炮響，一齊吶喊起來，報稱大兵已到，趕上前來助戰。

分派已定，蕭雲仙帶著二百人，大踏步殺上山來。那山上幾百番子，藏在土洞裏，看見有人殺上來，一齊蜂擁的出來打仗。那蕭雲仙腰插彈弓，手拿腰刀，奮勇爭先，手起刀落，先殺了幾個番子。那番子見勢頭勇猛，正要逃走。二百人捲地齊來，猶如暴風疾雨。忽然一聲炮響，山凹裏伏兵大聲喊叫：「大兵到了！」飛奔上山。番子正在魂驚膽落，又見山後那二百人，搖旗吶喊飛殺上來，只道大軍已經得了青楓城，亂紛紛各自逃命。那裏禁得蕭雲仙的彈子打來，打得鼻塌嘴歪，無處躲避。

蕭雲仙將五百人合在一處，喊聲大震，把那幾百個番子，猶如砍瓜切菜，盡數都砍死了，旗幟器械，得了無數。蕭雲仙叫眾人暫歇一歇，即鼓勇前進。只見一路都是深林密箐，走了半天，林子盡處，一條大河，遠遠望見青楓城在數里之外。蕭雲仙見無船隻可渡，忙叫五百人旋即砍伐林竹，編成筏子。頃刻辦就，一齊渡過河來。蕭雲仙道：「我們大兵尚在後面，攻打他的城池，不是五百人做得來的。第一不可使番賊知道我們的虛實。」叫木耐率領兵眾，將奪得旗幟改造做雲梯，帶二百兵，每人身藏枯竹一束，到他城西僻靜地方，爬上城去，將他堆貯糧草處所放起火來，「我們便好攻打他的東門」。這裏分撥已定。

且說兩位都督率領中軍到了椅兒山下，又不知道蕭雲仙可曾過去。兩位議道：「像這等險惡所在，他們必有埋伏。我們盡力放些大炮，放的他們不敢出來，也就可以報捷了。」正說著，一騎馬飛奔追來，少保傳下軍令：叫兩位都督疾忙前去策應，恐怕蕭雲仙少年輕進，以致失事。兩都督得了將令，不敢不進，號令中軍，疾馳到帶子河，見有現成筏子，都渡過去了，望見青楓城裏火光燭天。那蕭雲仙正在東門外施放炮火，攻打城中。番子見城中火起，不戰自亂。這城外中軍已到，與前軍先鋒合為一處，將一座青楓城圍的鐵桶般相似。那番酋開了北門，捨命一頓混戰，只剩了十數騎，潰圍逃命去了。少保督領後隊已到，城裏敗殘的百姓，各人頭頂香花，跪迎少保進城。少保傳令，救火安民，秋毫不許驚動。隨即寫了本章，遣官到京裏報捷。

這裏蕭雲仙迎接，叩見了少保。少保大喜，賞了他一腔羊、一罎酒，誇奬了一番。過了十餘日，旨意回頭：著平治來京，兩都督回任候升，蕭采實授千總。那善後事宜，少保便交與蕭雲仙辦理。蕭雲仙送了少保進京，回到城中，看見兵災之後，城垣倒塌，倉庫毀壞，便細細做了一套文書，稟明少保。那少保便將修城一事，批了下來：責成蕭雲仙用心經理，候城工完峻之後，另行保題議敘。只因這一番，有分教：甘棠有蔭，空留後人之思；飛將難封，徒博數奇之嘆。不知蕭雲仙怎樣修城，且聽下回分解。

第四十回　蕭雲仙廣武山賞雪　沈瓊枝利涉橋賣文

話說蕭雲仙奉著將令，監督築城，足足住了三四年，那城方才築的成功。周圍十里，六座城門。城裏又蓋了五個衙署。出榜招集流民進來居住，城外就叫百姓開墾田地。蕭雲仙想道：「像這旱地，百姓一遇荒年，就不能收糧食了，須是興起些水利來。」因動支錢糧，雇齊民夫，蕭雲仙親自指點百姓，在田旁開出許多溝渠來。溝間有洫，洫間有遂，開得高高低低，仿佛江南的光景。到了成功的時候，蕭雲仙騎著馬，帶著木耐，在各處犒勞百姓們。每到一處，蕭雲仙殺牛宰馬，傳下號令，把那一方百姓都傳齊了。蕭雲仙建一壇場，立起先農的牌位來，擺設了牛羊祭禮。蕭雲仙紗帽補服，自己站在前面，率領眾百姓，叫木耐在旁贊禮、升香、奠酒、三獻、八拜。拜過，又率領眾百姓，望著北闕山呼舞蹈，叩謝皇恩，便叫百姓都團團坐下，蕭雲仙坐在中間，拔劍割肉，大碗斟酒，歡呼笑樂，痛飲一天。

吃完了酒，蕭雲仙向眾百姓道：「我和你們眾百姓在此痛飲一天，也是緣法。而今上賴皇恩，下託你們眾百姓的力，開墾了這許多田地，也是我姓蕭的在這裏一番。我如今親自手種一棵柳樹，你們眾百姓每人也種一棵，或雜些桃花、杏花，亦可記著今日之事。」眾百姓歡聲如雷，一個個都在大路上栽了桃、柳。蕭雲仙同木耐，今日在這一方，明日又在那一方，一連吃了幾十日酒，共栽了幾萬棵柳樹。眾百姓感激蕭雲仙的恩德，在城門外公同起蓋了一所先農祠。中間供著先農神位，旁邊供了蕭雲仙的長生祿位牌。又尋一個會畫的，在牆上畫了一個馬，畫蕭雲仙紗帽補服，騎在馬上。前面畫木耐的像，手裏拿著一枝紅旗，引著馬，做勸農的光景。百姓家男男女女，到朔望的日子，住這廟裏來焚香點燭跪拜，非止一日。

到次年春天，楊柳發了青，桃花、杏花都漸漸開了。蕭雲仙騎著馬，帶著木耐，出來遊玩。見那綠樹陰中，百姓家的小孩子，三五成群的牽著牛，也有倒騎在牛上的，也有橫睡在牛背上的，在田旁溝裏飲了水，從屋角邊慢慢轉了過來。蕭雲仙心裏歡喜，向木耐道：「看你這般光景，百姓們的日子有的過了。只是這班小孩子，一個個好模好樣，也還覺得聰俊，怎得有個先生教他識字便好！」木耐道：「老爺，你不知道麼？前日這先農祠住著一個先生，是江南人。而今想是還在這裏，老爺何不去和他商議？」蕭雲仙道：「這更湊巧了。」便打馬到祠內會那先生。進去同那先生作揖坐下。

蕭雲仙道：「聞得先生貴處是江南，因甚到這邊外地方？請問先生貴姓？」那先生道：「賤姓沈，敝處常州；因向年有個親戚在青楓做生意，所以來看他。不想遭了兵亂，流落在這裏五六年，不得回去。近日聞得朝裏蕭老先生在這裏築城、開水利，所以到這裏來看看。老先生尊姓？貴衙門是那裏？」蕭雲仙道：「小弟便是蕭雲仙，在此開水利的。」那先生起身從新行禮，道：「老先生便是當今的班定遠，晚生不勝敬服。」蕭雲仙道：「先生既在這城裏，我就是主人，請到我公廨裏去住。」便叫兩個百姓來搬了沈先生的行李，叫木耐牽著馬，蕭雲仙攜了沈先生的手，同到公廨裏來。備酒飯款待沈先生，說起要請他教書的話，先生應允了。

蕭雲仙又道：「只得先生一位，教不來。」便將帶來駐防的二三千多兵內，揀那認得字多的兵選了十個，託沈先生每日指授他些書理。開了十個學堂，把百姓家略聰明的孩子都養在學堂裏讀書。讀到兩年多，沈先生就教他做些破題、破承、起講。但凡做的來，蕭雲仙就和他分庭抗禮，以示優待。這些人也知道讀書是體面事了。

蕭雲仙城工已竣，報上文書去，——把這文書就叫木耐去。木耐見了少保，少保問他些情節，賞他一個外委把總做去了。少保據著蕭雲仙的詳文，咨明兵部。——工部核算：

「蕭采承辦青楓城城工一案，該撫題銷本內：磚、灰、工匠，共開銷銀一萬九千三百六十兩一錢二分一釐五毫。查該地水草附近，燒造磚灰甚便。新集流民，充當工役者甚多。不便聽其任意浮開。應請核減銀七千五百二十五兩有零，在于該員名下著追。查該員係四川成都府人，應行文該地方官勒限嚴比歸款，可也。奉旨依議。」

蕭雲仙看了邸抄，接了上司行來的公文，只得打點收拾行李，回成都府。比及到家，他父親已臥病在床，不能起來。蕭雲仙到床面前請了父親的安，訴說軍前這些始未緣由；說過，又磕下頭去，伏著不肯起來。蕭昊軒道：「這些事，你都不曾做錯，為什麼不起來？」蕭雲仙才把因修城工，被工部核減追賠一案說了；又道：「兒子不能掙得一絲半粟孝敬父親，倒要破費了父親的產業，實在不可自比于人，心裏愧恨之極！」蕭昊軒道：「這是朝廷功令，又不是你不肖花消掉了，何必氣惱？我的產業攢湊攏來，大約還有七千金，你一總呈出歸公便了。」蕭雲仙哭著應諾了。看見父親病重，他衣不解帶，伏伺十餘日，眼見得是不濟事。蕭雲仙哭著問：「父親可有什麼遺言？」蕭昊軒道：「你這話又呆氣了。我在一日，是我的事。我死後，就都是你的事了。總之，為人以忠孝為本，其餘都是末事。」說畢，瞑目而逝。

蕭雲仙呼天搶地，盡哀盡禮；治辦喪事，十分盡心。卻自己嘆息道：「人說『塞翁失馬，未知是福是禍』。前日要不為追賠，斷斷也不能回家。父親送終的事，也再不能自己親自辦。可見這番回家，也不叫做不幸！」喪葬已畢，家產都已賠完了，還少三百多兩銀子，地方官仍舊緊追。適逢知府因盜案的事降調去了。新任知府卻是平少保做巡撫時提拔的。到任後，知道蕭雲仙是少保的人，替他虛出了一個完清的結狀，叫他先到平少保那裏去，再想法來賠補。少保見了蕭雲仙，慰勞了一番，替他出了一角咨文，送部引見。兵部司官說道：「蕭采辦理城工一案，無例題補；應請仍于本千總班次，論俸推升守備。俟其得缺之日，帶領引見。」

蕭雲仙又候了五六個月，部裏才推升了他應天府江淮衛的守備，帶領引見。奉旨：「著往新任。」蕭雲仙領了劄付出京，走東路來南京。過了朱龍橋，到了廣武衛地方，晚間住在店裏，正是嚴冬時分。約有二更盡鼓，店家吆呼道：「客人們起來！木總爺來查夜！」眾人都披了衣服坐在舖上。只見四五個兵打著燈籠，照著那總爺進來，逐名查了。蕭雲仙看見那總爺原來就是木耐。

木耐見了蕭雲仙，喜出望外，叩請了安，忙將蕭雲仙請進衙署，住了一宿。

次日，蕭雲仙便要起行，木耐留住道：「老爺且寬住一日，這天色想是要下雪了，今日且到廣武山阮公祠遊玩遊玩，卑弁盡個地主之誼。」蕭雲仙應允了。木耐叫備兩匹馬，同蕭雲仙騎著，又叫一個兵，備了幾樣餚饌和一尊酒，一徑來到廣武山阮公祠內。道士接進去，請到後面樓上坐下。道士不敢來陪，隨接送上茶來。木耐隨手開了六扇窗格，正對著廣武山側面。看那山上，樹木凋敗，又被北風吹的凜凜冽冽的光景，天上便飄下雪花來。

蕭雲仙看了，向著木耐說道：「我兩人當日在青楓城的時候，這樣的雪，不知經過了多少，那時倒也不見得苦楚；如今見了這幾點雪，倒覺得寒冷的緊。」木耐道：「想起那兩位都督大老爺，此時貂裘向火，不知怎麼樣快活哩！」說著，吃完了酒。蕭雲仙起來閒步。樓右邊一個小閣子，牆上嵌著許多名人題詠，蕭雲仙都看完了。內中一首，題目寫著〈廣武山懷古〉，讀去卻是一首七言古風。蕭雲仙讀了又讀，讀過幾遍。不覺悽然淚下。木耐在旁，不解其意。蕭雲仙又看了後面一行寫著：「白門武書正字氏稿」。看罷，記在心裏。當下收拾回到衙署，又住了一夜。次日天晴，蕭雲仙辭別木耐要行。木耐親自送過大柳驛，方才回去。

蕭雲仙從浦口過江，進了京城，驗了箚付，到了任，查點了運丁，看驗了船隻，同前任的官交代清楚。那日，便問運丁道：「你們可曉的這裏有一個姓武，名書，號正字的，是個什麼人？」旗丁道：「小的卻不知道。老爺問他，卻為什麼？」蕭雲仙道：「我在廣武衛看見他的詩，急于要會他。」旗丁道：「既是做詩的人，小的向國子監一問便知了。」蕭雲仙道：「你快些去問。」旗丁次日來回覆道：「國子監問過來了。門上說，監裏有個武相公，叫做武書，是個上齋的監生，就在花牌樓住。」蕭雲仙道：「快叫人伺候，不打執事，我就去拜他。」

當下一直來到花牌樓，一個坐東朝西的門樓，投進帖去。武書出來會了。蕭雲仙道：「小弟是一個武夫，新到貴處，仰慕賢人君子。前日在廣武山壁上，奉讀老先生懷古佳作，所以特來拜謁。」武書道：「小弟那詩，也是一時有感之作，不想有污尊目。」當下捧出茶來吃了。武書道：

「老先生自廣武而來，想必自京師部選的了？」蕭雲仙道：「不瞞老先生，說起來話長。小弟自從青楓城出征之後，因修理城工多用了帑項，方才賠償清了，照千總推升的例，選在這江淮衛。卻喜得會見老先生，凡事要求指教，改日還有事奉商。」武書道：「當得領教。」蕭雲仙說罷，起身去了。

武書送出大門，看見監裏齋夫飛跑了來，說道：「大堂虞老爺立候相公說話。」武書走去見虞博士。虞博士道：「年兄，令堂旌表的事，部裏為報在後面，駁了三回，如今才准了。牌坊銀子在司裏，年兄可作速領去。」武書謝了出來。次日，帶了帖子去回拜蕭守備，蕭雲仙迎入川堂，作揖奉坐。武書道：「昨日枉駕後，多慢！拙作過蒙稱許，心切不安。還有些拙刻帶在這邊，還求指教。」因在袖內拿出一卷詩來。蕭雲仙接著，看了數首，贊嘆不已。隨請到書房裏坐了，擺上飯來。吃過，蕭雲仙拿出一個卷子遞與武書，道：「這是小弟半生事跡，專求老先生大筆，或作一篇文，或作幾首詩，以垂不朽。」武書接過來，放在桌上，打開看時，前面寫著「西征小紀」四個字。中間三幅圖：第一幅是「椅兒山破敵」，第二幅是「青楓取城」，第三幅是「春郊勸農」。每幅下面都有逐細的紀略。

武書看完了，嘆惜道：「飛將軍數奇，古今來大概如此！老先生這樣功勞，至今還屈在卑位！這做詩的事，小弟自是領教。但老先生這一番汗馬的功勞，限于資格，料是不能載入史冊的了，須得幾位大手筆，撰述一番，各家文集裏傳留下去，也不埋沒了這半生忠悃。」蕭雲仙道：「這個也不敢當。但得老先生大筆，小弟也可藉以不朽了。」武書道：「這個不然。卷子我且帶了回去，這邊有幾位大名，素昔最喜讚揚忠孝的，若是見了老先生這一番事業，料想樂于題詠的。容小弟將此卷傳了去看看。」蕭雲仙道：「老先生的相知何不竟指小弟先去拜謁？」武書道：「這也使得。」蕭雲仙拿了一張紅帖子要武書開名字去拜。武書便開出：虞博士果行、遲均衡山、莊徵君紹光、杜儀少卿，俱寫了住處，遞與蕭雲仙，帶了卷子，告辭去了。

蕭雲仙次日拜了各位，各位都回拜了。隨奉糧道文書，押運赴淮。蕭雲仙上船，到了揚州，在鈔關上擠馬頭。正擠的熱鬧，只見後面擠上一隻船來，船頭上站著一個人，叫道：「蕭老先生！怎麼在這裏？」蕭雲仙回頭一看，說道，「呵呀！原來是沈先生！你幾時回來的？」忙叫攏了船。那沈先生跳上船來。蕭雲仙道：「向在青楓城一別，至今數年。是幾時回南來的？」沈先生道：「自蒙先生青目，教了兩年書，積下些修金，回到家鄉，將小女許嫁揚州宋府上，此時送他上門去。」蕭雲仙道：「令愛恭喜，少賀。」因叫跟隨的人封了一兩銀子，送過來做賀禮，說道：「我今番押運北上，不敢停泊；將來回到敝署，再請先生相會罷。」作別開船去了。

這先生領著他女兒瓊枝，岸上叫了一乘小轎子擡著女兒，自己押了行李，到了缺口門，落在大豐旗下店裏。那裏夥計接著，通報了宋鹽商。那鹽商宋為富打發家人來吩咐道：「老爺叫把新娘就擡到府裏去。沈老爺留在下店裏住著，叫帳房置酒款待。」沈先生聽了這話，向女兒瓊枝道：「我們只說到了這裏，權且住下，等他擇吉過門，怎麼這等大模大樣？看來這等光景竟不是把你當作正室了。這頭親事，還是就得就不得？女兒，你也須自己主張。」沈瓊枝道：「爹爹，你請放心。我家又不曾寫立文書，得他身價，為什麼肯去伏低做小！他既如此排場，爹爹若是和他吵鬧起來，倒反被外人議論。我而今一乘轎子，擡到他家裏去，看他怎模樣看待我。」

沈先生只得依著女兒的言語，看著他裝飾起來。頭上戴了冠子，身上穿了大紅外蓋，拜辭了父親，上了轎。那家人跟著轎子，一直來到河下，進了大門。幾個小老媽抱著小官在大牆門口同看門的管家說笑話，看見轎子進來，問道：「可是沈新娘來了？請下了轎，走水巷裏進去。」沈瓊枝聽見，也不言語，下了轎，一直走到大廳上坐下，說道：「請你家老爺出來！我常州姓沈的，不是什麼低三下四的人家！他既要娶我，怎的不張燈結綵，擇吉過門？把我悄悄的擡了來，當做娶妾的一般光景？我且不問他要別的，只叫他把我父親親筆寫的婚書拿出來與我看，我就沒的說了！」老媽同家人都嚇了一跳，甚覺詫異，慌忙走到後邊報與老爺知道。

那宋為富正在藥房裏看著藥匠弄人參，聽了這一篇話，紅著臉道：「我們總商人家，一年至少也娶七八個妾，都像這般淘氣起來，這日子還過得！他走了來，不怕他飛到那裏去！」躊躇一會，叫過一個丫鬟來，吩咐道：「你去前面向那新娘說：『老爺今日不在，新娘權且進房去。有什麼話，等老爺來家再說。』」丫鬟來說了，沈瓊枝心裏想著：「坐在這裏也不是事，不如且隨他進去。」便跟著丫頭走到廳背後左邊，一個小圭門裏進去，三間楠木廳，一個大院落，堆滿了太湖石的山子。沿著那山石走到左邊一條小巷，串入一個花園內。竹樹交加，亭臺軒敞，一個極寬的金魚池，池子旁邊，都是硃紅欄杆，夾著一帶走廊。走到廊盡頭處，一個小小月洞，四扇金漆門。走將進去，便是三間屋，一間做房，鋪設的齊齊整整，獨自一個院落。媽子送了茶來。沈瓊枝吃著，心裏暗說道：「這樣極幽的所在，料想彼人也不會賞鑒，且讓我在此消遣幾天！」那丫鬟回去回覆宋為富道：「新娘人物倒生得標致，只是樣子覺得憊賴，不是個好惹的。」

過了一宿，宋為富叫管家到下店裏，吩咐帳房中兌出五百兩銀子送與沈老爺，叫他且回府，著姑娘在這裏，想沒的話說。沈先生聽了這話，說道：「不好了！他分明拿我女兒做妾，這還了得！」一徑走到江都縣喊了一狀。那知縣看了呈子說道：「沈大年既是常州貢生，也是衣冠中人物，怎麼肯把女兒與人做妾？鹽商豪橫一至于此！」將呈詞收了。宋家曉得這事，慌忙叫小司客具了一個訴呈，打通了關節。次日，呈子批出來，批道：

「沈大年既係將女瓊枝許配宋為富為正室，何至自行私送上門，顯係做妾可知。架詞混瀆，不准。」

那訴呈上批道：

「已批示沈大年詞內矣。」

沈大年又補了一張呈子。知縣大怒，說他是個刁健訟棍，一張批，兩個差人，押解他回常州去了。

沈瓊枝在宋家過了幾天，不見消息，想道：「彼人一定是安排了我父親，再來和我歪纏。不如走離了他家，再作道理。」將他那房裏所有動用的金銀器皿、真珠首飾，打了一個包袱，穿了七條裙子，扮做小老媽的模樣，買通了那丫鬟，五更時分，從後門走了，清晨出了鈔關門上船。那船是有家眷的。沈瓊枝上了船，自心裏想道：「我若回常州父母家去，恐惹故鄉人家恥笑。」細想：「南京是個好地方，有多少名人在那裏。我又會做兩句詩，何不到南京去賣詩過日子？或者遇著些緣法出來也不可知。」立定主意，到儀徵換了江船，一直往南京來。只因這一番，有分教：賣詩女士，反為逋逃之流；科舉儒生，且作風流之客，畢竟後事如何，且聽下回分解。

第四十一回 莊濯江話舊秦淮河 沈瓊枝押解江都縣

話說南京城裏，每年四月半後，秦淮景致漸漸好了。那外江的船，都下掉了樓子，換上涼篷，撐了進來。船艙中間，放一張小方金漆桌子，桌上擺著宜興沙壺，極細的成窰、宣窰的杯子，烹的上好的雨水毛尖茶。那遊船的備了酒和餚饌及果碟到這河裏來遊，就是走路的人也買幾個錢的毛尖茶，在船上煨了吃，慢慢而行。到天色晚了，每船兩盞明角燈，一來一往，映著河裏，上下明亮。自文德橋至利涉橋、東水關，夜夜笙歌不絕。又有那些遊人買了水老鼠花在河內放。那水花直站在河裏，放出來，就和一樹梨花一般，每夜直到四更時才歇。國子監的武書是四月盡間生辰，他家中窮，請不起客；杜少卿備了一席果碟，沽幾斤酒，叫了一隻小涼篷船，和武書在河裏遊遊。清早請了武書來，在河房裏吃了飯，開了水門，同下了船。杜少卿道：「正字兄，我和你先到冷淡處走走。」叫船家一路蕩到進香河，又蕩了回來，慢慢吃酒。吃到下午時候，兩人都微微醉了。蕩到利涉橋，上岸走走，見馬頭上貼著一個招牌，上寫道：

「毗陵女士沈瓊枝，精工顧繡，寫扇作詩。寓王府塘手帕巷內。賜顧者幸認毗陵沈招牌便是。」

武書看了，大笑道：「杜先生，你看南京城裏偏有許多奇事，這些地方都是開私門的女人住，這女人眼見的也是私門了，卻掛起一個招牌來，豈不可笑！」杜少卿道：「這樣的事，我們管他怎的？且到船上去煨茶吃。」便同下了船，不吃酒了，煨起上好的茶來，二人吃著閒談。過了一回，回頭看見一輪明月升上來，照得滿船雪亮，船就一直蕩上去。到了月牙池，見許多遊船在那裏放花炮，內有一隻大船，掛著四盞明角燈，鋪著涼簟子，在船上中間擺了一席。上面坐著兩個客，下面主位上坐著一位，頭戴方巾，身穿白紗直裰，腳下涼鞋，黃瘦面龐，清清疏疏，三綹白鬚；橫頭坐著一個少年，白淨面皮，微微幾根鬍子，眼張失落，在船上兩邊看女人。

這小船走近大船眼前，杜少卿同武書認得那兩個客：一個是盧信侯，一個是莊紹光，卻認不得那兩個人。莊紹光看見二人，立起身來道：「少卿兄，你請過來坐。」杜少卿同武書上了大船。主人和二位見禮，便問：「尊姓？」莊紹光道：「此位是天長杜少卿兄。此位是武正字兄。」那主人道：「天長杜先生，當初有一位做贛州太守的，可是貴本家？」杜少卿驚道：「這便是先君。」那主人道：「我四十年前與尊大人終日相聚。敘祖親，尊翁還是我的表兄。」杜少卿道：「莫不是莊濯江表叔麼？」那主人道：「豈敢，我便是。」杜少卿道：「小姪當年年幼，不曾會過。今幸會見表叔，失敬了。」從新同莊濯江敘了禮。

武書問莊紹光道：「這位老先生可是老先生貴族？」莊徵君笑道：「這還是舍姪，卻是先君受業的弟子。我也和他相別了四十年。近日才從淮揚來。」武書又問：「此位？」莊濯江道：「這便是小兒。」也過來見了禮，齊坐下。莊濯江叫從新拿上新鮮酒來，奉與諸位吃。莊濯江就問：「少卿兄幾時來的？寓在那裏？」莊紹光道：「他已經在南京住了八九年了。尊居現在這河房裏。」莊濯江驚道：「尊府大家，園亭花木，甲于江北，為什麼肯搬在這裏？」莊紹光便把少卿豪舉，而今黃金已隨手而盡，略說了幾句。

莊濯江不勝嘆息，說道：「還記得十七八年前，我在湖廣，烏衣韋四先生寄了一封書子與我，說他酒量越發大了，二十年來，竟不得一回慟醉，只有在天長賜書樓吃了一罈九年的陳酒，醉了一夜，心裏快暢的緊，所以三千里外寄信告訴我。我彼時不知府上是那一位做主人，今日說起來，想必是少卿兄無疑了。」武書道：「除了他，誰人肯做這一個雅東？」杜少卿道：「韋老伯也是表叔相好的？」莊濯江道：「這是我髫年的相與了。尊大人少時，無人不敬仰是當代第一位賢公子。我至今想起，形容笑貌還如在目前。」

盧信侯又同武書談到泰伯祠大祭的事。莊濯江拍膝嗟嘆道：「這樣盛典，可惜來遲了，不得躬逢其盛。我將來也要怎的尋一件大事，屈諸位先生大家會一會，我就有趣了！」當下四五人談心話舊，一直飲到半夜。在杜少卿河房前觀那河裏燈人闌珊，笙歌漸歇，耳邊忽聽得玉簫一聲。眾人道：「我們各自分手罷。」武書也上了岸去。

莊濯江雖年老，事莊紹光極是有禮。當下杜少卿在河房前過，上去回家。莊濯江在船上，一路送莊紹光到北門橋，還自己同上岸，家人打燈籠，同盧信侯送到莊紹光家，方才回去。莊紹光留盧信侯住了一夜，次日，依舊同往湖園去了。莊濯江次日寫了「莊潔率子非熊」的帖子，來拜杜少卿。杜少卿到蓮花橋來回拜，留著談了一日。

杜少卿又在後湖會著莊紹光。莊紹光道：「我這舍姪，亦非等閒之人，他四十年前，在泗州同人合本開典當。那合本的人窮了。他就把他自己經營的兩萬金和典當拱手讓了那人，自己一肩行李，跨一個疲驢，出了泗州城。這十數年來，往來楚越，轉徙經營，又自致數萬金，才置了產業，南京來住。平日極是好友敦倫。替他尊人治喪，不曾要同胞兄弟出過一個錢，俱是他一人獨任。多少老朋友死了無所歸的，他就殯葬他。又極遵先君當年的教訓，最是敬重文人，流連古蹟。現今拿著三四千銀子在雞鳴山修曹武惠王廟。等他修成了，少卿也約衡山兄來替他做一個大祭。」杜少卿聽了，心裏歡喜。說罷，辭別去了。

轉眼長夏已過，又是新秋，清風戒寒。那秦淮河另是一番景致。滿城的人都叫了船，請了大和尚在船上懸掛佛像，鋪設經壇，從西水關起，一路施食到進香河。十里之內，降真香燒的有如煙霧溟濛。那鼓鈸梵唄之聲不絕于耳。到晚，做的極精緻的蓮花燈，點起來浮在水面上。又有極大的法船，照依佛家中元地獄赦罪之說，超度這些孤魂升天。把一個南京秦淮河，變做西域天竺國。到七月二十九日，清涼山地藏勝會。人都說地藏菩薩一年到頭都把眼閉著，只有這一夜才睜開眼。若見滿城都擺的香花燈燭，他就只當是一年到頭都是如此，就歡喜這些人好善，就肯保佑人。所以這一夜，南京人各家門戶都搭起兩張桌子來，兩枝通宵風燭，一座香斗，從大中橋到清涼山，一條街有七八里路，點得像一條銀龍，一夜的亮，香煙不絕，大風也吹不熄。傾城士女都出來燒香看會。

沈瓊枝住在王府塘房子裏，也同房主人娘子去燒香回來。沈瓊枝自從來到南京，掛了招牌，也有來求詩的，也有來買斗方的，也有來託刺繡的。那些好事的惡少，都一傳兩，兩傳三的來物色，非止一日。這一日燒香回來，人見他是下路打扮，跟了他後面走的就有百十人。

莊非熊卻也順路跟在後面，看見他走到王府塘那邊去了。莊非熊心裏有些疑惑。次日，來到杜少卿家，說：「這沈瓊枝在王府塘，有惡少們去說混話，他就要怒罵起來。此人來路甚奇，少卿兄何不去看看？」杜少卿道：「我也聽見這話，此時多失意之人，安知其不因避難而來此地？我正要去問他。」當下便留莊非熊在河房看新月。又請了兩個客來：一個是遲衡山，一個是武書。莊非熊見了，說些閒話，又講起王府塘沈瓊枝賣詩文的事。

杜少卿道：「無論他是怎樣，果真能做詩文，這也就難得了。」遲衡山道：「南京城裏是何等地方！四方的名士還數不清，還那個去求婦女們的詩文？這個明明借此勾引人。他能做不能做，不必管他。」武書道：「這個卻奇。一個少年婦女，獨自在外，又無同伴，靠賣詩文過日子，恐怕世上斷無此理。只恐其中有什麼情由。他既然會做詩，我們便邀了他來做做看。」說著，吃了晚飯。那新月已從河底下斜掛一鈎，漸漸的照過橋來。杜少卿道：「正字兄，方才所說，今日已遲了，明日在舍間早飯後，同去走走。」武書應諾，同遲衡山、莊非熊都別去了。

次日，武正字來到杜少卿家。早飯後，同到王府塘來。只見前面一間低矮房屋，門首圍著一二十人在那裏吵鬧。杜少卿同武書上前一看，裏邊便是一個十八九歲婦人，梳著下路綹鬏，穿著一件寶藍紗大領披風，在裏面支支喳喳的嚷。杜少卿同武書聽了一聽，才曉得是人來買繡香囊，地方上幾個喇子想來拿囮頭，卻無實跡，倒被他罵了一場。兩人聽得明白，方才進去。那些人看見兩位進去，也就漸漸散了。沈瓊枝看見兩人氣概不同，連忙接著，拜了萬福。坐定，彼此談了幾句閒話。

武書道：「這杜少卿先生是此間詩壇祭酒，昨日因有人說起佳作可觀，所以來請教。」沈瓊枝道：「我在南京半年多，凡到我這裏來的，不是把我當作倚門之娼，就是疑我為江湖之盜。兩樣人皆不足與言。今見二位先生，既無狎玩我的意思，又無疑猜我的心腸。我平日聽見家父說：『南京名士甚多，只有杜少卿先生是個豪傑。』這句話不錯了。但不知先生是客居在此？還是和夫人也同在南京？」杜少卿道：「拙荊也同寄居在河房內。」沈瓊枝道：「既如此。我就到府拜謁夫人，好將心事細說。」杜少卿應諾，同武書先別了出來。

武書對杜少卿說道：「我看這個女人實有些奇。若說他是個邪貨，他卻不帶淫氣；若是說他是人家遣出來的婢妾，他卻又不帶賤氣。看他雖是個女流，倒有許多豪俠的光景。他那般輕倩的裝飾，雖則覺得柔媚，只一雙手指卻像講究勾、搬、沖的。論此時的風氣，也未必有車中女子同那紅線一流人。卻怕是負氣鬥狠，逃了出來的。等他來時，盤問盤問他，看我的眼力如何。」

說著，已回到杜少卿家門首，看見姚奶奶背著花籠兒來賣花。杜少卿道：「姚奶奶，你來的正好。我家今日有個希奇的客到，你就在這裏看看。」讓武正字到河房裏坐著，同姚奶奶進去，和娘子說了。少刻，沈瓊枝坐了轎子，到門首下了進來，杜少卿迎進內室，娘子接著，見過禮，坐下奉茶。沈瓊枝上首，杜娘子主位，姚奶奶在下面陪著，杜少卿坐在窗槅前。彼此敘了寒暄，杜娘子問道：「沈姑娘，看你如此青年，獨自一個在客邊，可有個同伴的？家裏可還有尊人在堂？可曾許字過人家？」沈瓊枝道：「家父歷年在外坐館，先母已經去世。我自小學了些手工針黹，因來到這南京大邦去處，借此糊口。適承杜先生相顧，相約到府，又承夫人一見如故，真是天涯知己了。」姚奶奶道：「沈姑娘出奇的針黹！昨日我在對門葛來官家，看見他相公娘買了一幅繡的『觀音送子』，說是買的姑娘的，真個畫兒也沒有畫的好！」沈瓊枝道：「胡亂做做罷了，見笑的緊。」

須臾，姚奶奶走出房門外去。沈瓊枝在杜娘子面前雙膝跪下。娘子大驚，扶了起來。沈瓊枝便把鹽商騙他做妾，他拐了東西逃走的話，說了一遍：「而今只怕他不能忘情，還要追踪而來。夫人可能救我？」杜少卿道：「鹽商富貴奢華，多少士大夫見了就銷魂奪魄；你一個弱女子，視如土芥，這就可敬的極了！但他必要追踪，你這禍事不遠。卻也無甚人害。」

正說著，小廝進來請少卿：「武爺有話要說。」杜少卿走到河房裏，只見兩個人垂著手，站在槅子門口，像是兩個差人。少卿嚇了一跳，問道：「你們是那裏來的？怎麼直到這裏邊來？」武書接應道：「是我叫進來的。奇怪！如今縣裏據著江都縣緝捕的文書在這裏拿人，說他是宋鹽商家逃出來的一個妾。我的眼色如何？」少卿道：「此刻卻在我家。我家與他拿了去，就像是我家指使的；傳到揚州去，又像我家藏留他。他逃走不逃走都不要緊，這個倒有些不妥帖。」武正字道：「小弟先叫差人進來，正為此事。此刻少卿兄莫若先賞差人些微銀子，叫他仍舊到王府塘去，等他自己回去，再做道理拿他。」

少卿依著武書，賞了差人四錢銀子。差人不敢違拗，去了。少卿復身進去，將這一番話向沈瓊枝說了。娘子同姚奶奶倒吃了一驚。沈瓊枝起身道：「這個不妨。差人在那裏？我便同他一路去。」少卿道：「差人我已叫他去了，你且用了便飯。武先生還有一首詩奉贈，等他寫完。」當下叫娘子和姚奶奶陪著吃了飯，自己走到河房裏檢了自己刻的一本詩集，等著武正字寫完了詩，又稱了四兩銀子，封做程儀，叫小廝交與娘子，送與沈瓊枝收了。

沈瓊枝告辭出門，上了轎，一直回到手帕巷。那兩個差人已在門口，攔住說道：「還是原轎子擡了走，還是下來同我們走？進去是不必的了。」沈瓊枝道：「你們是都堂衙門的？是巡按衙門的？我又不犯法，又不打欽案的官司，那裏有個攔門不許進去的理！你們這般大驚小怪，只好嚇那鄉裏人！」說著，下了轎，慢慢的走了進去。兩個差人倒有些讓他。沈瓊枝把詩同銀子收在一個首飾匣子裏，出來叫：「轎夫，你擡我到縣裏去。」轎夫正要添錢，差人忙說道：「千差萬差，來人不差，我們清早起，就在杜相公家伺候了半日，留你臉面，等你轎子回來。你就是女人，難道是茶也不吃的！」沈瓊枝見差人想錢，也只不理，添了二十四個轎錢，一直就擡到縣裏來。

差人沒奈何，走到宅門上面稟道：「拿的那個沈氏到了。」知縣聽說，便叫帶到三堂回話。帶了進來，知縣看他容貌不差，問道：「既是女流，為什麼不守閨範，私自逃出，又偷竊了宋家的銀兩，潛踪在本縣地方做什麼？」沈瓊枝道：「宋為富強占良人為妾，我父親和他涉了訟，他買囑知縣，將我父親斷輸了，這是我不共戴天之仇。況且我雖然不才，也頗知文墨，怎麼肯把一個張耳之妻去事外黃傭奴？故此逃了出來。這是真的。」知縣道：「你這些事，自有江都縣問你，我也不管。你既會文墨，可能當面做詩一首？」沈瓊枝道：「請隨意命一個題。原可以求教的。」

知縣指著堂下的槐樹，說道：「就以此為題。」沈瓊枝不慌不忙，吟出一首七言八句來，又快又好。知縣看了賞鑒，隨叫兩個原差到他下處取了行李來，當堂查點。翻到他頭面盒子裏，一包碎散銀子，一個封袋上寫著「程儀」，一本書，一個詩卷。知縣看了，知道他也和本地名士倡和。簽了一張批，備了一角關文，吩咐原差道：「你們押送沈瓊枝到江都縣，一路須要小心，不許多事，領了回批來繳。」那知縣與江都縣同年相好，就密密的寫了一封書子，裝入關文內，託他開釋此女，斷還伊父，另行擇婿。此是後事不題。

當下沈瓊枝同兩個差人出了縣門，雇轎子擡到漢西門外，上了儀徵的船。差人的行李放在船頭上鎖伏板下安歇。沈瓊枝搭在中艙。正坐下，涼篷小船上又蕩了兩個堂客來搭船，一同進到官艙。沈瓊枝看那兩個婦人時，一個二十六七的光景，一個十七八歲，喬素打扮，做張做致的。跟著一個漢子，酒糟的一副面孔，一頂破氈帽坎齊眉毛，挑過一擔行李來，也送到中艙裏。兩婦人同沈瓊枝一塊兒坐下，問道：「姑娘是到那裏去的？」沈瓊枝道：「我是揚州，和二位想也同路。」中年的婦人道：「我們不到揚州，儀徵就上岸了。」

過了一會，船家來稱船錢。兩個差人啐了一口，拿出批來道：「你看！這是什麼東西！我們辦公事的人，不問你要貼錢就夠了，還來問我們要錢！」船家不敢言語，向別人稱完了，開船到了燕子磯。一夜西南風，清早到了黃泥灘。差人問沈瓊枝要錢，沈瓊枝道：「我昨日聽得明白，你們辦公事不用船錢的。」差人道：「沈姑娘，你也太拿老了！叫我們管山吃山，管水吃水，都像你這一毛不拔，我們喝西北風！」沈瓊枝聽了說道：「我便不給你錢，你敢怎麼樣！」走出船艙，跳上岸去，兩隻小腳就是飛的一般，竟要自己走了去。兩個差人慌忙搬了行李，趕著扯他，被他一個四門斗裏打了一個仰八叉。扒起來，同那個差人吵成一片。吵的船家同那戴破氈帽的漢子做好做歹，雇了一乘轎子，兩個差人跟著去了。

那漢子帶著兩個婦人，過了頭道閘，一直到豐家巷來。覿面迎著王義安，叫道：「細姑娘同順姑娘來了，李老四也親自送了來。南京水西門近來生意如何？」李老四道：「近來被淮清橋那些開『三嘴行』的擠壞了，所以來投奔老爹。」王義安道：「這樣甚好，我這裏正少兩個姑娘。」當下帶著兩個婊子，回到家裏。一進門來，上面三間草房，都用蘆席隔著，後面就是廚房。廚房裏一個人在那裏洗手，看見這兩個婊子進來，歡喜的要不的。只因這一番，有分教：煙花窟裏，惟憑行勢誇官；筆墨叢中，偏去眠花醉柳。畢竟後事如何，且聽下回分解。

第四十二回　公子妓院說科場　家人苗疆報信息

話說兩個婊子才進房門，王義安向洗手的那個人道：「六老爺，你請過來，看看這兩位新姑娘。」兩個婊子擡頭看那人時，頭戴一頂破頭巾，身穿一件油透的元色綢直裰，腳底下穿了一雙舊尖頭靴，一副大黑麻臉，兩隻的溜骨碌的眼睛。洗起手來，自己把兩個袖子只管往上勒。又不像文，又不像武。

那六老爺從廚房裏走出來，兩個婊子上前叫聲：「六老爺！」歪著頭，扭著屁股，一隻手扯著衣服衿，在六老爺跟前行個禮。那六老爺雙手拉著道：「好！我的乖乖姐姐！你一到這裏就認得湯六老爺，就是你的造化了！」王義安道：「六老爺說的是。姑娘們到這裏，全靠六老爺照顧。請六老爺坐。拿茶來敬六老爺。」湯六老爺坐在一張板凳上，把兩個姑娘拉著，一邊一個，同在板凳上坐著。自己扯開褲腳子，拿出那一雙黑油油的肥腿來搭在細姑娘腿上，把細姑娘雪白的手拿過來摸他的黑腿。吃過了茶，拿出一袋子檳榔來，放在嘴裏亂嚼。嚼的滓滓渣渣，淌出來，滿鬍子，滿嘴唇，左邊一擦，右邊一偎，都偎擦在兩個姑娘的臉巴子上。姑娘們拿出汗巾子來揩，他又奪過去擦夾肢窩。

王義安才接過茶杯，站著問道：「大老爺這些時邊上可有信來？」湯六老爺道：「怎麼沒有？前日還打發人來，在南京做了二十首大紅緞子繡龍的旗，一首大黃緞子的坐纛。說是這一個月就要進京。到九月霜降祭旗，萬歲爺做大將軍，我家大老爺做副將軍。兩人並排在一個氈條上站著磕頭。磕過了頭，就做總督。」正說著，撈毛的叫了王義安出去，悄悄說了一會話。王義安進來道：「六老爺在上，方才有個外京客要來會會細姑娘，看見六老爺在這裏，不敢進來。」六老爺道：「這何妨？請他進來不是，我就同他吃酒。」當下王義安領了那人進來，一個少年生意人。那嫖客進來坐下，王義安就叫他稱出幾錢銀子來，買了一盤子驢肉，一盤子煎魚，十來篩酒。

因湯六老爺是教門人，買了二三十個雞蛋，煮了出來。點上一個燈掛。六老爺首席，那嫖客對坐。六老爺叫細姑娘同那嫖客一板凳坐，細姑娘撒嬌撒癡定要同六老爺坐。四人坐定，斟上酒來，六老爺要猜拳，輸家吃酒贏家唱。六老爺贏了一拳，自己啞著喉嚨唱了一個「寄生草」，便是細姑娘和那嫖客猜。細姑娘贏了。六老爺叫斟上酒，聽細姑娘唱。細姑娘別轉臉笑，不肯唱。六老爺拿筷子在桌上催著敲，細姑娘只是笑，不肯唱。

六老爺道：「我這臉是簾子做的，要捲上去就捲上去，要放下來就放下來！我要細姑娘唱一個，偏要你唱！」王義安又走進來幫著催促，細姑娘只得唱了幾句。唱完，王義安道：「王老爺來了。」那巡街的王把總進來，見是湯六老爺，才不言語。婊子磕了頭，一同入席吃酒，又添了五六篩。直到四更時分，大老爺府裏小狗子拿著「都督府」的燈籠，說：「府裏請六爺。」六老爺同王老爺方才去了。嫖客進了房，端水的來要水錢，撈毛的來要花錢。又鬧了一會，婊子又通頭、洗臉、刷屁股。比及上床，已雞叫了。

次日，六老爺絕早來說，要在這裏擺酒，替兩位公子餞行，往南京恭喜去。王義安聽見湯大老爺府裏兩位公子來，喜從天降。忙問：「六老爺，是即刻就來，是晚上才來？」六老爺在腰裏摸出一封低銀子，稱稱五錢六分重，遞與王義安，叫去備一個七盤兩點的席，「若是辦不來，再到我這裏找。」王義安道：「不敢！不敢！只要六老爺別的事上多挑他姐兒們幾回就是了。這一席酒，我們效六老爺的勞。何況又是請府裏大爺、二爺的。」六老爺道：「我的乖乖，這就是在行的話了。只要你這姐兒們有福，若和大爺、二爺相厚起來，他府裏差什麼？——黃的是金，白的是銀，圓的是珍珠，放光的是寶！我們大爺、二爺，你只要找得著性情，就是撈毛的，燒火的，他也大把的銀子撾出來賞你們！」李四在旁聽了，也著實高興。吩咐已畢，六老爺去了。這裏七手八腳整治酒席。

到下午時分，六老爺同大爺、二爺來。頭戴恩蔭巾，一個穿大紅灑線直裰，一個穿藕合灑線直裰，腳下粉底皂靴，帶著四個小廝，大青天白日，提著兩對燈籠：一對上寫著「都督府」，一對寫著「南京鄉試」。大爺、二爺進來，上面坐下。兩個婊子雙雙磕了頭。六老爺站在旁邊。大爺道：「六哥，現成板凳，你坐著不是。」六老爺道：「正是。要稟過大爺、二爺：兩個姑娘要賞他一個坐？」二爺道：「怎麼不坐？叫他坐了。」兩個婊子，輕輕試試，扭頭折頸，坐在一條板凳上，拿汗巾子掩著嘴笑。

大爺問：「兩個姑娘今年尊庚？」六老爺代答道：「一位十七歲，一位十九歲。」王義安捧上茶來，兩個婊子親手接了兩杯茶，拿汗巾揩幹了杯子上一轉的水漬，走上去，奉與大爺、二爺。大爺、二爺接茶在手，吃著。六老爺問道：「大爺、二爺幾時恭喜起身？」大爺道：「只在明日就要走。現今主考已是將到京了，我們怎還不去？」六老爺和大爺說著話，二爺趁空把細姑娘拉在一條板凳上坐著，同他捏手捏腳，親熱了一回。

少刻就排上酒來。叫的教門廚子，備的教門席，都是些燕窩、鴨子、雞、魚。六老爺自己捧著酒奉大爺、二爺上坐，六老爺下陪，兩個婊子打橫。那菜一碗一碗的捧上來。六老爺逼手逼腳的坐在底下吃了一會酒。六老爺問道：「大爺、二爺這一到京，就要進場了？初八日五更鼓先點太平府，點到我們揚州府怕不要晚？」大爺道：「那裏就點太平府！貢院前先放三個炮，把柵欄子開了；又放三個炮，把大門開了；又放三個炮，把龍門開了：共放九個大炮。」二爺道：「他這個炮還沒有我們老人家轅門的炮大。」大爺道：「略小些，也差不多。放過了炮，至公堂上擺出香案來，應天府尹大人戴著襆頭，穿著蟒袍，行過了禮，立起身來，把兩把遮陽遮著臉。布政司書辦跪請三界伏魔大帝關聖帝君進場來鎮壓，請周將軍進場來巡場。放開遮陽，大人又行過了禮。布政司書辦跪請七曲文昌開化梓潼帝君進場來主試，請魁星老爺進場來放光。」

六老爺嚇的吐舌道：「原來要請這些神道菩薩進來！可見是件大事！」順姑娘道：「他裏頭有這些菩薩坐著，虧大爺、二爺好大膽還敢進去！若是我們，就殺了也不敢進去！」六老爺正色道：「我們大爺、二爺也是天上的文曲星，怎比得你姑娘們！」大爺道：「請過了文昌，大人朝上又打三恭，書辦就跪請各舉子的功德父母。」六老爺道：「怎的叫做功德父母？」二爺道：「功德父母，是人家中過進士做過官的祖宗，方才請了進來；若是那考老了的秀才和那百姓，請他進來做什麼呢？」大爺道：「每號門前還有一首紅旗，底下還有一首黑旗。那紅旗底下是給下場人的恩鬼墩著；黑旗底下是給下場人的怨鬼墩著。到這時候，大人上了公座坐了。書辦點道：『恩鬼進，怨鬼進。』兩邊齊燒紙錢。只見一陣陰風，颯颯的響，滾了進來，跟著燒的紙錢滾到紅旗、黑旗底下去了。」順姑娘道：「阿彌陀佛！可見人要做好人，到這時候就見出分曉來了！」六老爺道：「像我們大老爺在邊上積了多少功德，活了多少人命，那恩鬼也不知是多少哩！一枝紅旗，那裏墩得下？」大爺道：「幸虧六哥不進場，若是六哥要進場，生生的就要給怨鬼拉了去！」

六老爺道：「這是怎的？」大爺道：「像前科我宜興嚴世兄，是個飽學秀才，在場裏做完七篇文章，高聲朗誦，忽然一陣微微的風，把蠟燭頭吹的亂搖，掀開簾子伸進一個頭來。嚴世兄定睛一看，就是他相與的一個婊子。嚴世兄道：『你已經死了，怎麼來在這裏？』那婊子望著他嘻嘻的笑。嚴世兄急了，把號板一拍，那硯臺就翻過來，連黑墨都倒在卷子上，把卷子黑了一大塊，婊子就不見了。嚴世兄嘆息道：『也是我命該如此！』可憐下著大雨，就交了卷，冒著雨出來，在下處害了三天病。我去看他，他告訴我如此。我說：『你當初不知怎樣作踐了這人，他所以來尋你。』六哥，你生平作踐了多少人？你說這大場進得進不得？」兩個姑娘拍手笑道：「六老爺好作踐的是我們，他若進場，我兩個人就是他的怨鬼！」吃了一會，六老爺啞著喉嚨唱了一個小曲；大爺、二爺拍著腿也唱了一個；婊子唱是不消說。鬧到三更鼓，打著燈籠回去了。

次日，叫了一隻大船上南京。六老爺也送上船，回去了。大爺、二爺在船上閒談著進場的熱鬧處。二爺道：「今年該是個什麼表題？」大爺道：「我猜沒有別的，去年老人家在貴州征服了一洞苗子，一定是這個表題。」二爺道：「這表題要在貴州出。」大爺道：「如此，只得求賢、免錢糧兩個題，其餘沒有了。」一路說著，就到了南京。管家尤鬍子接著，把行李搬到釣魚巷住下。大爺、二爺走進了門，轉過二層廳後，一個旁門進去，卻是三間倒坐的河廳，收拾的倒也清爽。兩人坐定，看見河對面一帶河房，也有硃紅的欄杆，也有綠油的窗槅，也有斑竹的簾子，裏面都下著各處的秀才，在那裏哼哼唧唧的念文章。

大爺、二爺才住下，便催著尤鬍子去買兩頂新方巾；考籃、銅銚、號頂、門簾、火爐、燭臺、燭剪、卷袋，每樣兩件；趕著到鷲峰寺寫卷頭、交卷；又料理場食：月餅、蜜橙糕、蓮米、圓眼肉、人參、炒米、醬瓜、生薑、板鴨。大爺又和二爺說：「把貴州帶來的『阿魏』帶些進去，恐怕在裏頭寫錯了字著急。」足足料理了一天，才得停妥。大爺、二爺又自己細細一件件的查點，說道：「功名事大，不可草草！」

到初八早上，把這兩頂舊頭巾叫兩個小子戴在頭上，抱著籃子到貢院前伺候。一路打從淮清橋過，那趕搶攤的擺著紅紅綠綠的封面，都是蕭金鉉、諸葛天申、季恬逸、匡超人、馬純上、蘧駪夫選的時文。一直等到晚，儀徵學的秀才點完了，才點他們。進了頭門，那兩個小廝到底不得進去。大爺、二爺自己抱著籃子，背著行李，看見兩邊蘆柴堆火光一直亮到天上。大爺、二爺坐在地下，解懷脫腳。聽見裏面高聲喊道：「仔細搜檢！」大爺、二爺跟了這些人進去，到二門口接卷，進龍門歸號。初十日出來，累倒了，每人吃了一隻鴨子，眠了一天。三場已畢。到十六日，叫小廝拿了一個「都督府」的溜子，溜了一班戲子來謝神。

少刻，看茶的到了。他是教門，自己有辦席的廚子，不用外雇。戲班子發了箱來，跟著一個拿燈籠的，拿著十幾個燈籠，寫著「三元班」。隨後一個人，後面帶著一個二漢，手裏拿著一個拜匣。到了寓處門首，向管家說了，傳將進去。大爺打開一看，原來是個手本，寫著：「門下鮑廷璽謹具喜燭雙輝，梨園一部，叩賀。」大爺知道他是個領班子的，叫了進來。鮑廷璽見過了大爺、二爺，說道：「門下在這裏領了一個小班，專伺候諸位老爺。昨日聽見兩位老爺要戲，故此特來伺候。」

大爺見他為人有趣，留他一同坐著吃飯。過了一回，戲子來了。就在那河廳上面供了文昌帝君、關夫子的紙馬。兩人磕過頭，祭獻已畢。大爺、二爺、鮑廷璽共三人，坐了一席。鑼鼓響處，開場唱了四齣嘗湯戲。天色已晚，點起十幾副明角燈來，照耀的滿堂雪亮。足足唱到三更鼓，整本已完。鮑廷璽道：「門下這幾個小孩子跑的馬倒也還看得，叫他跑一齣馬，替兩位老爺醒酒。」那小戲子一個個戴了貂裘，簪了雉羽，穿極新鮮的靠子，跑上場來，串了一個五花八門。大爺、二爺看了大喜。

鮑廷璽道：「兩位老爺若不見棄，這孩子裏面揀兩個留在這裏伺候。」大爺道：「他們這樣小孩子，曉得伺候什麼東西？有別的好玩的去處，帶我去走走。」鮑廷璽道：「這個容易。老爺，這對河就是葛來官家。他也是我掛名的徒弟。那年天長杜十七老爺在這裏湖亭大會，都是考過，榜上有名的。老爺明日到水襪巷，看著外科周先生的招牌，對門一個黑搶籬裏，就是他家了。」二爺道：「他家可有內眷？我也一同去走走。」鮑廷璽道：「現放著偌大的十二樓，二老爺為什麼不去玩耍，倒要到他家去？少不得都是門下來奉陪。」說畢，戲已完了，鮑廷璽辭別去了。

次日，大爺備了八把點銅壺、兩瓶山羊血、四端苗錦、六簍貢茶，叫人挑著，一直來到葛來官家。敲開了門，一個大腳三帶了進去，前面一進兩破三的廳，上頭左邊一個門，一條小巷子進去，河房倒在貼後。那葛來官身穿著夾紗的玉色長衫子，手裏拿著燕翎扇，一雙十指尖尖的手，憑在欄杆上乘涼；看見大爺進來，說道：「請坐。老爺是那裏來的？」大爺道：「昨日鮑師父說，來官你家最好看水，今日特來望望你。還有幾色菲人事，你權且收下。」家人挑了進來。

來官看了，喜逐顏開，說道：「怎麼領老爺這些東西？」忙叫大腳三：「收了進去。你向相公娘說，擺酒出來。」大爺道：「我是教門，不用大葷。」來官道：「有新買的極大的揚州螃蟹，不知老爺用不用？」大爺道：「這是我們本地的東西，我是最歡喜。我家伯伯大老爺在高要帶了家信來，想的要不的，也不得一隻吃吃。」來官道：「太老爺是朝裏出仕的？」大爺道：「我家太老爺做著貴州的都督府。我是回來下場的。」說著，擺上酒來。對著那河裏煙霧迷離，兩岸人家都點上了燈火，行船的人往來不絕。這葛來官吃了幾杯酒，紅紅的臉，在燈燭影裏，擎著那纖纖玉手，只管勸湯大爺吃酒。大爺道：「我酒是夠了，倒用杯茶罷。」葛來官叫那大腳三把螃蟹殼同果碟都收了去，揩了桌子，拿出一把紫砂壺，烹了一壺梅片茶。

兩人正吃到好處，忽聽見門外嚷成一片。葛來官走出大門，只見那外科周先生紅著臉，揣著肚子，在那裏嚷大腳三，說他倒了他家一門口的螃蟹殼子。葛來官才待上前和他講說，被他劈面一頓臭罵道：「你家住的是『海市蜃樓』，合該把螃蟹殼倒在你門口，為什麼送在我家來？難道你上頭兩隻眼睛也撐大了？」彼此吵鬧，還是湯家的管家勸了進去。剛才坐下，那尤鬍子慌忙跑了進來道：「小的那裏不找尋大爺！卻在這裏！」大爺道：「你為甚事這樣慌張？」尤鬍子道：「二爺同那個姓鮑的走到東花園鷲峰寺旁邊一個人家吃茶，被幾個喇子囮著，把衣服都剝掉了！那姓鮑的嚇的老早走了。二爺關在他家，不得出來，急得要死！那間壁一個賣花的姚奶奶，說是他家姑老太，把住了門，那裏溜得脫！」

大爺聽了，慌叫在寓處取了燈籠來，照著走到鷲峰寺間壁。那裏幾個喇子說：「我們好些時沒有大紅日子過了，不打他的醮水還打那個！」湯大爺雄糾糾的分開眾人，推開姚奶奶，一拳打掉了門。那二爺看見他哥來，兩步做一步，溜出來了。那些喇子還待要攔住他，看見大爺雄赳赳的，又打著「都督府」的燈籠，也就不敢惹他，各自都散了。兩人回到下處。過了二十多天，貢院前藍單取進墨漿去，知道就要揭曉。過了兩日，放出榜來，弟兄兩個都沒中。坐在下處，足足氣了七八天。領出落卷來，湯由三本，湯實三本，都三篇不曾看完。兩個人夥著大罵簾官、主考不通。正罵的興頭，貴州衙門的家人到了，遞上家信來。兩人拆開來看。只因這一番，有分教：桂林杏苑，空成魂夢之遊；虎門龍爭，又見戰征之事。畢竟後事如何，且聽下回分解。

第四十三回　野羊塘將軍大戰　歌舞地酋長劫營

話說湯大爺、湯二爺領得落卷來，正在寓處看了氣惱，只見家人從貴州鎮遠府來，遞上家信。兩人拆開同看，上寫道：

「……生苗近日頗有蠢動之意，爾等于發榜後，無論中與不中，且來鎮署要緊！……」

大爺看過，向二爺道：「老人家叫我們到衙門裏去。我們且回儀徵，收拾收拾，再打算長行。」當下喚尤鬍子叫了船，算還了房錢。大爺、二爺坐了轎，小廝們押著行李，出漢西門上船。葛來官聽見，買了兩隻板鴨，幾樣茶食，到船上送行。大爺又悄悄送了他一個荷包，裝著四兩銀子，相別去了。當晚開船，次早到家。大爺、二爺先上岸回家。才洗了臉坐下吃茶，門上人進來說：「六爺來了。」

只見六老爺後面帶著一個人，走了進來，一見面就說道：「聽見我們老爺出兵征剿苗子，把苗子平定了，明年朝廷必定開科，大爺、二爺一齊中了，我們老爺封了侯，那一品的蔭襲，料想大爺、二爺也不稀罕，就求大爺賞了我，等我戴了紗帽，給細姑娘看看，也好叫他怕我三分！」大爺道：「六哥，你掙一頂紗帽單單去嚇細姑娘，又不如去把這紗帽賞與王義安了。」二爺道：「你們只管說話，這個人是那裏來的？」那人上來磕頭請安，懷裏拿出一封書子來遞上來。六老爺道：「他姓臧，名喚臧岐，天長縣人。這書是杜少卿哥寄來的，說臧岐為人甚妥帖，薦來給大爺、二爺使喚。」二爺把信拆開，同大爺看，前頭寫著些請問老伯安好的話，後面說到「臧岐一向在貴州做長隨，貴州的山僻小路他都認得，其人頗可以供使令」等語。大爺看過，向二爺說道：「杜世兄我們也許久不會他了；既是他薦來的人，留下使喚便了。」臧四磕頭謝了下去。

門上人進來稟：「王漢策老爺到了，在廳上要會。」大爺道：「老二，我同六哥吃飯，你去會會他罷。」二爺出去會客，大爺叫擺飯同六老爺吃。吃著，二爺送了客回來。大爺問道：「他來說什麼？」二爺道：「他說他東家萬雪齋有兩船鹽，也就在這兩日開江，託我們在路上照應照應。」二爺便一同吃飯。吃完了飯，六老爺道：「我今日且去著，明日再來送行。」又道：「二爺若是得空，還到細姑娘那裏瞧瞧他去。我先去叫他那裏等著。」大爺道：「六哥，你就是個討債鬼，纏死了人！今日還那得工夫去看那騷婊子！」六老爺笑著去了。次日，行裏寫了一隻大江船。尤鬍子、臧四同幾個小廝，搬行李上船。門鎗旗牌，十分熱鬧，六老爺送到黃泥灘，說了幾句分別的話，才叫一個小船蕩了回去。

這裏放炮開船，一直往上江進發。這日將到大姑塘，風色大作。大爺吩咐急急收了口子，灣了船。那江裏白頭浪茫茫一片，就如煎鹽疊雪的一般。只見兩隻大鹽船被風橫掃了，抵在岸邊。便有兩百隻小撥船，岸上來了兩百個凶神也似的人，齊聲叫道：「鹽船擱了淺了！我們快幫他去起撥！」那些人駕了小船，跳在鹽船上，不由分說，把他艙裏的子兒鹽，一包一包的盡興搬到小船上。那兩百隻小船都裝滿了，一個人一把槳，如飛的棹起來，都穿入那小港中，無影無踪的去了。那船上管船的舵工，押船的朝奉，面面相覷，束手無策。望見這邊船上打著「貴州總鎮都督府」的旗號，知道是湯少爺的船，都過來跪下，哀求道：「小的們是萬老爺家兩號鹽船，被這些強盜生生打劫了，是二位老爺眼見的，求老爺做主搭救！」大爺同二爺道：「我們同你家老爺雖是鄉親，但這失賊的事，該地方官管，你們須是到地方官衙門遞呈紙去。」

朝奉們無法，只得依言，具了呈紙，到彭澤縣去告。那知縣接了呈詞，即刻升堂，將舵工、朝奉、水手一干人等，都叫進二堂，問道：「你們鹽船為何不開行？停泊在本縣地方上是何緣故？那些搶鹽的姓甚名誰？平日認得不認得？」舵工道：「小的們的船被風掃到岸邊，那港裏有兩百隻小船，幾百個凶神，硬把小的船上鹽包都搬了去了。」知縣聽了，大怒道：「本縣法令嚴明，地方清肅，那裏有這等事！分明是你這奴才攬載了商人的鹽斤，在路夥著押船的家人任意嫖賭花消，沿途偷賣了，借此為由，希圖抵賴。你到了本縣案下，還不實說麼？」不由分說，撒下一把籤來。兩邊如狼如虎的公人，把舵工拖翻，二十毛板，打的皮開肉綻。又指著押船的朝奉道：「你一定是知情夥賴，快快向我實說！」說著，那手又去摩著籤筒。可憐這朝奉是花月叢中長大的，近年有了幾莖鬍子，主人才差他出來押船，嬌皮嫩肉，何曾見過這樣官刑。今番見了，屁滾尿流，憑著官叫他說什麼就是什麼，那裏還敢頂一句。當下磕頭如搗蒜，只求饒命。

知縣又把水手們嚷罵一番，要將一干人寄監，明日再審。朝奉慌了，急急叫了一個水手，託他到湯少爺船上求他說人情。湯大爺叫臧岐拿了帖子上來拜上知縣，說：「萬家的家人原是自不小心，失去的鹽斤也還有限。老爺已經責處過管船的，叫他下次小心，寬恕他們罷。」知縣聽了這話，叫臧岐原帖拜上二位少爺，說：「曉得，遵命了。」又坐堂叫齊一干人等在面前，說道：「本該將你們解回江都縣照數追賠。這是本縣開恩，恕你初犯。」扯個淡，一齊趕了出來。朝奉帶著舵工到湯少爺船上磕頭，謝了說情的恩，捻著鼻子回船去了。

次日，風定開船，又行了幾程。大爺、二爺由水登陸，到了鎮遠府，打發尤鬍子先往衙門通報。大爺、二爺隨後進署。這日正陪著客，請的就是鎮遠府太守。這太守姓雷，名驥，字康錫，進士出身，年紀六十多歲，是個老科目，大興縣人，由部郎升了出來，在鎮遠有五六年，苗情最為熟習。雷太守在湯鎮臺西廳上吃過了飯，拿上茶來吃著，談到苗子的事。雷太守道：「我們這裏生苗、熟苗兩種，那熟苗是最怕王法的，從來也不敢多事；只有生苗容易會鬧起來。那大石崖、金狗洞一帶的苗子，尤其可惡！前日長官司田德禀了上來說：『生員馮君瑞被金狗洞苗子別莊燕捉去，不肯放還。若是要他放還，須送他五百兩銀子做贖身的身價。』大老爺，你議議這件事該怎麼一個辦法？」湯鎮臺道：「馮君瑞是我內地生員，關係朝廷體統，他如何敢拿了去，要起贖身的價銀來？目無王法已極！此事並沒有第二議，惟有帶了兵馬，到他洞裏把逆苗盡行剿滅了，捉回馮君瑞，交與地方官，究出起釁情由，再行治罪。舍此還有別的什麼辦法？」

雷太守道：「大老爺此議，原是正辦。但是何苦為了馮君瑞一個人興師動眾。愚見不如檄委田土司到洞裏宣諭苗酋，叫他好好送出馮君瑞，這事也就可以罷了。」湯鎮臺道：「太老爺，你這話就差了。譬如田土司到洞裏去，那逆苗又把他留下，要一千兩銀子取贖；甚而太老爺親自去宣諭，他又把太老爺留下，要一萬銀子取贖，這事將如何辦法？況且朝廷每年費百十萬錢糧，養活這些兵丁、將備，所司何事？既然怕興師動眾，不如不養活這些閒人了！」幾句就同雷太守說戧了。雷太守道：「也罷，我們將此事敘一個簡明的稟帖，稟明上臺，看上臺如何批下來，我們遵照辦理就是了。」當下雷太守道了多謝，辭別回署去了。

這裏放炮封門。湯鎮臺進來，兩個乃郎請安叩見了。臧四也磕了頭。問了些家鄉的話，各自安息。過了幾日，總督把稟帖批下來：

「仰該鎮帶領兵馬，剿滅逆苗，以彰法紀。餘如稟，速行繳。」

這湯鎮臺接了批稟，即刻差人把府裏兵房書辦叫了來，關在書房裏。那書辦嚇了一跳，不知什麼緣故。到晚，將三更時分，湯鎮臺到書房裏來會那書辦，手下人都叫迴避了。湯鎮臺拿出五十兩一錠大銀，放在桌上，說道：「先生，你請收下。我約你來，不為別的，只為買你一個字。」那書辦嚇的戰抖抖的，說道：「太老爺有何吩咐處，只管叫書辦怎麼樣辦，書辦死也不敢受大老爺的賞！」湯鎮臺道：「不是這樣說。我也不肯連累你。明日上頭有行文到府裏叫我出兵時，府裏知會過來，你只將『帶領兵馬』四個字，寫作『多帶兵馬』。我這元寶送為筆資，並無別件奉託。」書辦應允了，收了銀子，放了他回去。又過了幾天，府裏知會過來，催湯鎮臺出兵，那文書上有「多帶兵馬」字樣。那本標三營，分防二協，都受他調遣。各路糧餉俱已齊備。

看看已是除夕。清江、銅仁兩協參將、守備稟道：「晦日用兵，兵法所忌。」湯鎮臺道：「且不要管他。『運用之妙，在于一心。』苗子們今日過年，正好出其不意，攻其無備。」傳下號令：遣清江參將帶領本協人馬，從小石崖穿到鼓樓坡，以斷其後路；遣銅仁守備帶領本協人馬，從石屏山直抵九曲崗，以遏其前鋒。湯鎮臺自領本標人馬，在野羊塘作中軍大隊。調撥已定，往前進發。湯鎮臺道：「逆苗巢穴正在野羊塘，我們若從大路去驚動了他，他踞了碉樓，以逸待勞，我們倒難以刻期取勝。」因問臧歧道：「你認得可還有小路穿到他後面？」臧歧道：「小的認得。從香爐崖扒過山去，走鐵溪裏抄到後面，可近十八里。只是溪水寒冷，現在有冰，難走。」湯鎮臺道：「這個不妨。」號令中軍，馬兵穿了油靴，步兵穿了鷂子鞋，一齊打從這條路上前進。

且說那苗酋正在洞裏，聚集眾苗子，男男女女，飲酒作樂過年。馮君瑞本是一個奸棍，又得了苗女為妻，翁婿兩個，羅列著許多苗婆，穿的花紅柳綠，嗚鑼擊鼓，演唱苗戲。忽然一個小卒飛跑了來報道：「不好了！大皇帝發兵來剿，已經到了九曲崗了！」那苗酋嚇得魂不附體，忙調兩百苗兵，帶了標槍，前去抵敵。只見又是一個小卒沒命的奔來報道：「鼓樓坡來了大眾的兵馬，不計其數！」苗酋同馮君瑞正慌張著急，忽聽得一聲炮響，後邊山頭上火把齊明，喊殺連天，從空而下。那苗酋領著苗兵，捨命混戰。怎當得湯總鎮的兵馬，長槍大戟，直殺到野羊塘，苗兵死傷過半。苗酋同馮君瑞覓條小路，逃往別的苗洞裏去了。

那裏前軍銅仁守備，後軍清江參將，都會合在野羊塘。搜了巢穴，將敗殘的苗子盡行殺了，苗婆留在軍中執炊爨之役。湯總鎮號令三軍，就在野羊塘紮下營盤，參將、守備都到帳房裏來賀捷。湯總鎮道：「二位將軍且不要放心。我看賊苗雖敗，他已逃往別洞，必然求了救兵，今夜來劫我們的營盤。不可不預為防備。」因問臧歧道：「此處通那一洞最近？」臧歧道：「此處到豎眼洞不足三十里。」湯鎮臺道：「我有道理。」向參將、守備道：「二位將軍，你領了本部人馬，伏于石柱橋左右，這是苗賊回去必由之總路。你等他回去之時，聽炮響為號，伏兵齊起，上前掩殺。」兩將聽令去了。湯總鎮叫把收留的苗婆內中，揀會唱歌的，都梳好了椎髻，穿好了苗錦，赤著腳，到中軍帳房裏歌舞作樂；卻把兵馬將士，都埋伏在山坳裏。

果然五更天氣，苗酋率領著豎眼洞的苗兵，帶了苗刀，拿了標槍，悄悄渡過石柱橋。望見野羊塘中軍帳裏燈燭輝煌，正在歌舞，一齊吶聲喊撲進帳房。不想撲了一個空，那些苗婆之外，並不見有一個人。知道是中了計，急急往外跑。那山坳裏伏兵齊發，喊聲連天。苗酋拼命的領著苗兵投石柱橋來，卻不防一聲炮響，橋下伏兵齊出，幾處湊攏，趕殺前來。還虧得苗子的腳底板厚，不怕巉巖荊棘，就如驚猿脫兔，漫山越嶺的逃散了。

湯總鎮得了大勝，檢點這三營、兩協人馬，無大損傷，唱著凱歌，回鎮遠府。雷太守接著，道了恭喜，問起苗酋別莊燕以及馮君瑞的下落。湯鎮臺道：「我們連贏了他幾仗，他們窮蹙逃命，料想這兩個已經自戕溝壑了。」雷太守道：「大勢看來，自是如此。但是上頭問下來，這一句話卻難以登答，明明像個飾詞了。」當下湯鎮臺不能言語。回到衙門，兩個少爺接著，請了安。卻為這件事，心裏十分躊躕，一夜也不曾睡著。次日，將出兵得勝的情節報了上去。總督那裏又批下來，同雷太守的所見竟是一樣，專問別莊燕、馮君瑞兩名要犯，「務須刻期拿獲解院，以憑題奏」等語。湯鎮臺著了慌，一時無法。只見臧岐在旁跪下稟道：「生苗洞裏路徑，小的都認得。求老爺差小的前去打探得別莊燕現在何處，便好設法擒捉他了。」湯鎮臺大喜，賞了他五十兩銀子，叫他前去細細打探。

臧岐領了主命，去了八九日，回來稟道：「小的直去到豎眼洞，探得別莊燕因借兵劫營輸了一仗，洞裏苗頭和他惱了，而今又投到白蟲洞那裏去。小的又尋到那裏打探，聞得馮君瑞也在那裏，別莊燕只剩了家口十幾個人，手下的兵馬全然沒有了。又聽見他們設了一計。說我們這鎮遠府裏，正月十八日，鐵溪裏的神道出現。滿城人家，家家都要關門躲避。他們打算到這一日，扮做鬼怪，到老爺府裏來打劫報仇。老爺須是防範他為妙。」湯鎮臺聽了道：「我知道了。」又賞了臧岐羊酒，叫他歇息去。果然鎮遠有個風俗，說正月十八日，鐵溪裏龍神嫁妹子。那妹子生的醜陋，怕人看見，差了多少的蝦兵蟹將護衛著他嫁。人家都要關了門，不許出來張看。若是偷著張看，被他瞧見了，就有疾風暴雨，平地水深三尺，把人民要淹死無數。此風相傳已久。

到了十七日，湯鎮臺將親隨兵丁叫到面前問道：「你們那一個認得馮君瑞？」內中有一個高挑子出來跪稟道：「小的認得。」湯鎮臺道：「好。」便叫他穿上一件長白布直裰，戴上一頂紙糊的極高的黑帽子，搽上一臉的石灰，裝做地方鬼模樣。又叫家丁妝了一班牛頭馬面，魔王夜叉，極猙獰的怪物。吩咐高挑子道：「你明日看見馮君瑞，即便捉住，重重有賞。」佈置停當，傳令管北門的，天未明就開了城門。

那別莊燕同馮君瑞假扮做一班賽會的，各把短刀藏在身邊，半夜來到北門，看見城門已開，即奔到總兵衙門馬號的牆外。十幾個人，各將兵器拿在手裏，扒過牆來去望裏邊，月色微明，照著一個大空院子，正不知從那裏進去。忽然見牆頭上伏著一個怪物，手裏拿著一個糖鑼子，噹噹的敲了兩下，那一堵牆就像地動一般，滑喇的憑空倒了下來。幾十條火把齊明，跳出幾十個惡鬼，手執鋼叉、留客住，一擁上前。這別莊燕同馮君瑞著了這一嚇，兩隻腳好像被釘釘住了的，地方鬼走上前一鉤鐮槍勾住馮君瑞，喊道：「拿住馮君瑞了！」眾人一齊下手，把十幾個人都拿了，一個也不曾溜脫。拿到二堂，湯鎮臺點了數，次日解到府裏。雷太守聽見拿獲了賊頭和馮君瑞，亦甚是歡喜，即請出王命、尚方劍，將別莊燕同馮君瑞梟首示眾，其餘苗子都殺了，具了本奏進京去。奉上諭：

「湯奏辦理金狗洞匪苗一案，率意輕進，糜費錢糧，著降三級調用，以為好事貪功者戒。欽此。」

湯鎮臺接著抄報看過，嘆了一口氣。部文到了，新官到任，送了印，同兩位公子商議，收拾打點回家。只因這一番，有分教：將軍已去，悵大樹之飄零；名士高談，謀先人之窀穸。未知後事如何，且聽下回分解。

第四十四回　湯總鎮成功歸故鄉　余明經把酒問葬事

話說湯鎮臺同兩位公子商議，收拾回家。雷太守送了代席四兩銀子，叫湯衙庖人備了酒席，請湯鎮臺到自己衙署餞行。起程之日，闔城官員都來送行。從水路過常德，渡洞庭湖，由長江一路回儀徵。在路無事，問問兩公子平日的學業，看看江上的風景，不到兩十天，已到了紗帽洲，打發家人先回家料理迎接。六老爺知道了，一直迎到黃泥灘，見面請了安，弟兄也相見了，說說家鄉的事。湯鎮臺見他油嘴油舌，惱了道：「我出門三十多年，你長成人了，怎麼學出這般一個下流氣質！」後面見他開口就說是「稟老爺」，湯鎮臺怒道：「你這下流！胡說！我是你叔父，你怎麼叔父不叫，稱呼老爺？」講到兩個公子身上，他又叫「大爺」、「二爺」，湯鎮臺大怒道：「你這匪類！更該死了！你的兩個兄弟，你不教訓照顧他，怎麼叫大爺、二爺！」把六老爺罵的垂頭喪氣。

一路到了家裏。湯鎮臺拜過了祖宗，安頓了行李。他那做高要縣知縣的乃兄已是告老在家裏，老弟兄相見，彼此歡喜，一連吃了幾天的酒。湯鎮臺也不到城裏去，也不會官府，只在臨河上構了幾間別墅，左琴右書，在裏面讀書教子。過了三四個月，看見公子們做的會文，心裏不大歡喜，說道：「這個文章如何得中！如今趁我來家，須要請個先生來教訓他們才好。」每日躊躕這一件事。

那一日，門上人進來稟道：「揚州蕭二相公來拜。」湯鎮臺道：「這是我蕭世兄，我會著還認他不得哩。」連忙教請進來。蕭柏泉進來見禮。鎮臺見他美如冠玉，衣冠儒雅，和他行禮奉坐。蕭柏泉道：「世叔恭喜回府，小姪就該來請安。因這些時南京翰林侍講高老先生告假回家，在揚州過，小姪陪了他幾時，所以來遲。」湯鎮臺道：「世兄恭喜入過學了？」蕭柏泉道：「蒙前任大宗師考補博士弟子員。這領青衿不為希罕。卻喜小姪的文章，前三天滿城都傳遍了，果然蒙大宗師賞鑒，可見甄拔的不差。」湯鎮臺見他說話伶俐，便留他在書房裏吃飯，叫兩個公子陪他。

到下午，鎮臺自己出來說，要請一位先生替兩個公子講舉業。蕭柏泉道：「小姪近來有個看會文的先生，是五河縣人，姓余，名特，字有達；是一位明經先生，舉業其實好的。今年在一個鹽務人家做館，他不甚得意。世叔若要請先生，只有這個先生好。世叔寫一聘書，著一位世兄同小姪去會過余先生，就可以同來。每年館穀也不過五六十金。」湯鎮臺聽罷大喜，留蕭柏泉住了兩夜，寫了聘書，即命大公子叫了一個草上飛，同蕭柏泉到揚州去，往河下賣鹽的吳家拜余先生。蕭柏泉叫他寫個晚生帖子，將來進館，再換門生帖。大爺說：「半師半友，只好寫個『同學晚弟。』」蕭柏泉拗不過，只得拿了帖子同到那裏。門上傳進帖去，請到書房裏坐。

只見那余先生頭戴方巾，身穿舊寶藍直裰，腳下朱履，白淨面皮，三綹髭鬚，近視眼，約有五十多歲的光景，出來同二人作揖坐下。余有達道：「柏泉兄，前日往儀徵去，幾時回來的？」蕭柏泉道：「便是到儀徵去看敝世叔湯大人，留住了幾天。這位就是湯世兄。」因在袖裏拿出湯大爺的名帖遞過來。余先生接著看了，放在桌上，說道：「這個怎麼敢當？」蕭柏泉就把要請他做先生的話說了一遍，道：「今特來奉拜。如蒙臺允，即送書金過來。」余有達笑道：「老先生大位，公子高才，我老拙無能，豈堪為一日之長？容斟酌再來奉覆罷。」兩人辭別去了。

次日，余有達到蕭家來回拜，說道：「柏泉兄，昨日的事不能遵命。」蕭柏泉道：「這是什麼緣故？」余有達笑道：「他既然要拜我為師，怎麼寫『晚弟』的帖子拜我？可見就非求教之誠。這也罷了。小弟因有一個故人在無為州做刺史，前日有書來約我，我要到那裏走走。他若幫襯我些須，強如坐一年館。我也就在這數日內要辭別了東家去。湯府這一席，柏泉兄竟轉薦了別人罷。」蕭柏泉不能相強，回覆了湯大爺，另請別人去了。

不多幾日，余有達果然辭了主人，收拾行李，回五河。他家就在余家巷，進了家門，他同胞的兄弟出來接著。他這兄弟名持，字有重，也是五河縣的飽學秀才。此時五河縣發了一個姓彭的人家，中了幾個進士，選了兩個翰林。五河縣人眼界小，便闔縣人同去奉承他。又有一家，是徽州人，姓方，在五河開典當行鹽，就冒了籍，要同本地人作姻親。初時這余家巷的余家還和一個老鄉紳的虞家是世世為婚姻的，這兩家不肯同方家做親。後來這兩家出了幾個沒廉恥不才的人，貪圖方家賠贈，娶了他家女兒，彼此做起親來。後來做的多了，方家不但沒有分外的賠贈，反說這兩家子仰慕他有錢，求著他做親。

所以這兩家不顧祖宗臉面的有兩種人：一種是呆子，那呆子有八個字的行為：「非方不親，非彭不友。」一種是乖子，那乖子也有八個字的行為：「非方不心，非彭不口。」這話是說那些呆而無恥的人，假使五河縣沒有一個冒籍姓方的，他就可以不必有親；沒有個中進士姓彭的，他就可以不必有友。這樣的人，自己覺得勢利透了心，其實呆串了皮。那些奸滑的，心裏想著同方家做親，方家又不同他做，他卻不肯說出來，只是嘴裏扯謊嚇人，說：「彭老先生是我的老師。彭三先生把我邀在書房裏說了半天的知心話。」又說：「彭四先生在京裏帶書子來給我。」人聽見他這些話，也就常時請他來吃杯酒，要他在席上說這些話嚇同席吃酒的人。其風俗惡賴如此。

這余有達、余有重弟兄兩個，守著祖宗的家訓，閉戶讀書，不講這些隔壁帳的勢利。余大先生各府、州、縣作遊，相與的州、縣宮也不少，但到本縣來總不敢說。因五河人有個牢不可破的見識：總說但凡是個舉人、進士，就和知州、知縣是一個人，不管什麼情都可以進去說，知州、知縣就不能不依。假使有人說縣官或者敬那個人的品行，或者說那人是個名士，要來相與他，就一縣人嘴都笑歪了。就像不曾中過舉的人，要想拿帖子去拜知縣，知縣就可以叉著膊子叉出來。總是這般見識。余家弟兄兩個，品行、文章是從古沒有的；因他家不見本縣知縣來拜，又同方家不是親，又同彭家不是友，所以親友們雖不敢輕他，卻也不知道敬重他。

那日，余有重接著哥哥進來，拜見了，備酒替哥哥接風，細說一年有餘的話。吃過了酒，余大先生也不往房裏去，在書房裏老弟兄兩個一床睡了。夜裏，大先生向二先生說要到無為州看朋友去。二先生道：「哥哥還在家裏住些時。我要到府裏科考，等我考了回來，哥哥再去罷。」余大先生道：「你不知道，我這揚州的館金已是用完了，要趕著到無為州去弄幾兩銀子回來過長夏。

你科考去不妨，家裏有你嫂子和弟媳當著家。我弟兄兩個，原是關著門過日子，要我在家怎的？」二先生道：「哥這番去，若是多抽豐得幾十兩銀子，回來把父親母親葬了。靈柩在家裏這十幾年，我們在家都不安。」大先生道：「我也是這般想，回來就要做這件事。」

又過了幾日，大先生往無為州去了。又過了十多天，宗師牌到，按臨鳳陽。余二先生便束裝往鳳陽，租個下處住下。這時是四月初八日。初九日宗師行香，初十日掛牌收詞狀，十一日掛牌考鳳陽八屬儒學生員，十五日發出生員覆試案來，每學取三名覆試，余二先生取在裏面。十六日進去覆了試，十七日發出案來，余二先生考在一等第二名，在鳳陽一直住到二十四，送了宗師起身，方才回五河去了。

大先生來到無為州，那州尊著實念舊，留著住了幾日，說道：「先生，我到任未久，不能多送你些銀子，而今有一件事，你說一個情罷，我准了你的。這人家可以出得四百兩銀子，有三個人分。先生可以分得一百三十多兩銀子，權且拿回家去做了老伯、老伯母的大事。我將來再為情罷。」余大先生歡喜，謝了州尊，出去會了那人。那人姓風，名影，是一件人命牽連的事。余大先生替他說過，州尊准了，出來兌了銀子，辭別知州，收拾行李回家。因走南京過，想起：「天長杜少卿住在南京利涉橋河房裏，是我表弟，何不順便去看看他？」便進城來到杜少卿家。

杜少卿出來接著，一見表兄，心裏歡喜，行禮坐下，說這十幾年闊別的話。余大先生嘆道：「老弟，你這些上好的基業，可惜棄了！你一個做大老官的人，而今賣文為活，怎麼弄的慣？」杜少卿道：「我而今在這裏，有山川朋友之樂，倒也住慣了。不瞞表兄說，我愚弟也無什麼嗜好，夫妻們帶著幾個兒子，布衣蔬食，心裏淡然。那從前的事，也追悔不來了。」說罷奉茶與表兄吃。吃過，杜少卿自己走進去和娘子商量，要辦酒替表兄接風。此時杜少卿窮了，辦不起，思量方要拿東西去當。

這日是五月初三，卻好莊濯江家送了一擔禮來與少卿過節。小廝跟了禮，拿著拜匣，一同走了進來。那禮是一尾鰣魚，兩隻燒鴨，一百個粽子，二斤洋糖，拜匣裏四兩銀子。杜少卿寫回帖叫了多謝，收了。那小廝去了。杜少卿和娘子說：「這主人做得成了。」當下又添了幾樣，娘子親自整治酒餚。遲衡山、武正字住的近，杜少卿寫說帖，請這兩人來陪表兄。二位來到，敘了些彼此仰慕的話，在河房裏一同吃酒。

吃酒中間，余大先生說起要尋地葬父母的話。遲衡山道：「先生，只要地下乾暖，無風無蟻，得安先人，足矣；那些發富發貴的話，都聽不得。」余大先生道：「正是。敝邑最重這一件事。人家因尋地艱難，每每耽誤著先人，不能就葬。小弟卻不曾究心于此道。請問二位先生：這郭璞之說，是怎麼個源流？」遲衡山嘆道：「自塚人墓地之官不設，族葬之法不行，士君子惑于龍穴、沙水之說，自心裏要想發達，不知已墮于大逆不道！」

余大先生驚道：「怎生便是大逆不道？」遲衡山道：「有一首詩念與先生聽：『氣散風衝那可居，先生埋骨理何如？日中尚未逃兵解，世上人猶信《葬書》！』這是前人弔郭公墓的詩。小弟最恨而今術士託于郭璞之說，動輒便說：『這地可發鼎甲，可出狀元。』請教先生：狀元官號始于唐朝，郭璞晉人，何得知唐有此等官號，就先立一法，說是個什麼樣的地，就出這一件東西？這可笑的緊！若說古人封拜都在地理上看得出來，試問淮陰葬母，行營高敞地，而淮陰王侯之貴，不免三族之誅，這地是凶是吉？更可笑這些俗人說，本朝孝陵乃青田先生所擇之地！青田命世大賢，敷布兵、農、禮、樂，日不暇給，何得有閒工夫做到這一件事？洪武即位之時，萬年吉地，自有術士辦理，與青田什麼相干！」

余大先生道：「先生，你這一番議論真可謂之發矇振聵。」武正字道：「衡山先生之言，一絲不錯。前年我這城中有一件奇事，說與諸位先生聽。」余大先生道：「願聞，願聞。」武正字道：「便是我這裏下浮橋地方施家巷裏施御史家。」遲衡山道：「施御史家的事，我也略聞，不知其詳。」

武正字道：「施御史昆玉二位。施二先生說，乃兄中了進士，他不曾中，都是太夫人的地葬的不好，只發大房，不發二房，因養了一個風水先生在家裏，終日商議遷墳。施御史道：『已葬久了，恐怕遷不得。』哭著下拜求他，他斷然要遷。那風水又拿話嚇他說：『若是不遷，二房不但不做官，還要瞎眼！』他越發慌了，託這風水到處尋地。家裏養著一個風水，外面又相與了多少風水。這風水尋著一個地，叫那些風水來覆。那曉得風水的講究，叫做父做子笑，子做父笑，再沒有一個相同的。但尋著一塊地，就被人覆了說：『用不得。』家裏住的風水急了，又獻了一塊地，便在那新地左邊，買通了一個親戚來說，夜裏夢見老太太鳳冠霞帔，指著這地與他看，要葬在這裏。因這一塊地是老太太自己尋的，所以別的風水才覆不掉，便把母親硬遷來葬。到遷墳的那日，施御史弟兄兩位跪在那裏，才掘開墳，看見了棺木，墳裏便是一鼓熱氣直沖出來，沖到二先生眼上，登時就把兩隻眼瞎了。二先生越發信這風水竟是個現在的活神仙，能知過去未來之事，後來重謝了他好幾百兩銀子。」

余大先生道：「我們那邊也極喜講究的遷葬。少卿，這事行得行不得？」杜少卿道：「我還有一句直捷的話。這事朝廷該立一個法子：但凡人家要遷葬，叫他到有司衙門遞個呈紙，風水具了甘結：棺材上有幾尺水，幾斗幾升蟻。等開了，說得不錯，就罷了；如說有水有蟻，挖開了不是，即于挖的時候，帶一個劊子手，一刀把這奴才的狗頭斫下來。那要遷墳的，就依子孫謀殺祖父的律，立刻凌遲處死。此風或可少息了。」余有達、遲衡山、武正字三人一齊拍手道：「說的暢快，說的暢快！拿大杯來吃酒！」

又吃了一會，余大先生談起湯家請他做館的一段話，說了一回，笑道：「武夫可見不過如此！」武正字道：「武夫中竟有雅不過的。」因把蕭雲仙的事細細說了，對杜少卿道：「少卿先生，你把那卷子拿出來與余先生看。」杜少卿取了出來。余大先生打開看了圖和虞博士幾個人的詩，看畢，乘著酒興，依韻各和了一首。三人極口稱贊。當下吃了半夜酒，一連住了三日。那一日，有一個五河鄉裏賣鴨的人，拿了一封家信來，說是余二老爹帶與余大老爹的。余大先生拆開一看，面如土色。只因這一番，有分教：弟兄相助，真耽式好之情；朋友交推，又見同聲之誼。畢竟書子裏說些什麼，且聽下回分解。

第四十五回　敦友誼代兄受過　講堪輿回家葬親

話說余大先生把這家書拿來遞與杜少卿看，上面寫著大概的意思說：「時下有一件事，在這裏辦著。大哥千萬不可來家。我聽見大哥住在少卿表弟家，最好放心住著。等我把這件事料理清楚了來接大哥，那時大哥再回來。」余大先生道：「這畢竟是件什麼事？」杜少卿道：「二表兄既不肯說，表兄此時也沒處去問，且在我這裏住著，自然知道。」余大先生寫了一封回書說：「到底是件什麼事，兄弟可作速細細寫來與我，我不著急就是了。若不肯給我知道，我倒反焦心。」那人拿著回書回五河，送書子與二爺。二爺正在那裏和縣裏差人說話，接了回書，打發鄉裏人去了，向那差人道：「他那裏來文，說是要提要犯余持。我並不曾到過無為州，我為什麼去？」差人道：「你到過不曾到過，那個看見？我們辦公事，只曉得照票子尋人。我們衙門裏拿到了強盜、賊，穿著檀木靴還不肯招哩！那個肯說真話！」

余二先生沒法，只得同差人到縣裏，在堂上見了知縣，跪著稟道：「生員在家，並不曾到過無為州。太父師這所准的事，生員真個一毫不解。」知縣道：「你曾到過不曾到過，本縣也不得知。現今無為州有關提在此，你說不曾到過，你且拿去自己看。」隨在公案上，將一張硃印墨標的關文，叫值堂吏遞下來看。余持接過一看，只見上寫的是：

「無為州承審被參知州贓案裏，有貢生余持過贓一款，是五河縣人。……」

余持看了道：「生員的話，太父師可以明白了。這關文上要的是貢生余持，生員離出貢還少十多年哩。」說罷遞上關文來，回身便要走了去。知縣道：「余生員，不必大忙。你才所說，卻也明白。」隨又叫禮房，問：「縣裏可另有個余持貢生？」禮房值日書辦稟道：「他余家就有貢生，卻沒有個余持。」余持又稟道：「可見這關文是個捕風捉影的了。」起身又要走了去。知縣道：「余生員，你且下去，把這些情由具一張清白呈子來，我這裏替你回覆去。」

余持應了下來，出衙門，同差人坐在一個茶館裏吃了一壺茶，起身又要走。差人扯住道：「余二相，你住那裏走？大清早上，水米不沾牙，從你家走到這裏，就是辦皇差也不能這般寡刺！難道此時又同了你去不成？」余二先生道：「你家老爺叫我出去寫呈子。」差人道：「你才在堂上說，你是生員。做生員的，一年幫人寫到頭，倒是自己的要去尋別人。對門這茶館後頭就是你們生員們寫狀子的行家，你要寫就進去寫。」余二先生沒法，只得同差人走到茶館後面去。差人望著裏邊一人道：「這余二相要寫個訴呈，你替他寫寫。他自己做稿子，你替他謄真，用個戳子。他不給你錢，少不得也是我當災！昨日那件事，關在飯店裏，我去一頭來。」

余二先生和代書拱一拱手，只見桌旁板凳上坐著一個人，頭戴破頭巾，身穿破直裰，腳底下一雙打板唱曲子的鞋，認得是縣裏吃葷飯的朋友唐三痰。唐三痰看見余二先生進來說道：「余二哥，你來了，請坐。」余二先生坐下道：「唐三哥，你來這裏的早。」唐三痰道：「也不算早了。我絕早同方六房裏六老爺吃了麵，送六老爺出了城去，才在這裏來。你這個事，我知道。」因扯在旁邊去，悄悄說道：「二先生，你這件事雖非欽件，將來少不得打到欽件裏去。你令兄現在南京，誰人不知道？自古『地頭文書鐵箍桶』，總以當事為主。當事是彭府上說了，就點到奉行的，你而今作速和彭三老爺去商議。他家一門都是龍睜虎眼的腳色，只有三老還是個盛德人，你如今著了急去求他，他也還未必計較你平日不曾在他分上周旋處，他是大福大量的人，你可以放心去，不然我就同你去。論起理來，這幾位鄉先生，你們平日原該聯絡，這都是你令兄太自傲處。及到弄出事來，卻又沒有個靠傍。」余二先生道：「極蒙關切。但方才縣尊已面許我回文。我且遞上呈子去，等他替我回了文去，再為斟酌。」唐三痰道：「也罷，我看著你寫呈子。」當下寫了呈子，拿進縣裏去。知縣叫書辦據他呈子備文書回無為州。書辦來要了許多紙筆錢去，是不消說。

過了半個月，文書回頭來，上寫的清白。寫著：

「要犯余持係五河貢生，身中，面白，微鬚，年約五十多歲。的于四月初八日在無為州城隍廟寓所會風影會話，私和人命。隨于十一日進州衙關說。續于十六日州審錄供之後，風影備有酒席送至城隍廟。風影共出贓銀四百兩，三人均分。余持得贓一百三十三兩有零。二十八日在州衙辭行，由南京回五河本籍。贓證確據，何得諱稱並無其人？事關憲件，人命重情，煩貴縣查照來文事理，星即差押該犯赴州，以憑審結。望速！望速！」

知縣接了關文，又傳余二先生來問。余二先生道：「這更有的分辨了。生員再細細具呈上來，只求太父師做主。」說罷下來，到家做呈子。他妻舅趙麟書說道：「姐夫，這事不是這樣說了。分明是大爺做的事，他左一回右一回雪片的文書來，姐夫為什麼自己纏在身上？不如老老實實具個呈子，說大爺現在南京，叫他行文到南京去關，姐夫落得乾淨無事。我這裏『娃子不哭奶不脹』，為什麼把別人家的棺材拉在自己門口哭？」余二先生道：「老舅，我弟兄們的事，我自有主意，你不要替我焦心。」

趙麟書道：「不是我也不說。你家大爺平日性情不好，得罪的人多！就如仁昌典方三房裏，仁大典方六房裏，都是我們五門四關廂裏錚錚響的鄉紳，縣裏王公同他們是一個人，你大爺偏要拿話得罪他。就是這兩天，方二爺同彭鄉紳家五房裏做了親家。五爺是新科進士。我聽見說，就是王公做媒，擇的日子是出月初三日拜允。他們席間一定講到這事，彭老五也不要明說出你令兄不好處，只消微露其意，王公就明白了。那時王公作惡起來，反說姐夫你藏匿著哥，就耽不住了！還是依著我的話。」余二先生道：「我且再遞一張呈子。若那裏催的緊，再說出來也不遲。」趙麟書道：「再不，你去託託彭老五罷。」余二先生笑道：「也且慢些。」趙麟書見說他不信，就回去了。余二先生又具了呈子到縣裏。縣裏據他的呈子回文道：

「案據貴州移關：『要犯余持，係五河貢生，身中，面白，微鬚，年約五十多歲。的于四月初八日在無為州城隍廟寓所會風影會話，私和人命。隨于十一日進州衙關說。續于十六日州審錄供之後，風影備有酒席送至城隍廟。風影共出贓銀四百兩，三人均分。余持得贓一百三十三兩有零。二十八日在州衙辭行，由南京回五河本籍。贓證確據，何得諱稱並無其人？事關憲件，人命重情……』等因到縣。准此，本縣隨即拘傳本生到案，據供：生員余持，身中，面麻，微鬚，年四十四歲，係廩膳生員，未曾出貢。本年四月初八日，學憲按臨鳳陽，初九日行香，初十日懸牌，十一日科試八學生員，該生余持進院赴考，十五日覆試案發取錄。余持次日進院覆試，考居一等第二名，至二十四日送學憲起馬，回籍肄業。安能一身在鳳陽科試，又一身在無為州詐贓？本縣取具口供，隨取本學冊結對驗，該生委系在鳳陽科試，未曾到無為詐贓，不便解送。恐外鄉光棍頂名冒姓，理合據實回明，另緝審結云云。」

這文書回了去，那裏再不來提了。余二先生一塊石頭落了地，寫信約哥回來。大先生回來，細細問了這些事，說：「全費了兄弟的心！」便問：「衙門使費一總用了多少銀子？」二先生道：「這個話，哥還問他怎的？哥帶來的銀子，料理下葬為是。」

又過了幾日，弟兄二人商議，要去拜風水張雲峰。恰好一個本家來請吃酒，兩人拜了張雲峰，便到那裏赴席去。那裏請的沒有外人，就是請的他兩個嫡堂兄弟：一個叫余敷，一個叫余殷。兩人見大哥、二哥來，慌忙作揖，彼此坐下，問了些外路的事。余敷道：「今日王父母在彭老二家吃酒。」主人坐在底下道：「還不曾來哩，陰陽生才拿過帖子去。」余殷道：「彭老四點了主考了。聽見前日辭朝的時候，他一句話回的不好，朝廷把他身子拍了一下。」余大先生笑道：「他也沒有什麼話說的不好，就是說的不好，皇上離著他也遠，怎能自己拍他一下？」余殷紅著臉道：「然而不然！他而今官大了，是翰林院大學士，又帶著左春坊，每日就要站在朝廷大堂上暖閣子裏議事。他回的話不好，朝廷怎的不拍他！難道怕得罪他麼？」

主人坐在底下道：「大哥，前日在南京來，聽見說應天府尹進京了？」余大先生還不曾答應。余敷道：「這個事也是彭老四奏的。朝廷那一天問應天府可該換人？彭老四要薦他的同年湯奏，就說該換，他又不肯得罪府尹，唧唧的寫個書子帶來，叫府尹自己請陛見，所以進京去了。」余二先生道：「大僚更換的事，翰林院衙門是不管的，這話恐未必確。」余殷道：「這是王父母前日在仁大典吃酒席上親口說的，怎的不確！」說罷，擺上酒來。九個盤子：一盤青菜花炒肉、一盤煎鯽魚、一盤片粉拌雞、一盤攤蛋、一盤蔥炒蝦、一盤瓜子、一盤人參果、一盤石榴米、一盤豆腐乾。燙上滾熱的封缸酒來。

吃了一會，主人走進去拿出一個紅布口袋，盛著幾塊土，紅頭繩子拴著，向余敷、余殷說道：「今日請兩位賢弟來，就是要看看這山上土色。不知可用得？」余二先生道：「山上是幾時破土的？」主人道：「是前日。」余敷正要打開拿出土來看，余殷奪過來道：「等我看。」劈手就奪過來，拿出一塊土來放在面前，把頭歪在右邊看了一會，把頭歪在左邊又看了一會，拿手指頭掐下一塊土來，送在嘴裏，歪著嘴亂嚼。嚼了半天，把一大塊土就遞與余敷說道：「四哥，你看這土好不好？」

余敷把土接在手裏，拿著在燈底下，翻過來把正面看了一會，翻過來又把反面看了一會，也掐了一塊土送在嘴裏，閉著嘴，閉著眼，慢慢的嚼。嚼了半日，睜開眼，又把那土拿在鼻子跟前盡著聞。又聞了半天說道：「這土果然不好。」主人慌了道：「這地可葬得？」余殷道：「這地葬不得，葬了你家就要窮了！」余大先生道：「我不在家這十幾年，不想二位賢弟就這般精于地理。」余敷道：「不瞞大哥說，經過我愚弟兄兩個看的地，一毫也沒得辨駁的！」余大先生道：「方才這土是那山上的？」余二先生指著主人道：「便是賢弟家四叔的墳，商議要遷葬？」

余大先生屈指道：「四叔葬過已經二十多年，家裏也還平安，可以不必遷罷。」余殷道：「大哥，這是那裏來的話！他那墳裏一汪的水，一包的螞蟻，做兒子的人，把個父親放在水窩裏、螞蟻窩裏，不遷起來還成個人？」余大先生道：「如今尋的新地在那裏？」余殷道：「昨日這地不是我們尋的，我們替尋的一塊地在三尖峰。我把這形勢說給大哥看。」因把這桌上的盤子撤去兩個，拿指頭醮著封缸酒，在桌上畫個圈子，指著道：「大哥，你看，這是三尖峰。那邊來路遠哩！從浦口山上發脈，一個墩，一個砲；一個墩，一個砲；一個墩，一個砲；彎彎曲曲，骨裏骨碌，一路接著滾了來。滾到縣裏周家岡，龍身跌落過峽，又是一個墩，一個砲，骨骨碌碌幾十個砲趕了來，結成一個穴情。這穴情叫做『荷花出水』。」

正說著，小廝捧上五碗麵。主人請諸位用了醋，把這青菜炒肉夾了許多堆在麵碗頭上，眾人舉起箸來吃。余殷吃的差不多，揀了兩根麵條，在桌上彎彎曲曲做了一個來龍，睜著眼道：「我這地要出個狀元。葬下去中了一甲第二也算不得，就把我的兩隻眼睛剜掉了！」主人道：「那地葬下去自然要發？」余敷道：「怎的不發？就要發！並不等三年五年！」余殷道：「偎著就要發！你葬下去才知道好哩。」余大先生道：「前日我在南京聽見幾位朋友說，葬地只要父母安，那子孫發達的話也是渺茫。」余敷道：「然而不然！父母果然安，子孫怎的不發？」余殷道：「然而不然！彭府上那一座墳，一個龍爪子恰好搭在他太爺左膀子上，所以前日彭老四就有這一拍。難道不是一個龍爪子？大哥，你若不信，明日我同你到他墳上去看，你才知道。」又吃了幾杯，一齊起身道擾了，小廝打著燈籠送進余家巷去，各自歸家歇息。

次日大先生同二先生商議道：「昨日那兩個兄弟說的話怎樣一個道理？」二先生道：「他們也只說的好聽，究竟是無師之學，我們還是請張雲峰商議為是。」大先生道：「這最有理。」次日，弟兄兩個備了飯，請張雲峰來。張雲峰道：「我往常時諸事沾二位先生的光，二位先生因太老爺的大事託了我，怎不盡心？」大先生道：「我弟兄是寒士，蒙雲峰先生厚愛，凡事不恭，但望恕罪。」二先生道：「我們只要把父母大事做了歸著，而今拜託雲翁，並不必講發富發貴，只要地下乾暖，無風無蟻，我們愚弟兄就感激不盡了。」

張雲峰一一領命，過了幾日，尋了一塊地，就在祖墳旁邊。余大先生、余二先生同張雲峰到山裏去，親自覆了這地，託祖墳上山主用二十兩銀子買了，託張雲峰擇日子。日子還不曾擇來，那日閒著無事，大先生買了二斤酒，辦了六七個盤子，打算老弟兄兩個自己談談。到了下晚時候，大街上虞四公子寫個說帖來，寫道：

「今晚薄治園蔬，請二位表兄到荒齋一敘，勿外是荷。虞梁頓首。」

余大先生看了向那小廝道：「我知道了。拜上你家老爺，我們就來。」打發出門，隨即一個蘇州人，在這裏開糟坊的，打發人來請他弟兄兩個到糟坊裏去洗澡。大先生向二先生道：「這凌朋友家請我們，又想是有酒吃。我們而今擾了凌風家，再到虞表弟家去。」弟兄兩個來到凌家，一進了門，聽得裏面一片聲吵嚷。卻是凌家因在客邊，雇了兩個鄉裏大腳婆娘，主子都同他偷上了。五河的風俗是個個人都要同雇的大腳婆娘睡覺的。不怕正經敞廳裏擺著酒，大家說起這件事，都要笑的眼睛沒縫，欣欣得意，不以為羞恥的。凌家這兩個婆娘，彼此疑惑。你疑惑我多得了主子的錢，我疑惑你多得了主子的錢，爭風吃醋，打吵起來。又大家搬楦頭，說偷著店裏的店官，店官也跟在裏頭打吵。把廚房裏的碗兒、盞兒、碟兒打的粉碎。又伸開了大腳，把洗澡的盆桶都翻了。余家兩位先生酒也吃不成，澡也洗不成，倒反扯勸了半日，辭了主人出來。

主人不好意思，千告罪，萬告罪，說改日再請。兩位先生走出凌家門，便到虞家。虞家酒席已散，大門關了。余大先生笑道：「二弟，我們仍舊回家吃自己的酒。」二先生笑著，同哥到了家裏，叫拿出酒來吃。不想那二斤酒和六個盤子已是娘娘們吃了，只剩了個空壺空盤子在那裏。大先生道：「今日有三處酒吃，一處也吃不成；可見一飲一啄莫非前定。」弟兄兩個笑著吃了些小菜晚飯，吃了幾杯茶，彼此進房歇息。

睡到四更時分，門外一片聲大喊，兩弟兄一齊驚覺，看見窗外通紅，知道是對門失火，慌忙披了衣裳出來，叫齊了鄰居，把父母靈柩搬到街上。那火燒了兩間房子，到天亮就救息了。靈柩在街上。五河風俗，說靈柩擡出門，再要擡進來，就要窮人家。所以眾親友來看，都說乘此擡到山裏，擇個日子葬罷。大先生向二先生道：「我兩人葬父母，自然該正正經經的告了廟，備祭辭靈，遍請親友會葬，豈可如此草率！依我的意思，仍舊將靈柩請進中堂，擇日出殯。」二先生道：「這何消說，如果要窮死，儘是我弟兄兩個當災。」當下眾人勸著總不聽，喚齊了人，將靈柩請進中堂。候張雲峰擇了日子，出殯歸葬，甚是盡禮。

那日，闔縣送殯有許多的人。天長杜家也來了幾個人。自此，傳遍了五門四關廂一個大新聞，說：余家兄弟兩個越發呆串了皮了，做出這樣倒運的事！只因這一番，有分教：風塵惡俗之中，亦藏俊彥；數米量柴之外，別有經綸，畢竟後事如何，且聽下回分解。

第四十六回　三山門賢人餞別　五河縣勢利熏心

話說余大先生葬了父母之後，和二先生商議，要到南京去謝謝杜少卿。又因銀子用完了，順便就可以尋館。收拾行李，別了二先生，過江到杜少卿河房裏。杜少卿問了這場官事，余大先生細細說了。杜少卿不勝嘆息。正在河房裏閒話，外面傳進來，有儀徵湯大老爺來拜。余大先生問是那一位，杜少卿道：「便是請表兄做館的了，不妨就會他一會。」正說著，湯鎮臺進來，敘禮坐下。湯鎮臺道：「少卿先生，前在虞老先生齋中得接光儀，不覺鄙吝頓消，隨即登堂，不得相值，又懸我一日之思。此位老先生尊姓？」杜少卿道：「這便是家表兄余有達，老伯去歲曾要相約做館的。」鎮臺大喜道：「今日無意中又晤一位高賢，真為幸事。」從新作揖坐下。

余大先生道：「老先生功在社稷，今日角巾私第，口不言功，真古名將風度。」湯鎮臺道：「這是事勢相逼，不得不爾。至今想來，究竟還是意氣用事，並不曾報效得朝廷，倒惹得同官心中不快活。卻也悔之無及！」余大先生道：「這個，朝野自有定論，老先生也不必過謙了。」杜少卿道：「老伯此番來京貴幹？現寓何處？」湯鎮臺道：「家居無事，偶爾來京，借此會會諸位高賢。敝寓在承恩寺。弟就要去拜虞博士並莊徵君賢竹林。」吃過茶，辭別出來。余大先生同杜少卿送了上轎。余大先生暫寓杜少卿河房。

這湯鎮臺到國子監拜虞博士，那裏留下帖，回了不在署。隨往北門橋拜莊濯江，裏面見了帖子，忙叫請會。這湯鎮臺下轎進到廳事。主人出來，敘禮坐下，道了幾句彼此仰慕的話。湯鎮臺提起要往後湖拜莊徵君。莊濯江道：「家叔此刻恰好在舍，何不竟請一會？」湯鎮臺道：「這便好的極了。」莊濯江吩咐家人請出莊徵君來，同湯鎮臺拜見過，敘坐。又吃了一遍茶，莊徵君道：「老先生此來，恰好虞老先生尚未榮行，又重九相近，我們何不相約作一個登高會，就此便奉餞虞老先生，又可暢聚一日。」莊濯江道：「甚好。訂期便在舍間相聚便了。」湯鎮臺坐了一會，起身去了，說道：「數日內登高會再接教，可以為盡日之談。」說罷，二位送了出來。湯鎮臺又去拜了遲衡山、武正字。莊家隨即著家人送了五兩銀子到湯鎮臺寓所代席。

過了三日，管家持帖邀客，請各位早到。莊濯江在家等候，莊徵君已先在那裏。少刻，遲衡山、武正字、杜少卿都到了。莊濯江收拾了一個大敞榭，四面都插了菊花。此時正是九月初五，天氣亢爽，各人都穿著袷衣，啜茗閒談。又談了一會，湯鎮臺、蕭守府、虞博士都到了。眾人迎請進來，作揖坐下。湯鎮臺道：「我們俱係天涯海角之人，今幸得賢主人相邀一聚，也是三生之緣。又可惜虞老先生就要去了，此聚之後，不知快晤又在何時？」莊濯江道：「各位老先生當今山斗，今日惠顧茅齋，想五百里內賢人聚矣。」

坐定，家人捧上茶來，揭開來，似白水一般，香氣芬馥，銀針都浮在水面。吃過，又換了一巡真「天都」，雖是隔年陳的，那香氣尤烈。虞博士吃著茶，笑說道：「二位老先生當年在軍中，想不見此物。」蕭雲仙道：「豈但軍中，小弟在青楓城六年，得飲白水，已為厚幸，只覺強于馬溺多矣！」湯鎮臺道：「果然青楓水草可支數年。」莊徵君道：「蕭老先生博雅，真不數北魏崔浩。」遲衡山道：「前代後代，亦時有變遷的。」杜少卿道：「宰相須用讀書人，將帥亦須用讀書人。若非蕭老先生有識，安能立此大功？」武正字道：「我最可笑的，邊庭上都督不知有水草，部裏書辦核算時偏生知道。這不知是司官的學問，還是書辦的學問？若說是司官的學問，怪不的朝廷重文輕武；若說是書辦的考核，可見這大部的則例是移動不得的了。」說罷，一齊大笑起來。

戲子吹打已畢，奉席讓坐。戲子上來參堂。莊非熊起身道：「今日因各位老先生到舍，晚生把梨園榜上有名的十九名都傳了來，求各位老先生每人賞他一齣戲。」虞博士問：「怎麼叫做『梨園榜』？」余大先生把昔年杜慎卿這件風流事，述了一遍。眾人又大笑。湯鎮臺向杜少卿道：「令兄已是銓選部郎了？」杜少卿道：「正是。」武正字道：「慎卿先生此一番評騭，可云至公至明：只怕立朝之後做主考房官，又要目迷五色，奈何？」眾人又笑了。當日吃了一天酒。做完了戲，到黃昏時分，眾人散了。莊濯江尋妙手丹青畫了一幅「登高送別圖」，在會諸人都做了詩。又各家移樽到博士齋中餞別。

南京餞別虞博士的也不下千餘家。虞博士應酬煩了，凡要到船中送別的，都辭了不勞。那日叫了一隻小船，在水西門起行，只有杜少卿送在船上。杜少卿拜別道：「老叔已去，小姪從今無所依歸矣！」虞博士也不勝淒然，邀到船裏坐下，說道：「少卿，我不瞞你說，我本赤貧之士，在南京來做了六七年博士，每年積幾兩俸金，只掙了三十擔米的一塊田。我此番去，或是部郎，或是州縣，我多則做三年，少則做兩年，再積些俸銀，添得二十擔米，每年養著我夫妻兩個不得餓死，就罷了。子孫們的事，我也不去管他。現今小兒讀書之餘，我教他學個醫，可以餬口，我要做這官怎的？你在南京，我時常寄書子來問候你。」說罷，和杜少卿灑淚分手。

杜少卿上了岸，看著虞博士的船開了去，望不見了，方才回來。余大先生在河房裏，杜少卿把方才這些話告訴他。余大先生嘆道：「難進易退，真乃天懷淡定之君子。我們他日出身，皆當以此公為法。」彼此嘆賞了一回。當晚余二先生有家書來約大先生回去，說：「表弟虞華軒家請的西席先生去了，要請大哥到家教兒子，目今就要進館，請作速回去。」余大先生向杜少卿說了，辭別要去。次日束裝渡江，杜少卿送過，自回家去。

余大先生渡江回家，二先生接著，拿帖子與乃兄看，上寫：

「愚表弟虞梁，敬請余大表兄先生在舍教訓小兒，每年修金四十兩，節禮在外。此訂。」

大先生看了，次日去回拜。虞華軒迎了出來，心裏歡喜，作揖奉坐。小廝拿上茶來吃著。虞華軒道：「小兒蠢夯，自幼失學。前數年愚弟就想請表兄教他，因表兄出遊在外。今恰好表兄在家，就是小兒有幸了。舉人、進士，我和表兄兩家車載斗量，也不是什麼出奇東西。將來小兒在表兄門下，第一要學了表兄的品行，這就受益的多了！」余大先生道：「愚兄老拙株守，兩家至戚世交，只和老弟氣味還投合的來。老弟的兒子，就是我的兒子一般，我怎不盡心教導。若說中舉人、進士，我這不曾中過的人，或者不在行。至于品行文章，令郎自有家傳，愚兄也只是行所無事。」說罷，彼此笑了。擇了個吉日，請先生到館。余大先生絕早到了。虞小公子出來拜見，甚是聰俊。拜過，虞華軒送至館所。余大先生上了師位。虞華軒辭別，到那邊書房裏去坐。

才坐下，門上人同了一個客進來。這客是唐三痰的哥，叫做唐二棒椎，是前科中的文舉人，卻與虞華軒是同案進的學。這日因他家先生開館，就踱了來，要陪先生。虞華軒留他坐下吃了茶。唐二棒椎道：「今日恭喜令郎開館。」虞華軒道：「正是。」唐二棒椎道：「這先生最好，只是坐性差些，又好弄這些雜學，荒了正務。論余大先生的舉業，雖不是時下的惡習，他要學國初帖括的排場，卻也不是中和之業。」虞華軒道：「小兒也還早哩。如今請余大表兄，不過叫學他些立品，不做那勢利小人就罷了。」

又坐了一會，唐二棒椎道：「老華，我正有一件事要來請教你這通古學的。」虞華軒道：「我通什麼古學！你拿這話來笑我。」唐二棒椎道：「不是笑話，真要請教你。就是我前科僥倖，我有一個嫡姪，他在鳳陽府裏住，也和我同榜中了，又是同榜，又是同門。他自從中了，不曾到縣裏來，而今來祭祖。他昨日來拜我，是『門年愚姪』的帖子，我如今回拜他，可該用個『門年愚叔』？」虞華軒道：「怎麼說？」唐二棒椎道：「你難道不曾聽見？我舍姪同我同榜同門，是出在一個房師房裏中的了；他寫『門年愚姪』的帖子拜我，我可該照樣還他？」虞華軒道：「我難道不曉得同著一個房師叫做同門！但你方才說的『門年愚姪』四個字，是鬼話，是夢話？」唐二棒椎道：「怎的是夢話？」虞華軒仰天大笑道：「從古至今也沒有這樣奇事。」

唐二棒椎變著臉道：「老華，你莫怪我說！你雖世家大族，你家發過的老先生們離的遠了，你又不曾中過，這些官場上來往的儀制，你想是未必知道！我舍姪他在京裏不知見過多少大老，他這帖子的樣式必有個來歷，難道是混寫的！」虞華軒道：「你長兄既說是該這樣寫，就這樣寫罷了，何必問我！」唐二棒椎道：「你不曉得，等余大先生出來吃飯我問他。」正說著，小廝來說：「姚五爺進來了。」兩個人同站起來。姚五爺進來作揖坐下。虞華軒道：「五表兄，你昨日吃過飯，怎便去了？晚裏還有個便酒等著，你也不來。」唐二棒椎道：「姚老五，昨日在這裏吃中飯的麼？我昨日午後遇著你，你現說在仁昌典方老六家吃了飯出來。怎的這樣扯謊？」

小廝擺了飯，請余大先生來。余大先生首席，唐二棒椎對面，姚五爺上坐，主人下陪。吃過飯，虞華軒笑把方才寫帖子話說與余大先生，余大先生氣得兩臉紫漲，頸子裏的筋都耿出來，說道：「這話是那個說的？請問人生世上，是祖父要緊，是科名要緊？」虞華軒道：「自然是祖父要緊了，這也何消說得。」余大先生道：「既知是祖父要緊，如何才中了個舉人，便丟了天屬之親，叔姪們認起同年同門來？這樣得罪名教的話，我一世也不願聽！二哥，你這位令姪，還虧他中個舉，竟是一字不通的人。若是我的姪兒，我先拿他在祠堂裏祖宗神位前先打幾十板子才好！」唐二棒椎同姚五爺看見余大先生惱得像紅蟲，知道他的迂性呆氣發了，講些混話，支開了去。

須臾，吃完了茶，余大先生進館去了。姚五爺起身道：「我去走走再來。」唐二棒椎道：「你今日出去，該說在彭老二家吃了飯出來的了！」姚五爺笑道：「今日我在這裏陪先生，人都知道的，不好說在別處。」笑著去了。姚五爺去了一時又走回來，說道：「老華，廳上有個客來拜你，說是在府裏太尊衙門裏出來的，在廳上坐著哩。你快出去會他。」虞華軒道：「我並沒有這個相與，是那裏來的？」正疑惑間，門上傳進帖子來：「年家眷同學教弟季萑頓首拜」。

虞華軒出到廳上迎接。季葦蕭進來，作揖坐下，拿出一封書子，遞過來說道：「小弟在京師因同敝東家來貴郡，令表兄杜慎卿先生託寄一書，專候先生。今日得見雅範，實為深幸。」虞華軒接過書子，拆開從頭看了，說道：「先生與我敝府厲公祖是舊交？」季葦蕭道：「厲公是敝年伯荀大人的門生，所以邀小弟在他幕中共事。」虞華軒道：「先生因甚公事下縣來？」季葦蕭道：「此處無外人，可以奉告。厲太尊因貴縣當鋪戥子太重，剝削小民，所以託弟下來查一查。如其果真，此弊要除。」

虞華軒將椅子挪近季葦蕭跟前，低言道：「這是太公祖極大的仁政！敝縣別的當鋪原也不敢如此，只有仁昌、仁大方家這兩個典鋪。他又是鄉紳，又是鹽典，又同府縣官相與的極好，所以無所不為，百姓敢怒而不敢言。如今要除這個弊，只要除這兩家。況太公祖堂堂大守，何必要同這樣人相與？此說只可放在先生心裏，卻不可漏洩，說是小弟說的。」季葦蕭道：「這都領教了。」虞華軒又道：「蒙先生賜顧，本該備個小酌，奉屈一談；一來恐怕褻尊，二來小地方耳目眾多，明日備個菲酌送到尊寓，萬勿見卻。」季葦蕭道：「這也不敢當。」說罷，作別去了。

虞華軒走進書房來，姚五爺迎著問道：「可是太尊那裏來的？」虞華軒道：「怎麼不是！」姚五爺搖著頭笑道：「我不信！」唐二棒椎沈吟道：「老華，這倒也不錯。果然是太尊裏面的人？太尊同你不密邇，同太尊密邇的是彭老三、方老六他們二位。我聽見這人來，正在這裏疑惑。他果然在太尊衙門裏的人，他下縣來，不先到他們家去，倒有個先來拜你老哥的？這個話有些不像。恐怕是外方的什麼光棍，打著太尊的旗號，到處來騙人的錢。你不要上他的當！」虞華軒道：「也不見得這人不曾去拜他們。」

姚五爺笑道：「一定沒有拜。若拜了他們，怎肯還來拜你？」虞華軒道：「難道是太尊叫他來拜我的！是天長杜慎卿表兄在京裏寫書子給他來的。這人是有名的季葦蕭。」唐二棒椎搖手道：「這話更不然！季葦蕭是定梨園榜的高士。他既是名士，京裏一定在翰林院衙門裏走動。況且天長杜慎老同彭老四是一個人，豈有個他出京來，帶了杜慎老的書子來給你，不帶彭老四的書子來給他家的？這人一定不是季葦蕭。」虞華軒道：「是不是罷了，只管講他怎的！」便罵小廝：「酒席為什麼到此時還不停當！」一個小廝走來稟道：「酒席已經停當了。」

一個小廝掮了被囊行李進來說：「鄉裏成老爹到了。」只見一人，方巾，藍布直裰，薄底布鞋，花白鬍鬚，酒糟臉，進來作揖坐下，道：「好呀！今日恰好府上請先生，我撞著來吃喜酒。」虞華軒叫小廝拿水來給成老爹洗臉，抖掉了身上腿上那些黃泥，一同邀到廳上，擺上酒來。余大先生首席，眾位陪坐。天色已黑，虞府廳上點起一對料絲燈來，還是虞華軒曾祖尚書公在武英殿御賜之物，今已六十餘年，猶然簇新。余大先生道：「自古說：『故家喬木』，果然不差。就如尊府這燈，我縣裏沒有第二副。」成老爹道：「大先生，『三十年河東，三十年河西』！就像三十年前，你二位府上何等氣勢！我是親眼看見的。而今彭府上、方府上，都一年盛似一年。不說別的，府裏太尊、縣裏王公，都同他們是一個人，時時有內裏幕賓相公到他家來說要緊的話。百姓怎的不怕他！像這內裏幕賓相公，再不肯到別人家去。」

唐二棒椎道：「這些時可有幕賓相公來？」成老爹道：「現有一個姓『吉』的『吉』相公下來訪事，住在寶林寺僧官家。今日清早就在仁昌典方老六家。方老六把彭老二也請了家去陪著。三個人進了書房門，講了一天。不知太爺是作惡那一個，叫這『吉』相公下來訪的。」唐二棒椎望著姚五爺冷笑道：「何如？」余大先生看見他說的這些話可厭，因問他道：「老爹去年准給衣巾了？」成老爹道：「正是。虧學臺是彭老四的同年，求了他一封書子，所以准的。」余大先生笑道：「像老爹這一副酒糟臉，學臺看見，著實精神，怎的肯准？」成老爹道：「我說我這臉是浮腫著的。」眾人一齊笑了。

又吃了一會酒，成老爹道：「大先生，我和你是老了，沒中用的了。英雄出于少年。怎得我這華軒世兄下科高中了，同我們這唐二老爺一齊會上進士，雖不能像彭老四做這樣大位，或者像老三、老二候選個縣官，也與祖宗爭氣，我們臉上也有光輝！」余大先生看見這些話更可厭，因說道：「我們不講這些話，行令吃酒罷。」當下行了一個「快樂飲酒」的令，行了半夜，大家都吃醉了。成老爹扶到房裏去睡。打燈籠送余大先生、唐二棒椎、姚五爺回去。成老爹睡了一夜，半夜裏又吐，吐了又屙屎。不等天亮，就叫書屋裏的一個小小廝來掃屎，就悄悄向那小小廝說，叫把管租的管家叫了兩個進來。又鬼頭鬼腦，不知說了些什麼，便叫請出大爺來。只因這一番，有分教：鄉僻地面，偏多慕勢之風；學校宮前，竟行非禮之事。畢竟後事如何，且聽下回分解。

第四十七回　虞秀才重修元武閣　方鹽商大鬧節孝祠

話說虞華軒也是一個非同小可之人。他自小七八歲上，就是個神童。後來經史子集之書，無一樣不曾熟讀，無一樣不講究，無一樣不通徹。到了二十多歲，學問成了，一切兵、農、禮、樂、工、虞、水、火之事，他提了頭就知到尾，文章也是枚、馬，詩賦也是李、杜。況且他曾祖是尚書，祖是翰林，父是太守，真正是個大家。無奈他雖有這一肚子學問，五河人總不許他開口。五河的風俗：說起那人有品行，他就歪著嘴笑；說起前幾十年的世家大族，他就鼻子裏笑；說那個人會做詩賦古文，他就眉毛都會笑。問五河縣有什麼山川風景，是有個彭鄉紳；問五河縣有什麼出產希奇之物，是有個彭鄉紳；問五河縣那個有品望，是奉承彭鄉紳；問那個有德行，是奉承彭鄉紳；問那個有才情，是專會奉承彭鄉紳。卻另外有一件事，人也還怕：是同徽州方家做親家；還有一件事，人也還親熱：就是大捧的銀子拿出來買田。虞華軒生在這惡俗地方，又守著幾畝田園，跑不到別處去，因此就激而為怒。他父親太守公是個清官，當初在任上時，過些清苦日子。虞華軒在家省吃儉用，積起幾兩銀子。此時太守公告老在家，不管家務。虞華軒每年苦積下幾兩銀子，便叫興販田地的人家來，說要買田、買房子；講的差不多，又臭罵那些人一頓，不買，以此開心。一縣的人都說他有些痰氣，到底貪圖他幾兩銀子，所以來親熱他。

這成老爹是個興販行的行頭，那日叫管家請出大爺來，書房裏坐下，說道：「而今我那左近有一分田，水旱無憂，每年收的六百石稻。他要二千兩銀子。前日方六房裏要買他的，他已經打算賣給他，那些莊戶不肯。」虞華軒道：「莊戶為什麼不肯？」成老爹道：「莊戶因方府上田主子下鄉要莊戶備香案迎接，欠了租又要打板子；所以不肯賣與他。」虞華軒道：「不賣給他，要賣與我？我下鄉是擺臭案的？我除了不打他，他還要打我？」成老爹道：「不是這樣說。說你大爺寬宏大量，不像他們刻薄，而今所以來惣成的。不知你的銀子可現成？」虞華軒道：「我的銀怎的不現成？叫小廝搬出來給老爹瞧。」

當下叫小廝搬出三十錠大元寶來，望桌上一掀。那元寶在桌上亂滾，成老爹的眼就跟這元寶滾。虞華軒叫把銀子收了去，向成老爹道：「我這些銀子不扯謊麼？你就下鄉去說。說了來，我買他的。」成老爹道：「我在這裏還耽擱幾天，才得下去。」虞華軒道：「老爹有什麼公事？」成老爹道：「明日要到王父母那裏領先嬸母舉節孝的坊牌銀子，順便交錢糧；後日是彭老二的小令愛整十歲，要到那裏去拜壽；外後日是方六房裏請我吃中飯，要擾過他，才得下去。」虞華軒鼻子裏嘻的笑了一聲：「罷了。」留成老爹吃了中飯，領坊牌銀子，交錢糧去了。

虞華軒叫小廝把唐三痰請了來。這唐三痰因方家裏平日請吃酒吃飯，只請他哥舉人，不請他，他就專會打聽：方家那一日請人，請的是那幾個，他都打聽在肚裏，甚是的確。虞華軒曉得他這個毛病，那一日把他尋了來，向他說道：「費你的心去打聽打聽，仁昌典方六房裏外後日可請的有成老爹？打聽的確了來，外後日我就備飯請你。」唐三痰應諾，去打聽了半天回來說道：「並無此說，外後日方六房裏並不請人。」虞華軒道：「妙！妙！你外後日清早就到我這裏來吃一天。」送唐三痰去了。叫小廝悄悄在香蠟店託小官寫了一個紅單帖，上寫著：「十八日午間小飯候光」，下寫「方杓頓首」。拿封袋裝起來，貼了籤，叫人送在成老爹睡覺的房裏書案上。成老爹交了錢糧，晚裏回來看見帖子，自心裏歡喜道：「我老頭子老運亨通了！偶然扯個謊，就扯著了，又恰好是這一日！」歡喜著睡下。

到十八那日，唐三痰清早來了。虞華軒把成老爹請到廳上坐著，看見小廝一個個從大門外進來，一個拎著酒，一個拿著雞、鴨，一個拿著腳魚和蹄子，一個拿著四包果子，一個捧著一大盤肉心燒賣，都往廚房裏去。成老爹知道他今日備酒，也不問他。虞華軒問唐三痰道：「修元武閣的事，你可曾向木匠、瓦匠說？」唐三痰道：「說過了。工料費著哩。他那外面的圍牆倒了，要從新砌；又要修一路臺基，瓦工需兩三個月；裏頭換梁柱、釘椽子，木工還不知要多少。但凡修理房子，瓦木匠只打半工。他們只說三百，怕不也要五百多銀子才修得起來。」

成老爹道：「元武閣是令先祖蓋的，卻是一縣發科甲的風水；而今科甲發在彭府上，該是他家拿銀子修了，你家是不相干了，還只管累你出銀子？」虞華軒拱手道：「也好。費老爹的心向他家說說，幫我幾兩銀子，我少不得也見老爹的情。」成老爹道：「這事我說去。他家雖然官員多，氣魄大，但是我老頭子說話，他也還信我一兩句。」虞家小廝又悄悄的從後門口叫了一個賣草的，把他四個錢，叫他從大門口轉了進來，說道：「成老爹，我是方六老爺家來的。請老爹就過去，候著哩。」成老爹道：「拜上你老爺，我就來。」那賣草的去了。

成老爹辭了主人，一直來到仁昌典，門上人傳了進去。主人方老六出來會著，作揖坐下。方老六問：「老爹幾時上來的？」成老爹心裏驚了一下，答應道：「前日才來的。」方老六又問：「寓在那裏？」成老爹更慌了，答應道：「在虞華老家。」小廝拿上茶來吃過。成老爹道：「今日好天氣。」方老六道：「正是。」成老爹道：「這些時常會王父母？」方老六道：「前日還會著的。」彼此又坐了一會，沒有話說。

又吃了一會茶，成老爹道：「太尊這些時總不見下縣來過。若還到縣裏來，少不得先到六老爺家。太尊同六老爺相與的好，比不得別人。其實說，太爺闔縣也就敬的是六老爺一位，那有第二個鄉紳抵的過六老爺！」方老六道：「新按察司到任，太尊只怕也就在這些時要下縣來。」成老爹道：「正是。」又坐了一會，又吃了一道茶，也不見一個客來，也不見擺席，成老爹疑惑，肚裏又餓了，只得告辭一聲，看他怎說。因起身道：「我別過六老爺罷。」方老六也站起來道：「還坐坐。」成老爹道：「不坐了。」即便辭別，送了出來。

成老爹走出大門，摸頭不著，心裏想道：「莫不是我太來早了？」又想道：「不他有甚事怪我？」又想道：「莫不是我錯看了帖子？」猜疑不定。又心裏想道：「虞華軒家有現成酒飯，且到他家去吃再處。」一直走回虞家。虞華軒在書房裏擺著桌子，同唐三痰、姚老五和自己兩個本家，擺著五六碗滾熱的餚饌，正吃在快活處。見成老爹進來，都站起身。虞華軒道：「成老爹偏背了我們，吃了方家的好東西來了，好快活！」便叫：「快拿一張椅子與成老爹那邊坐，泡上好消食的陳茶來與成老爹吃。」

小廝遠遠放一張椅子在上面，請成老爹坐了。那蓋碗陳茶，左一碗，右一碗，送來與成老爹。成老爹越吃越餓，肚裏說不出來的苦。看見他們大肥肉塊、鴨子、腳魚，夾著往嘴裏送，氣得火在頂門裏直冒。他們一直吃到晚，成老爹一直餓到晚。等他送了客，客都散了，悄悄走到管家房裏要了一碗炒米，泡了吃。進房去睡下，在床上氣了一夜。次日辭了虞華軒，要下鄉回家去。虞華軒問：「老爹幾時來？」成老爹道：「若是田的事妥，我就上來。若是田的事不妥，我只等家孀母入節孝祠的日子，我再上來。」說罷，辭別去了。

一日，虞華軒在家無事，唐二棒椎走來說道：「老華，前日那姓季的果然是太尊府裏出來的，住寶林寺僧官家。方老六、彭老二都會著。竟是真的！」虞華軒道：「前日說不是也是你；今日說真的也是你。是不是罷了，這是什麼奇處！」唐二棒椎笑道：「老華，我從不曾會過太尊，你少不得在府裏回拜這位季兄去，攜帶我去見見太尊，可行得麼？」虞華軒道：「這也使得。」過了幾日雇了兩乘轎子，一同來鳳陽。到了衙裏，投了帖子。虞華軒又帶了一個帖子拜季葦蕭。衙裏接了帖子，回出來道：「季相公揚州去了，太爺有請。」二位同進去，在書房裏會。會過太尊出來，兩位都寓在東頭。太尊隨發帖請飯。唐二棒椎向虞華軒道：「太尊明日請我們，我們沒有個坐在下處等他的人老遠來邀的。明日我和你到府門口龍興寺坐著，好讓他一邀，我們就進去。」虞華軒笑道：「也罷。」

次日中飯後，同到龍興寺一個和尚家坐著，只聽得隔壁一個和尚家細吹細唱的有趣。唐二棒椎道：「這吹唱的好聽，我走過去看看。」看了一會回來，垂頭喪氣，向虞華軒抱怨道：「我上了你的當！你當這吹打的是誰？就是我縣裏仁昌典方老六同厲太尊的公子，備了極齊整的席，一個人摟著一個戲子，在那裏玩耍。他們這樣相厚，我前日只該同了方老六來！若同了他來，此時已同公子坐在一處。如今同了你，雖見得太尊一面，到底是個皮裏膜外的帳，有什麼意思！」虞華軒道：「都是你說的，我又不曾強扯了你來。他如今現在這裏，你跟了去不是！」唐二棒椎道：「同行不疏伴，我還同你到衙裏去吃酒。」說著，衙裏有人出來邀，兩人進衙去。太尊會著，說了許多仰慕的話，又問：「縣裏節孝幾時入祠？我好委官下來致祭。」兩人答道：「回去定了日子，少不得具請啓來請太公祖。」吃完了飯，辭別出來。次日，又拿帖子辭了行，回縣去了。

虞華軒到家第二日，余大先生來說：「節孝入祠，定于出月初三。我們兩家有好幾位叔祖母、伯母、叔母入祠，我們兩家都該公備祭酌，自家合族人都送到祠裏去。我兩人出去傳一傳。」虞華軒道：「這個何消說！寒舍是一位，尊府是兩位，兩家紳衿共有一百四五十人。我們會齊了，一同到祠門口，都穿了公服迎接當事，也是大家的氣象。」余大先生道：「我傳我家的去，你傳你家的去。」虞華軒到本家去了一交，惹了一肚子的氣，回來氣的一夜也沒有睡著。

清晨，余大先生走來，氣的兩隻眼白瞪著，問道：「表弟，你傳的本家怎樣？」虞華軒道：「正是；——表兄傳的怎樣？為何氣的這樣光景？」余大先生道：「再不要說起！我去向寒家這些人說，他不來也罷了，都回我說，方家老太太入祠，他們都要去陪祭候送，還要扯了我也去！我說了他們，他們還要笑我說背時的話，你說可要氣死了人！」虞華軒笑道：「寒家亦是如此，我氣了一夜。明日我備一個祭桌，自送我家叔祖母，不約他們了。」余大先生道：「我也只好如此。」相約定了。

到初三那日，虞華軒換了新衣帽，叫小廝挑了祭桌，到他本家八房裏。進了門，只見冷冷清清，一個客也沒有。八房裏堂弟是個窮秀才，頭戴破頭巾，身穿舊襴衫，出來作揖。虞華軒進去拜了叔祖母的神主，奉主升車。他家租了一個破亭子，兩條扁擔，四個鄉裏人歪擡著，也沒有執事。亭子前四個吹手，滴滴打打的吹著，擡上街來。虞華軒同他堂弟跟著，一直送到祠門口歇下。遠遠望見也是兩個破亭子，並無吹手，余大先生、二先生弟兄兩個跟著，擡來祠門口歇下。四個人會著，彼此作了揖。看見祠門前尊經閣上掛著燈，懸著綵子，擺著酒席。那閣蓋的極高大，又在街中間，四面都望見。戲子一擔擔挑箱上去，擡亭子的人道：「方老爺家的戲子來了！」又站了一會，聽得西門三聲銃響，擡亭子的人道：「方府老太太起身了！」須臾，街上鑼響，一片鼓樂之聲，兩把黃傘，八把旗，四隊蹡街馬，牌上的金字打著「禮部尚書」、「翰林學士」、「提督學院」、「狀元及第」，都是余、虞兩家送的。執事過了，腰鑼，馬上吹，提爐，簇擁著老太太的主亭子，邊旁八個大腳婆娘扶著。方六老爺紗帽員領，跟在亭子後。後邊的客做兩班：一班是鄉紳，一班是秀才。鄉紳是彭二老爺、彭三老爺、彭五老爺、彭七老爺；其餘就是余、虞兩家的舉人、進士、貢生、監生，共有六七十位，都穿著紗帽員領，恭恭敬敬跟著走。一班是余、虞兩家的秀才，也有六七十位，穿著襴衫、頭巾，慌慌張張在後邊趕著走。

鄉紳未了一個是唐二棒椎，手裏拿一個簿子在那裏邊記帳；秀才未了一個是唐三痰，手裏拿一個簿子在裏邊記帳。那余、虞兩家到底是詩禮人家，也還厚道，走到祠前，看見本家的亭子在那裏，竟有七八位走過來作一個揖，便大家簇擁著方老太太的亭子進祠去了。隨後便是知縣、學師、典史、把總，擺了執事來吹打安位。便是知縣祭，學師祭，典史祭，把總祭，鄉紳祭，秀才祭，主人家自祭。祭完了，紳衿一哄而出，都到尊經閣上赴席去了。

這裏等人擠散了，才把亭子擡了進去，也安了位。虞家還有華軒備的一個祭桌，余家只有大先生備的一副三牲，也祭奠了。擡了祭桌出來，沒處享福，算計借一個門斗家坐坐。余大先生擡頭看尊經閣上繡衣朱履，觥籌交錯。方六老爺行了一回禮，拘束很了，寬去了紗帽員領，換了方巾便服，在閣上廊沿間徘徊徘徊。便有一個賣花牙婆，姓權，大著一雙腳，走上閣來，哈哈笑道：「我來看老太太入祠！」方六老爺笑容可掬，同他站在一處，伏在欄杆上看執事。方六老爺拿手一宗一宗的指著說與他聽。權賣婆一手扶著欄杆，一手拉開袴腰捉蝨子，捉著，一個一個往嘴裏送。

余大先生看見這般光景，看不上眼，說道：「表弟，我們也不在這裏坐著吃酒了，把祭桌擡到你家，我同舍弟一同到你家坐坐罷。還不看見這些惹氣的事！」便叫挑了祭桌前走。他四五個人一路走著。在街上余大先生道：「表弟，我們縣裏，禮義廉恥一總都滅絕了！也因學宮裏沒有個好官，若是放在南京虞博士那裏，這樣事如何行的去！」余二先生道：「看虞博士那般舉動，他也不要禁止人怎樣，只是被了他的德化，那非禮之事，人自然不能行出來。」虞家弟兄幾個同嘆了一口氣，一同到家，吃了酒，各自散了。

此時元武閣已經動工，虞華軒每日去監工修理。那日晚上回來，成老爹坐在書房裏。虞華軒同他作了揖，拿茶吃了，問道：「前日節孝入祠，老爹為什麼不到？」成老爹道：「那日我要到的，身上有些病，不曾來的成。舍弟下鄉去，說是熱鬧的很。方府的執事擺了半街，王公同彭府上的人都在那裏送，尊經閣擺席唱戲，四鄉八鎮幾十里路的人都來看，說：『若要不是方府，怎做的這樣大事！』你自然也在閣上偏我吃酒。」虞華軒道：「老爹，你就不曉得我那日要送我家八房的叔祖母？」成老爹冷笑道：「你八房裏本家窮的有腿沒褲子，你本家的人，那個肯到他那裏去，連你這話也是哄我玩，你一定是送方老太太的。」虞華軒道：「這事已過，不必細講了。」

吃了晚飯，成老爹說：「那分田的賣主和中人都上縣來了，住在寶林寺裏。你若要他這田，明日就可以成事。」虞華軒道：「我要就是了。」成老爹道：「還有一個說法：這分田全然是我來說的，我要在中間打五十兩銀子的『背公』，要在你這裏除給我；我還要到那邊要中用錢去。」虞華軒道：「這個何消說，老爹是一個元寶。」當下把租頭、價銀、戥銀、銀色、雞、草、小租、酒水、畫字、上業主，都講清了。

成老爹把賣主、中人都約了來，大清早坐在虞家廳上。成老爹進來請大爺出來成契。走到書房裏，只見有許多木匠、瓦匠在那裏領銀子。虞華軒捧著多少五十兩一錠的大銀子散人，一個時辰就散掉了幾百兩。成老爹看著他散完了，叫他出去成田契。虞華軒睜著眼道：「那田貴了！我不要！」成老爹嚇了一個癡。虞華軒道：「老爹，我當真不要了。」便吩咐小廝：「到廳上把那鄉裏的幾個泥腿替我趕掉了！」成老爹氣的愁眉苦臉，只得自己走出去回那幾個鄉裏人去了。只因這一番，有分教：身離惡俗，門牆又見儒修；客到名邦，晉接不逢賢哲。畢竟後事如何，且聽下回分解。

第四十八回　徽州府烈婦殉夫　泰伯祠遺賢感舊

話說余大先生在虞府坐館，早去晚歸，習以為常。那日早上起來，洗了臉，吃了茶，要進館去。才走出大門，只見三騎馬進來，下了馬，向余大先生道喜。大先生問：「是何喜事？」報錄人拿出條子來看，知道是選了徽州府學訓導。余大先生歡喜，待了報錄人酒飯，打發了錢去，隨即虞華軒來賀喜，親友們都來賀。余大先生出去拜客，忙了幾天，料理到安慶領憑；領憑回來，帶家小到任。大先生邀二先生一同到任所去。二先生道：「哥寒氈一席，初到任的時候，只怕日用還不足。我在家裏罷。」大先生道：「我們老弟兄相聚得一日是一日。從前我兩個人各處坐館，動不動兩年不得見面。而今老了，只要弟兄兩個多聚幾時，那有飯吃沒飯吃，也且再商量。料想做官自然好似坐館，二弟，你同我去。」二先生應了，一同收拾行李，來徽州到任。

大先生本來極有文名，徽州人都知道。如今來做官，徽州人聽見，個個歡喜。到任之後，會見大先生胸懷坦白，言語爽利，這些秀才們，本不來會的，也要來會會，人人自以為得明師。又會著二先生談談，談的都是些有學問的話，眾人越發欽敬，每日也有幾個秀才來往。

那日，余大先生正坐在廳上，只見外面走進一個秀才來，頭戴方巾，身穿舊寶藍直裰，面皮深黑，花白鬍鬚，約有六十多歲光景。那秀才自己手裏拿著帖子，遞與余大先生。余大先生看帖子上寫著：「門生王蘊」。那秀才遞上帖子，拜了下去。余大先生回禮說道：「年兄莫不是尊字玉輝的麼？」王玉輝道：「門生正是。」余大先生道：「玉兄，二十年聞聲相思，而今才得一見。我和你只論好弟兄，不必拘這些俗套。」遂請到書房裏去坐，叫人請二老爺出來。二先生出來，同王玉輝會著，彼此又道了一番相慕之意，三人坐下。

王玉輝道，「門生在學裏也做了三十年的秀才，是個迂拙的人。往年就是本學老師，門生也不過是公堂一見而已。而今因大老師和世叔來，是兩位大名下，所以要時常來聆老師和世叔的教訓。要求老師不認做大概學裏門生，竟要把我做個受業弟子才好。」余大先生道：「老哥，你我老友，何出此言！」二先生道：「一向知道吾兄清貧，如今在家可做館？長年何以為生？」王玉輝道：「不瞞世叔說，我生平立的有個志向，要纂三部書嘉惠來學。」余大先生道：「是那三部？」王玉輝道：「一部禮書，一部字書，一部鄉約書。」二先生道：「禮書是怎麼樣？」王玉輝道：「禮書是將三禮分起類來，如事親之禮，敬長之禮等類。將經文大書，下面採諸經子史的話印證，教子弟們自幼習學。」

大先生道：「這一部書該頒于學宮，通行天下。請問字書是怎麼樣？」王玉輝道：「字書是七年識字法。其書已成，就送來與老師細閱。」二先生道：「字學不講久矣，有此一書，為功不淺。請問鄉約書怎樣？」王玉輝道：「鄉約書不過是添些儀制，勸醒愚民的意思。門生因這三部書，終日手不停披，所以沒的工夫做館。」大先生道：「幾位公郎？」王玉輝道：「只得一個小兒，倒有四個小女。大小女守節在家裏，那幾個小女都出閣不上一年多。」說著，余大先生留他吃了飯，將門生帖子退了不受，說道：「我們老弟兄要時常屈你來談談，料不嫌我苜蓿風味怠慢你。」弟兄兩個一同送出大門來，王先生慢慢回家。他家離城有十五里。

王玉輝回到家裏，向老妻和兒子說余老師這些相愛之意。次日，余大先生坐轎子下鄉，親自來拜，留著在草堂上坐了一會，去了。又次日，二先生自己走來，領著一個門斗，挑著一石米，走進來，會著王玉輝，作揖坐下。二先生道：「這是家兄的祿米一石。」又手裏拿出一封銀子來道：「這是家兄的俸銀一兩，送與長兄先生，權為數日薪水之資。」王玉輝接了這銀子，口裏說道：「我小姪沒有孝敬老師和世叔，怎反受起老師的惠來？」余二先生笑道：「這個何足為奇！只是貴處這學署清苦，兼之家兄初到。虞博士在南京幾十兩的拿著送與名士用，家兄也想學他。」王玉輝道：「這是『長者賜，不敢辭』，只得拜受了。」備飯留二先生坐，拿出這三樣書的稿子來，遞與二先生看。二先生細細看了，不勝嘆息。坐到下午時分，只見一個人走進來說道：「王老爹，我家相公病的狠，相公娘叫我來請老爹到那裏去看看。請老爹就要去。」王玉輝向二先生道：「這是第三個小女家的人，因女婿有病，約我去看。」二先生道：「如此，我別過罷。尊作的稿子，帶去與家兄看，看畢再送過來。」說罷起身。那門斗也吃了飯，挑著一擔空籮，將書稿子丟在籮裏，挑著跟進城去了。

王先生走了二十里，到了女婿家，看見女婿果然病重，醫生在那裏看，用著藥總不見效。一連過了幾天，女婿竟不在了，王玉輝慟哭了一場。見女兒哭的天愁地慘，候著丈夫入過殮，出來拜公婆和父親，道：「父親在上，我一個大姐姐死了丈夫，在家累著父親養活，而今我又死了丈夫，難道又要父親養活不成？父親是寒士，也養活不來這許多女兒！」王玉輝道：「你如今要怎樣？」三姑娘道：「我而今辭別公婆、父親，也便尋一條死路，跟著丈夫一處去了！」公婆兩個聽見這句話，驚得淚下如雨，說道：「我兒，你氣瘋了！自古螻蟻尚且貪生，你怎麼講出這樣話來！你生是我家人，死是我家鬼，我做公婆的怎的不養活你，要你父親養活？快不要如此！」三姑娘道：「爹媽也老了，我做媳婦的不能孝順爹媽，反累爹媽，我心裏不安，只是由著我到這條路上去罷。只是我死還有幾天工夫，要求父親到家替母親說了，請母親到這裏來，我當面別一別，這是要緊的。」王玉輝道：「親家，我仔細想來，我這小女要殉節的真切，倒也由著他行罷。自古『心去意難留』。」因向女兒道：「我兒，你既如此，這是青史上留名的事，我難道反攔阻你？你竟是這樣做罷。我今日就回家去，叫你母親來和你作別。」親家再三不肯。

王玉輝執意，一徑來到家裏，把這話向老孺人說了。老孺人道：「你怎的越老越呆了！一個女兒要死，你該勸他，怎麼倒叫他死？這是什麼話說！」王玉輝道：「這樣事你們是不曉得的。」老孺人聽見，痛哭流涕，連忙叫了轎子，去勸女兒，到親家家去了。王玉輝在家，依舊看書寫字，候女兒的信息。老孺人勸女兒，那裏勸的轉。一般每日梳洗，陪著母親坐，只是茶飯全然不吃。母親和婆婆著實勸著，千方百計，總不肯吃。餓到六天上，不能起床。母親看著，傷心慘目，痛入心脾，也就病倒了，擡了回來，在家睡著。又過了三日，二更天氣，幾把火把，幾個人來打門，報道：「三姑娘餓了八日，在今日午時去世了！」老孺人聽見，哭死了過去，灌醒回來，大哭不止。王玉輝走到床面前說道：「你這老人家真正是個呆子！三女兒他而今已是成了仙了，你哭他怎的？他這死的好，只怕我將來不能像他這一個好題目死哩！」因仰天大笑道：「死的好！死的好！」大笑著，走出房門去了。

次日，余大先生知道，大驚，不勝慘然。即備了香楮三牲，到靈前去拜奠。拜奠過，回衙門，立刻傳書辦備文書請旌烈婦。二先生幫著趕造文書，連夜詳了出去。二先生又備了禮來祭奠。三學的人聽見老師如此隆重，也就紛紛來祭奠，不計其數。過了兩個月，上司批准下來，製主入祠，門首建坊。到了入祠那日，余大先生邀請知縣，擺齊了執事，送烈女入祠。闔縣紳衿，都穿著公服，步行了送。當日入祠安了位，知縣祭，本學祭，余大先生祭，闔縣鄉紳祭，通學朋友祭，兩家親戚祭，兩家本族祭，祭了一天，在明倫堂擺席。通學人要請了王先生來上坐，說他生這樣好女兒，為倫紀生色。王玉輝到了此時，轉覺心傷，辭了不肯來。眾人在明倫堂吃了酒，散了。

次日，王玉輝到學署來謝余大先生。余大先生、二先生都會著，留著吃飯。王玉輝說起：「在家日日看見老妻悲慟，心下不忍，意思要到外面去作遊幾時。又想：要作遊，除非到南京去，那裏有極大的書坊，還可逗著他們刻這三部書。」余大先生道：「老哥要往南京，可惜虞博士去了。若是虞博士在南京，見了此書，贊揚一番，就有書坊搶的刻去了。」二先生道：「先生要往南京，哥如今寫一封書子去，與少卿表弟和紹光先生。這人言語是值錢的。」大先生欣然寫了幾封字，莊徵君、杜少卿、遲衡山、武正字都有。

王玉輝老人家不能走旱路，上船從嚴州西湖這一路走。一路看著水色山光，悲悼女兒，悽悽惶惶。一路來到蘇州，正要換船，心裏想起：「我有一個老朋友住在鄧尉山裏，他最愛我的書，我何不去看看他？」便把行李搬到山塘一個飯店裏住下，搭船往鄧尉山。那還是上晝時分，這船到晚才開。王玉輝問飯店的人道：「這裏有什麼好玩的所在？」飯店裏人道：「這一上去，只得六七里路便是虎丘，怎麼不好玩！」王玉輝鎖了房門，自己走出去。初時街道還窄，走到三二里路，漸漸闊了。路旁一個茶館，王玉輝走進去坐下，吃了一碗茶。看見那些遊船，有極大的，裏邊雕梁畫柱，焚著香，擺著酒席，一路遊到虎丘去。遊船過了多少，又有幾隻堂客船，不掛簾子，都穿著極鮮豔的衣服，在船裏坐著吃酒。

王玉輝心裏說道：「這蘇州風俗不好，一個婦人家不出閨門，豈有個叫了船在這河內遊蕩之理！」又看了一會，見船上一個少年穿白的婦人，他又想起女兒，心裏哽咽，那熱淚直滾出來。王玉輝忍著淚，出茶館門，一直往虎丘那條路上去。只見一路賣的腐乳、蓆子、耍貨，還有那四時的花卉，極其熱鬧，也有賣酒飯的，也有賣點心的。王玉輝老人家足力不濟，慢慢的走了許多時，才到虎丘寺門口。循著堦級上去，轉彎便是千人石，那裏也擺著有茶桌子。王玉輝坐著吃了一碗茶，四面看看，其實華麗。那天色陰陰的，像個要下雨的一般，王玉輝不能久坐，便起身來，走出寺門。走到半路，王玉輝餓了，坐在點心店裏，那猪肉包子六個錢一個，王玉輝吃了，交錢出店門。慢慢走回飯店，天已昏黑。船上人催著上船，王玉輝將行李拿到船上，幸虧雨不曾下的大，那船連夜的走。

一直來到鄧尉山，找著那朋友家裏。只見一帶矮矮的房子，門前垂柳掩映，兩扇門關著，門上貼了白。王玉輝就嚇了一跳，忙去敲門，只見那朋友的兒子，掛著一身的孝，出來開門，見了王玉輝，說道：「老伯如何今日才來？我父親那日不想你！直到臨回首的時候，還念著老伯不曾得見一面；又恨不曾得見老伯的全書。」王玉輝聽了，知道這個老朋友已死，那眼睛裏熱淚紛紛滾了出來，說道：「你父親幾時去世的？」那孝子道：「還不曾盡七。」王玉輝道：「靈柩還在家裏？」那孝子道：「還在家裏。」王玉輝道：「你引我到靈柩前去。」那孝子道：「老伯，且請洗了臉，吃了茶，再請老伯進來。」

當下就請王玉輝坐在堂屋裏，拿水來洗了臉。王玉輝不肯等吃了茶，叫那孝子領到靈柩前。孝子引進中堂，只見中間奉著靈柩，面前香爐、燭臺、遺像、魂幡。王玉輝慟哭了一場，倒身拜了四拜。那孝子謝了。王玉輝吃了茶，又將自己盤費買了一副香紙牲禮，把自己的書一同擺在靈柩前祭奠，又慟哭了一場。住了一夜，次日要行。那孝子留他不住。又在老朋友靈柩前辭行，又大哭了一場，含淚上船，那孝子直送到船上，方才回去。

王玉輝到了蘇州，又換了船，一路來到南京水西門上岸，進城尋了個下處，在牛公菴住下。次日，拿著書子去尋了一日回來。那知因虞博士選在浙江做官，杜少卿尋他去了，莊徵君到故鄉去修祖墳。遲衡山、武正字都到遠處做官去了。一個也遇不著。王玉輝也不懊悔，聽其自然，每日在牛公菴看書。過了一個多月，盤費用盡了，上街來閒走走。才走到巷口，遇著一個人作揖，叫聲：「老伯怎的在這裏？」王玉輝看那人，原來是同鄉人，姓鄧，名義，字質夫。這鄧質夫的父親是王玉輝同案進學，鄧質夫進學又是王玉輝做保結，故此稱是老伯。

王玉輝道：「老姪，幾年不見，一向在那裏？」鄧質夫道：「老伯寓在那裏？」王玉輝道：「我就在前面這牛公菴裏，不遠。」鄧質夫道：「且同到老伯下處去。」到了下處，鄧質夫拜見了，說道：「小姪自別老伯，在揚州這四五年。近日是東家託我來賣上江食鹽，寓在朝天宮。一向記念老伯，近況好麼？為什麼也到南京來？」王玉輝請他坐下，說道：「賢姪，當初令堂老夫人守節，鄰家失火，令堂對天祝告，反風滅火，天下皆聞。那知我第三個小女，也有這一番節烈。」因悉把女兒殉女婿的事說了一遍。「我因老妻在家哭泣，心裏不忍；府學余老師寫了幾封書子與我來會這裏幾位朋友，不想一個也會不著。」鄧質夫道：「是那幾位？」王玉輝一一說了。

鄧質夫嘆道：「小姪也恨的來遲了！當年南京有虞博士在這裏，名壇鼎盛，那泰伯祠大祭的事，天下皆聞。自從虞博士去了，這些賢人君子，風流雲散。小姪去年來，曾會著杜少卿先生，又因少卿先生在元武湖拜過莊徵君。而今都不在家了。老伯這寓處不便，且搬到朝天宮小姪那裏寓些時。」王玉輝應了，別過和尚，付了房錢，叫人挑行李，同鄧質夫到朝天宮寓處住下。鄧質夫晚間備了酒餚，請王玉輝吃著，又說起泰伯祠的話來。王玉輝道：「泰伯祠在那裏？我明日要去看看。」鄧質夫道：「我明日同老伯去。」

次日，兩人出南門，鄧質夫帶了幾分銀子把與看門的。開了門，進到正殿，兩人瞻拜了。走進後一層，樓底下，遲衡山貼的祭祀儀注單和派的執事單還在壁上。兩人將袖子拂去塵灰看了。

又走到樓上，見八張大櫃關鎖著樂器、祭器，王玉輝也要看。看祠的人回：「鑰匙在遲府上。」只得罷了。下來兩廊走走，兩邊書房都看了，一直走到省牲所，依舊出了大門，別過看祠的。兩人又到報恩寺玩玩，在琉璃塔下吃了一壺茶，出來寺門口酒樓上吃飯。王玉輝向鄧質夫說：「久在客邊煩了，要回家去，只是沒有盤纏。」鄧質夫道：「老伯怎的這樣說！我這裏料理盤纏，送老伯回家去。」便備了餞行的酒，拿出十幾兩銀子來，又雇了轎夫，送王先生回徽州去。又說道：「老伯，你雖去了，把這余先生的書交與小姪，等各位先生回來，小姪送與他們，也見得老伯來走了一回。」王玉輝道：「這最好。」便把書子交與鄧質夫，起身回去了。

王玉輝去了好些時，鄧質夫打聽得武正字已到家，把書子自己送去。正值武正字出門拜客，不曾會著，丟了書子去了，向他家人說：「這書是我朝天宮姓鄧的送來的，其中緣由，還要當面會再說。」武正字回來看了書，正要到朝天宮去回拜，恰好高翰林家著人來請。只因這一番，有分教：賓朋高宴，又來奇異之人；患難相扶，更出武勇之輩。畢竟後事如何，且聽下回分解。

第四十九回　翰林高談龍虎榜　中書冒占鳳凰池

話說武正字那日回家，正要回拜鄧質夫，外面傳進一副請帖，說「翰林院高老爺家請即日去陪客。」武正字對來人說道：「我去回拜了一個客，即刻就來，你先回覆老爺去罷。」家人道：「家老爺多拜上老爺，請的是浙江一位萬老爺，是家老爺從前拜盟的弟兄。就是請老爺同遲老爺會會，此外就是家老爺親家秦老爺。」武正字聽見有遲衡山，也就勉強應允了。回拜了鄧質夫，彼此不相值。午後高府來邀了兩次，武正字才去。高翰林接著，會過了。書房裏走出施御史、秦中書來，也會過了。才吃著茶，遲衡山也到了。

高翰林又叫管家去催萬老爺，因對施御史道：「這萬敝友是浙江一個最有用的人，一筆的好字。二十年前，學生做秀才的時候，在揚州會著他。他那時也是個秀才，他的舉動就有些不同，那時鹽務的諸公都不敢輕慢他，他比學生在那邊更覺的得意些。自從學生進京後，彼此就疏失了。前日他從京師回來，說已由序班授了中書，將來就是秦親家的同衙門了。」秦中書笑道：「我的同事，為甚要親翁做東道？明日乞到我家去。」說著，萬中書已經到門，傳了帖。高翰林拱手立在廳前滴水下，叫管家請轎，開了門。萬中書從門外下了轎，急趨上前，拜揖敘坐，說道：「蒙老先生見召，實不敢當。小弟二十年別懷，也要借尊酒一敘。但不知老先生今日可還另有外客？」高翰林道：「今日並無外客，就是侍御施老先生同敝親家秦中翰，還有此處兩位學中朋友：一位姓武，一位姓遲，現在西廳上坐著哩。」萬中書便道：「請會。」

管家去請，四位客都過正廳來，會過。施御史道：「高老先生相招奉陪老先生。」萬中書道：「小弟二十年前，在揚川得見高老先生，那時高老先生還未曾高發，那一段非凡氣魄，小弟便知道後來必是朝廷的柱石。自高老先生發解之後，小弟奔走四方，卻不曾到京師一晤。去年小弟到京，不料高老先生卻又養望在家了。所以昨在揚州幾個敝相知處有事，只得繞道來聚會一番。天幸又得接老先生同諸位先生的教。」秦中書道：「老先生貴班甚時補得著？出京來卻是為何？」萬中書道：「中書的班次，進士是一途，監生是一途。學生是就的辦事職銜，將來終身都脫不得這兩個字。要想加到翰林學士，料想是不能了。近來所以得缺甚難。」秦中書道：「就了不做官，這就不如不就了。」

萬中書丟了這邊，便向武正字、遲衡山道：「二位先生高才久屈，將來定是大器晚成的。就是小弟這就職的事，原算不得，始終還要從科甲出身。」遲衡山道：「弟輩碌碌，怎比老先生大才。」武正字道：「高老先生原是老先生同盟，將來自是難兄難弟可知。」說著，小廝來稟道：「請諸位老爺西廳用飯。」高翰林道：「先用了便飯，好慢慢的談談。」眾人到西廳飯畢，高翰林叫管家開了花園門，請諸位老爺看看。眾人從西廳右首一個月門內進去，另有一道長粉牆，牆角一個小門進去，便是一帶走廊，從走廊轉東首，下石子堦，便是一方蘭圃。這時天氣溫和，蘭花正放。前面石山、石屏都是人工堆就的。山上有小亭，可以容三四人；屏旁置磁墩兩個，屏後有竹子百十竿，竹子後面映著些矮矮的朱紅欄杆，裏邊圍著些未開的芍藥。高翰林同萬中書攜著手，悄悄的講話，直到亭子上去了。施御史同著秦中書，就隨便在石屏下閒坐。遲衡山同武正字信步從竹子裏面走到芍藥欄邊。遲衡山對武書道：「園子倒也還潔淨，只是少些樹木。」武正字道：「這是前人說過的：亭沼譬如爵位，時來則有之；樹木譬如名節，非素修弗能成。」

說著，只見高翰林同萬中書從亭子裏走下來，說道：「去年在莊濯江家看見武先生的《紅芍藥》詩，如今又是開芍藥的時候了。」當下主客六人，閒步了一回，從新到西廳上坐下。管家叫茶上點上一巡攢茶。遲衡山問萬中書道：「老先生貴省有個敝友，是處州人，不知老先生可曾會過？」萬中書道：「處州最有名的不過是馬純上先生；其餘在學的朋友也還認得幾個，但不知令友是誰？」遲衡山道：「正是這馬純上先生。」萬中書道：「馬二哥是我同盟的弟兄，怎麼不認得！他如今進京去了，他進了京，一定是就得手的。」武書忙問道：「他至今不曾中舉，他為什麼進京？」萬中書道：「學道三年任滿，保題了他的優行。這一進京，倒是個功名的捷徑，所以曉得他就得手的。」

施御史在旁道：「這些異路功名，弄來弄去始終有限。有操守的到底要從科甲出身。」遲衡山道：「上年他來敝地，小弟看他著實在舉業上講究的，不想這些年還是個秀才出身，可見這舉業二字，是個無憑的。」高翰林道：「遲先生，你這話就差了。我朝二百年來，只有這一樁事是絲毫不走的。摩元得元，摩魁得魁。那馬純上講的舉業，只算得些門面話，其實，此中的奧妙他全然不知。他就做三百年的秀才，考二百個案首。進了大場總是沒用的。」

武正字道：「難道大場裏同學道是兩樣看法不成？」高翰林道：「怎麼不是兩樣！凡學道考得起的，是大場裏再也不會中的。所以小弟未曾僥倖之先，只一心去揣摩大場，學道那裏時常考個三等也罷了。」萬中書道：「老先生的元作，敝省的人個個都揣摩爛了。」高翰林道：「老先生，『揣摩』二字，就是這舉業的金針了。小弟鄉試的那三篇拙作，沒有一句話是杜撰，字字都是有來歷的，所以才得僥倖。若是不知道揣摩，就是聖人也是不中的。那馬先生講了半生，講的都是些不中的舉業。他要曉得『揣摩』二字，如今也不知做到什麼官了！」

萬中書道：「老先生的話，真是後輩的津梁。但這馬二哥卻要算一位老學，小弟在楊州敝友家，見他著的《春秋》，倒也甚有條理。」高翰林道：「再也莫提起這話。敝處這裏有一位莊先生，他是朝廷徵召過的，而今在家閉門注《易》。前日有個朋友和他會席，聽見他說：『馬純上知進而不知退，直是一條小小的亢龍。』無論那馬先生不可比做亢龍，只把一個現活著的秀才拿來解聖人的經，這也就可笑之極了！」

武正字道：「老先生，此話也不過是他偶然取笑。要說活著的人就引用不得，當初文王、周公，為什麼就引用微子、箕子？後來孔子為什麼就引用顏子？那時這些人也都是活的。」高翰林道：「足見先生博學。小弟專經是《毛詩》，不是《周易》，所以未曾考核得清。」武正字道：「提起《毛詩》兩字，越發可笑了。近來這些做舉業的，泥定了朱注，越講越不明白。四五年前，天長杜少卿先生纂了一部《詩說》，引了些漢儒的說話，朋友們就都當作新聞。可見『學問』兩個字，如今是不必講的了！」遲衡山道：「這都是一偏的話。依小弟看來：講學問的只講學問，不必問功名；講功名的只講功名，不必問學問。若是兩樣都要講，弄到後來，一樣也做不成。」

說著，管家來稟：「請上席。」高翰林奉了萬中書的首座，施侍御的二座，遲先生三座，武先生四座，秦親家五座，自己坐了主位。三席酒就擺在西廳上面，酒餚十分齊整，卻不曾有戲。席中又談了些京師裏的朝政。說了一會，遲衡山向武正字道：「自從虞老先生離了此地，我們的聚會也漸漸的就少了。」少頃，轉了席，又點起燈燭來。吃了一巡，萬中書起身辭去。秦中書拉著道：「老先生一來是敝親家的同盟，就是小弟的親翁一般；二來又忝在同班，將來補選了，大概總在一處。明日千萬到舍間一敘。小弟此刻回家，就具過東來。」又回頭對眾人道：「明日一個客不添，一個客不減，還是我們照舊六個人。」遲衡山、武正字不曾則一聲。

施御史道：「極好。但是小弟明日打點屈萬老先生坐坐的，這個竟是後日罷。」萬中書道：「學生昨日才到這裏，不料今日就擾高老先生。諸位老先生尊府還不曾過來奉謁，那裏有個就來叨擾的？」高翰林道：「這個何妨。敝親家是貴同衙門，這個比別人不同，明日只求早光就是了。」萬中書含糊應允了。諸人都辭了主人，散了回去。當下秦中書回家，寫了五副請帖，差長班送了去請萬老爺、施老爺、遲相公、武相公、高老爺。又發了一張傳戲的溜子，叫一班戲，次日清晨伺候。又發了一個諭帖，諭門下總管，叫茶廚伺候，酒席要體面些。

次日，萬中書起來，想道：「我若先去拜秦家，恐怕拉住了，那時不得去拜眾人，他們必定就要怪，只說我撿有酒吃的人家跑。不如先拜了眾人，再去到秦家。」隨即寫了四副帖子，先拜施御史，御史出來會了，曉得就要到秦中書家吃酒，也不曾款留。隨即去拜遲相公，遲衡山家回：「昨晚因修理學宮的事，連夜出城往句容去了。」只得又拜武相公，武正字家回：「相公昨日不曾回家，來家的時節再來回拜罷。」

是日早飯時候，萬中書到了秦中書家，只見門口有一箭闊的青牆，中間縮著三號，卻是起花的大門樓。轎子沖著大門立定，只見大門裏粉屏上帖著紅紙硃標的「內閣中書」的封條，兩旁站著兩行雁翅的管家，管家脊背後便是執事上的帽架子，上首還貼著兩張「為禁約事」的告示。帖子傳了進去，秦中書迎出來，開了中間屏門。萬中書下了轎，拉著手，到廳上行禮、敘坐、拜茶。萬中書道：「學生叨在班末，將來凡事還要求提攜。今日有個賤名在此，只算先來拜謁，叨擾的事，容學生再來另謝。」秦中書道：「敝親家道及老先生十分大才，將來小弟設若竟補了，老先生便是小弟的泰山了。」萬中書道：「令親臺此刻可曾來哩？」秦中書道：「他早間差人來說，今日一定到這裏來。此刻也差不多了。」

說著，高翰林、施御史兩乘轎已經到門，下了轎，走進來了，敘了坐，吃了茶。高翰林道：「秦親家，那遲年兄同武年兄，這時也該來了？」秦中書道：「又差人去邀了。」萬中書道：「武先生或者還來，那遲先生是不來的了。」高翰林道：「老先生何以見得？」萬中書道：「早間他兩家奉拜，武先生家回：『昨晚不曾回家』。遲先生因修學宮的事往句容去了，所以曉得遲先生不來。」施御史道：「這兩個人卻也作怪！但凡我們請他，十回到有九回不到。若說他當真有事，做秀才的那裏有這許多事！若說他做身分，一個秀才的身分到那裏去！」秦中書道：「老先生同敝親家在此，那二位來也好，不來也罷。」萬中書道：「那二位先生的學問，想必也還是好的？」高翰林道：「那裏有什麼學問！有了學問倒不做老秀才了。只因上年國子監裏有一位虞博士，著實作興這幾個人，因而大家聯屬。而今也漸漸淡了！」

正說著，忽聽見左邊房子裏面高聲說道：「妙！妙！」眾人都覺詫異。秦中書叫管家去書房後面去看是什麼人喧嚷。管家來稟道：「是二老爺的相與鳳四老爹。」秦中書道：「原來鳳老四在後面，何不請他來談談？」管家從書房裏去請了出來。只見一個四十多歲的大漢，兩眼圓睜，雙眉直豎，一部極長的烏鬚垂過了胸膛；頭戴一頂力士巾，身穿一領元色緞緊袖袍，腳踹一雙尖頭靴，腰束一條絲鸞絛，肘下掛著小刀子，走到廳中間，作了一個總揖，便說道：「諸位老先生在此，小子在後面卻不知道，失陪的緊。」

秦中書拉著坐了，便指著鳳四爹對萬中書道：「這位鳳長兄是敝處這邊一個極有義氣的人。他的手底下，實在有些講究，而且一部《易筋經》記的爛熟的。他若是趲一個勁，那怕幾千斤的石塊，打落在他頭上、身上，他會絲毫不覺得。這些時，舍弟留他在舍間早晚請教，學他的技藝。」萬中書道：「這個品貌，原是個奇人，不是那手無縛雞之力的。」

秦中書又向鳳四老爹問道：「你方才在裏邊，連叫『妙，妙』卻是為何？」鳳四老爹道：「這不是我，是你令弟。令弟才說人的力氣到底是生來的，我就教他提了一段氣，著人拿椎棒打，越打越不疼，他一時喜歡起來，在那裏說妙。」萬中書向秦中書道：「令弟老先生在府，何不也請出來會會？」秦中書叫管家進去請，那秦二侉子已從後門裏騎了馬進小營看試箭法了。小廝們來請到內廳用飯。飯畢，小廝們又從內廳左首開了門，請諸位老爺進去閒坐。萬中書同著眾客進來。原來是兩個對廳，比正廳略小些，卻收拾得也還精緻。眾人隨便坐了，茶上捧進十二樣的攢茶來，一個十一二歲的小廝又向爐內添上些香。萬中書暗想道：「他們家的排場畢竟不同，我到家何不竟做起來？只是門面不得這樣大，現任的官府不能叫他來上門，也沒有他這些手下人伺候。」

正想著，一個穿花衣的末腳，拿著一本戲目走上來，打了搶跪，說道：「請老爺先賞兩齣。」萬中書讓過了高翰林、施御史，就點了一齣「請宴」，一齣「餞別」。施御史又點了一齣「五臺」。高翰林又點了一齣「追信」。末腳拿笏板在旁邊寫了，拿到戲房裏去扮。當下秦中書又叫點了一巡清茶。管家來稟道：「請諸位老爺外邊坐。」眾人陪著萬中書從對廳上過來。

到了二廳，看見做戲的場口已經鋪設的齊楚，兩邊放了五把圈椅，上面都是大紅盤金椅搭，依次坐下。長班帶著全班的戲子，都穿了腳色的衣裳，上來稟參了，全場、打鼓板才立到沿口，輕輕的打了一下鼓板。只見那貼旦裝了一個紅娘，一扭一捏，走上場來。長班又上來打了一個搶跪，稟了一聲「賞坐」，那吹手們才坐下去。這紅娘才唱了一聲，只聽得大門口忽然一棒鑼聲，又有紅黑帽子吆喝了進來。眾人都疑惑：「『請宴』裏面從沒有這個做法的。」只見管家跑進來，說不出話來。早有一個官員，頭戴紗帽，身穿玉色緞袍，腳下粉底皂靴，走上廳來。後面跟著二十多個快手，當先兩個，走到上面，把萬中書一手揪住，用一條鐵鏈套在頸子裏，就採了出去。那官員一言不發，也就出去了。眾人嚇的面面相覷。只因這一番，有分教：梨園子弟，從今笑煞鄉紳；萍水英雄，一力擔承患難。未知後面如何，且聽下回分解。

第五十回　假官員當街出醜　真義氣代友求名

話說那萬中書在秦中書家廳上看戲，突被一個官員，帶領捕役進來，將他鎖了出去。嚇得施御史、高翰林、秦中書面面相覷，摸頭不著。那戲也就剪住了。眾人定了一會，施御史向高翰林道：「貴相知此事，老先生自然曉得個影子？」高翰林道：「這件事情，小弟絲毫不知。但是剛才方縣尊也太可笑，何必裝這個模樣？」秦中書又埋怨道：「姻弟席上被官府鎖了客去，這個臉面卻也不甚好看！」高翰林道：「老親家，你這話差了，我坐在家裏，怎曉得他有甚事？況且拿去的是他，不是我，怕人怎的？」說著，管家又上來稟道：「戲子們請老爺的示：還是伺候，還是回去？」秦中書道：「客犯了事，我家人沒有犯事，為甚的不唱！」大家又坐著看戲。

只見鳳四老爹一個人坐在遠遠的，望著他們冷笑。秦中書瞥見，問道：「鳳四哥，難道這件事你有些曉得？」鳳四老爹道：「我如何得曉得？」秦中書道：「你不曉得，為什麼笑？」鳳四老爹道：「我笑諸位老先生好笑。人已拿去，急他則甚！依我的愚見，倒該差一個能幹人到縣裏去打探打探，到底為的甚事，一來也曉得下落，二來也曉得可與諸位老爺有礙。」施御史忙應道：「這話是的很！」秦中書也連忙道：「是的很！是的很！」當下差了一個人，叫他到縣裏打探。那管家去了。

這裏四人坐下，戲子從新上來做了「請宴」，又做「餞別」。施御史指著對高翰林道：「他才這兩齣戲點的就不利市，才請宴就餞別，弄得宴還不算請，別倒餞過了！」說著，又唱了一齣「五臺」。才要做「追信」，那打探的管家回來了，走到秦中書面前，說：「連縣裏也找不清。小的會著了刑房蕭二老爹，才託人抄了他一張牌票來。」說著遞與秦中書看。眾人起身都來看，是一張竹紙，抄得潦潦草草的。上寫著：

「臺州府正堂祁，為海防重地等事。奉巡撫浙江都察院鄒憲行參革臺州總兵苗而秀案內要犯一名萬里（即萬青雲），係本府已革生員，身中，面黃，微鬚，年四十九歲，潛逃在外。現奉親提。為此，除批差緝獲外，合亟通行。凡在緝獲地方，仰縣即時添差拿獲，解府詳審。慎毋遲誤！須至牌者。」

又一行下寫：

「右牌仰該縣官吏准此。」

原來是差人拿了通緝的文憑投到縣裏，這縣尊是浙江人，見是本省巡撫親提的人犯，所以帶人親自拿去的。其實犯事的始未，連縣尊也不明白。高翰林看了說道：「不但人拿的糊塗，連這牌票上的文法也有些糊塗。此人說是個中書，怎麼是個已革生員？就是已革生員，怎麼拖到總兵的參案裏去？」秦中書望著鳳四老爹道：「你方才笑我們的，你如今可能知道麼？」鳳四老爹道：「他們這種人會打聽什麼，等我替你去。」立起身來就走。秦中書道：「你當真的去？」鳳四老爹道：「這個扯謊做什麼？」說著，就去了。

鳳四老爹一直到縣門口，尋著兩個馬快頭。那馬快頭見了鳳四老爹，跟著他，叫東就東，叫西就西。鳳四老爹叫兩個馬快頭引帶他去會浙江的差人，那馬快頭領著鳳四老爹一直到三官堂，會著浙江的人。鳳四老爹問差人道：「你們是臺州府的差？」差人答道：「我是府差。」鳳四老爹道：「這萬相公到底為的甚事？」差人道：「我們也不知。只是敝上人吩咐，說是個要緊的人犯，所以差了各省來緝。老爹有甚吩咐，我照顧就是了。」鳳四老爹道：「他如今現在那裏？」差人道：「方老爺才問了他一堂，連他自己也說不明白。如今寄在外監裏，明日領了文書，只怕就要起身。老爹如今可是要看他？」鳳四老爹道：「他在外監裏，我自己去看他。你們明日領了文書，千萬等我到這裏，你們再起身。」差人應允了。

鳳四老爹同馬快頭走到監裏，會著萬中書。萬中書向鳳四老爹道：「小弟此番大概是奇冤極枉了。你回去替我致意高老先生同秦老先生，不知此後可能再會了。」鳳四老爹又細細問了他一番，只不得明白。因忖道：「這場官司，須是我同到浙江去才得明白。」也不對萬中書說，竟別了出監，說：「明日再來奉看。」一氣回到秦中書家。

只見那戲子都已散了，施御史也回去了，只有高翰林還在這裏等信，看見鳳四老爹回來，忙問道：「到底為甚事？」鳳四老爹道：「真正奇得緊！不但官府不曉得，連浙江的差人也不曉得。不但差人不曉得，連他自己也不曉得。這樣糊塗事，須我同他到浙江去，才得明白。」秦中書道：「這也就罷了，那個還管他這些閒事！」鳳四老爹道：「我的意思，明日就要同他走走去。如果他這官司利害，我就幫他去審審，也是會過這一場。」高翰林也怕日後拖累，便攛掇鳳四老爹同去。晚上送了十兩銀子到鳳家來，說：「送鳳四老爹路上做盤纏。」鳳四老爹收了。

次日起來，直到三官堂會著差人。差人道：「老爹好早。」鳳四老爹同差人轉出彎，到縣門口，來到刑房裏，會著蕭二老爹，催著他清稿；並送簽了一張解批，又撥了四名長解皂差，聽本官簽點，批文用了印。官府坐在三堂上，叫值日的皂頭把萬中書提了進來。臺州府差也跟到宅門口伺候。只見萬中書頭上還戴著紗帽，身上還穿著七品補服，方縣尊猛想到：「他拿的是個已革的生員，怎麼卻是這樣服色？」又對明了人名、年貌，絲毫不誣。因問道：「你到底是生員，是官？」萬中書道：「我本是臺州府學的生員，今歲在京，因書法端楷，保舉中書職銜的。生員不曾革過。」方知縣道：「授職的知照，想未下來；因有了官司，撫臺將你生員咨革了，也未可知。但你是個浙江人，本縣也是浙江人，本縣也不難為你。你的事，你自己好好去審就是了。」因又想道：「他回去了，地方官說他是個已革生員，就可以動刑了，我是個同省的人，難道這點照應沒有？」隨在簽批上硃筆添了一行：

「本犯萬里，年貌與來文相符，現今頭戴紗帽，身穿七品補服，供稱本年在京保舉中書職銜，相應原身鎖解。該差毋許需索，亦毋得疏縱。」

寫完了，隨簽了一個長差趙昇；又叫臺州府差進去，吩咐道：「這人比不得盜賊，有你們兩個，本縣這裏添一個也夠了。你們路上須要小心些。」三個差人接了批文，押著萬中書出來。

鳳四老爹接著，問府差道：「你是解差們？過清了？」指著縣差問道：「你是解差？」府差道：「過清了，他是解差。」縣門口看見鎖了一個戴紗帽穿補服的人出來，就圍了有兩百人看，越讓越不開。鳳四老爹道：「趙頭，你住在那裏？」趙昇道：「我就在轉灣。」鳳四老爹道：「先到你家去。」一齊走到趙昇家，小堂屋裏坐下。鳳四老爹叫趙昇把萬中書的鎖開了，鳳四老爹脫下外面一件長衣來，叫萬中書脫下公服換了。又叫府差到萬老爺寓處叫了管家來。府差去了回來說：「管家都未回寓處，想是逃走了。只有行李還在寓處，和尚卻不肯發。」

鳳四老爹聽了，又除了頭上的帽子，叫萬中書戴了，自己只包著網巾，穿著短衣，說道：「這裏地方小，都到我家去！」萬中書同三個差人跟著鳳四老爹一直走到洪武街。進了大門，二層廳上立定，萬中書納頭便拜。鳳四老爹拉住道：「此時不必行禮，先生且坐著。」便對差人道：「你們三位都是眼亮的，不必多話了。你們都在我這裏住著。萬老爹是我的相與，這場官司我是要同了去的。我卻也不難為你。」趙昇對來差道：「二位可有的說？」來差道：「鳳四老爹吩咐，這有什麼說。只求老爹作速些。」鳳四老爹道：「這個自然。」當下把三個差人送在廳對面一間空房裏，說道：「此地權住兩日。三位不妨就搬行李來。」三個差人把萬中書交與鳳四老爹，竟都放心，各自搬行李去了。

鳳四老爹把萬中書拉到左邊一個書房裏坐著，問道：「萬先生，你的這件事不妨實實的對我說，就有天大的事，我也可以幫襯你。說含糊話，那就罷了。」萬中書道：「我看老爹這個舉動，自是個豪傑。真人面前我也不說假話了，我這場官司，倒不輸在臺州府，反要輸在江寧縣。」鳳四老爹道：「江寧縣方老爺待你甚好，這是為何？」萬中書道：「不瞞老爹說，我實在是個秀才，不是個中書。只因家下日計艱難，沒奈何出來走走。要說是個秀才，只好喝風痾煙。說是個中書，那些商家同鄉紳財主們才肯有些照應。不想今日被縣尊把我這服色同官職寫在批上，將來解回去，欽案都也不妨，倒是這假官的官司吃不起了。」

鳳四老爹沈吟了一刻，道：「萬先生，你假如是個真官回去，這官司不知可得贏？」萬中書道：「我同苗總兵係一面之交，又不曾有甚過贓犯法的事，量情不得大輸。只要那裏不曉得假官一節，也就罷了。」鳳四老爹道：「你且住著，我自有道理。」萬中書住在書房裏，三個差人也搬來住在廳對過空房裏。鳳四老爹一面叫家裏人料理酒飯，一面自己走到秦中書家去。

秦中書聽見鳳四老爹來了，大衣也沒有穿，就走了出來，問道：「鳳四哥，事體怎麼樣了？」鳳四老爹道：「你還問哩！閉門家裏坐，禍從天上來。你還不曉得哩！」秦中書嚇的慌慌張張的，忙問道：「怎的？怎的？」鳳四老爹道，「怎的不怎的，官司夠你打半生！」秦中書越發嚇得面如土色，要問都問不出來了。鳳四老爹道：「你說他到底是個甚官？」秦中書道：「他說是個中書。」鳳四老爹道：「他的中書還在判官那裏造冊哩！」秦中書道：「難道他是個假的？」鳳四老爹道：「假的何消說！只是一場欽案官司，把一個假官從尊府拿去，那浙江巡撫本上也不要特參，只消帶上一筆，莫怪我說，老先生的事只怕也就是『滾水潑老鼠』了。」

秦中書聽了這些話，瞪著兩隻白眼，望著鳳四老爹道：「鳳四哥，你是極會辦事的人。如今這件事，到底怎樣好？」鳳四老爹道：「沒有怎樣好的法。他的官司不輸，你的身家不破。」秦中書道：「怎能叫他官司不輸？」鳳四老爹道：「假官就輸，真官就不輸！」秦中書道：「他已是假的，如何又得真？」鳳四老爹道：「難道你也是假的？」秦中書道：「我是遵例保舉來的。」鳳四老爹道：「你保舉得，他就保舉不得？」秦中書道：「就是保舉，也不得及。」鳳四老爹道：「怎的不得及？有了錢，就是官！現放著一位施老爺，還怕商量不來？」秦中書道：「這就快些叫他辦。」鳳四老爹道：「他到如今辦，他又不做假的了！」秦中書道：「依你怎麼樣？」鳳四老爹道：「若要依我麼，不怕拖官司，竟自隨他去。若要圖乾淨，替他辦一個，等他官司贏了來，得了缺，叫他一五一十算了來還你。就是九折三分錢也不妨。」

秦中書聽了這個話，嘆了一口氣道：「這都是好親家，拖累這一場，如今卻也沒法了！鳳四哥，銀子我竟出，只是事要你辦去。」鳳四老爹道：「這就是水中撈月了。這件事，要高老先生去辦。」秦中書道：「為甚的偏要他去？」鳳四老爹道：「如今施御史老爺是高老爺的相好，要懇著他作速照例寫揭帖揭到內閣，存了案，才有用哩。」秦中書道：「鳳四哥，果真你是見事的人。」隨即寫了一個帖子，請高親家老爺來商議要話。

少刻，高翰林到了，秦中書會著，就把鳳四老爹的話說了一遍。高翰林連忙道：「這個我就去。」鳳四老爹在旁道：「這是緊急事，秦老爺快把『所以然』交與高老爺去罷。」秦中書忙進去。一刻，叫管家捧出十二封銀子，每封足紋一百兩，交與高翰林道：「而今一半人情，一半禮物。這原是我墊出來的。我也曉得閣裏還有些使費，一總費親家的心，奉託施老先生包辦了罷。」高翰林局住不好意思，只得應允。拿了銀子到施御史家，託施御史連夜打發人進京辦去了。

鳳四老爹回到家裏，一氣走進書房，只見萬中書在椅子上坐著望哩。鳳四老爹道：「恭喜，如今是真的了。」隨將此事說了備細。萬中書不覺倒身下去，就磕了鳳四老爹二三十個頭。鳳四老爹拉了又拉，方才起來。鳳四老爹道：「明日仍舊穿了公服到這兩家謝謝去。」萬中書道：「這是極該的，但只不好意思。」說著，差人走進來請問鳳四老爹幾時起身。鳳四老爹道：「明日走不成，竟是後日罷。」次日起來，鳳四老爹催著萬中書去謝高、秦兩家。兩家收了帖，都回不在家，卻就回來了。鳳四老爹又叫萬中書親自到承恩寺起了行李來。鳳四老爹也收拾了行李，同著三個差人，竟送萬中書回浙江臺州去審官司去了。只因這一番，有分教：儒生落魄，變成衣錦還鄉；御史回心，惟恐一人負屈。未知後事如何，且聽下回分解。

第五十一回　少婦騙人折風月　壯士高興試官刑

話說鳳四老爹替萬中書辦了一個真中書，才自己帶了行李，同三個差人送萬中書到臺州審官司去。這時正是四月初旬，天氣溫和，五個人都穿著單衣，出了漢西門來叫船，打點一直到浙江去。叫遍了，總沒有一隻杭州船，只得叫船先到蘇州。到了蘇州，鳳四老爹打發清了船錢，才換了杭州船，這只船比南京叫的卻大著一半。鳳四老爹道：「我們也用不著這大船，只包他兩個艙罷。」隨即付埠頭一兩八錢銀子，包了他一個中艙，一個前艙。

五個人上了蘇州船，守候了一日，船家才攬了一個收絲的客人搭在前艙。這客人約有二十多歲，生的也還清秀，卻只得一擔行李，倒著實沈重。到晚，船家解了纜，放離了馬頭，用篙子撐了五里多路，一個小小的村落旁住了。那梢公對夥計說：「你帶好纜，放下二錨，照顧好了客人，我家去一頭。」那臺州差人笑著說道：「你是討順風去了。」那梢公也就嘻嘻的笑著去了。

萬中書同鳳四老爹上岸閒步了幾步，望見那晚煙漸散，水光裏月色漸明，徘徊了一會，復身上船來安歇，只見下水頭支支查查又搖了一隻小船來幫著泊。這時船上水手倒也開鋪去睡了，三個差人點起燈來打骨牌。只有萬中書、鳳四老爹同那個絲客人，在船裏推了窗子，憑船玩月。那小船靠攏了來，前頭撐篙的是一個四十多歲的瘦漢；後面火艙裏是一個十八九歲的婦人在裏邊拿舵，一眼看見船這邊三個男人看月，就掩身下艙裏去了。隔了一會，鳳四老爹同萬中書也都睡了，只有這絲客人略睡得遲些。

次日，日頭未出的時候，梢公背了一個篙袋上了船，急急的開了，走了三十里，方才吃早飯。早飯吃過了，將下午，鳳四老爹閒坐在艙裏，對萬中書說道：「我看先生此番雖然未必大傷筋骨，但是都院的官司，也夠拖纏哩。依我的意思，審你的時節，不管問你甚情節，你只說家中住的一個遊客鳳鳴岐做的。等他來拿了我去，就有道理了。」正說著，只見那絲客人眼兒紅紅的，在前艙裏哭。鳳四老爹同眾人忙問道：「客人，怎的了？」那客人只不則聲。

鳳四老爹猛然大悟，指著絲客人道：「是了！你這客人想是少年不老成，如今上了當了！」那客人不覺又羞的哭了起來，鳳四老爹細細問了一遍，才曉得：昨晚都睡靜了，這客人還倚著船窗，顧盼那船上婦人。這婦人見那兩個客人去了，才立出艙來，望著絲客人笑。船本靠得緊，雖是隔船，離身甚近，絲客人輕輕捏了他一下，那婦人便笑嘻嘻從窗子裏爬了過來，就做了巫山一夕。這絲客人睡著了，他就把行李內四封銀子——二百兩，盡行攜了去了。早上開船，這客人情思還昏昏的；到了此刻，看見被囊開了，才曉得被人偷了去。真是啞子夢見媽，說不出來的苦！

鳳四老爹沈吟了一刻，叫過船家來問道：「昨日那隻小船你們可還認得？」水手道：「認卻認得，這話打不得官司，告不得狀，有甚方法？」鳳四老爹道：「認得就好了。他昨日得了錢，我們走這頭，他必定去那頭。你們替我把桅眠了，架上櫓，趕著搖回去，望見他的船，遠遠的就泊了。弄得回來，再酬你們的勞。」船家依言搖了回去。搖到黃昏時候，才到了昨日泊的地方，卻不見那隻小船。鳳四老爹道：「還搖了回去。」約略又搖了二里多路，只見一株老柳樹下繫著那隻小船，遠望著卻不見人。鳳四老爹叫還泊近些，也泊在一株枯柳樹下。

鳳四老爹叫船家都睡了，不許則聲，自己上岸閒步。步到這隻小船面前，果然是昨日那船，那婦人同著瘦漢子在中艙裏說話哩。鳳四老爹徘徊了一會，慢慢回船，只見這小船不多時也移到這邊來泊。泊了一會，那瘦漢不見了。這夜月色比昨日更明，照見那婦人在船裏邊掠了鬢髮，穿了一件白布長衫在外面，下身換了一條黑綢裙子，獨自一個，在船窗裏坐著賞月。鳳四老爹低低問道：「夜靜了，你這小妮子船上沒有人，你也不怕麼？」那婦人答應道：「你管我怎的！我們一個人在船上是過慣了的，怕甚的！」說著就把眼睛斜覷了兩覷。

鳳四老爹一腳跨過船來，便抱那婦人。那婦人假意推來推去，卻不則聲。鳳四老爹把他一把抱起來，放在右腿膝上，那婦人也就不動，倒在鳳四老爹懷裏了。鳳四老爹道：「你船上沒有人，今夜陪我宿一宵，也是前世有緣。」那婦人道：「我們在船上住家，是從來不混帳的。今晚沒有人，遇著你這個冤家，叫我也沒有法了。只在這邊，我不到你船上去。」鳳四老爹道：「我行李內有東西，我不放心在你這邊。」說著，便將那婦人輕輕一提，提了過來。

這時船上人都睡了，只是中艙裏點著一盞燈，鋪著一副行李。鳳四老爹把婦人放在被上，那婦人就連忙脫了衣裳，鑽在被裏。那婦人不見鳳四老爹解衣，耳朵裏卻聽得軋軋的櫓聲。那婦人要擡起頭來看，卻被鳳四老爹一腿壓住，死也不得動，只得細細的聽，是船在水裏走哩！那婦人急了，忙問道：「這船怎麼走動了？」鳳四老爹道：「他行他的船，你睡你的覺，倒不快活？」那婦人越發急了道：「你放我回去罷！」鳳四老爹道：「呆妮子！你是騙錢，我是騙人，一樣的騙，怎的就慌？」那婦人才曉得是上了當了。只得哀告道：「你放了我，任憑甚東西，我都還你就是了。」鳳四老爹道：「放你去卻不能！拿了東西來才能放你去，我卻不難為你。」說著，那婦人起來，連褲子也沒有了。萬中書同絲客人從艙裏鑽出來看了，忍不住的好笑。鳳四老爹問明他家住址，同他漢子的姓名，叫船家在沒人煙的地方住了。

到了次日天明，叫絲客人拿了一個包袱，包了那婦人通身上下的衣裳，走回十多里路找著他的漢子。原來他漢子見船也不見，老婆也不見，正在樹底下著急哩。那絲客人有些認得，上前說了幾句，拍著他肩頭道：「你如今『賠了夫人又折兵』，還是造化哩！」他漢子不敢答應，客人把包袱打開，拿出他老婆的衣裳、褲子、褶褲、鞋來。他漢子才慌了，跪下去，只是磕頭。客人道：「我不拿你。快把昨日四封銀子拿了來，還你老婆。」

那漢子慌忙上了船，在梢上一個夾剪艙底下拿出一個大口袋來說道：「銀子一釐也沒有動，只求開恩還我女人罷！」客人背著銀子。那漢子拿著他老婆的衣裳，一直跟了走來。又不敢上船，聽見他老婆在船上叫，才硬著膽子走上去。只見他老婆在中艙裏圍在被裏哩。他漢子走上前，把衣裳遞與他，眾人看著那婦人穿了衣服，起來又磕了兩個頭，同烏龜滿面羞愧，下船去了。絲客人拿了一封銀子五十兩來謝鳳四老爹。鳳四老爹沈吟了一刻，竟收了。隨分做三份，拿著對三個差人道：「你們這件事原是個苦差，如今與你們算差錢罷。」差人謝了。

閒話休提。不日到了杭州，又換船直到臺州，五個人一齊進了城。府差道：「鳳四老爹，家門口恐怕有風聲，官府知道了，小人吃不起。」鳳四老爹道：「我有道理。」從城外叫了四乘小橋，放下簾子，叫三個差人同萬中書坐著，自己倒在後面走。一齊到了萬家來，進大門，是兩號門面房子，二進是兩改三造的小廳。萬中書才入內去，就聽見裏面有哭聲，一刻，又不哭了。頃刻，內裏備了飯出來。吃了飯，鳳四老爹道：「你們此刻不要去，點燈後，把承行的叫了來，我就有道理。」差人依著，點燈的時候，悄悄的去會臺州府承行的趙勤。趙勤聽見南京鳳四老爹同了來，吃了一驚，說道：「那是個仗義的豪傑，萬相公怎的相與他的？這個就造化了！」當下即同差人到萬家來。會著，彼此竟像老相與一般。鳳四老爹道：「趙師父，只一椿託你：先著大爺錄過供，供出來的人，你便拖了解。」趙書辦應允了。

次日，萬中書乘小轎子到了府前城隍廟裏面，照舊穿了七品公服，戴了紗帽，著了靴，只是頸子裏卻繫了鏈子。府差繳了牌票，祁太爺即時坐堂。解差趙昇執著批，將萬中書解上堂去。祁太爺看見紗帽員領，先吃一驚，又看了批文，有「遵例保舉中書」字樣，又吃了一驚。擡頭看那萬里，卻直立著未曾跪下，因問道：「你的中書是甚時得的？」萬中書道：「是本年正月內。」祁太爺道：「何以不見知照？」萬中書道：「由閣咨部，由部咨本省巡撫，也須時日。想目下也該到了。」祁太爺道：「你這中書早晚也是要革的了。」萬中書道：「中書自去年進京，今年回到南京，並無犯法的事。請問太公祖，隔省差拿，其中端的是何緣故？」

祁太爺道：「那苗鎮臺疏失了海防，被撫臺參拿了，衙門內搜出你的詩箋，上面一派阿諛的話頭，是你被他買囑了做的。現有贓款，你還不知麼？」萬中書道：「這就是冤枉之極了。中書在家的時節，並未會過苗鎮臺一面，如何有詩送他？」祁太爺道：「本府親自看過，長篇累牘，後面還有你的名姓圖書。現今撫院大人巡海，整駐本府，等著要題結這一案，你還能賴麼？」萬中書道：「中書雖然忝列官牆，詩卻是不會做的，至于名號的圖書，中書從來也沒有。只有家中住的一個客，上年刻了大大小小幾方送中書，中書就放在書房裏，未曾收進去。就是做詩，也是他會做，恐其是他假名的也未可知。還求太公祖詳察。」祁太爺道：「這人叫什麼？如今在那裏？」萬中書道：「他姓鳳，叫做鳳鳴歧，現住在中書家裏哩。」祁太爺立即拈了一枝火籤，差原差立拿鳳鳴歧，當堂回話。

差人去了一會，把鳳四老爹拿來。祁太爺坐在二堂上。原差上去回了，說：「鳳鳴歧已經拿到。」祁太爺叫他上堂，問道：「你便是鳳鳴歧麼？一向與苗總兵有相與麼？」鳳四老爹道：「我並認不得他。」祁太爺道：「那萬里做了送他的詩，今萬里到案，招出是你做的，連姓名圖書也是你刻的，你為什麼做這些犯法的事？」鳳四老爹道：「不但我生平不會做詩，就是做詩送人，也算不得一件犯法的事。」祁太爺道：「這廝強辯！」叫取過大刑來。那堂上堂下的皂隸。大家吆喝一聲，把夾棍向堂口一攛。兩個人扳翻了鳳四老爹，把他兩隻腿套在夾棍裏。

祁太爺道：「替我用力的夾！」那扯繩的皂隸用力把繩一收，只聽格喳的一聲，那夾棍迸為六段。祁太爺道：「這廝莫不是有邪術？」隨叫換了新夾棍，朱標一條封條，用了印，貼在夾棍上，從新再夾。那知道繩子尚未及扯，又是一聲響，那夾棍又斷了。一連換了三副夾棍，足足的迸做十八截，散了一地。鳳四老爹只是笑，並無一句口供。祁大爺毛了，只得退了堂，將犯人寄監，親自坐轎上公館轅門面稟了撫軍。那撫軍聽了備細，知道鳳鳴歧是有名的壯士，其中必有緣故。況且苗總兵已死于獄中，抑且萬里保舉中書的知照已到院，此事也不關緊要。因而吩咐祁知府從寬辦結。竟將萬里、鳳鳴歧都釋放。撫院也就回杭州去了。這一場焰騰騰的官事，卻被鳳四老爹一瓢冷水潑息。

萬中書開發了原差人等，官司完了，同鳳四老爹回到家中，念不絕口的說道：「老爹真是我的重生父母，再長爹娘，我將何以報你！」鳳四老爹大笑道：「我與先生既非舊交，向日又不曾受過你的恩惠，這不過是我一時偶然高興。你若認真感激起我來，那倒是個鄙夫之見了。我今要往杭州去尋一個朋友，就在明日便行。」萬中書再三挽留不住，只得憑著鳳四老爹要走就走。次日，鳳四老爹果然別了萬中書，不曾受他杯水之謝，取路往杭州去了。只因這一番，有分教：拔山扛鼎之義士，再顯神通；深謀詭計之奸徒，急償夙債，不知鳳四老爹來尋什麼人，且聽下回分解。

第五十二回 比武藝公子傷身 毀廳堂英雄討債

話說鳳四老爹別過萬中書，竟自取路到杭州。他有一個朋友叫做陳正公，向日曾欠他幾十兩銀子，心裏想道：「我何不找著他，向他要了做盤纏回去。」陳正公住在錢塘門外。他到錢塘門外來尋他，走了不多路，看見蘇堤上柳陰樹下，一叢人圍著兩個人在那裏盤馬。那馬上的人遠遠望見鳳四老爹，高聲叫道：「鳳四哥，你從那裏來的？」鳳四老爹近前一看，那人跳下馬來，拉著手。鳳四老爹道：「原來是秦二老爺。你是幾時來的？在這裏做什麼？」秦二侉子道：「你就去了這些時。那老萬的事與你甚相干，吃了自己的清水白米飯，管別人的閒事，這不是發了呆？你而今來的好的很，我正在這裏同胡八哥想你。」

鳳四老爹便問：「此位尊姓？」秦二侉子代答道：「這是此地胡尚書第八個公子胡八哥，為人極有趣，同我最相好。」胡老八知道是鳳四老爹，說了些彼此久慕的話。秦二侉子道：「而今鳳四哥來了，我們不盤馬了。回到下處去吃一杯罷。」鳳四老爹道：「我還要去尋一個朋友，」胡八亂子道：「貴友明日尋罷，今日難得相會，且到秦二哥寓處玩玩。」不由分說，把鳳四老爹拉著，叫家人勻出一匹馬，請鳳四老爹騎著，到伍相國祠門口，下了馬，一同進來。

秦二侉子就寓在後面樓下。鳳四老爹進來施禮坐下。秦二侉子吩咐家人快些辦酒來，同飯一齊吃。因向胡八亂子道：「難得我們鳳四哥來，便宜你明日看好武藝。我改日少不得同鳳四哥來奉拜，是要重重的叨擾哩。」胡八亂子道：「這個自然。」鳳四老爹看了壁上一幅字，指著向二位道：「這洪憨仙兄也和我相與。他初時也愛學幾椿武藝，後來不知怎的，好弄玄虛，勾人燒丹煉汞。不知此人而今在不在了？」胡八亂子道：「說起來竟是一場笑話，三家兄幾乎上了此人一個當。那年勾著處州的馬純上，慫恿家兄煉丹，銀子都已經封好，還虧家兄的運氣高，他忽然生起病來，病到幾日上就死了。不然，白白被他騙了去。」

鳳四老爹道：「三令兄可是諱縝的麼？」胡八亂子道：「正是，家兄為人，與小弟的性格不同，慣喜相與一班不三不四的人，做謅詩，自稱為名士。其實好酒好肉也不曾吃過一斤，倒整千整百的被人騙了去，眼也不眨一眨。小弟生性喜歡養幾匹馬，他就嫌好道惡，說作蹋了他的院子，我而今受不得，把老房子並與他，自己搬出來住，和他離門離戶了。」秦二侉子道：「胡八哥的新居乾淨的很哩，鳳四哥，我同你擾他去時，你就知道了。」說著，家人擺上酒來。

三個人傳杯換盞，吃到半酣，秦二侉子道：「鳳四哥，你剛才說要去尋朋友，是尋哪一個？」鳳四老爹道：「我有個朋友陳正公，是這裏人。他該我幾兩銀子，我要向他取討。」胡八亂子道：「可是一向住在竹竿巷，而今搬到錢塘門外的？」鳳四老爹道：「正是。」胡八亂子道：「他而今不在家，同了一個毛鬍子到南京賣絲去了。毛二鬍子也是三家兄的舊門客。鳳四哥，你不消去尋他，我叫家裏人替你送一個信去，叫他回來時來會你就是了。」當下吃過了飯，各自散了。胡老八告辭先去。秦二侉子就留鳳四老爹在寓同住。次日，拉了鳳四老爹同去看胡老八。胡老八也回候了，又打發家人來說道：「明日請秦二老爺同鳳四老爹早些過去便飯。老爺說，相好間不具帖子。」

到第二日，吃了早點心，秦二侉子便叫家人備了兩匹馬，同鳳四老爹騎著，家人跟隨，來到胡家。主人接著，在廳上坐下。秦二侉子道：「我們何不到書房裏坐？」主人道：「且請用了茶。」吃過了茶，主人邀二位從走巷一直往後邊去，只見滿地的馬糞。到了書房，二位進去，看見有幾位客，都是胡老八平日相與的些馳馬試劍的朋友，今日特來請教鳳四老爹的武藝。彼此作揖坐下。胡老八道：「這幾位朋友都是我的相好，今日聽見鳳四哥到，特為要求教的。」鳳四老爹道：「不敢，不敢。」又吃了一杯茶，大家起身，閒步一步。看那樓房三間，也不甚大，旁邊遊廊，廊上擺著許多的鞍架子，壁間靠著箭壺。一個月洞門過去，卻是一個大院子，一個馬柵。

胡老八向秦二侉子道：「秦二哥，我前日新買了一匹馬，身材倒也還好，你估一估，值個什麼價。」隨叫馬夫將那棗騮馬牽過來。這些客一擁上前來看。那馬十分跳躍，不提防，一個蹶子，把一位少年客的腿踢了一下，那少年便痛得了不得，矬了身子，墩下去。胡八亂子看了大怒，走上前，一腳就把那隻馬腿踢斷了。眾人吃了一驚。秦二侉子道：「好本事！」便道：「好些時不見你，你的武藝越發的精強了！」

當下先送了那位客回去。這裏擺酒上席，依次坐了。賓主七八個人，猜拳行令。大盤大碗，吃了個盡興。席完起身，秦二侉子道：「鳳四哥，你隨便使一兩件武藝給眾位老哥們看看。」眾人一齊道：「我等求教。」鳳四老爹道：「原要獻醜。只是玩那一件？」因指著天井內花臺子道：「把這方磚搬幾塊到這邊來。」秦二侉子叫家人搬了八塊放在堦沿上。眾人看鳳四老爹把右手袖子捲一捲，那八塊方磚齊齊整整，疊作一垛在堦沿上，有四尺來高。那鳳四老爹把手朝上一拍，只見那八塊方磚碎成十幾塊一直到底。眾人在旁一齊贊嘆。

秦二侉子道：「我們鳳四哥練就了這一個手段！他那『經』上說：『握拳能碎虎腦，側掌能斷牛首。』這個還不算出奇哩。胡八哥，你過來，你方才踢馬的腿勁也算是頭等了，你敢在鳳四哥的腎囊上踢一下，我就服你是真名公。」眾人都笑說：「這個如何使得！」鳳四老爹道：「八先生，你果然要試一試，這倒不妨。若是踢傷了，只怪秦二老官，與你不相干。」眾人一齊道：「鳳四老爹既說不妨，他必然有道理。」一個個都慫恿胡八亂子踢。

那胡八亂子想了一想，看看鳳四老爹又不是個金剛、巨毋霸，怕他怎的。便說道：「鳳四哥，果然如此，我就得罪了。」鳳四老爹把前襟提起，露出褲子來。他便使盡平生力氣，飛起右腳，向他襠裏一腳踢去。那知這一腳並不像踢到肉上，好像踢到一塊生鐵上，把五個腳指頭幾乎碰斷，那一痛直痛到心裏去。頃刻之間，那一隻腿提也提不起了。鳳四老爹上前道：「得罪，得罪。」眾人看了，又好驚，又好笑。鬧了一會，道謝告辭。主人一瘸一簸，把客送了回來，那一隻靴再也脫不下來，足足腫疼了七八日。

鳳四老爹在秦二侉子的下處，逐日打拳、跑馬，倒也不寂寞。一日正在那裏試拳法，外邊走進一個二十多歲的人，瘦小身材，來問南京鳳四老爹可在這裏。鳳四老爹出來會著，認得是陳正公的姪兒陳蝦子。問其來意，陳蝦子道：「前日胡府上有人送信，說四老爹你來了，家叔卻在南京賣絲去了。我今要往南京去接他。你老人家有甚話，我替你帶信去。」鳳四老爹道：「我要會令叔，也無甚話說。他向日挪我的五十兩銀子，得便叫他算還給我。我在此還有些時耽擱，竟等他回來罷了。費心拜上令叔，我也不寫信了。」陳蝦子應諾，回到家，取了行李，搭船便到南京。找到江寧縣前傅家絲行裏，尋著了陳正公。那陳正公正同毛二鬍子在一桌子上吃飯，見了姪子，叫他一同吃飯，問了些家務。陳蝦子把鳳四老爹要銀子的話都說了，安頓行李在樓上住。

且說這毛二鬍子先年在杭城開了個絨線鋪，原有兩千銀子的本錢；後來鑽到胡三公子家做篾片，又賺了他兩千銀子，搬到嘉興府開了個小當鋪。此人有個毛病，嗇細非常，一文如命。近來又同陳正公合夥販絲。陳正公也是一文如命的人，因此志同道合。南京絲行裏供給絲客人飲食，最為豐盛。毛二鬍子向陳正公道：「這行主人供給我們頓頓有肉，這不是行主人的肉，就是我們自己的肉，左右他要算了錢去，我們不如只吃他的素飯，葷菜我們自己買了吃，豈不便宜？」陳正公道：「正該如此。」到吃飯的時候，叫陳蝦子到熟切擔子上買十四個錢的熏腸子，三個人同吃，那陳蝦子到口不到肚，熬的清水滴滴。

一日，毛二鬍子向陳正公道：「我昨日聽得一個朋友說：這裏胭脂巷有一位中書秦老爺要上北京補官，攢湊盤程，一時不得應手，情願七扣的短票，借一千兩銀子。我想這是極穩的主子，又三個月內必還。老哥買絲餘下的那一項，湊起來還有二百多兩，何不秤出二百一十兩借給他？三個月就拿回三百兩，這不比做絲的利錢還大些？老哥如不見信，我另外寫一張包管給你。他那中間人我都熟識，絲毫不得走作的。」陳正公依言借了出去。到三個月上，毛二鬍子替他把這一筆銀子討回，銀色又足，平子又好，陳正公滿心歡喜。

又一日，毛二鬍子向陳正公道：「我昨日會見一個朋友，是個賣人參的客人。他說：國公府裏徐九老爺有個表兄陳四老爺，拿了他斤把人參，而今他要回蘇州去，陳四老爺一時銀子不湊手，就託他情願對扣借一百銀子還他，限兩個月拿二百銀子取回紙筆，也是一宗極穩的道路。」陳正公又拿出一百銀子交與毛二鬍子借出去。兩個月討回足足二百兩，兑一兑還餘了三錢，把個陳正公歡喜的要不得。

那陳蝦子被毛二鬍子一味朝死裏算，弄的他酒也沒得吃，肉也沒得吃，恨如頭醋。趁空向陳正公說道：「阿叔在這裏賣絲，爽利該把銀子交與行主人做絲。揀頭水好絲買了，就當在典鋪裏；當出銀子，又趕著買絲；買了又當著。當鋪的利錢微薄，像這樣套了去，一千兩本錢可以做得二千兩的生意，難道倒不好？為什麼信毛二老爹的話放起債來？放債到底是個不穩妥的事。像這樣掛起來，幾時才得回去？」陳正公道：「不妨。再過幾日，收拾收拾，也就可以回去了。」

那一日，毛二鬍子接到家信，看完了，咂嘴弄唇，只管獨自坐著躊躇。陳正公問道：「府上有何事？為甚出神？」毛二鬍子道：「不相干，這事不好向你說的。」陳正公再三要問。毛二鬍子道：「小兒寄信來說：我東頭街上談家當鋪折了本，要倒與人，現在有半樓貨，值得一千六百兩。他而今事急了，只要一千兩就出脫了。我想：我的小典裏，若把他這貨倒過來，倒是宗好生意。可惜而今運不動，掣不出本錢來。」陳正公道：「你何不同人合夥倒了過來？」

毛二鬍子道：「我也想來。若是同人合夥，領了人的本錢。他只要一分八釐行息，我還有幾釐的利錢。他若是要二分開外，我就是『羊肉不曾吃，空惹一身羶』，倒不如不幹這把刀兒了。」陳正公道：「呆子，你為甚不和我商量？我家裏還有幾兩銀子，借給你跳起來就是了。還怕你騙了我的？」毛二鬍子道：「罷！罷！老哥，生意事拿不穩，設或將來虧折了，不夠還你，那時叫我拿什麼臉來見你？」

陳正公見他如此至誠，一心一意要把銀子借與他，說道：「老哥，我和你從長商議。我這銀子，你拿去倒了他家貨來，我也不要你的大利錢，你只每月給我一個二分行息，多的利錢都是你的，將來陸續還我。縱然有些長短，我和你相好，難道還怪你不成？」毛二鬍子道：「既承老哥美意，只是這裏邊也要有一個人做個中見，寫一張切切實實的借券，交與你執著，才有個憑據，你才放心。那有我兩個人私相授受的呢？」陳正公道：「我知道老哥不是那樣人，並無甚不放心處，不但中人不必，連紙筆也不要，總以信行為主罷了。」當下陳正公瞞著陳蝦子，把行笥中餘賸下以及討回來的銀子，湊了一千兩，封的好好的，交與毛二鬍子，道：「我已經帶來的絲，等行主人代賣。這銀子本打算回湖州再買一回絲，而今且交與老哥先回去做那件事，我在此再等數日，也就回去了。」毛二鬍子謝了，收起銀子，次日上船，回嘉興去了。

又過了幾天，陳正公把賣絲的銀收齊全了，辭了行主人，帶著陳蝦子搭船回家，順便到嘉興上岸，看看毛鬍子。那毛鬍子的小當鋪開在西街上。一路問了去，只見小小門面三間，一層看牆；進了看牆門，院子上面三間廳房，安著櫃檯，幾個朝奉在裏面做生意，陳正公問道：「這可是毛二爺的當鋪？」櫃裏朝奉道：「尊駕貴姓？」陳正公道：「我叫做陳正公，從南京來，要會毛二爺。」朝奉道：「且請裏面坐。」後一層便是堆貨的樓。

陳正公進來，坐在樓底下，小朝奉送上一杯茶來，吃著，問道：「毛二哥在家麼？」朝奉道：「這鋪子原是毛二爺起頭開的，而今已經倒與汪敝東了。」陳正公吃了一驚，道：「他前日可曾來？」朝奉道：「這也不是他的店了，他還來做什麼！」陳正公道：「他而今那裏去了？」朝奉道：「他的腳步散散的，知他是到南京去，北京去了！」陳正公聽了這些話，驢頭不對馬嘴，急了一身的臭汗。同陳蝦子回到船上，趕到了家。

次日清早，有人來敲門，開門一看，是鳳四老爹，邀進客座，說了些久違想念的話。因說道：「承假一項，久應奉還，無奈近日又被一個人負騙，竟無法可施。」鳳四老爹問其緣故，陳正公細細說了一遍。鳳四老爹道：「這個不妨，我有道理。明日我同秦二老爺回南京，你先在嘉興等著我，我包你討回，一文也不少，何如？」陳公正道：「若果如此，重重奉謝老爹。」鳳四老爹道：「要謝的話，不必再提。」別過，回到下處，把這些話告訴秦二侉子。秦二侉子道：「四老爹的生意又上門了。這是你最喜做的事。」一面叫家人打發房錢，收拾行李，到斷河頭上了船。

將到嘉興，秦二侉子道：「我也跟你去瞧熱鬧。」同鳳四老爹上岸，一直找到毛家當鋪，只見陳正公在他店裏吵哩。鳳四老爹兩步做一步，闖進他看牆門，高聲嚷道：「姓毛的在家不在家？

陳家的銀子到底還不還？」那櫃檯裏朝奉正待出來答話，只見他兩手扳著看牆門，把身子往後一掙，那垛看牆就拉拉雜雜卸下半堵。秦二侉子正要進來看，幾乎把頭打了。那些朝奉和取當的看了，都目瞪口呆。鳳四老爹轉身走上廳來，背靠著他櫃檯外柱子，大叫道：「你們要命的快些走出去！」說著，把兩手背剪著，把身子一扭，那條柱子就離地歪在半邊，那一架廳簷就塌了半個，磚頭瓦片紛紛的打下來，灰土飛在半天裏，還虧朝奉們跑的快，不曾傷了性命。

那時街上人聽見裏面倒的房子響，門口看的人都擠滿了。毛二鬍子見不是事，只得從裏面走出來。鳳四老爹一頭的灰，越發精神抖抖，走進樓底下靠著他的庭柱。眾人一齊上前軟求，毛二鬍子自認不是，情願把這一筆帳本利清還，只求鳳四老爹不要動手。鳳四老爹大笑道：「諒你有多大的個巢窩！不夠我一頓飯時都拆成平地！」這時秦二侉子同陳正公都到樓下坐著。秦二侉子說道：「這件事，原是毛兄的不是，你以為沒有中人、借券，打不起官司，告不起狀，就可以白騙他的。可知道『不怕該債的精窮，只怕討債的英雄』，你而今遇著鳳四哥，還怕賴到那裏去！」那毛二鬍子無計可施，只得將本和利一平兌還，才完了這件橫事。陳正公得了銀子，送秦二侉子、鳳四老爹二位上船。彼此洗了臉，拿出兩封一百兩銀子，謝鳳四老爹。鳳四老爹笑道：「這不過是我一時高興，那裏要你謝我！留下五十兩，以清前帳，這五十兩你還拿回去。」陳正公謝了又謝，拿著銀子，辭別二位，另上小船去了。

鳳四老爹同秦二侉子說說笑笑，不日到了南京，各自回家。過了兩天，鳳四老爹到胭脂巷候秦中書。他門上人回道：「老爺近來同一位太平府的陳四老爺鎮日在來賓樓張家鬧，總也不回家。」後來鳳四老爹會著，勸他不要做這些事，又恰好京裏有人寄信來，說他補缺將近，秦中書也就收拾行裝進京。那來賓樓只剩得一個陳四老爺。只因這一番，有分教：國公府內，同飛玩雪之觴；來賓樓中，忽訝深宵之夢。畢竟怎樣一個來賓樓，且聽下回分解。

第五十三回　國公府雪夜留賓　來賓樓燈花驚夢

話說南京這十二樓，前門在武定橋，後門在東花園，鈔庫街的南首，就是長板橋。自從太祖皇帝定天下，把那元朝功臣之後都沒入樂籍，有一個教坊司管著他們。也有衙役執事，一般也坐堂打人。只是那王孫公子們來，他卻不敢和他起坐，只許垂手相見。每到春三二月天氣，那些姊妹們都勻脂抹粉，站在前門花柳之下，彼此邀伴玩耍。又有一個盒子會，邀集多人，治備極精巧的時樣飲饌，都要一家賽過一家。那有幾分顏色的，也不肯胡亂接人。又有那一宗老幫閒，專到這些人家來替他燒香，擦爐，安排花盆，揩抹桌椅，教琴棋書畫，那些妓女們相與的孤老多了，卻也要幾個名士來往，覺得破破俗。

那來賓樓有個雛兒，叫做聘娘。他公公在臨春班做正旦，小時也是極有名頭的。後來長了鬍子，做不得生意。卻娶了一個老婆，只望替他接接氣。那曉的又胖又黑，自從娶了他，鬼也不上門來。後來沒奈何，立了一個兒子，替他討了一個童養媳婦，長到十六歲，卻出落得十分人才。自此，孤老就走破了門檻。那聘娘雖是個門戶人家，心裏最喜歡相與官。他母舅金修義，就是金次福的兒子，常時帶兩個大老官到他家來走走，那日來對他說：「明日有一個貴人要到你這裏來玩玩。他是國公府內徐九公子的表兄。這人姓陳，排行第四，人都叫他是陳四老爺。我昨日在國公府裏做戲，那陳四老爺向我說，他著實聞你的名，要來看你。你將來相與了他，就可結交徐九公子，可不是好！」聘娘聽了，也著實歡喜。金修義吃完茶，去了。

次日，金修義回覆陳四老爺去。那陳四老爺是太平府人，寓在東水關董家河房。金修義到了寓處門口，兩個長隨，穿著一身簇新的衣服，傳了進去。陳四老爺出來，頭戴方巾，身穿玉色緞直裰，裏邊襯著狐狸皮襖，腳下粉底皂靴，白淨面皮，約有二十八九歲。見了金修義，問道：「你昨日可曾替我說信去？我幾時好去走走？」修義道：「小的昨日去說了，他那裏專候老爺降臨。」

陳四老爺道：「我就和你一路去罷。」說著又進去換了一套新衣服，出來叫那兩個長隨叫轎夫伺候。只見一個小小廝進來，拿著一封書。陳四老爺認得他是徐九公子家的書童，接過書子，拆開來看。上寫著：

「積雪初霽，瞻園紅梅，次第將放。望表兄文駕過我，圍爐作竟日談。萬勿推卻。至囑！至囑！上木南表兄先生。徐詠頓首。」

陳木南看了向金修義道：「我此時要到國公府裏去，你明日再來罷。」金修義去了。陳木南隨即上了轎，兩個長隨跟著，來到大功坊，轎子落在國公府門口，長隨傳了進去。半日，裏邊道：「有請。」陳木南下了轎，走進大門，過了銀鑾殿，從旁邊進去。徐九公子立在瞻園門口，迎著叫聲：「四哥，怎麼穿這些衣服？」陳木南看徐九公子時，烏帽珥貂，身穿織金雲緞夾衣，腰繫絲絛，腳下朱履。兩人拉著手。只見那園裏高高低低都是太湖石堆的玲瓏山子，山子上的雪還不曾融盡。徐九公子讓陳木南沿著欄杆，曲曲折折，來到亭子上。那亭子是園中最高處，望著那園中幾百樹梅花，都微微含著紅萼。

徐九公子道：「近來南京的天氣暖的這樣早，不消到十月盡，這梅花都已大放可觀了。」陳木南道：「表弟府裏不比外邊，這亭子雖然如此軒敞，卻不見一點寒氣襲人。唐詩說的好：『無人知道外邊寒』，不到此地，那知古人措語之妙！」說著擺上酒來，都是銀打的盆子，用架子架著，底下一層貯了燒酒，用火點著，焰騰騰的，暖著那裏邊的餚饌，卻無一點煙火氣。兩人吃著，徐九公子道：「近來的器皿都要翻出新樣，卻不知古人是怎樣的制度。想來倒不如而今精巧。」陳木南道：「可惜我來遲了一步。那一年，虞博士在國子監時，遲衡山請他到泰伯祠主祭，用的都是古禮古樂。那些祭品的器皿，都是訪古購求的。我若那時在南京，一定也去與祭，也就可以見古人的制度了。」徐九公子道：「十幾年來，我常在京，卻不知道家鄉有這幾位賢人君子。竟不曾會他們一面，也是一件缺陷事。」

吃了一會，陳木南身上暖烘烘，十分煩躁，起來脫去了一件衣服。管家忙接了，折好放在衣架上。徐九公子道：「聞的向日有一位天長杜先生在這莫愁湖大會梨園子弟，那時卻也還有幾個有名的腳色，而今怎麼這些做生旦的，卻要一個看得的也沒有？難道此時天也不生那等樣的腳色？」陳木南道：「論起這件事，卻也是杜先生作俑。自古婦人無貴賤。任憑他是青樓婢妾，到得收他做了側室，後來生出兒子，做了官，就可算的母以子貴。那些做戲的，憑他怎麼樣，到底算是個賤役。自從杜先生一番品題之後，這些縉紳士大夫家筵席間，定要幾個梨園中人，雜坐衣冠隊中，說長道短，這個成何體統！看起來，那杜先生也不得辭其過！」徐九公子道：「也是那些暴發戶人家，若是我家，他怎敢大膽！」

說了一會，陳木南又覺的身上煩熱，忙脫去一件衣服，管家接了去。陳木南道：「尊府雖比外面不同；怎麼如此太暖？」徐九公子道：「四哥，你不見亭子外面周圍一丈之外，雪所不到？這亭子卻是先國公在時造的，全是白銅鑄成，內中燒了煤火，所以這般溫暖。外邊怎麼有這樣所在！」陳木南聽了，才知道這個原故。兩人又飲了一會。天氣昏暗了，那幾百樹梅花上都懸了羊角燈，磊磊落落，點將起來，就如千點明珠，高下照耀，越掩映著那梅花枝幹，橫斜可愛。酒罷，捧上茶來吃了，陳木南告辭回寓。

過了一日，陳木南寫了一個札子，叫長隨拿到國公府向徐九公子借了二百兩銀子，買了許多緞匹，做了幾套衣服，長隨跟著，到聘娘家來做進見禮。到了來賓樓門口，一隻小猱獅狗叫了兩聲，裏邊那個黑胖虔婆出來迎接。看見陳木南人物體面，慌忙說道：「請姐夫到裏邊坐。」陳木南走了進去，兩間臥房，上面小小一個妝樓，安排著花瓶、爐几，十分清雅。聘娘先和一個人在那裏下圍棋，見了陳木南來，慌忙亂了局來陪，說道：「不知老爺到來，多有得罪。」虔婆道：「這就是太平陳四老爺，你常時念著他的詩，要會他的。四老爺才從國公府裏來的。」陳木南道：「兩套不堪的衣裳，媽媽休嫌輕慢。」虔婆道：「說那裏話，姐夫請也請不至！」

陳木南因問：「這一位尊姓？」聘娘接過來道：「這是北門橋鄒泰來太爺，是我們南京的國手，就是我的師父。」陳木南道：「久仰。」鄒泰來道：「這就是陳四老爺？一向知道是徐九老爺姑表弟兄，是一位貴人。今日也肯到這裏來，真個是聘娘的福氣了！」聘娘道：「老爺一定也是高手，何不同我師父下一盤？我自從跟著鄒師父學了兩年，還不曾得著他一著兩著的竅哩！」虔婆道：「姐夫且同鄒師父下一盤，我下去備酒來。」陳木南道：「怎好就請教的！」聘娘道：「這個何妨，我們鄒師父是極喜歡下的。」就把棋枰上棋子揀做兩處，請他兩人坐下。

鄒泰來道：「我和四老爺自然是對下。」陳木南道：「先生是國手，我如何下的過！只好讓幾子請教罷。」聘娘坐在旁邊，不由分說，替他排了七個黑子。鄒泰來道：「如何擺得這些！真個是要我出醜了！」陳木南道：「我知先生是不空下的，而今下個彩罷。」取出一錠銀子，交聘娘拿著。聘娘又在旁邊逼著鄒泰來動著。鄒泰來勉強下了幾子。陳木南起首還不覺的，到了半盤，四處受敵，待要吃他幾子，又被他占了外勢；待要不吃他的，自己又不得活；及至後來，雖然贏了他兩子，確費盡了氣力。鄒泰來道：「四老爺下的高，和聘娘真是個對手！」聘娘道：「鄒師父是從來不給人贏的，今日一般也輸了。」陳木南道：「鄒先生方才分明是讓，我那裏下的過！還要添兩子再請教一盤。」

鄒泰來因是有彩，又曉的他是屎棋，也不怕他惱，擺起九個子，足足贏了三十多著。陳木南肚裏氣得生疼，拉著他只管下了去。一直讓到十三，共總還是下不過，因說道：「先生的棋實是高，還要讓幾個才好。」鄒泰來道：「盤上再沒有個擺法了，卻是怎麼樣好？」聘娘道：「我們而今另有個玩法。鄒師父，頭一著不許你動，隨便拈著丟在那裏就算，這叫個『憑天降福』。」鄒泰來笑道：「這成個什麼款！那有這個道理！」陳木南又逼著他下，只得叫聘娘拿一個白子混丟在盤上，接著下了去。這一盤，鄒泰來卻被殺死四五塊。陳木南正在暗歡喜，又被他生出一個劫來，打個不清，陳木南又要輸了。聘娘手裏抱了烏雲覆雪的貓，望上一撲，那棋就亂了。兩人大笑，站起身來，恰好虔婆來說：「酒席齊備。」

擺上酒來，聘娘高擎翠袖，將頭一杯奉了陳四老爺；第二杯就要奉師父，師父不敢當，自己接了酒。彼此放在桌上。虔婆也走來坐在橫頭。候四老爺乾了頭一杯，虔婆自己也奉一杯酒，說道：「四老爺是在國公府裏吃這好酒好餚的，到我們門戶人家，那裏吃得慣！」聘娘道：「你看儂媽也韶刀了！難道四老爺家沒有好的吃，定要到國公府裏，才吃著好的？」虔婆笑道：「姑娘說的是，又是我的不是了，且罰我一杯。」當下自己斟著，吃了一大杯。

陳木南笑道：「酒菜也是一樣。」虔婆道：「四老爺，想我老身在南京也活了五十多歲，每日聽見人說國公府裏，我卻不曾進去過，不知怎樣像天宮一般哩！我聽見說，國公府裏不點蠟燭。」鄒泰來道：「這媽媽講呆話！國公府不點蠟燭，倒點油燈！」虔婆伸過一隻手來道：「鄒太爺，棰子兒你嗒嗒！他府裏『不點蠟燭，倒點油燈』！他家那些娘娘們房裏，一個人一個斗大的夜明珠掛在梁上，照的一屋都亮，所以不點蠟燭。四老爺，這話可是有的麼？」陳木南道：「珠子雖然有，也未必拿了做蠟燭，我那表嫂是個和氣不過的人，這事也容易，將來我帶了聘娘進去看看我那表嫂，你老人家就裝一個跟隨的人，拿了衣服包，也就跟去看看他的房子了。」

虔婆合掌道：「阿彌陀佛！眼見希奇物，勝作一世人！我成日裏燒香念佛，保佑得這一尊天貴星到我家來，帶我到天宮裏走走，老身來世也得人身，不變驢馬！」鄒泰來道：「當初太祖皇帝帶了王媽媽季巴巴到皇宮裏去，他們認做古廟。你明日到國公府裏去，只怕也要認做古廟哩！」一齊大笑。虔婆又吃了兩杯酒，醉了，涎著醉眼說道：「他府裏那些娘娘，不知怎樣像畫兒上畫的美人！老爺若是把聘娘帶了去，就比下來了。」聘娘瞅他一眼道：「人生在世上，只要生的好，那在乎貴賤！難道做官的有錢的女人都是好看的？我舊年在石觀音菴燒香，遇著國公府裏十幾乘轎子下來，一個個團頭團臉的，也沒有什麼出奇！」虔婆道：「又是我說的不是，姑娘說的是，再罰我一大杯！」當下虔婆前後共吃了幾大杯，吃的乜乜斜斜，東倒西歪。收了傢伙，叫撈毛的打燈籠送鄒泰來家去，請四老爺進房歇息。

陳木南下樓來進了房裏，聞見噴鼻香。窗子前花梨桌上安著鏡臺，牆上懸著一幅陳眉公的畫，壁桌上供著一尊玉觀音，兩邊放著八張水磨楠木椅子，中間一張羅甸床，掛著大紅綢帳子，床上被褥足有三尺多高，枕頭邊放著薰籠，床面前一架幾十個香橼，結成一個流蘇，房中間放著一個大銅火盆，燒著通紅的炭，頓著銅銚，煨著雨水。聘娘用纖手在錫瓶內撮出銀針茶來，安放在宜興壺裏，沖了水，遞與四老爺，和他並肩而坐。叫丫頭出去取水來。聘娘拿大紅汗巾搭在四老爺磕膝上，問道：「四老爺，你既同國公府裏是親戚，你幾時才做官？」陳木南道：「這話我不告訴別人，怎肯瞞你？我大表兄在京裏已是把我薦了，再過一年，我就可以得個知府的前程。你若有心于我，我將來和你媽說了，拿幾百兩銀子贖了你，同到任上去。」

聘娘聽了他這話，拉著手，倒在他懷裏，說道：「這話是你今晚說的，燈光菩薩聽著！你若是丟了我，再娶了別的妖精，我這觀音菩薩最靈驗，我只把他背過臉來，朝了牆，叫你同別人睡，偎著枕頭就頭疼！爬起來就不頭疼。我是好人家兒女，也不是貪圖你做官，就是愛你的人物，你不要辜負了我這一點心！」丫頭推開門，拿湯桶送水進來。聘娘慌忙站開，開了抽屜，拿出一包檀香屑，倒在腳盆裏，倒上水，請四老爺坐，洗腳。

正洗著，只見又是一個丫頭，打了燈籠，一班四五個少年姊妹，都戴著貂鼠暖耳，穿著銀鼠、灰鼠衣服進來，嘻嘻笑笑，兩邊椅子坐下，說道：「聘娘今日接了貴人，盒子會明日在你家做，分子是你一個人出！」聘娘道：「這個自然。」姊妹們笑玩了一會，去了。聘娘解衣上床，陳木南見他豐若有肌，柔若無骨，十分歡洽——。朦朧睡去。忽又驚醒，見燈花炸了一下。回頭看四老爺時，已經睡熟，聽那更鼓時，三更半了。聘娘將手理一理被頭，替四老爺蓋好，也便合著眼睡去。

睡了一時，只聽得門外鑼響，聘娘心裏疑惑：「這三更半夜，那裏有鑼到我門上來？」看看鑼聲更近，房門外一個人道：「請太太上任。」聘娘只得披繡襖，倒靸弓鞋，走出房門外。只見四個管家婆娘，齊雙雙跪下，說道：「陳四老爺已經升授杭州府正堂了，特著奴婢們來請太太到任，同享榮華。」聘娘聽了，忙走到房裏梳了頭，穿了衣服，那婢子又送了鳳冠霞帔，穿戴起來。

出到廳前，一乘大轎，聘娘上了轎，擡出大門，只見前面鑼、旗、傘、吹手、夜役，一隊隊擺著。又聽的說：「先要擡到國公府裏去。」正走得興頭，路旁邊走過一個黃臉禿頭師姑來，一把從轎子裏揪著聘娘，罵那些人道：「這是我的徒弟，你們擡他到那裏去？」聘娘說道：「我是杭州府的官太太，你這禿師姑怎敢來揪我！」正要叫夜役鎖他，舉眼一看，那些人都不見了。急得大叫一聲，一跤撞在四老爺懷裏，醒了，原來是南柯一夢。只因這一番，有分教：風流公子，忽為閩嶠之遊；窈窕佳人，竟作禪關之客。畢竟後事如何，且聽下回分解。

第五十四回　病佳人青樓算命　呆名士妓館獻詩

話說聘娘同四老爺睡著，夢見到杭州府的任，驚醒轉來，窗子外已是天亮了，起來梳洗。陳木南也就起來。虔婆進房來問了姐夫的好。吃過點心，恰好金修義來，鬧著要陳四老爺的喜酒。陳木南道：「我今日就要到國公府裏去，明日再來為你的情罷。」金修義走到房裏，看見聘娘手挽著頭髮，還不曾梳完，那烏雲髮鬟，半截垂在地下，說道：「恭喜聘娘接了這樣一位貴人！你看看，恁般時候尚不曾停當，可不是越發嬌懶了！」因問陳四老爺：「明日什麼時候才來？等我吹笛子，叫聘娘唱一支曲子與老爺聽。他的李太白清平三調，是十六樓沒有一個賽得過他的！」說著，聘娘又拿汗巾替四老爺拂了頭巾，囑咐道：「你今晚務必來，不要哄我老等著！」

陳木南應諾了，出了門，帶著兩個長隨，回到下處。思量沒有錢用，又寫一個札子叫長隨拿到國公府裏向徐九公子再借二百兩銀子，湊著好用。長隨去了半天，回來說道：「九老爺拜上爺：府裏的三老爺方從京裏到，選了福建漳州府正堂，就在這兩日內要起身上任去。九老爺也要同到福建任所，料理事務，說銀子等明日來辭行自帶來。」陳木南道：「既是三老爺到了，我去候他。」隨坐了轎子，帶著長隨，來到府裏。傳進去，管家出來回道：「三老爺、九老爺都到沐府裏赴席去了。四爺有話說留下罷。」陳木南道：「我也無甚話，是來特候三老爺的。」陳木南回到寓處。

過了一日，三公子同九公子來河房裏辭行，門口下了轎子。陳木南迎進河廳坐下。三公子道：「老弟，許久不見，風采一發倜儻。姑母去世，愚表兄遠在都門，不曾親自弔唁。幾年來學問更加淵博了？」陳木南道：「先母辭世，三載有餘。弟因想念九表弟文字相好，所以來到南京，朝夕請教。今表兄榮任閩中，賢昆玉同去，愚表弟倒覺失所了。」九公子道：「表兄若不見棄，何不同去一行？長途之中，倒覺得頗不寂寞。」陳木南道：「原也要和表兄同行，因在此地還有一兩件小事，俟兩三月之後，再到表兄任上來罷。」九公子隨叫家人取一個拜匣，盛著二百兩銀子，送與陳木南收下。三公子道：「專等老弟到敝署走走。我那裏還有事要相煩幫襯。」陳木南道：「一定來效勞的。」說著，吃完了茶，兩人告辭起身。陳木南送到門外，又隨坐轎子到府裏去送行。一直送他兩人到了船上，才辭別回來。

那金修義已經坐在下處，扯他來到來賓樓。進了大門，走到臥房，只見聘娘臉兒黃黃的，金修義道：「幾日不見四老爺來，心口疼的病又發了。」虔婆在旁道：「自小兒嬌養慣了，是有這一個心口疼的病。但凡著了氣惱，就要發。他因四老爺兩日不曾來，只道是那些憎嫌他，就發了。」聘娘看見陳木南，含著一雙淚眼，總不則聲。陳木南道：「你到底是那裏疼痛？要怎樣才得好？往日發了這病，卻是什麼樣醫？」虔婆道：「往日發了這病，茶水也不能咽一口。醫生來撮了藥，他又怕苦不肯吃，只好頓了人參湯慢慢給他吃著，才保全不得傷大事。」陳木南道：「我這裏有銀子，且拿五十兩放在你這裏，換了人參來用著。再揀好的換了，我自己帶來給你。」

那聘娘聽了這話，挨著身子，靠著那繡枕，一團兒坐在被窩裏，胸前圍著一個紅抹胸，嘆了一口氣，說道：「我這病一發了，不曉得怎的，就這樣心慌！那些先生們說是單吃人參，又會助了虛火，往常總是合著黃連，煨些湯吃，夜裏睡著，才得合眼。要是不吃，就只好是眼睜睜的一夜醒到天亮。」陳木南道：「這也容易。我明日換些黃連來給你就是了。」金修義道：「四老爺在國公府裏，人參黃連論秤稱也不值什麼，聘娘那裏用的了！」聘娘道：「我不知怎的，心裏慌慌的，合著眼就做出許多胡枝扯葉的夢，青天白日的還有些害怕！」金修義道：「總是你身子生的虛弱，經不得勞碌，著不得氣惱。」虔婆道：「莫不是你傷著什麼神道？替你請個尼僧來禳解禳解罷。」

正說著，門外敲的手磬子響。虔婆出來看，原來是延壽菴的師姑本慧來收月米。虔婆道：「呵呀！是本老爺，兩個月不見你來了，這些時，菴裏做佛事忙？」本師姑道：「不瞞你老人家說，今年運氣低，把一個二十歲的大徒弟前月死掉了，連觀音會都沒有做的成。你家的相公娘好？」

虔婆道：「也常時三好兩歹的。虧的太平府陳四老爺照顧他。他是國公府裏徐九老爺的表兄，常時到我家來。偏生的聘娘沒造化，心口疼的病發了。你而今進去看看。」本師姑一同走進房裏。虔婆道：「這便是國公府裏陳四老爺。」本師姑上前打了一個問訊。

金修義道：「四老爺，這是我們這裏的本師父，極有道行的。」本師姑見過四老爺，走到床面前來看相公娘。金修義道：「方才說要禳解，何不就請本師父禳解禳解？」本師姑道：「我不會禳解，我來看看相公娘的氣色罷。」便走了來，一屁股坐到床沿上。聘娘本來是認得他的，今日擡頭一看，卻見他黃著臉，禿著頭，就和前日夢裏揪他的師姑一模一樣，不覺就懊惱起來。只叫得一聲「多勞」，便把被蒙著頭睡下。本師姑道：「相公娘心裏不耐煩，我且去罷。」向眾人打個問訊，出了房門。虔婆將月米遞給他。他左手拿著磬子，右手拿著口袋去了。

陳木南也隨即回到寓所，拿銀子叫長隨趕著去換人參，換黃連。只見主人家董老太拄著拐杖出來說道：「四相公，你身子又結結實實的，只管換這些人參、黃連做什麼？我聽見這些時在外頭憨玩，我是你的房主人，又這樣年老，四相公，我不好說的，自古道：『船載的金銀，填不滿煙花債。』他們這樣人家，是什麼有良心的！把銀子用完，他就屁股也不朝你了！我今年七十多歲，看經念佛，觀音菩薩聽著，我怎肯眼睜睜的看著你上當不說！」陳木南道：「老太說的是，我都知道了。這人參、黃連，是國公府裏託我換的。」因怕董老太韶刀，便說道：「恐怕他們換的不好，還是我自己去。」走了出來，到人參店裏尋著了長隨，換了半斤人參，半斤黃連，和銀子就像捧寶的一般，捧到來賓樓來。才進了來賓樓門，聽見裏面彈的三弦子響，是虔婆叫了一個男瞎子來替姑娘算命。

陳木南把人參、黃連遞與虔婆，坐下聽算命。那瞎子道：「姑娘今年十七歲，大運交庚寅，寅與亥合，合著時上的貴人，該有個貴人星坐命。就是四正有些不利，吊動了一個計都星，在裏面作擾，有些啾唧不安，卻不礙大事。莫怪我直談，姑娘命裏犯一個華蓋星，卻要記一個佛名，應破了才好。將來從一個貴人，還要戴鳳冠霞帔，有太太之分哩。」說完，橫著三弦彈著，又唱一回，起身要去。虔婆留吃茶，捧出一盤雲片糕，一盤黑棗子來，放個小桌子，與他坐著。丫頭斟茶，遞與他吃著。

陳木南問道：「南京城裏，你們這生意也還好麼？」瞎子道：「說不得，比不得上年了。上年都是我們沒眼的算命，這些年睜眼的人都來算命，把我們擠壞了！就是這南京城，二十年前有個陳和甫，他是外路人，自從一進了城，這些大老官家的命都是他攔攔著算了去，而今死了。積作的個兒子，在我家那間壁招親，日日同丈人吵窩子，吵的鄰家都不得安身。眼見得我今日回家，又要聽他吵了。」說罷起身道過多謝，去了。

一直走了回來，到東花園一個小巷子裏，果然又聽見陳和甫的兒子和丈人吵。丈人道：「你每日在外測字，也還尋得幾十文錢，只買了猪頭肉、飄湯燒餅，自己搗嗓子，一個錢也不拿了來家，難道你的老婆要我替你養著？這個還說是我的女兒也罷了。你賒了猪頭肉的錢不還，也來問我要！終日吵鬧這事，那裏來的晦氣！」陳和甫的兒子道：「老爹，假使這猪頭肉是你老人家自己吃了，你也要還錢。」丈人道：「胡說！我若吃了，我自然還。這都是你吃的！」陳和甫兒子道：「設或我這錢已經還過老爹，老爹用了，而今也要還人。」丈人道：「放屁！你是該人的錢，怎是我用你的？」陳和甫兒子道：「萬一猪不生這個頭，難道他也來問我要錢？」丈人見他十分胡說，拾了個叉子棍趕著他打。

瞎子摸了過來扯勸。丈人氣的顫呵呵的道：「先生！這樣不成人！我說說他，他還拿這些混帳話來答應我，豈不可恨！」陳和甫兒子道：「老爹，我也沒有什麼混帳處，我又不吃酒，又不賭錢，又不嫖老婆，每日在測字的桌子上還拿著一本詩念，有什麼混帳處！」丈人道：「不是別的混帳，你放著一個老婆不養，只是累我，我那裏累得起！」陳和甫兒子道：「老爹，你不喜女兒給我做老婆，你退了回去罷了。」丈人罵道：「該死的畜生！我女兒退了做什麼事哩？」陳和甫兒子道：「聽憑老爹再嫁一個女婿罷了。」丈人大怒道：「瘟奴！除非是你死了，或是做了和尚，這事才行得！」陳和甫兒子道：「死是一時死不來，我明日就做和尚去。」丈人氣憤憤的道：

「你明日就做和尚！」瞎子聽了半天，聽他兩人說的都是「堂屋裏掛草薦」——不是話，也就不扯勸，慢慢的摸著回去了。

次早，陳和甫的兒子剃光了頭，把瓦楞帽賣掉了，換了一頂和尚帽子戴著，來到丈人面前，合掌打個問訊，道：「老爹，貧僧今日告別了。」丈人見了大驚，雙眼掉下淚來，又著實數說了他一頓；知道事已無可如何，只得叫他寫了一張紙，自己帶著女兒養活去了。

陳和尚自此以後，無妻一身輕，有肉萬事足。每日測字的錢，就買肉吃，吃飽了就坐在文德橋頭測字的桌子上念詩，十分自在。又過了半年，那一日，正拿著　本書在那裏看，遇著他一個同夥的測字丁言志來看他。見他看這本書，因問道：「你這書是幾時買的？」陳和尚道：「我才買來三四天。」丁言志道：「這是鶯脰湖唱和的詩。當年胡三公子約了趙雪齋、景蘭江、楊執中先生、匡超人、馬純上一班大名士，大會鶯脰湖，分韻作詩。我還切記得趙雪齋先生是分的『八齊』。你看這起句『湖如鶯脰夕陽低』，只消這一句，便將題目點出，以下就句句貼切，移不到別處宴會的題目上去了。」陳和尚道：「這話要來問我才是，你那裏知道！當年鶯脰湖大會，也並不是胡三公子做主人，是婁中堂家的三公子、四公子。那時我家先父就和婁氏弟兄是一人之交。彼時大會鶯脰湖，先父一位，楊執中先生、權勿用先生、牛布衣先生、蘧駪夫先生、張鐵臂、兩位主人，還有楊先生的令郎，共是九位。這是我先父親口說的，我倒不曉得？你那裏知道！」

丁言志道：「依你這話，難道趙雪齋先生、景蘭江先生的詩，都是別人假做的了？你想想，你可做得來？」陳和尚道：「你這話尤其不通。他們趙雪齋這些詩，是在西湖上做的，並不是鶯脰湖那一會。」丁言志道：「他分明是說『湖如鶯脰』，怎麼說不是鶯脰湖大會？」陳和尚道：「這一本詩也是彙集了許多名士合刻的。就如這個馬純上，生平也不會作詩，那裏忽然又跳出他一首？」丁言志道：「你說的都是些夢話！馬純上先生，蘧駪夫先生，做了不知多少詩，你何嘗見過！」陳和尚道：「我不曾見過，倒是你見過！你可知道鶯脰湖那一會並不曾有人做詩？你不知那裏耳朵響，還來同我瞎吵！」

丁言志道：「我不信。那裏有這些大名士聚會，竟不做詩的。這等看起來，你尊翁也未必在鶯脰湖會過。若會過的人，也是一位大名士了，恐怕你也未必是他的令郎！」陳和尚惱了道：「你這話胡說！天下那裏有個冒認父親的？」丁言志道：「陳思阮，你自己做兩句詩罷了，何必定要冒認做陳和甫先生的兒子？」陳和尚大怒道：「丁詩，你『幾年桃子幾年人』！跳起來，通共念熟了幾首趙雪齋的詩，鑿鑿的就呻著嘴來講名士！」丁言志跳起身來道：「我就不該講名士，你到底也不是一個名士！」兩個人說戧了，揪著領子，一頓亂打。和尚的光頭被他鑿了幾下，鑿的生疼，拉到橋頂上。和尚眊著眼，要拉到他跳河，被丁言志搡了一交，骨碌碌就滾到橋底下去了。和尚在地下急的大嚷大叫。

正叫著，遇見陳木南踱了來，看見和尚仰巴叉睡在地下，不成模樣，慌忙拉起來道：「這是怎的？」和尚認得陳木南，指著橋上說道：「你看這丁言志，無知無識的，走來說是鶯脰湖的大會是胡三公子的主人！我替他講明白了，他還要死強，並且說我是冒認先父的兒子，你說可有這個道理？」陳木南道：「這個是什麼要緊的事，你兩個人也這樣鬼吵。其實丁言老也不該說思老是冒認父親。這卻是言老的不是。」丁言志道：「四先生，你不曉得。我難道不知道他是陳和甫先生的兒子？只是他擺出一副名士臉來，太難看！」陳木南笑道：「你們自家人，何必如此？要是陳思老就會擺名士臉，當年那虞博士、莊徵君怎樣過日子呢？我和你兩位吃杯茶，和和事，下回不必再吵了。」

當下拉到橋頭間壁一個小茶館裏坐下，吃著茶。陳和尚道：「聽見四先生令表兄要接你同到福建去，怎樣還不見動身？」陳木南道：「我正是為此來尋你測字，幾時可以走得？」丁言志道：「先生，那些測字的話，是我們『籤火七占通』的，你要動身，揀個日子走就是了，何必測字？」陳和尚道：「四先生，你半年前我們要會你一面也不得能夠。我出家的第二日，有一首薙髮的詩，送到你下處請教，那房主人董老太說，你又到外頭玩去了。你卻一向在那裏？今日怎管家也不帶，自己在這裏閒撞？」陳木南道：「因這來賓樓的聘娘愛我的詩做的好，我常在他那裏。」

丁言志道：「青樓中的人也曉得愛才，這就雅極了。」向陳和尚道：「你看，他不過是個巾幗，還曉得看詩，怎有個鶯脰湖大會不作詩的呢？」陳木南道：「忠老的話倒不差。那婁玉亭便是我的世伯，他當日最相好的是楊執中、權勿用，他們都不以詩名。」陳和尚道：「我聽得權勿用先生後來犯出一件事來，不知怎麼樣結局？」陳木南道：「那也是他學裏幾個秀才誣賴他的。後來這件官事也昭雪了。」又說了一會，陳和尚同丁言志別過去了。

陳木南交了茶錢，自己走到來賓樓。一進了門，虔婆正在那裏同一個賣花的穿桂花球，見了陳木南道：「四老爺，請坐下罷了。」陳木南道：「我樓上去看看聘娘。」虔婆道：「他今日不在家，到輕煙樓做盒子會去了。」陳木南道：「我今日來和他辭辭行，就要到福建去。」虔婆道：「四老爺就要起身？將來可還要回來的？」說著，丫頭捧一杯茶來。陳木南接在手裏，不大熱，吃了一口就不吃了。虔婆看了道：「怎麼茶也不肯泡一壺好的！」去了桂花球，就走到門房裏去罵烏龜。

陳木南看見他不瞅不睬，只得自己又踱了出來。走不得幾步，頂頭遇著一個人，叫道：「陳四爺你還要信行些才好，怎叫我們只管跑！」陳木南道：「你開著偌大的人參鋪，那在乎這幾十兩銀子？我少不得料理了送來給你。」那人道：「你那兩個尊管而今也不見面，走到尊寓，只有那房主人董老太出來回，他一個堂客家，我怎好同他七個八個的？」陳木南道：「你不要慌，『躲得和尚躲不得寺』。我自然有個料理，你明日到我寓處來。」那人道：「明早是必留下，不要又要我們跑腿。」說過，就去了。陳木南回到下處，心裏想道：「這事不尷尬。長隨又走了，虔婆家又走不進他的門，銀子又用的精光，還剩了一屁股兩肋巴的債，不如捲捲行李，往福建去罷。」瞞著董老太，一溜煙走了。

次日，那賣人參的清早上走到他寓所來，坐了半日，連鬼也不見一個。那門外推的門響，又走進一個人來，搖著白紙詩扇，文縐縐的。那賣人參的起來問道：「尊姓？」那人道：「我就是丁言志，來送新詩請教陳四先生的。」賣人參的道：「我也是來尋他的。」又坐了半天不見人出來，那賣人參的就把屏門拍了幾下。董老太拄著拐杖出來問道：「你們尋那個的？」賣人參的道：「我來找陳四爺要銀子。」董老太道：「他麼？此時好到觀音門了。」那賣人參的大驚道：「這等，可曾把銀子留在老太處？」董老太道：「你還說這話！連我的房錢都騙了！他自從來賓樓張家的妖精纏昏了頭，那一處不脫空？背著一身的債，還希罕你這幾兩銀子！」賣人參的聽了，「啞叭夢見媽，說不出的苦」，急的暴跳如雷。丁言志勸道：「尊駕也不必急，急也不中用，只好請回。陳四先生是個讀書人，也未必就騙你，將來他回來，少不得還哩。」那人跳了一回，無可奈何，只得去了。

丁言志也搖著扇子晃了出來，自心裏想道：「堂客也會看詩！……那十六樓不曾到過，何不把這幾兩測字積下的銀子，也去到那裏玩玩？」主意已定，回家帶了一卷詩，換了幾件半新不舊的衣服，戴一頂方巾，到來賓樓來。烏龜看見他像個呆子，問他來做什麼。丁言志道：「我來同你家姑娘談談詩。」烏龜道：「既然如此，且秤下箱錢。」烏龜拿著黃桿戥子。丁言志在腰裏摸出一個包子來，散散碎碎，共有二兩四錢五分頭。烏龜道：「還差五錢五分。」丁言志道：「會了姑娘，再找你罷。」

丁言志自己上得樓來，看見聘娘在那裏打棋譜，上前作了一個大揖。聘娘覺得好笑，請他坐下，問他來做什麼。丁言志道：「久仰姑娘最喜看詩，我有些拙作，特來請教。」聘娘道：「我們本院的規矩，詩句是不白看的，先要拿出花錢來再看。」丁言志在腰裏摸了半天，摸出二十個銅錢來，放在花梨桌上。聘娘大笑道：「你這個錢，只好送給儀徵豐家巷的撈毛的，不要玷污了我的桌子！快些收了回去買燒餅吃罷！」丁言志羞得臉上一紅二白，低著頭，捲了詩，揣在懷裏，悄悄的下樓回家去了。

虔婆聽見他囮著呆子，要了花錢，走上樓來問聘娘道：「你剛才向呆子要了幾兩銀子的花錢？拿來，我要買緞子去。」聘娘道：「那呆子那裏有銀子！拿出二十銅錢來，我那裏有手接他的！被我笑的他回去了。」虔婆道：「你是什麼巧主兒！囮著呆子，還不問他要一大注子，肯白白放了他回去！你往常嫖客給的花錢，何曾分一個半個給我？」聘娘道：「我替你家尋了這些錢，還有什麼不是？些小事就來尋事！我將來從了良，不怕不做太太，你放這樣呆子上我的樓來，我不說你罷了，你還要來嘴喳喳！」

虔婆大怒，走上前來，一個嘴巴，把聘娘打倒在地。聘娘打滾，撒了頭髮，哭道：「我貪圖些什麼，受這些折磨！你家有銀子，不愁弄不得一個人來，放我一條生路去罷！」不由分說，向虔婆大哭大罵，要尋刀刎頸，要尋繩子上吊，鬏髻都滾掉了。虔婆也慌了，叫了老烏龜上來，再三勸解，總是不肯依，鬧的要死要活。無可奈何，由著他拜做延壽菴本慧的徒弟，剃光了頭，出家去了。只因這一番，有分教：風流雲散，賢豪才色總成空；薪盡火傳，匠工市廛都有韻。畢竟後事如何，且聽下回分解。

第五十五回　添四客述往思來　彈一曲高山流水

話說萬曆二十三年，那南京的名士都已漸漸銷磨盡了。此時虞博士那一輩人，也有老了的，也有死了的，也有四散去了的，也有閉門不問世事的。花壇酒社，都沒有那些才俊之人；禮樂文章，也不見那些賢人講究。論出處，不過得手的就是才能，失意的就是愚拙。論豪俠，不過有餘的就會奢華，不足的就見蕭索。憑你有李、杜的文章，顏、曾的品行，卻是也沒有一個人來問你。所以那些大戶人家，冠、昏、喪、祭，鄉紳堂裏，坐著幾個席頭，無非講的是些升、遷、調、降的官場。就是那貧賤儒生，又不過做的是些揣合逢迎的考校。那知市井中間，又出了幾個奇人。

一個是會寫字的。這人姓季，名遐年，自小兒無家無業，總在這些寺院裏安身。見和尚傳板上堂吃齋，他便也捧著一個缽，站在那裏，隨堂吃飯。和尚也不厭他，他的字寫的最好，卻又不肯學古人的法帖，只是自己創出來的格調，由著筆性寫了去。但凡人要請他寫字時，他三日前，就要齋戒一日，第二日磨一天的墨，卻又不許別人替磨。就是寫個十四字的對聯，也要用墨半碗。用的筆，都是那人家用壞了不要的，他才用。到寫字的時候，要三四個人替他拂著紙，他才寫。一些拂的不好，他就要罵、要打。卻是要等他情願，他才高興。他若不情願時，任你王侯將相，大捧的銀子送他，他正眼兒也不看。他又不修邊幅，穿著一件稀爛的直裰，靸著一雙破不過的蒲鞋。每日寫了字，得了人家的筆資，自家吃了飯，剩下的錢就不要了，隨便不相識的窮人，就送了他。

那日大雪裏，走到一個朋友家，他那一雙稀爛的蒲鞋，踹了他一書房的滋泥。主人曉得他的性子不好，心裏嫌他，不好說出，只得問道：「季先生的尊履壞了，可好買雙換換？」季遐年道：「我沒有錢。」那主人道：「你肯寫一幅字送我，我買鞋送你了。」季遐年道：「我難道沒有鞋，要你的？」主人厭他腌臢，自己走了進去，拿出一雙鞋來，道：「你先生且請略換換，恐怕腳底下冷。」季遐年惱了，並不作別，就走出大門，嚷道：「你家什麼要緊的地方！我這雙鞋就不可以坐在你家！我坐在你家，還要算擡舉你！我都希罕你的鞋穿！」一直走回天界寺，氣哺哺的又隨堂吃了一頓飯。吃完，看見和尚房裏擺著一匣子上好的香墨，季遐年問道：「你這墨可要寫字？」和尚道：「這昨日施御史的令孫老爺送我的，我還要留著轉送別位施主老爺，不要寫字。」季遐年道：「寫一幅好哩。」不由分說，走到自己房裏，拿出一個大墨湯子來，揀出一錠墨，舀些水，坐在禪床上替他磨將起來。和尚分明曉得他的性子，故意的激他寫。他在那裏磨墨，正磨的興頭，侍者進來向老和尚說道：「下浮橋的施老爺來了。」

和尚迎了出去。那施御史的孫子已走進禪堂來，看見季遐年，彼此也不為禮，自同和尚到那邊敘寒溫。季遐年磨完了墨，拿出一張紙來，鋪在桌上，叫四個小和尚替他按著。他取了一管敗筆，蘸飽了墨，把紙相了一會，一氣就寫了一行。那右手後邊小和尚動了一下，他就一鑿，把小和尚鑿矮了半截，鑿的殺喳的叫。老和尚聽見，慌忙來看，他還在那裏急的嚷成一片。老和尚勸他不要惱，替小和尚按著紙，讓他寫完了。施御史的孫子也來看了一會，向和尚作別去了。

次日，施家一個小廝走到天界寺來，看見季遐年問道：「有個寫字的姓季的可在這裏？」季遐年道：「問他怎的？」小廝道：「我家老爺叫他明日去寫字。」季遐年聽了，也不回他，說道：「罷了。他今日不在家，我明日叫他來就是了。」次日，走到下浮橋施家門口，要進去。門上人攔住道：「你是什麼人，混往裏邊跑！」季遐年道：「我是來寫字的。」那小廝從門房裏走出來看見，道：「原來就是你！你也會寫字？」帶他走到敞廳上，小廝進去回了。施御史的孫子剛在走出屏風，季遐年迎著臉大罵道：「你是何等之人，敢來叫我寫字！我又不貪你的錢，又不慕你的勢，又不借你的光，你敢叫我寫起字來！」一頓大嚷大叫，把施鄉紳罵的閉口無言，低著頭進去了。那季遐年又罵了一會，依舊回到天界寺裏去了。

又一個是賣火紙筒子的。這人姓王，名太。他祖代是三牌樓賣菜的，到他父親手裏，窮了，把菜園都賣掉了。他自小兒最喜下圍棋。後來父親死了，他無以為生，每日到虎踞關一帶賣火紙筒過活。那一日，妙意菴做會。那菴臨著烏龍潭，正是初夏的天氣，一潭簇新的荷葉，亭亭浮在水上。這菴裏曲曲折折，也有許多亭榭，那些遊人都進來玩耍。王太走將進來，各處轉了一會，走到柳陰樹下，一個石臺，兩邊四條石凳，三四個大老官簇擁著兩個人在那裏下棋。一個穿寶藍的道：「我們這位馬先生前日在揚州鹽臺那裏，下的是一百一十兩的綵，他前後共贏了二千多銀子。」一個穿玉色的少年道：「我們這馬先生是天下的大國手，只有這卞先生受兩子還可以敵得來。只是我們要學到卞先生的地步，也就著實費力了。」

王太就挨著身子上前去偷看。小廝們看見他穿的襤褸，推推搡搡，不許他上前。底下坐的主人道：「你這樣一個人，也曉得看棋？」王太道：「我也略曉得些。」撐著看了一會，嘻嘻的笑。那姓馬的道：「你這人會笑，難道下得過我們？」王太道：「也勉強將就。」主人道：「你是何等之人，好同馬先生下棋！」姓卞的道：「他既大膽，就叫他出個醜何妨！才曉得我們老爺們下棋，不是他插得嘴的！」

王太也不推辭，擺起子來，就請那姓馬的動著。旁邊人都覺得好笑。那姓馬的同他下了幾著，覺的他出手不同。下了半盤，站起身來道：「我這棋輸了半子了。」那些人都不曉得。姓卞的道：「論這局面，卻是馬先生略負了些。」眾人大驚，就要拉著王太吃酒。王太大笑道：「天下那裏還有個快活似殺矢棋的事！我殺過矢棋，心裏快活極了，那裏還吃的下酒！」說畢，哈哈大笑，頭也不回，就去了。

一個是開茶館的，這人姓蓋，名寬，本來是個開當鋪的人。他二十多歲的時候，家裏有錢，開著當鋪，又有田地，又有洲場。那親戚本家都是些有錢的。他嫌這些人俗氣，每日坐在書房裏做詩看書，又喜歡畫幾筆畫。後來畫的畫好，也就有許多做詩畫的來同他往來。雖然詩也做的不如他好，畫也畫的不如他好，他卻愛才如命。遇著這些人來，留著吃酒吃飯，說也有，笑也有。

這些人家裏有冠、婚、喪、祭的緊急事，沒有銀子，來向他說，他從不推辭，幾百幾十拿與人用。那些當鋪裏的小官，看見主人這般舉動，都說他有些呆氣，在當鋪裏盡著做弊，本錢漸漸消折了。田地又接連幾年都被水淹，要賠種賠糧，就有那些混帳人來勸他變賣。買田的人嫌田地收成薄，分明值一千的只好出五六百兩。他沒奈何只得賣了。賣來的銀子，又不會生發，只得放在家裏秤著用，能用得幾時？又沒有了，只靠著洲場利錢還人。不想夥計沒良心，在柴院子裏放火，命運不好，接連失了幾回火，把院子裏的幾萬擔柴盡行燒了。那柴燒的一塊一塊的，結成就和太湖石一般，光怪陸離。那些夥計把這東西搬來給他看。他看見好玩，就留在家裏。家裏人說：「這是倒運的東西，留不得。」他也不肯信，留在書房裏玩。夥計見沒有洲場，也辭出去了。

又過了半年，日食艱難，把大房子賣了，搬在一所小房子住。又過了半年，妻子死了，開喪出殯，把小房子又賣了。可憐這蓋寬帶著一個兒子、一個女兒，在一個僻淨巷內，尋了兩間房子開茶館。把那房子裏面一間與兒子、女兒住。外一間擺了幾張茶桌子，後簷支了一個茶爐子，右邊安了一副櫃檯。後面放了兩口水缸，滿貯了雨水。他老人家清早起來，自己生了火。搧著了，把水倒在爐子裏放著，依舊坐在櫃檯裏看詩畫畫。櫃檯上放著一個瓶，插著些時新花朵，瓶旁邊放著許多古書。他家各樣的東西都變賣盡了，只有這幾本心愛的古書是不肯賣的。人來坐著吃茶，他丟了書就來拿茶壺、茶杯。茶館的利錢有限，一壺茶只賺得一個錢，每日只賣得五六十壺茶，只賺得五六十個錢。除去柴米，還做得什麼事！

那日正坐在櫃檯裏，一個鄰居老爹過來同他談閒話。那老爹見他十月裏還穿著夏布衣裳，問道：「你老人家而今也算十分艱難了，從前有多少人受過你老人家的惠，而今都不到你這裏來走走。你老人家這些親戚本家，事體總還是好的，你何不去向他們商議商議，借個大大的本錢，做些大生意過日子？」蓋寬道：「老爹，『世情看冷暖，人面逐高低』！當初我有錢的時候，身上穿的也體面，跟的小廝也齊整，和這些親戚本家在一塊，還搭配的上。而今我這般光景，走到他們家去，他就不嫌我，我自己也覺得可厭。至于老爹說有受過我的惠的，那都是窮人，那裏還有得還出來！他而今又到有錢的地方去了，那裏還肯到我這裏來！我若去尋他，空惹他們的氣，有何趣味！」

鄰居見他說的苦惱，因說道：「老爹，你這個茶館裏冷清清的，料想今日也沒甚人來了，趁著好天氣，和你到南門外玩玩去。」蓋寬道：「玩玩最好，只是沒有東道，怎處？」鄰居道：「我帶個幾分銀子的小東，吃個素飯罷。」蓋寬道：「又擾你老人家。」說著，叫了他的小兒子出來看著店，他便同那老爹一路步出南門來。教門店裏，兩個人吃了五分銀子的素飯。那老爹會了帳，打發小菜錢，一徑踱進報恩寺裏。

大殿南廊，三藏禪林，大鍋，都看了一回。又到門口買了一包糖，到寶塔背後一個茶館裏吃茶。鄰居老爹道：「而今時世不同，報恩寺的遊人也少了，連這糖也不如二十年前買的多。」蓋寬道：「你老人家七十多歲年紀，不知見過多少事，而今不比當年了。像我也會畫兩筆畫，要在當時虞博士那一班名士在，那裏愁沒碗飯吃！不想而今就艱難到這步田地！」

那鄰居道：「你不說我也忘了。這雨花臺左近有個泰伯祠，是當年句容一個遲先生蓋造的，那年請了虞老爺來上祭，好不熱鬧！我才二十多歲，擠了來看，把帽子都被人擠掉了。而今可憐那祠也沒有照顧，房子都倒掉了。我們吃完了茶，同你到那裏看看。」說著，又吃了一賣牛首豆腐干，交了茶錢走出來，從岡子上踱到雨花臺左首，望見泰伯祠的大殿，屋山頭倒了半邊。來到門前，五六個小孩子在那裏踢球，兩扇大門倒了一扇，睡在地下。兩人走進去，三四個鄉間的老婦人在那丹墀裏挑薺菜，大殿上槅子都沒了。又到後邊五間樓，直桶桶的，樓板都沒有一片。

兩個人前後走了一交，蓋寬嘆息道：「這樣名勝的所在，而今破敗至此，就沒有一個人來修理。多少有錢的，拿著整千的銀子去起蓋僧房道院，那一個肯來修理聖賢的祠宇！」鄰居老爹道：「當年遲先生買了多少的傢伙，都是古老樣範的，收在這樓底下幾張大櫃裏，而今連櫃也不見了！」蓋寬道：「這些古事，提起來令人傷感，我們不如回去罷！」兩人慢慢走了出來。鄰居老爹道：「我們順便上雨花臺絕頂。」望著隔江的山色，嵐翠鮮明，那江中來往的船隻，帆檣歷歷可數。那一輪紅日，沈沈的傍著山頭下去了。兩個人緩緩的下了山，進城回去。蓋寬依舊賣了半年的茶。次年三月間，有個人家出了八兩銀子束脩，請他到家裏教館去了。

一個是做裁縫的。這人姓荊，名元，五十多歲，在三山街開著一個裁縫鋪。每日替人家做了生活，餘下來工夫就彈琴寫字，也極喜歡做詩。朋友們和他相與的問他道：「你既要做雅人，為什麼還要做你這貴行？何不同些學校裏人相與相與？」他道：「我也不是要做雅人，也只為性情相近，故此時常學學。至于我們這個賤行，是祖父遺留下來的，難道讀書識字，做了裁縫就玷污了不成？況且那些學校中的朋友，他們另有一番見識，怎肯和我們相與！而今每日尋得六七分銀子，吃飽了飯，要彈琴，要寫字，諸事都由得我。又不貪圖人的富貴，又不伺候人的顏色，天不收，地不管，倒不快活？」朋友們聽了他這一番話，也就不和他親熱。

一日，荊元吃過了飯，思量沒事，一徑踱到清涼山來。這清涼山是城西極幽靜的所在。他有一個老朋友，姓于，住在山背後。那于老者也不讀書，也不做生意，養了五個兒子，最長的四十多歲，小兒子也有二十多歲。老者督率著他五個兒子灌園。那園卻有二三百畝大，中間空隙之地，種了許多花卉，堆著幾塊石頭。老者就在那旁邊蓋了幾間茅草房，手植的幾樹梧桐，長到三四十圍大。老者看看兒子灌了園，也就到茅齋生起火來，煨好了茶，吃著，看那園中的新綠。

這日，荊元步了進來，于老者迎著道：「好些時不見老哥來，生意忙的緊？」荊元道：「正是。今日才打發清楚些，特來看看老爹。」于老者道：「恰好烹了一壺現成茶，請用杯。」斟了送過來。荊元接了，坐著吃，道：「這茶，色、香、味都好，老爹，卻是那裏取來的這樣好水？」于老者道：「我們城西不比你們城南，到處井泉都是吃得的。」荊元道：「古人動說桃源避世，我想起來，那裏要什麼桃源，只如老爹這樣清閒自在，住在這樣城市山林的所在，就是現在的活神仙了！」于老者道：「只是我老拙一樣事也不會做，怎的如老哥會彈一曲琴，也覺得消遣些。近來想是一發彈的好了，可好幾時請教一回？」荊元道：「這也容易。老爹不厭污耳，明日我把琴來請教。」說了一會，辭別回來。

次日，荊元自己抱了琴來到園裏，于老者已焚下一爐好香，在那裏等候。彼此見了，又說了幾句話。于老者替荊元把琴安放在石凳上。荊元席地坐下。于老者也坐在旁邊。荊元慢慢的和了弦，彈起來，鏗鏗鏘鏘，聲振林木，那些鳥雀聞之，都棲息枝間竊聽。彈了一會，忽作變徵之音，淒清宛轉。于老者聽到深微之處，不覺淒然淚下。自此，他兩人常常往來。當下也就別過了。

看官！難道自今以後，就沒一個賢人君子可以入得《儒林外史》的麼？詞曰：

記得當時，我愛秦淮，偶離故鄉。向梅根冶後，幾番嘯傲；杏花村裏，幾度徜徉。鳳止高梧，蟲吟小榭；也共時人較短長。今已矣！把衣冠蟬蛻，濯足滄浪。

無聊且酌霞觴，喚幾個新知醉一場。共百年易過，底須愁悶；千秋事大，也費商量！江左煙霞，淮南耆舊，寫入殘編總斷腸。從今後，伴藥爐經卷，自禮空王。

國家圖書館出版品預行編目資料

儒林外史／(清)吳敬梓著. --三版. --臺北
市：五南圖書出版股份有限公司, 2024.08
面；　公分
ISBN 978-626-393-479-5（平裝）

857.44　　113008935

中國經典　04

8R31

儒林外史

作　　者 — 清・吳敬梓
企劃主編 — 蘇美嬌
封面設計 — 童安安
出 版 者 — 五南圖書出版股份有限公司
發 行 人 — 楊榮川
總 經 理 — 楊士清
總 編 輯 — 楊秀麗
地　　址：106台北市大安區和平東路二段339號4樓
電　　話：(02)2705-5066　　傳　　真：(02)2706-6100
網　　址：https://www.wunan.com.tw
電子郵件：wunan@wunan.com.tw
劃撥帳號：01068953
戶　　名：五南圖書出版股份有限公司

法律顧問　林勝安律師

出版日期　2013年4月初版一刷
　　　　　2013年10月二版一刷
　　　　　2024年8月三版一刷
定　　價　新臺幣350元